JÖRG KASTNER
THORAG
ODER DIE RÜCKKEHR DES GERMANEN

HISTORISCHER ROMAN

BASTEI-LÜBBE-TASCHENBUCH
Band 13 717

Erste Auflage:
Januar 1996
Zweite Auflage:
August 1996
Dritte Auflage:
Mai 1998

© Copyright 1996 by Autor und
Bastei-Verlag Gustav H. Lübbe
GmbH and Co., Bergisch Gladbach
All rights reserved
Lektorat: Dr. Edgar Bracht
Titelbild:
Archiv für Kunst und Geschichte
Umschlaggestaltung:
Karl Kochlowski
Satz: KCS GmbH,
Buchholz/Hamburg
Druck und Verarbeitung:
Cox and Wyman Ltd.,
Printed in Great Britain

ISBN 3-404-13717-5

Der Preis dieses Bandes
versteht sich einschließlich der
gesetzlichen Mehrwertsteuer

*Für Marian
in der zaghaften Hoffnung,
daß er in einer friedlicheren Welt
aufwachsen möge.*

*Es ist schwieriger,
Provinzen zu halten
als zu gewinnen;
letzteres geschieht durch Gewalt,
ersteres durch Recht.*

Florus

Inhalt

Vorbemerkung 9

Erster Teil – Die Germanen

1 Das Land der Cherusker 13
2 Die Wolfshäuter 36
3 Zeit zum Trauern 49
4 Der Ur 62
5 Auja 80
6 Der Überfall 97
7 Im Schatten der Heiligen Steine 130
8 Das Thing 146
9 Der Rat der Götter 158
10 Astrid 171

Zweiter Teil – Die Römer

11 Flaminias Reise 185
12 Die Stadt am Rhein 203
13 Der Statthalter 220
14 Augustus 236
15 Die Flamme der Leidenschaft 245
16 Die Brücke 252
17 Die Gefangenen 272
18 Der Prozeß 298
19 In der Arena 320
20 Der Todesbote 348

Dritter Teil – Die Verschwörung

21 Der Sumpf 361
22 Ein ungleicher Kampf 373
23 Astrids Traum 391

24 Verrat 399
25 Das Tal der toten Bäume 405

Vierter Teil – Die Schlacht

26 Der Plan 425
27 Wiedersehen mit Flaminia 443
28 In vino veritas! 459
29 Der Bluttag 477
30 Der Regentag 512
31 Der Todestag 522
32 Späte Enthüllungen 537
33 Die Maske des Siegers 546

Epilog 550

Anhang

Dichtung und Wahrheit 551
Die Personen 554
Römische Längenmaße und Währungen 556
Glossar 557
Zeittafel 567
Danksagungen 572

Vorbemerkung

Zu Beginn dieser Geschichte schreibt man das Jahr 8 n. Chr., aber das kann keiner der Protagonisten wissen. Augustus beherrscht Rom und damit die Welt, denn für die Römer ist das, was sie beherrschen, die Welt. Neben – natürlich – Italien zählen dazu weite Teile der nordafrikanischen Küste, Ägypten, Syrien, die Türkei, Griechenland, das Illyricum, Spanien und das von Gaius Julius Caesar eroberte Gallien, dessen Ostgrenze der Rhein bildet (kleinere Landstriche nicht aufgezählt). Augustus ist nicht unbedingt gierig auf noch mehr Land, andererseits stört ihn die lange Grenze, die sich am Rhein entlangzieht und einiges an Sold für die Besatzungstruppen kostet. Eine Grenzbegradigung durch einen Vorstoß bis zur Elbe käme ihm recht. Seine Feldherren dringen immer wieder ins Rechtsrheinische vor, das sie seit Caesar Germanien nennen. Stämme werden unterworfen oder als Bündnispartner gewonnen, manchmal auch beides zusammen. Befestigte Lager entstehen. Aber die Römer haben neben einigen Freunden unter den Germanen auch viele unbeugsame Feinde. Und das Leben ist nicht leicht für die Römer, die als Besatzung in Germanien und an der Rheingrenze liegen ...

ERSTER TEIL
DIE GERMANEN

Kapitel 1

Das Land der Cherusker

Die Reiter zügelten ihre Pferde zur gleichen Zeit, wie auf ein geheimes Kommando, als sie die Kuppe des bewaldeten Hügels erreichten und sich ihnen der Ausblick auf das dahinter liegende Tal bot. Fünf von ihnen ließen ihre Tiere langsam ein paar Schritte nach vorn gehen, bis ein steiler Abhang die Vierbeiner zurückscheuen ließ. Die beiden anderen Reiter, die sich durch ihre dunklere Hautfarbe, ihre Kleidung und die Form ihrer Gesichtszüge von den übrigen unterschieden, blieben mit den Packpferden ein Stück zurück. Sie teilten die Gefühle der fünf jungen Edelinge beim Anblick des Tals nicht, waren die beiden Dunkelhäutigen doch fremd in diesem Land, das sie erstmals betraten und vielleicht nie mehr verlassen würden.

Die Edelinge schwiegen eine Weile und genossen das Gefühl, nach so vielen Jahren in der Fremde wieder daheim zu sein. Sie atmeten den spätsommerlichen Duft des Waldes ein, dessen sich allmählich gelb und rot färbende Blätter ihnen das Land ihrer Vorfahren – das Cheruskerland – fast noch schöner scheinen ließ, als es ihnen in vielen Träumen fern der Heimat erschienen war. Gewiß bot Rom Annehmlichkeiten, die man diesseits des großen Flusses, den die Römer Rhenus nannten, vergeblich suchte. Aber die steinernen Städte im Süden wirkten tot, verglichen mit dem Leben, das hier überall herrschte. Rings um die kräftigen Eichen und Buchen, die das Land der Menschen mit dem Heim der Götter verbanden, raschelte das Laub. Ein Fuchs stellte vergeblich einem Hasen nach, und eine noch junge Hirschkuh suchte rasch das Weite, als der sanfte Wind ihr die Witterung der Reiter zutrug.

Noch spendete Sunna ihre ganze Kraft. Doch Thorag glaubte schon, ganz von fern den kalten Atem Höders oder Ullers zu spüren. Er kannte den Wechsel der Jahreszeiten und wußte, daß der Winter den Sommer zu verdrängen begann. Die Römer würden sagen, der Herbst stand bevor. Aber das wußte er noch nicht sehr lange. Erst, seitdem er die Römer näher kannte. Die

Cherusker und auch die anderen Stämme, die von den Römern einfach als Germanen bezeichnet wurden, teilten den Lauf des Jahres in zwei Zeiten ein: in den Sommer als Zeit des Wachstums und den Winter als Zeit der Ruhe.

Unten im Tal entdeckten die Edelinge ein Gehöft, das an einem Bach in der unbewaldeten Talsohle lag. Als sie die rohrgedeckten Holzhäuser betrachteten, die statt Fenstern mit gläsernen Scheiben nur verschließbare Luken – Windaugen genannt – aufwiesen, verglichen sie den Hof dort unten unwillkürlich mit der großen Stadt am Tiber, die sie vor einigen Wochen verlassen hatten.

»Rom ist es nicht«, sagte Armin, der, wie so oft, die Gedanken der anderen erraten hatte, mit einem heiteren Unterton. »Aber das zöge ich manchen Ecken Roms vor, selbst wenn ich ein Römer wäre.«

»Das bist du doch!« erinnerte Thorag den Sohn des Fürsten Segimar daran, daß diesem aufgrund seiner Kriegserfolge das römische Bürgerrecht und der Rang eines Ritters verliehen worden war. Allerdings gegen die Zahlung von vierhunderttausend Sesterzen, wie es ein neues Gebot des Augustus bestimmte. Armin war die Leistung dieses Betrags nicht schwergefallen. Im Feldzug gegen die Pannonier hatte er ein Vielfaches erbeutet.

Armin lachte so laut, daß sein Schimmel unruhig wurde. »Bei Jupiter, Thorag, du hast recht, ich bin jetzt ein Römer.« Er schlug mit der Faust gegen seine linke Brust. »Aber tief hier drin bin ich ein Cherusker geblieben, bei Wodan!«

Der spitzgesichtige Brokk zeigte hinunter zum Gehöft: »Ein Cherusker, der sich vorstellen kann, dort zu übernachten, Armin? Sunna hat ihre Tagesreise bald beendet.«

Während er mit der Linken die Zügel festhielt, machte Armin mit der Rechten eine gleichgültige Handbewegung. »Weshalb sollte ich dort nicht übernachten wollen? Im Krieg haben wir an weit unwirtlicheren Plätzen geschlafen, wenn wir überhaupt zum Schlafen gekommen sind. Heute nacht werde ich Cherusker sein, nicht Römer.«

»Wohl nicht nur heute nacht«, warf Thorag ein.

Armin seufzte und blickte über das Land, als könnte er dort noch etwas ganz anderes entdecken als die sich ins Unendliche erstreckenden Hügel, Wälder und Moore. »Irgendwann wird es hier auch Häuser aus Stein mit richtigen Glasfenstern geben, und Thermen.« Er brach wieder in sein gewinnendes Lachen aus. »Aber nicht so rasch. In Rom selbst hat Augustus noch eine Menge zu tun.«

Thorag wußte, worauf Armin anspielte. Octavian, der jetzt von allen Augustus genannt wurde und über das gewaltige Reich der Römer herrschte, hatte begonnen, im eigenen Stall aufzuräumen, wie es in Rom die weniger vornehm Sprechenden ausdrückten. Ganze Viertel primitiver, im Schweinemist versinkender Lehm- und Ziegelhütten hatte Augustus einebnen lassen, um dort marmorne Prunkbauten zu errichten. Auf diese Weise beschaffte er dem einfachen Volk Arbeit und beseitigte gleichzeitig die Schäden, die der Stadt Rom in den Bürgerkriegen beigebracht worden waren. Wie sollte der Erbe Caesars in nicht gerade bescheidener Selbstbeurteilung doch gesagt haben: ›Ich habe eine Stadt aus Backsteinen vorgefunden und hinterlasse eine aus Marmor.‹

Thorag warf einen forschenden Blick in Armins dunkle Augen und entdeckte dort jenes Feuer, daß den jungen Cheruskerfürsten auch im Kampf beherrschte. Trotz der vielen Jahre, die Thorag an seiner Seite marschiert war und gekämpft hatte, vermochte er Armin nicht recht einzuordnen. Manchmal sprach dieser flammend von einer Sache, aber seine Augen blieben kühl wie das Wasser im Frigidarium einer römischen Therme. Ein andermal sprach Armin gelangweilt von einer Sache, aber das Feuer seiner Augen verriet dem, der es zu lesen verstand, ein brennendes Interesse. So war es jetzt, als Armin sich spöttisch gab.

Machte er sich über die Anstrengungen des Augustus lustig? Über seine eigene Vorstellung von einem Cheruskerland voller steinerner Prachtbauten? Oder über beides?

Viel mehr als das beschäftigte Thorag die Frage, was das Feuer in den dunklen Augen zu bedeuten hatte. Träumte Armin von einem zweiten Rom hier in den dichten Wäldern? Eine Vorstellung, die Thorag so unwirklich erschien, wie ihm einst das Römische Reich erschienen war, bevor er mit Armin und den anderen, von denen viele nicht mehr lebten, in römische Kriegsdienste trat. Oder träumte Armin gar von mehr?

Thorag fand keine Antwort auf diese Fragen und dachte auch nicht länger darüber nach. Der steile, gewundene Weg, der hinunter ins Tal führte, beanspruchte seine ganze Aufmerksamkeit. Die Männer waren abgestiegen und führten die Pferde, damit diese nicht über die aus dem Boden ragenden, manchmal bis zu den Hüften reichenden Baumwurzeln stolperten. Thorag ließ sich hinter Armin, Brokk, Klef und Albin zurückfallen, um den beiden Pannoniern mit den Packpferden zu helfen. Immer wieder ermahnte er Pal und Imre zur Vorsicht und legte selbst Hand an, damit das Tier mit der zerbrechlichen Fracht nicht einen unbedachten Tritt machte und das Geschenk für Thorags Mutter in einen wertlosen Scherbenhaufen verwandelte.

Die beiden Sklaven lächelten ein wenig über diese übertriebene Vorsicht. Seitdem sie Armin dienten, hatten Pal und Imre sich als ebenso treu wie verläßlich erwiesen. Armin hatte sie während des Feldzugs in Pannonien gefangengenommen. Die Brüder hatten sich dem Tribun der germanischen Auxiliartruppen ergeben, und Armin hatte seinem Versprechen gemäß Frauen und Kinder ihrer Heimatstadt geschont. Sie hatten dies anerkannt und verhindert, daß ein paar Kriegsgefangene ein Attentat auf Armin ausführten. Seitdem dienten sie ihm als seine persönlichen Leibeigenen und Leibwächter.

Sie erreichten die Talsohle ohne Zwischenfall. Vor ihnen wurde der Wald lichter, was den Beginn des gerodeten Gebiets ankündigte. Thorag wollte schon aufatmen, als plötzlich etwas Schwarzes, Kleines aus dem Unterholz schoß und mit lautem Quieken mitten zwischen die Pferde fuhr. Die Tiere, genauso überrascht wie die Menschen, scheuten wiehernd zurück. Eines der Packpferde machte sich selbständig und stob in Panik davon, während das quiekende Etwas wieder im Unterholz verschwand.

Thorag trieb seinen Rappen mit heftigem Druck seiner Schenkel an, als er erkannte, welches Pferd den Pannoniern entlaufen war: das mit seinen Geschenken. *O Donar*, rief er in Gedanken seinen Schutzgott an, *laß das Tier nicht stolpern!*

Der Rappe schloß schnell zu dem Packpferd auf, das nicht mehr ganz so schnell lief, als es sich keiner unmittelbaren Gefahr ausgesetzt sah. Thorag konnte seine Zügel ergreifen und fühlte sich erleichtert, als das Tier endlich stehenblieb.

Er kehrte mit dem Packpferd zu seinen Gefährten zurück, die aber kaum auf ihn achteten. Sie interessierten sich vielmehr für die laut schreiende Gestalt, die sich in den kräftigen Armen Klefs wand, der inzwischen abgesessen war. Bei näherem Hinsehen erkannte Thorag, daß es ein Kind war, ein Junge von etwa zehn, elf Jahren mit Haaren so pechschwarz wie das Fell von Thorags Rappen. Haaren, wie Thorag sie nur von den südlichen Völkern, wie den Römern und den Pannoniern, kannte.

»Hör endlich mit dem Herumzappeln auf, du kleine Schlange!« fuhr Klef den Gefangenen an, den er fast waagerecht vor seinem gewaltigen Brustkasten in den Armen hielt.

Aber der Junge schien nicht gewillt, so leicht aufzugeben. Er verbiß sich derart fest in Klefs Unterarm, daß der massig gebaute Cherusker seinen Griff lockerte und den Gefangenen entschlüpfen ließ. Der Junge fiel auf alle viere, erhob sich augenblicklich mit katzenartiger Gewandtheit und rannte davon, geradewegs auf Thorag zu, den er in seiner Erregung noch gar nicht bemerkt hatte. Schnell rutschte Thorag aus dem vierknaufigen Römersattel, an dessen Benutzung er sich in den letzten Jahren gewöhnt hatte, und packte den an ihm Vorbeilaufenden am Kragen, so daß dessen Wollkittel ein Stück einriß.

Thorag mußte die gleiche Erfahrung machen wie vor ihm Klef. Schlagartig verwandelte sich der Junge in ein sich windendes, kratzendes und beißendes Tier. Armin, Brokk, Klef und Albin scharten sich um Thorag und das Kind und ließen ihrer Erheiterung freien Lauf. Besonders Klef schien froh darüber zu sein, daß es statt seiner jetzt Thorag erwischt hatte.

Dieser wußte sich schließlich nicht mehr anders zu helfen, als den Jungen zu Boden zu werfen und sich rittlings auf ihn zu setzen, so schwer, daß seinem Gefangenen allmählich die Luft wegblieb.

»Was ist, kleiner Löwe?« fragte Thorag, als der Widerstand des Jungen allmählich nachließ. »Ergibst du dich?«

Schwer atmend, sah ihn der Junge mit weit aufgerissenen Augen an. Seine gleichmäßigen, feinen Züge hätten fast mädchenhaft schön gewirkt, wären sie nicht vor panischer Angst verzerrt gewesen.

»Laß mich in Ruhe, Römer!« keuchte der Junge. »Ich habe euch nichts getan!«

Jetzt war es an Thorag, zu lachen. Er schüttelte sich so sehr vor Lachen, daß sein langes, blondes Haar wie eine im Wind wehende Fahne hin und her flog. Gleichzeitig machte er sich ein wenig leichter, damit er dem Jungen nicht die letzte Luft zum Atmen raubte.

»Was hast du, Thorag?« erkundigte sich der herantretende Armin. »Warum lachst du so?«

»Der Junge hält uns für Römer«, erklärte Thorag, der sich zur Ernsthaftigkeit zwang.

»Kein Wunder«, meinte Armin. »Wir haben schließlich die Sprache der Römer benutzt.«

Thorag nickte, sah wieder den Jungen an und erklärte in der Sprache der Germanen: »Wir sind keine Römer, wir sind Cherusker.«

Der Junge sah ihn ungläubig an. »Ich habe noch nie einen Cherusker gesehen, der ein gesatteltes Pferd reitet. Und warum sprecht ihr die Sprache der Römer?«

»Weil wir daran gewöhnt sind«, antwortete Thorag und machte sich, da der Junge jeglichen Widerstand aufgegeben hatte, noch ein bißchen leichter. »Wir kommen aus Pannonien, wo wir in der römischen Armee gedient haben.«

»Aus Pannonien«, echote der Junge leise und fast ehrfurchtsvoll, als sei das für ihn genauso weit entfernt wie der Göttersitz Asgard oder Alfheim, die Welt der Lichtelfen. Vielleicht wußte er aber mit dieser Bezeichnung auch gar nichts anzufangen, weshalb sie ihm um so beeindruckender erschien. »In der römischen Armee gedient?«

»Ja«, bestätigte Thorag. »Und bevor wir heimkehrten, waren wir noch in Rom und haben Augustus, den Caesar, gesehen.«

»Rom«, wiederholte der Junge langsam und betrachtete die Männer. Die Verwirrung über die vielen fremden Namen zeichnete sich deutlich auf seinem Gesicht ab, als er wieder Thorag ansah. »Du ... bist du etwa Armin, der Sohn des Segimar?«

»Wie kommst du darauf?«

»Alle erwarten seit Segimars Tod die Rückkehr Armins. Sie sagen, dann wird alles besser werden.«

»Mein Name ist Thorag. Ich bin nicht der Sohn des Segimar, sondern des Wisar. Der da ist Armin.«

Er zeigte auf den Mann, der neben ihm stand und genauso hünenhaft und breitschultrig wie er selbst war. Man hätte sie für Zwillingsbrüder halten können, hätte Armin nicht etwas dunkleres – und kürzer geschnittenes – Haar gehabt als Thorag. Der markanteste Unterschied zwischen den beiden Männern aber waren ihre Augen. Thorags leuchtendblaue Augen standen in einem scharfen Kontrast zu dem dunklen Feuer, das in Armins Augen loderte.

Der Blick des Jungen wanderte immer noch von Thorag zu Armin und wieder zurück. Sein Mund stand halb offen.

»Was ist?« fragte Armin den Jungen. »Hast du plötzlich deine Sprache verloren?«

Der Junge schüttelte den Kopf, sagte aber keinen Ton.

»Dann sag uns, wie du heißt!«

»Eiliko«, kam es langsam über die Lippen des Schwarzhaarigen.

»Weshalb, Eiliko«, fuhr Armin fort, »bist du wie ein wilder Eber aus dem Gebüsch gebrochen und hättest uns fast über den Haufen gerannt?«

»Ich habe Uffo gesucht.«

»Wer ist nun wieder Uffo?«

»Ein Schwein.«

Die Cherusker sahen sich stirnrunzelnd an.

Plötzlich dämmerte es Thorag. »Er meint bestimmt das schwarze Etwas, das unsere Tiere scheu gemacht hat.«

»Ich habe Thidriks Schweine in den Wald geführt, damit sie frische Eicheln fressen können. Aber Uffo macht immer Schwierigkeiten. Schon vor einer ganzen Weile ist er mir weggerannt. Ich hatte ihn fast, aber dann ist er mir wieder entwischt. Ich bin ihm nachgerannt und euch in die Arme gelaufen.«

»Und hast uns für Römer gehalten«, meinte Armin.

Eiliko nickte. »Ja, Herr.«

»Weshalb fürchtest du die Römer so sehr?«

»Thidrik konnte seine Steuern nicht bezahlen, als die Römer hier waren. Sie sagten, wenn sie wiederkommen und er kann immer noch nicht zahlen, wollen sie es uns allen heimzahlen.«

»Bist du Thidriks Sohn?«

»Nein, sein Leibeigener.«

»Und warum kann dein Herr seine Steuern nicht bezahlen?«

»Weil sie zu hoch sind.«

»Das sagt jeder«, meinte Armin spöttisch.

Aber Eiliko nahm ihn ernst und nickte bekräftigend. »Ja, Herr, alle sagen das. Sie sagen, Varus saugt uns noch das Blut aus dem Leib, wenn nicht bald etwas geschieht.«

Diesmal war es an Armin, ungläubig dreinzuschauen. »Sprichst du von Publius Quintilius Varus, dem Legaten des Augustus?«

»Ich kenne nur den einen Varus, Herr.«

»Das kann ich mir nicht vorstellen«, meinte Armin kopfschüttelnd, »daß Quintilius Varus dem Volk der Cherusker ungerechte Steuern auferlegt. Wir haben schließlich einen Vertrag mit den Römern geschlossen.«

»Fragt diejenigen, die die Steuern bezahlen müssen, Herr«, sagte Eiliko.

»Das werde ich tun«, erwiderte Armin ernst und legte eine Hand auf Thorags Schulter. »Ich denke, du kannst unseren jungen Freund freilassen, Thorag. Er wird jetzt, da er uns als Cherusker erkannt hat, nicht mehr mit dem Schwert auf uns losgehen.«

»Mit was für einem Schwert?« fragte der Junge, als er sich behend vom Boden erhob, und löste mit der Frage bei Armin einen Heiterkeitsausbruch aus.

Der Sohn des Segimar stieg auf seinen Schimmel und sagte: »Führ uns zu Thidriks Hof, Eiliko!«

Der Junge schaute betreten drein. »Ich muß doch noch Uffo suchen, Herr. Aber ihr könnt den Hof nicht verfehlen. Reitet nur immer geradeaus.«

Sie befolgten Eilikos Rat und sahen bald, während sie an dem durch das Tal fließenden Bach entlang durch Gersten- und Roggenfelder ritten, das von einem niedrigen Zaun umschlossene Gehöft vor sich liegen. Das Eingangstor blickte nach Osten, um dort jeden Morgen die Jungfrau Sunna und ihren goldglänzenden Wagen zu begrüßen. Sie umrundeten den Hof und wurden von einer kleinen Menschenschar begrüßt, als sie das Tor erreichten.

Der voranreitende Armin zügelte seinen Schimmel vor dem Tor und fragte laut: »Ist unter euch Thidrik, der Herr dieser Menschen, Tiere und Gebäude?«

»Ich bin Thidrik«, sagte ein mittelgroßer, massiger Mann, der die Blüte seines Lebens bereits hinter sich gelassen hatte. Sein schulterlanges Haar und der große Schnurrbart, beides einstmals dunkel, wurden von zahlreichen grauen Fäden durchzogen. Sein mit Heidelbeersaft blaugefärbter Kittel war besser in Schuß und sauberer als Eilikos einziges Kleidungsstück. Außerdem trug Thidrik eine ebenfalls blaue Kniehose und lederne Schuhe.

»Gewährt Thidrik fünf Cheruskern und ihren beiden Begleitern Gastfreundschaft für die Nacht?« fragte Armin.

»Wer sind die, die meine Gastfreundschaft begehren?«

Armin zeigte auf den kräftigen Klef und seinen gegen ihn fast ein bißchen schmächtig wirkenden Bruder Albin. »Das sind Klef und Albin, die Söhne des Gaufürsten Balder.« Seine Hand wanderte weiter. »Das ist Thorag, Sohn des Gaufürsten Wisar.« Und weiter. »Das ist Brokk, Sohn des Gaufürsten Bror.« Die Augen der Umstehenden wurden immer größer und fielen ihnen fast aus den Gesichtern, als er schloß: »Ich selbst bin Armin, Sohn des Segimar.«

Kaum daß der junge Cheruskerfürst seinen Namen genannt hatte, ließen die Menschen sich auf die Knie fallen. Die kleineren Kinder, die nicht erfaßten, worum es ging, wurden von den Erwachsenen gewaltsam zu Boden gezogen. Schließlich standen nur noch zwei Menschen jenseits des Tores aufrecht: Thidrik und ein jüngerer Mann, der ihm wie aus dem Gesicht geschnitten war, auch wenn er keinen Bart trug. Er war unzweifelhaft Thidriks Sohn.

»Willkommen auf meinem Hof, edler Armin«, stammelte Thidrik überrascht, während er ebenfalls auf die Knie fiel. »Mein Haus sei dein Haus, und meine Speise sei deine Speise.«

Als letzter sank Thidriks Sohn zu Boden. Aber nur sehr widerwillig. Thorag, der von seinem Vater gelernt hatte, immer sehr genau in die Gesichter der Menschen zu sehen, glaubte, in den Augen des jungen Mannes ein ähnliches Lodern wahrzunehmen, wie er es zuweilen bei Armin feststellte. Aber es war nicht Armins Leidenschaft, die Thorag bei Thidriks Sohn sah, sondern eher Verachtung und Haß. Thorag sagte sich, daß er sich täuschen mußte. Sie waren Fremde für die Menschen hier. Jene hatten nicht den geringsten Grund zur Abneigung gegen Armin und seine Begleiter.

Hinter ihnen erhoben sich die Menschen wieder. Knechte und Mägde eilten herbei, um den Neuankömmlingen zu Diensten zu sein und ihre Pferde zu übernehmen.

»Vorsicht bei den Packpferden!« rief Thorag, als er sah, wie ein alter grauhaariger Knecht Pal und Imre recht unbekümmert zur Hand ging. Der Edeling ging zu den Packpferden und gab genaue Anweisungen, wie seine kostbare Fracht zu behandeln sei.

Eine junge Frau, fast noch ein Mädchen, wandte sich an ihn. Obwohl sie keinen Schmuck trug und nur ein einfaches, mit Flicken übersätes und von einer um die schmalen Hüften geschlungenen Kordel zusammengehaltenes Wollkleid, bemerkte Thorag gleich ihre Schönheit. In ihren ebenmäßigen Zügen lag eine Sanftheit, die in ihm zärtliche Erinnerungen weckte.

Ja, wäre ihr Haar nicht pechschwarz gewesen, sondern blond, hätte sie eine gewisse Ähnlichkeit mit Auja gehabt. Mit Auja, die er noch jünger in Erinnerung hatte, als diese Frau war, und die doch schon älter sein mußte. Auja, mit der er so viele schöne Stunden verbracht hatte, die schönsten seines Lebens vielleicht. Er mußte sie endlich wieder in seinen Armen halten, genauso wie er unbedingt seinen Vater, seine Mutter und seine Geschwister wiedersehen mußte.

Aber noch etwas anderes war an der jungen Frau vor ihm, das ihm bekannt vorkam. Natürlich, es war noch gar nicht lange her, daß er ganz ähnliche Züge gesehen hatte. Vor seinem geistigen Auge verwandelte sich das Antlitz der Frau in das Gesicht des Jungen Eiliko.

»Verzeih, Herr«, sagte die junge schwarzhaarige Schönheit mit leiser, aber fester Stimme. »Habt ihr, als ihr durch den Wald gekommen seid, einen Jungen mit einer Schweineherde gesehen?«

»Wie heißt du?« fragte Thorag, statt ihre Frage zu beantworten.

»Astrid.«

»Astrid«, murmelte Thorag. »Die schöne Göttin. Welch passender Name!« Lauter fragte er: »Ist Eiliko dein Bruder, Astrid?«

Sie nickte. »Ja, Herr. Wie kommst du darauf?«

»Ich habe Augen im Kopf. Eiliko ist noch im Wald. Er sucht ein entlaufenes Schwein.«

Astrid lächelte. »Das kann nur Uffo sein.«

»Ja, so hieß es.«

Thidriks Sohn eilte herbei, packte Astrid roh am Arm und zog sie mit solcher Gewalt von Thorag weg, daß sie stolperte und zu Boden stürzte. Die junge Frau verfügte über eine ähnliche katzenartige Gewandtheit wie ihr Bruder und erhob sich rasch wieder auf alle viere. So verharrte sie, um den Sohn ihres Herrn nicht herauszufordern. Ihr langes, hinten durch ein Band zusammengehaltenes Haar hatte sich bei dem Sturz gelöst und umspielte nun in sanften Wellen ihr Gesicht, was sie noch schöner wirken ließ.

»Belästige den Herrn nicht, Astrid!« bellte Thidriks Sohn. »Hast du nichts zu tun? Dann geh hinein und hilf meiner Mutter bei der Zubereitung des Festmahls!«

Stumm erhob sich Astrid und ging, ihr Haar wieder zu einem Pferdeschwanz zusammenbindend, an den beiden Männern vorbei, die ihr nachsahen, Thorag fasziniert und der andere mit jenem bösen Funkeln, das er schon zuvor bemerkt hatte.

Thorag konnte sich nicht helfen, aber er mochte diesen jungen Mann nicht, der sich ihm als Hasko vorstellte. Gewiß, Astrid war die Leibeigene seines Vaters. Thidrik und Hasko konnten mit ihr nach Belieben verfahren. Aber Thorag wäre niemals eingefallen, die Leibeigenen seines Vaters so zu behandeln, wie es Hasko eben getan hatte. Als Kind hatte er mit den Kindern von Wisars Leibeigenen gespielt, später mit ihnen zusammen den Erwachsenen bei der Arbeit geholfen. Von seinem Vater hatte er gelernt, einen Menschen nach seinen Taten zu beurteilen und zu behandeln, nicht nach dem Stand, in den er hineingeboren war.

Von Hasko geleitet, dessen Lächeln ihm so vertrauenswürdig erschien wie das Zähnefletschen eines Wolfes, betrat Thorag das schmale, lange Haus, das sich Mensch und Tier teilten. Der

Hauseingang befand sich in der Mitte einer Längsseite, wo Wohnung und Stall zusammentrafen. Da die Dämmerung bereits hereingebrochen war, stand das Vieh in den Boxen.

Der strenge Geruch aus den Jaucherinnen, die sich an den Stallseiten entlangzogen, beleidigte Thorags Nase. Das hatte er früher nie so empfunden und machte ihm bewußt, wie lange er seiner Heimat fern gewesen war. Er war kein Römer geworden in diesen Jahren, doch schien ihm manches, was bei den Untertanen des Augustus üblich war, als eine erstrebenswerte Errungenschaft.

Aber hatten nicht die Sitten jedes Landes ihren Sinn? Im Winter, wenn die Jungfrau Sunna ihren Sonnenwagen mit solcher Eile über den Himmel jagte, daß die Tage kürzer als die Nächte wurden, wenn der Eiswind aus dem Norden kam und das Land mit Schnee bedeckte, würde die Wärme der Tiere den mit ihnen unter einem Dach lebenden Menschen helfen, die kalte Zeit zu überstehen.

Thorag folgte Hasko über den Estrich, der den Boden im für die Menschen bestimmten Teil des Hauses bedeckte, am heiß ausstrahlenden Herd vorbei zu den Tischen, die von einigen Knechten vor den sich an der Längswand des Wohnhauses entlangziehenden Pritschen aufgestellt wurden. Die Tische bestanden aus hölzernen Böcken und darübergelegten Tafeln. Dann brachten die Knechte Sitzbänke und Hocker herbei, die aus grob bearbeiteten Baumstümpfen bestanden. Die Wurzelenden, mal drei, mal vier, waren zu Füßen zurechtgestutzt, manchmal so ungleichmäßig, daß das Sitzen auf den Hockern eine recht wacklige Angelegenheit war. Schließlich schleppten zwei Männer ein stuhlartiges Gebilde heran, mit einer hohen Rückenlehne, die sich an den Seiten zu Armlehnen niederschwang.

Thidrik, der an Armins Seite stand, zeigte auf den an einen Thron erinnernden Stuhl. »Auf diesem Stuhl sitzt der Herr dieses Hauses, edler Armin. Heute ist es dein Platz, denn kein anderer gebührt dem Sohn des Herzogs Segimar.«

Armin verneigte sich leicht als Dank für diese Ehrung und nahm auf dem Stuhl Platz. Dort rutschte er mehrmals hin und her, aber es fiel ihm nicht leicht, seinen hünenhaften Körper auf dem klobigen, für einen weitaus kleineren Mann geschaffenen Gebilde in eine einigermaßen bequeme Stellung zu bringen.

Als die Mägde das Geschirr auftrugen, sah Thorag Astrid wieder. Ihre Blicke begegneten sich. Kurz nur tauchte der Cherusker in das Leuchten ihrer dunklen Augen ein, aber es schien ihm wie eine kleine Ewigkeit. Obgleich Astrid noch jung war, lag in ihrem Blick der Ausdruck eines Menschen, der schon viel mehr gesehen hatte, als es ihre fünfzehn oder sechzehn Jahre ermöglichten. Schließlich wandte Astrid sich ab, um weiteres Geschirr zu holen.

»Nein, dieses Horn gebührt Armin«, sagte Thidrik zu einem Knecht, der aus Rinderhörnern gefertigte Gefäße auf den Tafeln verteilte. Zur Erklärung für die Gäste fügte Thidrik hinzu: »Dieses Horn ist mit Gold beschlagen und gebührt dem Herrn des Hauses. Das bist heute abend du, edler Armin.«

Der bedankte sich wieder mit einer angedeuteten Verneigung, während der Knecht die Hörner austauschte.

Thidrik tat wirklich alles, um seinen Pflichten als Gastgeber für den Sohn seines verstorbenen Herzogs nachzukommen. Und doch wurde Thorag das Gefühl nicht los, daß seine Freundlichkeit nur aufgesetzt war. Aber vielleicht lag das auch nur an Haskos seltsamem Blick, an den er sich einfach nicht gewöhnen konnte.

Knechte brachten Met zum Begrüßungstrunk. Thidrik erhob sich und ließ es sich nicht nehmen, erst Segimar und dann dessen Sohn Armin zu preisen. Anschließend stand Armin auf und antwortete mit einer Dankesrede auf die Gastfreundschaft Thidriks. Dann nahm der Sohn des Segimar einen Schluck aus seinem Horn, um es an den rechts von ihm sitzenden Thorag weiterzureichen. Dieser nahm ebenfalls einen Schluck und gab das Horn an Brokk weiter. Von dort ging es zu Thidrik, dem mit offensichtlichem Widerwillen trinkenden Hasko, Albin, Klef und zurück zu Armin. Es blieb nicht lange leer; sofort eilte ein Knecht herbei und füllte es wieder mit Met auf. Das kreisende Horn vereinte die Männer, für diese Nacht würden sie eins sein, jeder Schild und Schutz des anderen, denn das kreisende Horn war gegenseitige Ehrung und wechselseitiger Schwur zugleich.

Nach diesem zeremoniellen Schluck leerten die Männer ihre eigenen Trinkhörner.

Thorag bemerkte einen genießerischen Ausdruck auf den Gesichtern seiner Gefährten, und Klef sagte: »Bei den Römern habe ich jede Menge edler Weine vorgesetzt bekommen, aber nach diesem Schluck erst weiß ich, wie sehr ich guten Cheruskermet vermißt habe.«

Auch die anderen Edelinge lobten den aus Weizen, Beeren und Honig gegorenen Trank und hielten ohne Ausnahme ihre Rinderhörner hoch, als ein Knecht mit einem Tonkrug erschien, um nachzuschenken.

Mit dem Trinken ließ sich Thidrik ebensowenig lumpen wie mit dem Essen. Es gab gebratenes Huhn, gefüllt mit Beeren, Pilzen und Nüssen; dazu ofenwarme, mit Honig bestrichene Teigfladen.

Bevor die Menschen mit dem Essen begannen, kam eine Magd mit einem leeren, bronzenen Tablett zu Thidrik. Thorag glaubte in dem Tablett eine römische Arbeit zu erkennen. Es war gewiß das wertvollste Stück unter Thidriks Haushaltswaren.

Der Bauer nahm einen kleinen Teil von jeder Speise und legte ihn auf das Tablett. »Donar, Schutzherr der Bauern, der uns den fruchtbaren Regen bringt, erhöre uns! Wir bringen dir unsere Gaben dar und bitten dich, dafür zu sorgen, daß unsere Felder stets reichlich Korn, unsere Weiden stets frisches Gras tragen. Halte deine eiserne Faust schützend über dieses Haus, o Gott des Donners, des Blitzes und des Regens!«

Die Magd wollte mit dem Tablett zum Herd gehen. Aber Thorag winkte sie zu sich und legte einen Teil seines Essens neben Thidriks Gaben. »Auch ich, Thorag, Sohn des Wisar, bitte dich, unser aller Vater Donar, stets gut zu wachen über Haus und Hof, Sippe und Gesinde des Freien Thidrik.«

Jetzt durfte die Magd das Tablett zum Herd tragen und die Opfergaben dem Feuer übergeben.

Thidrik warf Thorag einen fragenden Blick zu. »Du bringst Donar ein besonderes Opfer dar?«

Die Frage war verständlich. Es oblag Thidrik als dem Herrn des Hauses, dem Schutzgott der Bauern zu opfern, nicht einem seiner Gäste.

Thorag nickte. »Ich habe es getan, um Donars besonderen Schutz für dich und die Deinen zu erbitten, Thidrik. Die Väter meines Vaters stammen vom Gott des Donners ab.«

Dabei zeigte der Edeling auf seinen Rundschild, der an seinem in einer Ecke des Hauses verstauten Gepäck lehnte. Das schwere Rund aus dickem Eichenholz, von einem bronzenen Ring eingefaßt, war mit bemaltem Leder überzogen. Die Bemalung stellte einen bronzen schimmernden, reich verzierten Hammer auf dunklem Grund dar und war so geschickt angebracht, daß der Kopf des Hammers mit dem bronzenen Schildbuckel in der Mitte des Kreises verschmolz. Der Schild hatte in vielen Schlachten manchen Schwerthieb und manchen Lanzenstoß abgefangen und sah entsprechend mitgenommen aus. Aber stets war Thorag unbesiegt aus dem Kampf hervorgegangen, mit seinem Schild und damit auch mit seiner Ehre. Denn der Hammer war ein Abbild Miölnirs, der Waffe Donars. Wenn Thorag den Schild bei sich trug, ging die Kraft des Donnergottes auf ihn über. Verlor er den Schild aber, war das eine Beleidigung Donars und ein Ehrverlust Thorags. Wie der Hammer auf dem Schild stellten auch die bronzene Schnalle von Thorags Wehrgehänge und die Bronzefibel, die seinen Umhang über der Schulter zusammenhielt, Abbildungen Miölnirs dar; beides hatte der Schmied Radulf gefertigt.

Der Bauer und sein Sohn blickten Thorag mit großen Augen an, aber jeder auf seine Weise. Aus Thidriks Blick sprach eine Mischung aus Ehrfurcht und Dankbarkeit, aus dem Haskos eine nur noch größere Ablehnung.

Draußen brach vollends die Dunkelheit herein, und ein paar der Knechte und Mägde, die im zum Stall grenzenden Wohnraumteil an einer Tafel saßen, standen auf, um die Windaugen zu schließen. Das einzige Licht kam vom prasselnden Herdfeuer. Jetzt, wo die Windaugen geschlossen waren, spürte Thorag stärker den sich im Haus verteilenden Rauch des Feuers, der durch das kleine Loch im Dachgiebel nur spärlichen Abzug fand.

»Wir hätten zu Ehren eures Besuches gern ein Schwein geschlachtet«, sagte Thidrik. »Aber dieser Herumtreiber von Eiliko, der die Schweine zum Füttern in den Wald geführt hat, ist noch nicht zurückgekehrt.«

»Wir haben ihn unterwegs getroffen«, berichtete Armin. »Er hielt uns anfangs für Römer und schien sehr große Angst vor uns zu haben. Weshalb?«

Thorag bemerkte, wie Thidrik einen Blick mit seinem Sohn wechselte. Der Schnauzbart des Hofherrn zitterte leicht, als er antwortete: »Das weiß ich nicht, Herr. Eiliko ist noch ein Kind und hat viele Flausen im Kopf.«

»Flausen schienen es nicht zu sein, Thidrik. Eiliko erzählte etwas von Steuern, die du nicht bezahlen kannst.«

Thidrik seufzte leise. »Steuern zu bezahlen, ist oft nicht leicht. Bevor die Römer kamen, schuldeten wir niemandem Abgaben, hatten nur Treue und Tapferkeit gegenüber unseren Fürsten zu erbringen. Jetzt plötzlich müssen wir den Römern Vieh, Leder, Wolle, Korn, ja selbst Milch, Käse und Honig geben, häufig so viel, daß uns selbst nicht genug übrigbleibt!« Der Bauer hatte sich in große Erregung hineingesteigert, und das Glühen seiner Augen erinnerte an seinen Sohn. »Was aber geben uns die Römer dafür?«

»Ihren Schutz und ihre Gesetze«, antwortete Armin.

»Früher brauchten wir keinen fremden Schutz und keine fremden Gesetze. Wurden wir bedroht, zogen wir mit unseren Fürsten in den Kampf und schlugen den Feind zurück. Und die Gesetze der Römer? Unsere Fürsten sprechen Recht, und in schweren Fällen entscheidet das Thing der Freien. Genügt das nicht?«

»In Zukunft nicht mehr. Die Welt verändert sich mit jedem Sommer. Wir haben viel von ihr gesehen und von der Macht der Römer. Es kann für uns nur gut sein, uns ihrem Schutz anzuvertrauen.«

Erst wollte Thidrik etwas auf Armins letzte Bemerkung erwidern, aber dann kniff er die Lippen fest zusammen und schluckte hinunter, was ihm auf der Zunge gelegen hatte. Auch gegen seine Erregung kämpfte er an, bis er im gemäßigten Tonfall sagte: »Vielleicht hast du recht, edler Armin. Wie du sagst, du hast viel gesehen von der Welt und den Römern. Ich kenne nur das Land der Cherusker. Was kann ich schon sagen.«

Hasko schien damit gar nicht einverstanden zu sein. Bevor er aber den Mund öffnen konnte, brachte ihn sein Vater mit einer

Handbewegung zum Schweigen und rief laut nach einen Knecht, um frischen Met aufzutragen.

Plötzlich drangen von draußen Geräusche, lautes Quieken und Grunzen, herein.

»Die Schweine sind zurück«, stellte Thidrik fest und hob sein frisch gefülltes Trinkhorn in Armins Richtung. »Leider zu spät, um daraus ein Festmahl für den jungen Herzog der Cherusker zu machen.«

»Noch bin ich nicht Herzog«, wehrte Armin ab. »Erst müssen mich die Frilinge auf dem Thing bei den Heiligen Steinen wählen.«

Noch während der Sohn des toten Herzogs sprach, war Hasko aufgesprungen und an der Gesindetafel vorbei zur Tür gegangen.

»Wohin willst du, Sohn?« fragte Thidrik.

»Ich werde mir Eiliko vornehmen, damit er nicht noch einmal solange mit den Schweinen wegbleibt.«

Astrid, die an der Gesindetafel saß, blickte Hasko ängstlich nach. Er ließ die Tür offenstehen. Kurz darauf hörten sie von draußen seine laute Stimme, klatschende Geräusche und dann das Wimmern einer helleren Stimme.

»Eiliko«, stieß Astrid halblaut hervor. Ihre dunklen Augen richteten sich auf die Türöffnung.

Als erneut Haskos erregte Stimme hörbar wurde, die noch unbeherrschter klang als zuvor, sprang Thorag von seinem Schemel auf und lief nach draußen. Das Licht der Sterne und des fast vollen Mondes war hell genug, um ihn alles sehen zu lassen: Die Schweineherde, die vor dem Haus quiekte; Hasko, der breitbeinig mitten zwischen den Tieren stand, sich nach unten beugte und unter wüsten Beschimpfungen auf jemanden einschlug.

Auf jemanden? Als er näher heranging, erkannte Thorag den Jungen, der auf dem Rücken lag und schützend seine Arme vor seinen Kopf hielt. Aber es half ihm wenig. Immer wieder trafen ihn Haskos harte Schläge am Kopf und am ganzen Körper.

»Aufhören!« rief Thorag.

Hasko hörte nicht auf ihn. Vielleicht nahm er Thorags Aufforderung in seiner Raserei gar nicht wahr. Mit verzerrtem Gesicht stand er über dem Jungen und schlug wieder und wieder zu. Thorag hatte das unbestimmte Gefühl, daß diese Schläge nicht Eiliko galten, sondern in Wahrheit jemand ganz anderem.

Thorag sprang zwischen den Tieren hindurch und über sie hinweg, um Hasko zurückzureißen. Der Bauernsohn hatte gerade zu einem neuen Schlag angesetzt. Sein eigener Schwung riß ihn von den Beinen. Hasko ruderte kurz hilflos mit den Armen und landete zwischen den Schweinen im Dreck.

Er schüttelte den Kopf, um seine Benommenheit loszuwerden. Aus seinen Augen schossen tödliche Flammen zu Thorag herüber, während er langsam aufstand.

»Das wirst du büßen!« knurrte Hasko und hatte auch schon den Dolch aus der Lederscheide an seiner linken Seite gerissen. »Niemand greift ungestraft einen freien Cherusker an, auch nicht ein Edeling!«

»Komm nur«, sagte Thorag ruhig und zog ebenfalls seinen Dolch. Alle übrigen Waffen hatte er im Haus abgelegt. »Es wird eine ganz neue Erfahrung für dich sein, gegen einen Mann zu kämpfen, der sich wehren kann.«

»Halt!« erscholl es da vom Haus.

Thorag erkannte die Stimme sofort. In vielen Schlachten hatte er sie im dichtesten Getümmel vernommen und sich stets nach ihr gerichtet. Die Stimme seines Tribuns Armin.

Der Sohn des Segimar war mit seinen Begleitern und Thidrik, gefolgt von Knechten und Mägden, vor das Haus getreten. Jetzt traten sie langsam näher.

»Was ist hier los?« fragte Armin.

»Dieser Edeling aus deinem Gefolge hat mich angegriffen, Herr«, antwortete Hasko und zeigte auf Thorag.

»Vergiß nicht zu erzählen, daß du Eiliko halbtot geschlagen hast, Hasko«, sagte Thorag, der seinen ruhigen Tonfall bewahrte.

»Das war mein gutes Recht«, verteidigte sich der Bauernsohn. »Eiliko ist Leibeigener meines Vaters. Solange Thidrik nicht dagegenspricht, kann ich mit dem Jungen tun, was mir beliebt.«

»Fragen wir doch Thidrik«, schlug Armin vor und sah den Bauern fragend an.

Dem war die Rolle, die ihm plötzlich zugefallen war, sichtlich unangenehm. Seine Mundwinkel zeigten wie die Enden seines Schnurrbarts nach unten, und seine Stirn lag in tiefen Falten. »Der Edeling Armin und sein Gefolge genießen das Gastrecht in meinem Hause«, sagte er schließlich, als er zu einer Entscheidung gelangt war. »Wohl war es nicht recht, was der Edeling Thorag tat, aber um das Gastrecht zu wahren, werden Hasko und ich darüber hinwegsehen.«

»Eine weise Entscheidung, Thidrik«, lobte Armin. »Eines freien Cheruskers würdig.«

»Was ist mit Eiliko?« fragte Thorag und sah den Jungen an, der, schwer atmend, noch am Boden lag.

»Er ist genug bestraft«, verkündete Thidrik. »Astrid wird sich um ihren Bruder kümmern.«

Das ließ sich die junge Frau nicht zweimal sagen. Kaum hatte ihr Gebieter ausgesprochen, da kauerte sie auch schon neben ihrem Bruder und tupfte mit einem Zipfel ihres Kleides das Blut aus seinem Gesicht.

Thorag steckte als erster seinen Dolch zurück in die Scheide. Hasko tat es ihm nur widerwillig nach. Thorag erkannte deutlich, daß Thidriks Sohn am liebsten gegen ihn gekämpft hätte. Hasko mußte sich sehr viel auf seine kämpferischen Fähigkeiten einbilden. Oder sein Haß war ungeheuer.

Als Thidrik und Hasko mit ihren Gästen wieder an einem Tisch saßen, war die Stimmung mehr als gedrückt.

Die Unterhaltung gelangte über einsilbige Bemerkungen kaum hinaus. Auch an der Gesindetafel war es stiller geworden. Vielleicht wollten Knechte und Mägde vermeiden, den Sohn ihres Herrn durch eine unbedachte Äußerung noch mehr zu reizen.

So war es kein Wunder, daß man schon bald beschloß, sich zur Ruhe zu begeben. Das Gesinde deckte erst die Tafeln ab und stellte diese dann beiseite. Die Bänke an den Längsseiten des Hauses, die eben noch als Sitzgelegenheiten gedient hatten, wurden mit zusätzlichen Decken und Fellen als Nachtlager hergerichtet.

Thorag verließ das Haus. Er wollte sich an dem Bach saubermachen, der mitten durch das Gehöft floß. Aber er wollte auch nach Astrid und Eiliko Ausschau halten, die er seit dem Streit mit Hasko nicht mehr gesehen hatte.

Thorag hatte Umhang und Kittel auf einen großen Stein gelegt und wusch sich mit dem frischen Wasser, als er ein leises Rufen hörte: »Herr!«

Er drehte sich um und entdeckte Astrid, die zwischen einigen Hütten stand.

Er trocknete seinen Oberkörper mit dem Kittel ab und warf den Umhang aus fein gegerbtem Hirschleder lose um seine Schultern, bevor er sich der jungen Frau näherte und sich nach Eiliko erkundigte.

»Langsam geht es meinem Bruder besser.« Astrid zeigte auf eine der Hütten. »Er liegt hier drin.«

Thorag folgte ihr in die Hütte, in der kein Feuer brannte. Aber das durch die Türöffnung einfallende Himmelslicht beleuchtete den großen Webstuhl, neben dem Eiliko auf dem Boden lag, in Felle und Decken gehüllt und mit einem dicken Verband um die Stirn.

»Leise«, sagte Astrid und legte den Zeigefinger vor den Mund. »Eiliko schläft. Ich möchte mich bei dir bedanken, edler Thorag. Und ich möchte dich warnen.«

»Warnen?« fragte der Cherusker überrascht. »Wovor?«

»Vor dem Schlaf. Ich habe eben ein Gesicht gehabt. Darin sah ich dich, wie du im Schlaf lagst. Als du die Augen aufschlugst, war Blut um dich herum, überall.«

»Ich verstehe dich nicht.«

»Ich habe manchmal diese Gesichte«, erklärte Astrid. »Ich hoffe, du sagst es niemandem weiter, Thorag. Ich möchte nicht der Zauberei angeklagt werden. Ich tu' es auch nicht absichtlich. Aber manchmal sehe ich einfach Dinge vor mir, die noch nicht geschehen sind.«

»Und die später geschehen?«

Astrid nickte.

»Diesmal hast du mich gesehen, inmitten von Blut?«

Sie nickte erneut.

»Was bedeutet das?«

»Ich weiß es nicht genau«, antwortete Astrid zaghaft. »Jedenfalls nichts Gutes. Das Haus, in dem du geschlafen hast, sah aus wie Thidriks Haus. Ich fürchte, daß dir hier Gefahr droht. Vielleicht auch deinen Begleitern. Flieh dieses Haus, so schnell du kannst!«

Während der letzten Worte verkrallte sie ihre Hände in seinem nackten Oberarm und sah Thorag aus weit aufgerissenen Augen flehend an. Als ihr das bewußt wurde, löste sie schnell ihren Griff und trat einen Schritt zurück. Zu spät hatte sie erkannt, daß sie unerlaubterweise die unsichtbare Grenze überschritten hatte, die zwischen einer Leibeigenen und einem Edeling bestand.

»Wie kann ich das tun?« fragte Thorag, dem Astrids Berührung keineswegs unangenehm gewesen war. »Wo sollen wir übernachten? Mit welcher Begründung sollen wir Thidriks Gastfreundschaft ausschlagen?«

Astrid sah ihn unsicher an. »Ich weiß es nicht, Herr. Aber tut es!«

Ihre Stimme war lauter geworden, und Eiliko wälzte sich stöhnend auf seinem Lager herum. Um ihn nicht zu stören, verließen sie die Hütte.

»Thidriks Haus ist ebensowenig gut für dich, Thorag, wie für Eiliko und mich«, sagte Astrid, während sie auf die das Gehöft beherrschende Behausung ihres Herrn starrte.

»Wie seid ihr hierhergekommen?«

»Unser Vater war ein Freigelassener an der Grenze zum Land der Sugambrer. Aber das Thing verweigerte ihm den Stand als Freier, weil er Schulden bei seinem Gefolgsherrn hatte. Um seine Schulden begleichen zu können, verkaufte Vater uns an einen fahrenden Händler, einen Sugambrer. Der Händler kaufte viel Leder und viele Pelze von Thidrik. Als Bezahlung ließ er uns zurück. Ich glaube, meine Gabe hat dem Händler angst gemacht. Er schärfte mir ein, Thidrik gegenüber nichts von meinen Gesichtern zu erzählen.«

»Und?« fragte Thorag. »Hast du etwas erzählt?«

Sie schüttelte den Kopf und sah dabei ängstlich aus. »Ich will nicht als Zauberin dastehen. Außer dir weiß es nur Eiliko.«

»Ich werde dein Geheimnis bewahren«, versprach Thorag, und Astrid sah ein wenig erleichtert aus. »Aber das heißt auch, daß ich keinen Grund angeben kann, Thidriks Gastfreundschaft auszuschlagen.«

Sofort betrübte sich das schöne Gesicht der jungen Frau wieder, und der flehende Ausdruck kehrte in ihre Augen zurück. »Dann versprich mir, vorsichtig zu sein, Thorag!«

»Das bin ich stets. Heute nacht will ich es ganz besonders sein.«

Menschen traten, sich laut unterhaltend, aus dem Haus. Astrid verabschiedete sich hastig und schlüpfte in die Webhütte zurück. Thorag verstand. Sie wollte Haskos Unmut nicht erneut auf sich und ihren Bruder lenken. Ein weiteres Mal würde Thorag den Geschwistern kaum beistehen können. Er hatte die Grenzen, die ihm das ungeschriebene Recht der Cherusker setzten, schon überschritten, als er Hasko an Eilikos Bestrafung hinderte, mochte diese auch noch so ungerecht gewesen sein. Wandte er sich noch einmal gegen Hasko, konnte Thidrik das ganz zu Recht als einen Mißbrauch der von ihm gewährten Gastfreundschaft auslegen. Und außerdem würde Thorag dadurch seinen Gefolgsherrn Armin in eine mißliche Lage bringen.

Weniger vernünftig erschien ihm allerdings Astrids nebulöse Warnung. Sollte er die Geschichte mit ihren Gesichtern glauben? War sie wirklich eine Zauberin, eine Hexe? Unsinn, sagte er zu sich selbst, als er zurück zum Haus ging. Aber andererseits – auch Thorag wurde zuweilen von Träumen heimgesucht, in denen die Götter zu ihm sprachen. Und weshalb hatte Astrid ihn sonst vor Thidriks Haus gewarnt? Hatte sie ihn angelogen? Auch das konnte er sich nicht vorstellen.

Voller Fragen und Zweifel legte er sich auf einen freien Platz der Pritsche nieder und deckte sich mit einer Wolldecke zu. Vorher hatte er sein zweischneidiges Schwert, das in einer mit bronzenen Zierblechen beschlagenen Holzscheide steckte, neben sich auf die Pritsche gelegt. Und unter der Pritsche lehnte sein runder, bemalter Schild an der Wand.

Die vielen Gedanken, die Thorag durch den Kopf gingen, ließen ihn nur schwer einschlafen. Immer wieder sah er ein Gesicht vor sich. Ein schönes, ebenmäßiges Gesicht, umrahmt von pechschwarzem Haar. Das Gesicht einer jungen Frau.

Astrids Gesicht. Er wollte nach den sanften Zügen greifen, seine Hände über sie streichen lassen. Da veränderten sich die Züge und die Farbe der Haare, die plötzlich hellblond waren. Jetzt waren es Aujas Züge.

Als Thorag dann endlich einschlief, träumte er von seiner Kindheit.

Kapitel 2

Die Wolfshäuter

Die Ebene, die der einsame Mann durchschritt, war windstill. Der wolkenlose blaue Himmel eines Sommertags lag über dem Land.

Aber über dem Hügel, auf den er zuschritt, tobte ein Sturm von solcher Gewalt, als hätten ihn die Götter selbst entfacht. Der Himmel über dem Hügel war nachtdunkel, wurde nur hin und wieder von grellen Blitzen zerrissen, die ihn geradezu aufspalteten. Jedem Blitz folgte der unvermeidliche mächtige Donner, so kraftvoll, daß das Land erbebte und der einsame Mann ins Wanken geriet.

Trotzdem hielt er unbeirrbar auf den Hügel zu, verließ die sanften grünen Wiesen in seinem Rücken, um in den Sturm hineinzumarschieren. Was trieb den jungen Cherusker voran? Ja, jetzt erkannte er sich, er war es, Thorag selbst.

Widder Erwarten warf ihn der Sturmwind nicht zu Boden. Ganz im Gegenteil, er bildete einen Sog, der Thorag förmlich auf die Spitze des Hügels zu reißen schien. Jedenfalls erklomm er die felsige, kahle Anhöhe mit einer nie für möglich gehaltenen Schnelligkeit.

Dann stutzte er plötzlich, als er die große dunkle Gestalt erblickte, die oben auf der Hügelkuppe stand. Reglos, den Blick auf Thorag gerichtet, wartend. Das glaubte Thorag zumindest. Denn obwohl er den Blick des anderen zu spüren vermeinte, blieb ihm dessen Gesicht, wie hinter einer schwarzen Wolke, verborgen.

Als Thorag weiterschritt, erkannte er, daß die Gestalt nicht allein war. Rechts und links von ihr stand je ein gehörntes Tier. *Zähneknirscher und Zähneknisterer*, schossen Thorag die Namen der beiden Böcke durch den Kopf. Und dann, als die Gestalt auf der Hügelkuppe einen Arm ausstreckte und ein neuerlicher Blitzstrahl augenblicklich den dunklen Himmel aufriß, erreichte den Cherusker mit dem anrollenden Donner auch das Wissen, mit wem er es zu tun hatte.

Donar, auch Thor genannt, der mächtige Gott des Donners und des Blitzes, der gefürchtete Hammerschleuderer, Feind der Riesen und Schutzgott von Thorags Familie, die ihre Abstammung direkt auf den Donnergott zurückführte.

Mit gestärkter Zuversicht setzte der Cherusker seinen Aufstieg fort und war bald nur noch wenige Schritte von Donar und den beiden großen Böcken entfernt. Der Donnergott, den er weiterhin nur schemenhaft sah, griff unter seinen Umhang, als wolle er etwas hervorholen. Eine Gabe für Thorag?

Es war etwas Langes, Glänzendes. Thorag dachte an den Hammer Miölnir. Aber es war länger und schlanker als Donars von seinen Feinden gefürchteter Hammer. Im Licht des neuen Blitzes erkannte Thorag ein scharfes Schwert, das von der Gestalt durch die Luft geschwungen wurde.

Unwillkürlich wich Thorag zur Seite aus ...

... und entging nur knapp einem Schlag, der ihn das Leben gekostet hätte. Dicht neben seinem Kopf zerteilte die scharfe Klinge die Felle, auf denen Thorag gelegen hatte, und schnitt tief in das Holz der Pritsche.

Der Schlag löste in Thorag Panik aus. Er riß die Augen auf und zwang sich, die einlullende Schläfrigkeit und die süße Mattigkeit des reichlich genossenen Mets augenblicklich zu verdrängen. Aber es fiel ihm schwer. Hätte er sich nur Astrids Warnung mehr zu Herzen genommen, hätte er nur weniger von dem berauschenden Honigwasser genossen!

Sein Gegner, in dem durch die offene Tür einfallenden schwachen Licht nur schemenhaft erkennbar, grunzte unwillig und erregt zugleich, während er das große Schwert zum neuen Schlag erhob. Hatte Thorag beim ersten Angriff, aufgeschreckt durch den seltsamen Traum, unwillkürlich reagiert, so wurde nun der an Jahren junge, aber an Erfahrungen reiche Krieger in ihm wach. Er ruckte hoch, stützte seine Hände auf der Pritsche ab, stemmte den Rücken gegen die Wand und ließ beide Füße nach vorn schießen. Sie trafen den Angreifer in dem Augenblick, als er das Schwert zum zweitenmal auf Thorag niederfahren lassen wollte, in den Magen. Mit einem gurgelnden Stöhnen taumelte der Unbekannte rückwärts, während seine Klinge statt Thorag nur die Luft zerteilte.

Jetzt konnte Thorag die Gestalt des Gegners etwas besser erkennen. Aber was er sah, war nicht dazu geeignet, ihn zu beruhigen: Auf dem Körper eines Mannes schien der Kopf eines Wolfes zu sitzen. Die spitzen Ohren stachen deutlich genug gegen das schwache Licht ab. Ein aufrecht gehender Wolf, der mit dem Schwert kämpfte?

Auch die zweite Entdeckung war beunruhigend. Durch die offene Tür drangen weitere jener seltsamen Wolfsmenschen ins Haus ein. Thorag hörte das Klirren ihrer Waffen und dachte erschaudernd an die Wolfshäuter, von denen die Mutter an langen Winterabenden erzählt hatte. Jene gewaltigen, fast unbesiegbaren Krieger, die in der Haut von Wölfen steckten und auch mit dem Blutdurst, der Wildheit und der Kraft dieser Bestien ausgestattet waren.

Thorag stieß laute Warnrufe aus, die seine Gefährten wachrütteln sollten, und sprang von der Pritsche auf. Sein griffbereites Schwert packte er mit beiden Händen; wenigstens insoweit hatte er Astrids Warnung beherzigt. Eine ruckartige Bewegung, und die hölzerne Scheide flog davon, um irgendwo klappernd gegen die Wand und dann auf den Boden zu schlagen. Er hielt das zweischneidige Eisen mit beiden Händen schützend vor sich und bewegte sich auf seinen Gegner zu, während rings um ihn herum Armin und die anderen Edelinge den Kampf gegen die Wolfshäuter aufnahmen.

Der Wolfshäuter, der Thorag angegriffen hatte, hatte sich von der Gegenwehr des Fürstensohns erholt und trat ihm schnaufend und mit funkelnden Augen entgegen. Thorag fing seinen Schlag mit dem Langschwert ab. Nicht nur ihre Klingen stießen funkensprühend aufeinander. Das ganze Haus war erfüllt vom Keuchen der Krieger, vom Klirren der Waffen, vom Geschrei der erschrockenen Frauen und Kinder. Selbst das Vieh spürte, daß etwas nicht in Ordnung war, und das ängstliche Brüllen und Grunzen übertönte fast den Kampflärm.

Thorag spannte seine Muskeln bis zum Zerreißen, um dem Druck des Wolfshäuters standzuhalten. Jeder preßte seine Klinge gegen die des anderen, von dem Willen beseelt, den Gegner zum Nachgeben zu zwingen. Der Edeling hörte sein eigenes heftiges, stoßweises Atmen und spürte den heißen Atem seines Gegenübers im Gesicht.

»Stirb, Römling!« preßte der Wolfshäuter mit einer Stimme hervor, die Thorag bekannt vorkam. Gleichzeitig erhöhte er den Druck gegen den Edeling.

Thorag machte einen gewandten, schnellen Schritt zur Seite und zog seine Klinge weg. Der Druck des Wolfshäuters ging plötzlich ins Leere und riß ihn mit sich. Er war ein starker Mann, aber kein erfahrener Krieger. Er verlor das Gleichgewicht und stürzte vor der Pritsche vornüber. Etwas bohrte sich durch seinen Körper, während er mit einem qualvollen Röcheln sein Leben aushauchte. Beim Sturz hatte er die eigene Schwertklinge durch seinen Leib gerammt. Zusammengekrümmt kauerte er auf dem Boden. Die blutige Eisenspitze lugte aus seinem Rücken.

Die Stimme des Wolfshäuters ging Thorag nicht aus dem Kopf. Und auch nicht der stechende Blick, der ihm selbst in diesem Halbdunkel aufgefallen war. Vorsichtig näherte er sich dem anderen. Der mußte zwar tot sein, aber konnte man das bei einem Wolfshäuter so genau wissen?

Sein Schwert zum Schlag bereit in der Rechten, zog Thorag mit einer raschen Bewegung der Linken das Wolfsfell vom Kopf des anderen. Also hatte er sich nicht getäuscht. Es war Hasko, Thidriks Sohn. Selbst jetzt, wo sie vom Tod gebrochen in unendliche Ferne starrten, vielleicht nach Walhall gerichtet, lag in seinen Augen der unversöhnliche Haß, mit dem er den Edelingen von Anfang an begegnet war. Seine Worte hallten in Thorag wider: *Stirb, Römling!*

Als Thorag sich in dem allgemeinen Kampfgetümmel umschaute, mußte er feststellen, daß seine sämtlichen Gefährten in Auseinandersetzungen verwickelt waren. Die Zahl der Wolfshäuter war derjenigen der Verteidiger, die beiden Pannonier eingeschlossen, mindestens ebenbürtig, vielleicht sogar leicht überlegen. Ja, Armin kämpfte gegen zwei Angreifer zugleich und schien sich doch nicht in Bedrängnis zu befinden.

Gerade hatte Thorag beschlossen, seinem Gefolgsherrn beizuspringen, als er aus der Nähe des Stalls einen langgezogenen

Schmerzensschrei vernahm. Er sah den jungen Albin dort auf dem Boden knien. Blut floß aus seiner rechten Schulter, und sein Schwert lag ein Stück neben ihm auf dem Estrich. Mit bloßen Händen versuchte er einen Wolfshäuter davon abzuhalten, seine Brust mit dem Schwert zu durchbohren.

Thorag hetzte durch den Raum und hatte Albin fast erreicht, als diesen die Kräfte verließen. Die verletzte Schulter raubte dem rechten Arm die Festigkeit. Als seien sämtliche Sehnen durchtrennt, fiel der Arm plötzlich nach unten. Die Linke allein vermochte den Wolfshäuter nicht aufzuhalten. Wie zuvor Haskos Brust wurde jetzt die Albins von scharfem Eisen durchbohrt.

»Neeeiiin!« schrie Thorag, als er den Gefährten vieler Schlachten fallen sah.

Sein Schrei warnte den Wolfshäuter. Mit einem Ruck zog er sein Schwert aus Albins Brust und streckte dem heranstürmenden Edeling die blutüberströmte Klinge entgegen.

»Schrei nicht, Römling!« rief der Wolfshäuter. »Kämpf lieber!«

Schon wieder eine Stimme, die Thorag bekannt vorkam. Zuerst dachte er an Thidrik. Aber er hatte sich getäuscht.

Die Tür war ganz in der Nähe und das Licht hier deshalb etwas stärker als an Thorags Schlafplatz. Er konnte Thidrik sehen, der bei seiner Frau und seinen noch jungen Töchtern stumm und starr am Boden kauerte und das blutige Gemetzel in seinem Haus mit ansah.

So wie der Bauer, der Armin und seinem Gefolge vor Stunden noch Gastrecht und Schutz gewährt hatte, griffen auch seine Knechte nicht in den Kampf ein. Aus Angst oder aus Berechnung?

Als Thorag Albins Mörder fast erreicht hatte, machte dieser einen schnellen Ausweichschritt zur Seite. Ein Manöver, auf das der Edeling normalerweise nicht hereingefallen wäre. Aber Albins Tod hatte seinen Zorn derart entfacht, daß er seine Vorsicht vergaß. Er lief ins Leere, stolperte und spürte schon den Luftzug des fremden Schwertes über seinem Kopf. Im letzten Augenblick ließ er sich fallen, und der Streich ging über ihn hinweg.

Thorag fiel weich. Der harte Estrich war lockerem Lehmboden gewichen, weil er sich bereits im Stallteil des Hauses befand. Im Mittelgang zwischen den Rinderboxen ging er zu Boden und rollte sich, die Gefahr ahnend, augenblicklich ab. Das war seine Rettung. Wo er eben noch gelegen hatte, pflügte das Schwert des Wolfshäuters den Boden.

Sein Schwert in der Rechten, zog sich Thorag mit der Linken an dem hölzernen Gitter einer Rinderbox hoch und hörte die seltsam bekannte Stimme des Feindes rufen: »Weich nicht aus, Thorag! Oder bist du ein Feigling? Ich kriege dich doch!«

Der Wolfshäuter kannte seinen Namen. Und Thorag kannte seine Stimme. Aber er konnte sich nicht erinnern, woher. Nur eins glaubte er zu wissen: Er hatte die Stimme häufig gehört, doch es war schon lange Zeit her.

Zu weiteren Überlegungen ließ ihm das auf ihn herabsausende Schwert keine Zeit. Thorag stieß sich von dem Rinderkasten ab. Die schwere Eisenklinge ließ das Holz zersplittern, und das Gitter schwang auf.

Thorag hatte ein Ausweichen zur Seite vorgetäuscht, war dann aber auf den Wolfshäuter losgestürmt und schlug seine linke Faust gegen dessen Gurgel. Benommen wich der Unbekannte zurück. Thorag packte sein Schwert mit beiden Händen, um dem Gegner den Todesschlag zu versetzen.

Aber er hatte den Wolfshäuter unterschätzt. Der schien nur darauf gewartet zu haben, daß Thorag seine Brust ungeschützt ließ. Er riß sein Schwert mit kaum glaublicher Schnelligkeit hoch und stieß es gegen Thorag, um ihn ebenso zu durchbohren wie zuvor Albin. Durch eine Drehung zur Seite entging der Edeling dem tödlichen Stoß. Die Klinge fuhr an seiner Brust vorbei. Der Schwung des Wolfshäuters ließ den Mann gegen Thorag prallen. Beide verloren ihre Schwerter, stolperten und stürzten in der Rinderbox zu Boden.

Für Sekunden sah Thorag nur Fell über sich. Das Wolfsfell seines Gegners und das Fell der Kuh, in deren Ruheplatz sie eingedrungen waren. Überall an Thorag klebte der stinkende Unrat des Tieres. Aber das war jetzt bedeutungslos. Der Wolfshäuter saß rittlings auf ihm, zog seinen Dolch und führte die Klinge mit einem wütenden Schrei gegen den Edeling.

Mit aller Kraft riß Thorag sein rechtes Knie hoch. Sein Oberschenkel stieß zwischen die Beine des Wolfshäuters, dahin, wo es einen Mann am meisten schmerzt. Der Getroffene jaulte auf wie ein geprügelter Hund, verlor das Gleichgewicht und fiel neben Thorag in den Dreck. Statt Thorags Haut riß der große Dolch nur verkrusteten Unrat auf.

Der Edeling rollte sich auf den Wolfshäuter und saß jetzt in einer ähnlichen Position auf ihm, wie sie zuvor sein Gegner eingenommen hatte. Das Wolfsfell rutschte vom Kopf des Mannes, aber sein Gesicht blieb in der Dunkelheit verborgen, die in der Rinderbox größer war als im Wohnteil. Die Kuh brüllte in einer Mischung aus Angst und Wut und verdrückte sich vor den Eindringlingen in die hinterste Ecke.

Ein Faustschlag traf Thorag ins Gesicht. Sein Gegner riß die andere Hand hoch; sie hielt noch immer den Dolch umklammert. Die schmutzige Klinge fuhr auf Thorags Kopf zu, als der Edeling den Unterarm des Feindes mit beiden Händen umklammerte und in die entgegengesetzte Richtung drehte. Ein Schmerzensschrei, die Hand des Wolfshäuters öffnete sich, und der Dolch landete erneut im Dreck.

Der Wolfshäuter vertrödelte keine Zeit. Beide Hände schlossen sich um Thorags Hals und drückten ihn so fest zu, daß dem Edeling schon nach wenigen Sekunden die Luft wegblieb. Er konnte sich frei machen, indem er sich nach hinten warf. Rücklings fiel er in den Dreck der Rinderbox und fühlte sich auf einmal ausgepumpt. Sein Hals schmerzte wie bei der schlimmen Erkältung, die er sich als kleiner Junge zugezogen hatte. Nein, schlimmer.

Nicht liegenbleiben! hämmerte er sich ein und stand torkelnd auf, mit der Hand Halt an der Einfriedung der Rinderbox suchend.

Es stimmte offenbar, was man sich über die Wolfshäuter erzählte. Sie verfügten tatsächlich über unerschöpfliche Kräfte, gaben sich niemals geschlagen. Thorags Gegner war ebenfalls schon wieder auf den Beinen, hatte seinen Dolch aus dem Dreck gezogen und stürmte auf den Edeling zu. Der konnte gerade so viel vom Gesicht des Angreifers sehen, um zu erkennen, daß es zu einer wütenden, haßerfüllten Fratze verzerrt war.

Thorag wischte alle Gedanken an die angebliche Unbesiegbarkeit der Wolfshäuter beiseite. Auch Hasko war gestorben. Wie der Sohn des Bauern war auch der Angreifer vor ihm kein halbtierisches Ungeheuer, sondern ein Mensch!

Mit einer tausendfach geübten Bewegung zog Thorag seinen eigenen Dolch aus der lederumspannten Scheide an seiner Hüfte und rannte in den anderen hinein. Er wollte der Sache ein Ende machen.

Die Körper der beiden Männer prallten schwer aufeinander. Vergeblich erwartete Thorag den stechenden Schmerz, den er von früher kannte, wenn er in der Schlacht verwundet worden war. Während der Edeling noch wartete, stöhnte der Wolfshäuter gequält auf und sackte an Thorag hinunter zu Boden. Thorags Dolch steckte tief in seiner linken Brustseite.

Der Verwundete hob den Kopf, um etwas zu sagen. Statt Worten kam nur Blut über seine Lippen. Seine Körpersäfte ausspeiend, verendete der Wolfshäuter zu Thorags Füßen.

Der Edeling verspürte kein Mitleid. Nur Stolz über seinen Sieg. Und Erleichterung darüber, daß der Kampf vorüber war.

Der Kampf!

Abrupt wandte er sich um, als ihm bewußt wurde, daß er keinen Kampflärm mehr aus dem Wohnteil hörte. Kein Schreien und Keuchen, kein Schwerterklirren.

Er sah ein paar Männer, die auf ihn zukamen. Einer hielt eine am Herdfeuer entzündete Fackel in der Hand, deren flackerndes Licht auf ein verschrammtes, blutiges Gesicht fiel. Es war Klef. Die anderen waren Armin, Brokk und Pal.

»Wo sind die Wolfshäuter?« fragte Thorag unter Schmerzen. Sein Hals tat weh. Sein Atem rasselte heftig.

»Geflohen«, antwortete Armin, dessen linke Wange von einer blutigen Kerbe verunstaltet wurde. »Oder tot. Einen habe ich erwischt, den anderen du, Thorag.«

»Zwei«, erwiderte Thorag und zeigte auf den Mann zu seinen Füßen. »Ihn und Hasko.«

»Hasko war also einer von ihnen«, brummte Armin. »Das überrascht mich kaum.«

Von draußen erscholl plötzlich Pferdegetrappel, das rasch leiser wurde.

»Die feigen Meuchler fliehen«, sagte Armin mit unverhohlener Verachtung. »Dem Kriegsgott Tiu sei Dank, daß drei von ihnen den Schwertern von Thorag und mir zum Opfer fielen.«

»Bei diesem kam ich leider zu spät«, sagte Thorag. »Bevor ich eingreifen konnte, tötete er Albin.«

»Albin?« echote Klef erschrocken und suchte mit seiner Fackel den Boden ab. »Wo?«

»Dort«, antwortete Thorag und führte Klef zu der Stelle.

Klef ging neben dem Körper seines jüngeren Bruders in die Knie und ließ das Licht der Fackel auf Albin fallen. Der Widerschein der flackernden Flamme war das einzige Leben auf Albins glattem Gesicht, das fast wie das eines Mädchens wirkte und nichts von der Tapferkeit verriet, die diesen jungen Mann ausgezeichnet hatte.

»Albin«, flüsterte Klef und sah seinen toten Bruder an. »Nach so vielen Kämpfen in der Fremde, die wir lebend überstanden, stirbst du so nah der Heimat. Warum?«

Armin trat neben Klef und legte eine Hand auf dessen Schulter. »Albin ist als tapferer Krieger gefallen, wie sich das für einen aufrechten Cherusker geziemt. Besser der Tod durch die Klinge in der Jugend als der Strohtod im Alter. Du kannst stolz auf deinen Bruder sein, Klef. Albin wird sicher seinen Platz in Walhall finden. Und wenn dereinst am Ende der Zeit die Götter zur letzten Schlacht gegen die Unholde rüsten, wird Albin an Wodans Seite stehen.«

Klef erhob sich. »Deine Worte sind gut und richtig, Armin. Mit ihnen werde ich Balder, meinem Vater, von Albins Tod berichten.«

»Nicht nur du hast deinen Bruder verloren, Klef«, sagte Armin und zeigte auf den mit Wunden gespickten Pannonier, der hinter ihm stand. »Auch Pal hat seinen Bruder Imre eingebüßt.«

Aus einer hinteren Ecke des Wohnteils, etwa dort, wo Thorag geschlafen hatte, drangen Klagelaute zu den Edelingen. Sie gingen dorthin, wo sie auf Thidrik und seine Frau Amma trafen. Der Bauer kniete am Boden und hielt seinen toten Sohn in den Armen. Amma hockte daneben und weinte hemmungslos.

Armin warf einen strengen Blick auf Thidrik. »Deine Frau

weint um einen Sohn, der es nicht wert ist. Er hat das von seinem Vater gewährte Gastrecht gebrochen und versucht, die unter deinem Schutz stehenden Gäste zu töten. Er starb durch das Eisen meines Gefährten Thorag, aber sein Tod ist unehrenhafter als ein Strohtod. Walhalls Tore werden Hasko auf ewig verschlossen bleiben. Asgard wird er nicht einmal von fern sehen!«

Die einzige Reaktion auf diese Worte war, daß Amma in ein noch heftigeres Schluchzen ausbrach. Thidrik starrte weiterhin ins Leere.

»Willst du nichts dazu sagen, Thidrik?« fragte Armin. »Hast du von dem Überfall gewußt, ihn gar gebilligt?«

Ganz langsam schüttelte der Bauer sein Haupt, als sei es aus schwerem Stein. »Warum hast du uns dann nicht beigestanden, wie es das Gastrecht verlangt?«

Thidrik sah wieder starr geradeaus, ohne daß sich sein Blick auf einen bestimmten Punkt richtete. »Was sollte ich denn tun?« fragte er mit fast tonloser Stimme. »Plötzlich war der Kampf im vollen Gang. Ich wußte gar nicht, was los war.«

»Wußtest du auch nicht, daß Hasko zu den Angreifern gehörte?«

Thidrik schüttelte stumm den Kopf.

Armin zeigte auf das Fell, das Thorag dem Toten ausgezogen hatte. »Was haben diese Wolfsfelle zu bedeuten?«

»Ich weiß es nicht«, antwortete Thidrik.

»Du wußtest nicht, daß dein Sohn zur Gruppe dieser Männer gehörte?«

»Hasko ritt zuweilen weg, um sich mit anderen Jungmännern zu treffen. Er sagte mir nicht, wer diese Männer sind.«

»Auch nicht, welchen Zwecken diese Treffen dienten?«

»Nur, daß er und seine Gefährten beratschlagen wollten, was gegen die unmäßigen Steuerforderungen des Varus zu unternehmen sei.«

»Beratschlagen nennst du das?« fragte Armin mit bitterem Hohn und zeigte auf die Kerbe in seiner linken Wange. »Ich nenne es Meuchelmord!« Das Feuer, das ständig verhalten in Armins Augen loderte, brach plötzlich aus. Er griff den Bauern mit beiden Händen, zog ihn hoch und schüttelte ihn durch wie einen Obstbaum voll reifer Früchte. »Sag endlich, was du weißt!«

»Mehr weiß ich nicht!« schrie Thidrik in einer Lautstärke, die der von Armins letzten Worten gleichkam.

Mit einem angewiderten Ausdruck auf dem Gesicht ließ Armin den Bauern los. Thidrik taumelte nach hinten, verlor das Gleichgewicht und stürzte gegen Thorags Gepäck.

Das laute Klirren alarmierte den jungen Edeling. Er sprang zu Thidrik, riß ihn von dem Packen weg und griff vorsichtig nach dem großen, dick eingewickelten Paket, das er so sorgsam von der Ubierstadt bis ins Land der Cherusker transportiert hatte. Sobald er es in die Hände nahm, klirrte es erneut.

»Nicht das!« stieß Thorag hervor, für einen Augenblick alles um sich herum vergessend. Mit fliegenden Fingern öffnete er das Paket und zerriß einfach die dünnen Lederschnüre, wo die Knoten zu fest saßen. Die weichen Felle, die das Paket zusammengehalten und gleichzeitig als Schutz für den Inhalt gedient hatten, lösten sich, und tausend kleine Scherben rieselten auf den Estrich. Die vier Fenster, die er bei einem ubischen Glaser in der Siedlung am Rhein erstanden hatte, waren nur noch Bruch, das Geschenk für Thorags Mutter unter Thidriks Aufprall zerstört.

Thorag dachte daran, wie sehr sich seine Mutter schon damals, als er noch ein Kind gewesen war, gewünscht hatte, die Windaugen in ihrem Haus durch richtige Glasfenster nach Römerart zu ersetzen. Auch im Winter Tageslicht zu haben und doch die Kälte auszusperren war ihr Traum gewesen. Thorag hätte ihr diesen Traum nur zu gern erfüllt.

Doch die hölzernen Rahmen waren leer wie offene Windaugen. Wirklich? Nein, das hinterste der vier Fenster war heil geblieben. Ein einziges Fenster für ein ganzes, großes Haus? Vielleicht würde sich Thorags Mutter trotzdem freuen. Vorsichtig wickelte er das verbliebene Fenster wieder ein.

»Das mit den Fenstern tut mir leid, Thorag«, sagte Armin. »Sobald wir wieder einmal in einer Römerstadt sind, werde ich neue für deine Mutter kaufen.«

»Schon gut«, seufzte Thorag und drehte sich zu seinem Gefolgsherrn um. »Wir haben Wichtigeres zu tun. Der Mann, den ich im Stall getötet habe, kannte mich. Und mir kam seine Stimme auch vertraut vor.«

Die Edelinge gingen zurück in den Stall, während Pal, mit Schwert und Schild bewaffnet, am Eingang Wache hielt, um die Cherusker vor einer weiteren unliebsamen Überraschung zu bewahren. Unterwegs hob Thorag sein Schwert auf.

Die Kuh, bei der die Leiche lag, drängte sich noch immer scheu in eine Ecke. Der Tote schien ihr nicht geheuer zu sein. Klef hielt die Fackel über die Leiche, aber das den Kopf bedeckende Wolfsfell und der Stallmist im Gesicht des auf der Seite liegenden Mannes machten ihn unkenntlich.

Thorag bückte sich, zog seinen Dolch aus der Brust des Mannes und wischte ihn an dessen Wolfsfell ab. Darunter war sein Oberkörper nackt – nicht ungewöhnlich für einen Cherusker, der in den Kampf zog. Thorag steckte den Dolch zurück in die Scheide, nahm das Wolfsfell von der Leiche und wischte damit über ihr Gesicht. Jetzt enthüllte der Fackelschein die breiten Züge des Toten.

»Notker!« murmelte Thorag erstaunt, und die Umstehenden fielen in sein Erstaunen ein.

»Der hier ist Notker, Sohn des Gaufürsten Onsaker?« fragte Armin.

»Ja«, bestätigte Thorag. »Es ist sein Gesicht, auch wenn ich es zuletzt vor unserer Abreise nach Rom sah. Und es war seine Stimme, die ich hörte. Die Stimme eines Spielgefährten aus Kindertagen.«

Als Armin mit anderen Söhnen der Cheruskerfürsten nach Rom ging, um den Friedensbund zwischen Cheruskern und Römern zu besiegeln und römische Sitten sowie römisches Kriegshandwerk zu lernen, hatten Onsakers Söhne, Asker und Notker, sie nicht begleitet. Onsaker, dessen Gau neben dem von Thorags Vater Wisar lag, war kein Freund der Römer, und es war ein offenes Geheimnis, daß er jeden Befürworter des Friedenspaktes für einen Verräter hielt, selbst Armins Vater, den Cheruskerherzog Segimar.

»Onsaker scheint seine Einstellung den Römern gegenüber nicht geändert zu haben«, brummte Thorag.

»Wie meinst du das?« fragte Brokk.

»Er nannte mich haßerfüllt einen Römling.«

Armin sah Thorag forschend an. »Glaubst du, Onsaker hat die Wolfshäuter auf uns gehetzt?«

»Ich weiß es nicht«, antwortete Thorag bedächtig. »Aber ich halte es für möglich. Onsaker ist ein Starrkopf. Für ihn sind wir alle, die wir hier stehen, vermutlich immer noch Verräter.

»Verräter!« schnaubte Armin wutentbrannt und starrte auf den Toten zu ihren Füßen. »Nicht wir sind die Verräter, sondern Notker und die anderen, die ihre eigenen Brüder, darunter den Sohn ihres Herzogs, feige im Schutz der Nacht zu meucheln versuchen.«

Er hob sein Schwert und ließ es auf Notker niederfahren. Es durchtrennte den Hals des Toten wie weichen Käse. Blut spritzte nach allen Seiten. Der Schwung des Schwerthiebes schleuderte den abgetrennten Kopf durch die Rinderbox. Er rollte in die Ecke, in die sich die Kuh zurückgezogen hatte, und blieb unter dem Tier liegen.

Notkers Augen waren auf Armin und seine Begleiter gerichtet. Im unsteten Licht der Fackel sah es so aus, als würde ihnen der Kopf zuzwinkern.

Die erschrockene Kuh schickte ein lautes, protestierendes Muhen durch den Stall.

Kapitel 3

Zeit zum Trauern

Bald nach dem Überfall wich die Nacht zurück – die schwarzverschleierte Riesentochter hatte ihre Fahrt über das Himmelszelt mit dem schwarzen Wagen, den ihr einst Wodan schenkte, beendet. Ihr Sohn, der Tag, zog mit seinem goldenen Wagen von Osten herauf.

Das Gesinde beseitigte alle Kampfspuren und bereitete das Frühstück. An Schlaf war nicht mehr zu denken.

Der goldene Wagen des Tages war noch nicht ganz am Himmel erschienen, als sich die Edelinge bereits an den Frühstückstisch setzten. Sie hatten sich den dritten, von Armin getöteten Wolfshäuter genau angesehen, aber niemand kannte ihn. Auch Thidrik und die Menschen auf seinem Hof gaben an, ihn nicht zu kennen.

Thidrik ging hinaus, um nicht mit dem Mann, der seinen Sohn getötet hatte, an einem Tisch sitzen zu müssen. Wäre er im Haus geblieben und hätte sich nicht an die Tafel gesetzt, wäre es eine Beleidigung der Gäste gewesen.

Thorag und Klef verspürten keinen rechten Hunger und gaben sich jeder mit einer Schale noch warmer Ziegenmilch zufrieden. Armin und Brokk dagegen ließen sich schmecken, was Thidriks Gesinde reichlich auftrug.

»Du ißt wie ein Spatz, Thorag«, bemerkte Armin und biß ein großes Stück von seinem mit Käse bestrichenen Teigfladen ab. »Daß Klef so schweigsam ist und keinen Hunger verspürt, kann ich verstehen, aber was ist mit dir?«

Thorag erzählte, daß ihn der Traum beschäftigte, den er vor dem Überfall gehabt hatte. »Wieso hat Donar, der Urahn meiner Familie, mit dem Schwert nach mir geschlagen?«

»Um dich zu warnen«, antwortete Brokk, der nicht lange zu überlegen brauchte. »Donars Schwerthieb weckte dich und bewahrte dich davor, von Hasko aufgespießt zu werden. Es war Donars Dank dafür, daß du ihm am Abend geopfert hast.«

»Aber ich brachte das Opfer nicht für mich, sondern für Thidrik. Hat Donar sich dadurch bei Thidrik bedankt, daß er mich seinen Sohn töten ließ?«

»Ja«, sagte diesmal Armin ohne Zögern. »Donar hat dich dafür sorgen lassen, daß Thidrik das Gastrecht nicht noch mehr verletzte, als er es durch sein Nichteingreifen schon tat. Der Donnergott hat dich erwachen und tun lassen, Thorag, was eigentlich Thidrik hätte tun müssen. Vielleicht wären wir sonst alle getötet worden. Der Blutfleck, der dann auf Thidriks Haus gelegen hätte, wäre nie mehr wegzuwischen gewesen.«

Thorag überlegte noch lange und kam schließlich zu dem Schluß, daß Armin wahrscheinlich recht hatte. Jedenfalls fiel ihm keine andere Erklärung seines Traums ein.

Nach dem Frühstück suchten die Edelinge ihre Sachen zusammen, als Brokk plötzlich einen Überraschungslaut ausstieß. Er hatte einen unter die Schlafpritsche gerollten Schild gefunden, auf dessen Außenseite der mit schwarzer Farbe gemalte Kopf eines Ebers prangte.

»Das könnte Notkers Schild sein«, sagte Thorag. »Der Eber ist das Schutztier von Onsakers Sippe.«

»Vielleicht ist es aber auch Onsakers Schild«, meinte Klef düster. »Oder der seines Sohns Asker.«

Armins Blick glitt überlegend von Brokk, der den Eberschild in Händen hielt, zu Klef. »Du meinst, Klef, die gesamte Sippe hat an dem nächtlichen Überfall teilgenommen?«

Klef zuckte mit den Schultern. »Ich weiß es nicht. Ich meine nur, wo einer aus der Ebersippe ist, können gut auch noch mehr von ihnen sein.«

»Vielleicht«, murmelte Armin und wandte seine Aufmerksamkeit wieder Brokk und dem Schild zu. »Packen wir den Schild zu dem Geschenk, das wir für Onsaker haben, und hören wir uns an, was er dazu sagt. Ich würde ihn gern selbst fragen, aber die Zeit drängt mich, wie ihr wißt.« Jetzt glitt sein Blick zu Thorag. »Willst du das für mich übernehmen, Thorag? Der Gau deines Vaters liegt dem Onsakers am nächsten, und durch deine Klinge ist der Meuchler Notker gestorben.«

»Ich werde es tun«, versprach Thorag.

Sie gingen hinaus, um die Pferde zu satteln und zu beladen. Vergeblich hielt Thorag Ausschau nach Astrid und Eiliko, die er seit dem vergangenen Abend nicht mehr gesehen hatte. Ob der Junge noch in der Webhütte lag und von seiner Schwester gepflegt wurde? Thorag konnte es nicht erkennen. Vor dem Hütteneingang hing eine dicke Matte aus Flechtwerk, und die Windaugen waren verschlossen.

Als sie die Tiere aus dem Stall führten, kam ihnen Thidrik mit sorgenvollem Gesicht entgegen und rief laut: »Sie sind weg!«

»Wer?« fragte Armin knapp und schwang sich auf seinen Schimmel.

»Astrid und Eiliko!«

»Und?«

»Sie haben den Hof ohne meine Erlaubnis verlassen. In der Nacht müssen sie sich fortgeschlichen haben. Ihre wenigen Habseligkeiten haben sie mitgenommen. Sie sind meine Leibeigenen. Ihr müßt mir helfen, sie einzufangen. Das verlange ich von euch als Gegenleistung für das gewährte Gastrecht!« Breitbeinig, die Hände in die Hüften gestützt, stand der Bauer in fordernder Pose vor den aufgesessenen Edelingen. Diese Haltung ließ ihn noch wuchtiger erscheinen, als er ohnehin war.

Armin lachte laut, aber nicht freundlich, und sah kopfschüttelnd auf den Mann hinab. »Du solltest der letzte sein, Thidrik, der sich auf das Gesetz des Gastrechtes beruft. Unter deinem Dach zu schlafen kann einem Mann schneller den Tod bringen als der Kampf in vielen Schlachten. Du solltest froh sein, daß ich dich nicht zur Rechenschaft ziehe für das, was heute nacht geschah. Das ist alles, was du als Gegenleistung für Dach, Feuer, Speise und Trank von uns erwarten darfst. Zu fordern hast du nichts!«

»Ihr habt mir meinen Sohn genommen. Jetzt nehmt ihr mir auch noch meine Leibeigenen?«

»Wir nehmen sie dir nicht. Sie sind von selbst fortgelaufen. Wenn ich bedenke, wie dein Sohn gestern den Jungen behandelte, hatten sie wohl Grund dazu. Sollten wir sie unterwegs treffen, werden wir ihnen sagen, daß du dich nach ihnen sehnst.«

Bei diesen Worten trieb Armin seinen Schimmel an und ritt einfach an dem Bauern vorbei. Thorag, Brokk, Klef und Pal folgten ihm. Klef führte Albins Pferd mit sich, auf dem die Leiche seines Bruders in Felle eingewickelt lag. Thorag und Brokk halfen Pal mit den Packpferden. Auch der Pannonier führte ein Pferd mit einem toten Bruder am Zügel. Er wollte ihn unterwegs an geeigneter Stelle bestatten.

Thidrik blickte ihnen nach, bis sie am Ende des Tals im Wald verschwanden. In seinem Blick lagen jetzt die Ablehnung und der Haß, mit denen am vergangenen Abend sein Sohn den Edelingen begegnet war.

Obwohl sie die Augen offenhielten, stießen sie nirgends auf eine Spur von Astrid und Eiliko, was niemand mehr bedauerte als Thorag. Er hatte beide gemocht. Und Astrid hatte ihm mit ihrer Warnung vielleicht das Leben gerettet.

Konnte die junge Frau wirklich Dinge sehen, die anderen verborgen blieben? Oder hatte sie gewußt, was Hasko im Schilde führte? Vielleicht traf beides in gewisser Weise zu. Thorag hätte sie gern gefragt.

Gegen Mittag verbrannten sie Imres Leiche auf einem Holzstoß, den sie auf der Kuppe eines allein stehenden Hügels errichtet hatten.

»Möge der Wind die Asche und die Seele meines Bruders in die Heimat tragen, die ich niemals wiedersehen werde«, rief Pal.

Das Feuer war noch nicht verglüht, als sie schon weiterritten. Die Zeit drängte, wollten sie ihre Ziele noch bei Tageslicht erreichen. Die Nacht unter freiem Himmel zu verbringen konnte sehr gefährlich werden, falls die Gefährten der drei getöteten Wolfshäuter erneut zuschlugen. Zwar hatten Armin und seine Gefährten keine Verfolger bemerkt, aber in den dichten Wäldern konnten hundert Feinde lauern, ohne daß man auch nur eine Nasenspitze sah.

Armin hielt den Schimmel an, als sie den Hügel hinter sich gelassen hatten, und sah in die Runde. »Hier trennen sich fürs erste unsere Wege. Ich danke euch für die treuen Dienste und hoffe, euch bei den Heiligen Steinen zu sehen, wenn zur Tagundnachtgleiche das Thing beginnt, auf dem Segimars Nachfolger gewählt wird.«

Thorag, Klef und Brokk versprachen, zur Stelle zu sein, um Armin bei der Wahl zu unterstützen.

»Ich weiß nicht, ob es richtig ist, wenn wir uns jetzt trennen«, fügte Thorag an. »Die Wolfshäuter könnten noch in der Nähe sein. Vielleicht haben sie es auf dich abgesehen, Armin.«

»Du meinst, durch den Anschlag sollte verhindert werden, daß ich die Nachfolge meines Vaters antrete?«

»Wäre möglich.« Thorag zeigte auf den Hügel, über dem der dunkle Rauch des Leichenfeuers kräuselnd in den Himmel stieg. »Falls uns die Wolfshäuter verfolgen, dürften sie jetzt genau wissen, wo sie uns zu suchen haben.«

Armin strich durch sein dunkelblondes Haar und nickte. »Da könntest du recht haben, Thorag. Aber ich fürchte mich nicht vor Meuchelmördern. Pal und ich werden ihnen gehörig Eisen zu fressen geben, sollten sie tatsächlich über uns herfallen. Klef muß Albin zu seinem Vater Balder bringen. Auch ihr beide, Thorag und Brokk, habt eure Familien lange Jahre nicht gesehen. Reitet also!«

So geschah es, auch wenn Thorag nicht ganz wohl dabei war. Ihm schien es leichtsinnig, Armin ohne eine große Leibwache in seine Heimat zurückkehren zu lassen. Der junge Cheruskerfürst hatte nicht nur Freunde hier, wie der nächtliche Überfall gezeigt hatte.

Aber Armin hatte es eilig, weil noch andere die Würde des Herzogs anstrebten, vor allem seine Onkel Inguiomar und Segestes. Deshalb hatte Armin das erste schnelle Schiff genommen, das den Rhein hinab in das Land fuhr, das die Römer Germanien nannten. Armin wurde nur von den getreuesten Edelingen seiner Gefolgschaft und von den beiden Pannoniern begleitet. Erst später sollte Armins jüngerer Bruder Isgar, den die Römer seines rotblonden Bartes wegen Flavus nannten, mit dem größeren Gefolge und der Beute aus dem Pannonienfeldzug nachkommen.

Sie waren mit dem Schiff bis zur Ubierstadt gefahren, wo eine große Siedlung nach römischem Muster entstanden war, in der sich der römische Staatsaltar und der Sitz des Statthalters befanden. Armin hatte gehofft, mit Varus zusammenzutreffen, um mit ihm über seine – Armins – und die Zukunft des rechtsrheinischen Landes zu reden. Aber der Legat des Augustus befand sich mit seinen Legionen noch im Sommerlager an der Porta Visurgia oder auf dem Rückmarsch von dort.

Die Edelinge waren den Rhein bis zum Lager Vetera II hinaufgefahren und hatten dort ein Schiff gefunden, das sie ein Stück die Lippe hinaufbrachte. Es war ein Versorgungsschiff für die große Garnison von Aliso. Dort hatten sie sich Pferde gekauft und waren durch das Land der Brukterer in die Heimat geritten, so schnell es ging.

Denn was sie unterwegs erfahren hatten, trieb Armin zu größter Eile an. Segestes oder Inguiomar, vielleicht sogar beide, hatten verkündet, daß auf dem Thing nach der Tagundnachtgleiche Segimars Nachfolger gewählt werden sollte. Der Grund war nur zu offensichtlich: Sie hofften, daß weder Armin noch Isgar rechtzeitig zurückkehren würden, um Anspruch auf die Würde des Herzogs zu erheben.

Während seines einsamen Rittes fragte sich Thorag immer wieder, ob Armins Rivalen zur Erreichung ihres Ziels auch Waffen einsetzen würden.

Die Waffen von Wolfshäutern?

Die dunklen Gedanken verließen Thorag erst, als er, kurz vor Einbruch der Abenddämmerung, das Land seiner Kindheit und Jugend erreichte. Es war ein eigenartiges Gefühl, nach so vielen Jahren wieder durch die vertrauten Wälder zu reiten. In den Baumkronen, zu denen er aufsah, glaubte er die lächelnden Gesichter seines Vaters, seiner Mutter und seiner Geschwister zu erkennen, die sich über seine Rückkehr freuten. Und dann war da Auja, die sanft zu lächeln schien.

Als er schließlich auf den großen Hof seines Vaters zuritt, wunderte er sich, daß niemand auf den umliegenden Feldern arbeitete. Das große Osttor zwischen den Palisaden war seltsamerweise fest verschlossen und mußte erst mühsam aufgezogen werden. Während Thorag darauf wartete, daß es sich für ihn öffnete, rätselte er, weshalb sich die Donarsöhne eingeschlossen hatten. Es war fast wie im Krieg.

Endlich öffnete sich das Tor einen Spaltbreit, und er konnte durch eine Gasse von Menschen reiten. Das Volk war bunt gemischt, da Wisars Haus eine große Siedlung umgab, in der nicht nur Bauern, sondern auch zahlreiche Handwerker lebten, deren Kundschaft weit verstreut war, und die ihre Gewinne mit Wisar teilten, der ihnen dafür seinen Schutz gewährte. Genauso handhabten es auch die Bauern dieser Siedlung und des ganzen Gaus. Von ihren Abgaben, die für den einzelnen nur gering waren, unterhielt Wisar seine Krieger.

Zu Thorags Überraschung zeichnete sich auf den Gesichtern der Schaulustigen Enttäuschung ab, die erst dann wich, als die Älteren unter ihnen den Heimkehrer erkannten und laut seinen Namen riefen. Vergebens suchte Thorag seine Angehörigen.

Ein großer, kräftiger Mann mit grauer Lockenmähne und ebenfalls grauem Vollbart trat zu Thorag. Der junge Edeling benötigte kurze Zeit, um ihn zu erkennen. Als er die Heimat verlassen hatte, war das Haar dieses Mannes noch blond und sein Gesicht glatt gewesen. Aber die lederne Schürze, die er sich um den Leib gebunden hatte, und die Muskelpakete seines schweißbedeckten nackten Oberkörpers ließen keinen Zweifel zu. Es war Radulf, der Schmied, der von jeher zu Wisars Gefolge gehörte. Auch Thorags Schwert war unter Radulfs ebenso starken wie geschickten Händen geformt worden. Radulfs Kunst war so berühmt, daß sogar fremde Fürsten, die über eigene Schmiede verfügten, zu ihm kamen, um sich ihre Waffen von ihm anfertigen zu lassen.

Thorag entbot ihm seinen Gruß und erkundigte sich nach seinem Vater.

»Ihn haben wir eigentlich zurückerwartet. Bald weicht der Tag der Nacht, und die Jagd wird sinnlos.«

»Mein Vater ist auf der Jagd?«

Radulf nickte. »Ja, Thorag, zusammen mit Onsaker, der ihn um Unterstützung bat.«

»Seit wann bittet Onsaker jemanden um Unterstützung?«

»Seit ein wildgewordener Ur die Dörfer und Höfe seines Gaus verwüstet.«

»Was hat das mit meinem Vater zu tun?«

»Der Ur nimmt auf Gaugrenzen keine Rücksicht. Auch ein paar Höfe, die unter Wisars Schutz stehen, wurden von der

Bestie heimgesucht. Zuletzt wurde sie ganz in der Nähe gesehen. Deshalb sind Wisar und Onsaker heute morgen von hier aufgebrochen, um den Ur zu erlegen.« Radulf seufzte und legte die rußgeschwärzte Stirn in Falten. »Ich wäre gern mitgeritten.«

»Warum hast du das nicht getan?« fragte Thorag, der jetzt die Furcht der Menschen verstand.

»Weil Wisar, dein Vater, meinte, ich solle auf den Hof achten, für den Fall, daß der Ur uns heimsucht, während die Gaufürsten ihn jagen.«

»Für dich eine schmerzliche Entscheidung meines Vaters, aber auch eine weise.«

»Ja«, seufzte Radulf erneut. »Wie immer.«

Wieder ließ Thorag seinen Blick über die Menge schweifen, die sich um ihn zusammendrängte. »Ich sehe weder meine Mutter noch meine Geschwister.«

»Dein Bruder Gundar begleitet Wisar und Onsaker.«

»Der kleine Gundar?«

»Klein?« lachte Radulf. »Gundar ist längst in den Bund der Krieger aufgenommen.«

»Aber meine Mutter, mein Bruder Thorstan, meine Schwestern Gesa und Thordis, wo stecken sie?«

Radulfs kehliges Lachen erstarb schlagartig, und sein Blick verfinsterte sich. »Sie sind tot«, sagte er leise und fühlte sich sichtlich unwohl in der Rolle des Todesboten.

»Tot? Aber ... wieso?«

»Eine seltsame Krankheit hat sie im letzten Winter dahingerafft. Überall am Körper hatten sie Ausschlag, ihre Haut wurde heiß, und die Lebenskräfte verließen sie. Viele Menschen fielen der Krankheit zum Opfer.« Radulfs Stimme wurde noch leiser, war jetzt kaum noch zu hören. »Auch mein Sohn.«

»Landulf?«

»Ja.«

Thorag dachte an Radulfs stets fröhlichen Sohn, der die einzige Freude des Schmieds gewesen war, nachdem Radulfs Frau bei Landulfs Geburt gestorben war. Als wäre es gestern gewesen, sah der Edeling Landulfs Kopf mit der hellen Lockenpracht und dem sommersprossenübersäten Gesicht vor sich. Thorag konnte die Tage nicht zählen, an denen er, Gundar und Landulf durch die Wälder gestreift waren, um mit hölzernen Waffen die Kriegs- und Jagdzüge der Erwachsenen nachzuspielen.

»Woher kam diese Krankheit?« fragte Thorag, nachdem er den Schock überwunden hatte. Er mußte sich zu jedem Wort zwingen. Etwas in ihm weigerte sich, dem Schmied zu glauben.

»Niemand weiß es. Man erzählt sich, die Römer hätten sie eingeschleppt. Aber ob das stimmt?« Radulf hob die breiten, kräftigen Schultern und ließ sie wieder sinken.

Thorag saß lange Zeit starr auf seinem Rappen und dachte an die Menschen, die wiederzusehen er sich vergeblich gefreut hatte. Wie lange er seinen Erinnerungen nachhing, vermochte er nicht zu sagen. Seine Gedanken kehrten erst wieder in die Wirklichkeit zurück, als in die ihn umgebende Menge Bewegung geriet. Das Tor wurde erneut geöffnet, denn die Jäger kehrten heim.

Sie machten einen niedergeschlagenen Eindruck. Der langsame Trott der Pferde und die düsteren Gesichter der Männer verrieten sofort, daß die Jagd nicht erfolgreich gewesen war.

Das scherte Thorag im Augenblick nicht. Er freute sich auf die Begegnung mit seinem Vater Wisar und seinem Bruder Gundar.

Wisar ritt an der Spitze des Jagdtrupps auf einem Fuchs, der die meisten der nachfolgenden Pferde weit überragte.

Er hatte sich kaum verändert. Nur die Falten in seinem Gesicht waren zahlreicher und tiefer geworden. Und ein paar graue Strähnen zogen sich durch sein blondes Haar. Die Ähnlichkeit des hünenhaften Gaufürsten mit seinem Sohn war augenfällig.

Neben Wisar ritten Onsaker und dessen ältester Sohn Asker. Sie waren etwas kleiner von Wuchs, dafür aber breiter und kräftiger. Ihre Gesichtszüge hatten wie die Notkers einen leicht brutalen Einschlag. Der Eber war das passende Schutztier für Onsakers Sippe.

Nach Gundar hielt Thorag ebenso vergeblich Ausschau wie zuvor nach seiner Mutter und seinen anderen Geschwistern. Ein beklemmendes Gefühl erfüllte plötzlich die Brust des Edelings.

Nein, das konnte, das durfte nicht sein! Nicht auch noch Gundar!

Hatte Donar seine schützende Hand von Wisars Familie genommen?

Thorag redete sich ein, daß es eine andere Erklärung für Gundars Fehlen gab. Vielleicht war er noch auf der Jagd nach dem Ur. Ja, so mußte es sein!

Aber so war es nicht. Als die Jäger näher kamen, entdeckte Thorag seinen Bruder. Er lag quer über dem Rücken eines Pferdes. In derselben Haltung, wie Albin und Imre an diesem Morgen Thidriks Hof verlassen hatten.

Das beklemmende Gefühl kehrte mit doppelter Macht zurück. Das frohe Wiedersehen, das sich Thorag in letzter Zeit immer und immer wieder ausgemalt hatte, geriet zu einer Totenfeier. Hatten diejenigen recht, die behaupteten, mit den Römern sei ein Fluch auf das Land der Cherusker gefallen?

Die Jäger erreichten den Hof, und die Spitze des Zuges kam langsam durch das Tor. Jetzt erst schaute Wisar auf und erkannte seinen ältesten Sohn. Seine versteinerten Züge hellten sich auf.

»Thorag! Ist das wahr?«

Auch Thorag zwang sich zu einem Lächeln. »Ich bin kein Trugbild, Vater.«

Wisar richtete seinen Blick in den dunkler werdenden Himmel. »Die Götter haben ein Einsehen. Sie nahmen mir einen Sohn, aber sie gaben mir den anderen zurück.«

»Wie ist das passiert?« fragte Thorag mit einem Blick auf seinen toten Bruder.

Gundars Gesicht war völlig bartlos und wies keine einzige Falte auf. Es war noch das Gesicht eines Kindes, wenn sein sehniger Körper auch schon der eines Kriegers war. Schmerzhaft durchfuhr Thorag die Erkenntnis, daß er nur um einen Tag zu spät gekommen war, um den Bruder in die Arme zu schließen.

»Wir suchten den Ur und ahnten nicht, daß er uns längst aufgespürt hatte«, antwortete Wisar mit dunkler, belegter Stimme. »Er muß von bösen Geistern besessen sein. Anders ist es nicht zu erklären. Gundar ritt an unserer linken Flanke. Plötzlich hörten wir das Schnauben des Untiers, und es brach aus dem Wald hervor. Gundar versuchte noch auszuweichen, aber die Bestie folgte jeder seiner Bewegungen, prallte gegen sein Pferd und rannte es einfach über den Haufen. Danach verschwand der Ur so plötzlich wieder im Wald, wie er erschienen war. Und Gundar war tot.«

»Er ist als Krieger gestorben«, sagte Onsaker. »Die Walküren werden ihn in ihre Arme schließen.«

Unter den Frauen brach Wehklagen aus, als die Nachricht von Gundars Tod die Runde machte. Die Krieger ritten zum Mittelpunkt des Hofes, dem großen Langhaus, saßen ab und traten ein. Auch Gundars Leiche wurde vorsichtig hineingetragen und auf einen Tisch gelegt, um den sich die Krieger versammelten.

Wisar trat an das Kopfende der Tafel, blickte nach oben und rief Wodan an, er möge Gundar einen würdigen Platz in den Reihen der Einherier zuweisen. Dann bat Wisar seinen Schutzgott Donar, sich bei Wodan für den Toten zu verwenden.

Onsaker trat an Wisars Seite. »Deine Trauer ist auch meine Trauer, Wisar. Ich kann dir nachfühlen, was der Tod deines Sohnes für dich bedeutet.«

»Das hoffe ich«, sagte Thorag und trat ebenfalls vor. In der Hand hielt er den Lederbeutel, der Armins Geschenke für Onsaker enthielt.

Aller Augen richteten sich überrascht auf den jungen Edeling. Der griff in den Beutel, zog den Schild mit dem Eberkopf hervor und sah Onsaker an. »Das schickt dir Armin, der Sohn des Segimar.«

»Was ist das?« fragte Onsaker verwirrt.

»Es sollte dir bekannt vorkommen«, erwiderte Thorag und hielt ihm den Schild hin.

Onsaker griff danach und rief erstaunt: »Das ist Notkers Schild! Woher hast du ihn? Warst du auf meinem Hof?«

»Wieso?«

»Weil Notker dort ist, um den Hof gegen den Ur zu schützen.«

»Das glaube ich nicht«, sagte Thorag und schüttelte den zweiten Gegenstand aus dem Sack.

Notkers Kopf kullerte über die Holzbohlen des Fußbodens und schien seine Richtung genau zu kennen. Nur eine Handbreit vor Onsakers in Lederstiefeln steckenden Füßen blieb er liegen.

Ein erschrockenes Raunen ging durch die Reihen der Krieger, die für einen Augenblick ihre von den Vätern erlernte Selbstbeherrschung vergaßen. Asker trat neben seinen Vater und blickte, wie Onsaker und alle anderen, auf den blutigen Schädel hinab.

»Was ... soll das ... bedeuten?« fragte Onsaker schließlich stockend.

»Hier ist Notker und nicht auf deinem Hof«, sagte Thorag. »Armin schickt dir Schild und Kopf und läßt dich fragen, ob du weißt, daß die Brust deiner Frau einen Meuchler genährt hat.«

»Einen Meuchler?«

Thorag nickte und berichtete von dem nächtlichen Überfall.

»Das kann ich nicht glauben!« stieß Onsaker wütend hervor, und seine in tiefen Höhlen liegenden Augen funkelten Thorag an. »Hat Armin meinen Sohn getötet?«

»Nein, ich war es«, antwortete Thorag. »Mein Dolch durchbohrte Notker, bevor mich seiner traf und nachdem er Albin getötet hatte.«

»Balders Sohn?« erkundigte sich Wisar.

Thorag nickte wieder. »Albin wurde das Opfer des heimtückischen Überfalls.« Er blickte Onsaker an. »Was weißt du von der Sache und von diesen Wolfshäutern, Onsaker?«

»Gar nichts«, sagte dieser barsch. »Ich weiß nur, daß du meinen Sohn getötet hast! Befänden wir uns nicht unter dem Dach deines Vaters, würde ich dich auf der Stelle erschlagen!«

»Weil ich deinen Sohn tötete oder weil ich auf seiten der Römer kämpfte?«

»Beides sind gute Gründe, dich zu töten, Thorag!« schrie Asker und zog sein Schwert aus der lederumspannten Scheide am Wehrgehänge. »Und das werde ich jetzt tun! Ohne Rücksicht darauf, unter wessen Dach wir uns befinden!«

Kaum blitzte Askers Klinge im letzten Tageslicht, das durch die Windaugen und die offene Tür einfiel, da hatte auch Thorag schon sein Schwert gezogen. Das war das Zeichen für die anwesenden Krieger, ebenfalls zu ihren Waffen zu greifen. Schnell bildeten sich zwei Gruppen, die sich feindselig anstarrten. Nur Wisar und Onsaker standen noch mit bloßen Händen da.

»Hört auf damit!« rief Thorags Vater mit lauter Stimme. »Wir stehen am Lager eines Toten. Hier ist nicht der Ort zum Streit.

Wer es wagt, seine Klinge zu gebrauchen, den strecke ich nieder, ganz gleich, zu wessen Gefolge er gehört! Ich habe einen Sohn verloren und Onsaker auch. Damit sollte es gut sein. Und wenn Onsaker so weise ist, wie ich denke, wird er einsehen, daß mein Sohn Thorag seinen Sohn Notker nicht grundlos getötet hat.«

Jetzt hingen aller Blicke an Onsaker, der als einziger ein blutiges Gemetzel verhindern konnte. Der vierschrötige Gaufürst sah die kampfbereiten Krieger an. Da sie sich auf Wisars Hof befanden, war dessen Gefolge in der eindeutigen Überzahl. Es gab keinen Zweifel, daß Onsakers Leute einen Kampf nur verlieren konnten.

»Wisar spricht wahr«, sagte Onsaker schließlich. »Für heute ist genug Blut geflossen. Jetzt ist die Zeit zum Trauern, nicht zum Kämpfen.«

»Wir wollen heute nacht gemeinsam unserer toten Söhne gedenken«, schlug Wisar vor.

»Nein!« rief Onsaker schroff, und sein ganzer Körper bebte. »Ich werde nicht länger unter deinem Dach verweilen, Wisar. Niemals wieder werde ich unter das Dach des Mannes zurückkehren, dessen Sohn meinen Sohn auf dem Gewissen hat. Und niemals darf einer aus Wisars Sippe Zuflucht unter meinem Dach suchen. Zwischen uns tut sich ein breiter Graben auf, angefüllt mit Notkers Blut. In meinem Gau haben die Menschen von Wisars Sippe nichts zu erwarten als den Tod!«

Onsaker reichte Asker den Schild und hob Notkers Kopf auf. Dann verließ er das Haus.

Widerwillig stieß Asker seine Klinge zurück in die Scheide. »Für heute bist du verschont worden, Thorag. Aber denke daran, daß meine Klinge stets bereit für dich ist!«

»Und meine für dich!« erwiderte Thorag, bevor auch er sein Schwert in der Scheide versenkte.

Asker folgte seinem Vater nach draußen, und Onsakers Krieger schlossen sich an. Erst als der letzte von ihnen das Haus verlassen hatte, ließen Wisars Gefolgsleute ihre Waffen sinken. Onsaker und seine Männer stiegen auf ihre Pferde und ritten davon, obwohl bereits der schwarze Wagen der Nacht am Himmel heraufzog. Es war düster, denn Sunna hatte ihr Haupt hinter einer dichten Wolkenschicht verhüllt.

Kapitel 4
Der Ur

»Der Ur ist größer als jedes Wesen, das ich kenne«, sagte Wisar zu den Männern, die in einem weiten Kreis um ihn standen. »Der Stier ist schon alt und sein Fell schwarz wie die Nacht, aber das Alter hat ihm nichts von seiner Kraft genommen. Seine Hörner sind fast so lang wie die Arme eines Mannes. Sein Blick ist so böse wie der Geist, von dem er besessen ist.«

In der frühen Morgenstunde sprach der Gaufürst zu fast allen männlichen Bewohnern seiner Siedlung, die dem zarten Knabenalter entwachsen waren. Er hatte sie zu dem Waldgebiet geführt, in dem Gundar gestorben war, um den Ur zu erlegen und Rache zu nehmen für den Tod seines Sohnes. Die Krieger und einige Bauern saßen zu Pferde und hielten ihre Framen fest umklammert, um den Ur mit ihnen zu durchbohren, sobald sie ihn sahen. Alle anderen gingen zu Fuß und sollten als Treiber dienen.

Wisar, der auf seinem großen Fuchs saß, richtete den Blick in den noch rötlich schimmernden Himmel und rief mit laut dröhnender Stimme: »Donar, unser Urahn, steh uns bei auf unserer Jagd, damit wir dir die Beute opfern können! Leite unsere Hände, damit sie die Speere ebenso sicher schleudern wie du deinen Hammer Miölnir! Verleih den Framen die Kraft der Blitze, die du aussendest! Leih uns die Stärke deiner eisernen Faust! O Donar, erhöre mich!«

Die Männer raunten Donars Namen, immer und immer wieder, und mit jedem Mal wurden ihre Stimmen lauter, bis aus dem Raunen ein wahres Donnern geworden war. Die Krieger hielten dabei ihre Schilde vor den Mund, was dem Namen des Donnergottes einen unheimlichen Widerhall verlieh. Die Stimmen verstummten schlagartig, als Wisar seine Frame tief in den Boden rammte.

»So, wie diese Frame den Boden durchbohrt, werden wir auch die Bestie durchbohren, wenn du mit uns bist, Donar!« versprach Wisar, ergriff die Zügel und lenkte den Fuchs zu dem Teil des Kreises, wo Thorag und die Krieger versammelt waren. Die

Frame ließ er im Erdreich stecken. Vor seinem Sohn hielt er an. Thorag saß auf dem Rappen, den er in Aliso erstanden hatte. Das Tier war so groß wie der Fuchs seines Vaters, beides waren Römerpferde, die zumeist größer waren als die der Germanen.

»Teile die Männer ein, Thorag.«

Wisars Sohn ritt an der Innenseite des Kreises entlang und bestimmte die Treibertrupps, darauf achtend, jeweils junge mit erfahrenen Männern zu mischen. Die einzelnen Trupps rückten ab, nachdem sie Wisar ihren Gruß entboten hatten. Wisar und der Jagdtrupp warteten. Erst mußten die Treiber den Wald umzingelt haben und von allen Seiten zugleich in ihn eindringen, bevor die Jäger aufbrachen.

Während sie warteten, kehrten Thorags Gedanken zur vergangenen Nacht zurück.

Lange hatten Wisar und Thorag an dem Tisch mit Gundars Leichnam gesessen. Im Haus schliefen längst alle anderen, und das Herdfeuer war weit heruntergebrannt. In dem Raum, wo Wisar und Thorag die Totenwache hielten, spendeten an den Wänden verankerte Fackeln Licht. Bis auf das Knistern der Flammen und das Atmen der Menschen war es vollkommen ruhig. Kein nächtliches Schnaufen von Tieren wie auf Thidriks Hof. Wisars Haus war nicht das Heim eines Bauern. Seine Pferde standen in einem eigenen Stall. Um die Rinder kümmerten sich die Bauern von Wisars Siedlung.

»Morgen früh brechen wir mit allen Männern auf, um den Ur zu töten«, sagte Wisar so plötzlich, daß Thorag, dessen Gedanken in seiner und Gundars Kindheit weilten, fast erschrak.

»Wo willst du ihn suchen, Vater?«

»Dort, wo er Gundar getötet hat.«

»Und wenn er nicht mehr dort ist?«

»Dann rufe ich alle Männer meines Gaus zusammen, und wir werden alle Wälder durchkämmen. Jeden Tag. Bis wir die Bestie finden. Sie wird uns nicht wieder entkommen!«

Bei diesen Worten glühten Wisars sonst eher ruhige Augen, wie Stunden zuvor die Augen Onsakers geglüht hatten, als Thorag ihm von Notkers Tod erzählte.

»Was ist, wenn der Ur sich in einem fremden Gau aufhält?« erkundigte sich Thorag.

»Dann jagen wir ihn dort.«

»Und wenn es Onsakers Gau ist?«

»Dann auch.«

»Es könnte Krieg geben zwischen Onsaker und dir.«

»Den gibt es schon, seit du Notkers Haupt vor Onsakers Füße hast rollen lassen.«

»Habe ich falsch gehandelt?« fragte Thorag vorsichtig.

»Nein, nicht du, sondern Notker. Wenn er und seine Gefährten wütend auf euch waren, so hätten sie euch zum offenen Kampf herausfordern sollen. Nächtlicher Meuchelmord ist eines Cheruskers unwürdig!« Aus Wisars Stimme und seinem Gesichtsausdruck sprachen Abscheu und Verachtung.

Vor Thorags geistigem Augen wurde die vorige Nacht wieder lebendig, der Kampf mit den Wolfshäutern, der Tod Albins und Imres. »Weißt du etwas von diesen Wolfshäutern, Vater?«

»Nichts Genaues. Man erzählt sich von einer geheimen Bruderschaft, zu der sich die Feinde der Römer zusammengeschlossen haben sollen. Sie nennen sich die Fenrisbrüder. Wenn sie es waren, die euch überfielen, ist es ein passender Name. Wie sollten heimtückische Meuchler besser heißen als nach Fenris, dessen Heimtücke Tiu den Arm kostete.«

Wisar spielte auf die Fesselung des riesenhaften Fenriswolfes durch die Götter an. Immer wieder sprengte das Ungeheuer seine Fesseln, bis endlich die Schwarzalben und Zwerge eine dünne, aber unzerreißbare Kette anfertigten. Fenris willigte ein, sich die Kette anlegen zu lassen, aber nur unter der Bedingung, daß ihm einer der Götter den Arm in den Rachen steckte. Der mutige Tiu ging das Wagnis ein, und Fenris biß ihm den rechten Arm ab, als Preis für seine Fesselung. Seitdem kämpfte Tiu mit der Linken, und am Stumpf des rechten Arms befestigte er seinen Schild.

»Ob die Wolfshäuter tatsächlich über die Kraft von Tieren verfügen?« überlegte Thorag laut. »Mutter hat es früher in den Geschichten über die Wolfshäuter erzählt. Und als ich gegen Notker und Hasko kämpfte, hatte ich den Eindruck, sie seien unempfindlich gegen Schmerz.«

»Das gibt es«, sagte Wisar zu Thorags Überraschung mit

einem bekräftigenden Nicken. »Aber nicht die Götter oder Geister müssen dafür verantwortlich sein. Es gibt Kräuterhexen, die einen Trank brauen, der übermenschliche Kräfte verleiht und Schmerzen vergessen macht.«

Auch Thorag nickte zum Zeichen, daß er verstand. Aber tief in ihm meldeten sich immer noch Zweifel. Riefen Wisar und er nicht den Donnergott Donar an, daß er ihnen beistehe und ihnen seine Kräfte verleihe? Konnten da nicht auch die Fenrisbrüder den Fenriswolf um seine Macht bitten? Konnten all die Geschichten nur Erfindung sein, die er gehört hatte über jene Zwischenwesen, halb Mensch, halb Tier, mochten sie nun Wolfshäuter, Mannwölfe oder Nachtwölfe genannt werden?

Etwas anderes beschäftigte ihn, und die Gedanken daran waren weitaus angenehmer. Vielleicht waren die Leichentafel seines Bruders nicht der richtige Ort und die Nacht nach Gundars Tod nicht die richtige Zeit, aber zu quälend lastete die Frage auf Thorag.

»Was ist mit Auja?« sprach er sie schließlich aus.

»Auja?« Wisar sah seinen Sohn verständnislos an.

»Ich meine Araders Tochter. Wie geht es ihr?«

»Gut, nehme ich an«, sagte Wisar gleichgültig und leicht verwundert über die Frage. Er schien nicht zu wissen, wieviel dieses Mädchen seinem Sohn bedeutete.

»Ich mache mir Sorgen um sie«, fuhr Thorag fort.

Wisars Stirn umwölkte sich. »Wieso?«

»Araders Hof liegt ziemlich abgeschieden mitten im Wald, an der Grenze zu Onsakers Gau. Heißt es nicht, der Ur verwüste ganze Höfe? Was ist, wenn er sich Araders Hof aussucht?«

»Das wäre Pech für Arader, aber nicht für Auja.«

Jetzt war es an Thorag, verwundert zu sein. »Wie meinst du das, Vater?«

»Da Auja nicht mehr bei Arader lebt, kann es ihr ziemlich gleichgültig sein, was mit dem Hof ihres Vaters geschieht. Es sei denn, sie macht sich noch viel aus Arader. Aber das glaube ich nicht.«

»Ich verstehe dich nicht«, sagte Thorag, der von einem ähnlichen Gefühl der Beklemmung ergriffen wurde wie bei seiner Heimkehr auf Wisars Hof.

»Du weißt, daß Arader dem Würfelspiel schon immer ebenso leidenschaftlich wie glücklos zugetan war.« Thorag nickte, und sein Vater fuhr fort: »Es war beim Fest der vorletzten Tagundnachtgleiche, als Arader sein unglücklichstes Spiel machte. Zu seinem Pech hinzu kam sein umnebelter Verstand, der ihn immer weiterspielen ließ. Ich an seiner Stelle hätte nicht mehr gespielt, wenn ich soviel Met und Bier in mich hineingeschüttet hätte wie Arader.«

Thorag sah seinen Vater überrascht an. »Hattest du das nicht?«

»Doch«, antwortete Wisar. »Aber ich habe auch nicht gewürfelt, Arader dagegen würfelte immer weiter, setzte immer mehr von seinem Hab und Gut ein in dem Bemühen, das Verlorene zurückzugewinnen. Schließlich besaß er nur noch die Hosen und den Kittel an seinem Leib.«

»Und Auja?« fragte Thorag ungeduldig, Schlimmes erahnend. »Was hat sie damit zu tun?«

»Der Mann, der Araders ganzen Besitz gewonnen hatte, bot ihm einen Tausch an. Arader dürfe alles behalten, wenn er ihm dafür sein einziges Kind zur Frau gebe.«

»Und das hat Arader getan?«

»Natürlich. Er ist zwar ein Saufbold und ein Pechvogel, aber nicht ganz und gar dämlich. Er gab Auja und behielt dafür Haus und Hof. Im nachhinein weiß ich jedoch nicht, ob das für ihn ein gutes Geschäft war. Er ist ziemlich heruntergekommen, denkt nur noch ans Saufen und kaum noch an seinen Hof. Er mußte schon sämtliches Gesinde entlassen. Jetzt, wo er allein ist, schafft er noch weniger. Was ich von ihm an Abgaben erhalte, ist nicht das Eintreiben wert. Ich sehe ihn schon als Schalk, wenn überhaupt jemand für ihn Verwendung hat.«

»Arme Auja«, murmelte Thorag verwirrt.

»Wieso arm? Das Mädchen hat mächtig Glück gehabt. Ihr Mann hätte sie statt als Frau auch als Leibeigene nehmen können. Sein Lager hätte sie trotzdem gewärmt. Jetzt ist sie nicht mehr die Tochter eines armen Bauerntölpels, sondern die Frau eines reichen Mannes.«

»Wer ist ihr Mann?«

Wisar seufzte. »Asker, Onsakers Sohn.«

Als Thorag das hörte, mußte er sich an der Tafel festhalten, auf der Gundars Leichnam lag, um nicht von der Bank zu fallen. Für einen Augenblick drehte sich alles um ihn herum. Es traf ihn fast schlimmer als die Nachricht vom Tod seiner Mutter und seiner Geschwister, und er schämte sich dafür. Noch mehr, als er Wisars teils fragenden, teils mißbilligenden Blick spürte.

»Was ist mit dir, Thorag?«

»Nichts«, antwortete Thorag schwach und wenig überzeugend.

In Wisars Augen blitzte die Erkenntnis auf. »Bedeutet dir Araders Tochter etwas?«

Thorag zwang sich zu einem Lächeln, aber es geriet ziemlich traurig. »Was spielt das noch für eine Rolle, jetzt, wo sie Askers Frau ist?«

»Keine«, bestätigte Wisar. »Da hast du recht.«

Leise sagte Thorag: »Es war der falsche Sohn Onsakers, den mein Dolch durchbohrte.«

Der Reihe nach gellten kurz hintereinander die Hornsignale der Treibertrupps über den Wald hinweg – das Zeichen, daß sie ihre Stellungen eingenommen hatten und jetzt in den Wald eindrangen. Die Krieger bliesen immer wieder in die bronzenen Hörner, schlugen auf ihre Tontrommeln und schrien, was ihre Kehlen hergaben, um den Ur aus seinem Versteck zu scheuchen. Noch nie hatte Thorag das Kläffen der Jagdhunde so laut vernommen. Als wollten sie auch ihre Angst vor der Bestie hinausbellen.

Einstweilen bestand der Erfolg dieses Unternehmens aber nur in Hunderten von aufgescheuchten Vögeln, die in wilder Panik über dem Wald flatterten und sich kreischend über die Störung beschwerten. Einige Vögel stoben davon und suchten sich einen ruhigeren Ort aus, andere ließen sich wieder in ihren Nestern nieder, als sie erkannten, daß die Menschen unter ihnen zwar jede Menge Lärm veranstalteten, sonst aber ungefährlich waren. Der kleinste Teil blieb über dem Wald in der Luft und beobachtete vorsichtig, was da unten vor sich ging.

Thorag überlegte, wie sich wohl der Ur verhalten würde – falls er sich überhaupt noch in diesem Wald aufhielt. Würde er in wilder Flucht davonlaufen, Wisars Jagd- und Rachetrupp geradewegs in die Arme? Oder würde er kühl und berechnend abwarten, wie es einem erfahrenen Krieger zukam?

Als Wisar die Hand mit der Frame, die er sich von einem der Krieger hatte geben lassen, hob, ritten die Männer an und drangen ebenfalls ins Gehölz ein. Gegen den Wind, damit die Bestie nicht ihre Witterung aufnahm und gewarnt wurde.

Sie waren vierzig Berittene, die Hälfte davon Krieger im engeren Sinn. Die anderen waren die Tapfersten und Vermögendsten aus Wisars Siedlung. Unter ihnen war Radulf, der Schmied, der auf einem kräftigen, zotteligen Braunen saß, einem kleinen Pferd aus dem Cheruskerland, das neben den großen Römerpferden, die Wisar, Thorag und ein Teil der Krieger ritten, wie ein Fohlen wirkte. Viele der Männer, darunter Wisar, Thorag und Radulf, zogen mit nacktem Oberkörper in den Kampf, um beweglicher zu sein.

Es dauerte nicht lange, bis ihnen die ersten der vom Radau der Treiber aufgescheuchten Tiere entgegenstürzten. Hasen, Füchse, Dachse, Auerhühner und Wildschweine, aber kein Ur. Das größte Tier war ein junger Hirsch, der unter anderen Umständen eine mehr als willkommene Jagdbeute für die Cherusker gewesen wäre. Jetzt schenkten sie dem stolzen Wild kaum Beachtung. Sie waren nicht auf der Jagd nach Fleisch, sondern nach Blut.

Nach dem Blut der Bestie.

Als ihn der Wald umfing, dachte Thorag wieder an Auja, die er erstmals im Wald getroffen hatte. Allerdings ein gutes Stück weiter östlich, in der Nähe von Araders Hof.

Damals war Thorag dem Knabenalter fast entwachsen gewesen. Seine langersehnte Erhebung in den Kriegerstand war in greifbare Nähe gerückt. Thorag wollte seinem Vater zeigen, daß er ein guter Jäger war, um Wisar zu bewegen, ihn schon auf dem nächsten Thing in den Kreis der Jungen zu stellen, die ihre Anerkennung als Krieger suchten.

Thorag wollte als Beweis seiner Fähigkeiten einen kapitalen Hirsch erlegen, der an der Gaugrenze gesehen worden war, dem die erfahrenen Jäger bislang aber vergeblich nachgespürt hatten. Den Hirsch bekam der Junge gar nicht zu Gesicht. Sein kleines, struppiges Pferd verfing sich in einem Fuchsloch und warf ihn ab. Mit dem Kopf schlug er gegen den mächtigen Stamm einer alten Eiche, des heiligen Baums Donars. Der Donnergott meinte es an diesem Tag wahrlich nicht gut mit seinem jungen Abkömmling. Das war Thorags letzter Gedanke, bevor ihn Dunkelheit umfing.

Etwas Feuchtes, Kühles auf seinem Gesicht ließ ihn irgendwann erwachen. Als er die Augen aufschlug, glaubte er, in Walhall zu sein, wie es einem im Kampf gegen ein wildes Untier gefallenen Krieger zukam. Doch dann wurde ihm bewußt, daß er den Hirsch gar nicht erlegt hatte, sondern schlicht und ergreifend vom Pferd gestürzt war. Aber vielleicht reichte ein solcher Tod schon aus, um in die Reihen der Einherier aufgenommen zu werden. Denn tot mußte er sein. Wie anders war es zu erklären, daß sich diese wunderschöne, barbusige Walküre um ihn kümmerte?

Sie kniete neben ihm, sah ihn aus ihren rehbraunen Augen besorgt an und tupfte sein Gesicht mit einem feuchten Tuch ab, in dem er ihr Kleid erkannte. Deshalb also war sie, mit Ausnahme der abgeschabten Lederschuhe, vollkommen nackt.

Allerdings hatte er sich die Walküren etwas anders vorgestellt, wenn die Krieger im Haus seines Vaters von ihnen schwärmten. Üppiger in der Gestalt und mit vollen, schweren Brüsten, aus denen die im Kampf gefallenen Tapferen sich an Milch laben konnten, die besser schmeckte als der köstlichste Met.

Die Walküre, die neben Thorag kniete, war keine reife Frau, sondern ein junges Mädchen, jünger noch als er. Ihr Körper war knabenhaft schlank, und ihre Brüste mit den kleinen Nippeln wölbten sich nur ganz sanft vor. Aber vielleicht war es in Walhall so, daß sich junge Walküren um junge Krieger kümmerten. Die Krieger seines Vaters hatten nur nie davon erzählt, weil sie nicht mehr so jung waren wie Thorag.

»Bin ich schon lange tot?« fragte der Junge.

Das Mädchen verengte die Augen, und über seiner Stupsnase bildete sich eine Falte. »Tot? Wie meinst du das?« fragte mit einer Stimme, die zur Sanftheit seiner Erscheinung paßte.

Thorag überlegte. Er war nicht darauf vorbereitet, einer Walküre den Tod erklären zu müssen. Er hätte ihn nicht einmal sich selbst erklären können.

»Ich meine«, stammelte er, »ob ich schon lange in Walhall bin?«

Das Mädchen schaute in die Runde und fragte: »Heißt so dieser Wald? Das war mir nicht bekannt.«

Thorag wußte nicht recht, woran er war. Aber eines war ihm jetzt klar: Hier stimmte etwas nicht.

Er sah sich um, wenn ihm auch das Erheben und Drehen seines Kopfes heftige Schmerzen bereitete. Er lag auf der Lichtung an der Stelle, wo er vom Pferd gestürzt war. Das struppige Tier stand keine fünfzehn Schritte entfernt und graste so friedlich, als sei nichts vorgefallen. Sonst war niemand hier, nur das Mädchen – die Walküre? – und er, Thorag. Ganz in der Nähe stand ein großer Korb, halbvoll mit frisch gepflückten Brombeeren.

»Wer bist du?« versuchte es Thorag mit der einfachsten Frage, die ihm einfiel.

»Ich heiße Auja.«

»Auja«, wiederholte der Junge. »Das heißt Glück.«

Das Mädchen nickte, und ihr langes Blondhaar fiel kitzelnd auf Thorags Gesicht. Es war ein angenehmes Kitzeln.

»Wo wohnst du, Auja?«

»Auf dem Hof meines Vaters.«

»Wer ist dein Vater?«

»Arader.«

»Arader? Sein Hof gehört zum Gau meines Vaters.«

»Wisar ist dein Vater?«

Der Junge nickte und handelte sich ein weiteres Stechen in seinem Kopf ein.

Etwas in Aujas Blick veränderte sich. Zu der anfänglichen Besorgnis und zur Verwunderung über Thorags Fragen trat Respekt hinzu. »Dann – dann bist du Thorag oder Gundar.«

»Gundar ist noch klein«, entgegnete der Junge ein wenig empört. »Ich bin der Krieger Thorag!«

»Krieger?« fragte Auja. Der Respekt in ihrem Blick wich einem ungläubigen Staunen. Ein spöttisches Lächeln umspielte ihre leicht aufgeworfenen Lippen. »Ich wußte gar nicht, daß du schon in den Bund der Krieger aufgenommen bist.«

»So gut wie«, sagte Thorag ausweichend, stützte sich auf den Ellbogen und vergaß die Schmerzen in seinem Kopf. »Bist du schon lange hier?«

Auja schüttelte den Kopf, und wieder strich ihr Haar über sein Gesicht. Dieses Gefühl erregte ihn. Genauso wie der Anblick ihrer schlanken Schenkel. Thorag spürte, wie ihm die Hose zu eng wurde. Zumindest in dieser Beziehung war er kein Knabe mehr.

Araders Tochter war das auch nicht entgangen. Sie betrachtete die Wölbung und strich sanft mit der Hand darüber. Sofort wuchsen der Hügel und der Druck, den Thorag verspürte.

Als Auja das bemerkte, lockerte sie seinen Gürtel und zog seine Hose ein Stück herunter. Thorags nacktes Glied reckte sich in die Höhe, dem Mädchen entgegen.

Sie umfaßte es mit beiden Händen und sagte leise: »Dein ... es ist sehr groß.«

Thorag mußte grinsen. »Ich sagte doch, ich bin ein Krieger.«

Aujas kleine Hände packten fest zu, und Thorags Glied schwoll weiter an. Dann begann er, sie zu streicheln und löste bei ihr ein wohliges Erschauern aus.

Auja legte sich auf ihn und umschloß ihn mit ihren Schenkeln. Sie rieben ihre Körper aneinander, und jeder teilte die Lust des anderen.

Thorag, der eine Begierde von unerhörter Macht spürte, versuchte, sein Glied in das Mädchen einzuführen. Aber es war zu eng. Auja stöhnte leise und Schmerz verzerrte ihr Gesicht.

Sofort zog er sich zurück und streichelte ihre Wange. »Verzeih, Auja. Ich wollte dir nicht weh tun.«

»Ich habe noch keine Erfahrung ... damit«, sagte das Mädchen und betrachtete das pulsierende Glied.

»Das wird kommen«, sagte Thorag und lächelte. »Hauptsache, du bist bei mir.«

Auja legte sich neben ihn und schmiegte sich an ihn. Sie lagen eine Weile still beieinander, dann erzählten sie einander aus ihrem Leben, bis ihnen irgendwann bewußt wurde, daß Sunna ihren Wagen schon weit nach Westen gelenkt hatte. Sie badeten in einem nahen Weiher und zogen sich an. Auf Thorags Pferd ritten sie zu Araders Hof, wo der Junge übernachten wollte.

Arader hatte nichts dagegen, daß seine Tochter in der Nacht unter Thorags Decke schlüpfte. Was hätte einem einfachen Bauern Besseres widerfahren können als eine Tochter, die das Lager mit dem Erstgeborenen seines Gaufürsten teilte?

Dieser Sommer wurde der glücklichste in Thorags Leben. Fast täglich traf er Auja, und fast täglich genossen sie die Freuden ihrer jungen Körper. Was ihnen an Erfahrung fehlte, machten Jugend und Leidenschaft wett. Schnell lernten sie hinzu, und schon bald war die Öffnung zwischen Aujas Schenkeln nicht mehr zu eng.

Thorag bedauerte es auf einmal, daß er tatsächlich schnell in den Bund der Krieger aufgenommen wurde. Jetzt war seine Zeit nicht mehr so reichlich bemessen, denn Wisar war ein pflichtbewußter Vater und Gaufürst, der darauf achtete, daß ihn sein ältester Sohn, der einmal sein Erbe antreten sollte, bei allen wichtigen Anlässen begleitete. Doch wann immer es ging, traf sich Thorag mit Auja.

Bis der Friedenspakt mit den Römern kam, den die Edelsten der Cherusker durch ihre Söhne besiegelten, die in römische Dienste traten. Allen voran Armin. Es war für Wisar und für Thorag gar keine Frage gewesen, daß Thorag den Sohn des Cheruskerherzogs begleitete. Wisar stand den Römern aufgeschlossen und Segimar loyal gegenüber, weil er der Ansicht war, daß Segimar das Richtige tat. Das Land der Cherusker war groß, und die Römer beanspruchten lediglich winzige Flecken für ihre Kastelle und Siedlungen. Wieso einen blutigen Krieg führen, wenn man in friedlicher Eintracht leben und blühenden Handel miteinander treiben konnte?

Der Abschied von seiner Familie und seiner Heimat war Thorag nicht leichtgefallen. Schließlich hatte er, wie alle anderen jungen Edelinge der Cherusker, nichts anderes gekannt als diesen Landstrich. Am schwersten aber fiel ihm der Abschied von Auja. Sie versprach, auf Thorag zu warten, wie lange es auch dauern mochte.

Auja hatte ihr Versprechen nicht gehalten, aber Thorag wußte nicht, ob er ihr das vorwerfen konnte. Die Schuld lag wohl eher bei Arader, dem Würfel und Met mehr galten als sein einziges Kind. Vermutlich hatte Auja gar nichts anderes tun können, als sich der Entscheidung ihres Vaters zu fügen. Solange sie unverheiratet war, unterstand sie seiner Munt, seiner Herrschafts- und Schutzmacht, und hatte jeden seiner Befehle zu befolgen, in dieser Hinsicht nicht viel besser gestellt als eine Leibeigene.

Thorag hatte in den Jahren, die er in der Fremde gelebt hatte, andere Frauen gehabt, aber bei ihnen stets nur die Leidenschaft gefunden, nicht das Glück, das Auja für ihn verkörperte. Selbst in den Stunden der Lust, die er in den Armen einer Römerin, einer Armenierin oder einer Pannonierin verbrachte, hatte er Auja nie ganz aus dem Sinn verloren. Ihr Bild war nie verblaßt, anders als das seiner jüngerern Geschwister. Er hatte das Zusammensein mit anderen Frauen deshalb nicht als Verrat empfunden. Wie es bei den Cheruskern nicht als Verrat galt, wenn ein verheirateter Mann mit einer anderen Frau schlief oder sich Kebsen, Nebenfrauen, hielt.

Je näher er der Heimat gekommen war, desto drängender war sein Verlangen nach Auja geworden. Jetzt sollte es für immer unerfüllt bleiben. Sie war Askers Frau, und nach dem gestrigen Zusammenstoß war der Gau von Onsaker und Asker für Thorag verbotenes Land. Selbst wenn Thorag es hätte betreten können, wäre Auja für ihn doch unerreichbar geblieben. Ein verheirateter Mann durfte eine andere Frau haben, eine verheiratete Frau aber keinen anderen Mann. Ganz abgesehen davon, wäre Thorag niemals bereit gewesen, Auja mit einem anderen Mann zu teilen.

Schon gar nicht mit diesem groben Klotz Asker. Er haßte Onsakers Sohn und hätte ihn am liebsten sofort seinem toten Bruder Notker nachgesandt.

Ein Rascheln im dichten Gebüsch schreckte Thorag auf, und seine Rechte krampfte sich um den hölzernen Schaft der Frame zusammen. Erst jetzt wurde ihm richtig bewußt, daß die berittene Kriegerschar sich in eine weit auseinandergezogene Kette aufgelöst hatte. Thorag konnte nur zwei Männer auf dieser Lichtung erblicken, Radulf und Wisar.

Erneut raschelte es, und trockenes Holz knackte unter den Tritten unsichtbarer Füße. Die drei Reiter zügelten ihre Pferde, hoben die Framen zum Stoß und blickten gebannt auf das dichte Gestrüpp am Ende der Lichtung.

Äußerlich war Thorag vollkommen ruhig, doch seine innere Anspannung drohte ihn zu zerreißen. Er kannte jetzt keinen anderen Gedanken als den, Rache zu nehmen für Gundars Tod. Selbst Auja war in diesem Augenblick vergessen.

Als sich der fast mannshohe Farn teilte, richteten sich die Jäger auf den Pferderücken auf und bereiteten ihre Muskeln darauf vor, die Framen jederzeit nach vorn zu stoßen. Ein schwarzes Tier brach aus dem Grün hervor und lief auf die Lichtung, geradewegs auf die drei Reiter zu.

Radulf war der erste, der seiner Anspannung durch ein befreiendes Lachen Luft verschaffte.

Plötzlich blieb das Tier stehen, wölbte die grüne Brust, die sich glänzend vom schwarzen Gefieder abzeichnete, reckte den bärtigen Kopf mit dem gelben Schnabel vor und musterte die Menschen, die es offenbar hier nicht erwartet hatte. Mit wütend-schimpfendem Geschrei drehte sich der Auerhahn um und verschwand wieder im Unterholz.

»Der Hahn hat Glück, daß wir ein ganz bestimmtes Wild jagen«, lachte Radulf. »Sonst steckte er jetzt auf meiner Frame und heute abend am Spieß über meinem Feuer.«

Die Muskeln der Jäger entspannten sich und ließen die Framen nach unten sinken, als es im Unterholz viel lauter als zuvor krachte und ein anderes, noch schwärzeres Tier auf die Lichtung stürmte.

»Die Bestie!« rief Radulf und riß sein Pferd scharf nach links.

Der Ur brach schnaufend aus dem Unterholz hervor und zermalmte alles, was ihm im Weg stand, unter seinen Hufen. Das Tier war noch gewaltiger und bedrohlicher, als Thorag es sich nach Wisars Beschreibung vorgestellt hatte. Selbst für einen Stier war der Ur ungewöhnlich groß. Bis auf den hellen Strich längs des Rückgrats, den fast alle Tiere seiner Rasse aufwiesen, war sein zotteliges Fell schwärzer als das des Rappen, den der junge Edeling ritt.

Die Ure waren so gefürchtet, daß selbst die mächtigen Wisente sie mieden. Aber dieses Tier hier stellte alle anderen in den Schatten. Wahrscheinlich war es ein Einzelgänger, der im

Laufe seines langen Lebens so bösartig geworden war, daß er von seiner eigenen Herde ausgestoßen wurde.

Ohne sich zu besinnen, als habe sie die Menschen schon aus dem Unterholz heraus beobachtet und den günstigsten Zeitpunkt für einen Überraschungsangriff abgewartet, rannte die Bestie mit erhobenem Kopf und hin und her peitschendem Schwanz auf Wisar zu.

Wisar hob erneut den rechten Arm, um die Frame in die beste Stoßposition zu bringen. Aber sein Fuchs scheute aus Angst vor der sich rasend schnell nähernden Bestie, unter deren Tritten der Waldboden erzitterte. Das Pferd stieg wiehernd auf die Hinterbeine, als sein Reiter die Zügel straffer zog. Wisar brauchte beide Hände, um sich im Sattel zu halten, und die Frame fiel auf den laubbedeckten Boden.

»Vater!« stieß Thorag hervor, riß, wie zuvor Radulf, sein Pferd herum und galoppierte neben dem Schmied auf Wisar und den Ur zu.

Sie kamen zu spät, um das Unglück zu verhindern. Die Bestie rammte mit ihrem mächtigen Schädel den Bauch des sich aufbäumenden Pferdes. Dessen Wiehern ging in ein Röcheln über, als es zur Seite kippte und schwer auf den Boden schlug, wo es verwundet liegenblieb und hilflos mit den Beinen strampelte. Der Reiter war aus dem Sattel geworfen worden und mit dem Kopf gegen einen hüfthohen, scharfkantigen Felsblock geschlagen. Wie tot lag er in seltsam verrenkter Haltung auf der Lichtung.

Thorag wäre am liebsten aus dem Sattel gesprungen und hätte sofort nach Wisar gesehen. Ihn befiel panische Angst, auch noch den letzten Angehörigen verloren zu haben.

Aber der riesenhafte, schwarze Stier beanspruchte seine ganze Aufmerksamkeit. Mit einer Gewandtheit, die bei seiner gewaltigen Körpermasse erstaunlich war, wendete er am Ende der Lichtung und steigerte schon wieder seine Geschwindigkeit, um schnaubend auf den Gestürzten zuzustürmen.

Anscheinend hatte er es auf Wisar abgesehen. Spürte er etwa, daß ihm der Vater des von ihm getöteten Edelings Rache geschworen hatte? Stand die Bestie im Bunde mit den bösen Geistern und Ungeheuern der Totenwelt?

Warum nicht, dachte Thorag. Wenn Wodan die Krieger in den Kampf schickte, um die Stärksten und Tapfersten unter den Gefallenen in Walhall um sich zu versammeln, als Streitmacht für den großen Endkampf gegen die Riesen und Ungeheuer, warum sollten dann nicht auch die Mächte des Bösen in der diesseitigen Welt ihre Auswahl treffen unter den schrecklichsten Kreaturen, um sie als Kämpfer in der großen Schlacht am Weltende einzusetzen?

Radulf traf als erster auf die Bestie. Als sie die Stelle erreichten, wo Wisar von seinem Pferd gestürzt war, hatte Thorag kurz gezögert, und Radulf hatte dadurch einen Vorsprung gewonnen. Frontal griff er den Ur an und stieß seine Frame mit der widerhakigen Flügelspitze aus Eisen auf den Kopf des Tieres, um eines seiner Augen zu durchbohren.

Aber der Stier hob plötzlich das Haupt und schleuderte die Frame im hohen Bogen ins Gebüsch. Sein rechtes Horn streifte Radulfs Pferd und riß dessen Flanke auf. Das Pferd knickte unter lautem, schmerzgeborenem Wiehern ein, und Radulf wurde vornübergeschleudert. Zum Glück geriet der Schmied nicht unter die Hufe des Urs.

Die Bestie beachtete Radulf nicht weiter, sondern hielt unverändert auf Wisar zu. Jetzt stand nur noch Thorag zwischen ihr und seinem Vater.

Thorag wußte, daß es ihm vielleicht nicht viel besser ergehen würde als Radulf, wenn er versuchte, den Ur frontal mit seiner Frame anzugreifen. Der schwarze Stier war kräftig, gewandt und durch viele Kämpfe klug geworden. Falls er auch Thorag überrannte, war ihm Wisar schutzlos ausgeliefert. Ein wahnwitziger Plan reifte in Sekundenschnelle in Thorag heran, und er zögerte nicht, ihn augenblicklich auszuführen.

Obwohl die Frame eine Stoßlanze war, verwendete er sie wie die kürzeren Wurfspeere und schleuderte sie gegen den Ur, kurz bevor er ihn erreichte. Zwar prallte die Eisenspitze fruchtlos am harten Schädel der Bestie ab, doch das Manöver verwirrte sie lange genug, daß Thorag den zweiten Teil seines Planes ausführen konnte.

Er hatte seinen Schild weggeworfen und umklammerte mit den Händen die beiden vorderen Sattelknäufe, stützte sich dadurch ab und zog die Beine auf den Sattel. Als sein Rappe an der Bestie vorbeigaloppierte, stieß er sich mit den Füßen ab, flog für eine Sekunde durch die Luft und landete dann auf dem Rücken des Urs wie ein quer hinübergeworfener Packsattel. Der Rappe rannte weiter und stieß ein erleichtertes Schnauben aus, als er sich weit genug von der Bestie entfernt hatte, um nicht mehr in unmittelbarer Gefahr zu sein.

Die Welt drehte sich um Thorag, der mit jedem Schritt des Urs auf dessen Rücken hin- und hergeworfen wurde. Bäume, Büsche, Farne, Felsen, Himmel, Gras – alles wirbelte durcheinander und verursachte eine Übelkeit in dem jungen Edeling, die er kaum noch unterdrücken konnte. Er wäre längst hinuntergefallen, hätten sich seine Hände nicht so fest in dem zotteligen Fell verkrampft.

Sein Plan! Er mußte ihn ausführen, bevor der Ur Wisar erreichte!

Thorag nahm alle Kraft zusammen und schwang sich herum, bis er auf dem Rücken der Bestie saß wie auf einem Pferd. Ein Sprung brachte ihn weiter nach vorn. Mit der Linken umfaßte er eins der starken, weit ausladenden Hörner. Mit der Rechten zog er den Dolch aus der Scheide und rammte ihn tief in den Nacken des Tieres.

Der Stier brüllte vor Schmerz und versuchte, den lästigen Reiter durch heftiges Hinundherwerfen des Kopfes abzuschütteln. Aber Thorags Schenkel umklammerten fest den Nacken der Bestie, seine Hände das Horn und den leicht gebogenen Griff des Dolches, der jetzt bis zur Parierstange im Fleisch des Urs steckte. Thorag spürte die Nässe des an der Stichwunde austretenden Blutes und roch seinen süßlichen Duft.

Die Bestie kam Wisar immer näher, nur noch wenige Schritte lagen dazwischen. Thorag umklammerte den Dolchgriff mit beiden Händen und zog ihn unter Aufbietung seiner letzten Kräfte nach rechts. Wie erwartet, warf der Stier seinen Kopf in dieselbe Richtung, um den Schmerz zu mildern.

Und das Wunder geschah! Die Bestie wurde zur Seite gelenkt und lief dicht an Wisar vorbei, überrannte statt des Mannes das sich am Boden wälzende Pferd, wobei sie den Fuchs in eine blutige, zerstampfte Masse aus Fleisch und Knochen verwandelte.

Der Stier stolperte und knickte, wie zuvor Radulfs Pferd, nach vorn ein. Und wie Radulf wurde Thorag abgeworfen, rollte über die weiche Laubschicht, bis er mit der Schulter gegen einen Baumstamm stieß.

Er schüttelte die Benommenheit von sich ab. Gerade noch rechtzeitig. Die Bestie hatte sich wieder gefangen, schnaubte wütend und stürmte auf Thorag los, um dem verhaßten Reiter, dessen Dolch noch immer in ihrem Nacken steckte, den Garaus zu machen.

Die Anstrengung des überstandenen Rittes ließ Thorags Muskeln zittern. Kurz legte er die Hände gegen den Stamm des Baumes, an dem er stand. Es war eine Eiche, Donars heiliger Baum, und die Berührung gab ihm neue Kraft. Er zog sein Schwert und hielt die Klinge dem Stier mit beiden Händen entgegen.

Da näherte sich rasch ein dunkler Schatten. Radulf! Der Schmied saß auf Thorags Rappen und hatte eine Frame stoßbereit angelegt. Vielleicht Thorags, vielleicht seine eigene Waffe. Er bohrte die Lanze tief in die Seite des angeschlagenen Stiers, der nun ins Taumeln geriet.

Thorag stieß sich von der Eiche ab, machte einen Satz nach vorn und rammte sein Schwert von unten in den Hals der Bestie. Blut spritzte ihm entgegen und benetzte ihn von Kopf bis Fuß. Je tiefer er die Klinge ins Fleisch des Urs stieß und je mehr er sie dort herumdrehte, desto stärker spritzte das Blut. Es verklebte Thorags Augen, und er sah alles nur noch durch einen roten Schleier.

So sah er auch Radulf rot und verschwommen. Der Schmied lenkte den Rappen erneut an die Seite der auf die Hinterläufe gesunkenen Bestie und rammte sein Schwert direkt neben Thorags Dolch in ihren Nacken.

Der alte Ur brüllte noch einmal auf. Es war sein Todesschrei. Er fiel auf die Seite und verendete.

Thorag ließ den Schwertgriff erst los, als sich die Bestie nicht mehr bewegte. Er wischte mit der Hand das Blut aus seinen Augen und merkte, daß seine Glieder nach der überstandenen Gefahr erneut zitterten.

Radulf war abgestiegen und legte eine Hand auf Thorags blutnasse Schulter. »So einen Kampf habe ich noch nie gesehen,

Thorag. Und ich bin sicher, ihn auch nie wieder zu sehen. Noch die Söhne unserer Söhne werden sich abends am Feuer von dem Ritt erzählen, den der Edeling Thorag, Sohn des Cheruskerfürsten Wisar, auf der schwarzen Bestie vollbrachte.«

»Vater«, krächzte ein völlig erschöpfter Thorag, als der Schmied Wisars Namen nannte. Er drehte sich um und schaute nach dem Gestürzten. Er lag noch bewegungslos am Boden.

Wie tot.

Tot?

»Nein!« flüsterte Thorag und wankte auf Wisar zu.

Kapitel 5
Auja

Am Tag darauf wurde Gundar im Heiligen Hain, den man auch den Hain der Götter nannte, bestattet.

Dieser uralte Wald, eine halbe Fußstunde von Wisars Hof entfernt in einem unzugänglichen Moorgebiet gelegen, war den Göttern vorbehalten. Die Menschen durften hier nicht jagen. Selbst den schwarzen Ur hätten sie hier nicht töten dürfen – außer als Opfer für die Götter. Das einzige Blut, das in dem Wald von Menschenhand vergossen werden durfte, war das Blut der Wesen, die man den Göttern darbrachte.

Fast alle Freien und Halbfreien aus Wisars Siedlung erschienen in ihren besten Gewändern. Zurück blieben Frauen, Kinder und Leibeigene. Die Teilnehmer der Trauerfeier versammelten sich auf Donars Lichtung, die so genannt wurde, weil ihre Form der eines Hammers ähnelte. Das wurde schon seit Generationen als Zeichen des Donnergottes gedeutet, hier die heiligen Riten durchzuführen.

Obwohl noch geschwächt von seinem Sturz, ließ es sich Wisar nicht nehmen, die Zeremonie zu leiten. Er war nicht nur der Fürst dieses Gaues, sondern zugleich sein oberster Priester. Und – was ihn in diesem besonderen Fall für die Aufgabe empfahl – Gundars Vater.

Als Wisar in der Mitte der Lichtung stand, sah man ihm nichts an. Die gewaltige Beule an seinem Hinterkopf wurde vom langen, vollen Schopf seines hellen, allmählich ins Grau übergehenden Haares verdeckt. Aber als er den auf- und abschwellenden Gesang anstimmte, der die Ohren der Götter für seine Bitten gnädig stimmen sollte, mußte er ihn immer wieder unterbrechen, weil Hustenanfälle seinen Körper schüttelten. Der Husten förderte blutigen Auswurf zutage, der Wisars weißes Priestergewand besudelte.

Thorag, der Wisar gegenüber am anderen Ende des großen Holzgerüstes stand, machte sich Sorgen um seinen Vater. Die ganze Nacht über hatte er ihn husten gehört. Aber Wisar hatte Thorags Besorgnis mit den Worten zurückgewiesen, so ein

Husten höre sich schlimmer an, als er sei. So war Wisar schon sein ganzes Leben lang jeder Verletzung und jeder Krankheit begegnet. Er nahm sie einfach nicht zur Kenntnis. Aber irgend etwas ließ Thorag zweifeln, daß es diesmal auch so leicht sein würde.

Thorag selbst war mit einigen Prellungen und Hautabschürfungen davongekommen. Und seine Muskeln schmerzten so sehr, als hätte der Kampf nicht wenige Minuten, sondern einige Tage gedauert.

Radulf, der jetzt in der vordersten Reihe der Trauernden stand, lahmte etwas mit dem linken Bein. Dies und ebenfalls ein paar Prellungen waren seine Erinnerungen an den Kampf gegen den schwarzen Ur.

Nach jeder von Wisar gesungenen Strophe skandierten die Versammelten den Namen des Gottes, den der Gaufürst gerade angerufen hatte. Thorags Aufgabe war es, den jeweiligen Namen als erster anzustimmen.

Als Wisar seinen Gesang beendet hatte, traten der Reihe nach die Männer vor, die besondere Empfehlungen aussprechen oder etwas Bemerkenswertes über Gundar berichten wollten. Trotz Gundars Jugend waren es nicht wenige. Radulf sprach als erster und erzählte, daß Gundar seinem Sohn Landulf stets ein guter Freund gewesen war. Zuletzt sprach Thorag, und es fiel ihm nicht leicht. Er rühmte das heitere Wesen und die Aufrichtigkeit seines Bruders, den er vor vielen Jahren zuletzt gesehen hatte.

Das braune Römerpferd, auf dem der Tote saß, wurde während Thorags Rede unruhig. Es schien zu spüren, daß die Trauerzeremonie dem Ende zuging. Es zerrte an den starken Lederriemen, mit denen es so an die vier es umgebenden Holzpfeiler gefesselt war, daß es sich kaum bewegen konnte. Gundar wackelte im Sattel, und es sah aus, als sei er plötzlich zum Leben erwacht.

Daß Gundar überhaupt aufrecht saß, lag an dem besonderen Holzsattel, den Holte, der Schreiner, für ihn angefertigt hatte. Am Sattelende erhob sich ein hölzernes Kreuz, an das Gundars Oberkörper gebunden war. Jetzt, wo sich das Pferd so heftig bewegte, sah es tatsächlich als, als reite Gundar in den Kampf. Er trug seinen besten Kittel, die besten Hosen und einen

Umhang aus Hirschfell, der über der Schulter durch eine hammerförmige Silberfibel zusammengehalten wurde. Im Wehrgehänge steckte ein Schwert, und am linken Arm hing sein Schild mit den beiden aufgemalten Bocksköpfen, die Zähneknirscher und Zähneknisterer darstellten. Und tatsächlich ritt Gundar in die Schlacht, in den allerletzten Kampf am Ende der Zeit.

Als Thorag geendet hatte, nahm er das abseits des Toten abgelegte Bündel auf und brachte es zu Gundar. Es war das schwarze Fell des Urs, das um seine sämtlichen Knochen gewickelt war. Der Ur würde Gundar auf seiner Reise begleiten, ihm im Kampf seine Kraft leihen und ihm bei Bedarf Speise sein. Wie bei den Böcken Donars würde auch der Ur, so oft er auch geschlachtet wurde, stets neues Fleisch ansetzen, solange nur sein Fell und seine Knochen heil und vollzählig blieben. Thorag legte das Bündel auf einen der Holzstöße unter dem Pferd, und das Tier wurde noch nervöser. Es zerrte so heftig an den Riemen, daß Thorag einen Augenblick befürchtete, es würde sich losreißen und mit seinem toten Bruder in wilder Panik davongaloppieren.

»O Wodan, o Donar, o all ihr mächtigen Götter«, sprach Wisar und breitete seine Arme aus. Die weiten Falten seines Gewandes ließen ihn aussehen wie eine riesenhafte weiße Taube, die sich auf den Flug vorbereitete. »Wir bringen euch den Ur dar, der Gundar tötete. Gundars Bruder Thorag hat ihn erlegt und seinen Bruder gerächt. Nehmt den Ur als Gundars Gabe und seinen Vasallen, so wie ihr Gundar selbst bei euch aufnehmen möget!«

Thorag zog sein Schwert, nahm es in beide Hände, ging zu seinem Vater und reichte es ihm. Wisar ergriff es und trat an das Holzgerüst heran. Das Pferd hatte alle Ausbruchsversuche aufgegeben. Es zitterte vor Angst und war am ganzen Körper schweißbedeckt. Wisar stellte sich seitlich neben das Tier und hob das Schwert. Doch dann zögerte er, sah sich um und winkte Thorag heran.

»Du hast deinen Bruder lange Zeit nicht gesehen, Thorag. Und als du heimkamst, sahst du ihn als Toten. Aber du hast seinen Tod gerächt. Darum sollst du auch der sein, der ihn von unserer Welt in die der Götter geleitet.«

Wie zuvor Thorag hielt jetzt Wisar das schwere Schwert mit

beiden Händen waagerecht vor sich. Thorag ergriff es, und Wisar trat ein paar Schritte zurück.

Thorag stellte sich so neben das Pferd wie eben sein Vater. Sie hatten ihre Stellung mit Bedacht gewählt, so, daß Gundar sie nicht sehen konnte. Dem Toten sollte das Verlassen dieser Welt durch den Anblick seiner Angehörigen nicht unnötig erschwert werden. Das sollte verhindern, daß Gundar als unzufriedener Wanderer zwischen den Welten umherirrte, als Wiedergänger, der keine Ruhe fand.

Thorag stieß das Schwert von unten in den Hals des Pferdes und fand schnell die Halsschlagader. Ein Zucken lief durch das Tier, als sein Blut und sein Leben es in einem roten Strom verließen. Thorag zog die rote Klinge wieder heraus und machte ein paar Schritte zurück, damit sein bestes Gewand nicht vom Blut befleckt wurde.

Wisar trat mit der Fackel, die ihm einer der Männer gereicht hatte, an das Gerüst und zündete die Holzscheite an mehreren Stellen an. Das trockene Holz der Eiche, des Baumes Donars, fing rasch Feuer, und die Flammen fraßen sich in knisternder Eile weiter. Wisar mußte zurücktreten, neben Thorag, denn bald brannte das ganze Gerüst mit Gundar und dem Pferd lichterloh. Mit einem letzten, lauten Wiehern verging der ausblutende Braune in den Flammen. Eine sengende Hitzewelle, die ihnen fast den Atem raubte, griff nach Wisar und Thorag und zwang sie, noch weiter zurückzugehen.

Der Gaufürst schleuderte die Fackel in weitem Bogen ins Feuer und krümmte sich plötzlich zusammen. Er würgte, röchelte, hustete, und eine Mischung aus Schleim und Blut rann aus seinem aufgerissenen Mund auf den Boden.

Obwohl das Blut des Pferdes noch an der Klinge klebte, steckte Thorag das Schwert in die Scheide zurück, griff nach seinem Vater und stützte ihn. »Was ist mit dir, Vater? Wie kann ich dir helfen?«

»... geht schon«, krächzte Wisar und schüttelte die Hände des einzigen ihm verbliebenen Sohnes in einer fast ärgerlich wirkenden Bewegung von sich ab. Er unterdrückte den Hustenanfall und richtete sich mühsam auf. »Die Zeremonie ... darf nicht gestört werden.«

Thorag verstand und unterließ jede weitere Frage, jede Äußerung oder Geste, die als Ausdruck seiner Besorgnis um Wisars Zustand gedeutet werden konnte. Viele Augen waren in dieser Stunde auf Thorag und Wisar gerichtet. Nicht nur die Augen der Menschen, auch die der Götter. Wisar wollte nicht, daß die Götter ihn als Schwächling sahen und danach seinen Sohn Gundar beurteilten.

Aber die Besorgnis in Thorags Herz löste sich dadurch nicht auf. Und sie wurde genährt, als Wisar nur mühsam mehreren neuen Hustenanfällen widerstand, die ihn heimsuchten, während das Feuer, das die Körper Gundars und des Pferdes verzehrt hatte, allmählich niederbrannte.

Als die letzten Flammen verloschen waren, traten Vater und Sohn mit einer silbernen Urne, die ihnen Radulf brachte, an den glühenden Schutt und suchten die Knochen heraus, um sie in die Urne zu legen. Die Urne war mit Motiven aus der Götterwelt verziert – Wodans großer Hut, Donars Hammer und Ullers Bogen –, um den Göttern zu zeigen, daß der Tote ihrer würdig war. Sie war Radulfs Abschiedsgabe an Gundar, den Spielgefährten seines Sohnes Landulf. Jetzt waren beide tot.

Die Urne und Gundars Waffen wurden in einer Erdgrube beigesetzt, auf einer kleinen Nebenlichtung unter den höchsten der in diesem Hain wachsenden Eichen. Sie mußten fast so hoch sein wie die immergrüne Weltesche, deren Gezweig die Reiche der Menschen, Götter, Riesen und Zwerge verband. Hier ruhten die Toten aus Wisars Familie, die Abkömmlinge Donars. Die Grube wurde mit Brandschutt aufgefüllt und mit einem gewaltigen Stein verschlossen, der nur durch sechs kräftige Männer bewegt werden konnte. Er sollte dem Toten seine Ruhe sichern und zugleich verhindern, daß er sein Grab wieder verließ. Die Furcht vor Wiedergängern, die aus Hader mit ihrem Schicksal, zwischen den Welten wandern zu müssen, ihren bösen Spuk mit den Lebenden trieben, saß tief. Früher hatte Thorags Mutter den Kindern viele Geschichten erzählt, und die über die Wiedergänger hatten die Kinder stets am stärksten erschauern lassen.

Angeführt von Wisar, kehrten die Männer in die Siedlung zurück. Dort warteten die Frauen mit frischem Bier und Met und mit dem gebratenen Fleisch des erlegten Urs. Die Menschen wollten feiern, um ihre Trauer zu vergessen. Es war nicht gut, zuviel zu trauern und zu viele Tränen um einen Toten zu vergießen. Das erschwerte ihm nur das Verlassen dieser Welt.

Nur einer ging nicht mit zurück zur Siedlung, weil er um so viele Menschen zu trauern hatte: Thorag.

Die Schar der Trauernden war längst zwischen den alten Bäumen des Heiligen Hains verschwunden, ihre Schritte und Stimmen verklungen. Thorag hörte nur noch die Stimmen des von vielerlei Getier bevölkerten Waldes, das Rascheln des leichten Windes in den Baumkronen und sein eigenes Atmen, während er vor den Gräbern seiner Familie stand, um der Toten ein letztes Mal zu gedenken. Es war sein Abschied von Gundar, von seiner Mutter, von Thorstan, von Gesa und von Thordis. Und von dem kleinen Ragnar, den er nur aus der Erzählung seines Vaters kannte.

Ragnar war geboren worden, während sein ältester Bruder Thorag für die Römer kämpfte. Aber die Götter waren nicht mit ihm gewesen. Nur eine Nacht nachdem Wisar seinen jüngsten Sohn in symbolischer Handlung vom Boden und damit in seine Munt aufgenommen hatte, hatten die grauen Schatten des Todes, die nach so vielen Neugeborenen griffen, ihre Hände nach Ragnar ausgestreckt, und am Morgen hatte die Mutter ihn leblos neben sich auf dem Lager gefunden. Auf seinem Grab lag die kleinste Steinplatte.

Alle tot.

Thorag wandte sich um und ging zu jener Stelle am Rand der großen Lichtung, wo er seinen Rappen an den Stamm einer dünnen Birke gebunden hatte. Er führte das Tier zu der kleinen Lichtung mit den Grabstätten und löste die Riemen, mit denen das Päckchen auf den Pferderücken gebunden war. Er öffnete es und nahm die Gaben heraus, die als Begrüßungsgeschenke für die Lebenden gedacht gewesen waren und jetzt Thorags Abschiedsgeschenke an die Toten waren.

Vor das Grab seiner Mutter legte er die letzte heilgebliebene Fensterscheibe und gedachte der Mutter zum letzten Mal. Vor das frische Grab Gundars legte er das Schwert mit dem prachtvoll verzierten Silbergriff, das er bei einem römischen Schmied für teures Geld erstanden hatte; zusammen mit einem Schwert, das Thorags Geschenk für seinen Vater gewesen war. Thorstan bekam einen ähnlich gearbeiteten Dolch von demselben Schmied. Für Gesa und Thordis hatte Thorag mit römischen Münzen verzierte Gürtel mitgebracht, deren schwere Schnallen aus purem Gold waren.

Nur für Ragnar hatte er kein Geschenk. Thorag zog seinen Dolch und schnitt eine Strähne seines langen Blondhaars ab, die er unter die Steinplatte von Ragnars Grab klemmte. Sie sollte Ragnar an seinen großen Bruder erinnern, wo immer Wisars Sohn jetzt sein mochte. Thorag hatte sich nie Gedanken darüber gemacht, wohin Kinder nach ihrem Tod gingen. Die Krieger kamen nach Walhall, die dem unrühmlichen Strohtod Erlegenen ins unterirdische Reich der Hel. Aber Kinder?

Ein seltsames Gefühl, das plötzlich von dem an Ragnars Grab knienden Thorag Besitz ergriff, brachte ihn davon ab, diesen Gedanken weiterzuverfolgen. Dieses Gefühl war ihm nicht unbekannt, seit er ein Krieger geworden war. Es war das durch seine geschärften Sinne gewonnene Wissen, daß er nicht mehr allein auf der kleinen Lichtung stand. Jemand war hinter ihm. Jemand oder etwas.

Thorag dachte an die Toten, an Wiedergänger und Geister. Er widerstand dem drängenden Gefühl, aufzuspringen, herumzuwirbeln und in dieser Bewegung sein Schwert zu ziehen. Gegen Wiedergänger und Geister nutzte ein Schwert nichts.

Außerdem glaubte er nicht, daß er in Gefahr schwebte. Das Sträuben seiner Nackenhaare, das sich in so einem Fall einzustellen pflegte, unterblieb. Das Gefühl, das Thorag empfand, war anders. Er kannte es, auch wenn es lange verschollen gewesen war. Alte Erinnerungen wurden in ihm wach, und eine plötzliche wohlige Wärme überströmte ihn. Noch bevor er sich umdrehte, wußte er, wer hinter ihm war.

»Auja«, flüsterte er, und mit halboffenem Mund starrte er die junge Frau an, die zehn Schritte von ihm entfernt am Rand der Lichtung stand.

Auja hatte sich verändert und doch auch wieder nicht. Sie war erwachsener geworden in den Jahren, reifer. Unter dem grünrot gemusterten Wollkleid, das auf der rechten Schulter von einer silbernen Fibel gerafft und um die Hüften von einem mit Silberplättchen besetzten Ledergürtel gebauscht wurde, zeichneten sich die üppigen Formen einer erwachsenen Frau ab. Aber ihr feines, sinnliches Gesicht war das des jungen Mädchens geblieben, das Thorag bei seiner glücklosen Hirschjagd an der Grenze zu Onsakers Gau kennengelernt hatte. Glücklos? Nein, diese Jagd hatte ihm damals das größte Glück seines Lebens beschert.

Sie trat langsam auf Thorag zu, und der junge Cherusker erkannte, daß sich ihr Gesicht doch verändert hatte. Tiefe Schatten unter ihren rehbraunen Augen zeugten von einem nicht immer glücklichen Leben. Die Sonnenstrahlen, die sich in ihrem hüftlangen Blondhaar verfingen, das bis über die Schultern lose herunterfiel und dann von einer großen Silberspange zu einem Schopf zusammengefaßt wurde, verliehen Aujas Gesicht einen heiteren Glanz, der bei näherem Hinsehen verflog.

Haarspange wie Schulterfibel waren Abbildungen von Eberköpfen, vermutlich Geschenke Askers oder Onsakers. Sie machten Thorag schmerzhaft bewußt, daß es nicht mehr *seine* Auja war, die so dicht vor ihm stand und deren Duft ihn verleiten wollte, seine Arme um sie zu legen und sie ganz fest an sich zu ziehen. Sie war jetzt Askers Frau, und Thorag widerstand der Versuchung.

Zweifel trat in Aujas Blick, der auf Thorags Gesicht ruhte. »Du sagst ja gar nichts, Thorag.«

Thorag hob die Hände bis fast zu den Schultern und ließ sie kraftlos wieder sinken. »Was soll ich sagen, Auja?«

»Nach all den Jahren sollte man meinen, daß wir uns etwas zu sagen hätten.«

»Ja«, meinte Thorag und nickte, bevor er sie wieder ansah. »Ich habe viel an dich gedacht, Auja. Es gab keinen Menschen, an den ich so viel dachte wie an dich. Nicht mal mein Vater Wisar und meine Familie, die hier begraben liegt.« Er sah auf die Gräber, weil er es nicht mehr ertragen konnte, in dieses wunderschöne, so nahe und doch unerreichbare Gesicht zu sehen, das er so sehr liebte. »Jetzt kehre ich heim, und du bist Askers Frau. Und alle, bis auf Wisar, sind tot.«

»Es tut mir leid um Gundar. Auch um die anderen. Ich kam her, dir das zu sagen. Asker und Onsaker dürfen es nicht wissen. Sie hassen dich und Wisar, weil du Notker getötet hast. Am liebsten würden sie euch auf der Stelle umbringen. Ich habe gesagt, ich will meinen Vater besuchen, als ich fortritt. Ich war auch bei ihm. Aber eigentlich wollte ich mit dir reden, Thorag, dir erklären, weshalb ich …« Ihre Stimme versagte ihr den Dienst.

»Du brauchst es mir nicht zu erklären«, entgegnete Thorag eine Spur versöhnlicher. »Mein Vater hat mir erzählt, wie es dazu gekommen ist. Araders verfluchte Trunk- und Spielsucht ist schuld an allem!« Beim letzten Satz hatte sich seine Miene vor Wut verzerrt.

»Mein Vater ist, wie er ist«, versuchte Auja schwach eine Verteidigung. »Wer kann dafür, wie ihn die Götter schufen?«

»Vielleicht schaffen die Götter den Menschen, aber der Mensch formt sich selbst. Es wäre viel zu leicht, alles den Göttern zuzuschieben. Verteidige deinen Vater nicht auch noch, Auja. Er ist die Luft nicht wert, die er atmet. Donars Blitz hätte ihn treffen sollen, als er dich benutzte, um seine Spielschulden zu bezahlen!«

Auja sah Thorag entsetzt an. »Du wünschst meinem Vater den Tod?«

»Ja!«

In diesem Augenblick war es tatsächlich so. Auf Arader schob Thorag die Verantwortung für sämtlichen bei seiner Heimkehr erlittenen Verlust und Schmerz. Der Ur, der Gundar getötet hatte, war tot; ihn konnte er nicht mehr hassen. Ein Verantwortlicher für den Tod seiner Mutter und seiner übrigen Geschwister war nicht greifbar. Aber Arader, den in Thorags Augen die alleinige Schuld daran traf, daß er Auja verloren hatte, lebte. Ihn konnte Thorag hassen, und er tat es, er bekämpfte seinen Schmerz durch dieses Gefühl.

Aujas wunderschöne Lippen zitterten, und sie trat langsam zurück. In ihren Augen glitzerte es feucht. »Vielleicht war es ein Fehler herzukommen. Ich weiß nicht, ob wir uns jemals wiedersehen. Falls es geschieht, dann als Fremde, die ich als Askers Frau für dich sein werde. Mögen Wodan und Donar über deine Wege wachen!«

»Warte!« rief Thorag, als sie sich umdrehen wollte, und er starrte auf das Fellbündel, das zu seinen Füßen lag. Es enthielt noch ein Geschenk, das er unbewußt eingepackt hatte, als er seinen Vater und die Trauernden zum Heiligen Hain begleitete. Vielleicht, weil auch Auja in gewisser Hinsicht für ihn zu den Toten zählte – jedenfalls die Auja, die er gekannt hatte.

Er bückte sich und zog das mit bunten Blumen bemalte Kleid aus dem Bündel, schüttelte es aus und hielt es in das Sonnenlicht, dessen Strahlen den feinen Stoff durchdrangen und ihn so dünn erscheinen ließen wie das Netz einer Spinne. Das Kleid in beiden Händen haltend, trat Thorag auf die junge Frau zu.

»Das habe ich dir mitgebracht, Auja, aus Rom. Ich habe es von einem Händler, der die vornehmsten Familien beliefert, sogar den Caesar.«

Zögernd streckte Auja ihre Hände nach dem Kleid aus, als Thorag vor ihr stehenblieb, und strich ganz sanft, fast ängstlich darüber. Es war ein seltsames Gefühl, als bestände das Kleid zu einem Teil aus Luft. Aujas Finger hatten so etwas noch nie berührt. Es war ganz anders als die Felle, Pelze und Wolle, aus denen ihre Kleidung gefertigt war. Viel leichter. Und dann diese kunstvolle Bemalung. Auch die Cherusker färbten und verzierten ihre Kleidung, aber so etwas wie diese bunte und doch zugleich harmonische Pracht der Blüten, die ineinander übergingen und das ganze Kleid bedeckten, war ihr unbekannt.

»Was ist das für ein Stoff?«

»Seide. Das Kleid kommt aus einem fernen Land am Rand der Welt, China. Nur die vornehmsten und reichsten Römer können es sich leisten, Kleider aus Seide zu tragen.« Unverhohlener Stolz darüber, daß Thorag es sich leisten konnte, aus der im Krieg gemachten Beute so wertvolle Geschenke zu kaufen, schwang in seinen Worten mit. »Im Sommer läßt sie den Körper atmen, und im Winter hält sie ihn warm, obwohl sie so leicht ist.«

Das Leuchten, das beim Berühren des Kleides in Aujas Augen getreten war, erlosch plötzlich, und ruckartig nahm sie ihre Hände herunter.

»Was ist?« fragte Thorag. »Das Kleid gehört dir, Auja. Für dich habe ich es gekauft, und du sollst es tragen. Nimm es!«

»Nein.« Die junge Frau schüttelte traurig den Kopf. »Es steht mir nicht zu, und Asker würde es nicht wollen. Er ist sehr wütend auf dich und würde dann noch wütender sein. Schenk das Kleid einer anderen Frau, Thorag, einer, die deiner würdig ist.«

Um die Tränen zu verbergen, die sie nicht länger zurückhalten konnte, drehte sich Auja abrupt um und strebte schnellen Schrittes auf den Waldrand zu. Das letzte, was Thorag von ihr sah, bevor sie im dunklen Unterholz verschwand, war das goldene Schimmern ihrer Haare im Licht der langsam niedergehenden Sonne.

Enttäuscht und wütend knüllte er das wertvolle, nutzlose Kleid zusammen und warf es zu Boden. Für einen Augenblick war er versucht, mit den Füßen darauf herumzutrampeln. Aber er besann sich, hob es vorsichtig, fast zärtlich auf und schüttelte den Schmutz heraus.

Eilig folgte er Auja und durchquerte den Waldstreifen, der die kleine Lichtung mit den Gräbern von der größeren Lichtung – Donars Lichtung – trennte. Aber er sah Auja nicht mehr, hörte nur noch sich rasch entfernendes Hufgetrappel.

Thorag ging zu seinem Rappen, band ihn los und stieg auf. Das Tier, das ursprünglich nur seine Gaben transportieren sollte, trug keinen Sattel, aber das störte ihn nicht. Bevor er in die Dienste Roms trat, war er – wie die meisten Cherusker – stets ohne Sattel geritten. Und Thorag war ein ebenso guter Reiter, wie er ein Krieger und Jäger war. Auch auf dem großen Römerpferd hatte er keine Mühe, sich festzuhalten. Er legte das Seidenkleid vor sich über den Pferderücken und schlug dem Tier leicht die Fersen in die Seite.

Er verließ den Heiligen Hain in westlicher Richtung, wohin auch Auja verschwunden war. Wo Onsakers Gau lag und Araders Hof. Der Hof des Mannes, den er haßte wie keinen sonst.

Thorag erreichte sein Ziel, als die Sonne ihre letzten Strahlen über die Baumwipfel schickte.

Er erkannte Araders Hof kaum wieder. Die meisten Gebäude waren erst in den Jahren seiner Abwesenheit entstanden, da die

Bauten, die Thorag gekannt hatte, ein Opfer der Zeit geworden waren. Das Holz verfaulte mit den Jahren.

Aber das längliche Haupthaus stand noch in der gewohnten Form auf dem alten Platz. Und doch sah es ebenfalls anders aus als in Thorags Erinnerung. Das rohrgedeckte Dach wies ebenso Löcher auf wie die Wände aus lehmverstrichenem Flechtwerk. Nach Westen hin, wo der Stall lag, neigte sich das Gebäude in gefährlich anmutender Weise. Vermutlich war einer der hölzernen Stützpfeiler so morsch geworden, daß er sich unter der Last bog. Das Gebäude hätte längst abgerissen und durch ein neues ersetzt werden müssen.

Der ganze Hof befand sich in einem erbärmlichen, halbverfallenen Zustand. Herr und Gesinde schienen sich um nichts zu kümmern.

Gesinde? Vergeblich sah sich Thorag, der den Rappen zwischen den armseligen Hütten angehalten hatte, nach Menschen um. Die einzigen Lebewesen waren zwei im Erdreich herumwühlende Schweine, eine ihnen gelangweilt zuschauende Ziege und ein paar Hühner, die träge im Schatten eines Hütteneingangs saßen; offenbar hatte das Federvieh das einst für Menschen gedachte Gebäude für sich in Besitz genommen.

»Ist hier niemand?« brüllte der junge Cherusker über den Hof, der ihn fast noch mehr an eine Totenstätte gemahnte als die kleine Grablichtung im Heiligen Hain.

Er hörte ein Geräusch aus dem Haupthaus, und eine Gestalt erschien in der Türöffnung. Wegen des schwächer werdenden Lichtes benötigte Thorag einige Zeit, um die Gestalt zu erkennen. Sie gehörte einem alten, gebeugt gehenden Mann mit struppigen, ergrauenden Haaren und einem schon seit vielen Tagen nicht mehr rasierten Gesicht. Weil er so krumm ging, wirkte der Mann in dem schmutzfleckigen Kittel viel kleiner, als ihn Thorag in Erinnerung hatte. Es fiel Thorag schwer, in ihm den freien Bauern Arader wiederzuerkennen.

»Wer bist du?« lallte Arader mit schwerer Zunge. In der Rechten hielt er ein Trinkhorn, mit der Linken stützte er sich am Türrahmen ab. Trotzdem wankte er. So stark, daß Thorag befürchtete, der Bauer würde das wacklige Haus umreißen, falls er den Halt verlor.

Thorag nannte seinen Namen.

»Thorag?« wiederholte Arader langsam. »Der Sohn Wisars?« Thorag nickte. »Kennst du noch jemanden, der Thorag heißt?«

Statt zu antworten, kam der Alte mit einer Gegenfrage: »Was willst du hier?«

»Dich sprechen.« Thorag rutschte vom Pferd, band es am letzten aufrecht stehenden Pfahl eines umgestürzten Gatters fest und trat auf den Hauseingang zu. »Ich will von dir wissen, wie sich ein Mann fühlt, der seine einzige Tochter verkauft hat.«

Arader sah Thorag mit seinen geröteten Augen verständnislos an und leerte dann sein Trinkhorn. Thorag roch frisches Bier. Ein Geruch, der seiner Nase willkommener war als der von Arader ausströmende Gestank. Der Bauer schien vergessen zu haben, daß körperliche Reinheit zu den Tugenden eines Cheruskers zählte. Noch schlimmer war allerdings der Gestank, der aus dem Haus kam. Thorag hatte den Eindruck, daß Arader den Stall nicht mehr ausgemistet hatte, seit der junge Edeling zum letztenmal hiergewesen war.

»Verkauft?« echote Arader verständnislos und sah sehnsüchtig in sein leeres Horn.

»Ja, verkauft. Du hast Auja verkauft!«

»Auja«, seufzte der Bauer. »Sie ist eine gute Tochter. Heute war sie bei mir und hat mir frisches Bier gebracht, das auf Onsakers Hof gebraut wurde.« Arader versuchte vergebens, sich gerade aufzurichten und seiner Haltung einen Anstrich von Würde zu geben. »Onsakers Sohn Asker ist nämlich Aujas Mann.«

»Das weiß ich!« zischte Thorag und packte Arader am schmutzigen Kragen. Das Trinkhorn fiel zu Boden. »Auja ist Askers Frau, weil du nichts anderes kannst als spielen und saufen!«

In Araders Blick lagen Angst und Verwirrung. Aber nicht die geringste Spur von Verständnis oder gar Reue.

Thorag wußte auf einmal nicht mehr, weshalb er überhaupt hierhergekommen war. Ursprünglich hatte er Arader zur Verantwortung ziehen wollen, wenn er auch nicht genau wußte, wie. Dann hatte er daran gedacht, Arader das Seidenkleid dazulassen, damit er es Auja geben konnte. Aber er bezweifelte, daß der Alte diese einfache Sache begreifen würde. Das Bier hatte seinen Verstand umnebelt.

Er ließ den Bauern los, der rückwärts ins Haus taumelte, auf den schmutzigen Boden fiel und einen lauten Rülpser ausstieß. Der Geruch von Bier und Fäulnis schlug Thorag ins Gesicht.

Angewidert wandte er sich ab und ging zurück zu seinem Pferd, um Arader der Einsamkeit und dem Bier zu überlassen. Hier hatte Thorag nichts mehr verloren.

Thorag ritt nicht zurück zu seines Vaters Hof, sondern in die entgegengesetzte Richtung, weiter nach Westen, tiefer in Onsakers Land hinein. An die Gefahr, der er sich für den Fall aussetzte, daß er von Onsakers Kriegern gestellt wurde, dachte er nicht.

Er dachte nur an das wunderschöne, von langem golden glänzenden Haar umrahmte Gesicht. An die sanften Augen und die sinnlichen Lippen. Er wollte zu Auja, um ihr zu sagen, daß er sie liebte, daß sie Asker verlassen und mit ihm kommen sollte. Er würde mit ihr fliehen bis ans Ende der Welt, bis in das ferne Land China. Oder er würde Asker töten, wenn Auja es wünschte.

So lenkte er den Rappen durch die Dämmerung, die in den Wäldern schon zur völligen Dunkelheit geworden war, vorbei an einsamen Höfen, ohne darauf zu achten, ob ihn jemand beobachtete. Sein Geist befand sich in einem seltsamen Zustand, war besessen von dem Gedanken an Auja. Alles andere schien bedeutungslos.

Onsakers Siedlung tauchte vor dem einsamen Reiter auf, als die Nacht den Himmel ganz bedeckte. Nur der Mond und die Sterne verbreiteten noch ein fahles Licht. Die Umrisse der Gebäude reckten sich Thorag aus einem zwischen zwei bewaldeten Hügeln eingebetteten, mit Feuer und Beil gerodeten Tal entgegen.

Im Gegensatz zu Wisar hatte Onsaker nicht die ganze Siedlung mit einem Palisadenzaun umgeben, sondern nur sein eigenes Gehöft. Thorag stieg vom Pferd und führte es am Rand der

Siedlung entlang in Richtung auf Onsakers Hof. Je näher er den Palisaden kam, desto klarer wurde sein Denken, und er fragte sich, was er eigentlich vorhatte.

Einfach hineingehen und nach Auja fragen? Onsaker und Asker würden Thorag vermutlich auslachen und von ihren Kriegern erschlagen lassen, falls sie sich nicht eine langsamere Todesart für ihn ausdachten.

Versuchen, heimlich an Auja heranzukommen und sie zur Flucht zu überreden? Das würde ihm schwerlich gelingen, inmitten von Onsakers Kriegern.

Thorag zögerte nicht aus Angst vor Onsakers Kriegern. Aber wem nutzte sein Tod? Doch nur Onsaker und Asker. Wie aber würde es für Wisar sein, wenn er auch noch seinen letzten Sohn verlor?

Thorag brauchte erst einmal Zeit zum Nachdenken. Er steuerte einen kleinen buschbewachsenen Hügel an. Im Schutz der Büsche und Sträucher wollte er in Ruhe überlegen, was nun zu tun war. Kaum hatte er sein Pferd in das Gehölz geführt, als ihn ein Rascheln zusammenfahren ließ.

Da war es wieder, das seltsame Gefühl, das er schon am Nachmittag im Heiligen Hain verspürt hatte, als Auja zu ihm gekommen war. Aber diesmal spürte Thorag nichts Beruhigendes. Die unsichtbaren Augen, die ihn beobachteten, taten das nicht in freundlicher Absicht.

Unsichtbar? Nein, die fremden Augen glühten wie zwei winzige Feuer in der Dunkelheit.

Der Fremde, der hinter einem Haselnußstrauch verborgen war, schien kein erfahrener Krieger zu sein. Dann hätte er gewußt, daß ein Mann im Dunkeln die Augen zu Schlitzen verengen mußte, wollte er verhindern, daß ihr Leuchten ihn verriet. Aber auch wenn er kein Krieger war, konnte er trotzdem gefährlich sein.

In einer einzigen Bewegung ließ Thorag die Zügel des Rappen los und schnellte mit einem gewaltigen Satz auf das Gebüsch zu, wobei er seinen Dolch aus der Lederscheide zog. Er landete auf dem Unbekannten und riß ihn um. Thorag hörte einen erstickten Laut, als dem Fremden für Sekunden die Luft wegblieb.

Als der andere wieder atmete, drückte Thorag, der rittlings auf ihm saß, den Dolch an seine Kehle. »Schrei nicht, oder ich schneide dir die Gurgel durch! Sprich leise! Wie heißt du?«

»Thidrik.«

»Thidrik?«

Jetzt sah es Thorag, als sich seine Augen an die zwischen den Büschen herrschende Finsternis gewöhnt hatten. Unter ihm lag der Bauer, auf dessen Hof er und seine Gefährten von den Wolfshäutern überfallen worden waren. Sein großer Schnurrbart und seine Lippen zitterten vor Erregung. Auch er hatte Thorag erkannt.

»Was tust du hier?« fragte der Edeling.

»Ich wollte zu Onsaker.«

»Warum?«

»Er ist mein Gaufürst. Ich wollte ihn um Unterstützung bitten, weil ich die Steuern an die Römer nicht mehr bezahlen kann.«

»Und weshalb versteckst du dich hier?«

Der Bauer zögerte mit seiner Antwort. Statt ihrer erhielt Thorag einen heftigen Schlag in den Rücken, verlor das Gleichgewicht und fiel zur Seite. Er war unachtsam gewesen und hatte es Thidrik erlaubt, daß dieser ein Knie hochriß und ihm in den Rücken stieß.

Mit einer Gewandtheit, die Thorag dem massigen Mann nicht zugetraut hätte und die ihn an den schwarzen Ur erinnerte, sprang Thidrik auf und rannte, laut um Hilfe schreiend, aus dem Gebüsch hinaus auf Onsakers Gehöft zu.

Thorag rappelte sich auf und hielt vergebens nach seinem Dolch Ausschau. Er hatte ihn bei dem Sturz verloren und keine Zeit, ihn zu suchen. Schon hörte er das Bellen von Hunden und Stimmen, die Thidrik antworteten. Er fand nur ein kleines, struppiges Pferd, wahrscheinlich Thidriks Tier.

Thorag lief zu seinem eigenen Pferd, schwang sich auf dessen Rücken und trieb es mit Zurufen und Fersendrücken an. Im gestreckten Galopp rannte der Rappe davon, ließ Onsakers Gehöft und bald auch die Siedlung hinter sich zurück.

Als sie in den schützenden Wald eintauchten, hielt Thorag das Tier kurz an und schaute zurück. Die Lichter zahlreicher

Fackeln wanderten durch die Nacht, auf der Suche nach Thorag.

Sein Vorhaben war gescheitert. Er würde Auja nicht wiedersehen. Traurig und enttäuscht warf Thorag das bunte Kleid ins Gebüsch, bevor er weiterritt.

Das Glück hatte ihn verlassen.

Kapitel 6

Der Überfall

»Vooorsiiicht, Baaauuum fääällt!« brüllte Holte und sprang, die langstielige Axt fest in beiden Händen, mit weiten Sätzen zur Seite.

Ein Blick auf seine beide Söhne zeigte dem Schreiner, daß die Warnung unnötig gewesen war. Der zwölfjährige Tebbe und sein zwei Jahre jüngerer Bruder Eibe hockten hinter dem Felsblock, dessen Deckung sie auf Anweisung ihres Vaters gesucht hatten. Und die hohe Kiefer kippte in die entgegengesetzte Richtung, ganz wie von Holte geplant.

Dennoch behielt er diese Vorsichtsmaßnahmen stets bei. Als junger Mann hatte er mit ansehen müssen, wie ein nachlässig angeschlagener Baum in die falsche Richtung fiel und zwei kräftige Männer so mühelos unter sich zerquetschte, als wären sie lästige Fliegen. Seitdem paßte er gehörig auf, besonders wenn es um seine eigenen Söhne ging.

Sieben Kinder hatte seine Frau Wiete ihm geboren. Tebbe und Eibe waren die einzigen, die das frühe Kindesalter überlebt hatten. Das war nichts Besonderes. Die meisten Kinder starben, und ein Mann, der zwei Söhne hatte, konnte sich glücklich schätzen. Das tat Holte, wie sich auch Wiete glücklich schätzte. Und immer wenn ihr Mann die Kinder mit in den Wald nahm, ermahnte sie ihn, die beiden Jungen bloß heil wieder nach Hause zu bringen. Holte versprach es ihr, auch wenn es ihm überflüssig erschien, denn niemand brauchte ihn darauf zu stoßen, daß er auf Tebbe und Eibe aufpassen mußte.

Es gab einen lauten Krach, Splitter regneten herab, Staub und Schmutz wirbelten auf, und der gefällte Baum schlug auf dem Waldboden auf. Für einen kurzen Augenblick empfand Holte Mitleid für die Kiefer, deren langes, stolzes Leben er beendet hatte. Aber der Wald war groß, und die Geister, die sich den Baum als Stammplatz ausgesucht hatten, würden keine Mühe haben, eine neue Heimat zu finden.

In Gedanken bat Holte die Geister um Vergebung – er war nun einmal ein vorsichtiger Mann –, während er mit dem Arm durch sein Gesicht wischte, weil ihm der Schweiß in die Augen lief. Es war ein heißer Nachmittag, und diese Kiefer war schon der dritte Baum, den er heute gefällt hatte. Eine andere Kiefer und eine Tanne hatten er und seine Söhne bereits geschlagen, vom Astwerk befreit und mit Hilfe der beiden stämmigen, kräftigen Pferde, die jetzt an eine junge Buche angebunden waren, zur Siedlung befördert. Als er den Arm vom Gesicht nahm, konnte er noch schlechter sehen als zuvor, denn er hatte sich den Schmutz, der auf seinen Armen wie auf seinem ganzen nackten Oberkörper klebte, in die Augen gerieben. Er ging zu dem Stein, über den er seinen Kittel gelegt hatte, lehnte die Axt daran, griff nach dem Kleidungsstück und fuhr sich damit über das Gesicht. Schweiß und Schmutz blieben in der grob gewobenen Wolle hängen.

Holtes Blick war wieder frei und traf seine Söhne, die aus ihrer Deckung getreten waren.

»Das ist der größte Baum heute«, staunte Tebbe.

»Nein«, widersprach ihm Eibe fast schon gewohnheitsmäßig und veranlaßte damit den Vater zu einem kaum merklichen Schmunzeln. »Die Tanne war größer.«

»Ist doch gleichgültig, welcher Baum der größte ist«, mischte sich Holte mit gespielter Strenge ein. »Wir müssen ihn jedenfalls in der Mitte zersägen, um ihn ins Dorf bringen zu können. Je früher wir damit anfangen, desto früher sind wir heute mit der Arbeit fertig.«

Tebbe nickte und hob die große Eisensäge vom Boden auf, die der Schmied Radulf nach Holtes Angaben gefertigt hatte. Holte hatte sich dafür mit einer reich verzierten Truhe bedankt, die Radulfs Frau sehr gefallen hatte. Damals, als Radulfs Frau noch lebte. Das machte Holte bewußt, wie lange er die Säge schon benutzte, wie viele Jahre sie ihm schon gute Dienste leistete. Radulf war ein guter Schmied, so wie Holte ein guter Schreiner war. Es hatte seine Vorteile, wenn man in einer großen Siedlung lebte, wo sich jeder Mann in einer bestimmten Fertigkeit vervollkommnen konnte. Nicht so wie die vielen einsam lebenden Bauern, die alles selbst erledigen mußten, ob sie nun etwas davon verstanden oder nicht.

Tebbe und Eibe stellten sich an der einen Seite der gefällten Kiefer auf, ihr Vater an der anderen. Dann begannen sie, abwechselnd ziehend, den Baum in der Mitte zu zersägen. Daß die große Säge zwei Griffe hatte, ging auf Holtes Anregung zurück. Vorher hatte er nur Sägen mit einem Griff gekannt. Aber warum sollte ein Mann die Arbeit allein tun, wenn sie von zwei Männern leichter und schneller erledigt werden konnte? Inzwischen hatte Radulf weitere zweigriffige Sägen hergestellt und jede von ihnen sehr schnell eingetauscht, in letzter Zeit auch gegen Römergeld verkauft.

Während Holte und seine Söhne ihre Muskeln anspannten und lockerten und sich das scharfe Eisenblatt langsam durch den mächtigen Baumstamm fraß, freute sich der Schreiner bereits auf das Abendessen und ein paar Becher des frischen Bieres, das Wiete heute brauen wollte. Sobald der Stamm in zwei Teile gesägt war, würden Holte und seine Söhne den üblichen Wettstreit anfangen, wer von ihnen seine Hälfte eher von den Ästen befreit hatte. Das machte Spaß und war zugleich ein Ansporn zu schneller Arbeit. Dann mußten die beiden Stammhälften nur noch an die Pferde gebunden und zurück ins Dorf geschafft werden, das eine Viertelstunde langsamen Fußmarsches entfernt lag.

Mehrmals mußten der Mann und die beiden Jungen Pausen einlegen, bevor die Kiefer nach einer guten Stunde endlich in zwei Teile zerfiel. Obwohl das scharfgezackte Eisenblatt ruhte und das Sägegeräusch verklungen war, hallte letzteres laut und deutlich in Holtes Ohren nach. Er wunderte sich darüber, denn so hatte er es noch nie empfunden.

»Was ist das für ein Geräusch, Vater?« fragte Tebbe und machte dem Schreiner bewußt, daß es nicht der Nachklang des Sägens war, was er vernahm.

»Psst«, machte Holte und lauschte.

Nein, es war kein Sägegeräusch, sondern ein Trommeln. Das Trommeln vieler Pferdehufe, das schnell lauter wurde. Es kam nicht von der Siedlung, sondern aus der entgegengesetzten Richtung, aus dem Westen. Und das beunruhigte Holte, der zu dem Stein lief, an dem noch immer die langstielige Axt lehnte, nach dem Werkzeug, das zugleich eine gefährliche Waffe war, griff und zu seinen Söhnen sagte: »Lauft zu den Pferden und steigt auf!«

»Was ist denn, Vater?« fragte Tebbe, der Holte genauso verständnislos ansah wie sein jüngerer Bruder Eibe.

»Fragt nicht!« stieß Holte hervor. »Tut, was ich euch sage!«

Er nahm die Axt in die Linke, packte Eibe mit der anderen Hand und lief mit ihm zu den braunen Pferden, gefolgt von Tebbe. Holte band ein Tier los, Tebbe das andere.

»Steig auf, Tebbe!« fuhr der Schreiner seinen zögernden Ältesten an, während er selbst Eibe aufs Pferd half.

Kurz dachte er daran, sich hinter Eibe auf den Braunen zu schwingen. Das Pferd war zwar kräftig, aber von Natur aus nicht besonders schnell. Und die unbekannten Reiter waren schon sehr nah. Mit dem zusätzlichen Gewicht des schweren Mannes hätte Eibe kaum eine Aussicht gehabt, ihnen zu entkommen. Und Holte hatte Wiete doch versprochen, daß die Kinder heil zurückkehrten.

Holte hörte bereits das Schnauben der fremden Pferde und das Brechen des Unterholzes, als er eindringlich sagte: »Reitet so schnell ihr könnt ins Dorf und warnt die Menschen vor einem Überfall!«

Zweifelnd und ängstlich blickte Tebbe seinen Vater an. »Und du?«

»Ich komme nach«, sagte Holte und schlug kräftig mit der flachen Hand auf die Kruppe von Eibes Pferd. Das Tier wieherte und rannte los. Eibe hielt sich angestrengt an den Zügeln und der zottigen Mähne fest, um nicht herunterzurutschen.

»Paß auf deinen Bruder auf, Tebbe!« Holte verpaßte auch dem zweiten Pferd einen Schlag, und es folgte dem anderen.

Entgegen dem Rat seines Vaters schaute sich Tebbe um, und Holte sah die Tränen des Verstehens und der Angst in den Augen seines Ältesten glitzern.

Das laute Krachen des Unterholzes ließ Holte herumwirbeln, und er sah die fremden Reiter auf die kleine Lichtung sprengen. Sie waren schwer bewaffnet. Viele von ihnen hatten die Oberkörper entblößt, andere trugen keine Kittel, sondern nur die Umhänge über den Schultern. In ihre Gesichter waren Zeichen in schwarzer Farbe gemalt. Viele hatten solche Zeichen auch auf dem Brustkorb und den Oberarmen. Mehrmals sah Holte einen schwarzen Eberkopf und wußte, daß es Onsakers Krieger waren. Eine gewaltige Streitmacht. Immer mehr Reiter kamen aus dem Wald.

Der vorderste Reiter, ein Blondschopf auf einem schlanken Schecken, hielt auf den Schreiner zu und legte die Frame an, um Holte mit der Eisenspitze zu durchbohren. Er war ein junger Krieger, kaum älter als Tebbe, der auf dem nächsten Thing in den Kreis der Männer aufgenommen werden sollte.

An Tebbe und Eibe, an das Leben seiner Söhne dachte Holte, als er mit einem Aufschrei nach vorn stürzte, dem Framestoß auswich und die große Schneide der Axt in die Brust des Schecken hieb. Das Pferd schrie vor Schreck und Schmerz auf, knickte ein und warf den Reiter von seinem ungesattelten Rücken.

Da hatte Holte die Axt schon wieder aus dem Fleisch gezogen und ließ die blutige Klinge dem nächsten Reiter entgegensausen, der mit seinem Sax nach dem Schreiner schlug. Holte war schneller und traf mit seiner Axt den Waffenarm des Gegners, den er knapp unterhalb des Ellbogens durchtrennte. Die Hand mit dem Sax fiel zu Boden, und der jetzt ungefährliche Reiter – todesbleich in seinem schmalen Gesicht – sprengte an ihm vorbei.

Holte hielt bereits nach dem nächsten Gegner Ausschau, um seinen Söhnen einen möglichst großen Vorsprung zu verschaffen, als ein stechender Schmerz seine Brust zerriß. Ungläubig starrte er auf die blutige Eisenspitze der Frame, die sich von hinten durch seinen Oberkörper gebohrt hatte.

Langsamer, als er es wollte, drehte er sich um, und seine Arme wurden schwer wie dicke Baumstämme, als er die Axt zum neuen Schlag erhob. Er sah in das junge Gesicht des Reiters, dessen scheckiges Pferd er gefällt hatte. Der schwarzbemalte Krieger mit dem nackten Oberkörper hatte die Frame, mit der er den Schreiner durchbohrt hatte, losgelassen und zog mit einem klirrenden Geräusch das Schwert aus seinem Wehrgehänge.

Doch er brauchte es nicht mehr. Holtes Arme versagten ihm den Dienst, und die Axt entfiel den kraftlos gewordenen Händen. Dann knickten seine Beine ein, und der Schreiner fiel auf die Knie.

Er sah, wie immer mehr Krieger aus dem Wald kamen, jetzt auch jede Menge Fußvolk. Sie stürzten sich auf den knienden Mann.

Der junge, mitleidslos blickende Krieger wollte sich den Ruhm, den ersten Mann aus Wisars Siedlung getötet zu haben, nicht nehmen lassen und bewahrte Holte vor dem Schlimmsten, als die Schwertklinge den Kopf des Schreiners vom Rumpf trennte.

»Der erste Kopf für Notkers Kopf«, kreischte der junge Krieger mit dem auf die Brust gemalten Eberhaupt.

Aber das hörte Holte schon nicht mehr.

»Wo ist Vater?« fragte Eibe, der jetzt, wo er Holte nicht mehr sah, von Angst ergriffen war.

Tebbe hatte zu seinem Bruder aufgeschlossen. Die beiden Pferde galoppierten nebeneinander am Waldrand dahin, auf die Siedlung zu und die Felder, auf denen die Menschen arbeiteten. Der ältere der Jungen blickte sich um, konnte aber weder etwas sehen noch etwas hören. Das Trommeln der Pferdehufe und das Pochen des Blutes in seinen Ohren waren so laut, daß sie alle anderen Geräusche verschluckten.

»Vater kommt gleich«, sagte Tebbe wider besseres Wissen und sah wieder nach vorn, damit das Pferd nicht in ein Fuchsloch trat oder über eine Baumwurzel stolperte.

»Aber er hat doch kein Pferd!« wandte Eibe ein.

»Er hat längere Beine als wir und kann schnell laufen«, entgegnete Tebbe und wandte sein Gesicht von Eibe ab, damit dieser nicht seine Tränen sah. Für Tebbe bestanden wenig Zweifel daran, daß sein Vater bereits tot war. Tot oder ein Gefangener der Fremden. Der Junge wußte nicht, was schlimmer war.

Hinter dem Wald erstreckten sich große Felder. Die beiden Reiter hielten ihre Pferde nicht an, sie verringerten auch nicht die Geschwindigkeit. Sie riefen nur immer wieder: »Überfall! – Überfall! – Überfall!«

Die Männer, Frauen und älteren Kinder, die auf den Feldern arbeiteten, sahen verwundert auf. Anfangs verstanden sie nicht, was Holtes Söhne schrien, und hielten deren wilden Ritt für einen Kinderstreich. Doch plötzlich traten Erkennen und Erschrecken in die Gesichter der Menschen, als die schwarzbemalten Krieger der Ebersippe unter lautem Geschrei aus dem Wald hervorbrachen.

Die Feldarbeiter ließen ihre Werkzeuge einfach fallen und rannten auf die befestigte Siedlung zu, den beiden Jungen nach, die den größten Teil der Felder bereits hinter sich gelassen hatten. Frauen mit langen Kleidern rafften diese hoch, um schneller laufen zu können. Väter schnappten sich die nicht so schnellen Kinder und trugen sie unter den Armen.

Doch die meisten waren nicht schnell genug. Die berittenen Eberkrieger kesselten sie ein und bedrohten sie mit Schwertern und Framen. Nur wenige der Feldarbeiter erreichten, wie Tebbe und Eibe, Wisars Gehöft. Mehr als zwanzig blieben als Gefangene der Angreifer zurück.

»Überfall! Überfall!« schrien die beiden Jungen noch immer, als sie die großen Palisaden umrundet hatten und ihre ausgelaugten Pferde durch das große, nach Osten gerichtete Tor in die Siedlung trieben.

»Du willst zurück nach Rom, Thorag?« fragte Wisar mit gerunzelter Stirn, und die Enttäuschung, die er über die Mitteilung seines Sohnes empfand, schwang deutlich in seiner Stimme mit.

Vater und Sohn saßen in Wisars Haus bei einem Becher Met an einer Tafel und genossen die Kühle der massiven Holzwände, die Sunnas trotz der vorgerückten Jahreszeit noch immer kräftige Strahlen aussperrten. Nur durch die offenen Windaugen fielen etwas Licht und Wärme herein, und Thorag dachte mit einem Anflug von Schmerz an die gläsernen Fenster, die das Haus hatten schmücken sollen und die nun ebenso zerbrochen waren wie seine Träume von einer frohen Heimkehr.

Trotz des langen, anstrengenden Tages hatte der junge Edeling in der Nacht, als er nach einem harten Ritt von Onsakers Hof heimgekehrt war, nicht geschlafen. Die tausend Gedanken, die in seinem Kopf herumwirbelten wie die Blätter des Waldes im starken Wind des heranziehenden Winters, hatten ihn wach gehalten. Gedanken über die Gegenwart und über die Zukunft, seine Zukunft.

Er hatte davon geträumt, Auja zu heiraten und mit ihr an seiner Seite eines Tages die Nachfolge seines Vaters anzutreten. Aber jetzt, wo Auja für ihn unerreichbar geworden war, wo – bis auf Wisar – seine ganze Familie tot war, hielt ihn nichts mehr im Cheruskerland.

Sicher, es gab die Erinnerungen an eine glückliche Jugend in den Wäldern. Aber konnte man ein Leben damit zubringen, in Erinnerungen zu schwelgen und zerstörten Träumen nachzuhängen? Das lange Nachdenken hatte Thorag zu der Erkenntnis gebracht, daß dies kein Leben für einen freien Mann war.

»Es muß nicht Rom sein, Vater«, lenkte Thorag ein. »Auch anderswo werden Offiziere der römischen Auxilien benötigt. Zu Varus' Truppen gehören viele germanische Einheiten. Ich könnte versuchen, bei ihm in Dienst zu treten.«

»Ja, das könntest du«, sagte Wisar bedächtig und nahm einen kräftigen Schluck aus seinem mit Edelsteinen verzierten Silberbecher, der ein Geschenk der Römer an den Gaufürsten war.

Als das gegorene Honigwasser seine Kehle hinunterrann, begann Wisar zu husten. Erst dachte Thorag, sein Vater hätte sich verschluckt, aber als er nicht nur Met, sondern auch Blut ausspie, wußte der junge Edeling, daß Wisar noch an den Folgen des Kampfes gegen den Ur litt.

Als er sich von dem Anfall erholt hatte, fuhr der Gaufürst mit einem kräftigen Nicken und plötzlicher Entschlossenheit im Gesicht fort: »Vielleicht solltest du das wirklich tun, Thorag! Vielleicht liegt die Zukunft bei den Römern, nicht bei uns. Donar scheint seine schützende Hand von uns genommen zu haben. Wir …«

Weiter kam er nicht. Von draußen drang plötzlich lautes Stimmengewirr ins Haus, und Garrit, ein junger Krieger, stürzte aufgeregt herein. »Ein Überfall, Wisar! Die Eberkrieger – sie greifen das Dorf an!«

Vater und Sohn sprangen so heftig auf, daß der Tonkrug mit dem Met umstürzte und die kostbare, berauschende Flüssigkeit sich über die halbe Tischplatte ergoß. Sie griffen, wie auch Garrit und die anderen im Haus befindlichen Krieger, nach ihren Waffen und rannten hinaus ins helle Sonnenlicht.

Auf den ersten Blick befand sich die Siedlung in heillosem Aufruhr, aber wer näher hinsah, erkannte bei allem Wirrwarr ein planvolles Vorgehen. Die Männer hatten das große Tor verschlossen und wuchteten jetzt die beiden schweren Eichenholzbalken, die als Riegel dienten, in die eisernen Halterungen. Immer mehr Männer hatten ihre Waffen ergriffen und kletterten auf den Wehrgang, der an der Innenseite der doppelt mannshohen Palisaden entlangführte. Frauen, Alte und Kinder dagegen suchten in den Gebäuden Schutz.

»Die beiden Knaben haben uns gewarnt. Ohne sie hätten uns die Ebermänner überrascht«, sagte Garrit und zeigte auf Tebbe und Eibe, die von den erschöpften Pferden gerutscht waren und irgendwie traurig und einsam wirkten, als sie neben den Tieren standen.

Die pummelige Wiete rannte auf die Kinder zu und schloß sie in ihre Arme, immer wieder Donar dankend, daß er ihre Söhne heil hatte ins Dorf kommen lassen. Doch plötzlich verstummte sie, sah die beiden erschrocken an und flüsterte: »Wo ist Holte? Wo ist euer Vater?«

»Im Wald«, antwortete der ältere der Jungen leise.

»Im Wald?«

Tebbe nickte. »Er ... er wollte die Eberkrieger aufhalten.«

»Ist er euch nicht gefolgt?«

Tebbe zuckte hilflos mit den Schultern. »Vater wollte es. Aber wir haben ihn nicht gesehen.«

Mit einem Schluchzen fiel Wiete auf die Knie und preßte ihre Kinder an sich.

»Bring dich und die Kinder in Sicherheit, Wiete«, riet ihr Wisar und lief dann mit seinem Sohn und ein paar Kriegern, darunter Garrit, zu der Leiter neben dem Haupttor, die auf den Wehrgang führte.

Von dort oben sahen sie, daß das Land rund um das Gehöft von schwarzbemalten Kriegern, beritten und zu Fuß, geradezu wimmelte. Weiter entfernt hatten ein paar Ebermänner die gefangenen Feldarbeiter zusammengeführt und banden sie mit Stricken.

»Onsaker scheint sich entschlossen zu haben, Notkers Tod mit allen Mitteln zu rächen«, sagte Wisar und unterdrückte einen neuen Hustenreiz. Er hob sein neues Schwert – Thorags Geschenk –, blickte sich nach seinen Männern um und rief: »Es soll Onsaker nicht gelingen, unsere Siedlung zu nehmen! Zeigt den Eberleuten, daß Donars Söhne die besseren Krieger sind! Heil Donar!«

Sein Schlachtruf pflanzte sich von Krieger zu Krieger, von Handwerker zu Handwerker, von Bauer zu Bauer fort und schallte den Angreifern bald vielstimmig entgegen.

»Da ist Onsaker«, sagte Thorag und zeigte auf den Reiter, der auf halbem Weg zwischen der Siedlung und den Gefangenen auf einem großen Rappen saß, Thorags eigenem Tier ähnlich. Seinen Sohn Asker konnte der junge Edeling nirgendwo entdecken.

Der Fürst des Nachbargaus hatte seinen massigen, muskulösen Oberkörper entblößt, aber man sah gleichwohl kaum ein Stück rosiger Haut, denn er war über und über mit schwarzen Kriegszeichen bemalt, auch im Gesicht. Wie Wisar hob auch Onsaker sein Schwert, rief seinen Männern etwas zu und senkte die Klinge so, daß ihre Spitze auf das Dorf zeigte.

Jetzt stimmten die Eberkrieger ihren Schlachtruf an: »On-sa-ker! On-sa-ker! On-sa-ker!« Und sie rückten von allen Seiten gegen die Palisaden vor.

Furchtlos, aber doch voller Sorge betrachtete Thorag die Reihen der Schwarzbemalten, die, von ihrem Schlachtruf angestachelt, auf das Dorf zufluteten. Innerhalb der Palisaden befanden sich etwa einhundert wehrfähige Männer. Da draußen rückten mindestens fünfmal so viele Kämpfer an.

»Ihre Übermacht ist groß«, bemerkte Thorag.

Wisar nickte. »Onsaker scheint alle in der Eile verfügbaren Waffenfähigen zusammengezogen zu haben. Wir sind eingeschlossen und können nicht auf Hilfe hoffen. Ich glaube nicht, daß es Holte gelungen ist, den Eberkriegern zu entkommen. Wir müssen dem Angriff aus eigener Kraft standhalten.« Er blickte nach oben. »Und mit Donars Hilfe.«

Falls uns der Gott des Donners und des Kampfes nicht wirklich verlassen hat, dachte Thorag und duckte sich, als ein von einem feindlichen Reiter geschleuderter Speer an seinem Kopf vorbeizischte und hinter dem Wehrgang zu Boden fiel.

Immer mehr Speere und Pfeile schlugen in das Holz des Palisadenzauns oder flogen über ihn hinweg. Die Verteidiger wehrten sich mit Speeren und schweren Steinen, die sie auf die anstürmenden Eberkrieger warfen. Auf den Wehrgängen lagerten große Massen dieser Steine, die beim Roden und Pflügen gefunden worden und auf Geheiß des umsichtigen Wisar zu Verteidigungszwecken gesammelt worden waren.

Dennoch drangen die Angreifer immer weiter vor, und bald schlugen die ersten Sturmleitern gegen die Palisaden. Eine Leiter wurde genau an der Stelle angelegt, an der Wisar, Thorag und Garrit standen. Garrit wollte sie zurückstoßen, erstarrte aber, als etwas in seinen Kopf schlug. Ein Pfeil war ihm durch das linke Augen gedrungen. Der junge Krieger schrie auf, wankte und stürzte rücklings vom Wehrgang.

Thorag wollte nach ihm sehen, aber ein neuer Schrei lenkte ihn ab. Wisar hatte ihn ausgestoßen. Ein Pfeil steckte in seinem linken Oberarm. Mit einem wütenden Knurren griff der Gaufürst nach dem Schaft und brach ihn ab. Die Spitze und der vordere Teil des Schaftes steckten weiterhin in seinem Arm. Den Rest schleuderte Wisar mit einer unwilligen Bewegung fort.

Sein Sohn sah dort, wo die Leiter anlag, einen hellblonden Haarschopf über den zugespitzten Enden der Palisadenpfähle auftauchen. Ihm folgte der schwarzbemalte Kopf eines Eberkriegers, dann sein nackter, ebenfalls bemalter Oberkörper. In der rechten Hand hielt er einen Sax, der linke Unterarm steckte im Griff des mit einem angreifenden schwarzen Eber bemalten Rundschildes.

Die Schwertklinge aus der Scheide am Wehrgehänge zu ziehen und sie auf den Kopf des Angreifers fahren zu lassen, war für Thorag eine Bewegung. Aber der Eberkrieger reagierte schnell und riß seinen Schild hoch. Funken sprühten, als Thorags zweischneidige Klinge mit einem lauten Kreischen über den Bronzebuckel in der Mitte des Schildes fuhr. Durch den Aufprall geriet der Angreifer auf seiner wackligen Leiter ins Wanken und konnte seinen Gegenschlag nur ungezielt ausführen. Thorag hatte keine Mühe, den Schlag mit seinem eigenen

Schild zu parieren. Dann schlug er wieder zu und zerfetzte das Fleisch des Ebermannes an der Stelle, wo sein Oberkörper in den Hals überging. Das schmerzhafte Aufstöhnen des Getroffenen erstickte in einem matten Gurgeln, und er stürzte von der Leiter, fiel zwischen die Körper seiner unter lautem Geschrei anstürmenden Gefährten.

Ein neuer Eberkrieger, bewaffnet mit einem unbemalten Schild und einer schweren Keule, kletterte bereits an der Leiter hoch. Thorags erster Gedanke war, den an beiden Seiten mit Sprossen versehenen Baumstamm einfach umzustoßen. Aber es wäre den Ebermännern ein leichtes gewesen, die Leiter wieder aufzurichten und erneut einzusetzen.

Thorag legte sein Schwert beiseite, sammelte alle Kraft, packte die Leiter an den obersten Sprossen und zog sie mitsamt dem Ebermann hoch, Sprosse für Sprosse ergreifend. Die Muskeln des hünenhaften Edelings zitterten, aber sie waren so fest wie das Eisen seines Schwertes.

Der Angreifer auf der Leiter wußte nicht, wie ihm geschah, und sah den Verteidiger, dem er so unerwartet schnell näher kam, erschrocken an. In seinem Bemühen, sich an der schwankenden Leiter festzuhalten, entglitt ihm die Keule und fiel einem seiner eigenen Männer auf den Kopf, was diesen vorübergehend außer Gefecht setzte. Thorag drehte die Leiter und schüttelte den Ebermann ab, der seiner Keule nach unten folgte. Der Edeling zog die Leiter mit raschen Griffen vollends nach oben und warf sie hinter sich auf den Boden.

Thorag wirbelte herum, als er eine Berührung an seiner Schulter spürte. Aber es war nur Wisar, der seine Hand auf die Schulter seines Sohnes gelegt hatte. In seinen Augen leuchtete der Stolz. »Gut gemacht, Thorag.«

Der Jüngere zeigte auf den verletzten Arm seines Vaters. Blut floß aus der Wunde und färbte den halblangen Ärmel von Wisars Kittel rot. »Willst du den Arm nicht lieber verbinden lassen?«

Wisar schüttelte energisch den Kopf, und das eben noch stolze Leuchten seiner Augen verwandelte sich in ein entschlossenes Funkeln. »Nicht, wenn meine Männer in der Schlacht stehen. Solange der Kampf andauert, ist mein Platz in ihren Reihen!«

Wisar hatte das kaum ausgesprochen, als er sein Schwert zog und auf eine Stelle zurannte, wo ein weiteres schwarzbemaltes Gesicht über den Palisaden erschien. Der Eberkrieger hatte seinen Kopf gerade über die Holzpfähle gestreckt, als sein Schädel auch schon von Wisars Klinge gespalten wurde.

Wie zuvor sein Sohn wollte auch Wisar die Leiter nach oben ziehen. Aber sein verletzter Arm ließ ihn im Stich. Der Gaufürst mußte sich damit begnügen, die Leiter umzustoßen, bevor ihn ein Hustenanfall in die Knie gehen ließ.

Leuchtbahnen zogen durch den Himmel und verwandelten sich innerhalb der Siedlung rasch in kleine Feuer, sobald sie in Holz, Rohr- und Flechtwerk oder Grasziegel schlugen. Einige der Feuer verloschen, aber die meisten breiteten sich rasend schnell aus.

»Brandpfeile!« schrie Thorag und kletterte auch schon vom Wehrgang, um die nötigen Befehle zu erteilen. Wisar kauerte noch immer hinter der Palisade, Schleim und Blut spuckend.

Thorag kletterte die Leiter nicht ganz hinab, sondern überwand das letzte Stück mit einem Sprung. Er rief die Leibeigenen, die Frauen, die älteren Kinder und die rüstigen Alten aus den Verstecken und teilte sie in Löschkolonnen ein. Die waffenfähigen Männer wurden auf den Wehrgängen gebraucht.

Die Löschkolonnen führten von dem Quell, der in der Dorfmitte sprudelte und der einst Anlaß für die Anlegung der Siedlung an diesem Platz gewesen war, Wasser zu den einzelnen Brandherden. Holzeimer um Holzeimer und Tonkrug um Tonkrug wanderte rasch von einer Hand zur nächsten, und das Wasser spritzte auf die Flammen. Schwarzer Rauch stieg auf, aber allmählich verloschten die Feuer.

Das bemerkte Thorag am Rande, als er wieder auf den Wehrgang kletterte. Er kam gerade zur rechten Zeit. Sein Vater hatte sich von dem Hustenanfall erholt und kämpfte gleich gegen zwei Gegner, denen es gelungen war, die Palisaden zu überwinden. Wisars verletzter Schildarm wurde immer schwerfälliger. Es war nur eine Frage der Zeit, bis ihn die Spatha des einen oder der Sax des anderen Ebermannes traf.

Thorag stieß den Dolch, den er nach dem nächtlichen Verlust seiner Waffe von Radulf erworben hatte, in den Unterschenkel des Schwarzbemalten mit dem Sax. Der Mann knickte ein, und Thorag stieß den Dolch in seine Brust. Mit einem Aufschrei stürzte der Ebermann vom Wehrgang. Thorags Dolch steckte noch in seinem Fleisch.

Der junge Edeling kletterte vollends auf den Wehrgang, um seinem Vater auch gegen den zweiten Gegner beizustehen. Aber das war nicht mehr nötig. Gerade als Thorag sein Schwert zog, durchbohrte Wisars Klinge den schwarzen Körper, und der Ebermann sackte schlaff zusammen. Sein Blut tropfte vom Wehrgang nach unten. Wisar stieß den Sterbenden mit dem Fuß an und beförderte ihn hinunter. Der Gaufürst blutete aus einer weiteren Wunde an der rechten Schulter, die seine Kampffähigkeit aber nicht zu beeinträchtigen schien. Offenbar hatte die feindliche Klinge das Fleisch nur geritzt.

»Wir haben die Feuer in unserer Gewalt«, keuchte ein leicht außer Atem geratener Thorag.

»Das ändert nichts an unserer Niederlage«, erwiderte sein Vater matt und hustete trocken. »Onsakers Leute sind einfach zu viele. Sobald wir einen getötet haben, dringen zwei neue nach.«

Als Thorag seinen Blick über die Palisaden schweifen ließ, erkannte er, daß Wisar recht hatte. Die Eberleute waren an mehreren Stellen über die Palisaden geklettert und bildeten dort Brückenköpfe für ihre nachrückenden Kameraden. Immer mehr Sturmleitern schlugen gegen das Holz der Befestigung, und immer weniger von ihnen wurden von den Verteidigern umgeworfen oder heraufgezogen.

Plötzlich erzitterte das Haupttor. Die Angreifer benutzten einen Baumstamm als Rammbock und nahmen gerade neuen Anlauf, um ihn zum zweitenmal gegen das schwere Tor krachen zu lassen.

Thorag wußte nicht, daß es ein Teil der von Holte gefällten Kiefer war, als er rief: »Gebt auf das Tor acht, Männer! Tötet die Leute, die den Stamm halten!«

Ein paar Wurfspeere und Steine flogen in die Richtung des Rammbocks, und einige fanden auch ihr Ziel. Aber die den Baumstamm loslassenden Angreifer wurden sofort durch andere ersetzt. Was die Verteidiger auch unternahmen, Onsakers Übermacht ließ es sinnlos werden.

»Ich werde mich ergeben«, murmelte Wisar leise, beschämt über seine Niederlage. »So können wir vielleicht mit Onsaker verhandeln, um Frauen und Kinder zu retten.«

»Nein!« stieß sein Sohn hervor. »Donar darf das nicht zulassen!« Er richtete seine Augen nach oben. »O Gott des Donners und des Blitzes, Bekämpfer der Riesen, Verteidiger der Götter und der Menschen gegen die Mächte der Dunkelheit, steh uns gegen die Schwarzbemalten bei! Laß nicht zu, daß deine Söhne von ihnen überrannt werden!«

Ein lautes Geräusch, das den Kampflärm übertönte, ließ Thorag zuerst an ein Donnergrollen als Donars Antwort denken. Aber es war ein Hornsignal, wie er erkannte, als das Geräusch ein zweites Mal ertönte. Und dann spuckten die Wälder, die Wisars Gehöft umgaben, weitere Krieger aus, die auf den Kampfplatz zustürmten.

»Donar hat unser Flehen nicht erhört«, seufzte Wisar. »Er hilft nicht uns, sondern den Eberkriegern. Die erhalten Verstärkung.«

Doch plötzlich krachte Eisen auf Eisen, wurde Fleisch durchbohrt und Blut vergossen, als die Neuankömmlinge auf die Eberleute trafen. Thorag sah genauer hin und erkannte, daß die frisch eingetroffenen Krieger nicht schwarz angemalt waren. Im Gegenteil, in ihren Gesichtern schimmerten weiße Streifen, und auf ihren Schilden prangte der helle Strahlenkranz, den Thorag nur zu gut kannte. Lange Jahre hatte er neben zwei Männern, die solche Schilde trugen, in der Schlacht gestanden. Einer dieser Männer war jetzt tot, und der andere ...

Ja, jetzt entdeckte Thorag ihn an der Spitze seiner Reiterei, mit seiner Spatha wild um sich schlagend und sich allmählich auf das Haupttor der Siedlung zukämpfend. Den Reitern folgte in keilförmiger Formation die Masse der Fußkämpfer. Immer tiefer bohrte sich dieser Keil in Onsakers Truppe.

»Es ist Klef!« schrie Thorag freudig auf. »Donar hat uns erhört und uns Klef mit seinen Kriegern zu Hilfe geschickt!«

»Balders Sohn?« fragte Wisar ungläubig.

»Ja«, sagte Thorag erregt. »Ich erkenne ihn und seine Kriegsfarben. Schau doch selbst, Vater, die neuen Krieger greifen die Eberleute an!«

»Es stimmt«, sagte der Gaufürst hustend und beobachtete gebannt das Schlachtgetümmel.

»Wir müssen einen Ausfall machen!« drängte Thorag mehr, als daß er es vorschlug. »Unsere Reiter müssen Klefs Männern entgegenstürmen. Wenn Onsakers Leute von zwei Seiten angegriffen werden, geraten sie vielleicht in Panik.«

Wisar überlegte nur kurz, bevor er sagte: »Sammle unsere Reiter und führe sie in die Schlacht, mein Sohn. Donar möge dich beschützen!«

Kurz darauf wurde zur Verwunderung der Eberleute das große Osttor geöffnet, und unter der Führung Thorags, der den Römerrappen ritt, stürmten an die zwanzig Reiter heraus, wild um sich schlagend und stechend. Die übrigen Männer benötigte Wisar, um die über die Palisaden gestiegenen Angreifer zurückzudrängen. Hinter den Reitern wurde das Tor schnell wieder geschlossen. Allerdings wurden die schweren Balken nicht vorgelegt, um die eigenen Leute ohne Verzögerung wieder hereinlassen zu können.

Ein Teil von Thorags Reiterei umzingelte den Rammbock und machte die Männer nieder, die ihn hielten. Die übrigen Donarsöhne drangen immer tiefer in die Reihen der Schwarzbemalten ein, die sich bald in heilloser Aufregung und panischer Flucht befanden.

Thorags Rechnung ging auf, und der Angriff der Eberkrieger brach vollends zusammen. Auch die Männer, die über die Palisaden geklettert waren, zogen sich eilig zurück, als sie erkannten, daß die Verstärkung ausblieb. Die Eberleute verschwanden in den Wäldern, ihre Toten und Schwerverwundeten auf dem Kampfplatz zurücklassend.

Thorag zügelte seinen Rappen vor Klefs Braunem, der mit den weißen Streifen von Klefs Kriegsfarbe bemalt war. Auch Balders Sohn hatte diese Streifen in breiten Bahnen über sein Gesicht gezogen. Die Augen in Klefs eckigem Gesicht leuchteten auf, als er den Gefährten gemeinsamer Lehr- und Kriegsjahre erblickte.

»Donar sei Dank, daß er dich und deine Krieger gesandt hat, Klef«, sagte Thorag erleichtert und steckte sein blutiges Schwert zurück in die Scheide. »Ohne euch hätten wir uns gegen Onsaker nicht behaupten können. Um ehrlich zu sein, Wisar dachte bereits ans Aufgeben.«

»Thorag und aufgeben?« fragte Klef und schüttelte seinen Kopf. »Bei allen Göttern, das scheint mir unvorstellbar. Aber es sieht tatsächlich so aus, als sei unsere Hilfe nicht unwillkommen. Auch wenn uns nicht euer Schutzgott gesandt hat, sondern mein Vater Balder.«

Thorag blickte zweifelnd. »Wie konnte dein Vater von diesem Kampf wissen? Wir sind von Onsakers Angriff vollkommen überrascht worden.«

»Wir wußten es nicht. Balder schickte mich mit dieser Streitmacht aus, um Albins Tod zu rächen. Wir waren unterwegs zu Onsaker und wollten euch fragen, ob ihr auf unserer Seite steht und vielleicht auch kämpft.«

Thorag lachte trocken. »Das ist bereits geschehen.«

»Was hat Onsaker zu dem Angriff veranlaßt?« fragte Klef und ließ seinen Blick über das Schlachtfeld schweifen, das mit Gefallenen übersät war.

»Wohl Notkers Tod. Onsaker und Asker waren nicht gerade begeistert, als ich ihnen Armins *Geschenk* zu Füßen legte.« Thorag schaute forschend zum Wald hinüber. »Wir sollten uns ins Dorf zurückziehen. Onsaker ist zwar zurückgeworfen, aber nicht geschlagen. Seine Streitmacht ist stärker als unsere Leute zusammengenommen. Dein Auftauchen hat ihn überrascht, Klef, aber wenn er uns auf offenem Feld überrascht, könnte das übel ausgehen.«

Klef stimmte ihm zu, und unter den begeisterten Rufen der Leute aus Wisars Siedlung zogen Klefs zwei Hundertschaften durch das große Tor.

Das Dorf war wieder fest in Wisars Hand. Die Eberkrieger, die über die Palisaden geklettert waren, waren geflohen, getötet oder gefangen worden. Der Gaufürst hatte die Gefangenen fesseln und in eine Erdgrube sperren lassen, die sonst als Vorratskammer diente. Wisar vergaß auch nicht, den Rammbock hinter die Palisaden holen zu lassen, damit er nicht bei einem erneuten Angriff verwendet werden konnte. Gleichzeitig ließ er die von den Angreifern zurückgelassenen Sturmleitern einsammeln.

Die Frauen kümmerten sich um die Verwundeten. Thorag sah zu seinem Erstaunen, daß auch Garrit unter ihnen war. Sein ganzer Kopf war verbunden. Thorag hatte nicht geglaubt, daß der junge Krieger den Pfeilschuß ins Auge überlebte. Auch Wisar ließ seine Wunden verbinden.

Kaum waren die Männer mit dem Einsammeln der Sturmleitern fertig und kehrten hinter die schützenden Palisaden zurück, als einer der Männer, die auf den Wehrgängen Wache hielten, rief: »Die Eberleute kehren zurück! Sie greifen wieder an!«

»Zu den Waffen!« brüllte Wisar. »Besetzt die Wehrgänge! Verschließt und verriegelt das Tor!«

Seine und Klefs Männer beeilten sich, die Befehle auszuführen. Da sie sich in Wisars Siedlung befanden und da sie auf Wisars Seite kämpften, war es für die Krieger mit den weißen Kriegsfarben selbstverständlich, dem Gaufürsten zu gehorchen. So wollte es das ungeschriebene Gesetz der Cherusker.

»Keine Sorge«, sagte Klef ruhig zu Wisar. »Mit meinen Männern sind wir stark genug, deine Siedlung bis ans Ende der Zeit zu verteidigen, Wisar. Falls du genügend Vorräte angelegt hast.«

»Das habe ich.« Der Gaufürst sah zu der Quelle. »Und frisches Wasser haben wir auch genug. Dennoch ist es Wahnsinn weiterzukämpfen. Viele gute Männer werden sterben und das Land statt mit fruchtbar machendem Wasser mit ihrem Blut tränken. Notkers Tod muß Onsaker den Verstand geraubt haben.«

Wisar, Thorag und Klef folgten ihren Kriegern auf den Wehrgang und schauten über die Palisaden hinüber zu den Eberleuten, die sich neu formierten.

»Wir sollten mit Onsaker verhandeln«, sagte Wisar. »Ich werde ihm einen Boten schicken, falls sich ein Freiwilliger findet. Man kann nicht darauf rechnen, daß dieser wildgewordene Eber das Gesetz befolgt, das einen Verhandlungsboten unter besonderen Schutz stellt.«

»Ich werde gehen«, bot sich Radulf an. Der graubärtige Schmied hatte während der ganzen Schlacht wacker diesen Teil des Wehrgangs verteidigt, wovon mehrere Verbände und kleinere, nicht verbundene Wunden an seinem muskulösen Körper zeugten. »Ich bin der Letzte meiner Familie und habe nichts zu verlieren außer meinem Leben.«

Er ließ sich nicht davon abbringen und ritt kurz darauf durch das Tor auf die Eberleute zu, allein und unbewaffnet. Sein kleiner, struppiger Brauner ging langsam. Der durch viele Kämpfe erfahrene Schmied vermied jede hastige Bewegung, um Onsakers Krieger nicht zu einer übereilten Handlung zu verleiten, die sein Leben vorzeitig beendete.

Auf den Wehrgängen drängten sich die Verteidiger zusammen und verfolgten gespannt das Geschehen auf dem freien Feld. Auch in dem ein kleines Stück geöffneten Tor standen die Krieger und blickten durch den Spalt hinaus. Wisar hatte angeordnet, das Tor nicht zu schließen, damit Radulf im Notfall rasch zurück hinter die schützenden Palisaden flüchten konnte. Ein berittener Trupp hielt sich auf Wisars Befehl bereit, um im Notfall nach draußen zu stürmen und den Schmied herauszuhauen.

Als dieser die vordersten Reihen der Eberleute erreichte, war es innerhalb der Palisaden so still, daß man das sonst kaum wahrnehmbare Sprudeln der Quelle deutlich hören konnte. Die Verteidiger sahen, wie Radulf sein Pferd vor den wild aussehenden Kriegern mit den schwarzen Körper- und Gesichtsbemalungen zügelte und wie einige der Feinde ihre Waffen hoben. Ein Muskelzucken genügte, und eine Schwertklinge oder eine Framenspitze würde Wisars Boten durchbohren.

Aber das geschah nicht. Ein Mann auf einem großen Rappen ritt durch die Reihen der Ebermänner und hielt vor Radulf an: Onsaker. Sie sprachen miteinander, dann wendete der Schmied sein Pferd und lenkte es in gemessenem Schritt zur Siedlung zurück.

Hinter ihm wurde das Tor verschlossen und mit den beiden Eichenholzbalken verriegelt. Der Unterhändler war heil zurückgekehrt, sprang mit einer für sein Alter erstaunlichen Behendigkeit vom Pferd und lief zu der Leiter, an der Wisar, Klef und Thorag vom Wehrgang herunterkletterten.

»Ist Onsaker zu Verhandlungen bereit?« fragte Wisar, kaum daß er festen Boden unter den Füßen hatte.

Radulf nickte. »Du sollst dich mit ihm auf halbem Weg zwischen der Siedlung und seinen Truppen treffen, Wisar.«

»Allein?«

»Nein, jeder darf vier Reiter mitbringen.«

»Das ist ein Hinterhalt!« entfuhr es Klef. »Wenn Onsaker seine Leute plötzlich vorrücken läßt, bist du in seiner Hand, Wisar. Dann nutzen dir auch vier Reiter nichts. Und bis Verstärkung aus der Siedlung da ist, hat dich der Fürst der Ebersippe längst in Fesseln gelegt.«

Wisars fragender Blick wanderte von Klef zu Thorag.

»Mag sein, daß Klef recht hat, Vater. Onsakers Sohn Notker war ein hinterhältiger Meuchler. Aber heißt das, daß sein Vater genauso sein muß?«

»Es gibt nur einen Weg, das herauszufinden«, brummte der Gaufürst.

»Welchen?« fragte neugierig Klef.

»Ich reite hinaus.«

Wisar zögerte nicht, seinen Entschluß in die Tat umzusetzen. Die vier Reiter, die ihn begleiteten, waren Thorag, Klef, Radulf und Hakon, der vierschrötige, kampferfahrene Anführer von Wisars Kriegergefolgschaft. Alle fünf Reiter trugen den vollen Waffenschmuck.

Wie die fünf schwarzbemalten Reiter, die ihnen aus der immer tiefer sinkenden Sonne entgegenritten. Ihr Anführer war Onsaker, der seine Frame senkrecht trug und etwas auf die Spitze gesteckt hatte, das die aus der Siedlung kommenden Reiter im Gegenlicht nicht deutlich erkennen konnten. Sie waren froh, überhaupt die Gesichter der Reiter auszumachen. Aber außer Onsaker erkannten sie niemanden. Asker war nicht unter den fünf Eberkriegern.

Die Trupps trafen sich an der verabredeten Stelle. Als sie sich, nur wenige Schritte voneinander getrennt, auf ihren Pferden gegenübersaßen, sah Thorag endlich, was Onsaker auf seine Lanze gespießt hatte: einen traurig blickenden Kopf mit gebrochenen Augen und blutverschmiertem Blondhaar.

Onsaker senkte langsam die Frame, so daß die Spitze auf Wisar und seine Männer zeigte. Holtes Kopf rutschte herunter, fiel auf den Boden, sprang dort noch einmal hoch und rollte unter die Pferdehufe der Verteidiger. Die Pferde wurden unruhig und mußten gewaltsam zum Stillstehen gebracht werden.

Onsaker beobachtete das und verzog keine Miene. Die schwarze Bemalung ließ seine Augen noch tiefer liegend wirken, als sie es ohnehin schon taten.

»Vor drei Nächten legte mir dein Sohn Thorag den Kopf meines Sohnes Notker zu Füßen, Wisar. Jetzt bringe ich dir im Gegenzug den ersten Kopf von einem deiner Männer. Viele andere werden noch folgen!«

»Ich verstehe deinen Schmerz über Notkers Tod, Onsaker«, erwiderte Wisar ruhig und gemessen. »Aber hast du wirklich bedacht, ob Notker, auch wenn er dein Fleisch und dein Blut war, den Tod so vieler Männer – auch deiner eigenen – wert ist? Wenn Thorags Bericht stimmt, und daran zweifle ich nicht, war Notker ein Meuchelmörder, der Klefs Bruder Albin getötet hat, Thorags Waffenbruder. Mein Sohn hatte jedes Recht, deinen Sohn zu töten, Onsaker.«

Klef nickte zustimmend. »Wisar hat wahr gesprochen. Notker und die anderen Wolfshäuter ermordeten Albin und einen von Armins pannonischen Sklaven. Hätten wir uns nicht gewehrt, wären wir auch ermordet worden. Wenn jemand einen Blutzoll zu entrichten hat, bist du das, Onsaker. Den Zoll für Albins Tod! Ihn einzufordern, bin ich gekommen.«

»Darüber reden wir jetzt nicht!« entgegnete Onsaker barsch, und das Flackern in den Höhlen unter seiner vorgewölbten Stirn verriet, daß dort tatsächlich Augen saßen. »Der Verlust, den ich erlitten habe, ist viel größer als der deinige und der deines Vaters, Klef. Dein Vater hat dich behalten, mir aber blieb niemand!«

Wisar und seine Begleiter sahen den Anführer der Ebersippe verständnislos an.

»Erkläre deine Worte, Onsaker!« forderte Thorags Vater.

Onsaker richtete die blutige Spitze seiner Frame auf Wisar. »Du hast mir Blutzoll zu entrichten, Wisar, für den Tod meiner Söhne und für den Tod des Vaters von meines Sohnes Frau. Weil dein Sohn Thorag alle drei umgebracht hat!« Die Framenspitze schwenkte weiter und zeigte nun auf Thorag.

Der fand als erster die Sprache wieder und fragte: »Sprichst du von Asker und von Arader?«

»Frag nicht so scheinheilig!« herrschte ihn Onsaker an. »Du hast sie schließlich umgebracht, in der vergangenen Nacht!«

Thorag schüttelte verständnislos den Kopf. »Ich habe in der letzten Nacht niemanden umgebracht. Es stimmt, ich war auf Araders Hof. Aber als ich fortritt, lebte Arader noch. Und Asker habe ich gestern nicht einmal gesehen.«

Onsaker fixierte Thorag streng, und auf der Stirn des Gaufürsten bildeten sich Falten. »Du leugnest also, gestern nacht in meiner Siedlung gewesen zu sein?«

»Nein«, sagte Thorag zur Überraschung seines Vaters. »Aber ich habe Asker nicht gesehen. Und ich habe ihn auch nicht umgebracht!«

»Du warst in Onsakers Siedlung?« fragte Wisar seinen Sohn. »Was hast du dort gewollt?«

»Ich wollte zu Auja«, antwortete Thorag leise. »Ich wollte sie mit mir nehmen. Aber als ich dort war, sah ich ein, daß es zwecklos ist.«

»Und da du Auja nicht haben konntest, sollte auch Asker sie nicht besitzen«, sagte Onsaker hart. »Deshalb hast du meinen Sohn getötet. War es nicht so?«

»Nein, das ist eine Lüge!« schrie Thorag.

Onsaker lächelte böse und zog etwas aus einem der an seinem Gürtel befestigten Lederbeutel. Es war ein Bronzedolch mit blutbefleckter gekrümmter Klinge. »Kennst du diesen Dolch, Thorag?«

Der Angesprochene nickte. »Er gehört mir. Ich habe ihn gestern nacht in deiner Siedlung verloren, als ...«

»Verloren?« fiel ihm Onsaker kreischend ins Wort. »So kann man das auch nennen! Wir fanden Asker in einem Gebüsch in der Nähe meines Hofes, tot. Dieser Dolch steckte bis zum Heft in seiner Brust!«

Onsaker hielt die blutverschmierte Waffe hoch und sah Thorag anklagend an. Auch die Blicke Wisars, Klefs, Radulfs und Hakons richteten sich auf den jungen Edeling, nicht anklagend aber fragend. Und zweifelnd?

Der Beschuldigte wußte selbst nicht, was er von der Sache halten sollte. Er kam sich vor wie in einem bösen Traum gefangen. In bösen Träumen gab es nie einen Ausweg. Alles wurde plötzlich, ohne Grund und doch mit scheinbarer Folgerichtigkeit immer schlimmer.

In Thorags Kopf wirbelten die Gedanken durcheinander. Im Geiste befand er sich wieder in dem Gebüsch vor Onsakers Hof, kämpfte mit Thidrik, verlor seinen Dolch und ergriff die Flucht, als die von Thidrik alarmierten Eberkrieger mit Fackeln das Gelände absuchten. Ja, Thorag war davongeritten, zurück zum Hof seines Vaters. Aber Asker hatte er nicht angerührt, nicht einmal gesehen.

Onsaker ergriff wieder das Wort und löste damit wenigstens kurzzeitig den Gedankenwirbel in Thorags Kopf auf: »Nachdem er meinen Sohn getötet hatte – oder zuvor –, ritt Thorag zu Araders Hof und erschlug den hilflosen Alten wie ein Stück Vieh. Für all das fordere ich von dir Blutzoll, Wisar. Das Leben deines Sohnes und zwanzig Leibeigene, die ich mir unter deinen Leuten auswähle.«

»Du stellst Behauptungen auf, Onsaker«, entgegnete Wisar, dessen starke Erregung durch das Beben seiner Stimme verraten wurde. »Aber wo sind die Beweise?«

»Ist dieser Dolch etwa kein Beweis?« fragte Onsaker, steckte die Waffe dann zurück in den Lederbeutel und zog etwas hervor, das bislang hinter ihm auf dem Pferderücken gelegen hatte. Ein zusammengeknülltes Kleidungsstück, das der schwarzbemalte Gaufürst auseinanderschüttelte. Es war das bunte Seidenkleid, das Thorag in Rom für Auja erstanden hatte. »Hier ist ein weiterer Beweis, Wisar. Wir fanden ihn in Araders Haus, neben seiner Leiche.«

»Was ist das?« fragte Wisar.

»Ein Kleid«, antwortete Onsaker. »Ein Kleid, das dein Sohn Thorag mitbrachte, um es Auja zu schenken. Vielleicht verlor er es beim Kampf mit Arader. Vielleicht ließ er es dort zurück, weil er eingesehen hatte, daß Auja für ihn unerreichbar ist.«

Wisar sah zur Seite, zu Thorag. »Stimmt das, was Onsaker sagt, Thorag? Gehört dir dieses seltsame Kleid?«

»Ja, Vater. Aber ich kann mir nicht erklären ...«

Der aufgebrachte Onsaker fiel ihm ins Wort: »Das sind meine Beweise, Wisar. Aber ich habe auch Zeugen. Willst du hören, was sie vorzubringen haben?«

»Ja, das will ich«, sagte Wisar und bemühte sich, seiner Erregung Herr zu werden und das Beben seiner Stimme zu unterdrücken.

Der Hustenanfall, der ihn überfiel, machte seine Bemühungen zunichte. Er war so heftig, daß sich der Gaufürst auf seinem Pferd zusammenkrümmte und blutigen Auswurf auf den Boden spuckte.

Onsaker legte das Seidenkleid vor sich aufs Pferd und gab ein Handzeichen, woraufhin sich aus den Reihen seiner Krieger zwei Reiter lösten und auf die Unterhändler zuritten.

Thorag kniff die Augen zusammen, um die Gesichter der angeblichen Zeugen zu erkennen. Als es ihm gelang, traf es ihn wie ein Schock: Es waren Thidrik und Auja.

Der Gedankenwirbel entfaltete sich wieder in Thorags Kopf. Was sollten die beiden bezeugen? Wer hatte Asker und Arader wirklich getötet? Und wie, bei allen Göttern, war das Seidenkleid in Araders Haus gekommen? Thorag hatte es doch in der nähe von Onsakers Siedlung fortgeworfen!

Als der Bauer und die junge Frau ihre Pferde neben Onsaker zügelten, versuchte Thorag, in ihren Mienen zu lesen. Thidriks Gesicht war ausdruckslos, aber Auja sah den jungen Edeling in einer Weise an wie niemals zuvor. Er las die quälende Frage nach dem Warum in ihren vom Weinen geröteten Augen. Hatte sie um Asker geweint, um ihren Vater Arader – oder wegen Thorag?

Onsaker richtete seinen Blick auf Auja. »Hast du gestern Thorag getroffen?«

»Ja«, sagte sie leise und blickte nach Osten, wo der Heilige Hain lag. »Ich ritt zum Heiligen Hain der Donarsöhne, um mit ihm zu sprechen.«

Onsaker hielt wieder das Kleid hoch. »Kennst du dieses Kleid?«

Auja nickte. »Thorag wollte es mir schenken, aber ich lehnte ab, weil ich Askers Frau bin.«

»Was hat Thorag über Asker gesagt?«

»Nichts. Er war nur sehr enttäuscht, weil ich das Kleid nicht annahm.« Aujas Stimme wurde noch leiser. »Und weil ich Askers Frau bin ... war.«

»Und was sagte er über Arader, deinen Vater?«

»Thorag sagte, Donars Blitz hätte ihn treffen sollen, bevor ... bevor er mit mir seine Spielschulden bei Asker bezahlte. Ich fragte ihn, ob er Arader den Tod wünscht, und er sagte ja.«

Bei diesen Worten sah Auja Thorag fast entschuldigend an. Aber was sollte er entschuldigen? Daß sie die Wahrheit sagte?

»Da hörst du es, Wisar«, triumphierte Onsaker. »Dein Sohn hatte einen Grund, Arader zu hassen und ihn zu töten. Und wir fanden dieses Kleid bei der Leiche.«

»Was ist mit Asker?« erkundigte sich Wisar.

»Das kann dir Thidrik erzählen«, erwiderte Onsaker und zeigte auf den Bauern, der jetzt die Ruhe verlor.

Die Enden von Thidriks Schnurrbart zitterten in der bekannten Weise, als der massige Bauer erzählte: »Ich war unterwegs zu Onsaker. Ich wollte ihn um Unterstützung bitten, weil ich die Steuern nicht aufbringen kann, die ich den Römern zahlen soll. Es war schon dunkel, als ich seinen Hof erreichte. Kurz davor scheute mein Pferd, als ich an einem mit Buschwerk bestandenen Hügel vorbeiritt. Ich ritt auf den Hügel, um den Grund zu erforschen, da sprang mich der Edeling Thorag an und riß mich vom Pferd. Er war völlig außer sich und sagte, ich solle ihn nicht dabei stören, sich an Asker dafür zu rächen, daß dieser ihm die Frau gestohlen habe. Ich konnte mich losreißen, lief zum Gehöft und schrie um Hilfe. Einer der ersten, der herausstürmte, um mir beizustehen, war Asker. Er verschwand in dem Gebüsch und fiel Thorag zum Opfer.«

»Lüge!« schrie der Beschuldigte, bevor Thidrik noch ganz ausgesprochen hatte. »Der Bauer lügt!«

»Warum sollte er?« fragte Onsaker ruhig.

»Zum Beispiel, weil Thorag seinen Sohn Hasko getötet hat«, sagte Klef.

Die äußere Ruhe fiel von Onsaker ab. »Und was ist mir der Drohung, die Thorag gegenüber Auja ausgesprochen hat? Lügt Araders Tochter etwa auch?«

»Ich habe Arader nicht bedroht«, verteidigte sich Thorag. »Ich habe Auja lediglich gesagt, was ich von ihrem Vater halte.«

»Und der Dolch?« kreischte Onsaker. »Und das Kleid? Lügen diese Gegenstände auch?«

Wisar wandte sich an seinen Sohn. »Sprich die Wahrheit, Thorag, in mein Angesicht und in das dieser Zeugen. Und bedenke, daß Donar die Falschheit haßt und den Lügner unter seinen Nachfahren mit seinem tödlichen Blitz bestraft. Also antworte: Hast du Asker getötet?«

»Nein«, antwortet der Gefragte ohne Zögern. »Arader nicht und Asker nicht. Thidrik hat die Geschichte verdreht. Er lauerte in Wahrheit in dem Gebüsch. Als ich ihn aufspürte, riß er sich los, und dabei verlor ich meinen Dolch. Als die von ihm alarmierten Männer aus dem Gehöft kamen, ritt ich fort, ohne Asker auch nur gesehen zu haben.«

Wisar wandte sich wieder dem anderen Gaufürsten zu. »Du hast Thorags Antwort gehört, Onsaker. Ich glaube meinem Sohn!«

»Aber ich glaube ihm nicht!« donnerte der Anführer der Ebersippe. »Weshalb hätte sich Thidrik in dem Gebüsch verstecken sollen? Dazu gab es keinen Grund!«

Thorag spürte, daß man von ihm eine Antwort erwartete. Alle Augen richteten sich auf ihn.

»Ich weiß es nicht«, sagte er zögernd. »Ich hatte keine Gelegenheit, Thidrik danach zu fragen.«

»Natürlich hat er Thidrik nicht danach gefragt«, polterte Onsaker. »Weil Thorag es war, der sich in dem Gebüsch versteckt hielt, um meinen Sohn Asker zu meucheln. Und deshalb fordere ich von dir den Blutzoll, Wisar. Wenn du ihn mir nicht freiwillig gewährst, hole ich ihn mir mit Gewalt.« Er sah Klef an. »Und wenn deine Krieger Wisars Hof nicht verlassen, sterbt ihr mit Wisar und seinen Leuten!«

»Thorag ist mein Kampfgefährte und mein Freund«, sagte Klef mit fester Stimme. »Sein Wort ist mir soviel wert wie ein Richtspruch der Götter. Ich glaube ihm und stehe an seiner Seite.«

»Dann werdet ihr alle sterben!« zischte Onsaker und wollte sein Pferd herumreißen, um zu seinen Kriegern zurückzureiten.

»Halt!« rief Thorag, der durch Klefs Worte vom Richtspruch der Götter auf eine Idee gebracht worden war. »Wenn du so fest davon überzeugt bist, daß ich lüge, Onsaker, solltest du auf die Götter vertrauen!«

Der schwarzbemalte Gaufürst sah Thorag skeptisch an und knurrte, ein wenig unsicher: »Was meinst du?«

»Ich meine einen Kampf zwischen dir und mir, zu Pferd und mit allen Waffen, der unseren Leuten das Kämpfen erspart. Siege ich, ziehen die Eberkrieger ab, ohne weiteres Blutvergießen anzurichten. Siegst du, gehört mein Leben dir, und Wisar läßt dich in freier Wahl zwanzig Leibeigene mitnehmen.«

Onsaker überlegte nur kurz, und fragte dann: »Und was ist mit Klef?«

»Wir befinden uns auf Wisars Gebiet«, sagte Balders Sohn. »Ich werde mich dem beugen, was der Gaufürst und sein Sohn beschließen. Meine Ansprüche gegen dich und deine Sippe gebe ich damit aber nicht auf, Onsaker.«

»Was nutzt mir ein Sieg über Thorag, wenn mir Klef anschließend in den Rücken fällt?«

Klef rang mit sich und sagte schließlich: »Also gut, Onsaker. Ich sichere dir freien Abzug für den Fall zu, daß du als Sieger aus dem Zweikampf hervorgehst. Ich werde meine Ansprüche gegen dich erst auf dem Thing der Tagundnachtgleiche geltend machen.«

Onsaker grinste auf eine Weise, die Thorag vergeblich zu deuten versuchte, und meinte: »Dann sei es so, wie Thorag sagte. Wodans Allwissenheit mag zeigen, wer von uns die Wahrheit spricht!«

Die Kunde von dem Zweikampf machte fast schneller die Runde, als Donar seine Blitze schleuderte, nachdem die Unterhändler in ihre Lager zurückgekehrt waren. Krieger, Frauen und Kinder stürmten aus dem umzäunten Hof und stellten sich draußen zu einem Halbkreis zusammen, um das Schauspiel besser verfolgen zu können. Die Eberkrieger bildeten einen weiteren Halbkreis. Nur eine Distanz von etwas mehr als zehn Schritten verhinderte, daß sich der Kreis ganz schloß, in dem der Zweikampf stattfinden sollte. Als sich Thorag im Haus auf den Kampf vorbereitete, trat Wisar an seine Seite und sagte: »Ich schätze deinen Mut, mein Sohn. Aber es wäre meine Aufgabe als Gaufürst gewesen, gegen Onsaker anzutreten.«

Thorag hielt für einen Augenblick darin inne, seinen jetzt nackten Oberkörper mit der aus Brombeersaft gewonnenen roten Kriegsfarbe seiner Sippe zu bemalen. »Ich bin der Beschuldigte, nicht du, Vater. Außerdem wurdest du im Kampf verletzt.«

Er verbiß es sich, Wisars immer wiederkehrende Hustenanfälle zu erwähnen, die ihm große Sorge bereiteten. Er wollte seinen Vater nicht unnötig beunruhigen.

»Ich weiß, daß die Götter mit dir sein werden, mein Sohn. Gib gleichwohl auf dich acht. Onsaker ist ein erfahrener, starker und gefährlicher Kämpfer – und ein tückischer obendrein. Er kennt seine Stärken, sonst hätte er sich nicht so rasch auf den Zweikampf eingelassen.«

»Ich werde versuchen, deiner und Donars würdig zu sein«, versprach Thorag und fuhr mit seiner Arbeit fort.

Als er aus dem Haus trat, zierten gezackte rote Streifen, Donars Blitze, sein Gesicht. und auf seiner muskulösen, kaum beharrten Brust glänzte ein großer, roter Hammer. Ein Abbild Miölnirs, das Donars gewaltigen Kräfte in dem bevorstehenden Kampf auf Thorag übertragen sollte.

Großer Jubel empfing ihn von allen Seiten und schwoll noch an, als er auf seinen Rappen kletterte und von Wisar seinen Schild und eine Frame in Empfang nahm. Dies sowie seine Spatha und ein Dolch waren seine Waffen für den Zweikampf. Langsam ritt er durch das offene Tor hinaus, und der Jubel begleitete ihn.

Onsaker erwartete ihn bereits und saß vor den Reihen der Eberkrieger auf dem ungesattelten Rücken seines Rappen. Er hatte sich so aufgestellt, daß Sunna hinter seinem Rücken stand, so tief, daß sich Thorag anstrengen mußte, etwas zu erkennen, wenn er gen Westen blickte. Plötzlich wußte er, daß dies einer der Umstände war, auf die Onsaker seinen Sieg baute. Onsaker hatte die Sonnenjungfrau im Rücken. Thorag aber würde durch ihre blendenden Strahlen stark beeinträchtigt werden.

Immer wieder skandierten die Ebermänner Onsakers Namen und versuchten, den Jubel zu übertönen, den Thorags Erscheinen bei den Seinen ausgelöst hatte. Allmählich verebbten die Sprechchöre, als Wisar in die Mitte des Kampfplatzes ritt und die rechte Hand hob.

»Hört mich an, ihr Götter«, sprach er laut mit zum Himmel erhobenem Haupt. »Zwei Männer treten gleich unter euren Augen zum Kampf an, um herauszufinden, wer von ihnen im Recht ist. Steht auf der Seite des Mannes, der die Wahrheit spricht!« Er blickte erst Onsaker, dann Thorag an. »Der Kampf möge beginnen!«

Wisar trieb sein Pferd an und ritt zur Siedlung zurück, während die beiden Rappen aufeinander zugingen, langsam erst, dann immer schneller, bis sie in einen Galopp verfielen. Der rotbemalte Thorag und der schwarzbemalte Onsaker kamen sich jetzt rasch näher, und jeder senkte die Spitze seiner Frame, um den anderen im vollen Galopp aufzuspießen.

Als sie nur noch fünf Pferdelängen voneinander entfernt waren, erkannte Thorag, daß er sich wegen der schlechten Sicht verrechnet hatte. Er ritt im falschen Winkel an und würde den Feind nicht treffen, dieser vermutlich aber ihn. Nur noch drei Pferdelängen trennten sie, als Thorag hart am Zügel zerrte und die Richtung seines Rappen änderte. Die Gegner ritten aneinander vorbei, ohne daß sie sich mit ihren Waffen berührten, was die Zuschauer mit erregten Ausrufen, teilweise auch mit Mißfallenskundgebungen quittierten.

Beide Reiter rissen ihre Tiere herum, um neuen Anlauf zu nehmen.

Thorag lächelte. Jetzt hatte *er* die Sonne im Rücken. Diesmal ritt er in genau dem richtigen Winkel an.

Das erkannte auch Onsaker, wie Thorag am Zucken in dessen schwarzem Gesicht sah. Mit einer schnellen, geschickten Bewegung änderte der Ebermann die Art, wie er die Frame hielt, und aus der Stoßlanze wurde ein Wurfspeer, den er gegen Thorag schleuderte. Wieder mußte der junge Edeling sein Pferd zur Seite reißen, um der eisernen Spitze zu entgehen.

Die Frame flog über Thorags Schulter hinweg, als der Zusammenprall erfolgte. Onsaker krachte frontal auf ihn, und beide Männer wurden von ihren Pferden geschleudert. Thorag fühlte sich an den Kampf gegen den Ur erinnert, als sich die Welt um ihn drehte. Er rollte sich geschickt ab und sprang wieder auf seine Füße, kaum daß er den Boden berührt hatte. Aber Onsaker war nicht viel langsamer.

Die beiden Kämpfer standen sich abwartend gegenüber, keine zehn Schritte voneinander entfernt. Der Ebermann hatte sein Schwert nicht gezogen und schwang doch eine gefährliche Waffe in seiner Rechten, eine langstielige Streitaxt mit einer Doppelklinge. Damit überraschte er Thorag, der die Axt bisher nicht bemerkt hatte. Geschickt ließ Onsaker die Waffe über seinem Kopf kreisen, und jede Umkreisung begleiteten seine Männer mit lautem Gejohle.

Langsam, die Spatha ruhig in der Rechten haltend, trat Thorag auf den Gegner zu und sagte laut: »Du kannst geschickt mit deiner Axt umgehen, Onsaker. Aber kannst du auch mit ihr kämpfen?«

»Das wirst du gleich sehen!« fauchte der Schwarzbemalte und machte aus dem Stand einen weiten Satz nach vorn, mit dem Thorag nicht gerechnet hatte.

Das Gejohle der Eberkrieger wurde noch lauter, und die breite, scharfe Klinge der Axt sauste auf Thorags Kopf zu. Der junge Cherusker duckte sich tief und spürte den Windzug, als die Axtklinge dicht über seinen Haaren die Luft zerteilte.

Onsaker holte zu einem neuen Schlag aus, als Thorag vorsprang und mit der Spatha nach dem Gegner hieb. Der zeigte sich ebenso geschickt wie zuvor Thorag und parierte den Hieb mit seinem Schild, während er erneut zu einem Schlag mit der Axt ausholte. Auch Thorag riß seinen Schild hoch und fing mit ihm den Schlag ab. Der Aufprall sandte eine Schmerzwelle durch Thorags linken Arm und riß den Rotbemalten von den Beinen.

»Hab' ich dich!« knurrte Onsaker mit haßverzerrtem Gesicht und holte zum dritten – vernichtenden – Schlag mit der Axt aus. Da schlossen sich Thorags Beine um Onsakers Unterschenkel und brachten den Gaufürsten zu Fall. Statt in Thorags Schädel fuhr die Axtklinge ins Erdreich.

Ehe sich der Ebermann noch von seiner Überraschung erholen konnte, war der gewandtere Thorag wieder auf den Beinen, stand über dem Gegner und drückte seine Schwertspitze so dicht an dessen Kehle, daß Blut austrat.

»Stoß doch endlich zu!« keuchte Onsaker.

Thorag zögerte. Er konnte dem Leben des Widersachers ein

rasches Ende machen, aber würden sich die Eberkrieger an das Wort ihres Fürsten halten?

Es galt als unehrenhaft für einen Krieger, ohne seinen Gefolgsherrn aus dem Kampf heimzukehren. Ein aufrechter Krieger starb lieber oder ging freiwillig mit seinem Gefolgsherrn in die Gefangenschaft, als ohne ihn – mit Schimpf und Schande beladen – die Walstatt zu verlassen. Eine noch schlimmere Schande als die, seinen Schild im Kampf zu verlieren.

Bei dem Feldzug gegen die Pannonier hatte Thorag selbst erlebt, wie eine germanische Hundertschaft vom Stamm der Chatten gegen eine zehnfache Übermacht in den Tod marschiert war, als ihr Anführer unter dem Speerhagel der Feinde fiel, obwohl der kommandierende Tribun der Einheit den Rückzug befohlen hatte. Der römische Tribun hatte verächtlich den Kopf geschüttelt und gesagt: ›Diese Germanen verwechseln Mut mit Dummheit. Das kommt dabei heraus, wenn die Hilfstruppen von Männern aus dem eigenen Volk geführt werden.‹ Thorag, der selbst im Rang eines Zenturios gestanden und cheruskische Truppen befehligt hatte, hatte lange darüber nachgedacht.

Er wollte nicht dumm sein. Vor allem wollte er nicht verantwortlich dafür sein, daß Wisars Siedlung von den aufgebrachten Eberkriegern dem Erdboden gleichgemacht wurde. Daß die Männer getötet, Frauen und Kinder mißbraucht wurden. Dafür hatte er nicht gegen Onsaker gekämpft.

»Stoß zu!« wiederholte dieser seine Forderung.

Thorag schüttelte den Kopf. »Ich lasse dich am Leben, wenn du versprichst, friedlich mit deinen Kriegern in deinen Gau zurückzukehren und uns nicht mehr anzugreifen.«

Onsaker starrte ihn ungläubig an. »Ist das ... dein Ernst, Thorag?«

»Ja.«

Thorag sah dem Mann, der vor ihm am Boden lag an, daß dieser die Entscheidung seines Bezwingers nicht begriff. Und er sah ihm auch an, daß Onsaker nicht so gehandelt hätte.

»Gut«, sagte der Ebermann. »Ich verspreche, daß wir uns zurückziehen.«

»Und ihr laßt sämtliche Gefangenen augenblicklich frei!«

»Auch das.«

»Dann erhebe dich und teile es deinen Männer mit. Aber vergiß nicht, daß mein Schwert noch immer an deiner Kehle liegt! Ich werde es erst wieder in die Scheide stecken, wenn die Gefangenen wohlbehalten zu den Ihrigen zurückgekehrt sind.«

So geschah es, und Thorag ließ zu, daß Onsaker auf sein Pferd stieg. Sobald der Anführer der Eberkrieger sich auf den Rücken des Rappen geschwungen hatte, trat ein verächtlicher Zug in sein Gesicht.

»Ich halte mich an mein Wort und ziehe mich zurück. Aber du wirst noch einmal bereuen, mich nicht getötet zu haben, als du die Gelegenheit hattest, Thorag. Sie wird nicht wiederkehren!«

Onsaker hieb seinem Pferd die Fersen in die Flanken und preschte davon. Gespannt beobachtete Thorag das weitere Geschehen. Onsaker hielt Wort. Die Eberkrieger formierten sich zum Rückzug und verschwanden in mehreren Kolonnen im Wald.

Ein erschöpfter Thorag hob seine Frame auf, zog sich in den Sattel und wollte zur Siedlung reiten. Dann überlegte er es sich anders und ritt zu Onsaker, der mit seinen hervorragendsten Kriegern den Rückzug überwachte. Auch Thidrik und Auja waren bei ihm. Verwundert blickten ihm alle entgegen.

»Was willst du noch?« fragte Onsaker, als Thorag dicht vor ihnen sein Pferd zügelte. »Ich halte mein Wort.«

Thorag sah die blonde Frau an. »Ich möchte Auja fragen, ob sie mit mir kommen will. Nach Askers Tod ist sie wieder frei.«

»Das ist sie nicht!« erwiderte Onsaker mit überraschender Schärfe. »Die Witwe meines Sohnes untersteht meiner Munt!«

»Das mußt du nicht betonen, Onsaker«, sagte Auja und sah Thorag traurig an. »Wie kann ich mit dem Mann gehen, der vielleicht meinen Vater getötet hat?«

»Aber das habe ich nicht! Ich habe im Zweikampf gesiegt, die Götter haben meine Unschuld bewiesen!«

»Wer hat meinen Vater dann getötet?«

Darauf wußte Thorag keine Antwort. Mit gebrochenem Herzen sah er zu, wie Auja mit Onsaker und den anderen zwischen den Bäumen im Dämmerlicht verschwand. Erst als der letzte Schimmer von Aujas Goldhaar sich seinen Blicken entzogen hatte, drehte er um und ritt langsam zur Siedlung, wo die Menschen ihn lautstark als den Sieger des Zweikampfes feierten.

Einige beteiligten sich nicht an dem Jubel. Es waren die Menschen, deren Angehörige im Kampf gefallen waren. Auch Wiete, Tebbe und Eibe befanden sich darunter. Sie hockten stumm vor ihrer Hütte und blickten ins Leere, vielleicht auch in die Vergangenheit, um noch einmal Zwiesprache mit Holte zu halten.

Wisar und Klef sahen ebenfalls nicht begeistert aus.

»Warum hast du Onsaker nicht getötet?« fragte Klef, noch bevor Thorag vom Pferd gestiegen war.

Thorag erklärte ihm den Grund.

Wisar nickte zustimmend. »Jetzt verstehen ich dich. Eine weise Entscheidung mein Sohn.«

»Weise vielleicht«, brummte Klef. »Aber auch gefährlich. Vielleicht wird Thorag seine Entscheidung eines Tages bereuen.«

»Onsaker hat so etwas schon angedeutet«, sagte Thorag und ahnte nicht, wie bald er sich wünschen sollte, den Fürst der Ebersippe getötet zu haben.

Kapitel 7
Im Schatten der Heiligen Steine

Die drei Felsgruppen reckten sich so gewaltig in den blauen, von einzelnen Wolkengruppen durchzogenen Himmel, daß Thorag die Vorstellung nicht schwerfiel, die Priester, die auf den Felssäulen standen, könnten Zwiesprache mit den Göttern halten. So hatte man es dem jungen Cherusker auf seinem ersten Thing erzählt, damals, als er in die Reihen der wehrhaften Krieger aufgenommen worden war. Die Heiligen Steine waren das bedeutendste Heiligtum der Cherusker, und alle Stammesthinge wurden hier abgehalten.

In langer Kolonne zogen die Donarsippe und ihre Gefolgschaft, allen voran und hoch zu Roß Wisar und Thorag, zu ihrem Lagerplatz an dem Seeufer, das den Steinriesen abgewandt lag. Alle vollfreien Männer aus Wisars Gau gehörten zu dieser Kolonne. Hinzu kamen die Jungmänner, die ihre Anerkennung als Krieger erstrebten, und die Halbfreien, die auf ihre Freisprechung hofften. Sie führten eine große Zahl Packtiere mit sich, die Verpflegung und Holz zur Errichtung der Unterkünfte trugen. Das Thing der Tagundnachtgleiche würde mehrere Nächte dauern.

Auf dem Marsch zu den Heiligen Steinen war die Kolonne noch größer geworden. Klef und seine Krieger hatten sich erst kürzlich von ihr getrennt, um den eigenen Lagerplatz anzusteuern und dort auf Balder und die übrigen Männer aus dessen Gau zu warten.

Der andächtige, den Göttern geweihte Ort war jetzt, wie bei jedem Thing, von Leben erfüllt. Hütten wurden aufgebaut, deren Wände oft nur aus Fellen und Häuten bestanden, Pferche für das Vieh errichtet und Waren mit den Angehörigen anderer Sippen getauscht.

»Ich habe lange an keinem Thing mehr teilgenommen«, bemerkte Thorag zu seinem Vater, als sie die Pferde an ihrem Lagerplatz zügelten. »Aber ich habe den Eindruck, diesmal kommen mehr Männer zusammen als sonst.«

»Du täuscht dich nicht, Thorag. Die Wahl des neuen Herzogs

ist wichtig. Jeder Gaufürst hat seine Untergebenen angehalten, in möglichst großer Zahl zu erscheinen. Jede Stimme zählt.«

Thorag stützte sich auf eines der vorderen Sattelhörner und sah seinen Vater forschend an. »Welchen Vorschlag wirst du den Deinen machen, wenn der neue Herzog gewählt wird?«

Wisar blickte ebenfalls forschend zurück. »Meinst du, ich soll für Armin stimmen?«

»Du warst für den Bündnisvertrag, den Armins Vater Segimar mit den Römern geschlossen hat. Armin ist von den Römern in den Ritterstand erhoben worden. Er bürgt für den Fortbestand des Bündnisses. Bei Segestes und Inguiomar bin ich mir da nicht sicher.«

»Ein gutes Wort, das du eben für Armin gesprochen hast«, meinte Wisar mit einem vieldeutigen Lächeln und stieg ab. »Du solltest es wiederholen, wenn die Versammlung über den neuen Herzog berät.«

Auch Thorag wollte aus dem Sattel steigen, aber Wisar machte ein abwehrendes Handzeichen. »Unsere Opfertiere müssen den Priestern übergeben werden. Willst du das übernehmen?«

Thorag nickte und lenkte seinen Rappen zu den Pferden, Rindern und Böcken, die Wisar den Göttern opfern wollte, um sie für sich, seine Sippe und seine Untergebenen gnädig zu stimmen. Mit drei Gehilfen, darunter der junge Tebbe, der auf diesem Thing ein Krieger werden sollte, trieb er die Tiere um den See herum zu dem von Felsen gebildeten, natürlichen Pferch, in dem die Tiere auf die Opferzeremonie warten sollten.

Ein paar weitere Männer brachten die Kranken und Verletzten zu den Heilerinnen, deren Wirken im Schatten der Heiligen Steine sehr geschätzt wurde, weil sie in dem Ruf standen, mit den Göttern im Bunde zu sein. Nach dem Kampf mit den Eberkriegern hatten Wisars Leute besonders viele Verletzte bei sich. Auch der junge Krieger Garrit befand sich unter ihnen. Er hatte sein linkes Auge verloren, aber überlebt. Doch als ihm der Verband abgenommen worden war, hatte er auch mit dem ihm verbliebenen Auge nichts mehr sehen können.

Thorags Trupp kam am Lager der Eberleute vorbei. So sehr sich Thorag auch anstrengte, er konnte weder Onsaker noch

Thidrik entdecken. Die Eberkrieger erkannten Wisars Sohn und warfen ihm feindselige Blicke zu.

In den vergangenen Nächten und Tagen hatte Thorag viel nachgedacht über die beiden rätselhaften Todesfälle. Denn rätselhaft waren sie, weil Thorag wußte, daß er zu Unrecht beschuldigt wurde. Thidrik hatte gelogen, aber warum? Aus eigenem Antrieb, oder hatte ihn ein anderer dazu veranlaßt? Und wie kam das Seidenkleid in Araders Haus? Es war wie immer, wenn Thorag über die Sache nachdachte: Die Fragen fanden keine Antworten, sondern warfen nur noch mehr Fragen auf.

Ein paar Jungmänner nahmen die Opfertiere in Empfang und trieben sie in den Pferch, in dem bereits eine stattliche Anzahl von Tieren graste. Zwei Jungen waren weiter hinten im Pferch damit beschäftigt, die Pferde zu striegeln, damit ihr Fell glänzte, wenn sie den Göttern dargebracht wurden. Das unter pechschwarzen Haaren steckende Gesicht eines dieser Jungen, halb hinter dem Rücken eines stattlichen Fuchses verborgen, kam Thorag seltsam bekannt vor. Er wollte näher heranreiten, um sich zu vergewissern, als er plötzlich von einer Anzahl berittener Krieger umringt wurde.

Thorag sah in abweisende Gesichter und auf die Spitzen von Framen und Schwertern, die ihn bedrohten. Auf den Schildern der fremden Krieger prangten schwarze Eber. Zwei dieser Krieger, beides massige Männer fortgeschrittenen Alters, erkannte er sofort: Onsaker und Thidrik.

»Was soll das, Onsaker?« fragte Thorag barsch.

Das brutale Gesicht des Gaufürsten verzog sich zu einem Grinsen. »Ich habe dir doch gesagt, daß du es bereuen wirst, mich nicht getötet zu haben.«

Thorag entdeckte unter den Reitern einen graubärtigen Mann, der nicht zu Onsakers Kriegern gehörte. Sein weißer, mit den Zeichen der obersten Götter bestickter Kittel wies ihn als Angehörigen der Priester aus. Er erkannte den Mann bei näherem Hinsehen wieder. Auf dem letzten Thing, an dem Thorag teilgenommen hatte, war sein Gesicht noch glattrasiert gewesen. Es war Gandulf, der Führer der Priesterschaft.

»Sag du mir, Gandulf, was das zu bedeuten hat!« forderte der junge Edeling. »Ich bin Thorag, Sohn des Gaufürsten Wisar, und kam in dem Glauben zu den Heiligen Steinen, den Schutz des Thingfriedens zu genießen.«

»Der Thingfrieden ist noch nicht ausgerufen«, wandte Onsaker ein.

Der Priester sprach mit ruhiger, aber deutlicher Stimme: »Auch wenn der Thingfrieden noch nicht ausgerufen wurde, steht unter dem Schutz der Heiligen Steine doch jeder, der sich in ihren Schatten begibt. Deshalb, Thorag, bin ich mit Onsaker geritten, der von den Priestern deine Festsetzung verlangt.«

»Meine Festsetzung? Weshalb?«

»Onsaker klagt dich des Mordes an. Er sagt, seine Söhne Asker und Notker seien deiner Klinge zum Opfer gefallen. Und der Freie Thidrik bezeugt dies. Außerdem sollst du den Freien Arader, Vater von Askers Frau, ermordet haben. Du wirst in Verwahrung genommen, bis auf dem Thing über die Sache entschieden ist.«

»Du hinterhältiger Hund!« funkelte Thorag den Anführer der Ebersippe böse an. »Ein Gottesurteil hat meine Unschuld bewiesen, als ich über dich im Zweikampf siegte, und trotzdem klagst du mich an?«

»Ein Gottesurteil?« wiederholte Gandulf verwundert und sah den Gaufürsten mit umwölkter Stirn an. »Davon hast du mir nichts berichtet, Onsaker!«

»Ich hielt es nicht für wichtig. Dieser Kampf fand nicht bei einem Thing statt, sondern während einer Schlacht zwischen meinen Kriegern und denen Wisars. Deshalb kommt ihm keine rechtliche Bedeutung zu.«

»Du verhöhnst du Götter, Onsaker!« sagte Thorag laut. »Donars Blitz möge dich dafür treffen!«

Onsaker blickte kurz in den Himmel und sah dann wieder Thorag an. »Nun, ich warte, wo bleibt Donars Blitz?«

Diese Bemerkung trug ihm einen strafenden Blick des Priesters ein. »Thorag hat recht, du spottest über die Götter, Onsaker. Und das auch noch an einem Platz, der ihnen geweiht ist.«

»Du irrst, Gandulf«, erwiderte der Gaufürst. »Ich habe nicht über die Götter gespottet, sondern Thorag, als er Donar anrief, obwohl Wisars Sohn weiß, daß er des mehrfachen Mordes schuldig ist. Deshalb verlange ich seine Festsetzung.«

»Die Versammlung wird entscheiden«, sagte der Priester. »Thorag, gib deine Waffen ab und folge mir!«

»Aber das Gottesurteil!« protestierte Thorag.

»Es war gar keins!« schnappte Onsaker.

Der Graubart begleitete die Auseinandersetzung mit einer betretenen Miene. »Auch darüber wird die Versammlung entscheiden!«

Während Thorag noch überlegte, was er tun sollte, näherte sich ein großer, bewaffneter Reitertrupp und umzingelte den kleineren Haufen der Eberkrieger. Die über dreißig Neuankömmlinge wurden von Wisar angeführt. Thorag erkannte unter ihnen Radulf und Hakon. Ihre Waffen richteten sich gegen Onsakers Männer.

»Vater!« rief Thorag erleichtert aus. »Woher wußtest du ...«

»Tebbe hat sich heimlich fortgestohlen und mich benachrichtigt.« Wisar sah streng den Priester an. »Wieso wird mein Sohn im Schatten der Heiligen Steine von Bewaffneten bedroht?«

Gandulf erklärte es ihm.

»Mein Sohn hat recht«, sagte Wisar daraufhin. »Er hat seine Unschuld bei einem Zweikampf, über dessen Ausgang die Götter gewacht haben, entschieden.«

»Ob dieser Zweikampf ausreicht, Thorags Unschuld zu beweisen, ist eine Frage, die auf der Versammlung der Freien entschieden wird«, beharrte der Priester. »Deshalb soll sich dein Sohn solange in unseren Gewahrsam begeben!«

Wisar überlegte lange. »Die Entscheidung durch die Versammlung erkenne ich an. Aber es ist nicht nötig, Thorag wie einen ehrlosen Mann zu behandeln. Ich verbürge mich für meinen Sohn.«

Gandulf wiegte überlegend seinen ergrauenden Schädel hin und her. »Also gut, Fürst Wisar, dein Wort genügt mir.«

»Aber mir nicht!« entfuhr es dem wütenden Onsaker. »Wenn Thorag schon nicht in Gewahrsam genommen wird, soll er wenigstens seine Waffen abgeben!«

»Was befürchtest du, Onsaker?« fragte der Priester. »Daß du selbst ein Opfer Thorags wirst?«

»Zum Beispiel.« Das Oberhaupt der Ebersippe sah den Reiter zu seiner Linken an. »Oder der Zeuge Thidrik.«

»Also schön«, seufzte Gandulf. »Ich denke, mit dieser Lösung können alle Seiten leben. Thorag gibt seine Waffen an mich ab, bleibt aber bis zu seiner Verhandlung auf freiem Fuß. Und Wisar bürgt dafür, daß sein Sohn die Heiligen Steine nicht verläßt.«

Thorag fügte sich diesem Beschluß und übergab seine Waffen dem Priester, obwohl er das Ganze für töricht und entwürdigend hielt. Wenn er wirklich ein gemeiner Mörder war, konnte er sich jederzeit neue Waffen besorgen. Die Händler, die am Rand der Heiligen Steine ihre Geschäfte geöffnet hatten, boten alles an, von der Frame bis zum Dolch. Das wußte auch Onsaker. Aber als Krieger ohne Waffen würde Thorag die Aufmerksamkeit und den Spott der Allgemeinheit auf sich ziehen. Die Beschuldigung, die Onsaker gegen ihn erhob, würde sich schnell herumsprechen, und zumindest die Schatten des Zweifels würden an Thorag kleben bleiben. Das war es wohl wirklich, was der Fürst der Eberleute beabsichtigte.

Als Gandulf sämtliche Waffen des jungen Edelings und auch seinen Schild entgegengenommen hatte, sagte er: »Die beiden Fürsten mögen mit ihren Männern in ihre Lager zurückkehren und die Waffen ruhen lassen. Im Schatten der Heiligen Steine gilt nicht die Macht der Waffen, sondern die der Götter.«

Obwohl sie Onsakers Plan, Thorag festsetzen zu lassen, vereitelt hatten, herrschte unter Wisars Männern eine gedrückte Stimmung, als sie zu ihrem Lager am See zurückkritten. Onsaker hatte den Sohn ihres Fürsten gedemütigt, indem er ihm seine Waffen und seinen Schild nahm. Nach außen hin würde das auf viele Cherusker wie ein Eingeständnis von Thorags Schuld wirken. Denn warum sollte ein Mann Waffen und Schild weggeben, wenn es dazu keinen Grund gab?

Thorag der diese Überlegungen auch anstellte, war traurig und bedrückt. Jetzt wußte er, weshalb Onsaker nach dem verlorenen Zweikampf so sang- und klanglos abgezogen war. Er hatte von vornherein geplant, den Gottesentscheid nicht anzuerkennen und Thorag auf dem Thing zur Verantwortung für eine Tat zu ziehen, die dieser gar nicht begangen hatte.

In Wisars Lager breitete sich die gedrückte Stimmung schnell aus. Noch mißmutiger wurden die Männer, als zehn Berittene Onsakers auftauchten und sich auf einem kleinen Hügel ganz in der Nähe niederließen.

»Spione dieses Eberfürsten!« zischte Hakon verächtlich zu Wisar. »Soll ich mir ein paar Männer nehmen und ihnen zeigen, daß man den Gaufürsten Wisar nicht ungestraft bespitzelt?«

Wisar schüttelte den Kopf und sagte, einen Hustenreiz unterdrückend: »Niemand soll Wisar und seinen Männern nachsagen, daß sie den Thingfrieden stören, Hakon. Solange die Männer auf dem Hügel friedlich bleiben, kümmern wir uns nicht um sie.«

Auch Thorag bemühte sich, sie gar nicht zu beachten. Er ging zu Tebbe, um sich für Wisars Benachrichtigung zu bedanken. Der Junge freute sich darüber, sah aber gleichwohl traurig aus.

»Was hast du?« fragte Thorag.

»Ich soll auf diesem Thing in den Kreis der Krieger aufgenommen werden.«

Thorag nickte. »Ich weiß.«

»Vater ... er hat mir immer wieder erzählt, wie es sein wird, wenn er neben mich tritt, Fürsprache für mich hält, und mir dann Schild und Frame übergibt. Jetzt kann er es nicht mehr erleben. Und ich habe keinen Fürsprecher.«

»Ich würde gern dein Fürsprecher sein«, sagte Thorag, und in Tebbes Augen leuchtete es stolz und freudig auf. »Aber ich habe versprochen, keine Waffe in die Hand zu nehmen, bevor Onsakers Anklage gegen mich verhandelt wird.«

Das Leuchten in den Augen des Jungen erstarb, und der älteste Sohn des Schreiners Holte sah betreten zu Boden.

»Komm mit«, sagte Thorag und legte seinen Arm um Tebbe. Er führte den Jungen zu Radulf und sagte: »Radulf, du fertigst die besten Waffen im ganzen Cheruskerland. Bist du nicht der richtige Mann, um für Tebbe Fürsprache zu halten, wenn er ein Krieger wird?«

Der grauhaarige Schmied nickte. »Und ob ich das bin!« Er legte beide Hände auf Tebbes Schultern. »Ich werde für dich eine Frame aus gehärtetem Holz und mit der schärfsten Spitze fertigen, die jemals die Waffe eines Cheruskers geschmückt hat. Ich fange gleich damit an.«

Das Leuchten kehrte in Tebbes Augen zurück.

Die Steinriesen warfen schon lange Schatten, als sich Thorag aus dem Lager seines Vaters fortstahl. Er hielt es nicht mehr aus, ständig den mitleidigen bis zweifelnden Blicken der Männer ausgesetzt zu sein. Wenn sogar Wisars Leute an seiner Unschuld zweifelten, wie sollte dann die Entscheidung auf dem Thing zu seinen Gunsten ausfallen?

Thorag wußte es nicht. Er wußte nur, daß er raus mußte aus dem engen Lager, sich bewegen, Zwiesprache halten mit sich selbst und mit Donar. Und er wollte sich vergewissern, ob ihm seine Augen einen Streich gespielt hatten, ein paar Stunden zuvor, am Felsenpferch der Opfertiere.

Er ging zu Fuß, denn er wollte sein Wort halten und die Heiligen Steine nicht verlassen. Und ein Fußgänger war unauffälliger als ein Reiter. Langsam, Gleichgültigkeit vortäuschen, war er zu dem Teil des Lagers geschlendert, der von dem Hügel mit Onsakers Spionen am weitesten entfernt lag. Im Schutz einer großen, farnbedeckten Hütte aus Flechtwerk hatte er sich davongemacht und kam sich vor wie ein ehrloser Dieb oder wie ein Friedloser, der sich nirgendwo blicken lassen dufte.

Thorag hielt sich im Schatten der Bäume oder tauchte in große Menschengruppen ein. Obwohl es bereits dämmerte, kamen noch immer lange Kolonnen, größere und kleinere Gruppen und auch einzelne Männer zu den Heiligen Steinen. Es wurde zusehends voller. Nach der kommenden Nacht würde die Tagundnachtgleiche sein, und das Thing sollte beginnen.

Als Thorag sicher war, Wisars Lager und den Hügel mit Onsakers Spitzeln weit genug hinter sich gelassen zu haben, steuerte er geradewegs den Felsenpferch an. Das Kribbeln in seinem Nacken, als er sein Ziel fast erreicht hatte, machte ihm plötzlich klar, daß er sich getäuscht hatte.

Er wurde verfolgt!

Hier gab es keine Leute und keine Menschenanhäufungen. Thorag war allein mit den Bäumen, den Felsen und seinen Verfolgern. Er ging weiter und tat so, als hätte er nichts bemerkt, aber er drehte ganz leicht den Kopf und nahm aus den Augenwinkeln zwei Schemen wahr. Ob Freund oder Feind, war für ihn keine große Frage. Ein Freund hätte nichts heimlich zu tun brauchen.

Oder war es ein Zufall? Um das herauszufinden, ändert Thorag schlagartig seine Richtung und kletterte den Felsabhang hinauf, hinter dem sich der kleine Kessel mit den Opfertieren befand. Wieder nahm er schemenhaft die beiden Verfolger wahr. Auf dem harten, felsigen Untergrund hörte er deutlich ihre Schritte, die jetzt schneller wurden.

Abrupt drehte sich Thorag um und sah sich zwei Eberkriegern gegenüber; das erkannte er an dem Schild des einen, auf dem ein Eberkopf mit gigantischen Hauern abgebildet war. Vermutlich gehörten sie zu den Spitzeln und hatten irgendwie mitgekommen, wie sich der junge Edeling davonmachte.

Der große, schlanke Krieger mit dem Schild hatte ein glattrasierte Gesicht und eine krumme, in einem Kampf gebrochene Nase, was ihm das Aussehen eines Raubvogels verlieh. Er trug neben dem Schild die volle Bewaffnung eines Kriegers: Frame, Spatha und Dolch. Der andere, ein stämmiger, bärtiger Kerl, war nur mit der Spatha am Wehrgehänge und dem Bronzedolch in seinem Gürtel ausgerüstet.

Als sich der Verfolgte umdrehte, hielten auch die Verfolger an. Aber nur kurz, bis sie ihre Überraschung über die Entdeckung verwunden hatten, dann setzten sie den Aufstieg fort. Ihr Verhalten und ihre Mienen ließen Thorag nicht daran zweifeln, daß sie ihn nicht bloß beschatten wollten. Sie wollten mehr, sein Leben!

Jetzt verwünschte sich Wisars Sohn dafür, auf Gandulfs Vorschlag eingegangen zu sein und auf seine Waffen verzichtet zu haben.

»Schickt euch Onsaker?« fragte er, um Zeit zu schinden und sich eine Taktik für sein weiteres Vorgehen zu überleben.

Tatsächlich hielten die beiden Eberkrieger, von Thorag jetzt keine zehn Schritte mehr entfernt, erneut an, und der Große mit dem Raubvogelgesicht sagte: »Wer sonst!«

»Mit welchem Auftrag?«

Jetzt grinsten die beiden Krieger nur.

»Mich zu töten?«

Der Große zog seine schmalen Lippen auseinander. »Was fragst du, wenn du schon alles weißt?«

»Der Verdacht wird auf Onsaker fallen.«

»Wir werden sagen, wir haben dich auf der Flucht erwischt.«

»Und ihr mußtet mich töten, einen Unbewaffneten, um mich aufzuhalten?«

»Man wird Waffen bei dir finden.«

Der Große setzte sich wieder in Bewegung, und sein bärtiger Begleiter folgte ihm, die Spatha aus der Scheide ziehend.

»Warum will Onsaker mich töten lassen? Weshalb haßt er mich so?«

»Du bist der Mörder seiner Söhne«, antwortete der Große und hob die Frame zum Wurf.

»Das stimmt nicht!«

Der Große grinste nur, und die Frame flog durch die Luft.

Thorag machte Donar alle Ehre und wich blitzschnell aus, indem er sich zu Boden warf und, als die Frame über ihn hinweggezischt und auf das Felsgestein gefallen war, sofort wieder aufsprang, nach der Waffe griff und die Spitze den Eberkriegern entgegenhielt. Der Mann mit der gebrochenen Nase zog sein Schwert und hob den Schild, als hinter Onsakers Männern zwei weitere Gestalten aus dem immer schwächer werdenden Dämmerlicht traten und eine Thorag wohlbekannte Stimme sagte: »Wenn zwei gegen einen kämpfen, ist das nicht gerade gerecht. Ich frage mich, ob die zwei auch so mutig sind, wenn sie drei Gegnern gegenüberstehen.«

Erschrocken drehten sich die Eberkrieger nach der Stimme in ihrem Rücken um. Thorag hätte in diesem Augenblick mühelos einen von ihnen mit der Frame durchbohren können. Aber er wollte den Thingfrieden nicht stören, wenn es sich vermeiden ließ. Und er, der bis zur Verhandlung über Onsakers Anklage waffenlos zu bleiben versprochen hatte, wollte sein Wort nicht brechen, wenn es nicht unbedingt nötig war.

Dankbar blickte er die beiden Männer an, die ihm zu Hilfe gekommen waren: »Klef und Brokk! Wenn das kein Zufall ist!«

Klef, wie der andere Edeling auch mit Schwert und Schild bewaffnet, erwiderte: »Ist es nicht, Thorag. Ich besuchte Brokk in seinem Lager, als wir dich und deine beiden Schatten vorbeigehen sahen. Wir befürchteten alles, nur nichts Gutes, und sind euch gefolgt.« Seine Stimme wurde härter, als er die Eberkrieger ansah: »Und nun zu euch beiden. Wer möchte zuerst sterben?«

»Niemand wird im Schatten der Heiligen Steine sterben, wenn es die Götter nicht befehlen!«

Es war die Stimme einer jungen Frau. Die in ein langes weißes Gewand gehüllte Gestalt stand über den Männern auf einem Felskegel, wie aus dem Stein gewachsen. Eine Frau, die Thorag auch in dem Zwielicht, das vom Herannahen des schwarzen Nachtwagens kündete, sofort erkannte.

»Astrid!« stieß er überrascht hervor. Dann dachte er an das Gesicht, das er heute im Pferch der Opfertiere zu sehen geglaubt hatte, und wußte, daß er sich nicht geirrt hatte. Das war Astrids Bruder Eiliko gewesen, den Thorag bei seiner Rückkehr ins Cheruskerland auf dem Hof vor Prügel geschützt hatte.

Thidriks entflohene Leibeigene mußte Thorags Ausruf gehört haben, aber sie ging nicht darauf ein. Laut sagte sie, die fünf Männer unter sich anblickend: »Wer den Frieden der Heiligen Steine stört, wird von den Göttern verdammt und von den Menschen ausgestoßen werden. Als Friedloser soll er durch die Lande ziehen und kein Heim finden und keinen Freund. Laßt die Waffen sinken!«

Thorag wunderte sich über das Gebieterische, das in diesen Worten lag. Astrid wirkte jetzt gar nicht mehr wie eine Leibeigene. Aber er gehorchte, hob das rechte Knie und zerbrach darauf den hölzernen Schaft der Frame. Die beiden Hälften der Waffe ließ er achtlos fallen.

Die Eberkrieger schienen nicht gewillt zu sein, Astrids Worten so einfach zu folgen. Der Mann mit dem Raubvogelgesicht blickte herausfordernd zu der Frau hinauf und fragte: »Wer bist du, Frau, daß du es wagst, freien Männern Befehle zu erteilen?«

»Ich bin eine Dienerin der Götter.«

»Eine Priesterin«, zischte der bärtige Eberkrieger und beeilte sich, sein Schwert zurück in die Scheide zu stecken. Sein Gefährte tat es ihm nach, ebenso Klef und Brokk.

Der Mann mit der gebrochenen Nase erhob wieder seine Stimme: »Wenn du eine Priesterin der Heiligen Steine bist, dann sorg dafür, daß dieser Mann« – er zeigte auf Thorag – »seine Strafe erhält!«

»Seine Strafe? Wofür soll er bestraft werden?«

»Dafür, daß er die Waffe gegen uns erhob, obwohl er dem

obersten Priester versprochen hat, waffenlos zu sein, bis die Versammlung über die gegen ihn erhobene Anklage entscheidet.«

Die junge Frau blickte Thorag an. »Stimmt das?«

Der Edeling nickte. »Ja, es stimmt.«

»Warum hast du die Waffe gegen diese beiden Männer erhoben?«

»Weil sie zuerst mich bedrohten, obwohl ich waffenlos war. Der Ebermann mit der krummen Nase schleuderte seine Frame nach mir. Ich hob sie auf, um mein Leben zu verteidigen. Ich habe niemandem versprochen, mich wehrlos abschlachten zu lassen.«

Astrids Kopf ruckte wieder herum, und ihre Augen suchten die der Eberkrieger. »Stimmt das?« fragte sie erneut.

Sie erhielt keine Antwort. Onsakers Männer blickten nur betreten zu Boden.

»Also stimmt es«, stellte Astrid fest, und ihre Stimme klang noch strenger, als sie fortfuhr: »Ihr beide habt den Frieden der Heiligen Steine verletzt. Ich will darüber hinwegsehen, wenn ihr in euer Lager zurückkehrt und keinen Ärger mehr macht.«

»Und Thorag?« fragte der Krummnasige.

»Ich werde mich schon um ihn kümmern«, erwiderte Astrid kühl.

Widerwillig und Verwünschungen murmelnd, zogen sich die beiden Eberkrieger zurück. Klef und Brokk hielten so lange ihre Hände in der Nähe ihrer Schwertgriffe, bis die beiden anderen im Dunkel verschwunden waren und das Geräusch ihrer Schritte vom auffrischenden Abendwind nur noch ganz leise zu ihnen getragen wurde.

Astrid kletterte von dem steilen Felsen herab. Thorag half ihr dabei und fragte sich abermals, wie sie – von den Männern unbemerkt – dort hinaufgekommen war. Als die junge, schöne Frau mit dem sanften Gesicht dicht vor ihm stand, konnte er sich kaum noch vorstellen, daß sie eben in einem so strengen Ton gesprochen hatte. »Also ist es wahr«, sagte er leise, mehr zu sich selbst.

»Was?« fragte Astrid.

»Als ich heute hier war, um die Opfertiere in den Pferch zu treiben, glaubte ich, Eiliko gesehen zu haben. Aber ich war mir nicht sicher und kam noch mal zurück, um mich zu vergewissern.

»Es war Eiliko«, bestätigte Astrid. »Die Priester der Heiligen Steine haben seine Gabe, mit Tieren umzugehen, erkannt. So wie sie meine Gabe erkannten, Dinge zu sehen, die noch nicht sind. Seit gestern erst bin ich eine den Göttern geweihte Priesterin.«

»Wie kommt ihr hierher?«

»Ich bin mit Eiliko zu den Heiligen Steinen geflohen, weil mir klar wurde, daß ich meine Gabe nur als Priesterin einsetzen kann, will ich nicht als Hexe verdammt werden.«

»Thidrik ist unter Onsakers Männern. Hat er euch schon gesehen?«

»Nein, ich glaube nicht.«

»Er wird euch während des Things bestimmt entdecken.«

»Das schadet nicht. Eiliko und ich stehen jetzt unter dem Schutz der Götter. Wir sind keine Leibeigenen mehr, jedenfalls nicht die eines Menschen. Hier ist der einzige Ort, an dem Thidrik keine Rechte an uns geltend machen kann. Auch deshalb werden Eiliko und ich hierbleiben.«

»Thorag sollte aber nicht hierbleiben«, meinte Klef, der mit Brokk zu ihnen getreten war. »Wie wir eben gesehen haben, lauert hier nur der Tod auf ihn.«

»Ich weiß«, sagte Astrid mit einem leichten Nicken. »Man hat mir erzählt, wessen Thorag beschuldigt wird.« Sie blickte Thorag in die Augen. »Ich glaube das nicht.«

»Aber das wird Thorag wenig helfen«, fuhr Klef fort. »Onsaker wird alles daransetzen, Thorag um seinen Kopf zu bringen oder ihn im Moor versenken zu lassen.«

»Das steht zu befürchten«, stimmte ihm Astrid zu. »Onsaker hat gute Verbindungen zu den Priestern. Er hat ihnen bei seiner Ankunft große Geschenke gemacht.«

»Lassen sich die Priester vom Willen der Götter leiten oder von den Geschenken der Menschen?« schnaubte Brokk erbost.

»Auch die Priester sind nur Menschen«, erwiderte Astrid.

»Ein Grund mehr für Thorag, den Heiligen Steinen schnellstens den Rücken zuzukehren«, fand Klef.

»Aber dann verzichtet er auch auf ihren Schutz«, gab die junge Frau zu bedenken.

»Nein!« sagte Thorag entschieden. »Ich werde nicht fortschleichen wie ein Friedloser. Onsaker würde es als Eingeständnis meiner Schuld deuten, und viele würden ihm glauben. Und ich kann das Wort nicht brechen, das ich Gandulf gegeben habe. Das würde nicht nur mich in ein schlechtes Licht stellen, sondern auch meinen Vater. Deshalb werde ich bleiben und darauf vertrauen, daß die Versammlung der Freien ein gerechtes Urteil sprechen wird.«

Astrid legte eine Hand auf Thorags Schulter, und bei der Berührung durchströmte ihn ein ähnlich angenehmes Gefühl, wie er es bisher nur von Aujas Berührungen kannte. »Ich werde dir helfen, so gut ich kann, Thorag. Nicht nur, weil Eiliko und ich in deiner Schuld stehen, sondern vor allem, weil ich dir glaube.«

»Weißt du nicht, wie die Versammlung entscheiden wird?« fragte Thorag. »Läßt dein zweites Gesicht dich nichts darüber sehen?«

Astrid stand vor ihm, ließ noch immer eine Hand auf seiner Schulter ruhen und sah ihn an. Doch ihr Blick schien jetzt durch ihn hindurchzugehen. Plötzlich zitterte sie, ihr Gesicht verzerrte sich, und in einer abrupten Bewegung riß sie die Hand von seiner Schulter, machte einen Schritt zurück, der sie ins Stolpern gebracht hätte, hätte Klef sie nicht aufgefangen.

»Was ist?« fragte Thorag erschrocken. »Was hast du gesehen?«

»N-nichts«, stotterte sie verwirrt und erschrocken, und ihr Blick kehrte nur langsam ins Hier und Jetzt zurück.

»Das glaube ich nicht«, sagte Thorag. »Dann hättest du dich nicht so erschrocken. Ist es so schlimm, daß du es mir verheimlichen willst?«

Astrid schüttelte langsam den Kopf. »Ich weiß nicht, was es war. Ich erinnere mich nur an Schatten.«

»Was für Schatten?« mischte sich Brokk ein.

»Das kann ich nicht sagen. Es gibt die Schatten des Unwissens und die Schatten der bösen Mächte.«

»Und in welche Schatten war Thorag gehüllt?« hakte Brokk nach.

»Ich kann mich wirklich nicht erinnern!«

Zum erstenmal, seit Thorag Astrid kannte, hatte er Zweifel, ob sie ihm die Wahrheit sagte.

»Ihr müßt jetzt gehen«, sagte Astrid. »Geht zurück in eure Lager und meidet Onsakers Männer! Vielleicht bringt mir die Nacht Erleuchtung.«

Thorag ging an ihr vorbei, drehte sich aber noch einmal zu Astrid um und fragte: »Werden wir uns wiedersehen?«

Die junge Priesterin lächelte kaum merklich. »Bestimmt.«

Sie sah den drei jungen Edelingen nach, bis sie von der Nacht verschluckt wurden, und das Lächeln auf ihrem Gesicht erstarb.

Der Traum, den Thorag in dieser Nacht hatte, erinnerte ihn an den Traum in Thidriks Haus, bevor er erwacht war und sich von den Wolfshäutern bedroht gesehen hatte.

Wieder erstieg Thorag einen steilen Hügel, der ihn in seiner Schroffheit an die Heiligen Steine erinnerte. Es herrschte kein Gewitter, aber je höher er kletterte, desto dunkler wurde es, bis er kaum noch die Hand vor Augen sehen konnte. Das einzige, was er sah, war der Umriß der großen Gestalt, die ihn auf der Kuppe erwartete. Nein, auch hier waren es drei Gestalten. Die menschliche oder menschenähnliche Gestalt in der Mitte wurde von zwei gehörnten Vierfüßern flankiert – Zähneknirscher und Zähneknisterer?

Erst als Thorag die Kuppe erreichte, sah er, daß er sich getäuscht hatte. Es waren keine Böcke, sondern Hirsche. Hatte Donar seine Tiere gewechselt? War es überhaupt Donar? Die große Gestalt wandte Thorag den Rücken zu und drehte sich auch nicht um, als Thorag ganz dicht hinter ihr stand. Nur die Hirsche blickten Wisars Sohn an, aber der Ausdruck ihrer Augen war nichtssagend, und ihr Blick schien durch den jungen Cherusker hindurchzugehen wie Astrids Blick, als sie versucht hatte, Thorags Zukunft zu sehen.

Thorag ging langsam um die große Gestalt herum und wollte ihr Gesicht endlich erkennen. Da verschwand die Gestalt mitsamt den Hirschen, und der Träumer erwachte.

Thorag war schweißgebadet. Kittel und Hose klebten an seinem Körper. Er schlug das Hirschfell weg, mit dem er sich zugedeckt hatte, und wischte mit dem Ärmel seines Kittels den Schweiß aus seinem Gesicht. Dabei war es gar nicht warm in der großen Hütte, obwohl so viele Männer, ungefähr hundert, in ihr schliefen. Die Flechtwerkhütte war leicht gebaut, da sie nur wenige Tage halten mußte, und der kühle Wind pfiff durch viele Löcher und Ritzen.

Dafür, daß es so viele Männer waren, war es ziemlich ruhig. Links neben ihm schlief Wisar, der tief und regelmäßig atmete, was seinen Sohn, der sich über Wisars immer wiederkehrendes Husten seit der Urjagd große Sorgen machte, ein wenig beruhigte. Keine Wolfshäuter diesmal, vor denen der Traum ihn warnen wollte.

Aber was hatte der Traum dann zu bedeuten? Eine Bedeutung mußte er haben, das war Thorag klar. Es war ein ähnlich eindringlicher Traum gewesen wie in jener Nacht auf Thidriks Hof.

Wenn es Donar war, den er gesehen hatte, weshalb hatte er nichts zu Thorag gesagt, hatte ihm kein Zeichen gegeben? Weshalb hatte der Gott des Donners und des Blitzes seinem Nachfahren den Rücken zugekehrt?

Oder war dies Donars Botschaft gewesen? Hatte sich sein Schutzgott von Thorag abgewendet?

Kapitel 8

Das Thing

In der Mitte des folgenden Tages, als Sunnas goldener Wagen den höchsten Punkt des Himmels erreicht hatte und die Schatten der Heiligen Steine fast nicht mehr wahrnehmbar waren, wurde das Thing der freien Cherusker eröffnet. Angeführt von den Priestern, zogen die einzelnen Sippen mit ihren Fürsten an der Spitze zum Ort der heiligen Handlungen zwischen den riesigen Felsen und dem See.

Vergeblich hielt Thorag nach Astrid Ausschau. Nur männliche Priester führten die Prozession an, wie auch nur Männer an der Versammlung der Freien teilzunehmen berechtigt waren. Dafür sah er Armin wieder, der die Stelle seines Vaters Segimar an der Spitze der Hirschsippe einnahm.

Die freien Männer bildeten einen großen Kreis um den Versammlungsplatz, der von den Priestern und den Gaufürsten eingehegt wurde. Ein Haselnußpfahl nach dem anderen wurde in den Boden gerammt, und alle wurden durch Seile, geflochten aus den Schweifen von geweihten Schimmeln, miteinander verbunden. Der letzte Pfahl bestand aus Eichenholz, Donar zu Ehren, dem neben Tiu der Schutz des Things oblag. Wisar, der Nachfahr des Donnergottes, trieb mit einem goldüberzogenen Hammer, den ihm einer der Priester reichte, den Eichenpfahl in die Erde.

Während er seinem Vater dabei zusah, wurde Thorag an seinen seltsamen Traum erinnert. Die halbe Nacht hatte er wachgelegen und über seine Bedeutung nachgedacht. Ohne Erfolg. Es war wie bei den Morden, derer ihn Onsaker beschuldigte. Je länger Thorag nachdachte, desto verwirrter wurde er. Schließlich war er erschöpft eingeschlafen. Es war ein unruhiger Schlaf voller Unterbrechungen gewesen.

Gandulf, der graubärtige Führer der Priesterschaft, nahm den goldenen Hammer von Wisar in Empfang und trat in die Mitte des Versammlungsplatzes, wo er die Priester und die Gaufürsten um sich scharte. Es waren sieben Priester, ihn eingerechnet, wie es auch sieben Gaufürsten waren: Armin, sein Onkel Inguiomar, Segestes, Balder, Bror, Onsaker und Wisar.

Als Gandulf den Hammer hob und der Goldüberzug in der hellen Sonne blitzte, verstummten alle Gespräche, und alle Augen richteten sich auf den alten Mann mit dem beeindruckenden Bart, der ihm bis auf den Bauch fiel.

»Sind diese Heiligen Steine der rechte Ort für das Thing der freien Cherusker?« stellte er die erste der rituellen Fragen.

Die Priester zu seiner Rechten und die Gaufürsten zu seiner Linken nickten, und die Menge gab ihre Zustimmung durch das Gegeneinanderschlagen ihrer Framen, Schwerter und Schilde kund.

»Ist die Tagundnachtgleiche die rechte Zeit für das Thing der freien Cherusker?«

Wieder fand Gandulf einhellige Zustimmung bei den Priestern, den Gaufürsten und bei der vieltausendköpfigen Menge der Frilinge.

»Dann ist das Thing der freien Cherusker eröffnet«, fuhr der Oberpriester fort. »Alle mögen seine Gesetze beachten, wollen sie nicht dem Zorn und der Strafe der Götter anheimfallen.« Drohend reckte er den goldenen Hammer noch höher. »Niemand verletze den Thingfrieden für die Zeit der Versammlung!«

Ein drittes Mal nickten die Gaufürsten und die Priester, und ein drittes Mal klirrten die Waffen lauter als in mancher Schlacht, die Thorag erlebt hatte. Es war für ihn ein eigenartiges Gefühl, nach so langer Zeit wieder an einem Thing teilzunehmen. Es erweckte etwas in ihm, das die Zeit in der römischen Armee nicht ausgelöscht, aber doch zu Teilen zugeschüttet hatte: das stolze Gefühl, ein Teil dieser Menschen zu sein, ein freier Cherusker, der niemandem Rechenschaft schuldete außer den Göttern.

Gandulf ließ den Hammer sinken und rief: »Bringt die Opfer, um die Götter gnädig zu stimmen, dieser Versammlung ihre Weisheit und ihr Wissen um die zukünftigen Dinge zu leihen!«

Angehörige jeder Sippe brachten die Opfertiere, die mit Hilfe der jeweiligen Sippenführer geschlachtet wurden. Wisar als Nachfahr Donars machte den Anfang und schlachtete eigenhändig die Opferböcke, Donar zu Ehren. Die übrigen Opfertiere aus Wisars Sippe wurden von hervorragenden Männern seiner Gefolgschaft geschlachtet, darunter Hakon und Radulf. Auch

Thorag hätte sich beteiligt, hätten nicht der Mordverdacht und die Entehrung durch die Abgabe seiner Waffen auf ihm gelegen.

Die geopferten Tiere wurden ausgenommen, und ihr Fleisch wurde weggeschafft, um am Abend als Festmahl zu dienen. Das Fell und die darin eingeschlagenen Knochen wurden in einem großen Feuer verbrannt. Das Blut wurde bei den Schlachtungen in einem großen Silberkessel aufgefangen. Die Priester schöpften es mit langen Silberkellen heraus, um damit den Thingplatz und die versammelten Cherusker zu besprengen. Die magischen Kräfte des Opferbluts sollten die Gemeinsamkeit zwischen Göttern und Menschen festigen und das Thing der Menschen auch zu einem Anliegen der Götter machen. Immer wieder streuten die Priester Kräuter ins Feuer, deren schwerer, angenehmer Geruch, der das Wohlgefallen der Götter erregen und den Gestank der getöteten Tiere vertreiben sollte, bald den ganzen Versammlungsplatz erfüllte.

Nach Wisar und seinen Gefolgsleuten schlachtete Armin persönlich sieben prachtvolle Hirsche, die Schutztiere seiner Sippe und des ganzen Cheruskerstammes, der seinen Namen von den Geweihträgern ableitete. Als Thorag sah, wie Armin seinen langen Dolch in die Hälse der Hirsche stieß, um die Schlagadern zu durchtrennen und die Tiere ausbluten zu lassen, kehrte wieder die Erinnerung an seinen verwirrenden Traum zurück.

Nach Armin kamen Inguiomar und Segestes und nach diesen Onsaker an die Reihe. Ein Raunen ging durch die Männer, als fünf große schwarze Eber zum Opferplatz geführt wurden. Je zwei Reiter zerrten einen in ihrer Mitte befindlichen Keiler auf den Versammlungsplatz. Die Hinterhufe der Tiere waren zusammengebunden, da sie sonst nicht zu bändigen gewesen wären. Wenn ein Tier von Onsaker aufgeschlitzt wurde, hielten zwei zusätzliche Eberkrieger den kräftigen schwarzen Körper fest.

Das letzte Tier, dem sich Onsaker zuwandte, war das größte und wildestes von allen. Thorag konnte sich nicht entsinnen, jemals ein so gewaltiges Wildschwein gesehen zu haben. Es war, dachte man es sich auf die Hinterbeine gestellt, größer als Onsaker und schien selbst den hünenhaften Thorag noch zu überragen, soweit er das auf die Entfernung abschätzen konnte. Sein borstiges Fell war so pechschwarz wie das des wilden Urs, der Gundar getötet hatte, und seine nach oben gekrümmten Hauer waren so lang wie der halbe Arm eines Mannes.

Als sich Onsaker dem Tier mit dem blutbefleckten Dolch in der Rechten näherte, schien es die Todesgefahr zu spüren und zerrte derart an den Stricken, daß es den beiden Reitern entglitt. Obwohl es an den Hinterhufen gefesselt war, schlug es nach hinten aus und schüttelte die beiden unberittenen Krieger ab, die hinzugetreten waren, um das Tier während der Opferung festzuhalten. Als der Keiler auch noch die Fessel an den Hinterhufen sprengte und an Onsaker vorbei auf die versammelte Priesterschaft zustürmte, verwandelte sich die wohlgeordnete Zeremonie auf dem Thingplatz in ein heilloses Durcheinander. Die Priester stoben in alle Richtungen auseinander, und Gandulf entging den mächtigen Hauern nur knapp.

Armin sprang den Priestern bei und erwischte eines der Seile, mit denen die Reiter den Eber gehalten hatten. Doch das wildgewordene Tier rannte einfach weiter, brachte den jungen Cheruskerfürsten zu Fall und schleppte ihn bäuchlings hinter sich her, bis Armin den Strick losließ. Wankend erhob er sich, die Kleidung schmutzig und zerrissen.

Onsakers Männer machten Jagd auf den Eber und versuchten, das Tier einzukreisen, aber es entwischte immer wieder. Die Pferde der Eberkrieger scheuten vor dem wutschnaubenden Wildschwein und wichen trotz entgegengesetzter Befehle ihrer Reiter ängstlich zur Seite, wenn der Keiler heranstürmte.

Doch schließlich gelang es den Berittenen, den Eber an einer Felswand zu stellen und so einzukesseln, daß eine Flucht unmöglich war. Sie hoben ihre Framen, um dem schwarzen Tier den Todesstoß zu versetzen, als Onsaker einen lauten Schrei ausstieß, dessen Bedeutung Thorag nicht verstand. Offenbar hatte der Gaufürst seinen Kriegern untersagt, den Eber zu töten.

Onsaker sprach erregt mit den Priestern, bis Gandulf die Hände hob und damit die Aufmerksamkeit der Versammlung auf sich lenkte. »Der Gaufürst Onsaker ist der Meinung, daß es der Wille der Götter ist, den ihnen geweihten Keiler am Leben zu lassen. Sonst hätten sie ihn nicht ausbrechen lassen. Ist das Thing der freien Cherusker derselben Ansicht wie Onsaker?«

Mehr beeindruckt von der Wildheit, Kraft und Kampfeslust des Keilers als vom möglichen Willen der Götter, schlugen die Männer Waffen und Schilde aneinander. Das tausendfache Klirren, dessen Echo von den Felsen zurückgeworfen wurde, erregte den Keiler noch mehr, aber der Halbkreis der Reiter, unterstützt von unberittenen Kriegern, die ihre Framen auf den Eber richteten, bot ihm nicht die geringste Möglichkeit zur Flucht.

Das Waffenklirren wollte nicht abreißen, und Gandulf hatte Mühe, wieder zu Wort zu kommen: »So sei es, wie das Thing beschlossen hat. Dem Eber wird das Leben gelassen.« Der oberste Priester wandte sich an Onsakers Krieger: »Fangt ihn ein und bringt ihn zurück in seinen Pferch!«

Das war einfacher gesagt als getan. Es wurden Seile herangeschafft, deren zu Fangschlingen geformte Enden die Krieger über den großen, länglichen Kopf des Ebers zu werfen versuchten. Immer wieder entzog sich der Keiler diesen Versuchen, indem er im letzten Augenblick auswich und mal zur einen, mal zur anderen Seite des kleinen Platzes rannte, der ihm verblieben war.

Endlich gelang es ein paar beherzten Männern, die Enden der Seile zu fassen, an denen das Wildschwein zum Opferplatz gebracht worden war. Sie zogen die Seile straff an und raubten dem Tier seine Bewegungsfreiheit. Jetzt konnten andere Männer die Fangschlingen um den Kopf des Keilers werfen. Sie brauchten ihn in ihre Gewalt und schleppten ihn, von zwei dichten Reihen Kriegern umgeben, vom Thingplatz.

Erneut brandete das Klirren der Waffen auf. Es galt nicht Onsakers Männern, die eine so große Überzahl benötigt hatten, den Eber zu fangen, sondern der Tapferkeit des schwarzen Keilers. Als begreife das Tier dies, verabschiedete es sich von der Versammlung mit einem lauten Grunzen und einem letzten, wilden Aufbäumen, das fast ein paar Reiter von ihren Pferden gerissen hätte. Das Waffenklirren schwoll noch mehr an.

Als der Keiler außer Sichtweite gebracht war und sich die Menge beruhigt hatte, wurden die übrigen Opfertiere der Ebermänner den Göttern dargebracht. Dann kamen die beiden letzten Gaufürsten, Balder und Bror, an die Reihe. Gandulf sprach die zeremoniellen Worte zum Abschluß der Tieropfer und bat noch einmal um das Wohlwollen der Götter für dieses Thing.

Dann kündigte er das Ereignis an, das den ersten Tag des Things beschließen sollte, die Kriegerweihe der Jungmänner.

Auf einen Wink des Oberpriesters traten sechs Lurenspieler in die Mitte des Versammlungsplatzes und stellten sich paarweise auf. Wieder erfolgte ein Wink Gandulfs, und die Bläser setzten die Mundstücke der langen, schlangenartig gewundenen Bronzehörner an ihre Lippen. Als Gandulfs Hand sich senkte, entlockte das erste Paar seinen Luren einen tiefen, langsam höherkletternden Doppelton. Das zweite Paar fiel zeitlich versetzt mit derselben Tonfolge ein, dann das dritte. Andächtig lauschten die Versammelten den harmonischen Klängen, die den Kehlen der Götter zu entstammen schienen und über das ganze Gebiet der Heiligen Steine hallten.

Andere Töne mischten sich in den reinen Schall der Luren, ein anfangs sehr leiser, allmählich lauter werdender, langsamer Rhythmus; er wurde von Männern geschlagen, die jetzt in einem langen Zug den eingehegten Platz erreichten und Tontrommeln an ihren Bauch geschnallt hatten und Rasseln und Klappern bei sich trugen. Ihnen folgten die Jungmänner auf dem Weg zur Kriegerweihe und deren Fürsprecher, jeweils etwas mehr als zweihundert an der Zahl. Die Jungmänner waren völlig nackt und schienen doch nicht zu frieren. Ihre Körper wiegten sich im Rhythmus der Musik.

Die Fürsprecher lösten sich aus den Gruppen und begaben sich an einen von den Priestern gewiesenen Platz in der Nähe eines Eichenwaldes, der zum eingefriedeten Thingplatz gehörte. Vor diesem Wald rammten sie Speere in die Erde, nicht die langen Framen, sondern kleinere Wurfspieße, und zwar so, daß die Spitzen etwa eine Armlänge nach oben aus dem Erdreich ragten. Dann zogen sie sich an den Rand des nun mit scharfem Eisen gespickten Gebietes zurück.

Die Melodie der Luren verstummte, und die Bläser setzten die schweren Instrumente ab. Die Männer mit den Trommeln, Rasseln und Klappern bauten sich neben ihnen auf und steigerten ihren Rhythmus langsam, aber beständig. Immer schneller wiegten sich die nackten Körper der Jungmänner hin und her und zogen in diesem Tanz zu dem mit Spießen gespickten Feld.

Dort gaben sie sich ganz dem jetzt sehr schnellen Rhythmus

hin, tanzten in wilden Verrenkungen zwischen den gefährlichen Spitzen und schnellten in abrupten Sprüngen über sie hinweg. Vergeblich versuchte Thorag, Tebbe in der durcheinanderwirbelnden Flut nackter Leiber auszumachen. Immer wieder riß sich einer der Jungmänner die Haut an Speerspitzen auf, aber niemand kümmerte sich um die Wunden oder unterbrach gar den Tanz, mochte das Blut auch noch so heftig fließen.

Als der Rhythmus so laut und heftig war, daß kaum eine Steigerung möglich schien, hob Gandulf erneut die Hand, und die anpeitschende Musik brach schlagartig ab. Ebenso schlagartig endete der Tanz der Jungmänner, die an dem Ort stehenblieben, an dem sie sich gerade befanden. Ihre erschöpften Körper zitterten, und drei oder vier gaben sich dem übermächtigen Verlangen hin, sich zu Boden sinken zu lassen, um auf der kühlen Erde auszuruhen. Ihre enttäuschten Fürsprecher, Väter oder Brüder, traten zu ihnen, halfen ihnen auf und führten sie vom Thingplatz weg. Sie würden bei diesem Thing nicht in den Kreis der Krieger aufgenommen werden.

Thorag atmete erleichtert auf, als er feststellte, daß sich Tebbe nicht unter denen befand, die schon am Beginn der Prüfung gescheitert waren. Holtes Sohn stand in der Nähe des Eichenwaldes, an sämtlichen Gliedern heftig zitternd, aber unerschütterlich aufrecht stehend. Ob seine Gedanken jetzt bei seinem Vater weilten?

Thorags Gedanken jedenfalls waren bei seinen toten Brüdern, besonders bei Ragnar, den er nicht gekannt hatte. Ragnar würde niemals die Möglichkeit haben, auf einem Thing seine Mannbarkeit unter Beweis zu stellen. Und wieder fragte er sich, welcher Platz in der jenseitigen Welt den toten Kindern offenstand.

Gandulf trat in den Kreis der trotz ihrer Nacktheit schwitzenden Jungmänner, deren schweißbedeckte Körper im Licht der Nachmittagssonne glänzten. Der Oberpriester blickte gen Himmel und breitete die Arme aus. »Wodan, Gott der Ekstase, die Jungmänner danken dir, daß du ihnen die Kraft zum Tanz der Götter gegeben hast.«

»Wodan, Gott der Ekstase, wir danken dir«, kam es aus den über zweihundert Kehlen der Jungmänner, und es klang fast wie ein einziger Ruf.

»Wodan, Gott des Wissens«, hob Gandulf wieder an, »leih uns deine Weisheit, um zu erkennen, ob die Jungmänner reif sind, in den Kreis der Krieger aufgenommen zu werden.«

»Wodan, Gott des Wissens, leih uns deine Weisheit!« riefen die Jungmänner.

»Wodan, Gott der Kraft, gib den Jungmännern auch die Stärke, den Schmerz zu überstehen!« bat Gandulf.

»Wodan, Gott der Kraft, gib uns deine Stärke!« baten auch die Jungmänner.

Gandulf senkte sein Haupt, blickte in die Runde und fragte laut: »Seid ihr bereit, euch an Donars Baum zu hängen, so wie sich Wodan ans Holz der Weltesche schlagen ließ, um die unendliche Weisheit zu erlangen?«

»Wir sind bereit«, antworteten die Jungmänner.

»Seid ihr bereit, das tödliche Eisen in euren Körpern zu spüren, so wie ihr es einst spüren werdet auf dem Schlachtfeld, wenn die Stunde eures Todes gekommen ist?«

»Wir sind bereit.«

Gandulf streckte die Rechte in Richtung des Waldes aus. »Dann geht jetzt zu den Bäumen. Wodan sei mit euch!«

»Wodan sei mit uns«, wiederholten die Jungmänner und gingen zügig, aber ohne Hast zu dem Wald, an dessen Rand sie sich verteilten.

Eines jeden Jungmannes Fürsprecher schlang ein Seil über einen hohen Ast an einem der Bäume und knüpfte die Schlinge, von der das Leben des Jungmannes abhing. Das mußte so erfolgen, daß sich die Schlinge nicht ganz zuzog. Denn jeder Jungmann mußte den Kopf durch die Schlinge stecken und an ihr am Baum hängen, ohne daß seine Füße den Boden berührten.

Gandulf sah die gegen ihre Schmerzen ankämpfenden Jungmänner an und breitete die Arme aus, als wolle er sie alle umschließen. »Die ihr am Baum der Weisheit hängt, seid ihr bereit, die Speermerkung zu empfangen?«

»Wir sind es«, lautete die Antwort der Jungmänner.

Gandulf wandte sich an die Fürsprecher. »Fürsprecher, taucht die Framen der neuen Krieger in das Feuer der Götter, um den jungen Kriegern Kraft und Weisheit der Götter zu geben.«

Die Fürsprecher gingen zu der langen Reihe der Framen, die

sie bei ihrem Einzug am Rand des Thingplatzes in den Boden gerammt hatten, zogen sie heraus und gingen zu dem großen Feuer, das zuvor Fell und Knochen der Opfertiere verschlungen hatte. Sie hielten die Spitzen der Framen hinein, bis sie glühten, traten dann wieder vor die Jungmänner und schnitten ihnen mit den heißen Spitzen die Brust in der Länge einer Hand auf. Dann traten die Fürsprecher ein paar Schritte zurück. Mancher der Jungmänner stöhnte und wand sich vor Schmerzen, aber keiner schrie laut.

»Junge Krieger der Cherusker«, sagte Gandulf. »Ihr hängt am Baum der Weisheit und habt die Speermerkung empfangen. Jetzt sprecht die Worte der Erkenntnis!«

Die Jungmänner riefen laut: »Ich weiß, ich hing am windigen Baum genau neun Nächte, vom Speer verwundet und Wodan geweiht, ich hing am Baum, von dem niemand weiß, aus welcher Wurzel er wuchs. Sie boten mir nicht Speise noch Met, da neigte ich mich nieder, auf Weisheit und Stärke sinnend. Endlich fiel ich zur Erde herab.«

Als der letzte Satz gesprochen war, traten die Fürsprecher wieder an die Bäume heran, hoben die Framen und durchtrennten die Seile mit den noch heißen Spitzen. Die Jungmänner fielen zur Erde, doch die meisten standen sofort wieder auf, darunter auch Tebbe. Nur eine Handvoll blieb liegen, bewußtlos oder tot, diesmal oder für immer nicht in den Kreis der Krieger aufgenommen; ihre Fürsprecher blickten traurig zu Boden. Die Toten würden später auf dem Opferfeuer verbrannt werden. Ihren Angehörigen blieb nichts als die Hoffnung übrig, daß die Speermerkung von Wodan als Kampfwunde anerkannt wurde und er die Toten in Walhall einließ. Eine sehr unbestimmte Hoffnung, wie Thorag fand.

Die anderen Fürsprecher aber überreichten den neuen Kriegern der Cherusker Framen und Schilde, und die Menge der Versammelten ließ ihre Waffen klirren. Gandulf dankte den Göttern und erklärte den ersten Tag des Things für beendet. Sunna neigte sich dem westlichen Horizont zu, und die Nacht voller Fleisch, Met und Bier begann. Zum erstenmal feierten die jungen Krieger auf einem Thing mit den freien Männern der Cherusker. Unter ihnen war Tebbe.

Am nächsten Tag riefen die Luren die Männer zum Thingplatz. Es war der Tag des Gerichts, bei dem Wisar den Vorsitz führen sollte. Als Nachfahr Donars oblag es ihm, den goldenen Hammer zur Bekräftigung der Urteile zu schwingen.

Gandulf, den blitzenden Hammer in der Hand, trat neben Wisar und vor die Versammlung und erklärte das Thinggericht für eröffnet. Neben Wisar stellten sich Balder und Bror, denen als ältesten Gaufürsten der Beisitz oblag.

Der Oberpriester blickte in die Runde und fragte: »Ist dieses Thinggericht richtig besetzt?«

Waffen und Schilde klirrten, darunter jetzt auch die der neu aufgenommenen Krieger. Gandulf überreichte dem auf einem Felsthron erhöht sitzenden Wisar den goldenen Hammer und zog sich zurück.

Zunächst erfolgte die Freisprechung der Halbfreien. Sie und ihre Fürsprecher traten vor das Gericht und brachten ihre Gründe vor, weshalb dem jeweiligen Halbfreien die Rechte eines Vollfreien zustehen sollte. Anschließend fragte Wisar die Versammlung, ob jemand etwas gegen die Freisprechung einzuwenden habe. Das war zumeist nicht der Fall, denn die Halbfreien hatten es sich gut überlegt, ihre Freisprechung zu verlangen. Nur in zwei Fällen gab es Einwände, und nur in einem Fall gab Wisar den Einwänden statt, weil sich herausstellte, daß der Halbfreie bei dem Einspruch erhebenden Bauern hoch verschuldet war. Da er seine Schulden nicht begleichen konnte, wurde statt einem freien Cherusker ein Leibeigener aus ihm, und der Bauer war zufrieden.

Dann wurden die schweren Vergehen verhandelt, die ein Urteil des Thinggerichts erforderten. Wisar und seine Beisitzer versuchten stets, eine gütliche Einigung zwischen Ankläger und Angeklagtem zu erreichen, aber in zwei Fällen blieb ihnen nichts anderes übrig, als die Todesstrafe zu verhängen. Einer der Verurteilten hatte das Haus eines Nebenbuhlers um die Geliebte angesteckt und dabei nicht nur diesen verbrannt, sondern fast die gesamt Familie. Der andere hatte seine Nichte, ein kleines, dreijähriges Mädchen, so brutal vergewaltigt, daß es seinen Verletzungen erlegen war.

Je länger das Gerichtsthing dauerte, desto unruhiger wurde

Thorag. Er fragte sich, wann endlich Onsaker seine Anklage vorbringen würde. Warum wartete der Anführer der Eberkrieger solange, obwohl seine Anschuldigung doch so schwer wog?

Aber Onsaker hatte nur den richtigen Zeitpunkt abgepaßt, um die ungeteilte Aufmerksamkeit der Versammlung auf sich zu ziehen. Als alle Urteile gefällt waren und Wisar fragte, ob noch jemand etwas vorzubringen habe, trat Onsaker vor, und ein Raunen ging durch die Menge. Seine Vorwürfe gegen Thorag hatten sich herumgesprochen.

»Ich habe eine schwere Anklage vorzubringen«, sagte der kräftige Gaufürst laut.

»Dann sprich, Onsaker!« forderte ihn Wisar auf.

»Das kann ich nicht.«

»Warum nicht?«

»Weil ich von diesem Gericht keine Gerechtigkeit zu erwarten habe.«

Gandulf trat vor und ergriff das Wort: »Du sprichst dem für rechtmäßig besetzt gefundenen Gericht ab, gerecht zu sein, Onsaker? Erkläre deine Worte!«

»Das ist nicht schwer. Meine Anklage richtet sich gegen Thorag, Wisars Sohn. Wie kann ich da von einem Gericht Gerechtigkeit erwarten, dem Wisar vorsitzt?«

»Wessen beschuldigst du Thorag?« fragte Gandulf, obwohl er die Antwort höchstwahrscheinlich kannte. Aber der Ritus des Thinggerichts verlangte, daß alles öffentlich besprochen wurde.

Onsakers trug seine Beschuldigung, Thorag habe Notker, Asker und Arader ermordet vor, und wieder erfaßte ein Raunen die Cherusker.

»Ich verstehe Onsakers Bedenken«, sagte Wisar. »Deshalb gebe ich für die Verhandlung dieser Anklage den Vorsitz über das Gericht ab.« Er stand von seinem Felsenthron auf, legte den goldenen Hammer auf die Sitzfläche und trat an die Seite.

Gandulf sah betreten drein und fragte: »Und wer soll den Vorsitz übernehmen?«

»Ich habe einen Vorschlag«, sagte Onsaker, und Gandulf blickte ihn fast flehend an. »Wir warten die morgige Wahl des neuen Herzogs ab. Wer für weise genug befunden wird, unser

Heer in die Schlacht zu führen, wird auch weise genug sein, ein gerechtes Urteil zu fällen.«

Sein Vorschlag fand allgemeinen Beifall, wie das Waffengeklirr zeigte, und ein dankbarer Gandulf sagte: »So sei es. Die Anklage gegen den Edeling Thorag wird morgen nach der Wahl des neues Herzogs verhandelt!«

Unter der jetzt düsteren Musik der Luren zogen die Cherusker mit den beiden zum Tode Verurteilten zum Moor. Dort mußten sich die Verurteilten mit auf den Rücken gefesselten Händen hinknien. Ihre Ankläger verbanden ihre Augen und stachen ihnen dann die Schwerter ins Herz. Sie zogen die Schwerter wieder heraus und hackten den Sterbenden die Köpfe ab, um zu verhindern, daß sie als Wiedergänger Rache an ihren Anklägern und Richtern übten. Dann wurden die Leichen mitsamt den Köpfen ins Moor geworfen, wo sie langsam, von den Gebeten der Priester begleitet, versanken.

Thorag fragte sich, ob Onsaker morgen sein Herz durchbohren und seinen Kopf abschlagen würde.

Kapitel 9

Der Rat der Götter

Am Tag der mit fieberhafter Spannung erwarteten Herzogswahl drängten sich die Männer schon früh auf dem Thingplatz zusammen. Thorag hatte den Eindruck, die Zahl der Versammelten habe sich erhöht. Das konnte gut sein. Noch immer trafen Cheruskergruppen und vereinzelte Nachzügler bei den Heiligen Steinen ein. Die Reise durch das weite, von felsigen Höhenzügen, dichten Urwäldern und großen Mooren geprägte Cheruskerland war schwer und ein fester Termin deshalb nicht immer einzuhalten. Die Römer nannten dies verächtlich Unpünktlichkeit, die Cherusker gelassen Schicksal.

Wieder sprach Gandulf zur Eröffnung der Zeremonie und machte den Versammelten in eindringlichen Worten die Wichtigkeit des bevorstehenden Ereignisses bewußt. Von der Wahl des Herzogs konnte das Überleben des ganzen Cheruskerstammes abhängen, falls es zum Krieg kam. Denn dann galt das Wort des Herzogs und war allen Kriegern Befehl.

Nachdem er die Verdienste des verstorbenen Herzogs Segimar in lobenden Worten gewürdigt hatte, fragte Gandulf nach Bewerbern um die Nachfolge des Toten. Nur zwei Männer traten, vom Waffenklirren ihrer Gefolgsleute begleitet, in die Mitte des Thingplatzes: Armin und sein weitläufig entfernter Onkel Segestes.

Noch einmal fragte Gandulf nach Bewerbern und richtete dabei seinen Blick auf Segimars Bruder Inguiomar, der den Gerüchten nach ebenfalls mit dem Gedanken gespielt hatte, neuer Herzog zu werden. Als hätten sie nur auf diese Aufforderung gewartet, skandierten Inguiomars Anhänger den Namen ihres Favoriten, immer lauter und lauter. Der Lärm wurde ohrenbetäubend, als Inguiomar neben Armin und Segestes trat. Erst als er die Arme ausbreitend hob, verstummten die Menschen und lauschten gebannt seinen Worten.

»Ich danke euch für euer Vertrauen und euer Wohlwollen, Cherusker«, begann Inguiomar, fast ebenso beeindruckend hünenhaft in der Statur wie Armin und Segestes. Seine Worte riefen erneutes Waffengeklirr hervor, und wieder mußte er die Arme heben. »Danke, Cherusker. Ihr sprecht mir euer Vertrauen aus, Herzog zu werden. Es ist wahr, ich habe lange überlegt, ob ich an die Stelle meines verstorbenen Bruders treten soll. Aber ich habe mich dagegen entschieden. Ich bin zu der Einsicht gelangt, daß dieser Platz einem jüngeren Mann gebührt, einem der unseren Stamm noch besser als ich bei den Römern vertreten kann, weil er in ihrem Heer gekämpft hat und in den Stand eines römischen Ritters erhoben wurde. Deshalb bitte ich euch, alle Stimmen, die ihr mir geben wolltet, für meinen Neffen Armin abzugeben!«

Inguiomars Anhänger schwiegen überrascht. Dann aber, als sie ihre Überraschung überwunden hatten, schlugen sie erneut Waffen und Schilde zusammen. Nur skandierten sie jetzt Armins Namen. Armin bedankte sich bei seinem Onkel mit einem Lächeln, und Inguiomar trat zu den Seinen zurück, von Segestes' finsteren Blicken verfolgt.

Ein junger Krieger, der Thorag bekannt vorkam, trat nun in die Mitte des Versammlungsplatzes. Ja, jetzt erinnerte sich Thorag: Der schlanke dunkelblonde Mann hieß Agilo und gehörte zu den Cheruskern, die mit Armin und Thorag den Pannonienfeldzug mitgemacht hatten. Agilo war bei Armins Bruder Isgar zurückgeblieben, um den Transport der Kriegsbeute zu überwachen.

Agilo stellte sich vor und sagte: »Isgar schickt mich, der zweite Sohn Segimars. Er kann an diesem Thing nicht teilnehmen, weil er mit neuen Hilfstruppen für die Römer zurück nach Pannonien gerufen wurde. Ich soll euch in seinem Namen bitten, eure Stimme für seinen Bruder Armin abzugeben, damit der Sohn fortsetze, was der Vater begonnen hat.« Er rühmte Armins Geschick und Glück als Feldherr und kehrte dann auf seinen Platz zurück.

Armin blickte noch zufriedener und Segestes noch finsterer. Wieder erscholl ein lautstarker Armin-Chor.

Thorag schmunzelte und war sich ziemlich sicher, daß Armin etwas mit diesen Wortmeldungen zu tun hatte. Armin hatte schon immer einen Sinn für wirkungsvolle Auftritte gehabt. Daß Isgar zu seinem Bruder hielt, war zu erwarten gewesen.

Inguiomars Verzicht auf die Würde des Herzogs überraschte Thorag und viele andere schon mehr. Wahrscheinlich hatte es zwischen Armin und seinem Onkel langwierige Verhandlungen gegeben. Thorag konnte sich gut vorstellen, daß Armin dem Bruder seines Vaters einen Teil seiner Kriegsbeute im Gegenzug für Inguiomars Verzicht zugesagt hatte.

Jetzt meldeten sich Sprecher zu Wort, die für Segestes eintraten und sein höheres Alter und damit auch seine größere Erfahrung lobten. Der Segestes-Chor, der daraufhin anhob, war fast ebenso lautstark wie die Rufe für Armin.

Schließlich rief Gandulf zur Abstimmung auf. Thorag mochte Armin und vertraute ihm, während er von Segestes nicht viel wußte. Also stimmte er für Armin. Schmerzlich wurde ihm bewußt, daß er keine Waffen besaß, um seine Zustimmung kundzutun, nicht einmal einen Schild. Im letzten Augenblick fiel ihm eine Notlösung ein, und er klatschte einfach in die Hände, was ihm ein paar seltsame Blicke seiner Nachbarn eintrug.

Als dann die Befürworter des Segestes ihre Waffen klirren ließen, vermochte Thorag nicht zu sagen, welcher Bewerber um die Herzogswürde die meisten Stimmen auf sich vereinigte. Das ging auch Gandulf so, und er rief zu einer zweiten Abstimmung auf. Wieder unentschieden. Ein dritter Wahlgang brachte auch kein Ergebnis. Dieses ungewöhnliche Ereignis löste unter den Versammelten Unruhe und erregte Wortwechsel aus.

Gandulf verschaffte sich Gehör und rief: »Die Menschen sind nicht fähig, ein Urteil zu fällen. Also sollen die Götter entscheiden.« Das fand allgemeinen Beifall. »Die Versammlung wird aufgehoben, bis sie von den Luren wieder zusammengerufen wird.«

Nach etwa zwei Stunden zog der Klang der Bronzehörner über das Gebiet bei den Heiligen Steinen und lockte die freien Cherusker zurück zum Versammlungsplatz.

Thorag traf unterwegs auf Brokk, und der spitzgesichtige Edeling meinte: »Ein schlauer Fuchs, unser Armin, wie er die Sache mit Inguiomar und Isgar eingefädelt hat. Doch es hat ihm nichts genutzt. Vielleicht hat es ihm eher geschadet, ein römischer Ritter zu sein.«

»Wieso?« fragte Thorag. »Auch Segestes ist dafür bekannt, ein Freund der Römer zu sein.«

»Ein Freund der Römer ja, aber nicht ihr Ritter und ihr Offizier in fremden Ländern. Während Armin mit uns in Pannonien und anderswo Ruhm, Erfahrungen und Gold gesammelt hat, hatte Segstes ausreichend Gelegenheit, sich bei den Cheruskern beliebt zu machen. Wie du vorhin bemerkt hast, nicht ohne Erfolg. Die Cherusker trauen einem Fürsten mehr, der sich im eigenen Land um die eigenen Leute kümmert, als einem, der in der Fremde für ein fremdes Volk Schlachten schlägt.«

»Die Cherusker vielleicht, aber die Götter auch?« wandte Thorag ein.

Brokk zuckte mit den Schultern und gab einen Ausspruch wieder, den er bei den Römern aufgeschnappt hatte: »*Omnia cum deis.* – Alles mit den Göttern.« Dann tippte er Thorag an und zeigte auf eine Stelle in der Nähe des Eichenwaldes, wo vor zwei Tagen die Weihe der jungen Krieger stattgefunden hatte. »Da steht Klef. Gehen wir zu ihm. Es wird Armin nicht schaden, wenn seine Getreuen zusammenstehen.«

»Aber es hilft ihm auch nicht«, sagte Thorag mit einem Seufzer, »wenn die Entscheidung bei den Göttern liegt.«

Als sie sich endlich durch die Menschenmasse zu Klef durchgekämpft hatten, traten auch schon die Priester mit Armin und Segestes in die Mitte des Versammlungsplatzes. Obwohl sich schon aller Augen gebannt auf die Priester und die Bewerber um die Herzogswürde richteten, brachte Thorag eine Frage an, die ihn schon seit gestern beschäftigte: »Klef, wieso haben du und dein Vater auf dem Gerichtsthing nicht den Blutzoll für Albin von Onsaker gefordert?«

»Es war nicht die richtige Zeit«, antwortete Klef ausweichend.

Thorag hätte gern nachgehakt, aber Gandulf begann zu sprechen: »Die Priester haben den Willen der Götter erforscht und die magischen Runenstäbe gelesen. Sie zeigten uns ein weißes Pferd mit vielen Beinen. Wodans achtbeinigen Schimmel Sleipnir.« Er machte eine kleine Pause und fuhr dann noch lauter fort: »Man möge den Schimmel bringen!«

Ein dunkelhaariger Junge führte einen großen Schimmel auf den Versammlungsplatz.

»Der Junge ist Eiliko«, sagte Thorag zu seinen Gefährten.

Astrids Bruder blieb mit dem unruhig schnaubenden Tier vor Gandulf stehen, und der Oberpriester verkündete: »Dieser Hengst ist das stolzeste unter den heiligen Pferden. Noch niemals hat es einen Reiter auf seinem Rücken geduldet. Es ist der Wille der Götter, daß der Mensch, der als erster diesen Hengst reitet, neuer Herzog der Cherusker wird.« Gandulf wollte Eiliko die Zügel abnehmen, aber sofort begann der makellose Schimmel laut zu wiehern. Der erschrockene Graubart gab seine Absicht auf und fuhr fort: »Armin und Segestes, unterzieht euch nun dem Urteil der Götter!«

Er trat mit den anderen Priestern zurück und gab Eiliko einen Wink. Der Junge ließ die Zügel los und verließ ebenfalls die Mitte des Versammlungsplatzes. Der weiße Hengst preschte aus dem Stand los und entfernte sich ein gutes Stück von allen Menschen. Aber ein Blick in die Runde zeigte ihm schnell, daß hier keine Freiheit für ihn zu gewinnen war. Tausende und Abertausende von gespannt blickenden Cheruskern umringten den Thingplatz.

Armin und Segestes näherten sich dem Pferd langsam von zwei verschiedenen Seiten. Sie wirkten nicht wie Rivalen, sondern als wollten sie sich gegenseitig zuarbeiten. Mißtrauisch blickte der Schimmel von einem Mann zum anderen, als überlege er, wen er mehr fürchten mußte. Den jungen, hünenhaften Fürsten Armin mit dem dunkelblonden, lockigen Haar? Oder den älteren Mann, der fast Armins Vater hätte sein können, ebenfalls groß und kräftig gebaut, dessen langes, blondes Haar allerdings schon dünner wurde?

Der Hengst schien keinem von beiden zu trauen und rannte ohne Vorwarnung los, mitten zwischen den Fürsten hindurch. Armin machte einen weiten Satz und bekam die lange, weiße Mähne zu fassen, an der er sich festhielt. Unbeeindruckt stürmte der Schimmel weiter und schüttelte den Cherusker ab, der sich mehrmals überschlug.

Von allen Seiten wurden erregte Ausrufe laut. Der ungewöhnliche Zweikampf, den Armin und Segestes austrugen. Ließ die Krieger ihre anerzogene Ruhe und Zurückhaltung ablegen. Auch Thorag wurde von der Erregung gepackt und verfolgte mit weit aufgerissenen Augen das Geschehen, wobei er für kurze Zeit vergaß, daß dieser Tag für ihn selbst schicksalhaft werden sollte.

Während sich Armin ächzend aufrappelte, ging Segestes mit großen, aber noch gemessenen Schritten auf das Pferd zu, das seinen Lauf vor einer Felswand angehalten hatte und dem blonden Mann abwartend entgegensah. Segestes redete beschwichtigend auf das Pferd ein und breitete seine Arme aus, während er sich Schritt für Schritt näherte. Offenbar hoffte er, das Pferd an den Felsen in eine Ecke drängen und dann aufsteigen zu können. Und seine Rechnung schien aufzugehen. Langsam wich der Hengst in eine Felsspalte zurück und war dabei so auf den näher rückenden Mann fixiert, daß er gar nicht bemerkte, wie er sich in der Spalte der Bewegungsfreiheit beraubte.

Segestes sprang plötzlich vor und schnappte sich die herunterhängenden Zügel. Jetzt erkannte der Hengst seinen Fehler und stieg wiehernd mit den Vorderhufen in die Luft. Segestes entging den gefährlichen Tritten, indem er, die Zügel festhaltend, auf einen niedrigen Felsblock sprang und von dort auf den Rücken des Schimmels. Doch dieser stürmte, als der Weg vor ihm frei war, aus der Spalte heraus. Statt auf dem Pferderücken landete Segestes hart auf dem Boden und wälzte sich dort stöhnend hin und her.

In seiner Freude, der Falle entkommen zu sein, achtete der Hengst nicht auf Armin, der am Ende der Spalte auf ihn wartete und – ähnlich wie eben noch sein Rivale – auf einem knapp mannshohen Felsblock kauerte. Als das Tier an ihm vorbeikam, stieß er sich ab, flog durch die Luft und landete auf dem ungesattelten Pferderücken.

Der Hengst erkannte seine erneute Unachtsamkeit und begann wild zu bocken, um den Fehler wiedergutzumachen. Aber Armin klammerte sich mit Beinen und Armen eng an das Tier. Die Arme hatte er um den langen, schlanken Pferdehals geschlungen und nahm sie trotz aller Erschütterungen, denen er aufgrund der abrupten Sprünge ausgesetzt war, nicht von dort weg.

Kreuz und quer rannte der Schimmel in langen Sätzen über den Thingplatz, und mehr als einmal sah es so aus, als würde er seinen Reiter im hohen Bogen abwerfen. Aber es sah nur so aus. Armin hielt sich mit der ihm eigenen Zähigkeit bei der Verfolgung eines Zieles fest.

Thorag hatte diese Zähigkeit im Krieg kennen und manchmal auch fürchten gelernt. Wenn Armin sich etwas in den Kopf gesetzt hatte, war er nicht davon abzubringen, koste es, was es wolle, auch Menschenleben. Mehr als einmal hatte er ganze Einheiten geopfert, um seine taktischen Ziele zu erreichen.

Auch jetzt ging Armin als Sieger hervor. Irgendwann gab der erschöpfte Hengst seine Bemühungen auf und blieb einfach mitten auf dem freien Platz stehen.

Begeistert schlugen die Cherusker Waffen und Schilde aneinander und riefen immer wieder: »Ar-min! Ar-min! Ar-min!«

Ein langer Zug von Männern formierte sich und strömte auf den Versammlungsplatz. Sie hoben Armin vom Pferderücken direkt auf ihre über die Köpfe gehaltenen Schilde, trugen ihn immer wieder im Kreis herum, und skandierten begeistert seinen Namen. Die Götter hatten entschieden: Armin war der neue Herzog der Cherusker.

Brokk zeigte auf Segestes, der am Rand der Szene stand und den Triumph seines Rivalen mit düsteren Blicken verfolgte. »Dieser Sieg wird Armin bei Segestes nicht gerade beliebter machen.«

»Warum sollte Armin darauf aus sein, sich bei Segestes beliebt zu machen?« fragte Thorag.

»Der Liebe wegen«, grinste Brokk. »Man erzählt sich, daß Armin sich in Segestes' junge Tochter Thusnelda verguckt hat. Segestes allerdings hat sie längst einem Semnonen zur Frau versprochen. Auch wenn Armin heute Herzog der Cherusker geworden ist, ich glaube kaum, daß seine Aussichten, Thusneldas Mann zu werden, damit gestiegen sind.«

»Eher im Gegenteil«, meinte auch Klef.

»Da wäre ich mir an eurer Stelle nicht so sicher«, entgegnete Thorag und dachte an Armins Zähigkeit.

Wie es am Vortag beschlossen worden war, wurde am Nachmittag Onsakers Klage gegen Thorag verhandelt. Wisar übergab den Vorsitz über das Thinggericht an den neuen Herzog Armin. Zum großen Erstaunen der Versammlung trat auch Balder von seinem Amt als Beisitzer zurück, und Segestes nahm seine Stelle ein. Als dieser so friedlich neben Armin auf dem in den Stein gehauenen Thron der Richter saß, mochte man kaum glauben, daß sie noch vor wenigen Stunden erbitterte Rivalen gewesen waren.

Onsaker trat vor das Gericht und trug seine Anklage vor. Als Zeugen berief er Thidrik – und Auja. Beide erschienen auf dem Versammlungsplatz und bestätigten Onsakers Worte.

Es versetzte Thorag einen Stich, die Frau, die er liebte, so unerwartet wiederzusehen. Er hatte nicht gewußt, daß sich Auja in Onsakers Lager bei den Heiligen Steine aufhielt.

Das Erscheinen der jungen Frau löste Unruhe unter den Versammelten aus, denn Frauen hatten keinen Zutritt zum Thing. Bror, der zu Armins Linker auf dem Felsenthron saß, fragte dann auch: »Du stützt deine Anklage auf die Aussage einer Frau, Onsaker?«

»Auja ist die Frau meines Sohnes Asker gewesen. Ich habe keinen Grund, an ihren Worten zu zweifeln. Aber auch ohne ihre Aussage ist die Sache, denke ich, eindeutig.«

»Vielleicht sollten wir erst einmal den Mann hören, den du anklagst«, meinte Armin. »Thorag, Sohn des Gaufürsten Wisar, möge vortreten!«

Thorag befolgte die Aufforderung und fühlte sich seltsam, so dicht bei Auja zu stehen. Nur kurz trafen sich ihre Blicke, dann sah die junge Frau zu Boden, und Thorag wandte sich den Richtern zu.

Er ging zunächst auf den Vorwurf ein, Notker ermordet zu haben, und schloß: »Die hier anwesenden Edelinge Klef und Brokk können bezeugten, daß Notker ein Meuchelmörder war, der Klefs Bruder Albin umbrachte und auch mich ermorden wollte. Es war mein Recht, Notker zu töten. Du selbst, Armin, warst dabei.«

»Das stimmt«, bestätigte Armin und sah Onsaker ernst an. »Deine Anklage wegen Notkers Tod ist unbegründet, Onsaker.«

»Das mag sein«, knurrte Onsaker. »Aber wie steht es mit den Morden an Asker und Arader?«

»Bevor wir darüber sprechen, sollten wir bei dem Geschehen auf Thidriks Hof verweilen«, erscholl es von hinten, und Klef trat in den Kreis. »Onsakers Sohn hat meinen Bruder feige ermordet. Dafür schuldet Onsaker meiner Familie Blutzoll. Onsaker forderte von Wisar zwanzig Leibeigene und Thorags Tod. Mein Vater Baldin und ich fordern von Onsaker zwanzig Leibeigene und das Fallenlassen seiner Anklage gegen Thorag. Dann ist für uns Albins Tod wiedergutgemacht.«

Alle sahen Balders Sohn erstaunt an. In Thorags Blick lag nicht nur Erstaunen, sondern auch Dankbarkeit. Jetzt wußte er, wieso Klef und Balder solange mit ihrer Forderung gegen Onsaker gewartet hatten.

»Eine nicht ganz unberechtigte Forderung«, fand Armin. »Schließlich haben wir eben festgestellt, daß Notker gegen die Gesetze verstieß, als er Albin meuchelte.«

»Was auf Thidriks Hof geschah, hat nichts mit der Ermordung Askers und Araders zu tun!« schnaubte Onsaker wütend. »Deshalb kann Klef von mir nicht verlangen, auf meine Anklage gegen Thorag zu verzichten!«

Armin und seine Beisitzer berieten sich erregt. Besonders Segestes schien anderer Ansicht als Armin zu sein.

Schließlich sagte der frisch gewählte Herzog: »Das Thinggericht spricht Klef und Balder zwanzig Leibeigene zu, die sie sich unter Onsakers Leuten erwählten dürfen. Damit sind ihre Ansprüche abgegolten.«

»Und die Anklage gegen Thorag?« fragte Klef.

»Sie wird weiterverhandelt«, antwortete Armin und sah Wisars Sohn an. »Bring deine Verteidigung vor, Thorag.«

Thorag erzählte, wie es am Abend von Gundars Bestattung wirklich gewesen war, während Klef mißmutig zu seinem Platz zurückstapfte. Onsaker lächelte höhnisch, als der junge Edeling geendet hatte, und sagte: »Wir haben von Thorag nur Worte gehört, aber keine Beweise.«

»Handfeste Beweise hast auch du nicht gebracht, Onsaker«, entgegnete der Angeklagte. »Du hast zwei Zeugen aufmarschieren lassen, aber keiner von ihnen hat bezeugt, daß ich Hand an

Asker und Arader gelegt habe. Es gibt auch niemanden, der das bezeugen kann, weil es nicht wahr ist!«

»Da ist etwas dran«, gab Armin zu bedenken, der sich in seiner Rolle als Richter sichtlich unwohl fühlte. Vielleicht deshalb, weil der Angeklagte sein Gefolgsmann und Gefährte in vielen Schlachten war. Vielleicht auch deshalb, weil Armin spürte, daß er sich – wie immer das Gericht auch entschied – unter den Gaufürsten Feinde machen würde. Sein Kopf ruckte hoch, als ihm eine plötzliche Erleuchtung kam. »Das Wort eines Edelings steht gegen das eines anderen. Das Thinggericht kann nicht entscheiden, wer die Wahrheit sagt. Deshalb mögen, wie heute schon einmal, die Götter das Urteil fällen. Sind meine Beisitzer damit einverstanden?«

Er sah Bror und Segestes an, und beide nickten.

»Dann mögen die Priester die Götter befragen. Die Luren rufen uns danach wieder zusammen.«

Armin war froh, sich auf diese Weise aus der Bedrängnis gebracht zu haben. Thorag aber kam sich fast verraten vor, daß sein Kampfgefährte nicht mehr für ihn getan hatte. Wisars Sohn dachte an seinen Traum in der vorletzten Nacht, an den Mann, der ihm den Rücken zugekehrt hatte. Waren die Hirsche an seiner Seite Sinnbilder für die Hirschsippe gewesen? War der Mann dann Armin gewesen, ihr Fürst? Wollte der Traum ihn davor warnen, zu sehr auf Armin zu vertrauen?

Als die Luren erneut ertönten, war es fast schon Abend. Neugierig versammelten sich die Cherusker, um den von Gandulf verkündeten Spruch der Götter zu erfahren: »Wieder haben uns die Runen ein Tier gezeigt, ein schwarzes Tier, einen großen Eber. Und sie zeigten uns einen Mann, nackt und ohne Waffen. Die Götter haben beschlossen, daß ein Zweikampf entscheiden soll, wer die Wahrheit spricht, Onsaker oder Thorag. Deshalb wird der Angeklagte nackt und ohne Waffen gegen Onsakers Schutztier kämpfen, gegen den Eber, den die Götter bei Beginn dieses Things in ihrer weisen Voraussicht als Opfer abgelehnt haben. Der Kampf findet morgen früh statt, wenn Sunnas Licht die Heiligen Steine erhellt.«

Wisar und Thorags Freunde blickten den Angeklagten betroffen an. Waffenlos gegen einen solchen Eber zu kämpfen, das kam einer Verurteilung zum Tod gleich.

»Armin hat dir keinen Gefallen getan, als er das Urteil über diese Sache den Göttern überließ«, sagte Klef bitter zu Thorag.

»Als neuer Herzog muß Armin Rücksichten nehmen«, meinte Brokk spöttisch. »Er muß sich die Gaufürsten gewogen halten. Wie auch immer der Kampf morgen ausgeht, Armin kann die Verantwortung den Göttern zuschieben.« Er lachte trocken und wiederholte den Ausspruch: »*Omnia cum deis.*«

Thorag verabschiedete sich schnell von seinen Freunden und ging zu Wisars Lager. Er dachte über die von Gandulf verkündete Entscheidung der Götter nach und über den befriedigten Ausdruck, der dabei auf Onsakers Gesicht gelegen hatte. Der Fürst der Eberkrieger hatte auch allen Grund zur Zufriedenheit. Thorag hatte schließlich miterlebt, wie der wilde Keiler, gegen den er allein und waffenlos kämpfen sollte, nur von einer ganzen Kriegerschar gebändigt werden konnte.

Thorag hatte kaum das Lager erreicht, als er unerwartet ein bekanntes Gesicht entdeckte. Ein sanftes, ebenmäßiges Gesicht, bedeckt von pechschwarzem Haar.

»Eiliko«, sagte der junge Edeling überrascht und ging auf den Knaben zu. »Was führt dich her?«

»Astrid schickt mich. Du sollst zu ihr kommen, Thorag. Ich führe dich hin.«

Thorag wunderte sich zwar, aber er folgte dem Jungen. Er war sich sicher, daß Astrid ihn nicht ohne triftigen Grund zu sich bestellte. Außerdem freute er sich ganz einfach, die junge Frau wiederzusehen. Er mochte Astrid, die so ganz anders war als Auja und ihn doch in ihrer Sanftheit an sie erinnerte.

Thorag war überrascht, als der Junge ihn nicht zu der Siedlung führte, die von den Priestern dicht bei den Steinriesen errichtet worden war. Nicht nur Priester lebten dort, sondern auch ein paar Bauern und einige Handwerker, die ihre Erzeugnisse bei den Thingen an den Mann brachten. Eiliko steuerte zielstrebig einen dichten, in der Dämmerung dunkel wirkenden Wald an, gar nicht weit von Wisars Lager entfernt.

»Hier wartet Astrid auf mich?«

»Ja«, sagte Eiliko nur.

Thorag wünschte sich, seine Waffen nicht abgegeben zu haben. Das Ganze roch nach einer Falle. Aber andererseits hatte er keinen Anlaß, Eiliko zu mißtrauen.

Auf einem schmalen Pfad gingen sie in den Wald hinein, bis Thorag stehenblieb, weil er auf einer kleinen Lichtung etwas Weißes schimmern sah. Es war Astrids Gewand.

Er trat näher heran und sagte: »Ich freue mich, dich zu sehen. Wenn ich mich auch wundere, an was für einem Ort das geschieht.«

Während er sprach, verglich er Bruder und Schwester miteinander und staunte erneut darüber, wie ähnlich sie sich sahen. Jetzt noch mehr, wo beide in weiße, bestickte Gewänder gehüllt waren. Beider Gewänder wurde durch fast gleiche Fibeln zusammengehalten, die er auch schon an den Kleidern Gandulfs und der übrigen Priester gesehen hatte. Gandulfs Fibel war aus Gold, Eilikos aus Bronze, die Astrids und der anderen Priester aus Silber. Offenbar kennzeichnete diese Fibel die Menschen, die bei den Heiligen Steinen den Göttern dienten. Sie zeigte ein bärtiges, von einer Kappe bedecktes Gesicht mit nur einem Auge. Das Gesicht Wodans, der beim Trunk aus der von Mimir bewachten Quelle ein Auge opferte, um in den Besitz der Weisheit zu gelangen. Auf Eilikos Fibel hatte das Gesicht des mächtigen Gottes eine weitere, vom Bronzeschmied ungewollt verursachte Deformation: Die Nase war verformt und nach links gebogen.

»Ich habe diesen Ort zu unserem Schutz gewählt«, erwiderte Astrid und zog etwas aus einem der an ihrem Gürtel befestigten Beutel. Es war ein winziges Bronzefläschchen, das sie Thorag entgegenhielt. »Ich möchte dir das hier geben, Thorag. Aber hüte dich, niemand darf davon erfahren!«

Zögernd nahm er das Fläschchen in die Hand. »Was ist das?«

»Ein geheimer, aus vielen Kräutern zubereiteter Trank. Nimm ihn morgen zu dir, bevor zu zum Versammlungsplatz gehst, um gegen den Eber zu kämpfen. Der Trank verleiht dir zusätzliche Stärke und läßt dich alle Schmerzen vergessen.«

Thorag starrte die junge Frau ungläubig an. »Du, eine Priesterin, rätest mir, die Götter zu betrügen?«

»Wenn jemand die Götter betrügt, dann Onsaker und die aus der Priesterschaft, die seine Geschenke entgegennehmen.«

»Was soll das heißen?«

»Bevor Gandulf aus den Runen las, um den Willen der Götter zu erforschen, kam Onsaker zu ihm und sprach mit ihm wie auch mit anderen Priestern. Dann erst deutete Gandulf die Runen.«

»Willst du damit sagen, die Runen haben etwas anderes verkündet als Gandulf?«

»So würde ich das nicht ausdrücken. Man muß die Runen erforschen, sie deuten. Wie sie gedeutet werden, hängt davon ab, wer sie deutet und unter welchen Einflüssen er steht.«

»Ich verstehe«, knurrte Thorag. »Gandulf stand unter Onsakers Einfluß, als er den Willen der Götter erforschte.«

»Es gibt einiges, was dafür spricht«, erwiderte Astrid ausweichend, trat näher und berührte Thorags Arm. »Nimm den Trank zu dir, Thorag, aber sprich mit niemandem darüber. Und – die Götter mögen dir beistehen!«

Nach diesem Abschiedsgruß verschwand sie mit Eiliko im Wald. Zurück blieb ein nachdenklicher Thorag, der noch eine Weile auf der Lichtung blieb und dann das Bronzefläschchen in einem der Lederbeutel an seinem Gürtel verstaute.

Kapitel 10

Astrid

Als am nächsten Morgen der große Keiler von vier Berittenen an Seilen auf den Thingplatz geschleift wurde, sah ihm Thorag ohne Furcht entgegen. Nur mit seinen Schuhen und einem ledernen Lendenschurz bekleidet, stand er in der Mitte des Platzes und wartete auf seinen Gegner. Gesicht, Arme und Oberkörper waren mit roter Farbe bemalt: Blitze, Miölnir und Donars eiserne Faust.

Diesmal waren die Vorder- *und* Hinterläufe des Ebers zusammengeschnürt, um ein vorzeitiges Losreißen des wilden Tieres auszuschließen. Gleichwohl hatten die Reiter Mühe, ihren Gefangenen zu bändigen. Es war, als sei der Eber von den Mächten des Bösen besessen. Als sei der Geist des von Thorag getöteten Urs in den Eber gefahren, um sich an seinem Bezwinger zu rächen.

Hinter Thorag lag eine unruhige, fast schlaflose Nacht. Immer wieder hatte er die Götter um Rat gebeten, ob er Astrids Trank zu sich nehmen durfte oder nicht. Aber in den kurzen Zeiten, in denen der Schlaf zu ihm kam, waren ihm die Götter nicht erschienen. Schwiegen sie, weil sie nicht guthießen, daß er den Trank angenommen hatte?

Er wußte es nicht. Aber er hatte die Bronzeflasche bis auf den letzten Tropfen geleert. Es hatte sehr bitter geschmeckt, doch bittere Medizin war, wie seine Mutter immer gesagt hatte, die beste. Da Onsaker die Götter für sich benutzte, hatte Thorag seine Bedenken beiseite geschoben. Wenn die Götter ihn dafür strafen wollten, sollten sie es tun. Aber diesen Kampf wollte er überstehen – lebend!

Gandulf, der – bestechliche? – Oberpriester, hob die Hand, forderte damit die Aufmerksamkeit der Versammelten ein und sprach: »Unter den Augen der Götter wird nun ihr Wille vollstreckt. Wenn Thorag als Sieger aus dem Kampf hervorgeht, ist seine Unschuld bewiesen. Siegt aber der Eber, dann wissen wir, daß der Fürst der Ebersippe wahr gesprochen hat. Der Kampf geht auf Leben und Tod und wird ohne Waffen ausgetragen.«

Bei Gandulfs letzten Worten konnte sich Thorag ein abfälliges Grinsen nicht verkneifen. *Ohne Waffen*! Wenn die beiden mächtigen Hauer, die aus dem Maul des Ebers ragten, keine Waffen waren, wollte Thorag nicht länger Wisars Sohn genannt werden.

Wieder hob Gandulf die Rechte, und das Lurensignal kündigte den Beginn des Kampfes an. Ein paar Krieger eilten herbei, um die Stricke zu zerschneiden, welche die Beine des Keilers zusammenbanden. Dann kamen die Stricke an die Reihe, mit denen das Tier an die Reiter gefesselt war. Sobald sie durchschnitten waren, suchten die Krieger eilig das Weite. Gandulf, die anderen Priester und die Lurenspieler hatten sich schon in Sicherheit gebracht. Der Thingplatz gehörte Thorag und dem Eber.

Als er losgeschnitten worden war, hatte der schwarze Keiler, wie vom Wahnsinn befallen, einen wilden Lauf über den halben Platz gemacht. Aber jetzt stand er still und wandte seinen häßlichen Kopf von einer Seite zur anderen, als versuche er herauszufinden, was die Menschen von ihm wollten. Eine Flucht gab es für den Eber nicht. Die den Kampfplatz umgebenden Krieger in der vordersten Reihe hatten ihre Framen gesenkt, deren scharfe Spitzen dem Tier ein Verlassen des Thingplatzes verweigerten.

Thorag fühlte sich an die Spiele erinnert, die von den Römern veranstaltet wurden. Grausame, blutrünstige Spiele, in denen Tiere gegen Tiere, Menschen gegen Menschen und auch Tiere gegen Menschen kämpften. Aus Neugier hatte er sich in Rom die Spiele angesehen. Aber es hatte ihm – im Gegensatz zu der vieltausendköpfigen Zuschauermenge – keine Freude bereitet, mitzuerleben, wie ein griechischer Sklave von einem Nashorn aufgespießt und wie eine schwarzhäutige Afrikanerin von einem Löwen zerfleischt worden war. Als Krieger war Thorag an das Töten und an das Sterben gewohnt, aber die Spiele der Römer widerten ihn an. Sie fanden zur billigen Belustigung überreizter und die Langeweile fürchtender Menschen statt und um die Interessen der Veranstalter zu befriedigen: Händler und Herrscher, die sich beim Volk einschmeicheln wollten.

Thorag entdeckte Onsakers Gesicht in der Menge – der Mann grinste zufrieden und selbstgefällig. Wenn Astrid recht hatte, war der Eberfürst in gewisser Hinsicht der Veranstalter dieses Kampfes. Und bei den ungleichen Aussichten hatte er allen Grund zur Zuversicht.

Immer lauter brüllte die Menge, feuerte Thorag und den Keiler an, endlich den Kampf zu beginnen. Das gewaltige schwarze Tier hob den länglichen Schädel, lauschte dem Gebrüll und kam plötzlich auf Thorag zugelaufen, langsam am Anfang, aber seine Geschwindigkeit sehr schnell steigernd. Die plumpe Massigkeit der Wildschweine täuschte darüber hinweg, daß sie schnelle und gewandte Tiere waren.

Thorag stand abwartend auf seinem Platz und starrte dem Tier entgegen, während er seine Muskeln anspannte. Er wunderte sich, daß er so ruhig war. Vielleicht war das eine Auswirkung von Astrids Trank. Der Keiler hatte ihn fast erreicht, als Thorag die Spannung seiner Muskeln löste und sich vom Boden abstieß. Er flog über das angreifende Tier hinweg, kam hinter ihm wieder auf den Boden, rollte sich ab, sprang auf die Füße und drehte sich um.

Die Zuschauer jubelten Thorag begeistert zu. Der Eber stürmte weiter und schien noch gar nicht gemerkt zu haben, daß sein Gegner einfach aus seiner Angriffsrichtung verschwunden war. Erst die Reihen der Cherusker mit ihren Framen verlangsamten seinen Lauf. Er blieb ganz stehen und drehte sich verwirrt um. Als er Thorag entdeckte, schnaubte er böse und nahm erneuten Anlauf.

Thorag wußte, daß er das Spiel nicht endlos weitertreiben konnte. Irgendwann würde er zu langsam sein oder der Keiler zu schnell – es kam auf dasselbe heraus: Das Tier würde den Mann voll erwischen. Deshalb machte Thorag diesmal nur einen schnellen Schritt zur Seite, als der Eber nahe heran war. Noch bevor das Tier reagieren konnte, sprang Thorag es an und klammerte sich auf seinem Rücken fest, wie er es mit Erfolg auch schon bei dem Ur getan hatte.

Thorag gab sich keinen übertriebenen Hoffnungen hin, während ihn der Eber im wilden, bockenden Lauf abzuschütteln versuchte. So wie den Ur konnte er den Keiler nicht besiegen, nicht ohne Waffen. Aber eine andere Idee war plötzlich in seinem Kopf entstanden, als – eine Eingebung der Götter? – das

Bild vor seinem geistigen Auge erschien, das er gestern abend auf den Fibeln von Astrid und Eiliko gesehen hatte: das Bild des einäugigen Wodan.

Während seine nackten Beine das rauhe, borstige Fell umklammerten, beugte sich Thorag weit nach vorn und stieß einen Finger in das rechte Auge des Ebers. Das Tier brüllte laut vor Schmerz und bäumte sich derart auf, daß der Reiter abgeworfen wurde, während das, was einmal sein Auge gewesen war, als glitschige Flüssigkeit aus dem Gesicht des Ebers lief.

Thorag gönnte sich keine Atempause und sprang unter dem begeisterten Johlen und Waffenklirren der Menge gleich wieder auf die Füße. Doch diesmal war der Eber schneller. Kaum hatte sich der Mensch aufgerichtet, traf ihn der harte Aufprall des Tieres, und Thorag spürte ein seltsames Stechen, als sich einer der Stoßzähne in seinen Oberkörper rammte.

Der Cherusker stieß sich mit beiden Händen vom Schädel des Ebers ab, und es gelang ihm, sich zu befreien. Der Hauer, jetzt rot von Thorags Blut, hatte ein großes Loch in die rechte Seite des Menschen gerissen. Blut quoll in Strömen heraus, und der Verletzte konnte seine Innereien sehen. Aber seltsamerweise spürte er weder Schmerz noch Schwäche. Er wußte, daß er sich dafür bei Astrid bedanken mußte.

Der Keiler stürmte wieder heran, und sein Gegner ließ es zu, erneut gerammt zu werden. Er achtete aber darauf, daß ihn die Hauer nicht trafen. Und er achtete darauf, seinen Finger in das Auge zu bohren, das dem Eber geblieben war. Thorag wurde in einem weiten Bogen durch die Luft geschleudert. Und der Eber war blind.

Wütend, seinen Schmerz hinausschreiend, drehte sich das Tier im Kreis und suchte vergebens nach seinem Gegner. Thorag spürte noch immer keinen Schmerz, aber die zunehmende Schwäche, die vom Blutverlust rührte. Er wußte, daß er den Eber schnell besiegen mußte, wenn er ihn überhaupt besiegen wollte.

Gegen den Wind schlich er sich an den Keiler und sprang ihn an. Er umschlag mit seinen langen, muskulösen Armen den dicken Hals des Tieres. Der Keiler schrie nicht, war still, aber er zitterte vor Angst am ganzen Körper. Thorag bog den Eberkopf nach hinten, weiter und weiter, bis es knackte.

Das war das letzte, was Thorag wahrnahm, bevor Erde zu Himmel und Himmel zu Erde wurden und der schwarze Wagen der Nacht alles bedeckte.

Die Walküre beugte sich so dicht über Thorag, daß er den zärtlichen Kitzel ihres langen, schwarzen Haares auf seiner Haut spürte, und sah ihn besorgt an. Woher rührte die Besorgnis in ihren Augen, in ihrem wunderschönen, sanften Gesicht? Wenn Thorag in Walhall war, mußte es ihm doch gutgehen. Er war im Kampf gegen den Eber gefallen, und Wodan hatte ihn in seine Heerscharen aufgenommen. Kein Grund zur Bekümmertheit also. Oder weckte ihn die Walküre, um ihm mitzuteilen, daß das Ende der Zeiten und die größte aller Schlachten gekommen war?

Aber war dies Walhall? Viel zu klein war der Raum, in dem er lag. Das Dach, zu dem der auf dem Rücken liegende Mann aufblickte, war rohrgedeckt und nicht mit Schilden, wie es von Walhall hieß. Walhall sollte riesig sein, so riesig, daß durch jede der vielen Pforten achthundert Einherier nebeneinander im vollen Waffenschmuck Einzug halten konnten. Aber er lag in einem kleinen Raum mit drei einfachen hölzernen Wänden. Die vierte Wand wurde von einem schweren, bestickten Vorhang gebildet. Der Raum bot keinen Platz für Wodans Heerscharen, nicht einmal für die goldenen Hochsitze der Asen und Wodans Thron.

Wenn dies nicht Walhall war, war die junge Frau vielleicht auch keine Walküre. Und Thorag war nicht tot. Er zermarterte sich das Hirn und erinnerte sich wieder an den Kampf gegen den Eber. War der Keiler gestorben und nicht der Mensch? Thorag wollte das die junge Frau fragen, aber ihr schwarzes Haar breitete sich plötzlich über den ganzen Raum aus und verwandelte sich in die Schwärze der Nacht, die ihn abermals gefangennahm.

Die Nacht war angefüllt von wilden Träumen. Thorag hatte schon immer sehr eindringlich geträumt, aber niemals auf eine so heftige, verwirrende Weise wie in dieser langen Nacht. Die Träume führten in eine ganz andere Welt, angefüllt mit seltsamen Wesen und Dingen, die Farbe und Form beständig veränderten, mal unbeschreiblich schön, mal erschreckend häßlich und so bedrohlich waren, daß der Träumer aufzuwachen hoffte. Aber es gab kein Entrinnen, kein Erwachen.

Doch!

Als Thorag das nächstemal erwachte, war er klarer bei Verstand und erkannte die junge Frau mit dem langen schwarzen Haar sofort. Es war Astrid, die ihn erleichtert anlächelte und fragte: »Wie geht es dir, Thorag?«

Als er antworten wollte, kam zunächst nur ein Husten dabei heraus. Dann aber hörte er sich sagen: »Ich nehme an, ich lebe noch.«

»Das tust du«, versicherte Astrid. »Auch wenn es sehr knapp gewesen ist.«

Er sah sich um und stellte fest, daß er noch immer in dem kleinen Raum lag, den er von seinem ersten Erwachen schemenhaft in Erinnerung hatte.

»Wo – wo bin ich?«

»Im Dorf an den Heiligen Steinen.«

»Du hast dich um mich gekümmert?«

Astrid nickte.

»Wie viele Stunden liege ich schon hier?«

»Stunden?« Die junge Frau kicherte erheitert. »Nicht Stunden, Thorag, sondern Nächte!«

»Nächte?« ächzte er ungläubig.

Astrid nickte wieder. »Ich sagte doch, es ist sehr knapp gewesen. Alle meinten, es hätte keinen Sinn, dich von deinem Einzug in Walhall abzuhalten. Aber ich war der Meinung, für Walhall ist immer noch Zeit. Fünf Nächte und fünf Tage habe ich um dein Leben gerungen, und hätten mich die Priesterinnen nicht in das Geheimnis der Heilkräuter eingeweiht, hätte ich diesen Kampf wohl verloren, so wie der Eber den Kampf verloren hat.«

»Ich habe das Tier tatsächlich besiegt?«

Astrid deutete auf eine Ecke des Raumes, wo Thorags Waffen und sein Schild auf einer Pritsche lagen. Zusammen mit einem schwarzen Fell. »Du hast sein Genick gebrochen, bevor du das Bewußtsein verlorst. Gandulf blieb nichts anderes übrig, als dich zum Sieger des Kampfes und dem Willen der Götter nach für unschuldig zu erklären. Die Cherusker waren begeistert – bis auf Onsaker und seine Leute.«

»Das Thing ist also längst vorüber«, murmelte Thorag nachdenklich.

»So ist es. Die Versammlung ist aufgelöst, und die meisten Männer sind zurück in ihre Dörfer und auf ihre Höfe gekehrt. Auch dein Vater Wisar. Aber er hat ein paar Männer hiergelassen, um dich und die anderen Kranken, die noch zur Heilung hier sind, heimzubringen.«

»Dann sollte ich meinen Vater nicht länger warten lassen«, meinte Thorag und schlug das schwere Bärenfell weg, das seinen nackten Körper bedeckte. Er hatte sich kaum ein wenig aufgerichtet, als ein stechender Schmerz durch seinen Oberkörper raste und ihn zurück aufs Lager warf. Ein Schleier legte sich vor seine Augen, durch den er den großen, blutigen Verband sah, der über seinen Hüften um seinen Körper gewickelt war.

Mit einem feuchten Tuch kühlte Astrid seine plötzlich schweißbedeckte Stirn. »Nicht so hastig, Thorag. Du bist noch längst nicht auskuriert. Es wird noch viele Nächte dauern, bis du wieder aufstehen kannst. Mein Trank hat bewirkt, daß du keine Schmerzen spürtest, als du gegen den Eber gekämpft hast. Aber ich kann deine Wunde nicht einfach wegzaubern.«

»Schade«, stöhnte der junge Cherusker. »Wenn es wichtig wird, versagt die Kunst der Götter.«

»Nicht die der Götter, sondern die der Menschen«, sagte Astrid im tadelnden Tonfall. »Der Trank hat dich gestärkt und dir für eine gewisse Zeit den Schmerz genommen, aber es ist kein Zaubertrank, der dich unbesiegbar und unverwundbar macht.«

»Das habe ich gemerkt«, röchelte Thorag mit einem Blick auf den Verband. »Bei den Römern erzählt man sich allerdings, daß die Gallier einen solchen Zaubertrank besitzen sollen.«

»Die Römer erzählen viel, wenn sie genügend Wein getrunken haben«, erwiderte Astrid und vertauschte das feuchte Tuch mit einer Holzschale und einem Bronzelöffel. »Und die gallischen Druiden versuchen ihre Mängel mit Angeberei wettzumachen.«

Sie fütterte Thorag mit einem lauwarmen Brei. Das Herunterschlucken jedes Löffels Brei bereitete ihm starke Schmerzen, und mehrmals schüttelten ihn Hustenkrämpfe. Aber er aß alles auf. Danach fiel er wieder erschöpft in Schlaf und wurde erneut von jenen wilden Träumen heimgesucht, die, wie ihm Astrid später erklärte, von dem geheimnisvollen Trank herrührten.

Astrid kümmerte sich um Thorag, als sei er ihr Bruder, ihr Sohn – oder ihr Mann. Er empfand ihre Nähe als äußerst angenehm. Manchmal vergaß er darüber sogar die quälenden Gedanken an Auja. Wenn Astrid aufgrund ihrer Pflichten als Priesterin keine Zeit hatte, ihn zu füttern oder zu waschen, nahm Eiliko ihren Platz ein.

Thorag lag in einer kleinen Hütte am Dorfrand, die Astrid mit ihrem Bruder bewohnte. Seit seiner Rückkehr ins Cheruskerland hatte er so viele Abenteuer erlebt, daß er die Ruhe und Abgeschiedenheit richtig genoß.

Fast zwanzig Nächte und Tage lag er schon im Dorf bei den Heiligen Steinen, und draußen wurde es immer kälter, als Astrid mit dem aus kleingehacktem Schweinefleisch und Mohrrüben bestehenden Abendessen und der Mitteilung zu ihm kam, alle Kranken aus seiner Sippe seien soweit geheilt, daß sie die Heiligen Steine am nächsten Tag verlassen könnten. »Garrit ist der letzte gewesen, aber auch ihm konnten wir helfen.«

»Garrit«, murmelte Thorag und dachte an den Kampf um Wisars Gehöft und an den Pfeil, der das Auge des jungen Kriegers durchbohrt hatte. »Wie geht es ihm?«

»Mit dem verbliebenen Auge kann er wieder sehen, fast so gut wie zuvor.«

»Das ist gut«, sagte Thorag und richtete sich auf dem Lager auf, bis sein Rücken gegen die fellbedeckte Wand lehnte. Er nahm die Schüssel mit seinem Essen in Empfang und aß voller Heißhunger, während Astrid die Bärenfelldecke von seinem Körper zog, um nach der Wunde zu sehen. Den Verband hatte sie vor fünf Tagen entfernt, und seitdem verheilte die Wunde noch besser. Außer einer dicken roten Narbe war an seiner rechten Seite kaum noch ein Anzeichen der Verletzung zu sehen.

Dafür war etwas anderes, ein Stück weiter unten, sehr deutlich zu sehen. Das Begehren, das ihn jedesmal überkam, wenn

Astrid ihn behandelte. Sie hatte nie etwas dazu gesagt, und auch Thorag hatte immer nur betreten geschwiegen.

Jetzt aber legte sie zu Thorags großer Überraschung ihre Hand um sein langes, kräftiges Glied, und unter der Berührung schwoll es noch stärker an. »Eine Nebenfolge des Tranks, den ich dir vor dem Kampf gegeben habe.«

»Was?« fragte Thorag verdutzt.

»Die starken Begierden, die du in letzter Zeit verspürst, sind eine Auswirkung des Tranks. Er hat deine Kräfte in jeder Beziehung gestärkt.«

»Ich will deine Fähigkeiten als Priesterin nicht schmähen, Astrid, aber mein Glied wurde schon steif, bevor ich das bittere Zeug geschluckt habe. Ich würde das eher auf deine Nähe zurückführen – und auf mein Verlangen nach dir.«

»Wie auch immer, es ist in jedem Fall meine Schuld«, sagte Astrid leise und streichelte Thorags Glied jetzt mit beiden Händen.

»So kann man es sehen.«

»Dann sollte ich auch etwas dagegen tun.«

Ihr Griff wurde fester, und Thorag erschauerte unter der Lust, die von ihm Besitz ergriff. Hastig stellte er die Schale mit dem Essen weg und kümmerte sich nicht darum, daß sie umstürzte und ihren Inhalt auf dem hölzernen Fußboden verteilte. Er zog ihr Gesicht zu sich heran und bedeckte es mit zärtlichen Küssen. Seine Hände spielten in ihrem seidenen, schwarz schimmernden Haar, das bis auf ihre Schultern wallte, und schoben ihr langes, weißes Kleid hoch, bis ihr Unterleib unbedeckt war und er den zarten schwarzen Pflaum zwischen ihren Schenkeln sehen konnte. Er versuchte, Astrid so auf sich zu ziehen, daß ihre Schenkel seine umschlossen, aber sie wehrte sich plötzlich und stieß ihn sanft zurück.

»Nicht so!« keuchte sie.

»Was hast du?«

»Ich bin Jungfrau.«

»Das eben will ich ändern.«

Sie lächelte und schüttelte den Kopf. »Du verstehst mich nicht, Thorag. Nur eine Jungfrau kann Priesterin werden, und nur eine Jungfrau kann es bleiben. Als ich in den Dienst der Heiligen Steine trat, wurde ich genau untersucht. Es war sehr unangenehm.«

Er starrte das halbnackte Mädchen verwirrt an. »Und was jetzt?«

»Es gibt andere Möglichkeiten«, sagte Astrid und griff erneut nach seinem Glied, um es mit beiden Händen rhythmisch zu massieren.

Thorag ließ sich auf sein Lager zurückfallen. Er hatte beschlossen, alles Astrid zu überlassen und einfach zu genießen, was sie mit ihm anstellte. Es war eine Entscheidung, die er nicht zu bereuen brauchte.

Er wurde nicht enttäuscht. Als seine Erregung so stark war, daß er glaubte, sein Glied würde bersten, steckte Astrid ihr Gesicht zwischen seine Lenden und umschloß sein Fleisch mit ihren Lippen. Ihr warmer, weicher, feuchter Mund fuhr vor und zurück. Immer wieder drängte es Thorag, das Verbot einfach zu mißachten, aber er begnügte sich damit, ihre Brüste zu kneten und zu streicheln, so daß Astrid sich lustvoll wand. Es wurde eine lange Nacht, doch für Thorag war sie viel zu kurz. Für ihn hätte es bis zum Ende der Zeiten so weitergehen können.

Am Morgen fühlte Thorag sich völlig erschöpft, aber es war eine wohlige Erschöpfung. Astrid lag neben ihm, als er erwachte, und zärtlich strich er über ihr langes Haar, das ihn in seiner Weichheit an die Seide erinnerte, die er Auja aus Rom mitgebracht hatte. Der Gedanke an Auja war mit keinerlei Schuldgefühlen verbunden. Auja war nicht mehr als eine quälende Erinnerung, aber Astrid war die süße Wirklichkeit.

Als Astrid erwachte, sah sie sehr besorgt aus. Thorag glaubte, daß sie die Nacht bereute, und er fragte sie danach.

»Das ist es nicht«, antwortete sie leise.

»Was dann?«

»Als ich schlief, hatte ich ein Gesicht. Es betraf dich.«

»Deiner Miene und deinem Tonfall nach zu urteilen, hast du nicht gerade etwas Angenehmes gesehen.«

»Ich sah ein Meer von Blut, in dem du gestanden hast. Um dich herum die zusammengesunkenen Leiber vieler Hirsche.

Aber ich weiß nicht, ob es nur ihr Blut war oder auch deins. Nur der mächtigste Hirsch von allen stand aufrecht, und als er auf dich zukam, sankst du in das Blut ein, tiefer und tiefer.«

»Und was heißt das?«

»Ein großer Kampf vielleicht«, sagte Astrid leise. »Ein Kampf, bei dem viele Hirschleute – Cherusker – sterben werden.«

»Und der große Hirsch …«

»War vermutlich der Anführer der Cherusker«, beendete Astrid den Satz.

»Also Armin«, schlußfolgerte Thorag.

»So ist es.« Astrid legte die Hände auf Thorags Schultern und sah ihn ernst an. »Meide Armin, Thorag. Meide am besten auch das Land der Cherusker. Es ist besser für dich!«

»Wie kann ich das? Dies ist meine Heimat, und Armin ist mein Herzog!«

»Geh einfach weit fort!«

Der bestickte Vorhang wurde ein Stück beiseite geschoben, und Eiliko steckte seinen Kopf hindurch. »Das Frühstück ist fertig.«

Nach dem Frühstück bereitete sich Thorag auf die Abreise vor. Als Eiliko mit den gepackten Sachen des Edelings vor die Tür trat, um Thorags Pferd zu holen, umarmte der blonde Cherusker Astrid und küßte sie leidenschaftlich. »Komm mit mir!«

»Wohin?« fragte sie mit gerunzelter Stirn.

»Weit fort. Ich werde deinen Rat gern befolgen, wenn du mit mir kommst.«

Sie machte sich von ihm los. »Nein, Thorag, mein Platz ist hier.«

»Aber die letzte Nacht …«

»War nur eine Nacht.« Astrids Arme vollführten eine allumfassende Bewegung. »Dies hier ist jetzt mein Leben, und das Leben Eilikos. Denk immer, wenn du willst, an die vergangene Nacht, aber denk nicht an mehr!«

Er las in ihren Augen, daß ihr Entschluß endgültig war.

Als er von den Heiligen Steinen fortritt, sah sich Thorag nicht um. Astrid war, wie Auja, Vergangenheit.

Er roch, schmeckte fast ganz deutlich den nahen Schneefall, der in der kühlen Luft lag und den Winter ankündigte. Den Winter und das Ende des Jahres.

ZWEITER TEIL
DIE RÖMER

Kapitel 11
Flaminias Reise

Flaminia war müde, aber sie konnte nicht einschlafen. Das eintönige Hufgetrappel der acht römischen Reiter, die ihre Carruca Dormitoria – den luxuriös ausgestatteten Planwagen – eskortierten, ließ ihre mit Antimonpuder geschwärzten Lider immer wieder zufallen. Aber so sehr sich Flaminia auch in die weichen Kissen kuschelte, das heftige Ruckeln der Carruca auf dem unbefestigten Weg, der durch die großen germanischen Wälder von Marcellus' Lager zum Oppidum Ubiorum führte, weckte sie immer wieder.

Da sie nicht schlafen konnte, aß und trank sie viel. Besonders letzteres. Marcellus' einfallsreicher Koch hatte eine Mischung aus germanischem Met und süditalienischem Wein hergestellt, die einfach göttlich schmeckte. Flaminia hatte drei Weinschläuche mit diesem ebenso leckeren wie berauschenden Getränk mitgenommen, einen für sich selbst und zwei als Geschenke für Maximus und Varus. Einen dieser Schläuche hatte sie seit ihrem Aufbruch am frühen Morgen fast geleert. Vielleicht würde Maximus auf sein Geschenk verzichten müssen. Oder Varus.

Da Flaminia viel trank, mußte ihr Saiwa, die rotblonde germanische Sklavin, immer wieder den Bronzetopf reichen, in den die Römerin ihre Notdurft verrichtete. So auch jetzt, und das Gluckern ihres Wassers war für Flaminia wenigstens eine Abwechslung in der Geräuschkulisse, wenn es auch das Hufgetrappel nicht übertönte. Sie war fast fertig, als Gerlef ruckartig den Wagen anhielt. Flaminia reichte den ziemlich vollen Bronzetopf Saiwa, die den Deckel daraufsetzte, und fragte ärgerlich: »Warum hält dein Bruder an? Ich hätte fast etwas verschüttet!«

»Ich weiß nicht, Herrin«, antwortete Saiwa und stellte den Topf zurück in die in einer Ecke des Innenraums angebrachte Bronzehalterung, die ein Umfallen verhinderte.

»Dann frag ihn!«

»Ja, Herrin.« Saiwa streckte ihr sommersprossiges Gesicht durch die Plane zum Fahrersitz hinaus und gab die Frage ihrer Herrin an ihren älteren Bruder weiter.

»Ein umgestürzter Baum versperrt uns den Weg«, antwortete Gerlef. »Die Soldaten sind schon dabei, ihn aus dem Weg zu räumen.«

»Ich könnte in der Zwischenzeit den Topf leeren«, schlug Saiwa vor.

Flaminia streifte die Tunika und die goldbestickte Stola über ihre schlanken Beine und nickte müde. »Tu das, aber beeil dich. Ich möchte gern heute noch zu Hause sein. Dieser Wagen ist zwar zum Schlafen geschaffen, aber diese Straße mit Sicherheit nicht. Wenn man es überhaupt eine Straße nennen kann.«

Mit geschickten Griffen löste Saiwa den Topf aus der Halterung und kletterte an der rückwärtigen Seite des Wagens nach draußen.

Ihre Herrin änderte ihre Meinung über die Unterbrechung und empfand sie fast als angenehm. Endlich einmal hatte das eintönige Klappern der Hufe und Schaukeln des Wagens aufgehört. Flaminia drehte sich herum, beugte sich vor und spähte durch die auseinandergeschlagene Plane an Gerlefs breitem Rücken vorbei nach draußen, wo die Männer ihrer Eskorte damit beschäftigt waren, mit vereinten Kräften an dem schweren Baum zu ziehen. Der Waldweg war an dieser Stellte besonders eng und wurde von der schweren Buche vollends versperrt.

»Vielleicht solltet ihr die Pferde vor den Baum spannen, Soldaten«, schlug sie vor.

Der Gefreite, der den Trupp anführte, ein dünner Sizilianer namens Effetus, sah sie überrascht an und nickte dann. »Ein guter Vorschlag, edle Flaminia.«

»Dann führt ihn doch aus! Auch wenn ihr Soldaten seid, solltet ihr statt eurer Muskeln auch mal euer Hirn gebrauchen.«

Saiwa hörte die spöttischen Worte ihrer Herrin, während sie an den Waldrand trat, um den üppigen Farn mit dem Inhalt des Bronzetopfes zu begießen. Sie nahm den Deckel ab – und erschrak fast zu Tode, als sich dicht vor ihr der Farn teilte und sich der graubraune Kopf eines Wolfes daraus erhob. Sie ließ den Topf fallen, und der Inhalt spritzte über den Boden, benetzte Saiwas Lederschuhe.

Saiwa öffnet den Mund zu einem Schrei, aber etwas hielt sie

davon ab. Vielleicht die Angst, vielleicht aber auch die Überraschung. Denn was sich vor ihr aus dem Farn erhob, war kein vierbeiniges Raubtier, sondern ein Mensch. Und weitere folgten, wuchsen aus dem Farn oder traten aus der ewigen Dämmerung, die in diesem Urwald herrschte. Es ware große, kräftig gebaute Männer – Germanen, alle schwer bewaffnet. Und alle trugen ein Wolfsfell in der Art um den Oberkörper gebunden, daß der Wolfsschädel ihren eigenen Kopf bedeckte. Sie sahen damit aus wie die Feldzeichenträger der Römer.

»Was …«, brachte Saiwa mit halberstickter Stimme hervor, bevor sie der Mann, der zuerst aus dem Farn aufgetaucht war, mit einem Hieb seines Schwertknaufs an die Stirn zum Schweigen brachte. Die junge Sklavin stürzte mit dem Oberkörper voran in den weichen Farn.

Der Mann, der sie niedergeschlagen hatte, beachtete sie nicht weiter. Er und seine Gefährten stürmten mit erhobenen Waffen aus dem Wald hervor und griffen die römischen Reiter an.

Mit aufgestützten Ellbogen, das Kinn in die Hände gelegt, beobachtete Flaminia den Versuch der Kavalleristen, das Hindernis aus dem Weg zu räumen. Nicht gerade ein aufregendes Schauspiel, gemessen an dem, was der Circus Maximus in Rom zu bieten hatte. Noch nicht einmal mit den relativ bescheidenen Spielen im Oppidum war es zu vergleichen. Aber es war das aufregendste Erlebnis dieses langen Tages, den sie fast ausschließlich in ihrem Reisewagen verbracht hatte.

Effetus befahl seinen Männern gerade, die Pferde vor den umgestürzten Baum zu spannen, als sich Flaminia gezwungen sah, ihre Beurteilung dieses Ereignisses gründlich zu überdenken. Der Speer, der durch die Kehle des Gefreiten fuhr und seinen lauten Befehl in ein kaum wahrnehmbares Röcheln verwandelte, verhieß zwar nichts Gutes, aber auf jeden Fall ein unerwartetes Schauspiel. Effetus griff mit den Händen nach dem Holzschaft, der seinen Hals von schräg hinten durchbohrt hatte, als glaube er tatsächlich, ihn herausziehen und sein Leben retten zu können. Er sah fast aus wie ein Gekreuzigter, als er mit an den Speerschaft gelegten Händen auf die Knie sank. Er verdrehte die Augen und kippte auf die Seite. Flaminia wußte, daß der dürre Sizilianer tot war.

Dann sah sie die seltsamen Männer in den Tierfellen, die von allen Seiten zu kommen schienen. Der Wald spuckte immer neue Wilde aus, die sofort auf die Soldaten zurannten.

Die Männer aus Varus' Garde erholten sich schnell von der Überraschung. Aber die Angreifer – Germanen, wie Flaminia erkannte – waren gleichwohl im Vorteil. Um besser arbeiten zu können, hatten die Soldaten ihre Helme, die Kettenpanzer, die Speere, die Schilde und die Wehrgehänge mit den Schwertern abgelegt. Als sie jetzt zu dem Haufen mit ihrer Ausrüstung rannten, fielen die meisten von ihnen unter den geschleuderten Speeren.

Einem Soldaten gelang es, ein Pilum zu ergreifen und damit einen angreifenden Germanen zu durchbohren. Doch der Römer überlebte seinen Sieg nicht lange. Ein anderer der mit Wolfsfellen bekleideten Germanen spaltete den Kopf des Kavalleristen mit einem Schwerthieb und schlug in ungezügelter Raserei immer wieder auf den zu Boden gehenden Mann ein.

Zwei römische Soldaten blieben übrig und ergaben sich den Angreifern. Sie hatten gegen die Überzahl keine Aussicht auf Erfolg, zumal es ihnen nicht gelungen war, zu ihren Waffen durchzudringen. Mit erhobenen Händen blieben sie vor den Germanen stehen und blickten ungläubig drein, als sie von mehreren Schwert- und Lanzenspitzen durchbohrt wurden. In wilder Wut, wie im Rausch, hackten die Germanen noch auf sie ein, als sie längst tot am Boden lagen.

»Barbaren!« stieß Flaminia verächtlich hervor, als sich die Männer in den Wolfsfellen zu ihr und dem Wagen umdrehten. Dann schoß es ihr durch den Kopf: *Fenrisbrüder!*

Es waren, zählte man die getöteten Germanen mit, neun an der Zahl. Von einer Übermacht konnte also keine Rede sein. Doch die Angreifer hatten den Vorteil der Überraschung so geschickt auszunutzen gewußt, daß den kampferprobten Gardisten keine Möglichkeit zur erfolgreichen Gegenwehr geblieben war. Flaminia zweifelt nicht daran, daß der Baumstamm nicht zufällig den Weg versperrte. Es war eine einfache, aber wirkungsvolle Falle.

Was Maximus wohl dazu sagte, wenn sie ihm erzählte, wie seine Männer in so kurzer Zeit aufgerieben worden waren? *Falls* sie es ihm erzählte! Im Moment sah es nicht so aus, als würde sie ihren Bruder oder das Oppidum jemals wiedersehen. Die Fenrisbrüder genossen nicht den Ruf, bei ihren Überfällen Überlebende zurückzulassen.

Mit gezückten Waffen näherten sich die blutbefleckten Barbaren dem Wagen. Zwischen Flaminia und ihnen stand – vielmehr saß – nur noch Gerlef, der auf dem Fahrersitz hockte, als sei nichts geschehen. Warum hätte er auch in den Kampf eingreifen sollen; als Germane und Sklave der Römer hatte er keinen Grund, für sie zu kämpfen.

»Wo ist Saiwa?« fragte Gerlef in der Sprache der Germanen, als ihn die Männer in den Wolfsfellen umringten.

»Zu welchem Stamm gehörst du?« entgegnete einer der Angreifer, ein selbst für einen Germanen ungemein grobschlächtig wirkender Mann. Sein stoppeliges Gesicht war so breit geschnitten, daß man daraus zwei römische Gesichter hätte machen können.

»Ich bin ein Usipeter«, antwortete Gerlef.

»Warum dienst du den Römern, Usipeter?«

»Weil ich ihr Sklave bin.«

»Jetzt nicht mehr. Die Römer sind tot!«

»Wo ist Saiwa?« wiederholte Gerlef seine Frage.

»Was geht sie dich an?«

»Sie ist meine Schwester.«

»Sie muß dort hinten liegen«, sagte der breitgesichtige Germane. »Geh sie holen, wenn du willst.«

Sofort sprang Gerlef vom Bock und rannte zu den Farnsträuchen.

Der Breitgesichtige, offensichtlich der Anführer der Fenrisbrüder, starrte Flaminia an und fragte in schlechtem, aber verständlichem Latein: »Du bist Flaminia, die Schwester des Präfekten Maximus?«

»Wenn du mich schon kennst, mußt du nicht fragen, Germane. Und wer bist du?«

»Jedenfalls kein *Germane!* Diese Bezeichnung stammt von euch Römern. Ich bin ein freier Sugambrer. Und ich kämpfe dafür, daß alle Menschen, die ihr Germanen oder Barbaren nennt, wieder freie Menschen werden.«

Gerlef kehrte zurück. Seine Schwester lag in seinen Armen und stöhnte. Saiwas Stirn wiese eine blutige Wunde auf.

»Ihr hättet Saiwa fast umgebracht!« sagte Gerlef vorwurfsvoll, als er vor den Fenrisbrüdern stand.

»Kein unverdientes Schicksal für jemanden, der den Römern dient«, erwiderte der Breitgesichtige verächtlich. Er trat näher an Gerlef und Saiwa heran und ließ seine Hand über das Gesicht des Mädchens gleiten. »Obwohl es natürlich schade gewesen wäre. Mit der Römerhure läßt sich noch einiges anfangen.«

»Laßt Saiwa in Ruhe!« schrie Gerlef und trat einen Schritt zurück, bis er mit dem Rücken am Wagen stand.

Der Breitgesichtige drückte seine blutige Schwertspitze gegen Gerlefs Hals. »Setz sie ab!«

Zögernd gehorchte Gerlef und stellte seine Schwester auf ihre noch wackligen Beine. Kaum hatte er den Befehl des Breitgesichtigen ausgeführt, als dieser ihm sein Schwert durch die Kehle rammte. Saiwa stieß einen schrillen Entsetzensschrei aus, und Gerlef fiel vor ihre Füße, versuchte sich noch einmal aufzurichten, sackte dann aber zu Boden. Die Lebenskraft verließ den kräftigen Mann noch schneller als das Blut, das aus der großen Halswunde sprudelte und innerhalb kurzer Zeit eine beachtliche Pfütze auf dem Lehmboden bildete.

Saiwa sank neben ihrem Bruder auf die Knie, aber der Breitgesichtige packte ihren Haarschopf und riß sie brutal wieder hoch. »Dem kannst du nicht mehr helfen, Süße. Kümmer dich lieber um uns!«

Die gewaltsam hochgezogene Frau wollte sich losreißen, aber zwei Fenrisbrüder packten ihre Arme und hielten sie fest. Ihr Anführer setzte sein Schwert so unter Saiwas Kinn, wie er es zuvor bei ihrem Bruder getan hatte.

»Ihr seid wirklich Barbaren!« schnappte Flaminia, die Mitleid mit ihrer Sklavin empfand. »Ihr tötet Wehrlose, nur weil es euch gefällt!«

»Und ihr Römer unterwerft fremde Völker, nur weil es euch gefällt«, erwiderte der Breitgesichtige. »Halt bloß den Mund, Römerin, und sei froh, daß wir dich noch brauchen.«

»Brauchen? Wofür?«

»Wir werden dich eintauschen gegen die Germanen, um bei

eurem Begriff zu bleiben, die ihr als Sklaven genommen habt, weil sie ihre Steuern nicht bezahlen konnten. Ich hoffe, das bist du deinem Bruder wert.«

»Nicht mein Bruder hat darüber zu entscheiden, sondern der Legat Varus.«

»Wie ich hörte, hat das Wort deines Bruders großes Gewicht bei Varus.« Der Breitgesichtige grinste. »Und deines auch.«

Er führte sein Schwert an Saiwas Körper entlang und zerfetzte ihre Kleidung. Mit den bloßen Händen besorgte er den Rest und riß Saiwa den groben Wollstoff vom Leib, bis sie nichts mehr trug außer ihren Lederschuhen. Die nackte Frau begann zu zittern, vor Kälte und noch mehr vor Angst.

Die rauhe Hand des Breitgesichtigen strich über ihren fülligen Körper und verharrte, als sie eine der großen, melonenförmigen Brüste gepackt hielt. »An dir ist ordentlich was dran, Süße. Genug für uns alle!«

Saiwa wehrte sich noch stärker, aber die beiden Krieger hielten sie zu fest gepackt.

»Gut festhalten!« knurrte der Breitgesichtige und streifte seine Hose herunter.

»Du willst es ihr im Stehen besorgen?« fragte der Wolfshäuter zu Saiwas Linker ungläubig. »Wie ein Tier?«

Der Breitgesichtige lachte. »Ja, wie ein Tier.« Er sah Flaminia an. »Für die Römer sind wir doch nichts anderes als Tiere. Also wollen wir uns auch so benehmen.« Er hielt sein großes, angeschwollenes Glied in der Hand, und für einen Moment konnte Flaminia so etwas wie Bewunderung nicht verhehlen.

Plötzlich stürzte der halbnackte Mann gegen die nackte Frau, rutschte an ihr herunter und blieb neben Gerlef liegen. Ungläubig starrten seine Gefährten und auch die beiden Frauen ihn an. Zwischen seinen Schulterblättern steckte der Schaft eines Wurfspeers.

Einer der Männer, die Saiwa festhielten, stöhnte leise, als seine Brust von einem weiteren Wurfspeer durchbohrt wurde, der ihn an den hölzernen Wagenkasten nagelte.

Bei den übrigen sechs Fenrisbrüdern brach Panik aus. Hastig griffen sie nach ihren Waffen, während ihre Augen den Wald zu beiden Seiten der Straße absuchten.

»Zum Angriff, Männer!« ertönte ein markerschütternder Schrei. »Schlagt diese Hunde in die Flucht!«

Die Worte waren noch nicht verklungen, da brach ein großer Rapphengst aus dem Unterholz. Ein Römerpferd, aber es trug einen Germanen. Auf den ersten Blick gefiel er Flaminia: hünenhaft, breitschultrig, mit einem harten, aber gutgeschnittenen Gesicht. Es kam bestens zur Geltung, weil er glattrasiert war. Und sein langes Blondhaar wehte hinter ihm her wie eine Fahne.

Er sprengte in der Nähe des Wagens aus dem Wald. Auch der zweite Mann ließ Saiwa jetzt los, zog lieber sein Schwert und sprang dem Reiter entgegen. Das war seine letzte Tat, bevor ihn die scharfe Eisenspitze einer Frame in den Tod beförderte.

Der Reiter zog die Spitze aus dem zu Boden sinkenden Körper des Fenrisbruders heraus und ritt auf einen weiteren Mann zu, den er ebenfalls durchbohrte. Der Sterbende hielt den Schaft der Frame umklammert, und der Reiter mußte sie loslassen, um nicht zuviel Zeit zu verlieren.

Den nächsten Mann tötete er, indem er ihn mit seinem Langschwert einen Kopf kürzer machte. Als ihnen der abgeschlagene Schädel ihres Gefährten vor die Füße sprang, wurden die drei übriggebliebenen Fenrisbrüder von Panik erfaßt. Sie drehten sich um und verschwanden mit langen Sätzen im Wald.

Der hünenhafte Reiter hielt den Rappen an und verharrte für einen Moment still in seinem Römersattel. Er lauschte, ob sich die Männer auch wirklich entfernten. »Denen haben wir es gegeben«, brummte er dann zufrieden und tätschelte den Kopf seines Pferdes.

Er ritt zurück zu dem Wagen, stieg dort ab, reinigte seine Schwertklinge an der Kleidung eines gefallenen Fenrisbruders, steckte das Schwert zurück in die mit bronzenen Zierblechen beschlagene Holzscheide an seinem Wehrgehänge, zog die Frame aus dem Toten und reinigte sie auf dieselbe Weise. Anschließend sammelte er seine beiden Wurfspieße ein, und der Körper des an den Wagen genagelten Fenrisbruders rutschte zu Boden wie ein schwerer Sack. Der blonde Hüne säuberte auch die Spieße vom Blut und steckte sie in die Halterung am Sattel.

Flaminia kletterte vom Wageninnern auf den Kutschbock und sagte streng: »Du solltest dich weniger um deine Waffen als um uns Frauen kümmern, Germane! Diese Barbaren hätten uns fast umgebracht.«

Der blonde Hüne warf einen kurzen Blick auf die schlanke schwarzhaarige Römerin und dann auf die blonde, ihrer Kleider beraubte Germanin, die auf dem Boden hockte und den Kopf ihres toten Bruders weinend in ihrem Schoß hielt, bevor er antwortete: »Meine Waffen haben euch das Leben gerettet. Und falls die Kerle zurückkehren, ist es gut, wenn sie wieder einsatzbereit sind.«

»Ich glaube nicht, daß sie zurückkehren«, meinte Flaminia. »Du hast ihnen einen gehörigen Schreck eingejagt. Fünf von den gefürchteten Fenrisbrüdern hast du in weniger als zwei Minuten getötet. Den Rest werden deine Männer erledigen.«

»Welche Männer?«

»Na, deine Kampfgefährten. Du hast sie doch angefeuert, als du aus dem Wald gerittten kamst.«

»Ich habe niemanden angefeuert.«

Flaminia schüttelte mißbilligend den Kopf. » Was erzählst du da? Ich habe doch gehört, wie du nach deinen Männern gerufen hast!«

Der blonde Krieger lachte kurz und trocken. »Ich habe Männer gerufen, die es nicht gibt, um dem Gegner Furcht einzuflößen. Zum Glück ist es mir gelungen.«

Ein anerkennendes Lächeln glitt über Flaminias mit Kreide weißgeschminktes Gesicht, das einen starken Kontrast zu ihren dunklen Haaren und Lidern bot. »Eine Kriegslist also, Germane.«

Der Blonde nickte.

»Meine Anerkennung. Du hast gehandelt wie ein römischer Offizier.«

»Ich bin Offizier der Römer gewesen.«

»Das erklärt deine Klugheit.«

Wieder lachte der Hüne. »Wenn alle Römer so klug wären, wäret ihr nicht in diese plumpe Fallen gegangen.«

Erst wollte ihm Flaminia eine scharfe Rüge zur Antwort geben, dann aber besann sie sich und lachte ebenfalls. »Du sprichst wahr, Germane. Sag mir deinen Namen, damit ich weiß, bei wem ich mich für meine Rettung bedanken muß.«

»Ich heiße Thorag.«

»Du bist im rechten Moment gekommen, Thorag. Was suchst du in dieser Gegend?«

»Ich denke, wir haben dasselbe Ziel. Ich will zur Ubierstadt, um wieder als Offizier in römische Dienste zu treten.«

»Das wirst du mit Sicherheit.« Flaminia zeigte auf die getöteten Fenrisbrüder. »Wenn ich Maximus hiervon erzähle, wird er dich sofort einstellen.«

»Maximus, der Präfekt der Legatengarde?«

»Ja, er ist mein Bruder. Deshalb wollten mich diese Strolche gefangennehmen. Sie wollten mich gegen germanische Sklaven eintauschen.«

Thorag ging zu den Pferden der getöteten Römer und spannte sie vor den umgestürzten Baum.

»Was machst du da?« fragte Flaminia.

»Für eine kluge Römerin eine überflüssige Frage. Ich sehe zu, daß wir so schnell wie möglich weiterfahren können.«

Die Pferde zogen die gefällte Buche ohne große Mühe beiseite. Thorag befreite die Tiere vom Geschirr und scheuchte sie weg. Er konnte sie nicht mitnehmen. Seinen Rappen band er hinten an den Wagen. Dann versuchte er, Saiwa beim Aufstehen zu helfen. Aber sie weigerte sich, ihren Bruder zu verlassen.

»Gerlef ist tot«, sagte Flaminia hart. »Du kannst nichts mehr für ihn tun!«

»Gerlef hat immer auf mich aufgepaßt«, sagte die junge Usipeterin wie geistesabwesend. »Jetzt muß ich auf ihn aufpassen.«

Erschrecken trat in Flaminias Gesichtsausdruck, als Thorag sein Schwert zog. Doch nur der stumpfe Griff trat Saiwas Kopf, und bewußtlos sackte die Sklavin neben der Leiche ihres Bruders zusammen. Thorag verfrachtete sie in den Wagen, kletterte neben Flaminia auf den Bock und trieb die beiden graubraunen Zugpferde an. Der Planwagen rollte weiter und ließ fünfzehn Tote zurück.

Fünf davon waren durch Thorag gestorben. Es war fast, als hätte Wodan nicht nur den Winter vertrieben, sondern auch den Frieden, der mit ihm über das Land der Cherusker und der anderen Stämme hereingebrochen war.

Thorag hatte die Zeit der langen Nächte und kurzen Tage in Wisars Dorf verbracht. Thorag und sein Vater hatten lange geschlafen, gut gegessen und getrunken und viel miteinander gesprochen. Viel mehr konnte man nicht tun, wenn Höder sogar die Tage verdunkelte, wenn Hulda das Land mit einer dicken Schneeschicht bedeckte und wenn Ullers kalter Atem das Wasser gefrieren ließ. Das war die Zeit, in der die Menschen zusammensaßen, sich Geschichten von ihren Vorfahren und den Göttern erzählten und diesen dankten, daß es gelungen war, genug Vorräte für die kalte Jahreszeit anzulegen. In Wisars Siedlung hatte niemand hungern müssen. Vorausschauend wie immer, hatte der Gaufürst für ausreichende Nahrungsvorräte gesorgt.

Aber als Eis und Schnee schmolzen und sich die Wälder mit dem Leben des beginnenden Sommers anzufüllen begannen, hatte auch Thorag dieses Leben in sich gespürt. Es war als innere Unruhe zu ihm gekommen, die ihn immer wieder hinaustrieb zu weiten Ritten. Manchmal endeten diese Ritte im Heiligen Hain, an den Gräbern seiner Familie, aber öfter noch auf der Lichtung, wo er erstmals Auja begegnet war.

Wisar hatte die Unruhe seines Sohnes gespürt und ihm eines Tages vorgeschlagen, für ein paar weitere Jahre in die Dienst der Römer zu treten. Wisar hoffte, Thorag würde die Enttäuschung mit Auja in der Fremde besser verwinden. Daß Astrid in seinen Gedanken Auja verdrängt hatte, ahnte der Vater nicht. Auch hoffte er, die Zwistigkeiten zwischen Onsaker und Thorag würden sich in der Zwischenzeit legen. Da es Wisar wieder besserging – er hustete nur noch ganz selten –, nahm Thorag den Vorschlag dankbar an. Er hatte selbst oft daran gedacht, die Frage aber nicht angeschnitten, weil er sich gut daran erinnerte, wie enttäuscht sein Vater bei seiner Rückkehr gewesen war, als Thorag davon gesprochen hatte, wieder wegzugehen.

»Du bist kein sehr guter Gesellschafter, Thorag«, schreckte ihn Flaminia aus seinen Gedanken. »Du bist nicht beredter als die Bäume hier im Wald.«

»Kein Wunder«, meinte Thorag. »Schließlich bin auch ich ein Kind dieser Wälder.«

Flaminia öffnet ihre mittels Weinhefe geröteten Lippen zu einem Lachen. »Ich muß mein Urteil über dich berichtigen, Thorag. Du bist geistreich, für einen Germanen sogar außergewöhnlich geistreich.«

»Wir *Germanen*, wie ihr *Römer* uns nennt, scheinen in euren Augen dumme Klötze zu sein, die nichts anderes können als Wildschweine zu jagen, Bier zu trinken und einander die Schädel einzuschlagen.«

»Zugegeben, so ungefähr ist das Bild, das ich von deinem Volk habe.«

»Und was ist mit euch Römern? Könnt ihr mehr, als Gladiatoren durch die Arena zu jagen, Wein zu trinken und anderen Völkern die Schädel einzuschlagen?«

Flaminia lachte wieder, diesmal richtig laut.

»Wenn du nicht leiser bist, lockst du die Männer in den Wolfsfellen auf unsere Spur.«

»Ich sagte doch, Thorag, daß du geistreich bist. Wenn ich nicht laut lachen soll, darfst du mich nicht so amüsieren.«

Flaminias Blick ruhte wohlwollend auf dem muskulösen Hünen, der so dicht bei ihr saß, und mit halb geschlossenen Augen atmete sie den Duft seines Körpers ein. Dieser Thorag gefiel ihr, und zwar immer besser, je länger sie ihn kannte. Er war groß und kräftig, sah gut aus mit seinem markanten Gesicht und dem langen Blondhaar und war zudem noch ein amüsanter Unterhalter, auch wenn er das vielleicht selbst gar nicht wußte. Ja, er gefiel ihr wirklich. In diesen Augenblicken beschloß sie, daß er sich im Oppidum nicht um eine Unterkunft bemühen mußte. Das Haus, das Flaminia mit Maximus bewohnte, war groß genug. Und es hatte viele Schlafzimmer.

»Die Männer in den Wolfsfellen«, griff Thorag das Gespräch wieder auf. »Du nanntest sie Fenrisbrüder. Was bedeutet das?«

Natürlich wußte er, wer die Fenrisbrüder waren. Schließlich war er damals, auf Thidriks Hof, selbst mit einigen von ihnen aneinandergeraten. Aber bei den Römern mußte man vorsichtig sein. Ein Mann, der zuviel wußte, geriet bei ihnen leicht in Verdacht, in dunkle Machenschaften verstrickt zu sein. Die Römer waren Ränkeschmiede und gingen deshalb wie selbstverständlich davon aus, daß alle Menschen so waren.

»So nennen sich diese Kerle mit den Wolfsfellen selbst. Es ist eine Art Geheimbund, deren Angehörige einen erbitterten Kleinkrieg gegen uns Römer führen.«

»Warum?«

Flaminia zuckte mit den Schultern. »Ich nehme an, sie mögen uns nicht. Du bist selbst ein Germane. Magst du uns?«

»Es gibt Menschen, die ich mag. Und es gibt Menschen, die ich nicht mag. Aber wie kann ich ein Volk mögen oder hassen, kann ich doch niemals alle Menschen kennen, die ihm angehören.«

Flaminia zog anerkennend eine ihre scharf ausgezupften Brauen hoch. »Du bist nicht nur geistreich, sondern zudem ein Philosoph, Thorag.« Sie seufzte. »Nun, die Fenrisbrüder jedenfalls lieben uns Römer nicht, ganz im Gegenteil. Ihre Anschläge werden dreister und nähern sich immer mehr dem Rhenus.«

Thorag hätte nicht gedacht, daß der Geheimbund so mächtig war. Er hatte die Männer, die ihn und seine Gefährten auf Thidriks Hof überfallen hatten, für ein paar vereinzelte Irregeleitete gehalten.

»Wenn sie so gefährlich sind, weshalb durchquerst du dann mit schwacher Begleitung dieses Gebiet?«

»Ich dachte nicht, daß meine Begleitung schwach wäre. Maximus hat mir Reiter seiner Garde mit auf den Weg gegeben. Ich werde ihm sagen, daß die Kampfkraft seiner Männer sehr zu wünschen übrigläßt. Daß sie nicht vermögen, was ein einzelner Germane vermag.« Anerkennend strahlte sie Thorag an und drückte wie zufällig seinen muskulösen Arm. »Außerdem haben sich die Fenrisbrüder noch nie so weit vorgewagt. Bis jetzt hielten wir das Gebiet zwischen dem Oppidum und den Kastellen, die eine Tagesreise vom Fluß entfernt liegen, für sicher. Deshalb hatte ich keine Bedenken, für einige Tage einen Freund zu besuchen. Er heißt Marcellus und ist Kommandant eines Kastells.«

Flaminia verschwieg Thorag, daß sie Marcellus weniger für einige Tage als für ein paar Nächte besucht hatte. Weshalb hätte sie es ihm auch sagen sollen? Es ging ihn nichts an. Nach dem Überfall durch die Fenrisbrüder schien es Flaminia zu gefährlich, ihre Liebesreisen zu Marcellus zu unternehmen. Aber mit Thorag bot sich, wie es aussah, ein mehr als vollwertiger Ersatz an. Diese Aussicht wollte sie sich nicht zerstören, indem sie die Eifersucht des Germanen schürte.

Es dämmerte bereits, als Leute aus dem Wageninnern verkündeten, daß Saiwa erwacht war. Die Herrin kletterte nach hinten und kümmerte sich um die Sklavin.

Thorag gönnte den Tieren keine Rast und lenkte den Wagen immer weiter der Ubierstadt entgegen. Nicht nur wegen möglicher Verfolger hatte er es eilig, die Stadt zu erreichen. Ursprünglich war er hierhergekommen, um dem zu entfliehen, was er bei seiner Heimkehr ins Cheruskerland erlebt und erfahren hatte. Jetzt aber deutete sich eine andere Möglichkeit an. Wenn er hier auf die Fenrisbrüder stieß, konnte er vielleicht auch mehr über das Geheimnis erfahren, das Auja, Onsaker und Thidrik umgab.

Denn irgendwie hing alles miteinander zusammen. Es war gewiß kein Zufall, daß Notker auf Thidriks Hof gekommen war und daß Thidriks Sohn Hasko zu den Fenrisbrüdern gehört hatte. Wenn er das Geheimnis der Fenrisbrüder lüftete, hatte er dann auch das Geheimnis um die Mordanschuldigungen gelüftet, die Onsaker gegen ihn erhob?

Gewiß, das Gottesurteil auf dem Thing hatte Thorags Unschuld bewiesen. Aber was nutzte das, solange der wahre Mörder nicht überführt war? Solange das nicht geschah, würde der Schatten des Verdachts an Thorag hängen und ihn von Auja trennen. Von Auja? Thorag war selbst überrascht, das er jetzt wieder mehr an Auja als an Astrid, die unerreichbare Priesterin, dachte. War es so, daß die erste Leidenschaft eines Menschen immer unauslöschlich in seinem Herzen blieb?

Eine große Erregung ergriff von Thorag Besitz, als sich die Umrisse des auf dem rechten Rheinufer errichteten Brückenkopfes in der Ferne undeutlich aus dem immer dunkler werdenden Himmel herausschälten.

Etwas schreckte Thorag aus dem Schlaf – das besondere Gefühl für Gefahr, das ihn schon oft gewarnt hatte. Während sich sein Geist fast noch im Schlaf befand, tastete seine Hand nach dem Schwertgriff. Aber er fand die Waffe nicht, wie er sich überhaupt nicht zurechtfand.

Nur langsam wurde er sich bewußt, daß er nicht auf seinem angestammten Lager im Haus seines Vaters lag. Die Erinnerung kehrte in seinen schlaftrunkenen Geist zurück. Die Erinnerung an die schöne Römerin Flaminia, die ihm aus Dankbarkeit für ihre Rettung ein Zimmer in ihrem Haus angeboten hatte. Dort hatte sie ihn reichlich bewirtet. Müde von den Anstrengungen des Tages und von der reichlich genossenen Mixtur aus Met und Wein hatte er sich dann in das zugewiesene Cubiculum begeben, seine Sachen auf den Stuhl gelegt und sich auf der Liege ausgestreckt.

Ja, das Wehrgehänge mit seinem Schwert lag auf dem Stuhl neben der Liege, an dessen glatten Beinen seine Hand entlangstrich. Er mußte nur höher greifen.

Die Erkenntnis kam zu spät, falls der nächtliche Besucher, dessen Eintreten Thorag geweckt hatte, vorhatte, ihn zu töten. Während er endlich das tödliche Eisen aus der Scheide zog, verfestigte sich der Gedanken in Thorag, daß der Mann, dessen Umrisse er in dem schwachen vom Peristylium einfallenden Licht sah, ihm gar nichts Böses wollte. Jedenfalls traf der Besucher, der seinen Umrissen nach zu urteilen von außergewöhnlicher Körpergröße war, keine Anstalten, Thorag anzugreifen.

»Du kannst dein Schwert ruhig wieder zurückstecken, Germane«, sagte eine tiefe Stimme auf lateinisch. »Ich pflege die Gäste meiner Schwester Flaminia nicht zu überfallen. Zumal es auch meine Gäste sind.«

»Maximus?« fragte Thorag.

»So nennt man mich, denn man sagt, ich sei schon bei meiner Geburt außergewöhnlich groß gewesen.«

Fast ein wenig beschämt steckte Thorag das Schwert zurück in die hölzerne Scheide, schlug die dicke Wolldecke beiseite, erhob sich von der Liege und trat auf den anderen Mann zu.

»Wenn ich euch Germanen so ansehe, habe ich allerdings wenig Grund, mir auf meine Größe etwas einzubilden«, fuhr der Römer fort. Die beiden Männer waren fast gleich groß.

Thorags Augen hatten sich an das schwache Licht gewöhnt, das teils von den Gestirnen über dem Peristylium einfiel und teils von den Öllampen kam, die draußen den überdachten Säulengang erhellten. Er sah den Besucher jetzt deutlich vor sich und erkannte sofort die Ähnlichkeit seiner Züge mit denen Flaminias. Auch sein Haar war schwarz, wurde allerdings schon von einigen silbernen Fäden durchzogen. Er hatte ebenmäßige Gesichtszüge und dicke, buschige Augenbrauen. Thorag schätzte den Präfekten in der glänzenden Rüstung etwa zehn Jahre älter ein als die Frau, also auf Anfang Vierzig. Er wirkte mit seinen breiten Schultern und der kerzengeraden Haltung eines langgedienten Soldaten sehr beeindruckend.

»Ich freue mich, dich kennenzulernen, Präfekt Maximus, und ich danke dir für die Gastfreundschaft, die deine Familie mir gewährt. Aber gibt es einen Grund für deinen nächtlichen Besuch?«

»Maximus genügt. Nicht du hast mir zu danken, Thorag, sondern ich dir für die Rettung meiner Schwester. Nicht auszudenken, was diese verfluchten Fenrisbrüder mit ihr angestellt hätten! Ich konnte einfach nicht anders, als sofort zu dir zu eilen, nachdem mir Flaminia alles erzählt hatte. Ich mußte mir den Mann unbedingt ansehen, der fünf Fenrisbrüder auf einen Streich getötet hat.«

»Nicht auf einen Streich, Maximus. Ich benötigte mein Schwert, meine Frame und zwei Wurfspieße dazu.«

»Trotzdem ist es eine beeindruckende Leistung, wenn ein Mann ganz allein eine Horde wilder Barbaren tötet beziehungsweise in die Flucht schlägt, der es zuvor gelungen ist, einen ganzen Trupp meiner Elitesoldaten niederzumetzeln. Einen solch außergewöhnlichen Mann mußte ich auf der Stelle kennenlernen. Hätte Flaminia mir nicht selbst von deinen Taten erzählt, ich hätte es nicht geglaubt.«

Täuschte sich Thorag, oder hörte er zwischen den Worten des römischen Offiziers einen seltsamen Unterton heraus, eine Mischung aus Ironie und Ungläubigkeit? Und musterten ihn Maximus' leicht schrägstehende Augen trotz der Dankbarkeit, die der Präfekt betonte, nicht kühl und abschätzend? Thorag wurde das Gefühl nicht los, daß der wahre Grund für den nächtlichen Besuch etwas anderes war als pure Dankbarkeit. Maximus traute dem Gast seiner Schwester nicht und wollte ihn daher persönlich in Augenschein nehmen.

»Ich kann dich verstehen, Maximus. Ich hätte es wohl auch nicht geglaubt.«

Der Römer seufzte und schlug für einen Moment die Augen

nach oben, als wolle er seine Götter um Rat bitten. »Ja, es geschehen viele unglaubliche Dinge in letzter Zeit.«

»Wie meinst du das?« fragte Thorag vorsichtig.

»Ich meine die Fenrisbrüder, die immer vorwitziger werden. Während die Fürsten der Germanen mit uns Bündnisverträge schließen, tun diese Verbrecher einfach so, als ginge sie das alles nichts an. Immer wieder überfallen sie unsere Vorposten, Meldereiter und Nachschubbeförderer. Auch ihre eigenen Leute, verschonen sie nicht, beschimpfen sie als Römlinge und vergießen ihr Blut.«

»Warum werdet ihr Römer der Plage nicht Herr? Varus hat schließlich allein hier im Oppidum zwei Legionen zur Verfügung, die Auxiliartruppen nicht mitgezählt.«

»Auch für einen Löwen ist es schwer, eine Mücke zu fangen.«

»Aber der Löwe muß vor der Mücke keine Angst haben.«

Maximus legte den Kopf schief und musterte Thorag aus zusammengekniffenen Augen. »Wirklich nicht? Auch nicht, wenn sich die Mücke in seinem Fell einnistest?«

Auch Thorag blickte jetzt skeptisch. »Wie meinst du das?« fragte er, obwohl er die Antwort bereits kannte. Plötzlich wußte er, was der Besuch des Präfekten zu bedeuten hatte.

»Eine Erklärung für die kaum glaubliche Rettung meiner Schwester wäre, daß die Fenrisbrüder die Sache von vornherein so geplant haben.«

»Dann hätten sie ihre eigenen Männer geopfert.«

»Warum nicht? Sie sind Fanatiker, zu allem fähig.«

»Wenn das wahr wäre, wäre ich einer von ihnen. Wäre es nicht sehr kühn von mir, mich ganz allein in die Höhle des mächtigen Löwen zu begeben?«

»Die Mücke könnte hoffen, im Fell des Löwen nicht aufzufallen«, antwortete Maximus, und seine Hand wanderte wie zufällig zum Griff des Schwertes, das an seiner linken Hüfte in einer prunkvoll verzierten Scheide steckte. »*Audentem fortuna iuvat.* – Dem Kühnen hilft das Glück.«

Jetzt bereute Thorag, sein eigenes Schwert weggelegt zu haben. Vielleicht war er zu vertrauensselig gewesen, als er dem Römer dieselbe Gastfreundschaft unterstellte, die ein Cherusker nach dem Gastrecht seines Stammes zu gewähren hatte. Er spannte seine Muskeln an, um Maximus im Notfall durch seine bloße Körperkraft entgegentreten zu können.

Äußerlich blieb er aber ruhig und sagte: »Deine hohe Meinung von meiner Kühnheit ehrt mich, Präfekt. Aber ich muß sie zurückweisen. Ich bin sowenig ein Fenrisbruder wie du. Es war reiner Zufall, daß ich im rechten Moment auftauchte. Und es war der Vorteil der Überraschung, den zuvor die Fenrisbrüder beim Überall auf deine Männer auch nutzten, der es mir ermöglichte, sie in die Flucht zu schlagen.«

Maximus' zusammengezogene Augen und seine ganze angespannte Haltung wirkten plötzlich lockerer. Seine Rechte entfernte sich wieder vom Schwertgriff. Lachend sagte er: »Nimm mir meine Worte von eben nicht übel, Thorag. Aber bei den Fenrisbrüdern darf man nicht vorsichtig genug sein. Flaminias Bericht, ein wahrer Recke von einem Germanen schlafe in unserem Haus, hat mich sofort alarmiert.«

»Ich hätte genauso gehandelt.«

»Alles andere besprechen wir morgen«, sagte Maximus und wünschte ihm einen guten Schlaf.

Als er die Tür hinter sich geschlossen hatte, und Thorag in der Dunkelheit stand, dachte er noch lange über Maximus' Verdacht nach, den er fast erheiternd fand. Wenn die Fenrisbrüder Thorags habhaft werden könnten, würde der Präfekt sehen, wie sehr er sich täuschte. Aber Thorag war sich nicht sicher, den Verdacht des Römers ausgeräumt zu haben. Ein Sprichwort, das er von den Römern gelernt hatte und das auch auf seine Beziehung zu Onsaker und Auja paßte, fiel ihm ein und kam leise über seine Lippen: »*Audacter calumniare, semper aliquid haeret.* – Nur keck verleumden, etwas bleibt immer hängen.«

Kapitel 12

Die Stadt am Rhein

Nach der nächtlichen Begegnung mit Maximus schlief Thorag nur schwer wieder ein. Sein Schlaf war oberflächlich und unruhig, und durch seine Träume zogen römische Soldaten und wolfsfellbedeckte Krieger. Mehrmals schreckte er hoch, aber alles war ruhig.

Ein Traum war besonders intensiv. Fast wie in den Nächten, in denen ihm Donar erschien. Aber diesmal sah er nicht den Donnergott im Traum, sondern sich selbst. Thorag schritt durch eine karge Felslandschaft, langsam und vorsichtig. Er war auf der Hut vor irgend etwas oder jemandem, aber er wußte nicht, wovor. Bis ihn ein ohrenbetäubender Lärm herumfahren ließ. Kurz dachte er an Donars Donnergrollen. Aber nicht der Donnergott hatte das markerschütternde Geräusch losgelassen. Es war ein anderes, seltsames Wesen, das aus einer Nebelwand auf ihn zuschritt. Gebannt und ängstlich zugleich starrte Thorag diesem Wesen entgegen, dessen Umrisse er nur langsam deutlicher sah. Nur zwei Dinge konnte er mit Sicherheit sagen: Es war sehr groß, und es war schwarz wie die eine Hälfte der Totengöttin Hel. Angst schnürte Thorag die Kehle zu. Ein Tier tauchte plötzlich vor dem Auge seiner Erinnerung auf, der schwarze Ur. Er verwandelte sich in den Eber, gegen den Thorag auf dem Thing gekämpft hatte. Auch dieses Bild verschwand wieder. Aber das schwarze Etwas vor ihm blieb, schrie wieder laut und kam näher. Thorag erkannte ein zottiges Fell. Das Tier brüllte zum drittenmal ...

... und Thorag erwachte schweißgebadet. Im Zimmer war es ein wenig heller, als er es in Erinnerung hatte. Blasse Lichtstreifen, die unter der Tür und durch den Spalt des nicht ganz ordentlich zugezogenen Fenstervorhangs einfielen, zeigten Thorag den Beginn der Morgendämmerung an. Er fühlte sich von der unruhigen Nacht zerschlagen und war verschwitzt wie an einem brütendheißen Hochsommertag. Mit einer ruckartigen Bewegung schlug er die Decke weg, erhob sich von seinem Lager und riß die Fensterläden auf. Obwohl es noch schwach war, blendete ihn das Licht des anbrechenden Tages, und für ein paar Sekunden kniff er die Augen zusammen.

Hinter dem grünlichen Fensterglas schimmerten verschwommen die Umrisse der Stadt. Die Scheibe saß in einem Rahmen aus Bronze, den Thorag um zwei in der Mitte angebrachte Zapfen drehte. Er atmete tief durch und genoß die frischen Morgenluft, die seine Schläfrigkeit vertrieb.

Das Haus stand auf einem kleinen Hügel, von dem aus Thorag hinunter zu dem breiten Strom blicken konnte, den die Römer Rhenus getauft hatten. Es war ihre Abwandlung der einheimischen Bezeichnung Rhein, und die bedeutete schlicht und einfach Strom. Ein großer Strom war der Rhein nämlich, und die Römer hatten sich seine Schiffbarkeit zunutze gemacht, indem sie an ihm zahlreichen Siedlungen und Kastelle errichteten. So wie das Oppidum Ubiorum, die Stadt der Ubier, benannt nach dem Stamm, der den Römern schon immer wohlgesonnen war und auf deren Geheiß auf das linke Flußufer übersiedelte, nachdem die hier ansässigen widerspenstigen Eburonen vernichtend geschlagen worden waren. Jetzt bildete der Rhein die Grenze zu jenem Teil des von den Römern Germanien getauften Gebiets, in dem die Stämme noch frei waren, sich aber durch Bündnis- und Freundschaftsverträge mit den vordrängenden Römern arrangiert hatten. Das Oppidum Ubiorum war die heimliche Hauptstadt des nach Osten vordringenden Römerreiches, weil sich der Legat des Augustus mit einem Teil seiner Legionen hierher ins Winterquartier zurückzog. Die übrigen Truppen standen, neben den kleineren Lagern, in Mogontiacum und im Castra Vetera.

Thorag sah in der Umgebung des Hauses weitere große Privathäuser, in denen wohl andere hohe Offiziere und hochrangige Römer wohnten. Wo das Gelände zum Fluß hin flacher wurde, war die Bebauung enger. Dort lagen die zum Hafen gehörenden Geschäfts- und Lagerhäuser. Undeutlich sah Thorag in der Ferne die großen Wohnviertel der Ubier, über denen der Morgendunst waberte.

Ein Geräusch, ein leises Kratzen aus Richtung der Tür, ließ ihn herumwirbeln. Die Tür war verschlossen. Er sah und hörte nichts Verdächtiges, obwohl er angestrengt lauschte. War er nicht von selbst aufgewacht? Hatte ihn etwas gewarnt, ein

Geräusch, das er in seinem leichten Schlaf vernommen hatte und das in seinem letzten Traum zum Gebrüll des schrecklichen, unbekannten Wesens geworden war?

Der Schatten, der plötzlich das Licht der kleinen Ritze zwischen der Tür und dem Fußboden verdunkelte, schien seinen Verdacht zu bestätigen. Mit leisen, kaum hörbaren Schritten entfernte sich der Schatten. Thorag widerstand dem ersten Impuls, zum Schwert zu greifen. Er wollte sich nicht, wie bei Maximus' nächtlichem Besuch, der Gefahr der Lächerlichkeit aussetzen.

Ohne sich zu bewaffnen, huschte er zur Tür und zog sie mit einem Ruck auf. Vor ihm lag das kleine Idyll des Peristyliums. In der Mitte des Säulengangs lag unter freiem Himmel die quadratische Grünfläche mit sorgsam geschnittenem Buschwerk. Mitten in dem Grün stand eine mamorne Wölfin auf einem Sockel und säugte zwei kleine Menschenkinder. Eine Statue zu Ehren der Wölfin, die Romulus und Remus, die Gründer Roms, gesäugt hatte. In der Nähe der Statue gluckerte die bescheidene Fontäne eines kleinen Springbrunnens eintönig vor sich hin.

Thorag wollte sich schon mit der Erklärung zufriedengeben, einer Täuschung seiner noch vom Schlaf getrübten Sinne erlegen zu sein, als einer der Büsche plötzlich heftig raschelte. Ein Windstoß konnte es nicht gewesen sein, denn alle anderen Büsche blieben ruhig.

Mit langen, schnellen Sätzen durchquerte der Cherusker die kleine Grünanlage bis zu dem bewußten Busch, griff hinein und zerrte den Verursacher des Raschelns zwischen den Blättern hervor. Es war ein etwa acht- oder neunjähriger Junge mit schmalem Gesicht, dunklem Haar und leicht schrägstehenden Augen. Er trug eine helle Tunika und lederne Sandalen. Der Blick, mit dem er Thorag musterte, schwankte zwischen Ärger und Angst.

»Wen haben wir denn da?« fragte der Cherusker auf lateinisch, während er den Jungen an der Tunika gepackt hielt. »Einen kleinen Spion?«

»Ich bin kein Spion«, sagte der Junge trotzig. »Und wenn du mich nicht sofort losläßt, laß ich dich auspeitschen, Germane!«

»Mich auspeitschen?« lachte Thorag herzhaft. »Du scheinst

dich mit einem Herrn und mich mit einem Sklaven zu verwechseln, Junge.«

»Bist du kein Sklave?« fragte der Junge, jetzt bedeutend leiser.
»Nein, ich bin ein freier Cherusker.«
»Alle Germanen in diesem Haus sind Sklaven. Sie gehorchen meinem Onkel und …«

Weiter kam er nicht, weil ein lauter, langgezogener Ruf dazwischenfuhr: »Priiimuuus!«

Flaminia stand in dem Säulengang und blickte mit gerunzelter Stirn auf die Grünfläche. Sie trug eine gelbe, bis auf den Boden fallende Tunika. Ihr schwarzes Haar war hinten zu einem kunstvollen Gebilde zusammengesteckt. Wie schon am Vortag bewunderte Thorag die Schönheit und natürliche Eleganz der Römerin. Als sie auf einem ins Grüne führenden Kieselsteinweg ein paar Schritte vortrat, zeichneten sich ihre schlanken Beine und ihre kleinen, spitzen Brüste durch das Gewand ab.

»Was tust du hier, Primus?« fragte Flaminia ein wenig säuerlich. »Ich warte mit dem Essen auf dich. Es wird Zeit für die Schule.«

Thorag ließ den Jungen los und sagte: »Ich wollte den Knaben nicht aufhalten, Flaminia.«

»Was hat er wieder angestellt?«
»Eigentlich gar nichts«, meinte der Cherusker ausweichend.
»Was heißt eigentlich?«
»Nun ja, er war ein wenig neugierig.«

Flaminia lachte plötzlich. »Das hat er von mir geerbt.« Ihr Gesicht wurde wieder strenger, als sie den Jungen ansah. »Geh dich waschen, Primus. Du bist ganz grün vom Rasen oder vom Gebüsch. Mach dich sauber und komm dann frühstücken!«

»Ja, Mutter«, sagte der Junge folgsam und lief mit gesenktem Kopf an Flaminia vorbei in den Säulengang. Dort drehte er sich noch einmal um und warf Thorag einen wißbegierigen Blick zu, bevor er im Halbdunkel des Ganges verschwand, der vom Peristylium in den überdachten Hauptteil des Hauses führte.

»Er … er ist dein Sohn?« fragte Thorag ein wenig verwirrt, als die Frau näher trat und ihn in eine Wolke ihres fremdartigen, betörenden Duftes tauchte. Wo ein Sohn war, mußte auch ein Vater sein, und das war für Thorag eine unangenehme Erkenntnis. Er fand die Römerin überaus anziehend. Bisher war er davon ausgegangen, daß sie unverheiratet war. Er hätte es sich denken könne, daß er sich täuschte. Sie war ein paar Jahre älter als er und daher längst in dem Alter, in dem sich eine Frau einen Mann suchte oder weise so tat, als habe sie sich von einem Mann suchen lassen.

»Ja, Primus ist mein Sohn«, lächelte ihn Flaminia an. »Weil er unser Erstgeborener war, haben Appius und ich ihn Primus genannt. Wir wollten noch viele weitere Kinder haben.« Sie hielt plötzlich inne, und ihr Blick verschleierte sich. »Aber leider blieb uns das verwehrt.«

»Wieso?« platzte es aus Thorag heraus, bevor ihm die Erkenntnis den Mund verschließen konnte, daß diese Frage für einen Fremden vielleicht unangemessen war.

»Ich lernte Appius über Maximus kennen. Er war der Stellvertreter meines Bruders. Als ich ihm nach Germanien folgte, war er tot, gefallen bei einem Überfall der Fenrisbrüder.«

»Das tut mir leid«, sagte Thorag und meinte es ehrlich. Er begehrte diese Frau, aber nicht um den Preis, daß er ihr den Tod ihres Mannes wünschte oder darüber froh war. »Weshalb bist du nicht nach Rom zurückgekehrt?«

»Ich weiß es nicht. Irgend etwas hält mich hier. Vielleicht der Gedanke, daß Appius hier gestorben ist.«

Dann schwieg Flaminia und blickte in die aufgehende Sonne. Auch Thorag schwieg, weil er ihre Gedanken, die seiner Meinung nach bei ihrem verstorbenen Mann weilten, nicht stören wollte.

Er konnte nicht wissen, daß Flaminia ihm nicht alles erzählt hatte. Daß sie froh war, aus Rom wegzukommen, weil sich Augustus persönlich gegen sie gewandt hatte. Eine ihrer zahlreichen Affären, ohne die sie einfach nicht auskam, war sie mit einem Senator eingegangen, dessen Frau zur entfernten Verwandtschaft des Imperators zählte. Als die betrogene Ehefrau sich beim Herrscher des Römischen Reiches beschwerte, hatte ein Abgesandter des Imperators Flaminia nahegelegt, Rom für einige Jahre zu verlassen, wollte sie nicht auf eine öde Insel verbannt werden.

Flaminia hatte sich in Germanien eingerichtet, so gut es ging.

Das Oppidum Ubiorum, in dem sie die Winterzeit verbrachte, war beileibe nicht Rom, und noch weniger war das Sommerlager der Legionen am Fluß Visurgis mit der Tiberstadt zu vergleichen. Aber sie hatte genügend Geld, um sich den ihr notwendigen Luxus zu beschaffen. Und unter den Soldaten genügend Auswahl an Männern, um ihren schon immer großen Bedarf am anderen Geschlecht zu befriedigen. Und sie konnte die Hausherrin spielen, obwohl das luxuriöse Anwesen eigentlich ihrem Bruder gehörte. Aber Maximus, dessen Leben die Armee war, hatte keine Frau und hätte sich aufgrund seiner Neigungen auch niemals eine gesucht. Er überließ seiner Schwester gern die Stellung der Hausherrin.

»Ich bin fertig«, sagte Primus, der die fast andächtige Stille störte. »Aber ich kann Maximus nicht finden. Auch Gerlef ist nicht da.« Der Mann und die Frau drehten sich zu dem Säulengang um, in dem der Junge stand.

»Maximus mußte schon zum Dienst«, erklärte die Mutter ihrem Sohn.

»Und wo ist Gerlef? Er hat versprochen, mich zur Schule zu bringen, wenn er wieder da ist.«

»Gerlef kommt nicht wieder«, sagte Flaminia leise. »Die Barbaren haben ihn getötet. Sie hätten wohl auch Saiwa und mich getötet, wenn Thorag uns nicht gerettet hätte.«

Sie legte bei diesen Worten eine Hand auf Thorags Arm.

»Gerlef ist tot?« fragte der Junge stockend.

Flaminia nickte mit ernster Miene. »Geh jetzt hinein, wir folgen dir.« Ihr Sohn gehorchte, und sie sah Thorag an. »Willst du mit uns essen?«

»Gern. Aber vorher würde ich mich gern noch waschen.«

Wieder nickte die Römerin. »Komm dann ins Triclinium.«

Thorag beeilte sich und kam noch rechtzeitig zum Essen. Flaminia und ihr Sohn kehrten gerade von dem kleinen Schrein im Atrium zurück, wo sie, wie jeden Morgen, eine Auswahl der Speisen den Laren, den Penaten und dem Genius geopfert hatten, die allesamt über Haus und Familie wachten.

Flaminia, Primus und Thorag ließen sich auf den gepolsterten Liegen nieder, die einen großen Tisch umgaben. Zwei germanische Sklavinnen, eine davon war Saiwa, bedienten sie. Wie bei den Römern üblich, war das Essen am Morgen eher karg. Es bestand aus frischem Brot, das mit Honig oder Käse bestrichen war. Dazu gab es zwei große Schüsseln aus prunkvoll verziertem Glas, von denen eine mit Trauben, die andere mit Oliven gefüllt war. Die Sklavinnen reichten in Bechern aus ähnlich verziertem Glas frische Ziegenmilch.

Saiwa tat, als sei gestern nichts vorgefallen, doch die Rötung unter den Augen verriet, daß sie in der Nacht viele Tränen um ihren Bruder Gerlef vergossen hatte. Jetzt hatte sie sich nur so lange in der Gewalt, bis Primus, eher neugierig als bekümmert, nach Gerlefs Schicksal fragte. Als Flaminia ihm ausführlich berichtete, was sich im Wald ereignet hatte, wandte sich Saiwa mehrmals ab und fuhr mit einem Stück ihres einfachen Kleides über ihre Augen.

Primus fragte weiter und weiter und wollte schließlich Näheres über Thorag wissen.

»Schluß jetzt!« sagte seine Mutter streng. »Du mußt jetzt los, sonst kommst du zu spät, und Themistokles gibt dir was auf die Finger.«

»Wer geht denn heute mit mir zu den Tieren, wenn Gerlef nicht mehr da ist?«

»Ist heute öffentliche Fütterung?« fragte Flaminia.

Ihr Sohn nickte heftig. »Darf ich mit Thorag zu den Tieren gehen?«

»Das mußt du Thorag fragen.«

Bittend sah der Junge den Cherusker an.

»Ich weiß dich gar nicht, worum es geht«, meinte Thorag.

»Heute ist die Tierfütterung im Amphitheater öffentlich«, erklärte Flaminia. »Gerlef hat Primus in der Mittagspause oft dahin mitgenommen.« Ihr Blick richtete sich auf den Jungen, und ihre Stimme wurde strenger. »Wenn Primus fleißig war.«

»Das bin ich bestimmt!« versprach der Junge schnell.

»Eigentlich wollte ich mich um einen Posten als Offizier bemühen«, sagte Thorag.

»Das brauchst du nicht«, meinte Flaminia. »Maximus wird das für dich regeln und dich Varus vorstellen. Aber erst am Nachmittag. Vorher kannst du doch nicht zu Varus. Er hält heute Gericht, und dabei läßt er sich ungern stören.«

Thorag sah Primus an. »Dann gehe ich gern mit dir zu den Tieren.«

Und Primus strahlte.

»Vielleicht nehmt ihr mich auch mit«, sagte die Römerin.

Und Thorag strahlte.

Ein krummbeiniger ubischer Sklave namens Egino brachte Primus zu Themistokles. Wie Thorag von seiner schönen Gastgeberin erfuhr, war dieser ein griechischer Freigelassener, der die Kinder wohlhabender Offiziere gegen gute Bezahlung unterrichtete. Er folgte der Truppe sogar ins Sommerlager, damit die Familien zusammenbleiben konnten.

Thorag und Flaminia blieben noch lange im Triclinium und unterhielten sich. Hauptsächlich sprach Thorag, denn die Frau stellte viele Fragen nach seinem Leben. Sie zeigte sich angenehm überrascht, als sie erfuhr, daß ihr Gast ein Edeling und ein Nachfahre des Donnergottes war.

Der Vormittag verging für Thorag fast zu schnell. Sunna strahlte, und es war warm. Der Cherusker und seine Gastgeberin flanierten im Peristylium, als der Ubier mit Primus zum Essen heimkam. Um noch genügend Zeit für den Besuch der Tiere zu haben, aßen Flaminia, Primus und Thorag sehr schnell. Es gab den Rest des am Morgen frisch gebackenen Brotes mit kaltem Geflügelfleisch und Gemüse. Primus war sehr aufgeregt und drängte zum Aufbruch. Es war für ihn etwas Besonderes, mit dem großen, langhaarigen Germanen durch die Straßen des Oppidums zum Amphitheater zu spazieren. Gewiß, die ubischen Einwohner der Stadt waren auch Germanen, aber sie hatten sich in Kleidung und Erscheinung schon sehr den Römern angepaßt. Die meisten Männer, auch der die kleine Gruppe begleitende Sklave Egino, trugen das Haar kurz wie die männlichen Römer.

Auf dem Weg zum Amphitheater durchquerten sie das Viertel der ubischen Handwerker, was in Thorag schmerzliche Erinnerungen wachrief. Hier hatte er die Fenster für seine Mutter gekauft, als er sich seine Heimkehr ins Cheruskerland noch in den rosigsten Farben ausmalte. Sie kamen sogar direkt an dem

Haus des Glasmachers Baldwin vorbei, bei dem er die Fenster erstanden hatte; der Eingang war verschlossen, Baldwin offenbar nicht zu Hause. Auf einmal wurden die Toten wieder lebendig und warfen ihre Schatten auf Thorags Gesicht.

»Ist etwas nicht in Ordnung, Thorag?« fragte Flaminia im besorgten Tonfall.

Der Cherusker schüttelte den Kopf. »Nur Erinnerungen.«

»Betrübliche Erinnerungen, wie mir scheint. Gelten sie einer Frau?«

»Mehreren.«

»Oho«, machte die Römerin und sah Thorag mit hochgezogenen Brauen erstaunt an. »Hast du so viele Herzen gebrochen, Cherusker?«

»Ich meinte meine Mutter und meine Schwestern.«

»Was ist mit ihnen?«

»Bei meiner Heimkehr aus Pannonien waren sie tot.«

»Das tut mir leid«, wiederholte Flaminia die Worte, die Thorag am Morgen im Peristylium zu ihr gesprochen hatte. »Du hattest dich sicher sehr gefreut, sie wiederzusehen.«

Thorag nickte nur und schluckte den Kloß hinunter, der sich in seiner Kehle zu bilden begann.

»Ich glaube, ich kann deine Gefühle nachempfinden«, fuhr die Römerin fort. »So ähnlich erging es mir auch, als ich mit Primus hierherkam und vom Tod meines Mannes erfuhr.«

Sie umfaßte seine Hand und hielt sie den ganzen Weg über bis zum Amphitheater fest. Wärme strahlte von Flaminia aus und übertrug sich auf Thorag. Er genoß das wie den Duft, den diese Frau verströmte und den er in vollen Zügen einatmete. Ihre Nähe wirkte wie Balsam, der sich auf die Wunden in seiner Seele legte und die Schmerzen linderte. Die Gedanken an seine tote Familie verblaßten, und sogar die Sehnsucht nach Auja und Astrid, die ihn beständig quälte, verlor etwas von ihrer Kraft.

Der ovale Bau des Amphitheaters wirkte für die Ubierstadt beeindruckend, wäre für Rom selbst aber allenfalls unterer Durchschnitt gewesen und hätte in den berühmten Circus Maximus mehrfach hineingepaßt. Doch für Germanien, das von den Römern Provinz genannt wurde, aber gerade erst eine solche zu werden begann, war das Bauwerk gewiß eine große Leistung.

»Wo die Römer auch hinkommen, bauen sie ihre Amphitheater, manchmal noch eher als ihre Tempel«, sagte Thorag zu Flaminia. »Das Schauspiel von Angst, Blut und Tod scheint euch sehr viel zu bedeuten.«

»Es ist erregend. Findest du nicht?«

»Ich finde es widerwärtig.«

Flaminia bedachte den Cherusker mit einem erstaunten Blick. »Gestern hast du ohne großes Überlegen eine Handvoll Männer getötet!«

»Weil ich es tun mußte und weil mir keine Zeit zum Überlegen blieb. Ich töte Tiere, wenn ich Hunger habe. Ich töte Menschen, um zu überleben. Aber ich töte nicht, weil mir das Sterben anderer Freude bereitet.«

Erst blickte die Römerin düster drein, aber plötzlich lachte sie. »Wenn du so weiterredest, Thorag, halte ich uns Römer noch für Barbaren und euch Germanen für die wahrhaft Zivilisierten.«

Die Tierfütterung mußte sehr beliebt sein. Vor einem der Eingänge hatte sich eine richtige Menschenschlange gebildet, die sich nur langsam voranschob. Endlich erreichten auch Thorag und seine Begleiter die Bretterbude, in der ein grauhaariger Römer – Thorag hielt ihn seiner trotz des Alters geraden Haltung und seiner knappen Sprechweise wegen für einen ehemaligen Legionär – gegen Bezahlung den Eintritt gewährte: Er verlangte für einen Erwachsenen zwei Asse, für ein Kind die Hälfte. Thorag, der seine Begleiter einladen wollte, holte eine Messing- und drei Kupfermünzen hervor und drückte sie dem Ergrauten in die knotige Hand. Die altersfleckige Klaue schloß sich um die abgegriffenen Münzen, die nach Grünspan und dem Schweiß der vielen Hände, durch die sie gegangen waren, rochen.

Im Gegensatz zu seinen Begleitern war Thorag noch nie im Amphitheater des Oppidums gewesen. Trotzdem hätte er auch ohne sie mühelos den Zwinger gefunden. Vom Eingang schlängelte sich die Menschenreihe direkt dorthin. Über Rampen und Treppen ging es hinunter in den tiefer gelegenen Teil des großen Areals, in dem die Tiere gehalten wurden. Hier waren die zuständigen Wärter und Sklaven in nicht gerader großer Hast mit der Fütterung beschäftigt.

»Die beeilen sich nicht, die Tiere satt zu bekommen«, bemerkte der Cherusker denn auch.

»Das sollen sie auch gar nicht«, erwiderte Flaminia. »Je länger die Fütterung dauert, desto mehr Leute kommen.«

»Und desto größer ist der Verdienst, der mit den Eintrittsgeldern gemacht wird, nehme ich an.«

Flaminia lächelte. »Genau.«

»Wer macht damit seinen Gewinn?«

»Die römische Verwaltung, der das Amphitheater untersteht.«

»Mit anderen Worten, Varus.«

Wieder lächelte die Frau. »Du hast es erfaßt, Thorag.«

Dieser Varus wußte, wie man Geschäfte machte. Das hatte er schon häufiger unter Beweis gestellt. Wie spotteten doch die Römer selbst hinter vorgehaltener Hand über die Rolle, die Varus als Statthalter von Syrien gespielt hatte: ›Arm betrat er ein reiches Land, reich verließ er ein armes Land.‹

Vielleicht war doch etwas dran an den vielen Beschwerden über die unmäßigen Steuern, die die Römer von den rechtsrheinischen Germanen verlangten. Gewiß, durch die Bündnisverträge hatten sich die Einheimischen zu Abgaben an die mächtigen Fremden aus dem Süden verpflichtet. Aber immer wieder war von nicht zu erfüllenden Steuerlasten die Rede und von gewalttätigen Strafaktionen der Römer, die Gehöfte und Dörfer säumiger Zahler brandschatzten und schliffen. Auch Wisar hatte davon gehört. Der Gaufürst hatte seinen Sohn gebeten, mit Varus darüber zu sprechen, sobald er ihn im Oppidum traf. Wie es aussah, würde das heute noch der Fall sein.

Als sie zusahen, wie die Sklaven blutige Fleischstücke in einen großen Käfig voller Wölfe warfen und wie sich die Tiere gierig darüber hermachten, mußte Thorag an die Fenrisbrüder denken. Waren die Männer in den Wolfsfellen, die sich nach dem von Loki und Angurboda gezeugten Untier benannten, gar nicht so sehr im Unrecht, wie es Thorag bisher angenommen hatte? Kämpften sie für eine gerechte Sache? Er konnte es sich nicht vorstellen, waren sie doch Männer, die nächtens heimtückische Überfälle verübten.

Sie verließen die Wölfe. Thorag fühlte sich an seinen Alptraum erinnert, als sie an einem Gehege mit schwarzen Keilern vorbeigingen und dann auch noch an einem, in dem zwei mächtige Auerochsen an dem spärlichen Gras zupften. Die Wärter zeigten sich gnädig und warfen ihnen Heuballen zu. Besonders beliebt waren die Tiere aus fernen Ländern: ein ganzes Rudel Löwen und drei Tiger, von denen einer ein schneeweißes Fell hatte.

Mit leuchtenden, furchtlosen Augen beobachtete Primus, wie die Tiger die großen Fleischbrocken zerrissen.

»Wir müssen jetzt gehen«, sagte Flaminia. »Dein Unterricht geht gleich weiter, Primus.«

Der schmale Kopf ruckte hoch, und der Junge sah seine Mutter enttäuscht an. »Aber wir waren doch noch gar nicht bei Ater!«

»Wir haben zu lange bei den anderen Tieren herumgetrödelt«, blieb Flaminia streng.

Trotz trat in das Gesicht des Kindes, und es ballte seine kleinen Hände zu Fäusten. »Ich gehe nicht hier weg, wenn ich nicht Ater sehen darf!«

Ater! Der Name spukte durch Thorags Kopf. Das römische Wort hatte mehrere Bedeutungen: ›schwarz‹, ›dunkel‹, ›traurig‹, aber auch ›unheilvoll‹ und ›schrecklich‹.

»Wer oder was ist Ater?« fragte der Cherusker .

»Ater ist seit ein paar Wochen der König der Spiele«, antwortete Flaminia. »Egal ob er gegen Menschen kämpft oder gegen andere Tiere, immer geht er als Sieger hervor, meistens ohne eine Schramme abbekommen zu haben.«

»Das hört sich an wie ein schreckliches Ungeheuer«, murmelte Thorag und dachte erneut an das Tier, das schwarze zottelige Etwas aus seinem Traum, aus dem er heute morgen schweißgebadet erwacht war.

»Das ist Ater auch!« rief Primus mit einem Stolz aus, als spreche er von seinem ureigenen Haustier. »Ater ist das mächtigste Tier, das es gibt. Und es ist das tapferste. Es ist so stark wie niemand sonst.«

»Dann braucht es nicht besonders tapfer zu sein«, meinte Thorag und fing sich mit dieser Bemerkung einen fragenden und zugleich mißbilligenden Blick des Jungen ein, in dessen

Augen Thorag gerade Ater beleidigt hatte. Um Primus zu versöhnen, ging der große Mann vor ihm in die Hocke und sagte: »Zeig mir dieses starke Ungeheuer, Primus! Wenn wir uns beeilen, wird deine Mutter sicher nichts dagegen haben.«

Thorag blickte aus seiner hockenden Stellung zu der schönen Frau auf.

Ein Lächeln trieb den strengen Ausdruck von ihrem länglichen, oval geschnittenen Gesicht. »Männer!« schnaubte sie und seufzte: »Also schön. Aber wir müssen uns wirklich beeilen!«

Primus strahlte, packte Thorag bei der Hand und zog ihn mit sich, so schnell, daß Flaminia und Egino kaum folgen konnten. Ater zog wirklich alle Aufmerksamkeit auf sich. Die Menschen scharten sich so dicht um seinen Käfig, daß Thorag mit sanfter Gewalt einen Weg für sich und seine Begleiter bahnen mußte.

»Das ist Ater!« schrie Primus und zeigte mit ausgestreckter Hand auf das gewaltige Tier im Käfig.

Thorag blieb wie angewurzelt stehen und erblaßte. Das war das Tier aus seinem Traum! Er wußte es seltsamerweise sofort, obwohl er es im Traum nicht deutlich gesehen hatte, weil es sich immer wieder mit dem Bild des Urs, des Ebers und der Totengöttin vermischt hatte. Aber wieder spürte er die unbändige Angst, die ihm die Kehle zuschnürte, wie in dem Traum. Dabei bestand gar kein Grund dazu. Der riesige Bär befand sich hinter fingerdicken Gitterstäben.

Welchen Grund gab es, daß ihm die Götter einen Traum von diesem Wesen gesandt hatten?

War es eine Warnung – wovor?

Ein Hinweis? – worauf?

Primus war so von Aters Anblick eingenommen, daß es Thorags plötzliche Versteinerung gar nicht bemerkte. »Möchtest du gegen Ater kämpfen, Thorag?« fragte er in seiner kindlich unbekümmerten Art.

»Nein!« antwortete der Cherusker entschieden.

»Nein?« Überrascht schaute der Junge zu ihm auf. »Warum nicht? Hast du etwa Angst davor, gegen Ater zu kämpfen?«

»Ja, natürlich.«

»Aber wer Angst hat, ist ein Feigling«, sagte Primus mit unverhohlener Enttäuschung.

Thorag schüttelte mit dem Kopf. »Wer keine Angst hat, ist ein Dummkopf. Und wer ein Dummkopf ist, lebt nicht lange.« Er sah am verwirrten Gesichtsausdruck des Jungen, daß Primus ihn nicht verstand.

Ein germanischer Sklave und ein älterer, fast kahlköpfiger Römer, wohl einer der im Amphitheater beschäftigten Veteranen, schoben einen Karren mit Früchten und Nüssen heran. Gegen klingende Münze durften die Zuschauer Ater selbst füttern. Besonders die Kinder waren darauf erpicht und drängten ihre Eltern oder Begleiter, dem Römer eine Kupfermünze in die Hand zu drücken. Primus machte da keine Ausnahme und warf ein paar Handvoll Nüsse vor Ater in den Käfig, die das riesige Tier aber zu seiner Enttäuschung verschmähte.

Ater spielte mehr mit dem Futter, als daß er es aß. Thorag nahm an, daß er bereits mehr als gesättigt war. Um möglichst viel Geld abzukassieren, rückten die Wärter bei jedem neuen Besucherschwung mit weiterem Futter an.

»Er mag eure labbrigen Früchte nicht«, sagte ein männlicher Besucher zu den Wärtern. »Ater will Fleisch essen.«

»Bei den nächsten Spielen bekommt Ater Fleisch«, grinste der kahlköpfige Römer. »Mehr als ihm lieb ist. Bis dahin muß er sich hiermit begnügen, damit er in der Arena den richtigen Hunger entwickelt.«

Thorag hörte nur mit halben Ohr hin. Gebannt beobachtete er Ater, unter dessen schwarzglänzendem Fell sich bei jeder Bewegung kräftige Muskeln abzeichneten. Der Cherusker hatte noch nie einen Bären mit so dunklem Fell und von solch gewaltiger Größe gesehen. Hätte sich Ater auf seine Hinterbeine erhoben, so hätte er Thorag wohl um weit mehr als Haupteslänge überragt. Auch wenn sich der Bär in seinem großen Käfig jetzt eher gelangweilt gab, täuschte das den Cherusker nicht über die Gefährlichkeit des Tieres hinweg. Die Kraft, die in dem riesigen Körper steckte, mußte gewaltig sein. Nicht umsonst war Ater der Liebling der Massen. Wieder dachte Thorag an seinen Traum, und ein Schauer rieselte über seinen Rücken. Weniger aus Angst vor dem Tier als aus Ungewißheit, was die Götter ihm hatten mitteilen wollen.

Thorag fühlte sich ein wenig erleichtert, als Flaminia ihren

Sohn zum Aufbruch drängte. Kaum ließen sie den Bärenkäfig hinter sich zurück, erscholl auf einmal das markerschütternde Gebrüll, das der Edeling im Traum vernommen hatte. Ater drängte sich an das vordere Gitter, als wolle er seine spitze Schnauze hindurchzwängen. Als wolle er Thorag nachsetzen und den Cherusker zurückhalten!

Nachdem sie das Amphitheater verlassen und sich von Primus und Egino getrennt hatten, die sich beeilen mußten, um das Haus des Lehrers Themistokles noch rechtzeitig zu erreichen, gingen Thorag und Flaminia gemütlich in Richtung Fluß, wo das Quartier des Varus lag, gar nicht so weit entfernt vom Haus des Maximus. Es war noch früh am Nachmittag, und sie hatten Zeit. Sie durchquerten den Hafenbereich, in dem das geschäftige Treiben herrschte, das Thorag schon von seinem letzten Besuch im Oppidum kannte, als er mit Armin, Brokk, Klef und Albin den Rhein hinuntergefahren war.

Große Schiffe konnten hier allerdings nicht anlegen. Das verhinderten zahlreiche Untiefen, gefährlich schnell wechselnde Strömungsverhältnisse und bewaldete Steilufer. Flußauf- und flußabwärts gab es Umladehäfen, wo die Frachten von den großen Schiffen auf die kleinen, flachen Lastkähne verladen wurden, die in großer Zahl im Hafen dümpelten oder vor dem Oppidum im Fluß umherwimmelten wie ein Schwarm fleißiger Bienen.

Mehr als einmal mußten Thorag und Flaminia rasch beiseite treten, so dicht war das Gedränge der lauten, schwitzenden Hafenarbeiter. Schwere Wagen mit ihren Frachten polterten ohne Rücksicht auf die Fußgänger über das grobe Pflaster. Hier galt das Verbot der Hauptstadt Rom nicht, die keine Wagen in ihren Stadtmauern zuließ. Manche Kähne wurden mit solcher Geschwindigkeit ent- und wieder beladen, daß ihre Besatzungen kaum Zeit fanden, einen Fuß an Land zu setzen. Thorag hatte den Eindruck, daß diese Männer ihr ganzes Leben auf dem Wasser verbrachten.

Das Haus des Statthalters war ein kleiner Palast, bescheiden zwar im Vergleich zu den Prachtbauten Roms, die Augustus in den letzten Jahren aus dem Boden hatte stampfen lassen, aber sicher das prächtigste Haus in der Ubierstadt. Im Sonnenlicht schimmerten die reichverzierten Säulen, kühn geschwungenen Bögen und zahlreichen anmutigen Standbilder römischer Gottheiten. Auch die großen Glasfenster waren jedes ein Kunstwerk für sich mit eingearbeiteten Mustern, Figuren und ganzen Szenen. Varus mußte Syrien wirklich als reicher Mann verlassen haben. Wahrscheinlich nicht nur Syrien, sondern auch die Provinz Africa, die er zuvor verwaltet hatte.

»Varus hat sich ein prunkvolles Haus zugelegt«, bemerkte Thorag beim Nähertreten zu seiner Begleiterin. »Alles funkelt und glitzert.«

Flaminia lächelte vieldeutig. »Der Statthalter repräsentiert den Glanz des römischen Imperiums.«

Der Cherusker zeigte auf die Wachposten, die vor dem Haupttor standen. »Sogar die Rüstungen der Soldaten glitzern silbern.« Als sie die Wächter erreicht hatten, bemerkte Thorag die Schweißbäche, die unter den Helmen und Panzern hervorrannen. »Repräsentieren diese Männer auch die Last, die das römische Imperium seinen Untertanen zuweilen aufbürdet?«

Die Römerin sah Thorag streng an, aber in ihren nußbraunen Augen glitzerte es belustigt. »Für einen Germanen bist du ungewöhnlich scharfzüngig, Cherusker.«

»Ich passe mich den Gepflogenheiten der Römer an, wenn ich unter ihnen weile.«

»Dann vergiß die Gepflogenheit der Römer nicht, Männer mit zu scharfer Zunge wegen Hochverrats in die Arena zu schicken.«

Thorag blickte sie mit gespieltem Entsetzten an. »Du wirst mich doch nicht verraten?«

Flaminia lächelte verschmitzt und wiegte ihren Kopf hin und her. »Mal sehen. Jedenfalls habe ich dich jetzt in der Hand, starker Krieger, und das ist sicher nicht schlecht.«

Thorag nickte und sagte betont unterwürfig: »Dein ergebener Diener, edle Flaminia.«

»Ich komme darauf zurück«, sagte die Frau und strich mit dem Zeigefinger über Thorags Kinn. Die Berührung ließ ihn erschauern.

Die Wachtposten beäugten den hünenhaften, langhaarigen Cherusker mit dem großen Schwert am Wehrgehänge zwar mißtrauisch, grüßten jedoch höflich und ließen die beiden passieren, ohne Fragen zu stellen. Flaminia, die Schwester ihres Kommandanten, war hier gut bekannt und über jeden Verdacht erhaben. Im gepflasterten Innenhof trafen sie einen Zenturio, den Flaminia nach dem Statthalter fragte.

»Varus ist noch im Garten und hält Gericht«, antwortete der Offizier, der einen roten Mantel und einen von einem Halbkreis roter Federn geschmückten Helm trug. »Aber es kann nicht mehr lange dauern.«

»Komm mit«, sagte Flaminia zu Thorag, faßte ihn an der Hand wie ihren kleinen Sohn und zog ihn mit sich durch einen großen Torbogen. Sie betraten einen trotz des noch sehr jungen Sommers üppig blühenden Garten, gegen den das Peristylium im Haus des Maximus überaus bescheiden wirkte. Breite, mit glänzend weißen Kieseln bestreute Gehwege, die sich – römischem Ordnungssinn folgend – stets im rechten Winkel kreuzten, führten zwischen rot, blau und gelb blühenden, stark duftenden Blumenfeldern hindurch. Aus der Blütenpracht erhoben sich Statuen aus weißem Marmor, so strahlend sauber, als würden die Sklaven des Varus sie jeden Morgen putzen.

Zwei Gruppen von Menschen, ubische Familien offenbar, die bewußt Abstand voneinander hielten, kamen ihnen entgegen. Die erste Gruppe sah hochzufrieden aus, während die Angehörigen der zweiten Gruppe erregt miteinander stritten und der vorangehenden ersten Gruppe böse Blicke zuwarfen.

»Varus scheint gerade einen Streit entschieden zu haben«, meinte Flaminia. »Die Rechtspflege ist seine große Passion. Er liebt es geradezu, auf dem Richterstuhl zu sitzen und Recht zu sprechen. Manche halten ihn für einen größeren Richter als Feldherrn. Maximus sagt, daß Varus glaubt, wenn er ein Volk nicht durch das Schwert besiegen kann, dann auf jeden Fall durch die Juristerei.«

»Die zweite Gruppe fühlt sich offenbar nicht sehr gerecht behandelt.«

Flaminia zuckte gleichgültig mit den Achseln. »*Summum ius, summa iniuria.* – Das größte Recht ist oft das größte Unrecht.«

Kapitel 13

Der Statthalter

Publius Quintilius Varus, der Legat des Augustus für die Provinz Germanien, residierte unter einem säulengetragenen Vorbau, der sich zum weitverzweigten Garten öffnete. Von Offizieren und Soldaten seiner Wache sowie von den Liktoren mit ihren Rutenbündeln und anderen hohen Beamten umgeben, thronte er auf einem Klappstuhl aus reichverzierter Bronze, und ein dickes seidenbespanntes Kissen schonte sein breites Gesäß. Die Soldaten gehörten, wie Thorag an den silbernen Panzern und den Verzierungen ihrer Uniformen erkannte, zur Garde des Statthalters. Aber vergeblich suchte er Maximus, den Präfekten der Garde, den er hier zu treffen erwartet hatte.

Quintilius Varus war ein korpulenter Mittfünfziger, dem man auf den ersten Blick ansah, daß er ein Leben im Überfluß führte und den Genüssen mehr zugeneigt war, als es für ihn gut war. Das dünne, sich grau verfärbende Haar zog sich weit von der geraden Stirn zurück, die tiefliegende Augen überschattete. Beherrscht wurde das breite Gesicht mit dem trägen, ein wenig stupide wirkende Zug um den Mund von einer großen, spitzen Nase, die den behäbigen Eindruck, den der ganze Mann vermittelte, wieder zurücknahm und ihm etwas Herrisches verlieh.

Er sprach mit einem zu seiner Rechten stehenden Zenturio, als er Flaminia und Thorag bemerkte. Sofort unterbrach er seine Rede und winkte die beiden Neuankömmlinge in einer huldvoll wirkenden Geste zu sich heran. »Tretet näher, ihr beiden.« Er lächelte die Frau an und entblößte dabei dunkel verfärbte Zähne. »Ich freue mich, dich zu sehen, Flaminia.« Sein Blick wanderte weiter zu Thorag, und er nahm sich ausgiebig Zeit, den Cherusker zu mustern. »Ich nehme an, dein Begleiter ist der famose Germane, der mit der Waffe mehr auszurichten vermag als eine ganze Abteilung meiner Garde.«

Der Edeling verneigte sich leicht. »Ave, Quintilius Varus, Legat des Augustus. Ich bin Thorag, Sohn des Cheruskerfürsten Wisar und unter dem Tribun Arminius Zenturio der germanischen Auxilien.«

Varus nickte und lächelte erneut. »Maximus hat mir von deiner Heldentat berichtet, Thorag. Männer wie dich kann ich immer gebrauchen.«

»Das trifft sich gut«, meinte Flaminia. »Thorag möchte nämlich wieder in der Armee dienen.«

»Das bereden wir später beim Essen«, bestimmte Varus. »Wenn ich mit der Sitzung durch bin. Ich denke, es ist nur noch ein Streitfall zu entscheiden. Oder, Lucius?«

Bei dieser Frage sah Varus den Zenturio zu seiner Rechten an, einen kaum mittelgroßen, aber äußerst zäh wirkenden Mann, dessen Gesicht seine Kampferfahrung widerspiegelte. Eine breite, feuerrote Narbe, die wohl von einem Schwerthieb stammte, zerteilte die sonnenverbrannte, lederartig wirkende Haut auf seiner rechten Wange und zog sich vom Ohr bis fast zum Mundwinkel.

Der angesprochene Offizier entfaltete eine Papyrusrolle, indem er mit der Rechten einen der beiden Griffe an der Elfenbeinrolle festhielt und mit der Linken die aneinandergeklebten, aus der Papyruspflanze gewonnenen Blätter nach unten zog. Er las die unterste Eintragung und nickte. »Ja, Varus. Auf der Liste steht nur noch die Klage des Hausbesitzers Witold gegen den Glasmacher Baldwin.«

»Gut, für heute ist es auch genug«, sagte der Statthalter zufrieden und richtete seinen massigen Körper ein wenig auf. »Die Parteien mögen vortreten.«

Lucius gab die Worte des obersten Richters für die Provinz Germanien weiter und rief die Namen der beiden Streitgegner in die Ansammlung aus etwa hundert Personen, in der Mehrzahl Ubier, die den Gerichtsplatz umstanden. Als die beiden Aufgerufenen sich aus der Masse lösten und langsam nach vorn traten, wurde Thorags Vermutung, die er bei der Nennung der Namen gehabt hatte, zur Gewißheit. Der untersetzte Ubier mit dem grauen Haar und dem Bart um Mund und Kinn war jener Glasmacher Baldwin, bei dem er die Fensterscheiben für seine Mutter gekauft hatte. Jetzt wußte er, weshalb sein Geschäft geschlossen gewesen war. Flaminia, die mit Thorag neben die Offiziere trat, bemerkte sein ungewöhnliches Interesse an dem Vorgang und erkundigte sich danach.

»Ich kenne den Glasmacher«, sagte Thorag und erklärte ihr in knappen Worten den Sachverhalt.

Lucius rief die Streitgegner noch einmal mit Namen auf, und sie bestätigten ihre Anwesenheit. Witold war ein noch sehr junger Mann, groß, hager und glattrasiert. Die scharfen Linien in seinem schmalen Gesicht verrieten Härte und Stolz.

»Wir verhandeln vor einem römischen Gericht und in der Sprache Roms«, fuhr der Zenturio fort. »Versteht ihr diese Sprache oder wünscht ihr, daß ein Dolmetscher hinzugezogen wird?«

Witold und Baldwin gaben an, die Sprache zu verstehen.

Jetzt übernahm Varus das Wort: »Dann ist euer Verfahren hiermit eröffnet. Der Kläger trage seinen Anspruch vor!«

Der hagere Hausbesitzer machte einen weiteren Schritt nach vorn. »Der Glasmacher schuldet mir hundert Silberdenare, weil er mit der Miete für sein Haus im Rückstand ist, erhabener Varus. Das Geld verlange ich von ihm.«

»Ich bin nicht der Erhabene, sondern Augustus ist es«, sagte der Statthalter schroff und wandte sich dem Glasmacher zu. »Das ist eine deutliche Forderung, Glasmacher Baldwin. Willst du sie erfüllen?«

»Nein, Herr.«

»Nein? Warum nicht?«

»Weil mir Witold mindestens dieselbe Summe schuldet. Wenn ich meine Forderung gegen seine aufrechne, hat er keinen Anspruch gegen mich.«

»Lüge!« schrie Witold. Der Zorn verzerrte sein Gesicht und ließ es rot anlaufen. »Baldwin lügt!«

Varus zog seine Stirn in Falten und sah den Glasmacher streng an. »Du lügst, Baldwin?«

Der Angesprochene schüttelte den Kopf. »Es stimmt, daß ich mit der Miete im Rückstand war, weil meine Geschäfte schlechter liefen als erwartet und weil ich teure Ärzte für meine kranke Frau bezahlen mußte. Als ich Witolds Forderung nicht begleichen konnte, wurde er rasend vor Zorn und zerschlug fast die gesamte Ware, die ich bei mir lagerte. Der Wert des zerstörten Glases überstieg den der Mietschuld bei weitem.« Baldwin sah Varus mitleidheischend an. »Wie soll ich meine Schulden bezahlen, wenn ich nichts mehr verkaufen kann, o Varus?«

»Das ist wirklich ein Problem«, gab der Statthalter zu. »Du hast eine schwere Anschuldigung gegen den Mann vorgebracht, der dich anklagt, Baldwin. Hast du Zeugen für die Wahrheit deiner Worte?«

»Die braucht er nicht!« stieß der noch immer aufgebrachte Hausbesitzer hervor. »Was Baldwin sagt, stimmt.«

»Es stimmt?« wiederholte Varus. Sein schriller Tonfall und seine hochgezogenen Brauen verrieten seine Verwunderung. »Aber eben hast du doch behauptet, der Beklagte lügt, Witold!«

»Er lügt, wenn er sagt, daß ich keine Forderung gegen ihn habe. Das meine ich, Varus.«

»Aber du gibst zu, seine Glasarbeiten zerstört zu haben!« polterte der Mann auf dem bronzenen Klappstuhl, nun leicht ungehalten.

»Das war mein gutes Recht, um seine Widerspenstigkeit zu bestrafen. Baldwin wurde frech, als ich auf der Begleichung der Mietschulden bestand. Zur Strafe zerstörte ich sein Glas. Aber damit ging meine Forderung nicht unter. Und jetzt verlange ich, daß du den Glasmacher dazu verurteilst, mir mein Geld zu bezahlen, Varus!«

»So, das *verlangst* du also«, knurrte der Legat, wobei sich seine Lippen in einer Art von den Zähnen zurückzogen, die seinem Gesicht trotz der Breite ein wölfisches Aussehen verlieh. Der raubtierhafte Eindruck verstärkte sich, als sich Varus weit nach vorn beugte, den rechten Ellbogen auf das Knie und das Kinn auf die zusammengerollte Faust stützte. »Willst du es mir vielleicht sogar befehlen, *Ubier?*« Das letzte Wort sprach er höchst verächtlich aus.

Witold zögerte mit einer Antwort. Er sah ein, daß er zu weit gegangen war. Seine heftig arbeitende Gesichtsmuskulatur verriet seine Erregung. »Ich bitte dich nur um ein gerechtes Urteil, Herr«, sagte er schließlich mit bebender Stimme.

»Das sollst du bekommen«, sprach Varus und erhob sich mit einem leichten Ächzen. »Kläger Witold und Beklagter Baldwin, Angehörige der Ubier, Bürger Roms, hört und achtet das Urteil, das ich jetzt im Namen des erhabenen Augustus verkünde! Die Klage des Hausbesitzers Witold ist unbegründet und wird daher zurückgewiesen. Mit der mutwilligen Zerstörung des

Glases hat er dem Beklagten Baldwin einen so hohen Schaden zugefügt, daß letzterer seinen Schadensersatzanspruch gegen die Mietforderung des Klägers aufrechnen kann.«

Auf Baldwins Gesicht zeichneten sich Freude und Erleichterung ab, und die Jubelrufe aus der Zuschauermenge verrieten seine Angehörigen. In Witolds Gesicht arbeitete es dagegen noch heftiger. Der Hausbesitzer ballte immer wieder seine Hände zu Fäusten und beherrschte sich nur mit äußerster Mühe.

Varus blieb stehen und fuhr mit lauter Stimme fort: »Weiterhin bestimme ich, daß die Eigenmächtigkeit des Klägers, sich selbst die nur dem Augustus obliegende Strafgewalt über den Beklagten zuzumaßen, mit zehn Peitschenhieben auf den nackten Rücken bestraft werden soll. Die Strafe wird sofort und vor aller Augen vollstreckt!«

»Das ist ungerecht!« brüllte Witold, während seine Angehörigen in lautes Wehklagen verfielen. »Dazu hast du kein Recht, Varus!«

»Und um dem Klärer zu zeigen, daß man dem Prätor des Augustus nicht ungestraft widerspricht, soll er zehn weitere Peitschenhiebe erhalten.«

Der Statthalter gab dem Zenturio Lucius einen Wink, und dieser befahl ein paar Soldaten, Witold zu ergreifen. Sie schleppten den laut lamentierenden und sich heftig sträubenden Mann durch die sich teilende Menge zu einem Holzgerüst, das Thorags Blicken bisher durch die Zuschauer verborgen gewesen war. Dort ketteten sie den Hausbesitzer an und rissen den Wollkittel von seinem Oberkörper, bis sein Rücken frei lag.

»Baldwin«, sagte der vor seinem Stuhl stehende Statthalter. »Du bist zu Unrecht von Witold bestraft worden. Willst du es ihm vergelten, indem du selbst die gerechte Bestrafung übernimmst?«

Der bärtige Ubier schüttelte heftig den Kopf, und sein Gesicht drückte Widerwillen aus. »Ich bin Glasmacher, Varus. Meine Werkzeuge sind die Probezange und der Rollstab, nicht die Peitsche.«

Varus nickte und schien die Abneigung des Glasmachers gegen die Auspeitschung entweder nicht zu bemerken, oder er war gewillt, sie zu übersehen. »Wahr gesprochen, Baldwin. Wir wollen doch alle, daß Witold etwas von seiner Bestrafung hat. Deshalb soll sie ein in solchen Dingen erfahrener Mann ausführen.« Er schaute nach rechts, in das narbige Ledergesicht des Zenturios. »Wie wäre es mit dir, Lucius?«

»Gern, Varus«, sagte der Offizier nur, reichte Mantel und Helm einem Soldaten und ließ sich dafür von einem anderen Soldaten eine Peitsche geben. Als Lucius über den Platz zu dem Holzgerüst ging, bemerkte Thorag, daß er das linke Bein nachzog.

Kopfschüttelnd ließ sich der Statthalter wieder auf den Klappstuhl sinken und seufzte: »Diese Germanen sind und bleiben Barbaren. Nur mit Strenge und römischem Recht können wir diesen Halbwilden zumindest einen Hauch von Zivilisation vermitteln. Sonst bleiben sie Menschen, die außer der Stimme und den Gliedern nichts von Menschen an sich haben.« Als er Thorags befremdeten Blick bemerkte, fügte er mit einem gequälten Lächeln hinzu: »Edelinge wie du und Arminius sind natürlich ausgenommen, Thorag.«

Die einzige Antwort des Cheruskers bestand in einem knappen Nicken. Doch eines stand für ihn fest: Auch wenn er für diesen Varus arbeiten würde, schätzen würde er ihn niemals.

Lucius stand mit der Peitsche in der Hand hinter dem Missetäter und sah den Statthalter fragend an. Thorag glaubte eine Art Gier in den kleinen Augen des Zenturios zu lesen.

»Fang an, Lucius«, sagte Varus. »Brenn diesem Barbaren ein, daß eine in einem gerechten Verfahren wohlerwogene Strafe tausendmal besser ist als das Faustrecht, das er sich anmaßt!«

Schon beim ersten Schlag zeigte der Offizier, daß er mit der Peitsche umzugehen verstand. Er holte nicht weit aus, wie das ein ungeübter Mann getan hätte, führte den Hieb aber so geschickt, fast nur aus dem Handgelenk heraus, daß sich die lange, dünne Lederzunge tief in Witolds Fleisch fraß. Der hagere Ubier zuckte zusammen und warf den Kopf in den Nacken, aber kein Laut des Schmerzes oder der Wut kam über die Lippen des stolzen Mannes. Seine Angehörigen dagegen brachen in Protestrufe und mitleidiges Schluchzen aus. Die Offiziere der Wache befahlen ihren Männern erhöhte Wachsamkeit.

Wieder und wieder leckte die Lederzunge über Witolds Rücken, schmeckte gierig seine Haut und hinterließ blutige Striemen auf ihr. Jedesmal zuckte der Hausbesitzer zusammen, bis er kraftlos an den Ketten hing. Aber er hielt die Zähne fest zusammengepreßt und ließ allenfalls ein unterdrücktes Stöhnen hören, das tief aus seinem Innern kam.

Auf Baldwins Gesicht lag keine Befriedigung, als er das Schauspiel verfolgte. Es waren mehr die Römer, die das Geschehen mit der Lust an der Grausamkeit und am Leiden betrachteten, die ihnen in den Amphitheatern anerzogen wurde. Der Mehrzahl der Ubier widerstrebte, was hier geschah. Mit der Prügelstrafe bedachten sie allenfalls ihre Leibeigenen, aber niemals einen freien Mann. Varus schien nicht zu wissen, daß er Witold, indem er ihn wie einen Sklaven behandelte, die größte Kränkung widerfahren ließ. Oder es war dem Statthalter egal.

Wenn die Ubier, wie auch Thorag, die Auspeitschung eher mit Abscheu verfolgten, einem Mann bereitete sie augenscheinlich größte Lust: Lucius' Knopfaugen glänzten bei jedem Schlag. Der Zenturio schien sich an den Zuckungen des geschundenen Körpers zu weiden.

»Varus hätte sich keinen geeigneteren Mann für die Bestrafung aussuchen können«, sagte Thorag leise und voller Abscheu zu Flaminia. »Dieser Zenturio scheint die Peitsche mehr zu lieben als seine Frau.«

»Er liebt nicht die Peitsche, er haßt alle Germanen bis aufs Blut.«

»Warum?«

»Weil er ihretwegen seine Frau nicht mehr lieben kann. Lucius' Frau und seine drei Kinder kamen vor einigen Monaten mit einem Versorgungszug zum Oppidum. Lucius ritt ihnen mit einer Abteilung entgegen, weil die Fenrisbrüder die Gegend unsicher machten. Die Entscheidung war gut, kam aber zu spät. Sie fanden den Versorgungszug ausgeraubt vor. Alle waren tot und schrecklich verstümmelt, auch Lucius' Familie. Er hat die Schuldigen verfolgt und in einem erbitterten Kampf aufgerieben. Wie ein Wahnsinniger soll er unter sie gefahren sein, ohne Rücksicht auf sich selbst. Diesem Kampf verdankt er die Narbe in seinem Gesicht und die Wunde, die sein linkes Bein gelähmt hat.«

Jetzt verstand Thorag die Leidenschaft, mit der Lucius die Bestrafung durchführte, wenn er sie auch nicht billigte. Der Zenturio schien das Leben aus Witold herauspeitschen zu wollen. Nach dem zwanzigsten Schlag hing der Ubier fast wie tot an dem Gerüst. Sein Rücken war nur noch eine zerschundene, blutige Fleischmasse. Das herunterrinnende Blut färbte die Steinplatten auf dem Boden rot.

Mochte der Körper auch erschlafft sein, Witolds zu einer Grimasse des Zorns und des Hasses verzogenes Gesicht zeigte, daß noch Leben in ihm war. Und voller Zorn und Haß blickten seine Augen abwechselnd auf Lucius und auf Varus.

Der Statthalter erhob sich erneut und bat Thorag und Flaminia, ihm ins Haus zu folgen. Die Liktoren mit ihren in den Rutenbündeln steckenden Beilen, die des Legaten Macht über Leben und Tod der ihm unterstellten Menschen symbolisierten, schritten voran. Varus, ein Teil seiner Offiziere und seine beiden Gäste folgten ihnen durch kühle Gänge in einen großen, mit Wandgemälden und Mosaiken verzierten Raum.

Thorag bemerkte, daß der Legat den Namen Varus – der Krummbeinige – zu Recht trug: Je mehr sich die Beine den Knien näherten, desto mehr klafften sie auseinander und kamen erst wieder an den Unterschenkeln zusammen.

Der Raum war ein Speisezimmer, wie mehrere Tische und die um sie aufgestellten Polsterliegen deutlich machten. Der Fußboden bestand ebenfalls aus einem Mosaik, dessen Schöpfer einen besonderen Sinn für Humor gehabt haben mußte. In den hellen Stein waren auf täuschend echte Weise die Bilder verstreuter Speisereste in ihren natürlichen Farben eingearbeitet: Fischgräten verschiedener Größe, teilweise noch mit Kopf und Augen, Knochen und Köpfe von Hühnern, Krebsscheren, Schalen und Kerne von Früchten. Die Künstlerhand hatte sogar eine bräunliche Maus geschaffen, die über den Boden huschte, um sich an den Essensresten schadlos zu halten. Bei näherem Hinsehen fiel Thorag auf, daß die aus winzigen Steinen geborene Maus und die Reste eines üppigen Mahls ihre eigenen Schatten warfen, die allerdings mit den durch die zahlreichen Öllampen hervorgerufenen Schatten der Menschen nicht übereinstimmten. Die Lampen waren die Hauptlichtquelle im Speiseraum. Draußen brach allmählich die Dämmerung herein, und durch die verzierten Glasscheiben fiel aufgrund ihrer teilweise recht dunklen Farbgebung weniger Licht ein, als man es von außen vermutete.

Varus ließ sich am größten Tisch, der in der Mitte des Raumes stand, nieder und lud seine beiden Gäste ein, rechts von ihm Platz zu nehmen. Lucius, dessen Augen noch vor Befriedigung über die eben bewältigte Aufgabe glänzten, legte sich auf einen Wink des Legaten links von ihm an den Tisch. Thorag mochte den Zenturio ebensowenig wie den Statthalter und hätte es lieber gesehen, wenn Lucius sich an einen der anderen Tische begeben hätte.

Die Öllampen aus Silber und Terrakotta schafften durch ihre warmen Flammen und den exotischen Duft des Öls eine behagliche Atmosphäre, die in einem seltsamen, unwirklichen Kontrast zu dem abstoßenden Schauspiel stand, das der Hausherr vor wenigen Minuten veranstaltet hatte. Junge Sklaven und Sklavinnen, in der Mehrzahl Germanen, wie die vielen blondgelockten Köpfe verrieten, strömten in den Raum und bereiteten alles für das Mahl vor. In kleinen, zylindrischen Öfen, die auf drei oder vier zierlichen Beinchen standen, wärmten sie das Wasser, das sie dann in Silberschalen fließen ließen und den Menschen an den Tischen reichten, damit sie sich die Hände waschen konnten.

Varus widmete sich mit Hingabe erst der Reinigung und dann den Vorspeisen: schwarze und weiße Oliven, in Honig eingemachte und mit Mohnsamen bestreute Haselnüsse, Pfaueneier, syrische Pflaumen und Granatapfelkerne. Der Statthalter nahm einen der schweren Silberlöffel zur Hand und klopfte damit ein großes Pfauenei auf, schälte es mit der Hand ab und fragte ganz unvermittelt, seinen Kopf zu Thorag wendend: »Willst du für mich eine Brücke bauen, Cherusker?«

»Eine Brücke?« Der Edeling konnte sein Erstaunen nicht verbergen, und fast wäre ihm eine Haselnuß aus dem Mund gefallen.

Varus nickte bekräftigend und probierte die feisten Feigenschnepfen, die in den stark gepfefferten Eidottern lagen. »Wir brauchen mehr Brücken über den Rhenus, um unsere Truppen schneller über den Fluß bringen zu können. Die Brücke hier in der Ubierstadt genügt bei weitem nicht. Natürlich müssen die Brücken an gut befestigten Orten entstehen, damit die Feinde Roms sie nicht für ihre Zwecke nutzen. Deshalb lasse ich zwei große Brücken bauen, eine am oberen und eine am unteren Umschlaghafen, wo jeweils starke Garnisonen liegen.«

»Eine gute Idee«, befand Thorag, nachdem er die Haselnuß zerkaut und hinuntergeschluckt hatte. »Aber wie soll ich dir dabei behilflich sein, Statthalter? Ich bin kein Baumeister und kein Zimmermann, sondern ein Krieger.«

»Eben darum brauche ich dich. Diese Aufrührer, die sich selbst Fenrisbrüder nennen, werden immer frecher. Fähige Männer, die hart durchzugreifen wissen, müssen die Garnisonen befehligen.«

Lucius knurrte unwillig: »Verzeih, wenn ich mich einmische, Varus, aber Rom hat fähige Männer, die hart durchzugreifen wissen.« Er warf Thorag einen feindseligen Blick zu. »Wir brauchen keine Germanen für diese Aufgabe.«

Der Legat des Augustus lachte schrill. »Du bist wohl eifersüchtig, was, Lucius? Keine Angst, ich schätze deine Fähigkeiten und habe dich als Garnisonskommandant für den oberen Hafen vorgesehen. Thorag wird den unteren Hafen übernehmen. Es wird interessant sein zu verfolgen, wer besser mit diesen dreisten Aufrührern fertig wird, der römische Offizier oder ein Garnisonskommandant germanischer Abstammung.« Varus sah den lederhäutigen Zenturio prüfend an. »Findest du das nicht auch, Lucius?«

Der Offizier nickte schwach und verzog sein Gesicht zu einer säuerlichen Miene, als er antwortete: »So ist es wohl, edler Varus.«

Varus wandte sich wieder dem Cherusker zu. »Was ist, Thorag, nimmst du mein Angebot an?«

»Ja«, sagte dieser und war sehr zufrieden damit. Als Garnisonskommandant konnte er eigenmächtig entscheiden und brauchte sich nicht von einem Römer herumkommandieren zu lassen. Das war viel wert. Und er blieb in der Nähe seiner Heimat. Auch wenn er es sich nicht eingestand, aber der Gedanke, wieder weit von Auja fortgehen zu müssen hätte ihm weh getan, obwohl diese Frau unerreichbar für ihn geworden war.

»Sehr schön«, grunzte Varus, den Rest der Feigenschnepfen verdrückend, klatschte in die Hände und rief laut: »Sklaven, bringt uns den besten Wein aus Italiens Süden, es gibt etwas zu feiern!«

Der Wein wurde aus Silberkaraffen in kunstvoll verzierte Glasbecher gegossen. Thorag fiel auf, daß der Statthalter sich von zwei besonderen Sklaven bedienen ließ, die ganz zu seiner persönlichen Verfügung standen. Ein etwa zwölfjähriger Junge und ein gleichaltriges Mädchen, deren fast gleiche Gesichter das Zwillingspaar und deren hellblondes Haar die germanische Abstammung verrieten.

»Erheben wir die Becher auf unseren neuen Offizier, den Garnisonskommandanten Thorag«, sagte Varus mit lauter Stimme und hob sein Glas an, dessen dunkelroter Inhalt den Cherusker an Witolds aufgeplatzten Rücken denken ließ. »In etwa zwei Wochen kannst du mit Verstärkung für deine Garnison abrücken, Cherusker. Bis dahin genieß das Leben in der Stadt.« Der Statthalter ließ einen süffisanten Blick über Thorag und Flaminia gleiten, die eng beieinander lagen und deren Hände sich immer wieder berührten, und leerte sein Glas zur Hälfte.

Auch alle Anwesenden tranken, bis sie von einem Zenturio unterbrochen wurden, der eiligen Schrittes in den Raum trat, sich vor Varus aufbaute und mit der zur Faust geballten Rechten gegen seinen Brustpanzer schlug.

Der Legat setzte den Becher ab, leckte über seine weingetränkten Lippen und fragte unwillig: »Was gibt es, Zenturio?«

»Maximus ist zurückgekehrt und hat eine Menge Gefangene mitgebracht. Ich dachte, die Meldung interessiert dich, o Varus.«

Der mißmutige Gesichtsausdruck des Legaten hellte sich auf. »Das tut es tatsächlich, Zenturio. Wir sollten uns die Sache anschauen!«

Damit schwang er sich mit einer Behendigkeit, die für seinen massigen Körper erstaunlich war, von der Liege und schritt mit dem Zenturio aus dem Raum. Den Gästen des Mahls blieb nichts anderes übrig, als Varus zu folgen.

»Wo ist Maximus gewesen?« fragte Thorag die an seiner Hand gehende Flaminia.

»Varus hat ihn ausgesandt, den Überfall auf mich zu rächen und die Fenrisbrüder zu suchen.«

»Deshalb mußte er heute morgen so früh aufbrechen?«

Flaminia nickte.

Auf dem mit Steinplatten gepflasterten Vorplatz von Varus' kleinem Palast erwarteten an die achtzig Gardereiter, angeführt von Maximus, den Statthalter und seine Begleiter. In der Mitte der Soldaten standen ihre aneinandergefesselten Gefangenen, etwa zwanzig Männer und zwanzig Frauen, durchweg noch junge Germanen, deren Kleidung und Aussehen römischen Einfluß verrieten. Thorag hielt sie für Bewohner einer ubischen Siedlung. Sie machten einen erschöpften Eindruck, kein Wunder, wenn sie mit den berittenen Soldaten hatten Schritt halten müssen.

Maximus, der auf einem großen Falben mit fast schwarzer Mähne saß, lenkte sein Tier zu dem Statthalter, zog sein Schwert und drückte seine Stirn in ehrerbietiger Geste gegen die Klinge. »Ave, Varus, ich komme mit Sklaven für dich zurück.«

»Das freut mich, Präfekt. Aber deine Sklaven sehen mir aus wie Bauern. Wo sind die Fenrisbrüder, die zu jagen dein Auftrag war?«

»Gejagt haben wir sie, aber nicht gefunden. Nur das hier, in der Nähe des Dorfes dieser Menschen.« Flaminias Bruder zog etwas aus einer Satteltasche und hielt es hoch. Es war ein Wolfsfell, wie es die Fenrisbrüder trugen, stark mit Blut befleckt. »Es ist klar, daß die Aufrührer in dem Dorf Unterschlupf gefunden haben, obwohl es die Bewohner leugnen. Zur Strafe haben wir das Dorf niedergebrannt und die kräftigsten der jungen Menschen als Sklaven genommen.«

»Sehr gut«, lobte Varus. »Das wird den Barbaren eine Lehre sein. Wir werden Blut mit Blut beantworten, bis sie einsehen, daß sie machtlos sind gegen die Macht Roms. *Si vis pacem, para bellum.* – Wenn du Friede willst, so rüste dich zum Krieg.«

»Was soll mit den neuen Sklaven geschehen, Varus?« fragte Maximus, während er sein Schwert zurück in die Scheide steckte.

Überlegend fuhr der Statthalter mit der Hand über sein breites Kinn. »Mein persönlicher Bedarf an Sklaven ist zur Zeit gedeckt. Du hast gestern durch den Überfall einen Sklaven verloren, nicht wahr, Maximus?«

»Ja, einen kräftigen, guten Mann. Und seine Schwester hätten die Fenrisbrüder geschändet, wäre Thorag nicht noch rechtzeitig gekommen.«

»Dann suche dir als Wiedergutmachung und als Dank für die heute durchgeführte Strafaktion einen Mann und eine Frau für deinen Haushalt unter den Gefangenen aus. Die übrigen werden in unsere Heimat gebracht und dort zugunsten der Staatskasse auf dem Sklavenmarkt verkauft. Wir wollen jetzt weiterspeisen. Gesell dich zu uns, sobald du dich gesäubert hast.«

Varus führte seine Gesellschaft zurück ins Speisezimmer. Thorag hatte ein flaues Gefühl im Magen und rührte kaum noch etwas von den üppigen Speisen an. Zu sehen, wie freie Germanen wegen eines reinen Verdachts in die Sklaverei geführt wurden, hatte ihm den Appetit verdorben. Plötzlich fragte er sich, ob er die richtige Entscheidung getroffen hatte, als er die Stelle als Garnisonskommandant am unteren Hafen annahm. War es gut, einem Mann wie Varus zu dienen, der seinen persönlichen Vorteil über alles stellte? Thorag hielt es für sehr wahrscheinlich, daß die Sklaven nicht zugunsten der Staatskasse verkauft wurden, sondern den persönlichen Gewinn des Statthalters mehren sollten.

Als Maximus erschien, winkte ihn Varus an seinen Tisch. Der Präfekt der Garde rückte in den Mittelpunkt des Geschehens und mußte soviel über seine Expedition berichten, daß er kaum zum Essen kam.

Spät am Abend hob Varus die Tafel auf und verabschiedete die Gäste, bat Maximus aber, noch etwas zu bleiben, da er noch ein paar Fragen über das niedergebrannte Dorf an ihn habe.

»Was willst du mich fragen, Varus?« fragte der hochgewachsene Präfekt mit skeptisch gerunzelter Stirn, als alle Gäste gegangen waren. »Bist du nicht zufrieden mit dem Unternehmen, weil wir die Fenrisbrüder nicht gefaßt haben?«

Varus winkte ab. »Darum geht es nicht. Ich habe nicht ernsthaft damit gerechnet, daß du diese Barbaren fängst. Bisher haben wir sie so gut wie nie erwischt, von Lucius' Strafgericht damals einmal abgesehen. Immerhin hat uns die Sache ein paar wertvolle Sklaven eingebracht.«

Das sind mindestens hunderttausend Sesterzen für mich, dachte der Statthalter zufrieden, *vielleicht auch viel mehr. Hochgewachsene, kräftige und vor allem blonde Germanen erzielen in Rom Höchstpreise.*

Laut fuhr er fort: »Nein, ich möchte etwas anderes mit dir besprechen. Aber das sollten wir nicht hier tun, sondern in meinen Privaträumen.«

Maximus folgte seinem Vorgesetzten in ein geräumiges Gemach, das als Wohn- und Arbeitszimmer diente. Es war mit Wandgemälden und bunten Seidenvorhängen ausgestattet und hatte eine große Nische mit Dutzenden von Schriftrollen und einen Schreibtisch, auf dem sich ein paar weitere Schriftrollen, einzelne Papyrusblätter, verschiedene Tintenfässer und ein Behälter mit Schreibfedern befanden.

Kaum hatte Maximus hinter sich die Tür geschlossen, da drehte Varus sich zu ihm um und fragte: »Traust du Thorag?«

Von der Frage überrascht, zögerte der Präfekt eine Weile mit der Antwort und dachte gut über die Sache nach. »Ich traue ihm so weit, wie man einem Germanen trauen kann. Zwar ist sein Auftauchen gerade im rechten Moment sehr seltsam, aber meine Nachforschungen haben nichts Verdächtiges ergeben. Er gehört zu den Freunden des Arminius, und der wiederum ist als Freund der Römer bekannt.«

»Pah«, machte der Statthalter abschätzig und mit solcher Heftigkeit, daß der große, breitschultrige Offizier zurückzuckte. »Was ergeben unsere Nachforschungen schon, wenn sie die Fenrisbrüder betreffen – nichts!« Er blickte auf die großen Karten Galliens und Germaniens, die an der Wand hingen, und sein Zeigefinger tippte auf einen Punkt am Fluß Rhenus, ein kurzes Stück nördlich des Oppidums. »Ich habe Thorag zum Garnisonskommandanten des unteren Hafens ernannt.«

Die Überraschung zeichnete sich deutlich auf dem Gesicht des Präfekten ab. »Warum?«

»Es ist ein Test. Wenn Thorag wirklich unser Freund ist, haben wir einen sehr guten Mann für den Posten gefunden.

Vielleicht endlich einen, der weiß, wie man mit den Fenrisbrüdern umgehen muß.«

Maximus verstand die gegen ihn gerichtete Spitze wohl, hielt es aber für besser, sie stillschweigend zu übergehen. »Und falls er doch ein Verräter ist, ein Spion?«

»Dann wird er sich hoffentlich selbst verraten, indem er in scheinbar sicherer Entfernung vom Oppidum etwas Unbedachtes tut.«

»Aber damit kann er uns großen Schaden zufügen, Varus.«

»Nicht, wenn wir rechtzeitig gewarnt werden. Dann haben wir vielleicht endlich die Möglichkeit, den Fenrisbrüdern eine Falle zu stellen.«

»Jetzt verstehe ich deinen Plan, Varus. Er gefällt mir. Wer aber soll ein Auge auf den Cherusker werfen?«

Der Statthalter lächelte verschmitzt. »Deine Schwester, Maximus. Daß sie einen großen Bedarf an stattlichen Männern hat, ist allgemein bekannt.« Maximus wollte protestieren, aber der Legat des Augustus brachte ihn mit einer Handbewegung zum Schweigen. »Du weißt ganz genau, daß ich recht habe, Maximus. Flaminia war kaum zwei Wochen hier und hatte gerade erst vom Tod ihres Mannes gehört, da hatten viele meiner Offiziere und auch gemeine Soldaten zu ihr schon engere Tuchfühlung als zu den Germanen, die sie bekämpfen sollen. Meine Soldaten nennen Flaminia nicht, wie ihr Name eigentlich bedeutete, die Würdevolle, sondern die würdige Hure. Ich habe Flaminia und Thorag heute abend sehr genau beobachtet. Wenn zwischen den beiden nicht das Feuer der Leidenschaft brennt, will ich nicht länger römischer Ritter sein. Du sorgst dafür, daß Flaminia mit Thorag zum unteren Hafen reist und uns ständig über ihn unterrichtet.«

Maximus breitete in einer hilflosen Geste die Arme aus. »Flaminia kann sehr starrsinnig sein, Varus. Was mache ich, wenn sie nicht will?«

»Dann wirst du ihr verdeutlichen, daß sie und ihr Sohn von deinem Geld leben. Und daß ich bislang ein Auge zugedrückt habe, was ihre erotischen Eskapaden mit meinen Soldaten angeht. Du weißt, daß Augustus es nicht gern sieht, wenn die Sitten verfallen. Der Erhabene hat seine eigene Tochter wegen ihres losen Lebenswandels verbannt. Ich könnte Flaminia für ihr schamloses Verhalten eine empfindliche Strafe aufbrummen. Mach ihr das klar, wenn es unbedingt sein muß!«

Maximus sah ein, daß er sich dem Willen des Statthalters beugen mußte. Wenn in den meistens trägen Mann die Entschlossenheit fuhr, mit der er eben gesprochen hatte, war mit ihm nicht gut handeln. Manchmal fragte sich Maximus, ob alle, die den Legaten für einen in Ehren ergrauten, durch zuviel eingesackte Steuern faul und antriebslos gewordenen Freßsack hielten, ihn nicht gewaltig unterschätzten. Wie auch immer, er würde es nicht wegen Flaminia zum Bruch mit seinem mächtigen Vorgesetzten kommen lassen. Es reichte schon, wenn seine Schwester durch ihre zahlreichen Liebesabenteuer ihn und sein Haus in Verruf brachte. Vielleicht war es ganz gut, wenn sie das Oppidum für eine Weile verließ. Durch diese Gedanken etwas besänftigt, verabschiedete sich der Präfekt von Varus.

Der starrte noch lange auf die Tür aus dickem Eichenholz, die Maximus beim Verlassen des Zimmers hinter sich geschlossen hatte. Er fragte sich, was der Präfekt seiner Garde von ihm dachte. Galten die Ehrenbezeugungen des Offiziers nur pflichtschuldig dem hohen Amt seines Vorgesetzten oder auch seiner Person? Oft schon hatte Varus daran gedacht, ihn ins Vertrauen über seine wahren Pläne zu ziehen. Aber er zögerte. Noch war er nicht soweit, daß aus Varus, dem getreuen Statthalter des Augustus, Varus, der Rivale des Augustus, wurde.

Kapitel 14
Augustus

Augustus!

Jedesmal, wenn Varus an den Herrscher im fernen Rom dachte, stiegen Bitterkeit, Zorn und Haß in ihm auf. Nur zu gut erinnerte er sich an die Szene, die sich in dem kleinen, altmodischen und dem Herrscher Roms unangemessenen Patrizierhaus auf dem Palatin abgespielt hatte, das Octavian, der Augustus, mit seiner Gattin Livia bewohnte. Als ein Liktor zu Varus kam und ihn zum Herrscher befahl – befahl, nicht bat! –, hatte Varus gleich geahnt, daß der Imperator zu einem Entschluß über das Schicksal des Mannes gekommen war, der mit Claudia Pulchra verheiratet war, einer Großnichte des Augustus.

Der Herrscher hatte seinen angeheirateten Verwandten in der Syracusa empfangen, seinem kleinen Studierzimmer im ersten Geschoß, inmitten von Karten und Schriftrollen. Varus grüßte ehrerbietig, aber Augustus beachtete ihn kaum, hieß ihn mit ausgestreckter Hand zu schweigen und ritzte mit einem Silbergriffel irgendwelche blöden Notizen auf eine mit Wachs überzogene Holztafel, wie sie Schüler und Studenten benutzten. Es kam Varus wie eine kleine Ewigkeit vor, als er in dem engen, muffig riechenden Zimmer stand und nichts hörte als das Kratzen des Griffels auf der Tafel und das schwere Atmen des Schreibenden, der zeit seines Lebens ein kranker Mann gewesen war und sich doch beharrlich zu sterben weigerte. Varus mit seinen über fünfzig Jahren kam sich vor wie ein fauler Schüler oder ein ungehorsamer Sohn, der bestraft werden sollte. So ruhig Varus äußerlich schien, so sehr kochte er innerlich angesichts der Respektlosigkeit, mit der Augustus einen seiner verdientesten Beamten behandelte.

Endlich legte der schmächtige Greis, der das römische Weltreich regierte, den Griffel beiseite, seufzte und sah seinen zu sich befohlenen Gast mit kummervollem Blick aus seinen großen Augen an, die den Bürgern Roms als Zeichen seiner Göttlichkeit erschienen. Varus zählte sich nicht zu den vielen Menschen, die dem Blick des ›Göttlichen‹ nicht standzuhalten wagten. Er war aufgebracht genug, den durchdringenden Blick des Herrschers zu erwidern.

»Deine Augen blicken offen, Publius Quintilius Varus. Ist dein Herz ebenso offen wie deine Augen?«

»Meinem Herrscher gegenüber immer«, log Varus, ohne mit der Wimper zu zucken. Es war nicht seine erste Lüge in dieser Sache, und er wurde immer besser darin.

»Und was sagt dein Herz zu den schweren Vorwürfen, die gegen dich erhoben werden und die seit geraumer Zeit den römischen Senat beschäftigten?«

»Mein Herz sagt, was meine Zunge schon immer gesagt hat. Diese Vorwürfe sind Lügen, vorgebracht von intriganten Neidern.«

Der kleine Mann hinter dem Schreibtisch zog seine Brauen hoch, wodurch seine Augen noch größer wirkten. »Du hast dich also nicht unrechtmäßig an deinen Untergebenen, an den dir anvertrauten Völkern bereichert? Du hast als mein Legat in Syrien nach dem Tod des Herodes nicht die Hälfte seines Reiches deinem Günstling Archelaos zugesprochen, was uns in Palästina eine lange Kette von Unruhen beschert hat?«

»Alles, was ich tat, tat ich zum Wohl und zum Ruhm Roms und seines Herrschers.«

»Und an dein eigenes Wohl hast du dabei nicht gedacht?« Die Stimme des Augustus klang auf einmal scharf wie eine frisch geschliffene Klinge.

»Natürlich habe ich auch an mein eigenes Wohl gedacht, Augustus. Wie kann dein Legat deine Interessen vertreten, wenn er sich nicht wohl fühlt?«

»Eine gute Antwort, Varus. Du hast viele gute Antworten gegeben, was auch im Senat nicht ohne Eindruck geblieben ist. Du hast einige Fürsprecher dort.« Wieder nahm die Stimme des Greises einen schneidenden Ton an, als er fortfuhr: »Die Zahl deiner Gegner überwiegt allerdings!«

Trotz aller Vorsätze, vor dem Herrscher nicht ins Wanken zu geraten, lief bei diesen Worten ein Zucken durch Varus' ganzen Körper. Octavians letzter Satz hatte geklungen wie sein Todesurteil, zumindest wie das Urteil über eine Verbannung. Daß Augustus damit nicht kleinlich war, hatte er bewiesen, als er seine Tochter Julia auf die öde Insel Pandateria geschickt hatte, auf halber Höhe zwischen Rom und Neapel abgeschieden von aller Welt. Ein paar Jahre später ereilte ein ähnliches Schicksal Julia die Jüngere, eine Enkelin des Augustus.

»In Anbetracht deiner Verdienste«, fuhr der Mann am Schreibtisch fort, »und der Tatsache, daß du Claudia Pulchras Gatte bist, habe ich gleichwohl beschlossen, dir Gelegenheit zur Bewährung zu geben. Ich behalte dich in meinen Diensten und ernenne dich zum Legaten einer anderen Provinz.«

Als Varus das hörte, wurde er von einem Freudentaumel erfaßt. Er war bereit, dem alten Mann vor ihm die Art und Weise zu vergeben, in der er ihn behandelt hatte. Am liebsten hätte er Augustus umarmt, auf beide Wangen und den Mund geküßt.

»Du sagst ja gar nichts, Varus?«

»Ich bin überwältigt von deinem Großmut, Erhabener. Ich verspreche, mich deiner würdig zu zeigen. Meine Dankbarkeit wird keine Grenzen kennen!«

»Das kannst du auf deinem neues Posten beweisen. Der Umgang mit den Bewohnern der Provinz, die ich dir anvertraue, ist nicht einfach.«

Der Freudentaumel verflog so schnell, wie er gekommen war, und machte skeptischer Wachsamkeit Platz. »Wieso, Erhabener? Um welche Provinz handelt es sich?«

Augustus schlug einen feierlichen Ton an, den Tonfall eines Herrschers, der nicht recht zu dem muffigen Studierzimmer passen wollte: »Ich ernenne dich, Quintilius Varus, zum Statthalter der Provinz Germanien.«

»Ger-ma-nien«, wiederholte der frischgebackene Statthalter langsam und leise, als handele es sich um den Namen eines bösen Geistes, den man nur zu flüstern wagt.

Also doch eine Verbannung! spukte es durch seinen Kopf. Varus preßte die Lippen aufeinander und unterdrückte das bittere Lachen, das in ihm aufstieg. Eine *Provinz* nannte Augustus dieses nur notdürftig befriedete Land im rauhen, unfruchtbaren Norden der Welt, das sich hartnäckig allen Eroberungsversuchen widersetzte. Gaius Julius Caesar, dessen Adoptivsohn und Erbe Augustus war, war mit seinen Legionen bis zu einem

Fluß namens Rhenus vorgestoßen, und viel weiter war seitdem kein römischer Feldherr gekommen.

Vor fünfzehn Jahre war Drusus, der Stiefsohn des Augustus, als Oberbefehlshaber der in Germanien stationierten Truppen gestorben, als er sich bei einem lächerlichen Sturz vom Pferd verletzte. Es hieß, eine germanische Hexe hätte ihn zuvor verflucht. Von seinem Lohn, dem Ehrentitel ›Germanicus‹, hatte der Tote nichts mehr.

Auch der Bruder des Drusus, Tiberius, dem Augustus daraufhin die Befehlsgewalt in Germanien übertrug, kam nicht recht voran. Sein Versagen im Krieg versuchte er mit Bündnisverträgen zu vertuschen, die er gleich reihenweise mit den Germanenfürsten schloß. Erst auf Drängen des Augustus führte er die Eroberung des nördlichen Landes mehr mit dem Schwert als mit der Feder durch.

Schließlich erklärte Augustus Germanien als befriedet und zur römischen Provinz. Doch es war in Rom ein offenes Geheimnis, daß diese Provinz nur auf dem Papier bestand und dazu diente, die augustinische Außenpolitik in einem günstigen Licht erscheinen zu lassen. In Wahrheit war der Rhenus noch immer die Grenze zwischen befriedetem und unbefriedetem Land. Rechts des Flusses hielten die Römer nur einzelne Vorposten und waren ansonsten auf die Bündnistreue der wankelmütigen Germanenfürsten angewiesen.

Daß der Großonkel seiner Frau ihn ausgerechnet nach Germanien versetzte, empfand Varus als eine schwere Kränkung, die er Augustus niemals verzeihen würde. Wenn sich das herumsprach, würde man im Senat und in den einflußreichen Häusern spotten, daß es kein Vertrauensbeweis des Augustus war, sondern eine Strafversetzung.

Trotz seines Grolls konnte Varus nicht umhin, die geschickte Taktik des Herrschers zu bewundern. Er hatte sich dem Druck des Senats gegen ein Mitglied der kaiserlichen Familie nicht gebeugt, was dem Eingeständnis einer Schwäche gleichgekommen wäre. Und doch hatte der Imperator die Mehrheit des Senats, die gegen Varus war, zufriedengestellt, indem er Varus in die Urwälder Germanien, abschob.

»Ja, Germanien«, sagte Augustus fast heiter. »Dort kannst du dich bewähren. Ein Mann mit deinen Erfahrungen ist genau der Richtige für diesen Posten. Wenn es einer schafft, aus den Barbaren treue Untertanen des römischen Reiches zu machen, dann du, Varus!«

Damit hatte der Herrscher vielleicht gar nicht so unrecht. Varus hatte in seiner langen Ämterlaufbahn die Erfahrung gewonnen, daß niemand zu arm war, um noch ärmer gemacht zu werden. Varus hielt sich selbst für einen wahren Künstler im Erfinden und Eintreiben neuer Steuern. Augustus mochte denken, daß für den neuen Statthalter von Germanien in seiner neuen Provinz nichts zu holen war, aber Varus würde schon auf seine Kosten kommen.

»Du siehst zufrieden aus, Varus«, fuhr der Greis fort. »Sicher wirst du noch zufriedener sein, wenn du von meinem Entschluß hörst, dich von einem Teil der Verwaltungsaufgaben in deiner neuen Provinz zu entlasten.«

Wieder gewann die skeptische Wachsamkeit die Oberhand in Varus' Denken, und er fragte vorsichtig: »Wie meinst du das, Erhabener?«

»Das Erheben der Steuern werde ich einem Quästor übertragen, der in meinem Namen mit den Steuerpächtern verhandelt. Du hast also damit nichts zu tun und kannst dich ganz dem Regieren widmen. Außerdem ist es eine gute Methode, deine Gegner im Senat vollends zum Verstummen zu bringen. Niemand kann dir vorwerfen, nach Germanien zu gehen, nur um deinen persönlichen Vorteil zu suchen. Findest du nicht, daß dies eine gute Lösung ist?«

Alter, grausamer Fuchs! dachte Varus. *Du schießt deine Pfeile hübsch langsam ab, nach und nach, damit die Schmerzen sich steigern können. Erst schickst du mich in die unzivilisierte Wildnis, dann nimmst du mir die Möglichkeit, mich für das schwere Schicksal finanziell zu entschädigen.*

Er preßte, trotzig wie ein kleiner Junge, die Lippen aufeinander und beschloß, gleichwohl aus der neuen Provinz herauszuholen, was er nur konnte. Und wenn ihm Octavian die Steuerhoheit nahm, würde er keine ›Steuern‹ erheben, sondern ›Abgaben‹. Gold und Silber fragten nicht danach, wie sie zu ihrem Besitzer kamen.

»Du sagst ja gar nichts«, täuschte der Erhabene Verwunderung vor.

Dieser Scheinheilige!

»Ich bin sprachlos vor Überwältigung«, hatte Varus erwidert und sich zu einem häßlichen Lächeln gezwungen. »Ich danke dir für dein Vertrauen und die Gnade, die du mir erwiesen hast, Erhabener.«

»Wie ich schon sagte, beweise deine Dankbarkeit auf deinem neuen Posten.«

»Das werde ich, Erhabener«, hatte Varus untertänig versprochen und das lächerliche Häuschen des greisen Imperators grollend verlassen.

Dieser Groll hatte sich nicht gelegt, sondern war im Gegenteil immer heftiger geworden, je länger Varus sich auf seinem neuen Posten mit den Barbaren herumschlug.

Gewiß, er hatte Mittel und Wege gefunden, seine Privatkasse trotz der Steuerhoheit des Quästors zu füllen. Nicht nur über die eigenmächtig erhobenen ›Abgaben‹. Auch an den Steuern war er, mittelbar, beteiligt. Die vom Quästor beliehenen Steuerpächter benötigten die Hilfe der Armee, um die Steuern bei den Germanen einzutreiben. Eine Hilfe, die Varus nur gegen Bezahlung gewährte. ›Sonderentgelt für den zivilen Einsatz römischer Truppen‹ hatte er das genannt.

Gleichwohl, sein Haß auf den greisen Schwächling, der durch Intrigen, geschicktes Taktieren und die Gunst Gaius Julius Caesars auf den Thron gekommen war, wuchs ins Unermeßliche.

Dieser Emporkömmling Octavian, jetzt Augustus genannt, war in seinen Augen eine Schande für das römische Imperium. Der Sohn eines Plebejers aus den Albaner Bergen, der das unverschämte Glück gehabt hatte, daß seine Mutter eine Nichte Caesars war, machte das Amt des römischen Herrschers zum Gegenstand des Gespötts.

Der schwächliche Kerl, der es selbst in seinen besten Mannesjahren nicht geschafft hatte, mehr als einen Becher Wein zu trinken! Der Schuhe mit besonders hohen Absätzen trug, um seinen mickrigen Wuchs zu vertuschen. Der vor lauter Aberglauben seinen Träumen mehr vertraute als dem, was seine großen Glubschaugen sahen. Der ein Gewitter mehr fürchtete als alles andere und der als Abwehrzauber stets ein Robbenfell bei sich trug. Der aus lauter Angst vor dieser Welt so unruhig schlief, daß er nachts schreiend erwachte. Man erzählte sich, daß er es dann nicht aushielt, allein in seinem Zimmer zu sein, daß in den langen Stunden des Wachseins stets ein Vorleser oder ein anderer Sklave an seinem Bett weilen mußte. Varus glaubte das; es paßte ganz in sein Bild von Augustus.

Ihm war schleierhaft, wie es Octavian Augustus hatte gelingen können, Caesars Nachfolge anzutreten. Wie er so mächtige Gegenspieler wie Brutus und Cassius – die Mörder Caesars –, den Sohn des Pompejus und Lepidus sowie schließlich Marcus Antonius und dessen Geliebte, diese ägyptische Hurenkönigin Kleopatra, aus dem Weg räumen konnte. Vielleicht lag es daran, daß Augustus die meisten Dinge nicht selber machte, sondern anderen überließ. Agrippa war sein Feldherr, Maecenas sein Diplomat. Während seine Getreuen für ihn kämpften und verhandelten, übte sich Augustus einfach in Geduld, getreu seinem griechischen Wahlspruch: ›*Speude bradéos*. – Eile mit Weile.‹

Und Ocatavian eilte voran, mit Weile zwar, aber zielsicher. Er ließ sich zum ›Princeps‹ ernennen, zum ersten Bürger Roms, und zum ›Imperator‹, dem alleinigen Oberbefehlshaber des Heeres. Ihm wurde der Ehrenname ›Augustus‹, der Erhabene, ebenso verliehen wie das Amt des ›Volkstribus auf Lebenszeit‹ und das des ›Pontifex Maximus‹, des geistlichen Oberhaupts Roms. Und als ihm der Senat schließlich den Titel ›Pater Patriae‹ – Vater des Vaterlandes – gab, schämte er sich nicht seiner Tränen. Der alte Heuchler gab vor, seine Verehrung als Gott nur widerstrebend hinzunehmen, und doch nannte er sich selbst ›Sohn des göttlichen Caesar‹.

Augustus und der Oberbefehlshaber des Heeres! Dieser Gedanke löste bei Varus stets Erheiterung aus. Seit der Eroberung Ägyptens hatte der *Imperator* kein Schwert mehr in die Hand genommen. Seine körperliche Ertüchtigung bestand selbst in jüngeren Jahren nur in kindischen Ballspielen, im Spazierengehen und im Angeln!

Und Augustus als Herrscher Roms? Auch das war ein Witz.

Jedermann wußte, daß eigentlich eine Frau auf dem Thron saß. Livia, die Frau des Augustus, seitdem er sie ihrem ersten Mann Tiberius Claudius Nero weggenommen hatte. Rom hatte die Hochzeit zwischen Augustus und Livia anerkannt, aber das hatte ihr nicht die Anrüchigkeit genommen.

Frauen!

Auch seine eigene Frau hatte schon angefangen, Varus dreinzureden. Sie hatte es sogar gewagt, ihm mit ihrem Onkel Augustus zu drohen, wenn es nicht nach ihrem Kopf ging. Er war froh, daß Claudia Pulchra in Rom geblieben war. Er hatte versprochen, sie zu holen, sobald er in Germanien gesicherte Verhältnisse geschaffen hatte. Wenn es danach ging, konnte das Land rechts des Rhenus ewig das ›Barbarenland‹ bleiben, wie es die große Karte an der Wand ausdrückte.

Aber er mußte es erobern, möglichst schnell, bevor der zähe Greis in Rom seinen letzten Atemzug tat und ein Jüngerer seinen Platz einnahm. Denn Varus selbst wollte es sein, der nach Augustus auf den Thron stieg. Er wollte der Erhabene werden, der neue Augustus. Das war das Ziel, das er in Germanien verfolgte.

Er würde Germanien erobern und dann mit seinem Heer, verstärkt durch germanische Hilfstruppen, nach Rom ziehen. Vielleicht würde ihn das Volk mit Jubel empfangen und ihm von selbst den Thron anbieten. Wenn nicht, würde er darum kämpfen. Männer wie dieser Thorag würden ihm helfen, den Thron mit Waffengewalt zu besteigen.

Zum Kämpfen und Sterben waren diese Barbaren gut. Er, Publius Quintilius Varus, der erfolgreiche Feldherr, der in der ganzen Welt für Roms Ehre gekämpft hatte, würde mit ihrer Unterstützung diesen schwächlichen Augustus vom Thron stoßen.

Varus als Abkömmling einer alter Patrizierfamilie war der richtige Mann, die Welt zu regieren, nicht dieser Plebejersprößling!

Schon lange hatte er die Machtübernahme vorbereitet, hatte seine Schwestern mit Angehörigen der vornehmsten Familien verheiratet und seinen Sohn mit einer Tochter des Germanicus zusammengebracht. Diese Bindungen und der Umstand, daß seine Frau der kaiserlichen Familie angehörte, würden ihm helfen, den Thron zu besteigen und den Lorbeerkranz zu erhalten.

Wie immer, wenn er über diese Dinge nachdachte, fühlte er sich plötzlich angespannt. Er klatschte zweimal laut in die Hände und ließ sich auf die Cathedra sinken, die in einer Ecke stand, einen gepolsterten Stuhl mit gebogener Rückenlehne.

Da eilten die beiden Sklaven auch schon durch die Verbindungstür zu seinem Schlafgemach herein. Es waren die Zwillinge, die ihm bei ersten Anblick gefallen und die er zu seinen Leibsklaven erkoren hatte. Germanen, die ihre Eltern bei einem Überfall römischer Soldaten auf ihr Dorf verloren hatten. Varus kannte nicht einmal ihre richtigen Namen. Er fand es amüsant, sie Pollux und Helena zu nennen, nach den Kindern von Jupiter und Leda.

Als Varus seine Toga beiseite schlug, wußten die beiden blonden Kinder, zu welchem Dienst er sie gerufen hatte. Sie ließen sich zwischen seinen Beinen nieder und schoben die Tunika hoch. Varus atmete heftig, als ihre warmen Lippen und ihre flinken Zungen ihn so bearbeiteten, wie er es sie zum Zweck seiner Entspannung gelehrt hatte.

Seine Augen waren auf die Karte des römischen Weltreiches fixiert, und vor seinem geistigen Auge wurden der Junge und das Mädchen, die vor ihm knieten, zur Bevölkerung dieses Reiches.

Kapitel 15

Die Flamme der Leidenschaft

Thorag stand auf einer Brücke, die ins Nichts führte. Zu beiden Richtungen! Wohin er auch blickte, überall war schwarzes Nichts, selbst unter ihm. Es gab keine Möglichkeit, die Brücke zu verlassen. Aber er mußte sie verlassen, denn das Nichts drang immer weiter vor, fraß die Brücke Stück für Stück auf, drohte auch den Cherusker bald zu verschlingen.

Panik ergriff ihn, als er sich der Ausweglosigkeit seiner Lage bewußt wurde. Hätte er einen Gegner gesehen, hätte er sein Schwert ziehen und kämpfen können. Aber wie sollte man gegen das Nichts kämpfen? Er öffnete den Mund und rief die Götter um Beistand an.

Auf seiner verzweifelten Suche nach einem Ausweg entdeckte Thorag plötzlich ein Licht, das die Schwärze erfüllte, größer wurde und schließlich seinen gesamten Gesichtskreis ausfüllte. Es war warm wie das Leben und verhieß Rettung aus dem gierigen schwarzen Nichts.

Undeutlich nahm Thorag jenseits der Helligkeit die Umrisse einer Gestalt wahr. Einer menschlichen Gestalt – oder einer göttlichen. Jedenfalls war die schlanke schwarzhaarige Frau schön wie eine Göttin. Und er kannte sie.

»Flaminia«, krächzte Thorag und richtete sich in seiner zerwühlten Bettstatt auf.

Die Römerin, die ein schlichtes blaues Gewand trug, stellte das kleine Öllämpchen, das sie mitgebracht hatte und das Thorag in seinem fiebrigen Zustand zwischen Schlaf und Wachheit als rettendes Licht erschienen war, auf den kleinen Bronzetisch neben dem Bett, setzte sich selbst auf die Bettkante und strich sanft mit ihrer kühlen Hand über Thorags feuchte Stirn. Er genoß diese Berührung wie auch den verführerischen Duft, der von Flaminia ausging.

»Geht es dir nicht gut, Cherusker?« fragte Flaminia besorgt. »Ich habe dich schreien gehört und bin gekommen, um nach dir zu sehen.«

Wenn sie wirklich nur nach ihm sehen wollte, weshalb hatte

sie dann die Tür fest hinter sich verschlossen? Und weshalb hatte sie noch nicht geschlafen? Was er daran erkannte, daß sie noch nicht abgeschminkt war. Aber Thorag störte es nicht, daß Flaminias Besuch offenbar alles andere als zufällig war, hatte er es doch sehr bedauert, nach der Rückkehr aus dem Prätorium allein in sein Cubiculum gehen zu müssen.

»Es war ein Traum, der mich schreien ließ«, erklärte Thorag und erzählte den Inhalt. »Ich habe oft Träume, die für mich so lebendig sind wie die Wirklichkeit. Schon seit meiner Kindheit. Damals kam immer meine Mutter an mein Lager und tröstete mich. Sie sagte, die Träume seien etwas Besonderes. Die Götter würden sie unserer Familie schicken, weil wir Abkömmlinge des Donnergottes sind. Die Götter geben uns Zeichen, Hinweise, Warnungen.«

»Das mag sein. Auch Augustus soll von seinen Träumen gequält werden, und er ist schließlich auch ein Gott. Wenn die Götter ihresgleichen Träume senden, weshalb nicht auch ihren Nachkommen.« Flaminia sprach mit leiser Stimme, aber unter dem sanften Klang war ein kaum merkliches ungeduldiges Zittern zu hören.

»Wenn ich nur wüßte, was dieser Traum zu bedeuten hat«, rätselte Thorag. »Er scheint irgend etwas mit der Brücke zu tun zu haben, deren Bau ich für Varus überwachen soll.«

»Vielleicht kann ich dich über den quälenden Traum hinwegtrösten, wie es deine Mutter tat«, sagte Flaminia verführerisch und lächelte. Sie legte ihre Hand an den Hinterkopf des großes Mannes und zog sein Gesicht an ihre Brust. Mit aufreizender Langsamkeit kraulte sie sein langes Blondhaar. »Denk nicht mehr an deinen Traum, Thorag. Nicht jetzt.«

Sie rückte näher zu ihm heran, wobei ihre Stola scheinbar wie von selbst über die rechte weiß schimmernde Schulter glitt und ihre Brust freigab. Sie war recht klein, aber fest und glatt und mit einer unvermutet großen Warze versehen. Thorags Lippen umschlossen die Warze, und er begann an ihr zu saugen. Die Frau bewegte ihren Körper sanft hin und her, als wolle sie den in ihren Armen liegenden Mann wie ein kleines Kind zurück in den Schlaf wiegen. Wie ein kleines Kind fühlte er sich und zugleich, auch wenn es widersinnig erschien, wie ein Mann.

Immer stärker saugte er an ihrer Brust, wie ein Verdurstender in der ägyptischen Wüste in der Hoffnung auf einen letzten Rest Flüssigkeit an einem leeren Wasserschlauch saugen mochte. Flaminia stöhnte immer lustvoller und ließ ihre Stola so weit herab, daß auch ihre linke Brust freilag.

Flaminias wiegende Bewegungen wurden heftiger, bis sie sich unter lautem Stöhnen wie eine Schlange wand. Sie ergriff seine Hand und führte sie von oben in ihre heruntergestreifte Stola, bis sie zwischen ihren erhitzten Schenkeln lag. Die Frau preßte ihre Beine fest zusammen und rieb sie an seiner starken Hand, während seine Finger sich durch den kleinen Dschungel einen Weg in ihre feuchte Grotte bahnten.

Als seine Finger in Flaminia eindrangen, wurden ihre Bewegungen ruckartig, und ihre Brust entschlüpfte seinen Lippen. Die Frau warf den Kopf nach hinten und stöhnte immer lauter und fordernder Thorags Namen. Sie beugte sich zu ihm herab, und ihre Lippen fanden in wilder Leidenschaft zueinander, wobei Flaminia ihre Zunge so geschickt spielen ließ, daß Thorag das Gefühl hatte, bald vor Begierde wahnsinnig zu werden. Er stammelte ihren Namen und zeichnete in atemloser Bewunderung mit den Händen die Rundungen ihres Oberkörpers nach.

Endlich raffte Flaminia ihre Stola hoch, bis sie nur noch aus einem um ihre Hüften liegenden Stoffring bestand, spreizte ihre Schenkel, setzte sich rittlings auf Thorag, packte seinen Priapus mit ihren Händen und führte ihn in sich ein.

Sie stöhnte in einer Mischung aus Lust und Schmerz, als sie ihren Unterleib vor und zurück bewegte, während Thorag immer tiefer in sie eindrang und von Wogen der Lust hinweggetragen wurde. Wie lange schon hatte er dieses Gefühl vermißt! Es wurde ein langer, mal wilder, mal sanfter Ritt, dessen Geschwindigkeit von der Römerin bestimmt wurde. Als Flaminia sich wild aufbäumte und mehrere spitze Lustschreie von sich gab, als sei sie von einer ungeheuren Anspannung erlöst, ergoß er sich in ihren Schoß, bevor sie erschöpft nach vorn glitt und seinen Priapus aus ihrer lustvollen Umklammerung entließ.

Ermattet sank Flaminia neben Thorag auf das Lager, und sie schliefen, auf der schmalen Liege dicht aneinandergedrängt, bald ein. Aber der Schlaf war nur von kurzer Dauer. Thorag erwachte durch die Küsse, mit denen Flaminia seinen ganzen Körper bedeckte. Sie brauchte nicht lange, um seine Lust erneut zu entflammen.

So heftig, daß er sie packte, auf den Bauch drehte und wie ein Tier von hinten in sie eindrang.

Es war nicht das letzte Mal in dieser Nacht, daß sie sich liebten. Niemals zuvor hatte Thorag eine Nacht voll solcher Lust erlebt, nicht einmal mit Auja zusammen. Aber das ließ sich nicht vergleichen. Es war eine heftige und doch zugleich zarte Liebe gewesen, die Thorag und Auja verband. Zwischen ihm und der Römerin gab es keine Liebe, sondern nur wilde Leidenschaft. Er spürte, daß er für Flaminia nur einer von vielen begehrenswerten Männern war, die einander zwanglos ablösten. Aber die erfahrene Frau verstand es, das Verlangen des jüngeren Mannes immer wieder von neuem zu wecken.

Erst als der Morgen graute, verließ sie das Cubiculum, die Haare völlig zerzaust, die Schminke gänzlich zerlaufen, die zerknitterte Stola in ihrer Hand.

Die Öllampen an den Wänden waren erloschen, als Flaminia durch den das Peristylium umgebenden Säulengang zurück zum Hauptgebäude ging. Aber das schadete nicht, denn in der Morgendämmerung fand sie sich rasch zurecht. Eine sanfte Brise wehte vom Fluß herüber und strich angenehm kühl über ihr erhitztes Fleisch. Der Schauer, der über ihren Körper lief, kam nicht nur von dem plötzlich auffrischenden Wind, sondern auch von der Erinnerung an die eben erlebten Wonnen.

Bei der Urmutter Venus, dieser Cherusker war wirklich ein ganz besonderes Prachtexemplar von einem Mann! So oft sie ihn zu einem neuen Waffengang gefordert hatte – und sie hatte ihn wahrlich nicht geschont –, er hatte kein einziges Mal versagt. Als sie an die Nacht dachte, glaubte sie den großen Mann erneut in sich zu spüren. Sie verhielt, sich an einer Säule abstützend, und blickte sehnsüchtig zurück zu der Tür, hinter der sie Thorag wußte. Am liebsten wäre sie sofort umgekehrt und hätte seine Manneskraft erneut herausgefordert.

Aber sie mußte ihren Pflichten als Frau des Hauses nachkommen. Mit einem Seufzer riß sie sich zusammen und ging weiter. Sie bedauerte, daß Thorag zum unteren Hafen versetzt werden sollte. Aber die Tage und besonders die Nächte, die er noch in der Ubierstadt verbrachte, wollte sie voll auskosten.

Flaminia verließ den Säulengang und wollte das Haus durch den schmalen, dunklen Gang zwischen dem Tablinum und dem Triclinium betreten, als eine Hand aus der Dunkelheit nach ihr griff und ihren nackten Oberarm fest umklammert hielt. Sie zuckte vor Schreck zusammen und stieß einen spitzen Schrei aus.

»Ganz ruhig, ich bin's nur«, sagte eine vertraute Stimme.

Flaminia erkannte die große Gestalt, die im Schatten einer Mauer stand. »Maximus, was tust du hier?«

Der Präfekt, der nur eine Tunika und Sandalen trug, lächelte auf eine Art, die Flaminia nicht gefiel. So hatte er als Kind gelächelt, wenn er seiner kleinen Schwester einen bösen Streich gespielt hatte. »Ich habe auf dich gewartet, Schwester, um zu erfahren, ob der Germane den Test bestanden hat.«

»Den Test?«

Maximus grinste noch breiter. »Tu nicht so ahnungslos. Du wirst mir doch nicht erzählen wollen, daß du die ganze Nacht am Bett unseres Gastes gesessen und ihm Geschichten erzählt hast.« Seine schrägstehenden Augen musterten Flaminia eingehend. »Man sieht dir deutlich an, daß du ganz andere Dinge getan hast, nicht nur an, sondern *in* seinem Bett.«

»Und wenn schon! Was geht es dich an, wo ich meine Nächte verbringe?«

»Eine ganze Menge. Varus hat mir zu verstehen gegeben, daß er deinen liderlichen Lebenswandel nicht länger hinnehmen wird.«

»Varus?« rief sie und schnappte nach Luft. »Quintilius Varus will mir verbieten, das Lager mit dem Cherusker zu teilen?«

Maximus setzte ein breites Grinsen auf. »Ganz im Gegenteil«, sagte er und übermittelte ihr den Wunsch des Statthalters, der mehr ein Befehl war.

»Das gibt es doch nicht!« entfuhr es der Frau. »Der Legat des Augustus befiehlt mir, mich als Hure und als Spitzel zu verdingen?«

»Wenn du es so bezeichnen willst. Das mit der Hure scheint jedenfalls kein Opfer für dich zu sein, wie du heute nacht wieder bewiesen hast.«

Flaminia blickte ihren Bruder böse an und sagte im scharfen Tonfall: »Ich mag nun einmal gutgebaute Männer. Du müßtest doch Verständnis dafür haben.«

Schlagartig verschwand das Grinsen von Maximus' Gesicht. »Was soll das heißen?«

»Ich wundere mich nur, daß sich Varus noch keine Gedanken darüber gemacht hat, weshalb sein Präfekt nicht verheiratet ist. Was ist wohl die größere Schande, wenn die Schwester seines Präfekten mit seinen Soldaten ins Bett geht oder wenn es der Präfekt selbst tut? Weiß Varus wirklich nichts von deiner besonderen *Vorliebe* für deine Gardisten?« Flaminia lachte schrill. »Wohl nicht. Sonst hätte er *dich* damit beauftragt, in Thorags Bett den Spitzel zu spielen. Vielleicht bist du gar eifersüchtig auf mich?«

Maximus' Griff verstärkte sich. Flaminia hatte das Gefühl, er wolle ihr den Arm brechen, aber sie verbiß sich jeden Schmerzenslaut.

»Ich warne dich, Flaminia. Wenn du irgendwelche Gerüchte über mich in die Welt setzt, ist es mit dem guten Leben unter meinem Dach vorbei, für dich und für deinen Sohn!«

Nichts war für Flaminia schlimmer als die Vorstellung, in dieser Stadt, fernab von Rom, auch noch allen Luxus entbehren zu müssen, und so lenkte sie rasch ein: »Ist ja schon gut, ich halte meinen Mund.«

Sein Griff lockerte sich wieder. »Und du tust, was Varus von dir verlangt!«

»Ja, ich werde es tun.«

Maximus ließ ihren Arm ganz los, der immer noch schmerzte.

»Gut«, sagte er mit einem Seufzer. »Du wirst den Kurieren regelmäßig Berichte über Thorag und über alle Ereignisse mitgeben, die dir auffällig erscheinen.«

Flaminia nickte, und Maximus ließ sie allein. Sie stand noch eine ganze Weile in dem dunklen Gang und starrte ins Peristylium. Je länger sie über den seltsamen Auftrag nachdachte, den Varus ihr erteilt hatte, desto mehr gefiel er ihr. Es würde vermutlich nicht viel zu berichten geben. Aber sie konnte weiter mit Thorag zusammensein.

Die Verärgerung über den Statthalter und über ihren Bruder war fast ganz verschwunden, als sie ihr Zimmer aufsuchte, um sich zu waschen, anzukleiden und neu zu schminken. Sie lachte leise. Fast mußte sie Varus dafür dankbar sein, daß er ihrer Leidenschaft auf diese Weise Vorschub leistete.

Kapitel 16
Die Brücke

»Du kommst mit deiner Arbeit gut voran, Servius«, lobte Thorag den jungen Baumeister, der neben ihm auf dem schwankenden großen Holzgerüst stand, das vom linken Rheinufer mitten in den Fluß hineinführte und drei Viertel des breiten Stroms überspannte. Unter ihnen standen die zumeist ubischen Arbeiter, Freie wie Sklaven, auf den Pontons und rammten und hämmerten weitere Pfähle in den Grund des Flusses. Nach Servius' eigener Einschätzung würde die Brücke in spätestens drei Tagen vollendet sein.

»Pah«, machte der dünne Baumeister mit dem stark zurückweichenden Lockenhaar. »Diese Holzbrücke zu errichten ist keine große Kunst. Caesar hat uns die Sache vorgemacht, als er den Rhenus überschritt.«

»Ich dachte immer, Caesars Brücke gilt als Meisterleistung«, sagte Thorag verwundert, während er an der Brüstung des Geländers Halt suchte, weil ein gegen das im Bau befindliche Brückenstück gestoßener Ponton das Bauwerk in noch stärkere Schwingungen versetzte.

»So ist es auch«, antwortete Servius, der das starke Schwanken der Brücke allein durch eine Verlagerung seines Körpergewichts auszugleichen wußte. »Aber es ist keine Meisterleistung, etwas nachzubauen. Zu einer Meisterleistung bedarf es eines eigenen Werkes.«

»Das kannst du errichten, sobald die Holzbrücke steht.«

Da die Zeit näher rückte, in der Varus mit seinen Legionen ins Sommerlager an der Weser ziehen wollte, hatte der Statthalter befohlen, zur schnelleren Überquerung des Rheins am oberen und unteren Hafen zunächst behelfsmäßige Holzbrücken zu errichten. Erst wenn das geschehen war, sollte der langwierige Bau der geplanten großen Steinbrücken beginnen.

»Ich freue mich schon drauf«, sagte Servius auf seine freimütige Art.

Thorag mochte den jungen Architekten aus Pompeji, denn er war rege, zuverlässig und bescheiden. Morgens war er der erste, der die Baustelle betrat, und abends der letzte, der sie verließ. Manchmal hockte er, tief in Gedanken versunken, bis in die Dunkelheit auf dem Gelände. Thorag nahm an, daß er in diesen stillen Stunden die Götter um Rat für den Fortgang seiner Arbeit bat.

»Ich habe schon einige der mächtigen Steinbrücken gesehen, die ihr Römer gebaut habt«, meinte Thorag. »Aber mich wundert immer wieder, daß sie nicht zusammenstürzen. Schon das Gewicht der Steine allein müßte sie zum Einsturz bringen.«

»Das zu verhindern, ist eben die Kunst des Baumeisters«, erwiderte Servius lächelnd und fügte leise hinzu: »Ganz im Vertrauen, Thorag, es sind schon eine ganze Menge Brücken eingestürzt. Viele ihrer Erbauer haben daraufhin den Beruf gewechselt.«

»Wirklich?«

Servius nickte bekräftigend. »Sie wurden Löwenbändiger im Circus Maximus.«

Thorag lachte laut und herzhaft über den Scherz. »Sieh zu, daß du nicht auch bald den Beruf wechseln mußt, Servius!«

»Ich werde mich bemühen. Um das zu verhindern, werde ich beim Bau der Steinbrücke eine bestimmte Bogenbauweise anwenden. Sie sorgt dafür, daß jeder Brückenpfeiler nur ein ganz geringes Gewicht aushalten muß.« Servius zog die Papyrusrolle mit den Konstruktionszeichnungen, die er ständig mit sich herumtrug, aus seiner Umhängetasche und wollte sie auseinanderrollen. »Dieses Ziel erreiche ich durch eine spezielle Torsionsstabaufhängung, indem ich beim Bau der Pfeiler ...«

»Halt!« rief Thorag aus und hob abwehrend die Hände. »Ich bin nur ein Krieger. Von diesen Dingen verstehe ich nichts. Du verwirrst mir mit solchen Reden den Kopf.« Er blickte in die langsam versinkende Sonne. »Außerdem muß ich jetzt gehen. Dieser schöne Tag neigt sich seinem Ende entgegen, und ich habe noch etwas vor.«

Thorag schritt dem linken Rheinufer entgegen, während rechts und links von ihm die Arbeiter emsig mit der Vollendung des Geländers beschäftigt waren. Ihre lauten Rufe, ihr ständiges Hämmern und Sägen waren dem Cherusker in den letzten Tagen zu einer vertrauten Geräuschkulisse geworden. Er konnte es sich schon nicht mehr vorstellen, wie es ohne diesen Lärm wäre. In den wenigen Wochen, die er jetzt Garnisonskommandant am unteren Hafen war, hatte er sich längst daran gewöhnt.

Gewiß, es hatte ein paar Probleme mit römischen Offizieren gegeben, die es als persönliche Beleidigung empfanden, das Varus ihnen einen ›Barbaren‹ als Lagerpräfekt vor die Nase gesetzt hatte. Niemand hatte das Thorag gegenüber deutlich ausgesprochen, aber er spürte, was die Römer von ihm dachten. Mit Eigenmächtigkeiten und Nachlässigkeiten hatten sie versucht, seine Autorität zu untergraben. Vermutlicher Anstifter war der bisherige Lagerpräfekt, ein hochnäsiger Römer, dessen Name Foedus gut zu seinem abstoßenden Pferdegesicht paßte; für ihn war es unerträglich, daß Varus einem Germanen mehr zutraute als ihm. Indem Thorag jedes Fehlverhalten sofort verfolgte, ohne übermäßige Strenge walten zu lassen, hatte er die meisten Kritiker zum Verstummen gebracht. Mit Foedus, so hoffte er, würde er auch noch ins reine kommen.

Daß der Cherusker das Leben hier in der kleinen Hafenstadt als angenehm empfand, lag größtenteils an Flaminia, die in jeder freien Stunde an seiner Seite war und ihm zeigte, was es hieß, ein Leben in Leidenschaft zu führen. Er war sehr überrascht gewesen, als sie ihm eröffnete, daß sie ihm in die Garnison folgen werde. Schließlich ließ sie dadurch ihren Sohn allein, der sich jetzt in der Obhut von Maximus, Egino und Themistokles befand.

Flaminia schaffte es, Thorag die undurchsichtige Mordgeschichte, in die er verwickelt worden war, weitgehend vergessen zu lassen. Nur manchmal, meistens in der Nacht, wenn sich sein Geist auf der Stufe zwischen Wachsein und Schlaf befand, quälten ihn die Fragen nach dem wahren Schuldigen und die Erinnerungen an Auja. Wenn er diese Qual mit in seine Träume hinübernahm, wurde er von Flaminia geweckt, die ihm stolz und fordernd ihre wundervollen Brüste entgegen steckte, ihre Lippen aufreizend öffnete und mit immer neuen Spielen seine Begierde weckte.

War es nur Leidenschaft oder auch Liebe, was er für die schöne Römerin empfand? Er hätte es nicht sicher zu sagen vermocht. Aber ein Leben ohne sie schien ihm im Augenblick unvorstellbar.

Die Wachen an der Brücke grüßten ihren Präfekten, als Thorag das Bauwerk verließ. Er erwiderte den Gruß. Sie waren germanische Auxiliarsoldaten aus seinem eigenen Stamm, Cherusker. Einer der Männer brachte ihm seinen Rappen und hielt das Pferd, während er in den Sattel stieg.

Er hatte erst den halben Weg zum Kastell zurückgelegt, als ihm ein Reiter entgegenkam. Bald sah er, daß es eine Reiterin war: Flaminia, die ihren bevorzugten Grauschimmel ritt. Sie hatte hier in der Garnison ihre Vorliebe für das Reiten und besonders für Ausritte in der Umgebung entdeckt. So konnte sie dem tristen Leben im Kastell und in der kaum mehr Abwechslung bietenden Hafenstadt wenigstens für ein paar Stunden am Tag entfliehen.

»Wo bleibst du denn, Thorag?« rief sie ihm schon entgegen, ehe sie sich trafen. »Du hast doch versprochen, daß wir heute zu einem Picknick an den Wasserfall reiten.«

»Ich habe es nicht vergessen und habe mich eben von Servius verabschiedet, um zu dir zu reiten.«

»Servius!« schnaubte die Römerin ungehalten und zügelte ihr Pferd vor Thorag. »Paß bloß auf, daß du dich nicht so von der Arbeit packen läßt wie dieser dünne Architekt. Für Vergnügungen hat der doch gar keine Zeit mehr.«

»Ich dafür um so mehr«, lachte der Cherusker. »Seit sich die römischen Offiziere damit abgefunden haben, daß ich ihr Präfekt bin, gibt es für mich kaum noch etwas zu tun. Alles läuft wie von selbst.«

»Schön«, erwiderte die Frau und zeigte auf das Bündel, das sie hinter sich an den Sattel geschnallt hatte. »Dann können wir ja gleich aufbrechen. Ich habe uns ein paar Leckereien mitgebracht, deren Zubereitung ich persönlich überwacht habe.«

»Ich habe schon richtig Hunger«, gestand Thorag und rieb über seinen flachen Bauch.

»Dann sei vor mir am Wasserfall!« rief Flaminia und schlug ihrem Pferd die Hacken in die Seiten. »Wer zuerst da ist, darf sich auch als erster die Köstlichkeiten aussuchen!« Die letzten Worte hörte Thorag nur noch leise, denn der Grauschimmel flog mit ihr davon.

Thorag blieb nichts anderes übrig, als den Rappen ebenfalls

die Fersen spüren zu lassen. Tief über den Hals des schwarzen Tieres gebeugt, sprengte der junge Edeling der Frau hinterher und holte langsam auf. Als Flaminia das bemerkte, trieb sie ihr Tier zu noch größerer Eile an.

Der Boden war uneben, mit Buschwerk, Steinen und Felsen bedeckt. Aber ohne Rücksicht auf das schwierige Gelände hielt die Römerin den Grauschimmel zu immer größerer Schnelligkeit an. Als Thorag, der Angst um die Frau bekam, ihr zurief, sie möge langsamer reiten, schien sie ihn nicht zu verstehen. Oder sie wollte ihn nicht verstehen. Jedenfalls setzte sie das Rennen fort und näherte sich den Ausläufern des Waldes, wo die Beibehaltung dieser Geschwindigkeit an Selbstmord grenzte.

Der Cherusker holte das Letzte aus dem Rappen heraus und schloß zu Flaminia auf, bevor sie vom Wald verschluckt wurde. Er ritt dicht an sie heran, griff in die Zügel des Grauschimmels und ließ beide Tiere anhalten.

»Was soll das?« keuchte die außer Atem geratene Frau und blickte Thorag verwundert an. »Das Rennen ist noch nicht beendet!«

»Doch, das ist es! Ich will nicht, daß du dir deinen schönen Hals brichst.«

Die Verwunderung verschwand aus ihren Augen und machte einem seltsamen Blick Platz, in dem Thorag Zärtlichkeit zu erkennen glaubte. »Du scheinst wirklich besorgt um mich zu sein, Cherusker. Kann es sein, daß dir etwas an mir liegt?«

»Es scheint fast so«, antwortete der Mann und erwiderte den Blick der Frau. Er beugte seinen Oberkörper zu ihr hinüber, und ihre Lippen trafen sich zu einem Kuß. Als sie ihren Weg fortsetzten, ritten sie langsam nebeneinander und warfen sich immer wieder zärtliche Blicke zu.

Der Wasserfall war einer der beiden verschwiegenen Plätze, die Thorag und Flaminia häufig aufsuchten. Auf einer Lichtung plätscherte ein Wildbach über ein paar steile Felsen, bevor er gemütlich weiterfloß, um sich schließlich im mächtigen Rhein zu verlieren. Der andere Platz war eine Lichtung ganz in der Nähe.

Die beiden Reiter banden die Pferde so lose an einen Strauch, daß sie in Ruhe grasen konnten, und packten die von Flaminia mitgebrachten Leckereien am Rand des Wasserfalls aus. Hin und wieder spritzte ihnen ein wenig Wasser ins Gesicht, was ebenso ein Genuß war wie der vom Flaminia mitgebrachte Obstwein.

Die Dämmerung war bereits weit fortgeschritten, als sie mit ihrer Mahlzeit fertig waren. Dennoch hatte es keiner der beiden eilig, ins Kastell zurückzukehren. Thorag streckte sich mit einem wohligen Seufzer auf dem Boden aus, legte den Kopf in Flaminias Schoß und spielte mit ihren dunklen Locken. Seine Hand wanderte tiefer, zwischen ihren Brüsten hindurch und zog die Schleife des Bandes auf, das die rote Stola unter Flaminias Brust zusammenhielt. Er zog den weichen Stoff der Stola von ihren Schultern und zerrte auch die blaue Tunika so weit herunter, bis ihre rechte Brust frei lag. Er näherte sich mit den Lippen der Warze, als Flaminia ihn plötzlich zurückstieß und aufsprang.

»Das könnte dir so passen«, rief sie lachend. »Einfach eine Köstlichkeit nach der anderen vernaschen, wie?« Wie eine Mutter, die ihr Kind tadelte, stand sie über ihm, die Hände in die Hüften gestemmt, und war mit ihrer entblößten Brust doch eher verführerisch als streng. »Wenn du köstliche Früchte naschen willst, mußt du sie dir erst holen!«

Sie raffte den Saum der Stola hoch und lief lachend ins Unterholz hinein. *Anscheinend hat sie heute eine Vorliebe für Wettrennen*, dachte Thorag und ergab sich seufzend in sein Schicksal. Er sprang ebenfalls auf und folgte ihr, fest entschlossen, sich das zu holen, wonach ihm verlangte.

Als er ins Unterholz eingetaucht war, blieb er einen Augenblick stehen, weil er die Römerin nicht entdecken konnte. Das Knacken der Zweige verriet sie. Flaminia lief in Richtung der Quelle. Auch glaubte er ihr Kichern zu hören, ein heftiges Kichern, das sich fast anhörte wie das Wiehern eines Pferdes.

Thorag rannte ihr nach, so schnell er konnte – und prallte erschrocken zurück, als er die Lichtung mit der Quelle erreichte. Seine Ohren hatten ihn getäuscht. Es war doch Pferdewiehern gewesen, was er gerade gehört hatte, kein Kichern. An die zehn Pferde grasten in der Nähe des Teiches. Was den Cherusker aber erschreckte, waren die beiden Menschen auf der Lichtung: Flaminia kauerte am Boden, hatte die Stola wieder über ihre Schulter hinaufgezogen und sah ängstlich zu einem Mann auf, der ihr Haar mit der Linken gepackt hielt. In der Rechten hielt er ein Sax, dessen scharfe Klinge dicht vor Flaminias Hals schwebte.

Der große, hagere Mann trug das Wolfsfell der Fenrisbrüder, das sein Gesicht beschattete. Aber als er Thorag bemerkte und den Neuankömmling ansah, konnte dieser auch das Gesicht des anderen erkennen. Sofort kamen Thorag die scharfen, verhärteten Züge bekannt vor. Und dann erinnerte er sich an jenen Tag, an dem er Varus kennengelernt hatte. Vor ihm stand der Ubier Witold, der Hausbesitzer, der dem Glaser die Scheiben zerschlagen hatte, wofür Varus ihn auspeitschen ließ.

Thorag wollte nach vorn springen, aber die schneidende Stimme des Ubiers warnte ihn: »Noch einen Schritt weiter, Römling, und das Blut deiner Römerhure wird den Teich rot färben!«

Thorag blieb stehen, und seine Hand schwebte über dem Dolch, seiner einzigen Waffe. Das Wehrgehänge mit dem Schwert hatte er aus Bequemlichkeit am Wasserfall abgelegt.

»Was soll das, Ubier?« fragte er. »Weshalb bedrohst du die Frau?«

Witold lachte trocken. »Damit du mich nicht bedrohst, Verräter!«

»Ich bin kein Verräter!«

»Und ob du das bist! Du hilfst den Römern, eine Brücke zu bauen, damit sie ihre Truppen schneller ins Land der freien Germanen bringen können.«

»Hast du nicht selbst als freier Bürger unter römischer Herrschaft gelebt?«

Wieder lachte der Mann im Wolfsfell, und diesmal klang es noch bitterer. »O ja, das habe ich. Und was hat es mir eingebracht? Entehrung und einen Rücken, der nur noch eine zernarbte Wunde ist!«

»Und aus Rache hast du dich den Fenrisbrüdern angeschlossen?«

»Du hast es erraten, Römling. Meine Brüder sind unterwegs zu deiner Brücke. Vielleicht geht sie jetzt bereits in Flammen auf!«

Jetzt begriff Thorag: Witold machte für die Fenrisbrüder den Pferdehalter.

Thorag sah sich für seinen Leichtsinn bestraft. Er hatte sich allzusehr den Leidenschaften hingegeben und seine Aufpasserpflichten vernachlässigt.

Wenn er ehrlich war, hatte er in den letzten Tagen mehr an Flaminia gedacht als an die Brücke. Ja, er war so sorglos gewesen, daß er noch nicht einmal an die Möglichkeit eines Überfalls gedacht hatte.

Während Thorag noch fieberhaft nach einer erfolgreichen Taktik suchte, blieb Flaminia nicht untätig. Sie nutzte den Umstand, daß der Ubier durch Thorags Erscheinen von ihr abgelenkt war, und biß dem Mann in das Gelenk jener Hand, die den Sax hielt. Als das Blut hervorschoß und Witold vor Schmerz aufschrie, spurtete Thorag auch schon los.

»Das wird dich den Kopf kosten, du Hure!« brüllte Witold und holte mit dem Kurzschwert aus, um seine Drohung zu verwirklichen.

Da rammte ihn Thorag mit gesenktem Kopf. Der Aufprall warf Witold zurück, und der Fenrisbruder stürzte in den Teich. Das Wolfsfell fiel von seinem Körper und schwamm in einer Weise auf dem Wasser, daß es aussah wie ein größtenteils untergetauchter Wolf.

Der Cherusker sprang ebenfalls in den Teich und erreichte den Ubier, als dieser sich aufrichtete. Das Wasser stand den Männern nur etwa bis zur Hüfte. Witold schlug mit dem Schwert nach Thorag. Es war ein unbeholfener Schlag, den der Edeling mühelos mit dem linken Arm abblockte. Gleichzeitig rammte er seinen Dolch tief in Witolds rechten Unterarm. Der Ubier stöhnte und ließ den Sax fallen.

Witolds Linke tastete nach seinem eigenen Dolch. Thorag zog seine Waffe aus dem Arm des Gegners heraus und stieß sie tief in dessen linke Brust. Der Fenrisbruder sackte auf die Knie und fiel dann gänzlich ins Wasser.

»Jetzt färbt *dein* Blut den Teich rot, Ubier«, knurrte Thorag und watete an Land.

»Wie geht es dir, Flaminia?« fragte er die am Boden kauernde Frau.

»Bis auf den Schreck ganz gut. Und dir?«

»Gleichfalls.« Er reichte ihr die Hand und half ihr beim Aufstehen. »Es scheint mein Schicksal zu sein, dich vor den Fenrisbrüdern zu retten.«

»Ich habe mir halt den richtigen Mann ausgesucht«, seufzte die Römerin und sank in Thorags Arme.

Der Cherusker wurde von einem Glücksgefühl überschwemmt, und trotzdem drängte er die Frau weg. »Wir müssen uns beeilen, Flaminia. Die Brücke ist in Gefahr!«

Sie nickte und wollte in den Wald laufen.

Aber er hielt sie am Arm zurück. »Wo willst du hin?«

»Zu unseren Pferden natürlich.«

Thorag zeigte auf die Tiere, die in der Nähe grasten und die den Tod ihres Wächters gar nicht bemerkt zu haben schienen. »Hier sind genug Pferde. Oder schaffst du es nicht, ohne Sattel zu reiten?«

»Es wird schon gehen.«

Und es ging, wenn sich auch Flaminia mehr schlecht als recht auf dem Rücken des Braunen hielt, den sie sich ausgesucht hatte. Als Thorag seinen Schecken zum wiederholten Mal zügelte, damit die Frau aufschließen konnte, rief sie: »Reite voraus! Du mußt die Brücke retten!«

Thorag ließ Flaminia nur ungern allein, da sich hier in der Dunkelheit überall die Fenrisbrüder herumtreiben konnten. Aber ihm blieb keine andere Wahl.

»Gib gut auf dich acht!« rief er Flaminia zu, bevor er den Schecken durch Rufe, Tritte und den Gebrauch der Zügel bis ans Äußerste seiner Leistungsfähigkeit trieb. Er hatte sich bei der hastigen Auswahl des Tieres nicht geirrt; es war sehr schnell. Während er voranpreschte, dachte Thorag, daß er sich bei Flaminia für ihre neckischen Spiele bedanken mußte. Wäre sie nicht zum Spaß aufgesprungen und vom Wasserfall fortgerannt, so hätten sie sich wieder stundenlang den Freuden der Liebe hingegeben, und die Fenrisbrüder hätten in aller Seelenruhe die Brücke niederbrennen können. So hatte er vielleicht noch eine Möglichkeit, das Schlimmste zu verhindern.

Als der Schecke den letzten Hügelkamm vor dem Fluß erklomm, bemerkte Thorag den hellen Schein am schon dunkler werdenden Himmel. Oben auf dem Kamm sah der Cherusker die Flammenzungen, die überall gierig am Holz der Brücke leckten. Er hielt erschrocken inne, dann trieb er das erschöpfte Pferd aufs neue an.

Während er den Hügel hinunterritt, fragte sich Thorag, weshalb niemand das Feuer löschte. Und wo waren die Wachen? Wie hatten die Fenrisbrüder unbemerkt an ihnen vorbeikommen können?

Als er die Ausläufer der Hafensiedlung erreicht hatte, standen die Menschen vor ihren Häusern und blickten zum Fluß. Das Feuer, dessen heller Schein jetzt den ganzen östlichen Himmel ausfüllte und dessen Knistern bis hierher zu hören war, hatte sie aufgeschreckt. Thorag gab sich nicht mit ihnen ab und hielt auch nicht auf das Kastell zu. Rücksichtslos bahnte er sich einen Weg durch die Menge und ritt weiter zum Bauplatz.

Noch ehe er ihn erreichte, spürte er die mörderische Hitze, die von dem gewaltigen Flammenmeer ausstrahlte. Die Brücke brannte lichterloh. Sie war nicht mehr zu retten. Genausowenig wie die Wachen, die an ihrem Ende lagen: Die Fenrisbrüder hatten keine Gnade gezeigt und allen Soldaten, auch den Germanen unter ihnen, die Kehle durchgeschnitten.

Ein Geräusch, welches das laute Knistern des brennenden Holzes übertönte, alarmierte den Reiter. Thorag hörte genauer hin. Es waren Hilferufe. Sie kamen mitten aus dem Feuer. Und er erkannte die Stimme: Servius!

»Vorwärts!« schrie Thorag und stieß dem Schecken erneut die Fersen in die Flanken. Das Tier wieherte laut und weigerte sich, in die Feuersbrunst zu laufen. So sehr sich Thorag auch bemühte, der angeborene Überlebenswille des Tieres war stärker als der anerzogene Gehorsam gegenüber seinem Reiter.

»Hast ja recht«, murmelte der Cherusker und rutschte vom Pferderücken. »Es ist Wahnsinn, da hineinzulaufen.« Wieder hörte er Servius' verzweifelte Schreie. »Aber ich muß es trotzdem versuchen.« Er versetzte dem Schecken einen Hieb auf die Kruppe, und das Tier galoppierte davon.

Thorag sammelte alle Kräfte, hielt den Atem an und rannte mitten zwischen die riesigen Blumen aus tödlich heißem Feuer. Die Flammen griffen nach ihm, versengten seine Haare und seine Tunika. Aber dann konnte er sogar wieder atmen. Überrascht stellte Thorag fest, daß es auf der Brücke noch flammenfreie Inseln gab. Inseln allerdings, die zusehends schrumpften und bald ganz verschwunden sein würden.

Die Stelle, an der Thorag stand, war eine solche Insel im Flammenmeer gewesen. Jetzt fraß sich ein erster Feuerriegel mitten durch diese Insel und spaltete sie in zwei Teile. Drüben, jenseits des Feuerriegels, sahen Thorags von der Helligkeit geblendete Augen den Architekten. Servius stand dort mit kahlem Schädel, die Haare bereits vollständig vom Feuer versengt, und starrte den Cherusker aus weit aufgerissenen Augen an. Sein Gesicht hatte nicht viel Menschliches mehr an sich. Der Pompejaner schien vor Angst dem Wahnsinn nahe zu sein.

Es war für Thorag unmöglich, zu Servius vorzudringen, so rasch fraßen sich die Flammen durch das Holz und bildeten eine hoch aufragende Mauer zwischen den beiden Männern. Die Hitze ließ die Luft flirren und die vor Panik entstellten Züge des Baumeisters zur Undeutlichkeit verschwimmen.

»Spring ins Wasser, Servius!« schrie Thorag und keuchte dabei heftig, weil ihm die Gluthitze fast die Luft zum Atmen nahm. »Nur so kannst du dich retten!«

Servius rührte sich nicht und antwortete nicht. Die Angst hatte ihn erstarren lassen.

»Spring in den Fluß, Servius!« brüllte der Cherusker noch lauter, aber wieder ohne Erfolg.

Plötzlich stand der Architekt in Flammen, als die unwirkliche Hitze seine Toga in Brand setzte. Und dieser neue Schrecken brachte Servius endlich zur Besinnung. Seine Erstarrung löste sich, und er lief zum Rand der Brücke, starrte ängstlich hinunter und stürzte sich mit einem Schrei in die Tiefe.

»Die Götter mögen dir beistehen«, stieß Thorag hervor. Er drehte sich, nahm einen kurzen Anlauf und setzte zu einem weiten Sprung an, der ihn durch die Feuerwand trug, und lief zurück. Als er die Brücke verlassen hatte, stürzten immer mehr Holzpfähle und Planken ein. Einzelne Holzbohlen und ganze Brückenteile klatschten als riesige Fackeln in den Strom, der zischend die Flammen löschte. Thorag rannte an den Menschen vorbei zum Ufer hinunter, wobei er sich öfter an der Böschung festhalten mußte, um nicht zu fallen. Als er am Wasser stand, suchten seine Augen angestrengt nach Servius.

Thorag hielt vergeblich in den Rauchschwaden Ausschau. Er glaubte nicht, daß der Architekt noch lebte.

Oder doch? Rief da nicht jemand nach Thorag? Er zögerte keinen Augenblick und stürzte sich in den Fluß. Er schwamm mit kräftigen Zügen, wie es sein Vater ihn gelehrt hatte.

Vor sich entdeckte er einen dunklen Fleck auf dem Wasser, der sich gegen den etwas helleren Nachthimmel abzeichnete. Es war einer der Arbeitspontons, die an der Brücke vertäut gewesen waren. Er trieb mit der Strömung flußabwärts, an Bord mehrere Männer.

Der Gegenwind ließ Thorag ein paar Gesprächsfetzen verstehen:

»… nicht besser gebrannt, wenn Donars Blitz die Brücke getroffen …«

»… verfluchten Römer nicht über den Fluß …« Es waren Germanen; vermutlich waren es ihre Stimmen und nicht die des Baumeisters, die er am Ufer gehört hatte.

»… andere Brücke auch in Flammen …«

Die andere Brücke auch in Flammen? Meinten die Männer an Bord des Pontons die Brücke am oberen Hafen, die unter Lucius' Aufsicht entstand? Hatten sie auf diese Brücke ebenfalls einen Anschlag verübt, oder stand das noch bevor?

Thorag holte das Letzte aus sich heraus und schwamm schneller, um näher an den Ponton heranzukommen und die Männer, zweifellos Fenrisbrüder, besser zu verstehen.

Er war ganz dicht am Ponton, als er einen lauten Ruf hörte: »Da ist einer im Wasser!«

Kein Zweifel. Thorag war entdeckt worden. Er sah die mit Wolfsfellen bedeckten Köpfe der Männer, die sich über die Bordwand des Pontons beugten. Es mußten fünf oder sechs Fenrisbrüder sein. Witold hatte aber auf etwa zehn Pferde aufgepaßt. Vermutlich hatten die übrigen Fenrisbrüder ihre zerstörerische Arbeit von Land aus erledigt und waren dann zurück in den Wald gelaufen. Diese Gruppe hier hatte wohl die Stützpfeiler in Brand gesetzt. So schnell, wie die große Brücke abgebrannt war, mußte das Feuer an vielen Stellen gleichzeitig gelegt worden sein.

»Es ist Thorag!« stieß einer der Männer im Ponton, dessen

Stimme der Cherusker schon gehört hatte, erregt hervor. »Der Sohn des Gaufürsten Wisar!«

»Ich werde ihn erledigen«, sagte ein anderer Mann.

»Ich helfe dir«, erwiderte der Mann mit der Stimme, die Thorag nicht sonderlich vertraut, aber auch nicht fremd erschien.

Zwei schemenhafte Gestalten sprangen ins Wasser und schwammen von rechts und links auf Thorag zu, während sich der Ponton weiter entfernte. Der Cherusker konnte ihre Gesichter nicht genau erkennen, obwohl sie die Wolfsfelle abgelegt hatten. Sie machten ihre Sache gut und näherten sich ihm von beiden Seiten im gleichen Abstand und in gleicher Geschwindigkeit. Ihre Absicht war ebenso einfach wie tödlich: Wenn Thorag sich einem von ihnen stellte, würde ihm der andere in den Rücken fallen.

Als der Abstand zu den Fenrisbrüdern noch etwa fünfzehn Fuß betrug, tauchte Thorag mit kräftigen Stößen so tief unter Wasser, daß seine Gegner ihn in der Dämmerung unmöglich sehen konnten. Ihre Umrisse aber hoben sich gegen den Abendhimmel ab, der von der Feuersbrunst erhellt wurde. Das sah Thorag, als er sich in einer geschickten Bewegung herumrollte, so daß er wieder nach oben blickte. Ohne länger zu verharren, suchte er sich einen der beiden Gegner aus, zog den Dolch – seine einzige Waffe – aus der Scheide, und schoß, wie Wisar es ihm beigebracht hatte, pfeilartig an die Oberfläche.

Der Fenrisbruder sah Thorag erst im letzten Moment. Er versuchte noch, sich zur Seite zu werfen, aber ganz entging er dem Angriff nicht. Thorag hatte auf sein Herz gezielt. Durch sein Ausweichmanöver entging der Fenrisbruder dem Todesstoß. Die Klinge des Cheruskers bohrte sich nur in seine linke Schulter.

Ein kurzer, lauter Schmerzensschrei gellte in Thorags Ohren. Dicht vor sich sah er das verzerrte Gesicht des anderen: ein junges Gesicht, aber aufgeschwemmt und derb, mit blutunterlaufenen Augen und einer breitgedrückten Nase. Ein abstoßendes Gesicht, das Thorag unbekannt war.

Eine große Hand preßte sich auf Thorags Mund, und kräftige Finger stießen nach seinen Augen, wollten ihn blenden. Thorag zog den Dolch aus der Schulter des Fenrisbruders und machte sich von ihm frei.

»Jetzt kriege ich ich, Römling!« zischte haßerfüllt sein Gegner, aus dessen verletzter Schulter Blutfäden in die Strömung wehten. Auch er zog seinen Dolch und schwamm auf Thorag zu.

Der Cherusker warf sich auf den Rücken und trat dem Angreifer ins Gesicht. Er hörte einen gurgelnden Laut und sah, wie der Fenrisbruder scheinbar hilflos im Wasser trieb. Thorag mußte ihn härter getroffen haben als erwartet.

Der Edeling wollte ihm nachsetzen, als er einen heißen Schmerz an seiner linken Seite spürte. Er verfluchte sich, weil er den zweiten Fenrisbruder ganz außer acht gelassen hatte. Mit heftigen Schwimmstößen bewegte sich Thorag von ihm und der tödlichen Gefahr fort. Blut strömte aus der aufgerissenen Seite des Edelings.

Der zweite Angreifer verfolgte ihn, einen Sax in der Rechten. Er mußte der Mann sein, dessen Stimme Thorag bekannt vorgekommen war. Aber der größte Teil seines Gesichts war vom Wasser verdeckt, so daß sich der Cherusker vergeblich bemühte, ihn zu erkennen.

Thorag drehte seinen Körper und schwamm dem Fenrisbruder zu dessen Überraschung entgegen. Der Mann mit dem Sax verlangsamte seine Geschwindigkeit und hob das Kurzschwert zum Hieb. Aber da war der Cherusker auch schon heran und packte mit der Linken das Handgelenk des Gegners. Mit der Rechten stieß Thorag zu, um den Feind mit dem Dolch in die Brust zu treffen. Da erkannte er das Gesicht des anderen – und hielt seinen Stoß im letzten Moment zurück.

»Thidrik!« stieß Thorag aus, überrascht, den Bauern zu erkennen, auf dessen Hof er und seine Begleiter damals von den Wolfshäutern überfallen worden waren.

Der massige Mann verzog den Mund unter dem großen Schnurrbart und stieß ein wütendes Grunzen aus. Er schlug mit der Linken nach Thorag und strampelte wild, um die Hand mit dem Sax freizubekommen.

Der Edeling, der noch immer den Dolch in der Rechten hielt, stieß die Klinge tief in Thidriks Waffenarm. Der Schmerz zwang den Bauern, die Hand zu öffnen und den Sax ins Wasser fallen zu lassen.

Aber so leicht gab Thidrik nicht auf. Er warf sich auf Thorag und umklammerte dessen Hals mit seinem gesunden linken Arm, so kräftig, daß dem Edeling binnen Sekunden die Luft knapp wurde.

»Ich werde dich töten, Thorag«, knurrte der Bauer. »Ich nehme dein Leben, wie du das Leben meines Sohnes genommen hast!«

Thidrik war ungewöhnlich kräftig, Thorag hingegen war durch die Schwertwunde in seiner linken Seite geschwächt. Trotz aller Bemühungen schaffte es Wisars Sohn nicht, sich aus der tödlichen Umklammerung zu befreien. Vor seinen Augen tanzten bereits bunte Lichter.

Da erinnerte er sich an einen Rat seines Vaters: ›Wenn du einem Gegner in die Falle gegangen bist und er dich töten will, stell dich vorher tot. Einen Toten braucht man nicht zu töten und sein Schwert nicht zu fürchten.‹

Thorag ließ seinen Körper erschlaffen und sogar seinen Dolch ins Wasser fallen. Nach wenigen Sekunden lockerte Thidrik seinen Griff in der Annahme, das Leben des Edlings ausgelöscht zu haben.

Der vermeintliche Tote gab dem Gegner keine Gelegenheit, seinen Irrtum wiedergutzumachen. Mit einem gewaltigen Ruck zog Thorag seinen Kopf aus der Umklammerung und stieß seinen Ellbogen in Thidriks Gesicht. Der Bauer stürzte nach hinten, und der Edeling warf sich sofort auf ihn.

Ungeachtet der rasenden Schmerzen in seiner linken Seite zog er Thidriks Oberkörper mit der Linken aus dem Wasser und stieß mehrmals seine zur Faust geballte Rechte in das schnauzbärtige Gesicht. Thidriks Widerstand erschlaffte, und das war nicht gespielt. Hätte Thorag ihn losgelassen, wäre er wohl jämmerlich ertrunken. Aber das war nicht im Sinn des Edelings. Thidrik sollte ihm eine Menge Fragen beantworten. Deshalb würde er sein Leben schonen.

Thorag umfaßte den Bauern mit einem Arm und schwamm auf das linke Flußufer zu. Von dem anderen Angreifer und auch von dem Ponton mit den übrigen Fenrisbrüdern war nichts mehr zu sehen. Die hereinbrechende Dunkelheit hatte sie verschluckt. Vielleicht war Thidriks Gefährte auch ein Opfer der reißenden Strömung geworden. Thorag konnte sich das gut vorstellen, als er merkte, wie schwer es ihm selbst fiel, sich zum Ufer vorzuarbeiten. Er kam nur sehr langsam voran, weil ihn der schwere Bauer behinderte und weil ihm die noch immer stark blutende Schwertwunde zusehends die Kräfte raubte. Immer wieder rissen ihn Strömungswellen unter Wasser.

War vom Ufer Hilfe zu erwarten? Thorag bezweifelte es. Die brennenden Brückenreste lagen ein großes Stück entfernt, vielleicht ein bis zwei Meilen, so weit hatte ihn die Strömung bereits abgetrieben. Es war dunkel, und die Soldaten der Garnison wußten nicht, wo sie ihn suchen sollten. Und einem Teil der römischen Offiziere wäre es wohl sehr recht gewesen, wenn Thorag nicht mehr zurückkehrte.

Thorag spornte sich selbst an, seine erlahmenden Kräfte noch einmal zu beleben. Seine Muskeln schmerzten, seine linke Seite war fast taub, und immer wieder schluckte er Wasser. Er dachte daran, Thidrik einfach loszulassen, um sein eigenes Leben zu retten. Schließlich hatte der Bauer ihn auch töten wollen. Thorag widerstand der Versuchung. Er brauchte Thidrik, um Antworten auf wichtige Fragen zu erhalten. Denn ganz offensichtlich war Thidrik ein Angehöriger der Fenrisbruderschaft.

Als Thorag in der Dunkelheit vor sich Lichter tanzen sah, glaubte er erst, einer Sinnestäuschung zu erliegen, hervorgerufen durch die Überanstrengung seines Körpers. Doch obwohl er mehrmals die Augen zusammenkniff, verschwanden die Lichter nicht. Sie führten ihren Tanz am Ufer aus, dessen Umrisse sich aus der Nacht hervorschälten.

Es gab nur zwei Möglichkeiten: Freund oder Feind. Er hielt es für unwahrscheinlich, daß sich die Fenrisbrüder in der Nähe der Garnison so offen zeigten. Also rief Thorag laut nach den Menschen am Ufer, rief seinen Namen in die Nacht.

Der erschöpfte Schwimmer hörte die Antwortrufe vom Ufer, ohne sie zu verstehen. In seinen Ohren rauschte es zu laut. Vielleicht war es das Geräusch der Wellen, vielleicht war es das Pochen des Blutes, vielleicht sein rasselnder Atem, vielleicht einiges davon oder alles zusammen. Er wußte nur eines und hämmerte es sich immer wieder ein: *Weiterschwimmen, dem Ufer entgegen, immer weiter!*

Wie hatte Wisar damals noch gesagt, als er seinem Sohn das

Schwimmen beibrachte: ›Wenn die Strömung gegen dich ist und du am Ende deiner Kräfte bist, hör auf zu denken, hör auf zu sehen und zu hören, hör meinetwegen auch auf zu hoffen, aber hör niemals auf zu atmen und zu schwimmen!‹

Und Thorag schwamm. Weiter. Weiter. Dem Ufer entgegen. Dorthin, von wo die lauten und doch undeutlichen Stimmen kamen.

Etwas traf seine Stirn, kurz nur, und war dann wieder verschwunden. Wie die flüchtige Berührung einer Mücke an einem heißen Sommertag. Und doch genügte es, um den Cherusker aus seiner Apathie zu reißen.

Mehrere Männer schrien laut durcheinander, meinten aber alle dasselbe:

»Das Seil!«

»Rechts von dir, Präfekt!«

»Ergreif das Seil!«

»Nimm das Seil, Präfekt, wir ziehen dich an Land!«

Das Seil? Jetzt begriff Thorag, was ihn eben am Kopf getroffen hatte. Wieder blickte er um sich und sah ein kleines, unscheinbares Etwas, das auf der Wasseroberfläche schwamm. Leicht zu übersehen und doch die Rettung seines Lebens.

Es kostete ihn einige Anstrengung, seine fast mechanischen Schwimmbewegungen zu unterbrechen, um nach dem Seilende zu greifen. In dem Moment erfaßte eine Welle das Hanfstück und warf es drei, vier Fuß beiseite. Thorag griff ins Leere und sank tief ins Wasser ein, weil er aufgehört hatte zu schwimmen. Panik drohte ihn zu überwältigen. Sollte so kurz vor dem Ufer alles vergebens gewesen sein?

Schwimm, Thorag! hämmerte es in seinem Kopf, und es klang wie die Stimme seines Vaters.

Und Thorag schwamm wieder. Der kleine Junge schwamm zum rettenden Seeufer, wo sein Vater in stoischer Ruhe auf ihn wartete. Und der große Cherusker schwamm dorthin, wohin die Welle das Seilende gespült hatte, packte erneut nach dem so wichtigen Stück Hanf – und hielt es fest in der Rechten!

Der Ruck, der durch Thorags Arm fuhr, kam so überraschend, daß er das Seil fast wieder losgelassen hätte. Aber er hielt es fest, krallte die Rechte um das nasse Hanfstück, wie er den linken Arm um den noch immer bewußtlosen Thidrik schlang, während sie an Land gezogen wurden.

Das Land war die Rettung für sie. Wirklich? Plötzlich schoß ein erschreckender Gedanke durch Thorags Kopf: Was war, wenn Thidrik nicht bewußtlos war, sondern tot? Alle Mühe vergebens? Schlimmer noch: keine Antwort auf seine Fragen!

Irgendwann spürte der Edeling festen Boden unter seinem Körper, dachte schon daran, das Seil loszulassen, wurde aber noch einmal durch eine Tiefe gezogen, bis das Wasser endlich den Kampf um sein Leben verlorengab. Hustend und prustend kletterte Thorag die steile Böschung hinauf, gestützt von zwei cheruskischen Auxiliarsoldaten. Andere Soldaten trugen Thidrik an Land.

Oben bei den Pferden umhüllte ihn ganz unerwartet ein wohliger, exotischer Duft, und zwei weiche Arme hielten ihn. Flaminias Augen blickten ihn mit ehrlicher, tiefer Besorgnis an. Erstaunt röchelte er ihren Namen.

»Überrascht, mich hier zu sehen?«

Thorag nickte. Zu einer Antwort war er noch zu schwach.

»Deine Offiziere hätten dich am liebsten für tot erklärt, statt sich die Mühe zu machen, nach dir zu suchen«, sagte die Römerin wütend. »Foedus meinte, es sei reine Zeitverschwendung. Erst als ich ihnen mit Maximus und Varus drohte, haben sie sämtliche Reiter ausgesandt. Ich selbst habe einen Trupp geführt. Und ich hatte den richtigen Riecher.«

»Donar sei Dank«, krächzte Thorag und sah in ihre schönen Augen. »Du hast mir das Leben gerettet, Flaminia.«

»Du meines zweimal, Thorag. Ich stehe also noch in deiner Schuld.«

»Wie auch immer, ich danke dir. Ich hatte schon gedacht, die Götter hätten mein Schicksal besiegelt.«

Flaminia lächelte und strich sanft über sein nasses Gesicht. *»Ita vita est hominum, quasi, cum ludas tesseris: si illud, quod maxime opus est iactu, non cadit, illud quod cecidit forte, id arte ut corrigas.* – Des Menschen Leben ist wie ein Würfelspiel: Wenn der am dringendsten benötigte Wurf nicht fällt, korrigierst du, was der Zufall brachte, durch einen Kunstgriff.«

Sie sann kurz nach und fügte hinzu: »Außerdem weißt du gar

nicht, ob du einen Grund hast, dich zu bedanken. Vielleicht verfluchst du morgen schon die Rettung. Niemand weiß, was der nächste Tag bringt und ob das Weiterleben nicht heißt: *labores exanclare* – den Becher der Leiden bis auf die Neige leeren.«

Thorag sah Flaminia forschend an und fragte: »*Laetitia vana evadit?* – Die Freude geht leer aus?«

Mit einer für sie ungewöhnlichen Nachdenklichkeit antwortete die Frau: »Möglicherweise ja, wenn man am Ende alles überschaut.«

Thorag schüttelte den Kopf, zog ihr Gesicht zu sich heran und drückte ihr einen langen Kuß auf die Lippen. Ohne auf die umstehenden Soldaten zu achten, die teils bewußt in die Luft sahen, teils aber auch auf ihren Präfekten und seine Geliebte starrten, umfingen die beiden sich leidenschaftlich. Wie er Flaminia in den Armen hielt, sie roch, fühlte und schmeckte, kehrte die Lebensfreude in den Cherusker zurück. Der Überlebenskampf im Fluß war ebenso vergessen wie das tödliche Feuer, das ihn fast verschlungen hätte.

Das Vergessen währte nur kurz. Thorags Blick fiel auf Thidrik, der seitlich auf dem Boden lag. Zwei Soldaten bemühten sich um ihn, bewegten seine Arme und schüttelten seinen Oberkörper. Der Edeling wollte gerade fragen, ob noch Leben in dem Bauern war, als dieser zu husten begann. Der Husten steigerte sich und wollte gar nicht mehr aufhören. Thorag hatte schon einiges an Wasser ausgespien, aber der Bauer übertraf ihn noch.

Thorag machte sich von Flaminia los und ging zu Thidrik.

»Wer ist dieser Mann?« erkundigte sich die Frau.

»Ein Fenrisbruder«, sagte Thorag nur, der sich nicht sicher war, ob er seine Vergangenheit vor der Römerin ausbreiten sollte. Er blieb vor Thidrik stehen und fragte: »Wie geht es dir, Bauer?«

Thidrik sah zu ihm auf, mit jenem haßerfüllten Blick, den Thorag schon bei seinem Sohn Hasko bemerkt hatte. Aber er sagte nichts.

»Du kannst ruhig mit mir sprechen, Thidrik. Ich habe dein Leben gerettet, obwohl du mich töten wolltest. Kennst du keine Dankbarkeit?«

»Nicht gegenüber einem Römling!« zischte Thidrik und

spuckte auf Thorags Füße, die ohnehin völlig durchnäßt waren.

Einer der Soldaten versetzte dem Bauern einen schmerzhaften Tritt in die Seite. Als er noch einmal zutreten wollte, hielt sein Präfekt ihn zurück und sah wieder Thidrik an. »Dann willst du mir wohl auch keine Fragen beantworten?«

Thidrik biß die Zähne aufeinander.

»Vielleicht schläfst du mal eine Nacht darüber und denkst über die Dankbarkeit nach«, meinte Thorag und wandte sich an seine Männer: »Fesselt diesen Mann und bewacht ihn gut! Er darf nicht entkommen, aber es darf ihm auch nichts geschehen. Er ist ein wichtiger Zeuge.« Er wandte sich wieder Flaminia zu. »Habt ihr Servius gefunden?«

»Servius? Nein. Wieso?«

Thorag erzählte ihr, wie der Baumeister von den Flammen erfaßt worden war und sich ins Wasser gestürzt hatte.

»Der Arme«, sagte sie bestürzt. »Ich mochte ihn.«

»Ich auch«, sagte Thorag.

Sie saßen auf und ritten zurück zum Kastell. Als sie an der Brücke vorbeikamen, sahen sie, daß von ihr nicht mehr viel übriggeblieben war: nur ein paar verkohlte, teilweise noch glühende Trümmer, die vereinzelt aus dem Wasser ragten. Thorag hätte Servius ein würdigeres Denkmal seines Könnens gewünscht.

Kapitel 17

Die Gefangenen

Das Licht des anbrechenden Tages und der Lärm des Garnisonlebens weckten Thorag: die Signale der Trompeter und Hornisten; das Klappern des Eßgeschirrs und der Waffen; die Kommandos der Offiziere und Unteroffiziere; der Marschtritt lederner Sohlen auf den in gewohnter römischer Präzision schnurgerade, rechtwinklig gebauten Lagerstraßen – durch die recht dünnen Holzwände des Prätoriums drangen diese Geräusche herein.

Thorag erwachte, was selten genug war, aus einem traumlosen Schlaf. Sofort spürte er den stechenden Schmerz, der von seiner linken Seite ausging und auf seinen ganzen Körper ausstrahlte. Mit dem Schmerz kehrte die Erinnerung an das zurück, was gestern abend geschehen war. Und diese Erinnerung war weitaus schmerzhafter als die durch Thidriks Sax verursachte Fleischwunde.

Er hatte versagt, auf der ganzen Linie, und niemand wußte das besser als Thorag selbst. Er hatte die Brücke nicht vor den Fenrisbrüdern beschützt. Er hatte Servius, den fleißigen und unermüdlichen Baumeister, nicht gerettet. Er hatte die Fenrisbrüder nicht gefangen – mit einer Ausnahme.

»Thidrik«, murmelte Thorag und dachte an diesen halsstarrigen, verbitterten Gefangenen, der ihn hatte töten wollen und dessen Leben er unter Einsatz seines eigenen gerettet hatte.

»Was sagst du, Thorag?« fragte eine helle Stimme. »Wie geht es dir?«

Der Cherusker, durch den eben erlittenen Schmerz vorsichtig geworden, drehte nur den Kopf herum und bemerkte erst jetzt, daß Flaminia, vollständig angekleidet und geschminkt, auf einem Schemel neben seinem Bett saß und ihn besorgt ansah. Das kräftige Violett ihrer Stola brachte etwas Farbe in sein kleines, spartanisch eingerichtetes Cubiculum.

»Flaminia! Wie lange sitzt du schon hier?«

»Seit etwa einer Stunde.«

»Im Kastell sind schon alle auf den Beinen. Weshalb hast du mich nicht geweckt?«

»Weil du den Schlaf dringend benötigt hast.«

»Aber der Anschlag auf die Brücke! Die Sache muß untersucht werden. Wir müssen die ganze Gegend absuchen. Auch wenn es unwahrscheinlich ist, vielleicht finden wir doch eine Spur von den Fenrisbrüdern!«

»Foedus hat das bereits in die Wege geleitet. Den Befehlen gemäß, die du ihm gestern abend noch gegeben hast.«

»Foedus, ja«, sagte Thorag gedehnt und erinnerte sich, wie der Rettungstrupp mit Flaminia, Thidrik und ihm ins Lager zurückgekehrt war. Foedus' langes Pferdegesicht hatte ungläubig geschaut und war mit dem vor Staunen heruntergeklappten Unterkiefer noch länger geworden, als er Thorag erkannte. Aus der Ungläubigkeit war Unmut geworden. Dem Cherusker war bald klargeworden, daß es der Unmut darüber war, den germanischen Lagerpräfekten noch am Leben zu sehen. Offenbar hatte er gehofft, daß der Germane in dem reißenden Strom ertrunken war.

Noch bevor der Medicus seinen Kommandanten aufsuchte, um dessen ungefährliche, aber stark schmerzende und heftig blutende Wunde zu versorgen und zu verbinden, ließ Thorag Foedus und die ranghöchsten Offiziere zu sich kommen, um die notwendigen Befehle zu erteilen. Kuriere wurden ausgeschickt, um die Römer im Oppidum Ubiorum und in der Garnison am oberen Hafen vor den Fenrisbrüdern zu warnen; vielleicht war es noch nicht zu spät, den Anschlag auf die Brücke am oberen Hafen zu verhindern. Die Wachen wurden verdoppelt. Bei Sonnenaufgang sollten starke Suchtrupps ausrücken und die ganze Gegend durchkämmen. Noch in der Nacht ritt ein Trupp in den Wald zur Quelle, um Witolds Leiche zu bergen. Außerdem ordnete Thorag an, ebenfalls noch in der Nacht mit Booten nach Servius zu suchen.

»Wurde Servius gefunden?«

Flaminia schüttelte traurig den Kopf. »Erst weit nach Mitternacht haben die Boote ihre Suche abgebrochen.« An ihrer Nasenwurzel bildete sich die kleine Falte, die Skepsis ankündigte. »Du hast eben einen Namen gemurmelt. Thidrik, glaube ich. So nanntest du gestern den Barbaren, den du gefangen hast.«

»Ja, es ist sein Name.«

»Du kennst ihn also?«

»Sein Hof steht an der Grenze zum Gau meines Vaters.«

»Ich hatte gestern abend den Eindruck, daß er voller Haß auf dich war. Auf dich persönlich meine ich.«

»Das ist er wohl. Ich habe seinen Sohn getötet.«

»Oh!«

Thorag erzählte ihr in knappen Worten, was sich damals auf Thidriks Hof ereignet hatte. Den Doppelmord an Asker und Arader und die zweifelhafte Rolle als Zeuge, die Thidrik dabei gespielt hatte, erwähnte er nicht.

Er fühlte sich nicht in der Stimmung, darauf einzugehen. Außerdem war es eine persönliche Geschichte, die Flaminia nichts anging.

Als sich Thorag ächzend und stöhnend aufrichtete, sah ihn Flaminia entsetzt an. »Was hast du vor?«

»Was schon? Aufstehen, mich waschen, ankleiden, ein wenig essen und meinen Aufgaben nachgehen.«

»Das darfst du nicht. Der Medicus hat dir Bettruhe verordnet, mindestens drei Tage, besser fünf.«

»Er ist der Arzt, aber ich bin der Präfekt. Die Fenrisbrüder haben die Brücke zerstört, die wir bauen sollten. Und da soll ich nicht auf meinem Posten sein?«

»Du kannst die nötigen Befehle auch vom Bett aus geben.«

»Das könnte Foedus so passen!« knurrte Thorag, gab sich einen Ruck und stemmte sich vom Bett hoch.

Er war wohl etwas zu heftig aufgestanden. Kaum daß er auf seinen Füßen stand, begann sich das kleine Zimmer um ihn zu drehen. Übelkeit stieg in ihm hoch. Er suchte nach einem Halt und fand ihn in Flaminias Armen.

»Ich habe es dir doch gesagt«, schimpfte die Römerin, »dein Platz ist im Bett!«

»Nur wenn du neben, auf oder unter mir liegst«, sagte Thorag, als er merkte, daß die Übelkeit abklang und das Zimmer seinen verstörenden Tanz beendete. »Aber dazu ist leider keine Zeit. Ich muß mich um wichtige Dinge kümmern.«

Als er zum Fenster wankte, um die Läden aufzustoßen, hörte er Flaminia seufzen: »*Cuiusvis hominis est errare, nullius nisi insi-*

pientis in errore perseverare! – Jeder Mensch kann irren, doch nur der Dumme wird im Irrtum verharren!«

Thorag versuchte nicht, ihr seine *Dummheit* zu erklären. Wenn er ihr gesagt hätte, daß es dringende Fragen gab, die nur er Thidrik stellen konnte, hätte er ihr auch von den Hintergründen erzählen müssen.

Der Cherusker genoß die frische Morgenluft, die durch das scheibenlose Fenster hereinströmte und blickte aus dem ersten Stock des großen Holzhauses hinaus auf das Lager, das auf einer Anhöhe errichtet war. Unter ihm lag die Kreuzung der von der Porta Praetoria zum Prätorium führenden Via Praetoria und der Via Principalis. Diese beiden Straßen teilten das Lager in vier gleichgroße, fast quadratische Stücke. Zu beiden Seiten des vor ihm liegenden Abschnitts der Via Praetoria lagen die langgestreckten Kasernengebäude, auf deren Längswände sein Blick fiel. An der Via Principalis standen von ihm aus gesehen rechts das Magazin und links das Lazarett. Hinter dem Prätorium, außerhalb seiner Sicht, lagen ein paar weitere Kasernen, die Stallungen und das Gefängnis, in dem Thidrik einsaß.

Das gesamte Lager war aus Holz errichtet, als wollten die Erbauer seinen vorläufigen Charakter betonen. Die Römer wollten die Grenze ins rechtsrheinische Gebiet verschieben. Wenn Varus hier am unteren Hafen eine steinerne Brücke baute, so schien es aber auch möglich, daß an dieser Stelle vielleicht eines Tages ein richtiges Kastell aus festem Stein entstand. Die hier stationierten Soldaten sprachen jedenfalls jetzt schon vom ›Kastell‹, wenn sie das Lager meinten. Vielleicht vermittelte ihnen das ein Gefühl der Geborgenheit und Sicherheit.

Jenseits der mit Wachtürmen versehenen Palisaden, des Knüppeldamms und des Grabens, die das Lager umgaben, erstreckte sich zum Fluß hinunter die kleine Stadt, in der das Leben jetzt ebenso erwacht war wie im Kastell. Menschen eilten geschäftig durch die engen Straßen der vorwiegend aus Holz erbauten Häuser. Die frühmorgendliche Geschäftigkeit war bezeichnend für die römische Lebensweise, die von den hier siedelnden Ubiern weitgehend übernommen worden war. Nur die verwinkelte Straßenführung der Siedlung verriet noch den germanischen Ursprung.

Am Umladehafen war es recht ruhig. Alle Schiffe der vergangenen Tage waren abgefertigt. Die Arbeiter konnten sich eine Rast gönnen und warteten auf neue Schiffe.

Vielleicht war man heute besonders froh über diese Muße, denn ein kleiner Strom von Schaulustigen verließ die Siedlung und machte erst bei den kläglichen Überresten der Brücke halt, die inzwischen erkaltet waren. Aber noch immer hing der penetrante Brandgeruch über dem Fluß, über der Siedlung und sogar über der Anhöhe mit der Garnison.

Bei Tag wirkte der Anblick dessen, was gestern noch eine fast fertiggestellte Brücke über den breiten Fluß gewesen war, noch trostloser als in der Dunkelheit.

Die vereinzelten schwarzverkohlten Überreste der Stützpfeiler, die hier und da aus dem Wasser ragten, schienen nur stehengeblieben zu sein, um die Anmaßung des Menschen zu verspotten.

Es war, als blicke Servius' von Todesangst entstelltes Gesicht Thorag aus dem Wasser zwischen den Überresten der Brücke heraus an, das Lockenhaar vom Feuer versengt, der Kopf von Flammen umzüngelt. Der Cherusker drehte sich um und verbannte das Bild des sterbenden Baumeisters aus seinem Kopf. Er ging zu dem Tisch mit der bronzenen Wasserschüssel, um sich frisch zu machen. Der Schmerz, der ihn beim Bücken durchraste, verzerrte sein Gesicht.

»Ich helfe dir«, sagte Flaminia, tränkte ein Tuch mit Wasser und kniete sich vor dem großen Mann hin, um seinen Unterleib zu waschen. Ihre Berührungen ließen sein Glied anschwellen. Angesichts der Ereignisse der letzten Nacht, des Todes von Servius und der Zerstörung der Brücke, schämte sich der Cherusker seiner erwachten Gelüste.

Flaminia blickte schelmisch zu ihm auf. »Soll ich raten, woran du gerade denkst, Thorag?«

»Besser nicht.«

Sie lachte. »Das glaube ich auch. Wie sagtest du doch eben: Dazu ist keine Zeit.«

»Ich sagte, *leider* keine Zeit.«

»Immerhin ein kleines Kompliment für mich«, seufzte Flaminia und strich zärtlich mit dem Zeigefinger über Thorags Glied, das erbebte und weiter anwuchs. »Dafür will ich mich bei dir bedanken.«

Als ihre Locken seine Haut streiften, fühlte er ein angenehmes Kitzeln, das sich mit dem Stechen in seinen Lenden zu einer fiebrigen Erregung vereinigte. Ihm wurde fast schwindelig vor Lust, und er vergaß alle Vorsätze und beugte sich Flaminia herab, die ihn lockend anschaute. Sie ließ sich langsam auf den Rücken sinken und spreizte aufreizend ihre Schenkel, so daß Thorag alle Hemmungen verlor und sich erneut der Lust hingab.

Flaminias Erfahrung, die ihr erlaubte, einen Mann eine ganze Nacht lang zu erregen, ermöglichte es ihr nun, ihnen beiden auch in kurzer Zeit zur Erfüllung ihrer Begierden zu helfen. Ihre Augen glänzten, als Thorag sich mit einem Seufzer von ihr zurückzog und wieder aufrichtete. Die Schmerzen der Wunde, die er in der Erregung vergessen hatte, meldeten sich nun mit doppelter Heftigkeit zurück.

Als sei nichts weiter geschehen, fuhr Flaminia fort, Thorag zu waschen. Danach half sie ihm beim Rasieren und Anziehen.

Zögernd hielt er das Wehrgehänge mit dem Schwert, das der in der Nacht in den Wald ausgesandte Suchtrupp mitgebracht hatte, in den Händen, legte es dann aber wieder weg. Es hätte zu sehr gegen seine Wunde gedrückt, und im Lager brauchte er es nicht. Da sein Dolch vermutlich auf dem Grund des Rheins lag, verließ er das Zimmer unbewaffnet.

Er aß im Stehen, weil er es eilig hatte und weil das Hinsetzen ihm zusätzliche Schmerzen bereitet hätte. Hastig spülte er ein Stück Brot und etwas Schafskäse mit einem Becher Ziegenmilch hinunter, steckte sich noch zwei der aus Südgallien importierten Weintrauben in den Mund, verabschiedete sich mit einem Kuß auf die Stirn von Flaminia und machte sich auf den Weg zur Kommandantur.

Foedus saß hinter Thorags Schreibtisch und sprach mit ein paar römischen Offizieren, die ihren Rapport erstatteten. Als der Cherusker eintrat, drehten sich die Offiziere zu ihm um, schlugen mit den Händen gegen die Brustpanzer und grüßten ihren Präfekten. Auch Thorags Stellvertreter stand auf und grüßte ihn, traf aber keine Anstalten, seinen Platz zu räumen.

»Wie ist die Lage?« fragte Thorag und verwünschte die Schmerzwelle, die von seiner Wunde ausging und durch seine Brust schwappte. Er bemühte sich, aufrecht und ohne Wanken stehen zu bleiben. »Welche Meldungen bringen die Offiziere der Suchtrupps?«

»Von den Fenrisbrüdern keine Spur«, antwortete Foedus. »Sie haben sich wohl auf dem Fluß oder zu Fuß abgesetzt, nachdem unsere Reiter ihre Pferde beschlagnahmten.«

»Unsere Männer haben doch wohl auf die zurückkehrenden Attentäter gewartet?«

»Das hattest du nicht ausdrücklich befohlen, Präfekt«, sagte Foedus zögernd. »Wir sollten nur die Pferde beschlagnahmen und die Leiche aus dem Teich bergen.«

Thorag verzog das Gesicht zu einer säuerlichen Miene, die seinen Mißmut über diese enge Auslegung seines Befehls deutlich machte. »Es ist doch klar, daß unsere Soldaten den Fenrisbrüdern im Wald eine Falle stellen sollten. Es war schließlich zu erwarten, daß sie zu ihren Pferden zurückkehrten.«

»Wenn das so klar war, warum hast du es dann nicht ausdrücklich befohlen, Präfekt?« fragte Foedus.

»Eben weil es so klar war, dachte ich, mein Stellvertreter würde selbst darauf kommen!«

»Die Verantwortung für die Klarheit seiner Befehle hat der kommandierende Offizier. Solange du trotz deiner schweren Verwundung nicht das Kommando abgibst, habe ich mir keine Vorwürfe zu machen. Auch habe nicht *ich* die schlechte Bewachung der Brücke zu verantworten, die zu ihrer Zerstörung geführt hat!«

Jetzt verstand Thorag, woher der Wind wehte. Foedus wollte ihn dazu bringen, zugunsten seines Stellvertreters auf das Kommando zu verzichten. Dann würde Thorag als der unfähige Offizier dastehen, der die Zerstörung der Brücke zugelassen hatte. Foedus dagegen würde den klugen Taktiker mimen, der mit den Fenrisbrüdern aufräumte, auch wenn er – wie es meistens der Fall war, wenn die Römer Jagd auf den Geheimbund machten – nur mit ein paar unschuldigen Bauern als Gefangenen heimkehrte. Thorag hielt es für sehr wahrscheinlich, daß Foedus seinen Befehl absichtlich mißverstanden hatte, um die

Fenrisbrüder entwischen zu lassen und den ungeliebten Cherusker dadurch in ein noch schlechteres Licht zu setzen.

»Über die Verantwortlichkeit sprechen wir noch«, knurrte Thorag. »Was ist mit Servius?«

»Der wird wohl tot sein.«

»Also habt ihr ihn nicht gefunden?«

»Nein.«

»Aber gesucht habt ihr ihn?«

»Selbstverständlich, Präfekt.« Der Pferdekopf grinste wölfisch. »Dein diesbezüglicher Befehl war ja eindeutig.«

Thorag überging die Spitze. Jetzt war nicht die Zeit für Streitigkeiten, die nur der Befriedigung von eitlen Wünschen dienten. »Ist schon eine Nachricht aus dem Oppidum eingetroffen?«

Foedus verneinte.

»Dann werde ich jetzt mit dem Gefangenen sprechen.«

Zu Thorags Überraschung erhob sich sein Stellvertreter plötzlich und sagte: »Ich bringe dich zu ihm, Präfekt.« In Foedus' immer ein wenig trüb wirkenden Augen flammte Interesse auf. Interesse an Thidrik?

Die beiden Offiziere verließen das Prätorium durch den rückwärtigen Ausgang und gingen zum Gefängnis, das derzeit außer Thidrik nur ein paar Auxiliarsoldaten beherbergte, die sich geringe Dienstvergehen hatten zuschulden kommen lassen. Es war vielleicht der kompakteste Bau des Lagers, ein dunkles Rechteck aus dicken Bohlen mit winzigen, sämtlich hoch oben angebrachten Öffnungen, die man kaum als Fenster bezeichnen konnte. Durch diese Schlitze fiel wenigstens etwas Luft und Licht in den düstern Karzer. Die beiden Speerträger, die vor dem Gefängniseingang Wache standen, wechselten die Waffe in die Linke und legten grüßend die rechte Hand an den Helmrand, als die ranghöchsten Offiziere des Lagers das Gefängnis betraten.

In der Wachstube neben dem Eingang saß der Optio Carceris an einem grob zusammengehauenen Schreibtisch und starrte mit in den Händen versenktem Kopf auf ein Stück Papyrus. Die Schreibfeder lag neben dem offenen Tintenfaß. Es war nicht ganz deutlich, ob der Gefängniskommandant über einem Bericht brütete oder ob er diesen nur als Vorwand für einen Dienstschlaf nahm. Er bemerkte seine Vorgesetzten erst, als sie bereits mitten im Raum standen, und sprang so heftig auf, daß etwas Tinte aus dem Tongefäß schwappte und den schon vorher nicht gerade sauberen Tisch noch mehr beschmutzte. Der hektische Gruß des dünnhaarigen Mittdreißigers mißriet zu einer Gebärde der Hilflosigkeit.

»Der Präfekt will den Gefangenen sprechen«, verkündete Foedus säuerlich. Vielleicht war er ungehalten, über die klägliche Vorstellung, die der römische Optio vor dem germanischen Präfekten abgab.

»Welchen Gefangenen?« fragte der Optio.

»Den Fenrisbruder natürlich!« zischte Foedus mit einem plötzlichen Ausbruch von Schärfe.

»Ja, gewiß, zu Befehl«, brabbelte der über diesen Tonfall erschrockene Römer, drehte sich um und nahm einen Schlüsselbund vom Wandhaken. Seine Hand zitterte so sehr, daß die Schlüssel klirrten. »Folgt mir, bitte.«

Durch einen im Halbdunkel liegenden Gang ging es an mehreren verriegelten Türen vorbei, bis der Optio schließlich vor einer Tür stehenblieb, den passenden Eisenschlüssel heraussuchte und ihn in die Vertiefung des oberen Riegels steckte. Als er den Schlüssel herumdrehte, klackte es laut, und er konnte den Riegel von der Türschwelle wegziehen. Auf dieselbe Weise verfuhr er mit dem Riegel an der unteren Schwelle. Dann stieß er die schwere Eichenholztür auf, und die in beide Schwellen eingelassenen Bronzezapfen quietschten unangenehm in den Lagern.

Thorags erste Eindrücke waren eine noch stärkere Dunkelheit als auf dem Gang und ein stechender Gestank nach menschlichen Ausscheidungen. Seine Augen gewöhnten sich an das schwache Licht, und er sah den einzigen Mann in der Zelle, der in sich zusammengesunken auf dem rauhen Holzfußboden hockte, den Rücken gegen die der Tür gegenüberliegende Wand gelehnt. Ohne Hast hob er den Kopf; die Verachtung, die er für die Römer empfand, stand deutlich in seine herben Züge geschrieben.

»Danke«, sagte Thorag mit einem leichten Nicken zu seinen Begleitern. »Ihr könnt mich jetzt mit dem Gefangenen allein lassen.«

Während der Optio sich schon zum Gehen umwandte, fragte Foedus ungläubig: »Wie, du willst den Gefangenen allein verhören, Präfekt?«

»So ist es«, antwortete der Cherusker knapp.

»Warum?«

»Er ist ein Cherusker wie ich. Zu mir allein hat er vielleicht mehr Vertrauen als zu römischen Offizieren.«

Auf Foedus' bleichem Gesicht tanzten ein paar rote Zornesflecken. »Soll das heißen, daß wir Römer nicht fähig sind, einen Gefangenen richtig zu vernehmen?«

»Das habe ich nicht gesagt. Aber ich sage jetzt, daß ich von meinen *Untergebenen*« – dieses Wort betonte Thorag besonders – »erwarte, meine Befehle umgehend und ohne Lamentieren zu befolgen. Oder habe ich mich wieder nicht deutlich genug ausgedrückt?«

»Wie du befiehlst, Präfekt«, preßte Foedus hervor, folgte dem Optio ein Stück den Gang entlang, drehte sich dann noch einmal um und sagte: »Du bist verwundet und nicht bewaffnet, Präfekt. Der Gefangene könnte dich angreifen und überwältigen.«

»Davor fürchte ich mich nicht«, erwiderte der Edeling. »Was sollte ihm das bringen? Selbst wenn er mich überwältigt, aus dem Gefängnis kommt er nicht heraus, aus dem Lager schon gar nicht.«

Wortlos drehte sich Foedus um und folgte dem Optio.

Thorag betrat die Zelle und zog die Tür an, damit ihre Stimmen nicht draußen auf dem Gang zu hören waren. Er traute Foedus zu, daß er hinter der nächsten Ecke stehenblieb und ihn belauschte.

»Hast du wirklich keine Angst, daß ich dich angreife, Thorag?« fragte Thidrik, der die Sprache der Römer offenbar verstand, mit rauher Stimme. Er schien sich im Fluß eine Erkältung zugezogen zu haben. Jetzt zeigte er auf den Verband um seinen rechten Arm. »Der Stich deines Dolches hat weh getan, aber es ist nur eine Fleischwunde. Mein Arm ist kaum beeinträchtigt. Ich glaube, die Wunde, die ich dir beigebracht habe, ist schlimmer. Ich traue mir zu, dich zu überwältigen.«

»Vielleicht hast du die Möglichkeit, mich zu töten, aber keinen Grund.«

»Keinen Grund?« rief der Bauer und wollte in ein schrilles Lachen ausbrechen, das von einem Hustenkrampf erstickt wurde. Als Thidrik sich beruhigt hatte, fuhr er fort: »Ich, der ich von den Römern ausgepreßt werde wie ein Weinschlauch, soll keinen Grund haben, einen Cherusker zu hassen, der für die Römer kämpft? Den Mann, der meinen Sohn Hasko getötet hat!«

»Denk an deine Frau und deine Töchter, Thidrik! Wenn du mich umbringst, ist dir der Tod gewiß. Hilfst du mir aber, werde auch ich dir helfen. Was Hasko angeht, hast du dir seinen Tod selbst zuzuschreiben. Du hättest das geheiligte Gastrecht nicht brechen dürfen!«

»Ich habe es nicht gebrochen!«

»Du gewährst Fremden Schutz unter deinem Dach und läßt dann in der Nacht einen Mordanschlag auf sie verüben. Einen schlimmeren Bruch des Gastrechts kann ich mir nicht vorstellen.«

»Ich wußte nichts von dem Anschlag.«

»Das soll ich dir glauben?« fragte Thorag mit gerunzelter Stirn. »Wo du doch selbst ein Fenrisbruder bist?«

»Ich bin es noch nicht lange. Nach Haskos Tod wurde mir angeboten, seinen Platz in der Bruderschaft einzunehmen. Ich nahm an, weil ich immer mehr zu der Überzeugung gelangte, daß wir den Römern nur mit Gewalt begegnen können.«

»Wenn du, so wie ich, ihre riesigen Heere und ihre mächtigen Kriegsmaschinen gesehen hättest, wärst du vielleicht anderer Meinung, Thidrik.« Thorag blickte dem Bauern forschend ins Gesicht. »Wer hat dir angeboten, den Platz deines Sohnes bei den Fenrisbrüdern einzunehmen?«

Der Gefangene schüttelte so heftig den Kopf, daß sein schulterlanges Haar von einer Seite zur anderen flog. »Wenn es das ist, wobei ich dir helfen soll, Römling, kannst du es vergessen. Ich bin kein Verräter. Lieber sterbe ich.«

»Das könnte passieren. Immerhin haben du und deine Freunde ein paar römische Soldaten umgebracht und dazu noch den Baumeister der Brücke.«

»Das freut mich.« Thidriks Augen funkelten haßerfüllt.

»Dann hilf mir bei einer anderen Sache. Sag mir, weshalb du

auf dem Thing gelogen hast, als du Onsakers Anklage bezeugt hast.«

Thidrik sah Thorag an, aber seine Lippen blieben verschlossen.

»Hat Onsaker dich dazu angestiftet?«

Keine Antwort.

»Was bezweckt dein Gaufürst damit, mir den Mord an Asker und Arader in die Schuhe zu schieben?«

Thidrik hüllte sich immer noch in Schweigen.

Thorag trat einen Schritt vor und stand jetzt fast über dem Gefangenen. »Weißt du, wer der wirkliche Mörder ist?«

Keine Antwort.

»Als du auf dem Thing ein falsches Zeugnis abgegeben hast, hast du die Gesetze der Götter gebrochen. Jetzt hast du die Gelegenheit, das wiedergutzumachen!«

Endlich öffnete Thidrik den Mund. Aber was er sagte, war für Thorag eine Enttäuschung: »Ich bin kein Verräter.«

»Kein Verräter an Onsaker?«

Wieder schwieg der Bauer.

»Aber du bist ein Verräter an den Göttern!« sagte Thorag laut. »Donars Blitze mögen dich treffen!«

Thorag bemerkte ein Zucken in Thidriks Gesicht. Das war seine einzige Reaktion.

Eilige Schritte näherten sich der Zelle, die Tür schwang quietschend auf, und der Optio Carceris schaute herein. »Verzeih die Störung, Präfekt, aber Foedus schickt mich, dir zu sagen, daß ein Trupp Reiter aus dem Oppidum eingetroffen ist.«

Thorag nickte und schaute noch einmal den Gefangenen an. »Ich biete dir eine Gelegenheit, deinen Kopf zu retten, Thidrik. Wenn du sie nutzen willst, laß mich rufen.«

Als der Optio die Tür wieder verriegelte, fragte er: »Hat der Barbar etwas ausgesagt?«

»Nein«, sagte Thorag enttäuscht und verließ das Gefängnis. Er glaubte nicht mehr daran, den wahren Schuldigen an den ihm zur Last gelegten Morden zu finden.

Vor dem Prätorium herrschte ein Menschenauflauf, verursacht von sechzig bis achtzig Reitern, die sich die Via Praetoria hinunter stauten. Pferde schnaubten, und ledernes Sattelzeug knarrte. Alle dienstfreien Soldaten des Lagers traten hinzu, um die neuesten Nachrichten aus dem Oppidum zu erfahren. Ein so großes Aufgebot war sicher nicht für einen bloßen Kurierdienst gedacht und mußte etwas Besonderes zu bedeuten haben.

Das dachte auch Thorag, als er um die Ecke des Prätoriums bog und die berittene Streitmacht erblickte. Gerade trat Flaminia aus dem Haus und auf die vordersten Reiter zu. Der Cherusker erkannte den Grund: Die Kavallerie gehörte zu Varus' Garde und wurde von Maximus persönlich angeführt. Die Geschwister sprachen miteinander, aber der Gardepräfekt brach mitten im Satz ab, als er Thorag herankommen sah, und stieg vom Pferd. Auf seinen Wink folgten ihm acht Soldaten, die mit ihrem Anführer dem Cherusker entgegentraten.

»Salve, Maximus«, sagte Thorag, verwundert über den Aufmarsch. So hatte er sich die Reaktion auf seine Meldereiter nicht vorgestellt. »Schickt Varus dich als Verstärkung für mich?«

Der Gardepräfekt erwiderte den Gruß nicht. Er blickt Thorag ernst an und sagte dann: »Im Namen von Quintilius Varus, dem Legaten des Augustus, der es nicht gern sieht, wenn man unter den Augen seiner Soldaten seine Brücken verbrennt, verhafte ich dich wegen Hochverrats, Thorag.«

Die abgesessenen Gardisten hoben ihre Speere, und die eisernen Spitzen zielten auf den Hals des unbewaffneten Cheruskers.

In seiner ersten Verwirrung dachte Thorag, daß es ein unverzeihlicher Fehler gewesen war, sein Schwert nicht umzuschnallen. Aber dann wurde ihm bewußt, daß er gegen achtzig römische Elitesoldaten nicht den Hauch einer Siegesaussicht besessen hätte.

»Hochverrat?« fragte Thorag ungläubig. »Das muß ein Irrtum sein.«

»Ein Irrtum war es allenfalls, dich zum Präfekten dieser Garnison zu ernennen, Germane! *O praeclarum ovium custodem lupum!* – Das nenne ich, den Wolf zum Schafhirten machen!«

»Wie meinst du das, Bruder?« fragte laut Flaminia, die ebenso überrascht wirkte, wie es Thorag war. »Thorag hat niemanden verraten!«

Maximus drehte den Kopf zu seiner Schwester herum, und sein Gesicht drückte Unmut aus. »Wie kannst du Rom einen Niemand nennen, Flaminia?«

»Aber Thorag hat Rom nicht verraten!« beharrte die Frau.

»Wie konnte es dann geschehen, daß unter seinen Augen die Brücke abbrannte?«

Darauf wußte Flaminia keine Antwort.

Thorag fragte: »Was ist mit der Brücke am oberen Hafen? Wurde auch auf sie ein Anschlag verübt?«

»Ja«, nickte Maximus. »Aber Lucius war wachsamer als du. Wahrscheinlich, weil er wachsamer sein wollte. Seine Brücke steht noch, und der Bau ist fast fertig. Er hat die Fenrisbrüder in die Falle laufen lassen, was eigentlich auch deine Aufgabe war.«

»Dann hat Lusius die Attentäter gefangen?«

In Maximus' Gesicht arbeitete es, und schließlich knurrte er: »Gewissermaßen.«

»Was heißt das?«

»Drei der Männer konnte er fangen. Die übrigen sind ihm entkommen.«

»Immerhin ein kleiner Erfolg«, gab Thorag neidlos zu. »Haben die Gefangenen etwas Wichtiges ausgesagt?«

»Das konnten sie nicht«, antwortete zögernd Maximus, dem das Thema erkennbar unangenehm war.

»Warum nicht?«

»Sie haben sich in der Gefängniszelle umgebracht.«

»Hatten sie versteckte Waffen bei sich?«

Maximus schüttelte den Kopf und brachte damit den hohen, violetten Federbusch auf seinem goldglänzenden Helm zum Tanzen. »Sie haben sich gegenseitig erdrosselt, so daß zwei von ihnen starben. Der Dritte schlug seinen Kopf solange gegen die Wand, bis sein Schädel brach. Man fand das kümmerliche Gehirn des Idioten neben ihm.«

»Vielleicht ein Idiot«, sagte Thorag. »Vielleicht aber auch ein tapferer Mann, der lieber starb, als unter der Folter zum Verräter zu werden.«

Maximus' Augen verengten sich zu Schlitzen, und auf seiner

Nasenwurzel bildete sich jene Mißtrauen ausdrückende Falte, die Thorag von seiner Schwester kannte.

»Du sprichst mit Bewunderung von diesem Fenrisbruder, Thorag?«

»Ich bewundere nicht seine Taten, nur seine Haltung.«

»Aber du bewunderst ihn?«

»Einen mutigen Mann bewundere ich immer, gleich für wen er kämpft. So wie ich einen Feigling immer verachten werde, ob er im Kampf das Schwert gegen mich erhebt oder ob er auf meiner Seite steht.«

»Wir haben auch einen Gefangenen«, meldete sich eine Stimme in Thorags Rücken. Der Cherusker blickte sich um und erkannte Fœdus, der vor Maximus trat und den Gardepräfekten ehrerbietig grüßte.

»Was für einen Gefangenen, Fœdus?« erkundigte sich Maximus neugierig.

»Einen der Fenrisbrüder, die das Feuer legten. Er heißt Thidrik. Thorag hat ihn eben verhört. Aber er bestand darauf, mit dem Gefangenen allein zu sein.«

»Was hat dir der Gefangene berichtet, Thorag?« fragte Maximus.

»Nichts von Bedeutung. Er wollte seine Bruderschaft nicht verraten.«

»Vielleicht wollte Thorag die Fenrisbrüder auch nicht verraten«, meinte Fœdus. Seine trüben Augen gewannen ungeahnten Glanz aufgrund der Freude, endlich Oberhand über den verhaßten Cherusker zu gewinnen. »Ich hatte den Eindruck, er und dieser Thidrik kennen sich.«

Die Falte über Maximus' Nase vertiefte sich, als er Thorag fragte: »Stimmt das?«

»Ja, ich kenne ihn. Er wohnt an der Grenze zu meines Vaters Gau. Aber bis gestern abend wußte ich nicht, daß er ein Fenrisbruder ist.«

»Und weshalb hast du ihm das Leben gerettet?« fragte Fœdus und blähte seine dicke Nase wie die Nüstern eines Pferdes, was bei seiner Gesichtsform erheiternd gewirkt hätte, wäre die Situation nicht so ernst gewesen. »Ohne dich wäre er im Fluß ertrunken.«

»Ich wollte einen Gefangenen machen. Einen, der lebt und den man verhören kann.«

»Was bei dem Verhör herausgekommen ist, haben wir ja gehört«, spottete Foedus. »Ich denke, du könntest …«

»Schluß jetzt!« befahl Maximus harsch. »Varus' Befehl ist eindeutig. Ich soll Thorag verhaften und zu ihm bringen. Mit sofortiger Wirkung bist du wieder Präfekt dieses Lagers, Foedus!«

Den letzten Satz sprach der Gardepräfekt sehr laut und deutlich, und das mit gutem Grund. Es war derselbe Grund, der ihn veranlaßt hatte, Foedus ins Wort zu fallen und die ganze Sache abzukürzen. Mittlerweile hatten sich immer mehr der von Thorag befehligten Auxiliarsoldaten um die Gardereiter geschart, und viele trugen ihre Waffen. Sie waren Germanen wie Thorag, wenn auch nicht alle zu den Cheruskern gehörten. Aber der cheruskische Lagerpräfekt hatte durch seine gerechte Art und durch seinen unbeugsamen Umgang mit ihren hochnäsigen römischen Offizieren ihre Achtung und teilweise sogar ihre Zuneigung gewonnen. Sie wollten es nicht hinnehmen, daß er von den Römern als Verräter verhaftet wurde.

Schon jetzt waren Maximus' Kavalleristen von der doppelten Anzahl an Auxiliarinfanteristen umgeben, und weitere strömten herbei, weil die Nachricht von Maximus' Mission im Lager wie ein Lauffeuer die Runde machte. Eine Kohorte germanischer Infanterie stand im Lager am unteren Hafen, insgesamt fünfhundert Mann. Hinzu kamen einige Abteilungen Reiterei. Eine für Maximus gefährliche Übermacht, falls es zur Meuterei kam.

Foedus räusperte sich, warf sich in Positur und sagte laut: »Soldaten, als Präfekt dieses Lagers befehle ich euch, in eure Unterkünfte zurückzukehren!«

Nichts geschah. Es war, als hätte Foedus gar nicht gesprochen. Seine Offiziere standen unschlüssig neben dem Prätorium und schienen sich nicht darüber klarwerden zu können, wie sie sich verhalten sollten. War es besser, eine Meuterei im Keim zu ersticken? Oder war es besser, den Unmut der aufgebrachten Soldaten nicht noch mehr zu reizen? Auch wenn die Auxiliarsoldaten im römischen Sold standen und einmal, wenn ihre fünfundzwanzigjährige Dienstzeit abgelaufen war, das römische Bürgerrecht erhalten sollten, sie blieben doch Germanen. In den Augen der Römer machte sie das allesamt zu Barbaren – unberechenbar, wild und grausam.

»Gehorcht mir, Männer!« forderte Feodus vergebens. »Geht in eure Unterkünfte! Dann will ich über euer heutiges Verhalten hinwegsehen.«

Mit Sorge beobachtete Thorag, daß Foedus mit seinen Worten eher das Gegenteil von dem erreichte, was er beabsichtigte. Immer mehr der germanischen Krieger zogen ihre Schwerter oder hoben ihre Speere. Maximus flüsterte mit seinen Offizieren, und die gaben seine Worte leise an die Reiter weiter. Die Römer machten sich zum Kampf bereit, nahmen aber noch keine Kampfposition ein. Auch Maximus wollte einen Waffengang nach Möglichkeit vermeiden.

Thorag empfand Stolz darüber, daß seine Männer so für ihn eintraten. Aber gerade deshalb wollte er es nicht zum Kampf kommen lassen. Auch wenn die Soldaten aus seinem Lager siegten, es würde für beide Seiten ein blutiger, verlustreicher Kampf werden. Die Gardereiter von Flaminius' Eskorte, die damals im Wald überfallen worden waren, konnten nur so leicht von den Fenrisbrüdern niedergemacht werden, weil sie auf den Angriff unvorbereitet gewesen waren. Diese Männer hier aber waren das nicht.

Der Edeling hob seine Hände, und sofort richtete sich aller Aufmerksamkeit auf den großen Mann mit dem lang herunterfallenden Blondhaar. »Hört mich an, Soldaten. Ich danke euch für euren Mut und eure Treue. Aber ihr müßt Varus' Befehle achten. Foedus ist jetzt euer Kommandant. Also folgt ihm und geht zurück in eure Quartiere. Nehmt es als meinen Wunsch und, wenn ihr wollt, auch als meinen Befehl!«

Murren machte sich unter den Männern breit. Sie stritten sich darüber, was von Thorags Worten zu halten sei. Der Cherusker fühlte sich erleichtert, als sie sich langsam verstreuten und ihren Holzbaracken zustrebten.

Auch Maximus war sichtlich erleichtert. Er schob seinen Helm nach hinten und wischte mit dem Handrücken den Schweiß von seiner Stirn. »Das war knapp«, atmete er auf. »Ich werde Varus vorschlagen, künftig immer auch römische Einheiten in den Lagern zu stationieren, mögen diese auch mehr Sold kosten.« Er wandte sich seinen Männern zu. »Bringt Thorag schnell ins Prätorium!«

Es war ein seltsames Gefühl für den Cherusker, als Gefangener in seine eigene Kommandantur gebracht zu werden. Maximus, Flaminia und Foedus begleiteten ihn und die Gardisten. Das Gros von Maximus' Truppe saß vor dem Prätorium ab und postierte sich dort in einer dichten Kette. Der Gardepräfekt befürchtete offenbar, daß sich die aufgeheizte Stimmung der Auxiliarsoldaten doch noch in einer Meuterei entladen könnte.

»Schaff den anderen Gefangenen her, Foedus«, sagte Maximus, »diesen Fenrisbruder. Es ist besser, wenn ich das Lager so schnell wie möglich verlasse. Wenn die barbarische Seele in unseren Hilfstruppen durchbricht und sie das Prätorium stürzen, wird es ein Massaker geben, aber für uns kaum einen Sieg.«

Erschrocken, ängstlich fast, blickte Foedus den hochgewachsenen Offizier an. »Du willst sofort wieder abrücken, Maximus?«

Der Präfekt nickte.

»Mit deinen Reitern?«

»Selbstverständlich.«

»Hältst du es nicht für besser, einen Teil deiner Männer im Lager zu lassen?« Foedus sah mit zusammengekniffenen Augen durch die scheibenlose Öffnung nach draußen. »Ich meine, für den Fall, daß der Zorn in diesen Barbaren überkocht. Mir wäre wohler, dann eine schlagkräftige Truppe verläßlicher Römer zur Hand zu haben.«

Maximus warf einen verächtlichen Blick auf den Mann mit dem Pferdegesicht. »Wenn ich Thorag weggeschafft habe, werden sich die Gemüter deiner Männer schon beruhigen. Außerdem kommandiere ich die Garde des Legaten, nicht die deinige, Foedus. Du mußt selbst dafür sorgen, daß die Disziplin in deiner Truppe aufrechterhalten wird. Oder bist du dazu nicht in der Lage? Dann muß ich Varus mitteilen, daß er besser einen anderen Offizier zum Praefectus Castrorum ernennt.«

»Nicht doch, Maximus«, winkte Foedus eilig ab. »Es war nur so eine Frage. Ich werde bestimmt mit der Situation fertig. Du kannst Varus sagen, daß er sich keine Sorgen zu machen braucht. Ich werde mit dem Wiederaufbau der Brücke beginnen, sobald er mir einen neuen Architekten schickt. Noch einmal wird die Brücke nicht von den verfluchten Barbaren abgefackelt werden!« Den letzten Satz begleitete er mit einem feindseligen Blick auf Thorag. Dann verließ Foedus die Kommandantur, um Thidrik herzuschaffen.

Maximus wandte sich an einen seiner Männer. »Sorg dafür, daß der Gefängniswagen vor das Prätorium gefahren wird. Die Männer sollen sich bereit halten zum Abrücken. Sobald der andere Gefangene hier ist, verlassen wir das Lager.« Der Kavallerist sah seinen Vorgesetzten fragend an. »Ist es nicht besser, Präfekt, wenn ich den Gefängniswagen zu einem rückwärtigen Ausgang des Prätoriums bringen lasse?«

Maximus schüttelte den Kopf. »Auf keinen Fall. Wir dürfen keine Schwäche zeigen. Das würde diesen starrköpfigen Germanen nur das Gefühl geben, daß wir uns im Unrecht befinden.«

»Wie du befiehlst, Präfekt«, sagte der Soldat und verließ das Gebäude.

Kaum war er draußen, da sagte Flaminia laut: »Willst du uns nicht endlich erklären, was das alles zu bedeuten hat, Maximus?«

»Das habe ich doch bereits!« schnarrte der Gefragte unwillig, während er durch die Fensteröffnung unablässig das Geschehen draußen beobachtete. »Thorag steht unter der Anklage des Hochverrats. Meine Aufgabe ist es, ihn ins Oppidum zu bringen, wo ihm der Prozeß gemacht werden soll.«

»Aber das *muß* ein Irrtum sein!« erwiderte seine Schwester heftig. Ihr sonst eher kühler Gesichtsausdruck spiegelte jetzt Verwirrung und Angst wider. »Thorag ist kein Verräter. Ich bin schließlich immer mit Thorag ...«

»Schluß jetzt!« befahl Maximus im Kommandoton. »Hör auf mit dem Lamentieren und pack lieber deine Sachen zusammen! Du hast hier nichts mehr verloren und kehrst mit uns zurück ins Oppidum.«

Flaminia warf ihrem Bruder wütende Blicke zu, wagte aber keinen weiteren Widerspruch. Mit zu Fäusten geballten Händen verließ sie den Raum, um hinauf zu den Wohnräumen des Lagerpräfekten zu gehen.

Als vor dem Prätorium Unruhe entstand, fühlte Maximus

schon leichte Panik in sich aufsteigen. Er beruhigte sich erst wieder, als er feststellte, daß die Unruhe nur von dem Gefängniswagen ausgelöst wurde, einem von zwei kräftigen Grauen gezogenen, vierrädrigen, überdachten Wagen aus massivem Holz. Ein großes Stück jeder Seitenwand war durch senkrechte, mehr als fingerdicke Gitterstäbe ersetzt, die den Wagen wie einen fahrenden Käfig erscheinen ließen.

»Da kommt Foedus schon mit dem Fenrisbruder«, sagte Maximus und zeigte auf Thorag. »Schafft diesen Gefangenen in den Wagen. Haltet euch nicht auf. Seht zu, daß alles schnell und reibungslos abläuft!« Dann rief er laut nach seiner Schwester.

»Ich komme ja schon!« schrie Flaminia zurück. »Sollen Saiwa und ich etwa alles allein tragen? Vielleicht schickst du uns mal ein paar von deinen Soldaten zum Helfen!«

Mit einem unwilligen Gesichtsausdruck gab Maximus zweien seiner Männer einen Wink, und sie eilten zu Flaminia. Die anderen Männer führten Thorag zum Wagen, in den gerade Thidrik einstieg. Der massige Bauer machte große, verwunderte Augen, als ihm der abgesetzte Lagerpräfekt durch die Heckklappe in den Käfig folgte. Ein Soldat schlug krachend die Klappe zu, und ein Optio schob die Riegel vor, die er mit einem großen Schlüssel sicherte.

Flaminia, Saiwa und die beiden Soldaten traten schwerbepackt aus dem Haus. Einer der Männer trug Thorags persönliche Habe. Als die Römerin ihren Geliebten hinter den Gitterstäben erblickte, ließ sie ihr Bündel einfach zu Boden fallen, trat an den Wagen, umklammerte die Stäbe und blickte entsetzt nach innen.

Maximus stellte sich hinter sie und sagte: »Ich habe veranlaßt, daß deine Carruca Dormitoria angespannt wird, Schwester. Sie wartet auf dich.«

Langsam wandte Flaminia ihren Kopf um. Ihre Augenlider flatterten, und ihre Lippen zitterten, als sie erwiderte. »Du wirst doch nicht zulassen, daß Thorag vor den Augen seiner Männer wie ein gefangenes wildes Tier aus dem Lager gebracht wird, Maximus?«

»Er *ist* ein Gefangener«, antwortete der Gardepräfekt kühl. »Und genauso wird er auch behandelt.«

Flaminia schüttelte fassungslos ihren Kopf. »Das hätte ich dir nicht zugetraut. Nicht nach dem, was Thorag für uns getan hat. Schließlich hat er mein Leben gerettet!«

»Eine List, um sich unser Vertrauen zu erschleichen!« schnaubte Maximus und blickte plötzlich anzüglich an seiner Schwester hinunter. »Außerdem hast du ihm seine Tat schon reichlich vergolten, Flaminia, wie ich dich kenne.«

In diesem Augenblick haßte sie ihren Bruder, den sie in ihrer Kindheit einst bewundert hatte, der aber ihre Achtung schon zum großen Teil verloren hatte, als sie merkte, daß er sich aus dem weiblichen Geschlecht nichts machte. »Weshalb bin ich denn hier. Du hast mir doch gesagt ...«

Mit einer ruckartigen, an einen Schwerthieb erinnernden Handbewegung beendete Maximus die Auseinandersetzung. »Wir sollten uns beeilen. Der Gefängniswagen hat im Lager einiges Aufsehen ausgelöst.«

Tatsächlich strömten die germanischen Soldaten erneut in Richtung Prätorium zusammen und ließen sich nur mühsam von den lauten Befehlen ihrer römischen Vorgesetzten zurückhalten. Während Flaminia mißmutig zu ihrem Reisewagen ging, sprach Maximus mit seinen Offizieren. Diese riefen laut den Befehl zum Aufsitzen, und die Gardereiter schwangen sich in die Sättel. Schon wurde der Befehl zum Abrücken ausgerufen, und die Kolonne setzte sich, die beiden Wagen in der Mitte, langsam in Bewegung.

Um nicht die ganze lange Via Praetoria, mitten zwischen den Baracken der erregten Auxiliarsoldaten hindurch, entlangreiten müssen, führte Maximus seinen Trupp nicht zur Porta Praetoria zurück, sondern auf der Via Principalis in Richtung der kleineren Porta Principalis Sinistra. Der römische Feldwebel befahl den germanischen Soldaten, das Tor zu öffnen, das sie bewachten. Aber die Männer standen nur mit finsterer Miene da und trafen keinerlei Anstalten, den Befehl auszuführen. Offenbar hatte es sich schon zu ihnen herumgesprochen, daß Thorag in dem Gefängniswagen eingesperrt war. Maximus war gezwungen, seine Reiter und die Wagen anhalten zu lassen.

»Was ist?« fragte er den schwitzenden Feldwebel ungehalten.

»Soll der Präfekt der Legatengarde das Tor persönlich öffnen, wenn er dieses Lager verlassen will?«

»Nein, Präfekt«, stammelte der Feldwebel und fuhr seine Leute mit einer Stimmgewalt an, wie sie nur einem Unteroffizier zur Verfügung stehen konnte. Als ihn die Soldaten weiterhin geflissentlich überhörten, zuckte seine Rechte zur Hüfte und zog das Schwert aus der Scheide.

»Halt, Optio!« befahl Maximus, der die Gefahr einer weiteren Verschärfung der Lage erkannte. Wenn erst einmal das Schwert eines Römers gegen einen Auxiliarsoldaten erhoben war, konnte niemand mehr für das Ausbleiben einer Meuterei bürgen. Der Gardepräfekt gab daher den vordersten seiner Reiter den Befehl, abzusitzen und den schweren Balken vom Tor zu ziehen.

Mißtrauisch beäugten die Auxiliarsoldaten die römischen Reiter, die das Tor öffneten. Die Germanen machte eine grimmige Miene, griffen aber noch nicht ein. Mit lautem Quietschen sprangen die beiden Torflügel auf, und die Römer stiegen wieder in die Sättel.

Maximus hob die Rechte, sah sich nach seinen Männern um, ließ die Hand in einer langsamen Schwenkbewegung nach vorn sinken und rief laut: »Kooolooonneee weeiiteer!«

Während hinter ihm die Hufe klapperten und das Leder knarrte, ritt er selbst als erster durch das Tor – unangefochten. Die Reiter der ersten Turme folgten in Doppelreihe, dann die Wagen.

Mit haßerfüllten Blicken starrten die germanischen Wachen ihren gefangenen Vorgesetzten an. Sie schienen nur auf ein Signal von Thorag zu warten, sich den Männern der Legatengarde entgegenzustellen. Der Cherusker hegte kaum Zweifel, daß sich alle germanischen Mannschaften dieser Garnison einem Aufstand sofort anschließen würden. Aber er sagte nichts, erwiderte nur stumm und wegen seiner Hilflosigkeit beschämt die Blicke der Auxiliarsoldaten. Er war unschuldig und wollte sich deshalb dem Statthalter stellen. Varus bildete sich auf seine juristische Fähigkeiten viel ein; sollte er sie doch unter Beweis stellen.

Die Wagen rollten durch das Tor, und die Doppelreihe der zweiten Turme folgte. Die Spitze der Kolonne erreichte die Ausläufer der Wälder, als sich hinter ihrem Ende die Flügel der Porta Principalis Sinistra wieder schlossen.

Grüne Wälder. Saftige, von bunten Blumenfeldern verzierte Wiesen. Ab und zu das breite, in der Nachmittagssonne blausilbern glitzernder Band des Flusses, das sich mal in näherer, mal in weiterer Entfernung ihres Weges entlangschlängelte. Das war alles, was Thorag seit Stunden sah. Und natürlich die Pferde und ihre Reiter vor und hinter den Wagen. Das Hufgetrampel und das Husten der Männer aufgrund des aufgewirbelten Staubes vermischten sich mit dem Quietschen schlecht geschmierter Wagenräder.

Thorag hockte in einer Ecke seines Wagens und brütete dumpf vor sich hin, sann darüber nach, wer ihm die Anklage eingebrockt haben mochte.

Lucius, der Lagerpräfekt am oberen Hafen, vielleicht? Er haßte alle Germanen. Also erst recht einen, der denselben Rang einnahm wie er.

Oder Foedus? Nicht auszuschließen, daß der Römer hinter Thorags Rücken bei Varus und Maximus gegen den Cherusker intrigiert hatte.

Thorag hatte viel Zeit zum Nachdenken, denn Thidrik würdigte ihn kaum eines Blickes und keines einzigen Wortes. Der Bauer aus Onsakers Gau saß mit zum Körper gezogenen Beinen, den Kopf in den auf die Knie gestützten Armen vergraben, in einer anderen Ecke des Wagens und hing seit Beginn der Fahrt Thorag unbekannten Gedanken nach. Oder er döste vor sich hin.

Ganz unvermittelt hob Thidrik den Kopf, sah Thorag an und sagte: »Wer über Schweine zu laut lacht, in ihren Pferch ganz plötzlich kracht.«

Thorag verstand auf Anhieb, was der Bauer damit ausdrücken wollte. Wisars Sohn kannte dieses Sprichwort seit seiner frühesten Kindheit. Damals war Thorag mit seinem Vater über die Felder geritten, auf denen Wisars Leibeigene sich in strömendem Regen abmühten, um die Ernte einzubringen, bevor sie verdarb. Der kleine Thorag, der vor seinem Vater auf dem Pferd saß, hatte sich über die schmutzbesudelten Leibeigenen lustig gemacht. Er lachte laut und zappelte heftig auf dem Pferderücken, bis er plötzlich den Halt verlor und auf den vom Regen aufgeweichten Acker fiel. Als er sich erhob, war er von den blonden Haaren bis zu den Füßen schwarz. Und er hörte aus Wisars Mund zum erstenmal jenes Sprichwort.

Thidrik spielte auf Thorags Besuch im Lagergefängnis an. Jetzt, nur wenige Stunden später, war Thorag nicht besser dran als Thidrik, auch nur ein Gefangener.

»Ich habe dich nicht verspottet, Thidrik«, sagte Thorag ernst. »Ich wollte dir helfen und bat dich im Gegenzug um deine Hilfe.«

»Ich brauche deine Hilfe nicht. Und ich helfe keinem Römling, noch dazu dem Mann, der meinen Sohn getötet hat!«

»Wer das Schwert ergreift, muß damit rechnen, durch das Schwert zu sterben. Du hast deinen Sohn verloren. Aber am Tag nach dieser Nacht verlor auch mein Vater einen Sohn, als mein Bruder Gundar bei der Jagd auf den schwarzen Ur starb.«

»Dann ist Wisar wenigstens nicht so allein in Walhall«, brummte Thidrik grimmig. »Falls er nach seinem Strohtod überhaupt dorthin gelangt.«

Für einen Moment war Thorag wie von Donars Donnergrollen gerührt, bis er den Sinn dieser Worte begriff. Aber wenn das Hirn ihn auch verstand, das Herz wollte ihn nicht begreifen.

»Was ... meinst du ... damit?« fragte er stockend.

In Thidriks Augen blitzte es auf. »Du weißt es also noch nicht?«

»Was?«

»Daß Wisar, dein Vater, tot ist!«

Thidriks Stimmlage und sein Gesichtsausdruck deuteten auf die Genugtuung hin, die er darüber empfand, Thorag diese Botschaft übermitteln zu dürfen. Aber der junge Edeling achtete nicht darauf. Für ihn zählte nur der Inhalt von Thidriks Mitteilung. Und den konnte, wollte er einfach nicht begreifen.

»Mein Vater ist nicht tot«, sagte er kopfschüttelnd.

»Und ob er das ist! Er starb in seinem Haus, auf seinem Lager. Nicht glorreich im Kampf wie mein Sohn Hasko. Keine Walküre wird sich deines Vaters annehmen, und Wodan wird in seinen Reihen keinen Platz für ihn haben!«

Diesmal entging Thorag der Hohn nicht, der in den Worten seines Gegenübers lag.

»Du lügst!« schrie er in dem Wahn, die unfaßbare Botschaft

vom Tod seines Vaters ungeschehen machen zu können. Sein Gesicht lief krebsrot an. Er stieß sich aus der Ecke ab und schnellte sich wie ein vom Bogen gelassener Pfeil auf Thidrik. Der Bauer schlug hart mit dem Hinterkopf gegen das Holz des Wagens, als Thorag auf ihn prallte. Der Edeling packte ihn an den Schultern und schüttelte ihn wie einen mit begehrenswerten Früchten behangenen Walnußstrauch. »Du lügst!« schrie er immer wieder. »Gesteh, daß du lügst!«

»Ich lüge nicht«, ächzte Thidrik, und Blut rann aus seinem Mundwinkel. »Warum sollte ich?«

Thidriks Augen verrieten Thorag, daß der Bauer wahr sprach. Er mochte den Edeling verhöhnen, aber er log ihn nicht an. Thorag ließ den anderen los, lehnte sein breites Kreuz gegen die Gitterstäbe und rutschte an ihnen zu Boden.

»Wann ist es geschehen?« fragte er matt. »Und wie?«

»Vor etwa einem halben Mond, kurz bevor ich die Heimat verließ. Ich hörte, daß Wisars Pferd in einen Fuchsbau trat und seinen Reiter abwarf. Danach soll ein starker Husten bei dem Gaufürsten ausgebrochen sein. Er wurde immer schlimmer und fesselte Wisar schließlich ans Lager. Er schickte einen Boten aus, dich zurückzuholen. Er wollte dich noch einmal sehen. Deshalb zögerte er es hinaus, sich von der Klinge eines Freundes durchbohren zu lassen, um in Walhall einziehen zu können. Und dann war es zu spät. Eines Morgens fand man ihn tot auf seinem Lager.«

»Der Husten«, murmelte Thorag gedankenversunken und sagte dann lauter: »Er ist nicht den Strohtod gestorben! Wisar hatte den Husten schon, nachdem er im Kampf gegen den schwarzen Ur vom Pferd stürzte. Also starb er wie ein Krieger, im Kampf gegen die Bestie, die seinen Sohn getötet hat!«

Thidrik zuckte gleichgültig mit den Schultern. »Du magst das so sehen. Die Frage ist nur, ob die Götter das auch so sehen.«

Thorag hob den Kopf und funkelte den Bauern böse an. »Was soll das heißen?«

»Nichts«, murmelte Thidrik. »Ich bin nur ein Bauer. Ich weiß nicht viel von den Göttern und von Walhall. Ich habe den Göttern stets meine Opfer dargebracht. Trotzdem kamen die Römer und nahmen mir mehr, als ich geben konnte. Trotzdem starb mein Sohn, als er sich gegen die Römer und ihre Freunde auflehnte. Trotzdem bin ich jetzt Gefangener der Römer. Was soll ich also von den Göttern wissen?«

Die beiden Männer versanken wieder in ihr Schweigen. Thorags Gedanken waren von Trauer beherrscht. Und er dachte darüber nach, wieso ihn Wisars Bote nicht erreicht hatte. Da gab es viele Möglichkeiten: ein Unfall oder ein Überfall vielleicht.

Aber noch etwas drängte sich seltsamerweise immer wieder in Thorags Gedanken: Thidriks letzte Bemerkung über die Götter und die Römer. Thorag hatte es bisher nicht so empfunden, aber war die Herrschaft der Römer tatsächlich so drückend und ungerecht, daß sie einen einfachen Bauern derart in die Verzweiflung trieb? Daß sie aus Thidriks Sohn Hasko einen Meuchler machte und aus Thidrik selbst einen Mordbrenner?

Thorag dachte lange darüber nach, während die Kolonne nach Süden zog und die Reise des goldenen Tageswagens durch den weißblauen Himmel sich allmählich ihrem Ende näherte.

Kapitel 18

Der Prozeß

Mit der Dunkelheit und dem Schweigen kehrten die quälenden Träume zurück. Es waren schwarze Träume, die Thorag fast jedesmal schweißgebadet aus dem Schlaf fahren ließen. Dann war er froh, daß dieser Traum vorüber war. Aber er wußte auch, daß er zurückkehren würde – dieser Traum oder ein ähnlicher.

Die Träume ähnelten dem Alp, der ihn in der ersten Nacht im Oppidum gequält hatte. Von Traum zu Traum wechselte das schwarze Wesen, das unaufhaltsam näher kam, seine Gestalt. Und auch sein Opfer war ein anderes.

Mal stürmte der schwarze Ur aus den Wäldern, nahm Gundar auf seine mächtigen Hörner oder überrannte Wisar.

Dann wieder stand Thorag dem Eber auf dem Thingplatz gegenüber. Als der Eber heranstürmte und plötzlich das Gesicht eines Menschen annahm – das brutale, schwarzbemalte Gesicht Onsakers –, schreckte der junge Edeling mit einem Aufstöhnen hoch. Die unnatürliche Mischung zwischen Eber und Mensch verblaßte, aber sie verschwand nicht.

Oft war das schwarze Wesen jenes verschwommene Tier, das ihn an Ater erinnerte, den riesenhaften Bären im Zwinger des Amphitheaters. Thorag stand ihm manchmal gegenüber, aber nicht immer. Häufig auch wartete zitternd eine schwarzhaarige Gestalt auf das unaufhaltsame nahende Gesicht. Mal glaubte Thorag, Astrid in dieser Gestalt zu erkennen, dann wieder war es Eiliko.

Wenn der Cherusker aus den Träumen aufschreckte, wußte er erst nicht, ob es Tag oder Nacht war. Die dunkle, fensterlose Zelle des in der Nähe des Prätoriums gelegenen Gefängnisses, in die er und Thidrik geschafft worden waren, ließ solche Unterscheidungen nicht zu. Manchmal, wenn irgendwo in den Gängen eine Tür offenstand, kündete ein schwacher Lichtschimmer, der sich mühsam einen Weg durch die gewundenen Korridore suchte, von Sunnas hellem Glanz.

In den drei Nächten und Tagen, die Thorag seiner Schätzung nach jetzt mit Thidrik in dem dunklen Kerker verbracht hatte, hatten sich die Augen der Gefangenen an das Dunkel gewöhnt. Aber das half nicht viel, denn es gab in dieser Zelle nichts zu sehen.

Und es gab nichts zu hören; nachdem Thidrik dem Edeling vom Tod seines Vaters berichtet hatte, war er wieder in sein dumpfes Schweigen verfallen. Mehrmals hatte Thorag versucht, den Fenrisbruder in ein Gespräch zu verwickeln – ohne Erfolg. Thorag hätte die gemeinsame Haft gern dazu benutzt, mehr über die Fenrisbrüder und über die Hintergründe der von Onsaker gegen ihn erhobenen Mordvorwürfe zu erfahren. Vergebens.

So blieb Thorag nichts anderes übrig, als im Schlaf zu träumen und im Wachsein nachzudenken. Seine Gedanken kreisten mal um Thidrik, mal um Onsaker, um Auja und immer wieder um Wisar. Wenn er an Thidrik und Onsaker dachte, führte das zu keinem Ergebnis. Und wenn er an Auja und Wisar dachte, verspürte er den Schmerz der Trauer, denn beide hatte er verloren.

Der junge Cherusker verstrickte sich immer mehr in dieses finstere Einerlei aus Träumen und Nachbrüten – bis ihn auf einmal Schritte aus der trägen Gleichgültigkeit rissen, denen das schwere Schaben der Riegel an der Tür folgte, die den Zellentrakt versperrte. Thorag war verwirrt, denn seiner Einschätzung nach mußte es Nacht sein. Nicht die Zeit für den Krug Wasser und die Schale Brei, aus denen die ganze Nahrung der Gefangenen bestand.

Thidrik lag zusammengerollt auf dem nackten Stein und schnarchte leise vor sich hin. Tanzendes Licht, das auf eine Fackel hindeutete, fiel durch die vergitterte Öffnung in der Zellentür herein. Endlich wurden die Riegel der Zellentür zurückgeschoben. Die Tür schwang auf, und ein finster blickender Optio sah mißtrauisch in die Zelle. Hinter ihm stand ein Wärter mit einer Fackel in der erhobenen Rechten.

»Der Gefangene Thorag soll heraustreten!« schnarrte der Optio zwischen seinen dünnen, kaum geöffneten Lippen hindurch.

»Weshalb?« fragte der auf dem Boden hockende Edeling.

»Zu einem Verhör«, nuschelte der Optio.

»Jetzt? Mitten in der Nacht?«

»Du hast keine Fragen zu stellen, Germane!« fuhr ihn der Optio an. »Du hast nur zu gehorchen!«

Das viele Sitzen hatte ihn schwerfällig gemacht, er fühlte sich steif und ungelenk. Langsam erhob sich Thorag. Es hatte keinen Sinn, sich dem Befehl zu widersetzen. Außerdem war er neugierig auf das Verhör. Endlich tat sich etwas, nachdem er schon geglaubt hatte, er solle zusammen mit Thidrik im Kerker verschimmeln.

Als Thorag an dem Optio und dem Wärter vorbei aus der Zelle schlurfte, drehte sich Thidrik um und öffnete kurz die Augen. Noch bevor der Bauer ganz mitbekam, was vor sich ging, schloß sich die Zellentür wieder. Der Optio verriegelte die Tür und schloß sie ab.

Thorag begleitete die beiden Römer durch nur sporadisch von Fackeln und einfachen, kaum verzierten Lampen erhellte Gänge in einen unverschlossenen Raum, der durch eine bronzene Wandlampe schwach beleuchtet wurde. Die karge Einrichtung erschöpfte sich in einem groben Holztisch und zwei Schemeln. In der Ecke des Raumes, die jetzt fast vollständig im Schatten lag, stand eine verhüllte Gestalt.

»Wir warten draußen«, sagte der Optio zu ihr. »Und denk daran, daß ihr nicht viel Zeit habt.«

Die Gestalt nickte, und die beiden Römer verließen den Raum, um nach ein paar Schritten auf dem Gang zu verharren und kaum hörbar miteinander zu tuscheln. Thorag trat langsam in den Raum und blieb am Tisch stehen, wo er sich aufstützte und die geheimnisvolle Gestalt musterte. Was war das für ein Verhör, das von dem vermummten, eher zierlich anmutenden Menschen in der Ecke geführt werden sollte?

Als sein Gegenüber aus dem Schatten trat, erkannte der erstaunte Cherusker, daß es sich um eine Frau handelte. Sie schlug die vor Mund und Nase gezogene dunkle Palla beiseite und enthüllte ein längliches, ovales Gesicht mit leicht schrägstehenden nußbraunen Augen.

»Flaminia!« stieß Thorag überrascht hervor.

»Psst, leise!« ermahnte ihn die Römerin mit vor den Mund gehaltenem Zeigefinger. »Die Nacht hört oft mehr als der Tag. Die beiden da draußen wissen, wer ich bin. Sonst braucht es niemand zu erfahren. Maximus hat jeden Besuch verboten, selbst meinen. Ich wollte schon eher zu dir kommen, aber es hat lange gedauert, bis ich Wärter fand, die ihr Pflichtgefühl gegenüber Augustus nicht so hoch einschätzen wie ein paar Goldmünzen mit dem Abbild des Erhabenen.«

Thorag trat vor sie und ließ seine Hände über ihr weiches, glattes Gesicht streichen. »Es ist schön, daß du gekommen bist, Flaminia. Aber du hättest dich nicht dieser Gefahr aussetzen sollen.«

»Ich schwebe nicht in Gefahr, sondern du. Morgen will Varus dir und diesem Fenrisbruder den Prozeß machen.«

»Donar sei Dank«, seufzte der Cherusker. »Dann wird sich endlich alles klären, und ich bin wieder ein freier Mann!«

»Da wäre ich mir nicht so sicher«, sagte Flaminia und ließ sich auf den Schemel sinken. »Nach allem, was ich von Maximus und von dritter Seite gehört habe, hat Varus euch beide schon so gut wie verurteilt.«

Auch Thorag setzte sich und sagte kopfschüttelnd: »Das glaube ich nicht, Flaminia. Welchen Grund sollte der Statthalter haben? Ich bin schließlich unschuldig. Nur deshalb habe ich mich widerstandslos ins Gefängnis bringen lassen. Hast du mit Varus selbst gesprochen?«

»Nein. Seit unserer Rückkehr ins Oppidum schottet er sich vor mir ab. Aber ich bin für die Verhandlung morgen als Zeugin geladen. Und das macht mir angst.«

»Angst? Das verstehe ich nicht.«

Flaminia streckte ihre Hand aus und streichelte zärtlich Thorags stoppelige Wange.

»Das ist wohl nicht gerade ein angenehmes Gefühl«, seufzte Thorag. »Ein Rasiermesser erlauben sie einem hier nicht.« Er rümpfte die Nase. »Leider auch kein Waschwasser. Ich fürchte, ich rieche wie eine ganze Schweineherde.«

»Ich liebe dich, Thorag«, sagte die Römerin ernst. »Erst ... da wollte ich nur deinen Körper. Aber inzwischen weiß ich, daß ich dich liebe. Das sollst du wissen, bevor ich dir das sage, weshalb ich eigentlich hier bin. Ich wollte es dir schon im Lager sagen, aber Maximus ließ es nicht zu. Ich muß es dir selbst sagen, bevor du es vielleicht morgen bei der Verhandlung erfährst.«

Der Edeling runzelte die Stirn. Flaminias umständliche Worte verwirrten ihn.

»Du fragst dich, um was es geht«, erkannte die Römerin. »Es geht um uns. Ich habe dich zum unteren Hafen begleitet, weil Varus und mein Bruder es so wollten. Sie trauten dir nicht. Ich sollte in deiner Nähe sein, um dich zu überwachen und alles Auffällige zu melden. Jeder Kurier, der das Lager seit unserer Ankunft verließ, hat eine persönliche Nachricht von mir zum Oppidum gebracht. Eine Nachricht über dich, Thorag.«

Der Cherusker nickte ganz langsam, als er den Sinn ihrer Worte verstand und fragte »Was stand in diesen Nachrichten?« Er wunderte sich selbst, daß er nicht wütend aufsprang und seine Enttäuschung über dieses Geständnis herausschrie, aber vielleicht war er dazu auch nur zu erschöpft.

»Immer dasselbe: Daß du keinerlei Verdacht erregst und daß ich dich nicht für einen Verräter halte.« Sie atmete schwer. »So wie du mich wohl nicht für eine Verräterin gehalten hast. Und doch bin ich eine.«

Thorag starrte sie lange schweigend an, während er immer und immer wieder über das eben Gehörte nachdachte. Dann fragte er: »Weshalb hast du mich zum unteren Hafen begleitet?«

»Ich sagte doch, mein Bruder und Varus verlangten es, und zwar recht eindrücklich.«

»Das war der einzige Grund?«

»Nein«, antwortete Flaminia und sah ihm in die Augen. »Ich selbst wollte es. Ich wollte bei dir sein.«

»Und jetzt? Hältst du mich jetzt für einen Verräter?«

»Nein!« sagte sie entschieden, ohne einen Augenblick zu zögern. »Ich weiß, daß du mit dem Anschlag auf die Brücke nichts zu tun hast.«

Thorag streckte seine Arme aus, ergriff ihre Hände, hielt sie fest und sagte: »Dann bist du keine Verräterin!«

»Du verzeihst mir?«

»Wenn ich dir etwas zu verzeihen hätte, würde ich es tun. Aber es gibt nichts zu verzeihen. Du hast mit diesem Besuch bewiesen, daß du zu mir stehst. Du hast mir gesagt, daß du mich liebst. Ich liebe dich auch. Aber ich habe keine Möglichkeit, es dir zu zeigen.«

Flaminia beugte ihren Kopf nach vorn und küßte Thorags große Hände, die noch immer ihre Hände hielten. »Du hast es mir gerade gezeigt. Ich hoffe, daß ich dir morgen bei der Verhandlung helfen kann. Ich werde darum zu den Göttern beten.«

»Und ich werde zu meinen Göttern beten, daß ...«

»Schluß jetzt!« unterbrach ihn die Stimme des Optios, der von Thorag und Flaminia unbemerkt in den Raum getreten war. »Du mußt jetzt gehen, Flaminia. Ich muß mich auf die Wachablösung vorbereiten.«

Der Cherusker und die Römerin standen auf und sahen einander verzweifelt an. Hand in Hand standen sie da, bis der Optio sie erneut zur Eile ermahnte. Widerwillig verließ Flaminia den Raum, drehte sich in der Tür noch einmal um und bedachte ihren Geliebten mit einem gequälten Lächeln. Thorag dachte nur daran, wie sehr sich diese Frau doch gewandelt hatte in der letzten Zeit: Aus der jungen Römerin, die ihm anfangs so kühl und berechnend erschienen war und die ihre Reize gezielt einsetzte, um sich bei den Männern für das eintönige Leben weit weg von Rom schadlos zu halten, war eine Frau voller Wärme und Mitgefühl geworden.

Als Thorag in die Zelle zurückkehrte, war Thidrik wach und starrte ihn neugierig an. Der Edeling sagte nichts und streckte sich auf dem nackten Boden aus, seine Hände als Kissen benutzend. Er wollte dem Bauern nicht die Genugtuung geben und seine Neugier stillen. Thidrik hatte eisern geschwiegen. Das tat Thorag jetzt auch, bis ihn endlich der Schlaf umfing.

Am Morgen darauf hatten die beiden Gefangenen kaum den fast geschmacklosen Speltbrei ausgelöffelt, als sie zur Verhandlung abgeholt wurden. Ihre Hände wurden von einem Schmied in Ketten gelegt, bevor eine Abteilung römischer Gardesoldaten sie vom Gefängnis zum Prätorium brachte. Die Leute am Straßenrand unterbrachen ihren Weg oder ihre Arbeit, um der kleinen Prozession neugierig nachzustarren.

Für Thorag war es eine ungeheure Demütigung, gefesselt und in dreckigen Lumpen durch die Stadt geführt zu werden. Zum wiederholten Mal fragte er sich, ob Varus oder Maximus die strenge Behandlung angeordnet hatten oder ob es ein Versehen war, daß man mit ihm wie mit einem Schwerverbrecher umging.

Die Gefangenen wurden auf den großen Hof des Prätoriums geführt, wo Thorag vor nicht allzulanger Zeit den Rechtsstreit zwischen Baldwin und Witold miterlebt hatte. Hier hatte sich bereits eine große Zuschauermenge eingefunden, bunt gemischt aus Römern und Ubiern. Es erstaunte den Edeling, daß Varus den Prozeß in aller Öffentlichkeit abhielt. Der Vorfall mit der abgebrannten Brücke war sehr ernst und für die Römer nicht gerade angenehm, weshalb Thorag erwartet hatte, daß der Legat des Augustus um die Angelegenheit kein großes Aufsehen machen würde.

Thorag und Thidrik mußten etwa eine halbe Stunde warten, während der sich der Platz noch füllte. Die Gardisten bildeten eine Sperrkette, um zu verhindern, daß die Zuschauer sich bis an den überdachten Vorbau des großen Hauses drängten, wo ein germanischer Sklave einen Klappstuhl aufstellte. Thorag war klar, daß es jetzt nicht mehr lange dauern konnte, bis Varus erschien. Dann würde er zum zweiten Mal in seinem Leben verfolgen müssen, wie andere über sein Schicksal entschieden. Erst waren es die Priester und Armin gewesen, die sich auf dem Thing auf die Zeichen der Götter berufen hatten, nun würde es ein römischer Machthaber sein, der offenbar unsagbar stolz auf die Rechtsprechung seines Volkes war.

Ein paar uniformierte Hornisten traten unter das Vordach und setzten die Mundstücke ihrer Instrumente an. Ihre lauten Signale weckten die Aufmerksamkeit der Schaulustigen, und die zahlreichen Gespräche verstummten.

Ein Liktor mit geschultertem Rutenbündel trat neben die Hornisten, hielt sein Bündel mit dem Beil hoch und sagte laut: »Römer und Ubier, Soldaten und Bewohner dieser Stadt, hiermit wird die Gerichtssitzung des Publius Quintilius Varus, Legat des Augustus, eröffnet.«

Die übrigen Liktoren erschienen auf dem Vorbau, gefolgt von Varus und Maximus, einigen Beamten, Offizieren und einem Trupp der Garde. Der Statthalter ließ sich auf dem Klappstuhl nieder, und seine Begleiter gruppierten sich um ihn.

»Dies ist eine außerordentliche Gerichtssitzung«, hob der erste Liktor an. »Privatklagen sind nicht zugelassen. Verhandelt werden allein die Vergehen der beiden anwesenden angeklagten Cherusker namens Thidrik und Thorag, die da lauten: mehrfacher Mord an in Roms Diensten stehenden Soldaten sowie an dem Architekten Aulus Servius Lepidus; Zerstörung einer im Staatseigentum stehenden Brücke durch Feuer; Verschwörung gegen Rom, den Augustus und seinen Legaten; und, soweit es den Angeklagten Thorag betrifft, Hochverrat. Da die Angeklagten germanischer Abstammung sind, mögen sie, bevor sie sich zu den Vorwürfen äußern, zunächst dartun, ob sie alles verstanden haben oder ob sie einen Dolmetscher benötigen.« Der Liktor sah Thorag und Thidrik, die zu Füßen des Vorbaus standen, abwartend an.

»Ich spreche eure Sprache so gut wie meine eigene«, sagte Thorag. »Ich brauche keinen Dolmetscher.«

Thidrik schwieg.

»Vielleicht hat er meine Aufforderung nicht verstanden«, bemerkte der Liktor zu Varus. »Ein Dolmetscher sollte sie ihm in der Sprache der Germanen wiederholen.«

Der massige Mann auf dem Klappstuhl nickte in einer Mischung aus Zustimmung und Gleichgültigkeit. Einer der Offiziere, ein Germane, wie Thorag jetzt erkannte, trat vor und wiederholte die Worte des Liktors. Er sprach nicht den Dialekt der Cherusker, sondern hörte sich eher an wie ein Ubier. Aber er sprach deutlich genug, daß jeder Cherusker ihn verstehen konnte.

Doch Thidrik schwieg weiterhin, auch nach mehrmaliger Aufforderung.

Der Liktor sah sich hilfesuchend erneut nach Varus um und erhielt ein ungeduldiges Zeichen fortzufahren.

»Da der Angeklagte Thidrik sich mutwillig nicht zu der Frage äußerte, ob er einen Dolmetscher benötigt, wird fürderhin davon ausgegangen, daß er der in lateinischer Sprache geführten Verhandlung zu folgen vermag. Die Angeklagten mögen sich jetzt äußern, ob sie sich schuldig bekennen.«

»Ich bin unschuldig!« sagte Thorag laut vernehmlich und löste damit ein erregtes Raunen der Menge aus.

»Und du, Angeklagter Thidrik?« fragte der Liktor.

Wider erhielt er keine Antwort.

»In diesem Fall muß das Schweigen des Angeklagten Thidrik als Schuldbekenntnis gewertet werden«, sagte der Liktor. »*Qui tacet consentire videtur.* – Wer schweigt, gibt seine Zustimmung. Dieser Prozeß dient also nur noch der Wahrheitsfindung über Schuld oder Unschuld des Angeklagten Thorag. Der Präfekt Maximus, der die Anklage vertritt, wird diese jetzt vortragen, bevor der Legat Quintilius Varus als oberster Richter der Provinz Germanien die Beweiserhebung durchführt.« Er sah Thorag an. »Hat der Angeklagte Thorag einen Advokaten, oder wünscht er einen?«

»Ich werde für mich selbst sprechen.«

Der Liktor nickte, sah Maximus an und trat zurück.

Der hochgewachsene Präfekt nickte Varus zu, blickte kurz in die Runde und sagte dann: »Vor fünf Nächten überfielen Gruppen der Verschwörer, die allgemein als Fenrisbrüder bekannt sind, die im Auftrag des Varus erbauten Brücken am oberen und unteren Hafen. Der Überfall am oberen Hafen konnte abgewehrt werden. Die Brücke am unteren Hafen jedoch wurde von den Saboteuren vollständig niedergebrannt, nachdem die Germanen einige Wachposten getötet hatten. Der Architekt Servius Lepidus starb, als er sich in den Fluß stürzte. Einer der Attentäter, der Angeklagte Thidrik, wurde auf frischer Tat erwischt und gefangen. Daß es den Fenrisbrüdern überhaupt gelingen konnte, die Brücke in Brand zu setzen, geht auf die mangelnden Sicherheitsmaßnahmen zurück, die der Angeklagte Thorag, zu der Zeit Praefectus Castrorum am unteren Haften, zu verantworten hat. Er wird beschuldigt, die Brücke absichtlich zu schwach bewacht und seine Mitverschwörer mit Vorschlägen über das bestmögliche Vorgehen versorgt zu haben.« Maximus sah noch einmal in die Runde, in der es wieder zu raunen begann, und trat zurück.

Varus hob die Rechte in einer gebieterischen Geste und brachte das Volk damit zum Schweigen. »Was sagst du zu der Anschuldigung, Angeklagter Thorag?« Seine tiefliegenden Augen blickten kalt auf den Cherusker herab und ließen nichts von der Begeisterung für Thorags Person erkennen, die der Legat bei Thorags Ernennung zum Lagerpräfekten gezeigt hatte.

»Ich wiederhole, daß ich unschuldig bin. Es ist ein Zufall, daß der Anschlag auf die Brücke geglückt ist, während er am oberen Hafen vereitelt werden konnte.«

»Ach ja?« fragte Varus mit zusammengezogenen Augen. »Ich glaube nicht an Zufälle, Cherusker, nur an den Willen der Götter und der Menschen. Letzterer scheint mir bei dem Anschlag auf die Brücke maßgeblich gewesen zu sein.« Der Statthalter holte tief Luft und sagte laut: »Ich rufe den ersten Zeugen auf, den Praefectus Castrorum Lucius Tertius Parvus!«

Der Offizier mit der unscheinbaren Statur und dem entstellten Gesicht humpelte auf den Vorbau, blieb fünf Schritte vor dem Statthalter stehen und entbot ihm seinen Gruß.

»Erzähle uns, Lucius, welche Sicherheitsvorkehrungen du getroffen hast, um die Brücke am oberen Hafen vor Anschlägen zu schützen«, forderte Varus.

»Ich stellte starke Wachen auf und schärfte ihnen ein, besonders aufmerksam zu sein. Aber sonst traf ich keine besonderen Vorkehrungen. Es hat ja auch genügt, wie sich gezeigt hat. Gegen römische Wachsamkeit kann alle barbarische Verschlagenheit und Hinterlist nichts ausrichten.«

Aus den letzten Worten sprach kaum verhohlener Haß, und die feuerrote Narbe tanzte auf der sonnenverbrannten Lederhaut.

»Du meinst also, Lucius, mit den üblichen Sicherheitsvorkehrungen war ein erfolgreicher Anschlag auf die Brücke ausgeschlossen?« hakte der Statthalter und Richter nach.

»Vollkommen ausgeschlossen, o Varus.«

»Wie erklärst du dir, daß die Brücke am unteren Hafen gleichwohl von den Fenrisbrüdern niedergebrannt wurde?«

»Entweder hat der Lagerpräfekt am unteren Hafen seine Pflichten vernachlässigt und die Brücke nur ungenügend bewacht. Oder ...« Lucius brach ab und sah Thorag an.

»Oder?« fragte Varus.

»Oder jemand aus dem Lager hat den Fenrisbrüdern mitgeteilt, wie sie den Anschlag am besten ausführen.«

»Wer käme dafür in Frage?«

»Nur ein Offizier hätte die nötigen Kenntnisse.«

»Ein römischer Offizier, der mit den Fenrisbrüdern gemeinsame Sache macht?« erkundigte sich der Legat mit gespieltem Entsetzen.

»Niemals!« sagte Lucius laut und heftig. »Ein Römer würde so etwas niemals tun!«

»Also ein germanischer Offizier?«

Lucius nickte. »Ja, o Varus, so ist es.«

Die Augen des Richters bohrten sich tief in Thorag. »Der einzige ranghohe Germane im Lager am unteren Hafen, der sich zudem noch völlig frei bewegen konnte, war der Praefectus Castrorum, der Angeklagte Thorag!« Diesmal unterbrach Varus die aufgeregten Diskussionen der Menge nicht. Er wartete in Ruhe ab, bis sich die Aufregung etwas gelegt hatte. Dann fuhr er fort: »Ich danke dir, Lucius. Jetzt rufe ich den nächsten Zeugen auf, die edle Flaminia, Schwester des Präfekten Gaius Flaminius Maximus!«

Als die schöne Römerin gemessenen Schrittes und aufrecht nach vorn trat, ohne den zurücktretenden Lucius eines Blickes zu würdigen, verfehlte das seinen Eindruck auf die Zuschauer nicht. Sie trug eine gelbe Stola und eine purpurne Palla, die sie um Kopf, Schultern und Hüften geschlungen hatte. Flaminia grüßte den Mann auf dem Klappstuhl nur mit einem knappen Nicken und hielt seinem forschenden Blick stand.

»Du hast mit dem Angeklagten Thorag zusammen im Lager am unteren Hafen gelebt, nicht wahr, Flaminia?« fragte Varus.

Sie nickte. »Allerdings. Und das nicht nur aus eigenem Antrieb, sondern weil du und mein Bru…«

»Antworte nur auf meine Fragen!« fuhr Varus ungehalten dazwischen. »Sonst muß ich dich mit einer schweren Strafe belegen!«

Flaminia setzte zu einer Erwiderung an, besann sich dann aber nach einem kurzen Blickwechsel mit Thorag und schluckte ihren Ärger stumm hinunter.

»Hat der Angeklagte Thorag das Lager oft ohne Begleitung seiner Soldaten verlassen?« fragte der oberste Richter der Provinz Germanien weiter.

»Einige Male. Allerdings war er dabei selten allein, sondern in meiner …«

»Schweig!« herrschte Varus sie an. Er beugte sich auf dem

Stuhl vor, und sein breites Gesicht zeigte die Zornesröte eines Cholerikers. »Ich ermahne dich zum letzten Mal. Frau, nur auf meine Fragen zu antworten!« Der Statthalter entspannte sich etwas und fuhr ruhiger fort: »Thorag hat also das Lager öfters verlassen, und zwar ohne seine Offiziere und Soldaten. Ist das richtig?«

»Ja.«

»Auch an jenem Abend, als die Fenrisbrüder die Brücke in Brand setzten?«

»Ja.«

»Du warst bei ihm?«

»Ja.«

»Weshalb?«

»Wir wollten gemeinsam etwas essen.«

Varus grinste süffisant. »Etwas essen, soso. Wo fand dieses Essen ... statt?«

»Im Wald.«

»Etwa ganz in der Nähe der Stelle, wo die Fenrisbrüder ihre Pferde versteckt hatten?«

»Ja. Zufällig wurden wir darauf aufmerksam, als ...«

»Danke!« fiel ihr Varus abermals scharf in die Rede. »Das genügt zu dieser Frage. Jetzt verrate mir noch eines, Flaminia: Hat der Angeklagte Thorag dir gegenüber zugegeben, den Angeklagten Thidrik zu kennen?«

Flaminia nickte.

»Das genügt, Flaminia. Du kannst gehen.«

»Halt!« rief Thorag. »Noch nicht. Habe ich als Angeklagter nicht das Recht, den Zeugen Fragen zu stellen?«

Der Cherusker war sich seiner Sache nicht mehr so sicher wie am Beginn der Verhandlung. Er hatte angenommen, unter Varus' Vorsitz würde sich der gegen ihn erhobene Verdacht bald in Wohlgefallen auflösen. Aber dem war nicht so. Das Ganze erinnerte ihn immer mehr an die Anklage, die Onsaker auf dem Thing gegen ihn erhoben hatte. Eine schon vorab entschiedene Sache. Wie hatte Flaminia in der Nacht doch gesagt: ›Nach allem, was ich von Maximus und von dritter Seite gehört habe, hat Varus euch beide schon so gut wie verurteilt.‹

Aber warum? Welchen Grund konnte der Legat des Augustus haben, Thorag für etwas zu bestrafen, das er gar nicht begangen hatte? Lag es nicht auch im Interesse des Statthalters, die wahren Schuldigen zu finden?

»Du darfst Fragen stellen, wenn sie zur Sache gehören«, antwortete Varus unwillig. »Allerdings bin ich der Meinung, alle wichtigen Fragen bereits gestellt zu haben.«

»Ich bin da anderer Meinung!« widersprach Thorag.

»Dann stell deine Fragen!«

Thorag bedankte sich mit einem Nicken und wandte sich an die Römerin, die auf dem Vorbau stand. »Was geschah, Flaminia, als wir die Pferde der Fenrisbrüder entdeckten?«

»Ich fand den Platz zuerst. Der Mann, der die Pferde bewachte, fiel über mich her und bedrohte mein Leben. Du hast mich gerettet und den Fenrisbruder im Kampf getötet.«

»Habe ich dich nicht schon einmal gegen die Fenrisbrüder verteidigt?«

»Ja, als die Fenrisbrüder meinen Wagen auf dem Weg zum Oppidum überfielen. Du hast fünf von ihnen getötet.«

»Das hat nichts mit dieser Anklage zu tun«, befand Varus und sah Thorag streng an. »Hast du noch eine Frage zu stellen, die sich auf die Anklage bezieht?«

»Ja, eine. Flaminia, hattest du während der Zeit, in der wir uns kennen, jemals Grund, an meiner Treue und Zuverlässigkeit als römischer Soldat zu zweifeln?«

»Nein, nicht ein einziges Mal«, antwortete die Römerin laut.

»Diese Einschätzung, die eine Frau von ihrem Geliebten gibt, kann wohl kaum als Beweismittel gelten«, schnaubte der Richter verächtlich und entließ die Zeugin, um den Lagerpräfekten Gnaeus Equus Foedus aufzurufen.

Obwohl Thorag von der Anwesenheit seines ehemaligen Stellvertreters im Oppidum überrascht war, konnte er sich ein Grinsen nicht verkneifen, als er dessen vollen Namen hörte. So ging es vielen der Zuschauer, als der pferdegesichtige Offizier vortrat, und vereinzeltes Gelächter wurde laut. Foedus quittierte es mit einem bösen Blick seiner trüben Augen, der sich schließlich auf Thorag konzentrierte.

Varus sagte: »Erzähle, was sich am Morgen nach dem Anschlag auf die Brücke ereignete, Foedus.«

»Obwohl der Angeklagte Thorag verwundet worden war und ihm der Medicus Bettruhe verordnet hatte, erschien er in den Räumen der Kommandantur und verlangte, den Gefangenen Thidrik zu sprechen.«

»Und was geschah?«

»Ich ging mit Thorag zum Gefängnis, und wir suchten Thidriks Zelle auf.«

»Dort habt ihr dann mit ihm gesprochen?«

»Nein, o Varus.«

»Nein? Weshalb nicht?«

»Nur Thorag sprach mit ihm. Mich aber schickte er hinaus, so daß ich das Gespräch nicht verfolgen konnte.«

»Gab Thorag dafür eine Erklärung?«

»Er sagte, beide seien Cherusker. Zu Thorag allein habe der Gefangene mehr Vertrauen als zu einem römischen Offizier. Auch meinen Einwand, der Gefangene könne den aufgrund der Verwundung arg geschwächten Thorag überwältigen, wischte letzterer mit der Bemerkung beiseite, er hätte keine Angst.«

»Und dann hat Thorag den Gefangenen allein verhört?«

»Ja.«

»Mit welchem Ergebnis?«

»Mit keinem. Thorag sagte mir, der Gefangene hätte nichts Wichtiges von sich gegeben.«

»Hattest du den Eindruck, daß dies stimmt?«

»Nein, o Varus. Dafür dauerte das Gespräch zu lange.«

»Welchen Eindruck hattest du dann von dieser merkwürdigen Angelegenheit?«

»Die einzige Erklärung ist, daß Thorag etwas mit dem Gefangenen besprechen wollte, das geheim bleiben sollte.«

»Was denn bloß?«

»Eine Absprache unter Fenrisbrüdern, vermute ich.«

Wieder ging ein lautes Raunen durch die Zuhörerschaft, der immer deutlicher wurde, wohin die Reise ging.

»Wie Foedus selbst sagt, ist das eine bloße Vermutung!« übertönte Thorag wütend die Menge. »Er hat aber nicht gesagt, daß Thidrik es war, der mich mit dem Schwert verwundet hat. Weshalb hätte er das tun sollen, wenn wir unter einer Decke stecken?«

»Es geschah im reißenden Fluß«, erwiderte Foedus. »Vielleicht hat er dich in der Aufregung und in der Dunkelheit nicht erkannt. Oder er tat es in der Absicht, den Verdacht von dir zu lenken.«

»Eine einleuchtende Erklärung«, befand Varus mit einem zufriedenen Nicken. »Du bist entlassen, Foedus.« Er blickte kurz um sich. »Ich denke, wir können die Beweisaufnahme jetzt schließen. Die Sache scheint mir eindeutig zu sein.«

»Ja!« schrie Thorag, empört über die einseitige und ungerechte Verhandlungsführung des Statthalters. »Eindeutig konstruiert. Und zwar so, daß ich als Schuldiger dastehe. Und das, obwohl ich unschuldig bin!«

Varus, erneut zornesrot, sprang von seinem Stuhl auf, zeigte auf Thorag und erwiderte ebenso laut: »Für diese Beleidigung des Gerichts wirst du mit zehn Peitschenhieben bestraft, Cherusker!«

»Die Peitsche ändert nichts an der Voreingenommenheit des Gerichts und an der Ungerechtigkeit dieses Verfahrens!« rief Thorag bitter.

»Zwanzig Peitschenhiebe!« fauchte der Statthalter. »Um dem Angeklagten beizubringen, wie er sich vor Gericht zu verhalten hat, wird die Strafe sofort vollstreckt. Ergreift ihn!«

Das klärende Gerichtsverfahren, das Thorag sich erhofft hatte, erschien ihm jetzt wie einer seiner Alpträume. Ebenso unbeeinflußbar und erschreckend. Aber statt eines schwarzen Untiers kamen die Gardesoldaten auf den Cherusker zu, um ihn zu dem Holzgerüst zu schleifen, an dem vor einigen Wochen Witold die entehrende Bestrafung hinnehmen mußte. Und nun sollte der freie Cherusker Thorag, ein Edeling und Abkömmling des Donnergottes, Sohn des Gaufürsten Wisar, wie ein widerspenstiger Schalk öffentlich ausgepeitscht werden!

Alles in Thorag lehnte sich dagegen auf. Als der vorderste Gardist ihn am Arm packen wollte, stieß der Cherusker ihm den Ellbogen mitten ins Gesicht. Mit einem dumpfen Knirschen brach die Nase des Römers. Der Soldat stieß einen Schmerzenslaut aus und taumelte zurück, mit einer Hand an seine blutende Nase fassend.

Während die Menge teils entsetzt, teils begeistert über das

unerwartete Schauspiel aufschrie, richteten die Gardisten ihre Speere auf Thorag, und der Optio, der sie anführte, zog sein Schwert aus der Scheide.

Thorag bebte vor Wut; obwohl er wußte, daß es ein Fehler war, packte er einen der Speere hinter der Spitze und zog ruckartig an der Waffe. Der Römer verlor das Gleichgewicht, stolperte nach vorn und ließ den Speer los. Der Cherusker hatte wegen seiner gefesselten Hände nur begrenzten Spielraum. Aber er machte aus der Not eine Tugend und schlang die Kette, deren starke Glieder die um seine Handgelenke geschmiedeten Fesseln miteinander verbanden, um den Hals des Soldaten und zog die Schlinge zu. Der Römer röchelte und zappelte, aber seine Gegenwehr erlahmte ebenso rasch wie seine Kräfte. Als sein Gesicht blau anzulaufen begann, ließ Thorag los, und der Soldat sank halb ohnmächtig zu Boden.

Der plötzliche Schmerz, der von seiner linken Seite ausging und seinen ganzen Körper durchfuhr, machte dem Edeling auf fatale Weise klar, daß er sich mit seinem Gegner zu lange aufgehalten hatte. Ein anderer Gardist hatte das ausgenutzt, um das stumpfe Ende seines Speers in Thorags Seite zu rammen. Unglücklicherweise in die Seite mit der Schwertwunde, die jetzt aufbrach. Der unwiderstehliche Schmerz lähmte Thorags ganzen Körper, und er sank auf die Knie.

Erneut wollte der Römer mit dem Speerschaft auf den Germanen einschlagen. Thorag wehrte sich, obwohl er wußte, daß er auf verlorenem Posten kämpfte. Immer mehr Soldaten eilten herbei. Der Cherusker hatte keine Hilfe zu erwarten. Doch er würde sich lieber töten lassen, als sich freiwillig in die Entehrung zu fügen.

Er überwand seinen Schmerz und ergriff das Ende des Speers, um den Hieb abzufangen. Beide Männer zogen an der Waffe. Der kräftige Edeling gewann. Der Schaft glitt durch die Hände des Römers, und die Spitze riß blutige Furchen in das Fleisch.

Dann kam der Optio über Thorag und ließ die flache Breitseite seiner Klinge auf den Kopf des Cheruskers krachen. Ein neuer Schmerz durchraste den Edeling und beraubte ihn für Sekunden seiner Kräfte. Zeit genug für die Römer, ihn an

Armen und Beinen zu ergreifen. Obgleich sie ihn schon sicher hatten, bekam er eine Reihe harter Schläge und Tritte zu spüren.

»Hört auf!« fuhr der Optio seine Männer an. »Sonst spürt er die Peitsche nicht mehr.« Der untersetzte Mann steckte sein Schwert weg und lachte. »Das wäre doch schade, oder?«

Sie trugen Thorag zu dem Holzgerüst, ketteten ihn dort an und rissen die schmutzige, blutige Kleidung von seinem Leib, bis sein Rücken freilag. Es wunderte Thorag nicht, als er sah, wie Lucius mit der Peitsche in der Hand auf ihn zukam. Alles ähnelte der Szene, die Thorag vor ein paar Wochen als Zuschauer erlebt hatte.

Der verunstaltete Offizier legte seinen Mantel ab, reichte ihn einem Soldaten und sagte leise zu dem Delinquenten: »Bereite dich auf die schlimmsten Schmerzen deines Lebens vor, Germane. Du wirst bei jedem Schlag den Schmerz fühlen, die deinesgleichen meiner Familie und mir zugefügt haben!«

»Damit habe ich nichts zu tun!«

»Auch wenn du um Gnade winselst, es wird dir nichts helfen.«

»Ich winsel nicht um Gnade. Niemals. Schon gar nicht bei einem hinkenden Krüppel, der nur dann mutig ist, wenn er die Peitsche gegen einen Wehrlosen schwingt.«

»Du stinkender, verlauster Barbar!« fluchte der Römer und ließ zornig die Lederschnur über Thorags Rücken tanzen.

Es war ein vom Zorn gelenkter, nicht besonders gut plazierter Schlag, der zwar die Haut des Angeklagten aufriß, aber nicht besonders schmerzhaft war. Genau das hatte Thorag mit seiner Beleidigung beabsichtigt. Ein Schlag weniger. Einer von zwanzig. Nicht viel. Aber besser als nichts.

Lucius bezähmte seinen Zorn und besann sich auf seine unmenschliche Kunstfertigkeit mit der Peitsche. Sein zweiter Schlag sah für die Zuschauer weniger eindrucksvoll aus als der wuchtig geführte erste, war für Thorag aber weitaus schmerzhafter. Die Schnur schien nicht aus Leder zu sein, sondern aus tausend winzig kleinen Messern, deren Spitzen über seinen Rücken gezogen wurden. Jeder folgende Schlag bereitete ihm ähnliche Schmerzen, nur noch stärker.

Dann, beim achten oder neunten Schlag, verlegte sich der Offizier auf eine besonders perfide Taktik. Er ließ die Spitze der

Lederzunge über die aufgeplatzte Schwertwunde lecken. Jetzt erst begann Thorag, der schon viele Kämpfe und Verwundungen hinter sich hatte, zu ahnen, welche Schmerzen ein Mensch zu erdulden in der Lage war. Er glaubte einen leisen Hauch der Leiden zu spüren, die Wodan auf sich genommen hatte, als er sich neun Nächte lang an die große Weltesche hängte, um in den Besitz der göttlichen Weisheit zu gelangen. Thorag flehte in Gedanken den Gott der Qualen an, ihm in dieser Stunde beizustehen. Und seinen mächtigen Stammvater Donar, ihm etwas von seiner unermeßlichen Stärke zu borgen.

Doch der Schmerz nahm mit jedem Schlag zu und raubte ihm fast das Bewußtsein. Erschöpft hing sein Kopf herunter und blickte auf den Boden, wo sich eine große Pfütze bildete. Erst allmählich begriff Thorag, daß sie aus dem Blut bestand, das aus seiner Wunde floß wie aus einer unerschöpflichen Quelle. Seine Kraft wollte ihn verlassen wie sein Blut. Thorag kämpfte gegen die allesverschlingende Schwärze an. Er wollte den Römern nicht die Genugtuung geben, ihn zur Bewußtlosigkeit gepeitscht zu sehen.

»Nein, das ist unmenschlich!« schrie Flaminia, die mit schreckgeweiteten Augen verfolgte, wie Lucius das Leben aus Thorag herauspeitschte.

Sie konnte es nicht länger ertragen, mußte es irgendwie verhindern. Was sie Thorag in der Nacht gesagt hatte, war die Wahrheit. In den vergangenen Wochen hatte sie den hünenhaften blonden Cherusker lieben gelernt. In einer Weise, wie sie noch nie für einen Mann empfunden hatte, nicht einmal für ihren verstorbenen Gatten. Sie lief auf Varus zu, wurde aber von starken Armen aufgehalten. Die Frau blickte auf und sah in das Gesicht ihres Bruders.

»Laß mich los!« flehte sie. »Laß mich zu Varus. Er muß diese Barbarei sofort beenden!«

»Nein!« sagte Maximus hart und hielt seine Schwester fest umklammert. »Thorag ist der Barbar, nicht wir. Wir würden unser Gesicht verlieren, wenn wir die Strafe aussetzen.« Er grinste. »Und dein Barbar seines auch.«

Tränen der Wut und der Trauer glitzerten in Flaminias Augen. Durch diesen feuchten Schleier erkannte sie, daß ihr Bruder sie nicht ansah, als er mit ihr sprach. Seine seltsam glänzenden Augen waren starr auf Thorag und Lucius gerichtet, und sein Atem ging schwer. Flaminia begriff, daß er die Szene auf eine widernatürliche Art genoß.

Nur, weil Thorag in seinen Augen ein Barbar war?

Oder weil er ihm die Bestrafung wünschte?

Die Bestrafung dafür, daß Thorag das Lager mit Flaminia geteilt hatte und nicht mit ihrem Bruder?

Jeden Peitschenknall und jede Körperzuckung des Gefangenen, über dessen zusammengepreßte Lippen kein einziger Schmerzenslaut kam, saugte Maximus gierig in sich auf. Die Tunika war vor seinem Unterleib verräterisch ausgebeult.

Der Schmerz beherrschte Thorags Körper so sehr, daß er kaum noch etwas anderes wahrnahm. Erst als er an dem Holzgerüst hinunterrutschte und auf den blutnassen Boden fiel, wurde ihm bewußt, daß die Auspeitschung beendet war. Er hatte die Schläge nicht mehr gezählt und Lucius' Stimme nicht mehr gehört, die jeden Hieb ankündigte. Selbst die Blutpfütze auf dem Boden hatte er nicht mehr gesehen. Sein einziger noch funktionierender Sinn war tückischerweise das Gefühl, das den Schmerz durch seinen Körper trug.

Jetzt, als sich die Lederzunge nicht mehr mit jedem Schlag tiefer in sein Fleisch fraß, kehrten die anderen Sinne zurück. Er roch etwas Süßliches; es war der Geruch seines Blutes, das unter seiner Nase einen kleinen See bildete. Er hörte die Stimmen der Zuschauer, die sich erregt über das Schauspiel unterhielten. Und er sah die Gesichter der Gardesoldaten, die ihn losgekettet hatten; sie blickten mitleidslos auf ihn herab.

Dann packten sie ihn an den Oberarmen, zogen ihn hoch und schleiften ihn, weil er zu schwach zum Gehen war, zurück vor seinen Richter. Neben Thidrik ließ sie ihn zu Boden sinken. Der cheruskische Bauer blickte Thorag ebenso mitleidslos an wie zuvor die römischen Soldaten. Aber noch etwas anderes lag in seinem Blick: eine Mischung aus Verachtung und Genugtuung, die Thorag schon bemerkt hatte, als er zu Thidrik in den Gefängniswagen gesperrt worden war.

Varus erhob sich von seinem Stuhl und sagte laut: »Der Fall scheint mir eindeutig zu sein. Der Angeklagte Thidrik hat durch sein Schweigen seine Schuld eingestanden. Auch der Angeklagte Thorag wurde trotz seines Leugnens überführt. Die Tatumstände und die Aussagen der hier gehörten Zeugen lassen keinen anderen Schluß zu, als daß er mit den Fenrisbrüdern verbündet ist, vielleicht sogar zu ihnen gehört. Nur er konnte es ihnen ermöglichen, den Anschlag auf die Brücke erfolgreich durchzuführen, wie die Aussage des Zeugen Lucius schlüssig dargelegt hat. Von der Zeugin Flaminia wissen wir, daß er das Lager häufig verließ und somit ausreichend Gelegenheit hatte, den Fenrisbrüdern Hinweise für die Durchführung des Anschlags zu geben. Sogar am Abend des Anschlags suchte er sie auf und hat den Verschwörer Witold wohl nur töten müssen, damit Flaminia, die sein Versteck entdeckt hatte, nicht Verdacht gegen ihren Geliebten schöpfte. Von Flaminia und Foedus schließlich wissen wir, daß die beiden Angeklagten sich bereits vor dem Anschlag kannten. Das alles läßt nichts anderes zu, als sie beide in allen Anklagepunkten schuldig zu sprechen!«

Thorag wollte widersprechen, wollte erklären, weshalb und woher er Thidrik kannte. Aber er war unfähig, auch nur ein Wort über seine Lippen zu bringen. Der Schmerz, der in immer neuen Wellen durch seinen Körper jagte, raubte ihm die Kraft. Und die Enttäuschung über die Verhandlungsführung durch den obersten Richter der Provinz Germanien machte ihn mutlos. Was er auch vorbrachte, Varus würde es nicht anerkennen.

»Damit die Untertanen Roms noch etwas von den Verschwörern haben«, fuhr Varus fort, »verurteile ich sie zum Kampf im Amphitheater, wo sie so lange als Gladiatoren dienen werden, bis sie der Tod ereilt!«

Wie ein Orkan toste das Gejohle der Menge über den Hof. Thorag glaubte, aus den weitaus meisten Stimmen Zustimmung zu hören. Es waren nicht nur Römer, die das Urteil des Statthalters begrüßten. Auch die einheimischen Ubier waren vom römischem Denken und von den römischen Sitten schon so weit erfaßt, daß die Aussicht auf einen unterhaltsamen Tag im Amphitheater alles andere verdrängte – auch deren Sinn für Gerechtigkeit. Thorag wurde wieder von den Soldaten ergriffen und zusammen mit Thidrik weggeschafft. Er sah nicht mehr, wie Varus unter dem Applaus der Menge den Gerichtsort verließ.

Publius Quintilius Varus stand mit auf dem Rücken verschränkten Händen vor der großen Wandkarte Galliens und Germaniens, als Maximus sein geräumiges Gemach betrat. Der Legat des Augustus schien sein Eintreten nicht bemerkt zu haben. Gedankenverloren starrte er auf den rechten Teil der Karte mit der Aufschrift ›GERMANIA‹.

Maximus räusperte sich. »Du wolltest mich sprechen, Varus?«

Langsam drehte der Statthalter sich um. »Wie geht es deiner Schwester, Maximus?«

»Den Umständen entsprechend«, antwortete der Präfekt, der diese Frage nicht erwartet hatte, ein wenig verwirrt. »Als Lucius den Cherusker auspeitschte, konnte ich sie gerade noch zurückhalten. Ich hätte es nicht für möglich gehalten, aber ihr scheint wirklich etwas an dem Barbaren zu liegen. Flaminia hatte schon immer einen etwas seltsamen Geschmack, was die Auswahl ihrer Geliebten betrifft.«

»Sie ahnt nicht, um was es uns wirklich geht?« vergewisserte sich Varus.

»Bestimmt nicht. Wenn sie es erfährt, wird sie versuchen, mir die Augen auszukratzen.«

»Sehr schön. Wenn wir sie überzeugt haben, wird es uns auch bei allen anderen gelingen, insbesondere bei diesem Thidrik. Der gelungene Anschlag auf die Brücke und Thidriks Gefangennahme durch Thorag waren wirklich ein Glücksfall.« Varus drehte sich um und tippte mit dem Finger nacheinander auf die vielen weißen Flecken, die das Land Germanien rechts des Flusses Rhenus bedeckten. »Barbarenland«, wiederholte er leise die Aufschrift dieser Flecken und sagte dann lauter: »Aber nicht mehr lange, Maximus. Wir werden die Verschwörung aufdecken. Wir werden die Schuldigen bestrafen, und ihr Land, das Land der Barbaren, wird bald schon Rom gehören.« Er drehte sich mit glänzenden Augen um. »Ich werde aus dem Barbarenland römisches Land machen, Maximus, und du wirst mir dabei helfen! Es wird nicht dein Schaden sein.«

Der aufrecht vor dem Statthalter stehende Präfekt deutete eine Verbeugung an. »Wie du befiehlst, Varus.«

Einen Moment überlegte der Statthalter, ob er Maximus in seine Pläne einweihen sollte. Vielleicht würde ihm die Aussicht, unter dem neuen Imperator Quintilius Varus Führer einer ganzen Armee zu werden, ein Anreiz für bedingungslosen Gehorsam sein. Doch die Vorsicht, die solange Varus' Denken und Planen beherrscht hatte, siegte. Noch war die Zeit nicht reif. Erst dann, wenn Maximus nicht mehr zurückkonnte, würde er ihm die volle Wahrheit sagen.

»Ich danke dir für deine verläßlichen Dienste, Präfekt«, sagte Varus unverbindlich. »Sorge dafür, daß Thorags Wunden gut verarztet werden. Und habe ein Auge auf deine Schwester, damit sie unseren Plan nicht unwissentlich durchkreuzt.«

»Du kannst dich auch weiterhin auf mich verlassen, Prätor.«

Varus entließ seinen Präfekten und starrte noch eine ganze Weile auf den Kartenabschnitt des rechtsrheinischen Germaniens.

Dann wanderte sein Blick zu der anderen Karte mit dem römischen Weltreich, das er in Kürze zu beherrschen hoffte.

Ein Lächeln der Vorfreude huschte über sein fleischiges Gesicht, als er zweimal in die Hände klatschte, zu der Cathedra ging und sich darauf sinken ließ. Kaum hatte er seine Toga zurückgeschlagen und seine Beine gespreizt, als auch schon Pollux und Helena mit dienstfertig fragenden Gesichtern in seinem Gemach erschienen.

»Kommt her, meine Lieben«, sagte ein über den Verlauf der Dinge zufriedener Varus und winkte die beiden Germanenkinder zu sich heran. »Helft mir, mich ein wenig zu entspannen!«

Er bemerkte die seltsamen Blicke nicht, den der Junge und das Mädchen wechselten, als sie sich vor ihm niederknieten. Varus hatte nie daran gedacht, daß sie einen eigenen Willen haben könnten. In seinen Augen waren sie nur Sklaven, Werkzeuge, darauf gedrillt, ihm zu Diensten zu sein und ihm seine tägliche Entspannung zu bereiten. Wohlig seufzte er, als sie ihre Köpfe unter seine Kleider steckten.

Kapitel 19

In der Arena

Ein Armeearzt hatte Thorag nach der Auspeitschung behandelt und neu verbunden, bevor er gemeinsam mit Thidrik in sein neues Gefängnis auf dem Gelände des Amphitheaters gebracht worden war. Hier kümmerte sich ein eigener Arzt um Gladiatoren und Verurteilte, ein alter, graubärtiger Grieche namens Dimitrios. Täglich wechselte er Thorags Verbände, reinigte die Wunden mit einer beißenden Flüssigkeit und strich sie danach mit einer kühlenden, schmerzlindernden Salbe ein.

»Die Römer geben sich wirklich Mühe, damit es ihren zum Tode Verurteilten gutgeht, wenn sie mit dem Sterben an der Reihe sind«, hatte Thorag in einem Anflug von Galgenhumor zu Thidrik bemerkt. Aber der sture Bauer, mit dem der Edeling die enge Zelle teilte, hatte sein eisernes Schweigen bewahrt.

Neun Tage lag die Verhandlung jetzt zurück, und heute waren die beiden Cherusker mit dem Sterben an der Reihe. Denn heute war der Tag des Munus, der großen Kämpfe.

Schon seit Tagen wurde in der Stadt für die Veranstaltung geworben. Die Ankündigung wurde an Häuserwände gepinselt. Werbeschilder wurden durch die belebten Straßen getragen, Handzettel an die Einwohner verteilt. Und für alle, die nicht lesen konnten, zogen Tag für Tag die Ausrufer durchs Oppidum, um Zeitpunkt und Attraktionen der Kämpfe auch in der letzten Hütte bekanntzumachen. Bei den Attraktionen fielen immer wieder zwei Begriffe: ›Ater‹ und ›die zum Tode Verurteilten‹. Was zur Folge hatte, daß Thorag und Thidrik von Wärtern und Mitgefangenen statt mit ihren Namen höhnisch fast nur noch als ›Attraktionen‹ angesprochen wurden.

Varus selbst war der Veranstalter der Spiele und würde dafür sorgen, daß viele Sesterzen in seiner Kasse klingelten. Denn anders als in Rom, wo die Kampfspiele in der Regel keinen Eintritt kosteten, sondern zum Ruhm und zur Popularitätssteigerung des Veranstalters abgehalten wurden, mußte das Publikum im Oppidum mit klingender Münze für das blutige Schauspiel bezahlen.

Einer der Wächter, ein leutseliger Ubier namens Allo, hatte Thorag erzählt, Varus würde zwar die Einnahmen in seine Privatkasse fließen lassen, den Unterhalt des Amphitheaters aber aus öffentlichen Geldern bestreiten. Das bedeutete einen Gewinn von hundert Prozent. Auch an den Wettbüros sollte der Legat des Augustus beteiligt sein. Nach der Erfahrung, die Thorag bei seinem Prozeß mit dem Statthalter gemacht hatte, war er durchaus geneigt, Allo zu glauben.

Varus hatte den Edeling schwer enttäuscht. Thorag glaubte, jetzt vieles zu verstehen, was ihm bei seiner Ankunft im Oppidum noch unverständlich gewesen war. Wenn Varus die Streitigkeiten der Einheimischen schlichtete, ging es ihm gar nicht um die Menschen, sondern nur um die Durchsetzung römischen Rechts und römischer Macht. Deshalb hatte Thorag von ihm auch nur ausweichende Antworten bekommen, als der Cherusker ihn vor seiner Abreise zum unteren Hafen auf die hohen Steuern ansprach, unter denen die Cherusker litten.

Thorag und Thidrik wußten, daß heute der Tag der Spiele war.

Je weiter der Vormittag voranschritt, desto fühlbarer wurde die allgemeine Aufregung im Amphitheater. Wärter, Hilfskräfte und Gladiatoren eilten geschäftig hin und her und schienen die beiden dem Tod geweihten ›Attraktionen‹ ganz vergessen zu haben. Jedenfalls wartete Thorag heute vergeblich auf seine Behandlung durch Dimitrios.

Und dann war es soweit. Die Cherusker hörten in ihrer Zelle das durchdringende Schmettern der Fanfaren, das den Einzug des Veranstalters und der Kämpfer in die Arena verkündete.

Zufrieden registrierte Publius Quintilius Varus, daß das Amphitheater bis auf den letzten Stehplatz ausverkauft war, als ihn vier kräftige germanische Sklaven, die dem Quartett der Fanfarenbläser folgten, in einer mit Samtkissen gepolsterten Sänfte in das Oval des Kampfplatzes trugen.

Er hatte kaum Zweifel daran gehabt, daß ihn die Kampfspiele des heutigen Tages wieder ein Stück reicher machen würden. In Rom gab es derzeit eine wahre Flut von Spielen und Wagenrennen, für die Zuschauer zumeist umsonst, weil jeder reiche Bürger mit politischen Ambitionen auf diese Art seine Anhängerschar zu vermehren trachtete. Man sprach dort schon von einem gewissen Überdruß der Bevölkerung an diesen Spielen. Hier aber, an der Grenze zum ›Barbarenland‹, waren die von ihm veranstalteten Munera die einzigen Spiele weit und breit.

Schon in der Frühe war dem Statthalter gemeldet worden, daß seit dem letzten Abend lange Menschenschlangen vor den Eingängen des Amphitheaters standen, um einen möglichst guten Platz zu ergattern. Nicht nur Einwohner des Oppidums und hier stationierte Soldaten, sondern auch viele Menschen aus den umliegenden Siedlungen und Garnisonen. Als er dies hörte, hatte er sich auf einen zufriedenstellenden, erfolgreichen Tag gefreut – in doppelter Hinsicht.

Die gut zehntausendköpfige Zuschauerschaft applaudierte und skandierte laut den Namen des Statthalters. Varus lächelte zu den Rängen hinauf und winkte immer wieder in die Masse. Besonders den ganz vorn sitzenden Zuschauern widmete er seine Aufmerksamkeit. Dort saßen die reichsten, angesehensten Männer, die das höchste Eintrittsgeld für die begehrten unteren Plätze entrichtet hatten: hohe Offiziere, Verwaltungsbeamte und reiche Kaufleute. Alle Besucher der Kämpfe waren, wie es die Regeln verlangten, in ihrer besten Kleidung erschienen, doch in den vordersten Reihen schimmerte mehr Gold und Silber, funkelten mehr Edelsteine und feine Geschmeide im Sonnenlicht als auf allen anderen Plätzen zusammen. Die Offiziere hatten ihre prachtvollsten, glänzendsten Rüstungen angelegt und die Frauen ihre buntesten, modischsten Kleider. Varus hielt nichts von der in Rom geltenden Regel, daß Männer und Frauen bei den Spielen getrennt zu sitzen hatten, und hatte sie deshalb außer Kraft gesetzt. Gemischte Reihen belebten das Geschehen und erfreuten die Besucher. Und sie sollten sich freuen, damit sie wiederkamen und mehr Geld in Varus' Kasse zahlten.

Gemessenen Schrittes zog die Prozession an den Absperrungen der Tribünen entlang durch die Arena. Auf Varus' Sänfte folgte eine Abteilung seiner Garde, angeführt von Maximus. Dann kamen die Gladiatoren, die heute ihr Leben einsetzen mußten, um den Zuschauern Freude und Varus auch bei den nächsten Spielen volle Kassen zu bringen: die prächtig ausstaffierten Samniten in ihren reichverzierten Rüstungen und mit den farbenfrohen Federbüschen auf den offenen, im Sonnenlicht glänzenden Helmen; die mit Wurfnetz und Dreizack ausgerüsteten Retiarier und ihre Gegner, die Secutoren mit ihren enganliegenden, glatten Helmen, die ein Verfangen des Wurfnetzes verhindern sollten; die berittenen Equitis mit den langen Lanzen und den kleinen Rundschilden; die mit Lanzen und Bögen bewaffneten Essedarii auf den von erfahrenen Lenkern geführten Streitwagen. Immer neue Variationen von Kämpfern marschierten aufrecht in die Arena und grüßten das begeisterte Publikum. Besonders euphorisch wurden die Andabates am Schluß der Prozession empfangen. Noch trugen sie ihre völlig geschlossenen Helme unter den Armen. Aber im Kampf würden ihnen die Helme das Augenlicht nehmen und sie würden sich ganz allein auf ihr Gehör, ihr Gespür, ihre Erfahrung und die Reaktionen des Publikums verlassen müssen.

Nachdem die Prozession die Arena einmal umrundet hatte, hielt sie unter schmetternden Fanfarenklängen an einer Längsseite des Ovals vor der Ehrentribüne des Statthalters an. Der Jubel des Publikums erreichte einen neuen Höhepunkt, als Varus in der Begleitung von Maximus und seinen Gardisten die Tribüne betrat, wo der Legat von seinem engsten Gefolge erwartet wurde, darunter eine verbittert aussehende Flaminia.

Varus konnte ihre Verbitterung verstehen. Schließlich sollte sie heute zusehen, wie ihr Geliebter starb. Flaminia, die sonst die Kämpfe in der Arena überaus schätzte, hatte sich anfangs geweigert, zu diesem Munus zu erscheinen. Aber ihr Fernbleiben hätte Verdacht erregen und den von Varus und Maximus ausgeklügelten Plan durchkreuzen können. Deshalb hatte der Statthalter die Frau durch ihren Bruder massiv unter Druck setzen lassen und ihr sogar damit gedroht, ihr Primus wegzunehmen.

Flaminia hatte sich gefügt, widerstrebend und lustlos, und das sah man ihr deutlich an. Sie, die sonst so viel Wert auf ihr äußeres Erscheinungsbild legte, war heute am Schminktischchen nachlässig gewesen. Da sie zuviel Kreide aufgetragen hatte, wirkte ihr Gesicht unnatürlich weiß. Aber vielleicht war dies auch Absicht und sollte die schlechte Verfassung ihres Geistes nach außen bekunden. Das Rot der Weinhefe auf ihren Lippen war um die Mundwinkel verschmiert. Das Antimonpuder, das ihre Wimpern und Augenpartien schwärzte, war so dick aufgetragen, als wolle Flaminia dadurch ihre Trauer zeigen. Ihre Frisur war in einem desolaten Zustand, in dem sie sich sonst nicht aus dem Haus gewagt hätte.

Varus begrüßte die Frau, wie er es mit allen anderen aus seinem Gefolge tat, mit ein paar höflichen Worten. Flaminia öffnete ihre zusammengekniffenen Lippen nicht, und ihre bittere Miene blieb unbewegt. Zu mehr als einem knappen Nicken konnte sie sich nicht durchringen. Für ihren Bruder, der sich neben sie setzte, hatte sie nicht einmal einen Blick übrig.

Während Varus mit der Begrüßung beschäftigt war, hatten sich die Gladiatoren und auch die Träger mit der Sänfte wieder aus der Arena zurückgezogen. Lediglich die Fanfarenbläser standen noch unter der Ehrentribüne und warteten auf ein Zeichen ihres Herrn. Als er es gab, richtete ein kurzer, lauter Fanfarenstoß die Aufmerksamkeit des Publikums erneut auf den Statthalter.

Varus breitete die Hände aus und sagte laut: »Bürger und Freunde Roms, Soldaten und Einwohner dieser Stadt, ich begrüße euch im Namen des Augustus, Sohn des göttlichen Caesar, zu den heutigen Wettkämpfen. Wie ihr wißt, stehen meine Truppen kurz vor dem Abmarsch ins Sommerlager. Deshalb werden es – leider – auf lange Zeit die letzten Wettkämpfe sein, an denen ich persönlich teilnehmen kann. Aber auch in der Zeit meiner Abwesenheit werden in Augustus' und meinem Namen Spiele abgehalten werden, und ihr werdet sie euch hoffentlich nicht entgehen lassen.«

Die begeisterten Rufe der Menge bestärkten Varus in dem Glauben, daß seine Kasse nach der Rückkehr aus dem Sommerlager beträchtlich an Gewicht und an Wert zugenommen haben würde.

Wieder hob er die Hände, dämpfte dadurch den Lärmpegel und fuhr fort: »Jetzt aber wollen wir uns diesem Munus widmen, der, wie stets, ein paar ganz besondere Attraktionen bereithält. Die beliebten Andabates habt ihr eben schon gesehen. Aber auch der gefürchtete Ater wird heute eine spezielle Beute haben: die beiden Fenrisbrüder, die von mir zum Tod in der Arena verurteilt worden sind. Mögen sich die heutigen Kämpfe zu eurer Freude und Kurzweil gestalten!«

Unter lautem Jubel, Heil- und Hochrufen setzte Varus sich auf seinen mit Kissen gepolsterten thronartigen Stuhl, der ihn an jenen Thron in Rom denken ließ, auf dem Augustus saß – noch. Flaminias finstere Blicke mißachtete er. Er wandte sich zur anderen Seite, wo einige Offiziere standen, darunter auch Lucius, der gebeten hatte, Thorags Hinrichtung beiwohnen zu dürfen.

»Lucius«, sagte der Statthalter, »auch du wirst mit ins Sommerlager kommen.«

Die kleinen Augen in dem sonnenverbrannten Gesicht des Offiziers blickten erstaunt. »Aber meine Garnison, Prätor!«

»Die Brücke steht, und der Anschlag der Fenrisbrüder ist vereitelt. Deine Aufgabe am oberen Hafen ist erfüllt, Lucius. Männer wie Foedus genügen, um eine Garnison mit ein paar Zenturien Hilfstruppen zu befehligen. Es kann gut sein, daß meine Legionen diesen Sommer mehr zu tun bekommen, als sie jetzt ahnen. Dann brauche ich zuverlässige Soldaten wie dich in meinen Reihen. In der Legion XVII ist der Posten eines Lagerpräfekten frei.«

Der narbengesichtige Offizier bedankte sich mit einer Verbeugung bei Varus, aber dieser richtete seine Aufmerksamkeit schon wieder auf das Geschehen unter sich.

Die Kampfrichter zogen in die Arena ein, gefolgt von Sklaven, die in regelmäßigen Abständen Becken mit glühenden Kohlen am Rand des Kampfplatzes aufstellten. Eisenstäbe lagen in den Kohlen und wurden dort zum Glühen gebracht, damit die Kampfrichter stets in der Lage waren, unwillige Gladiatoren durch die heißen Eisen anzuspornen. Unter den weißgekleideten Kampfrichtern befand sich eine dunkelgewandete Gestalt mit einer schrecklich anzusehenden Fratze. Diesem Mann, der die Maske des Totengottes Charon trug, fiel die Aufgabe zu, schwerverletzte Gladiatoren mit einem gewaltigen Hammer zu töten.

Bis zur Mittagspause würden die Kampfrichter nicht viel zu tun haben, denn traditionell begann der Munus zur langsamen

Einstimmung des Publikums mit den eher unblutigen Kämpfen. Die Pägnarier, noch keine voll ausgebildeten Gladiatoren, hieben mit Knüppeln, Peitschen und Eisenhaken aufeinander ein und fügten sich größtenteils nur oberflächliche Verletzungen zu. Gleiches galt für die Lusorier, die nach ihnen in den Sand der Arena traten und zwar die Ausrüstung richtiger Gladiatoren trugen, aber mit den Holzwaffen kämpften, die bei der Gladiatorenausbildung verwendet wurden.

Der eine oder andere Zuschauer mochte finden, daß der Munus durch diese wenig attraktiven Kämpfe unnötig in die Länge gezogen wurde. Vereinzelte Rufe nach mehr Blut und schärferen Waffen machten das deutlich. Aber so erhielten die Gladiatoren, die sich noch in der Ausbildung befanden, Gelegenheit, die erregende, aufgeladene Stimmung eines richtigen Kampfes zu spüren, die trotz der Holzwaffen ganz anders war als die trügerische Gelassenheit eines Übungskampfes. Außerdem wurde der Munus so auf den ganzen Tag ausgedehnt. In der mehr als einstündigen Mittagspause suchten die Zuschauer, wenn sie sich nicht Verpflegung mitgebracht hatten, einen der zahlreichen Getränkestände oder Küchen auf, die an diesem Tag im Amphitheater errichtet waren. Selbstverständlich zahlten alle Händler eine Standgebühr sowie einen Teil ihrer Einnahmen an Varus.

Varus und sein Gefolge zogen sich bei jedem Munus in der Mittagspause in einen kühlen Saal zurück, um dort auf bequemen Liegen ein üppiges Mahl einzunehmen. Diesmal aber setzten sich zwei Männer von der Gesellschaft ab: der Statthalter und sein Gardepräfekt.

Thorags Anspannung wuchs, während er den Fanfarenstößen und den sich zu einer dumpfen Brandung vermischenden Schreien des vieltausendköpfigen Publikums lauschte. An der Geräuschkulisse erkannte er den Fortgang der Kämpfe, auf deren Anblick er verzichten konnte. Er wußte aus seiner Zeit in Rom, wie sie aussahen.

Eines war seltsam: Obwohl Thorag wußte, daß er heute sterben sollte, dachte er kaum an den Tod. Er hatte wieder von dem schwarzen Untier geträumt, doch es hatte nicht ihn angegriffen, sondern die schwarzhaarige Gestalt, die ihn jedesmal, wenn er von ihr träumte, an Astrid und Eiliko erinnerte. Seine innere Anspannung rührte nicht von dem Gedanken her, bald in Walhall einzuziehen und dort Wisar, Gundar und viele andere tapfere Männer, die er gekannt hatte, wiederzutreffen. Sie hatte einen anderen Grund: das unbestimmte Gefühl, daß heute etwas ganz Unerwartetes geschehen würde, obwohl das Ende seines Lebens doch besiegelt war. Oder fühlte man sich gerade so, wenn man des Todes gewiß war?

Das Geschrei der Massen draußen brach ab, und kurz darauf vernahm er den melodiösen Klang von Flöten, Sistren und Zimbeln: Die Mittagspause hatte begonnen. Ein anderes Geräusch überlagerte die leisen Melodien. Schritte näherten sich der Zelle und blieben vor ihr stehen. Als die Tür entriegelt wurde, lugte Allos grobporiges, gutmütig wirkendes Gesicht herein.

»Willst du uns bereits holen, Allo?« fragte Thorag verwundert. »Ist der Blutdurst der Zuschauer so groß, daß die Hinrichtungen jetzt schon in der Mittagspause stattfinden?«

»Nur du sollst mitkommen, Thorag«, brummte Allos tiefe, an knarrendes Holz erinnernde Stimme. »Der Arzt wartet auf dich.«

»Na endlich«, seufzte der Edeling und erhob sich von der schmalen Holzpritsche. »Ich glaubte schon, Dimitrios hätte mich heute vergessen und wollte mich ohne frischen Verband sterben lassen. Welch ein Anblick für das Publikum. Es hätte mich glatt für einen Barbaren gehalten!«

Thorag lachte über seinen eigenen Scherz und folgte Allo durch das Gewirr der teilweise unterirdischen Gänge, in denen es trotz regelmäßiger Reinigungen süßlich roch, nach dem Blut unzähliger im Amphitheater verendeter Menschen und Tiere.

Als Allo eine Abzweigung nahm, die Thorag unbekannt war, blieb der Cherusker stehen, deutete mit seinen aneinandergeketteten Händen in die andere Richtung und sagte: »He, Allo, dies ist doch der Weg zu Dimitrios' Behandlungsraum!«

»Nicht heute«, brummte der ubische Aufseher.

»Was heißt das?«

»Heute ist der Tag der Kämpfe. Da ist alles anders. Komm jetzt!«

Das leuchtete Thorag ein. Also folgte er dem Wärter in das unbekannte Gewirr der Gänge. Über eine steile Treppe ging es tief nach unten, wo Tageslicht unbekannt war und durch Fackeln an den Wänden ersetzt wurde. In der Nähe mußte sich der Tierzwinger befinden. Der Geruch von Blut und Verwesung wurde von den scharfen Ausdünstungen der Bestien überlagert. Ein tiefes Grollen, das durch die Katakomben rollte, führte der Cherusker auf das Gebrüll eines Raubtiers zurück.

»Hier rein!« befahl der plötzlich anhaltende Allo und deutete auf eine nur angelehnte Tür.

»Weshalb muß sich Dimitrios in diese unterirdische Höhle verkriechen?« fragte Thorag mit gerunzelter Stirn. »Wird sein Behandlungsraum zum Aufstapeln der Leichen benötigt?«

Allo antwortete nicht. Stumm stand der stiernackige Mann vor Thorag und zeigte auf die Tür.

Als Thorag zögernd den Raum betrat, spürte er auf einmal, daß ihn dort etwas erwartete, das mit seiner inneren Unruhe zusammenhing. Allo blieb draußen und zog hinter Thorag die Tür zu. Die einzige Lichtquelle in dem Raum war eine tönerne Öllampe, die auf einem kleinen Tisch stand und deren Licht nicht ausreichte, den Raum ganz auszuleuchten. Der Lichtfleck riß den Tisch und ein paar grob zusammengezimmerte Schemel aus der Dunkelheit, nicht jedoch die Wände.

Thorags durch die Gefangenschaft an Dunkelheit gewöhnte Augen erfaßten schnell die beiden Gestalten, die an einer Wand standen und ihn ansahen. Vielleicht waren es die beiden Männer, die er am wenigsten hier erwartet hätte. Nur mühsam unterdrückte er das in ihm aufkeimende Verlangen, sie anzuspringen und nacheinander mit seiner Kette zu erdrosseln oder sie einfach zu erschlagen.

»Sei gegrüßt, Cherusker«, sagte der aus dem Schatten tretende Varus mit ölig klingender Stimme und einem aufgesetzt wirkenden Lächeln, das den blöden Eindruck, den sein aufgeworfener Mund hervorrief, noch verstärkte. Maximus folgte ihm schweigend, die Rechte auf den Schwertgriff gelegt.

»Ich sehe, du bist überrascht, uns hier zu treffen«, fuhr Varus fort, als er sich auf einen der Schemel gesetzt hatte. »Ich an deiner Stelle wäre es auch.«

»Seid ihr gekommen, um mich ein letztes Mal zu verhöhnen, bevor ich sterbe?« fragte Thorag unsicher. Die unwirkliche Szene verwirrte ihn.

Varus schüttelte den Kopf. »Wir wollen dich nicht verhöhnen, sondern uns bei dir entschuldigen.«

Thorag lachte rauh. »Wofür? Dafür, daß ich in einem ungerechten Prozeß zum Tode verurteilt wurde, obwohl ich unschuldig bin? Dafür, daß ich, ein Abkömmling Donars, vor aller Augen ausgepeitscht wurde wie ein Sklave?«

Jetzt nickte der Statthalter. »Genau dafür, Thorag. Du mußt uns verzeihen, daß wir dich nicht deinem Stand entsprechend behandelten, sondern wie einen gemeinen Verbrecher.«

Thorag sah sich in dem düsteren, feuchten Raum um. »Ihr betreibt einen reichlich seltsamen Aufwand, bloß um mein Verzeihen zu erflehen.«

»Nicht bloß dein Verzeihen, Thorag«, erwiderte Varus. »Auch deine Hilfe!«

»Meine Hilfe?« Der Cherusker lachte wieder. »Soll ich dem Publikum einen besonders dramatischen Todeskampf liefern? Ich werde sehen, was sich machen läßt!«

»Ich habe deinen Spott wohl verdient«, seufzte Varus betont kleinlaut und sah dann hoffnungsvoll zu dem großen Cherusker auf. »Aber vielleicht verstehst du, daß es notwendig war, dich so zu behandeln, wenn wir dir unseren Plan erklären.«

»Erklärt ihn mir nur. Ich habe nichts Besseres vor.«

Auch Thorag ließ sich auf einem Schemel nieder, stürzte die Ellbogen auf das rauhe Holz der Tischplatte und legte sein Kinn in die Handflächen, als habe er sich zu einer gemütlichen Plauderstunde eingefunden. Maximus, der schräg hinter Varus stand, beäugte den Cherusker skeptisch.

»Maximus und ich haben es übereinstimmend als außerordentlichen Glücksfall angesehen, daß es den Fenrisbrüdern gelungen ist, die Brücke am unteren Hafen zu zerstören«, erklärte Varus zu Thorags Überraschung. »Natürlich wissen wir, daß dich keine Schuld daran trifft, Thorag.«

»Wie tröstlich«, brummte der Cherusker und fing sich einen strafenden Blick des Präfekten ein.

»Ein ebensolcher Glücksfall ist es, daß du es geschafft hast, einen der Verschwörer gefangenzunehmen«, fuhr der Statthalter fort. »Wir überlegten schon lange, wie man diesen Barbaren auf die Schliche kommen kann. Dank dir haben wir endlich eine Möglichkeit gefunden. Aber um das zu erreichen, mußten wir dich als Mitverschwörer verurteilen. Thidrik sollte Vertrauen zu dir gewinnen.«

»Ich möchte bezweifeln, daß er mir vertraut. Die einzigen Worte, die ich von ihm höre, murmelt er im Schlaf.«

»Er wird mit dir sprechen müssen«, sagte Varus mit einer Gewißheit, die Thorag nicht nachvollziehen konnte. »Auf eurer gemeinsamen Flucht.«

»Flucht?«

»Ja doch! Du wirst ihm zur Flucht verhelfen, und dafür schuldet er dir seine Dankbarkeit. Du wirst von ihm verlangen, dich in den Bund der Fenrisbrüder einzuführen, um seine Schuld zu begleichen. Nachdem wir dich mit ihm zusammen eingesperrt, zum Tode verurteilt und dich ausgepeitscht haben, wird er keinen Zweifel an deiner Absicht hegen, an der Seite der Fenrisbrüder gegen uns Römer zu kämpfen.«

Eine ganze Weile war es still in dem unterirdischen Raum, während Thorag sich die Worte des Statthalters durch den Kopf gehen ließ.

»Das also ist euer Plan«, sagte er überlegend, und die Ereignisse der vergangenen Tage bekamen auf einmal einen Sinn. »Er könnte sogar klappen, wenn da nicht ein Hindernis wäre.«

»Was?« fragte Varus und reckte sein dickes Kinn vor. »Nenn es uns, wir räumen es aus dem Weg!«

»Das wird schlecht gehen. Oder liegt es in deiner Macht, Legat des Augustus, Tote wieder zum Leben zu erwecken?«

»Tote?« wiederholte Varus voller Unverständnis. »Wer ist tot?«

»Thidriks Sohn. Er gehörte zu den Fenrisbrüdern und überfiel unsere Gruppe, als ich mit Arminius und weiteren Edelingen in die Heimat zurückkehrte. Meine Klinge durchbohrte ihn.«

»Das ist in der Tat ein Problem«, gab der Statthalter ein wenig betreten zu. Er faßte sich wieder und sagte: »Du mußt dir eben Mühe geben, Thorag. *Non est ad astra mollis e terris via.* – Der Weg, der von der Erde zu den Sternen führt, ist nicht bequem.«

»Der Weg, der ins Reich der Toten führt, auch nicht«, entgegnete Thorag mißtrauisch.

Varus legte seinen aufgedunsenen Kopf schief. »Hast du etwa Angst?«

Der Cherusker lachte wieder. »Ich soll heute in der Arena sterben. Wenn ich Angst hätte, hätte ich deinem Plan zugestimmt, ohne zu zögern. Ich frage mich nur, weshalb ich mich drauf einlassen soll.«

»Um deine Freiheit zu erhalten«, antwortete Maximus in einem Tonfall, der Ungeduld und Verärgerung über Thorags Zögern verriet. »Wenn du die Fenrisbrüder auffliegen läßt, bist du vollständig entlastet. Außerdem erwartet dich eine hübsche Belohnung.« Die steile Falte hielt auf seiner Nasenwurzel Einzug, und sein Tonfall wurde drohend: »Und schließlich solltest du nicht vergessen, daß du immer noch ein Soldat im Dienste des Imperators und seinem Legaten zum Gehorsam verpflichtet bist!«

»Ich soll einem Imperator dienen, in dessen Namen ich wegen einer unberechtigten Anschuldigung hingerichtet werden soll?«

»Das spielt keine Rolle!« rief Maximus.

»Beruhigt euch, beide!« verlangte Varus und sah dann wieder Thorag an. »Willst du uns nicht helfen, der Fenrisbrüder habhaft zu werden?«

»Doch, ich werde es tun.«

Der Statthalter stieß erleichtert den Atem aus und blickte den Präfekten seiner Garde an. »Siehst du, Maximus, mit Freundlichkeit kommt man viel weiter!«

»Unter einer Bedingung«, fügte Thorag seinen Worten hinzu.

Die Römer sahen ihn überrascht an.

»Was für eine Bedingung?« fragte der Präfekt skeptisch.

»Ich habe von Thidrik erfahren, daß mein Vater gestorben ist. Ich benötige etwas Zeit, mich zu Hause um die Dinge zu kümmern. Das ist die Bedingung.«

»Ich werde sehen, was ich tun kann«, versprach Varus. »Natürlich können nur wenige Männer eingeweiht werden. Bisher wissen nur Maximus und ich von unserem Plan. Für die Masse meiner Soldaten wirst du ein entflohener Verbrecher bleiben. Es muß so sein, damit es überzeugend wirkt. Aber ich werde veranlassen, daß du in deinem Gau unbehelligt bleibst.«

Thorag nickte und fragte: »Wie soll die Flucht ablaufen?«

»Den Wärter draußen haben wir bestochen, sich von dir überwältigen zu lassen, wenn du mit Thidrik in die Arena geführt wirst. Er hofft darauf, schonend von euch behandelt zu werden. Aber wenn es der Glaubwürdigkeit wegen sein muß, ihn – du weißt schon, dann ist es auch nicht schlimm. Er ist nur ein Ubier. Und er könnte dann nichts von unserem Abkommen verraten.« Varus seufzte und schaute auf. »Hast du dir den Weg hierher gemerkt?«

»Ich denke, ich würde ihn wiederfinden.«

»Das solltest du. Am Ende der steilen Treppe befindet sich ein Einstieg in die unterirdische Kanalisation. Sie wird euch zum Fluß führen. Dort wiederum ist ganz in der Nähe des Ausflusses ein Boot vertäut. Überquert den Rhenus, am besten ein Stück flußabwärts, und schlagt euch in die Wälder.«

»Klingt einfach«, murmelte Thorag.

»Ist es auch.«

»Wenn es klappt. Wie soll ich euch Botschaften zukommen lassen, wenn es mir gelungen ist, die Verschwörer zu enttarnen?«

»Wir vermuten das Herz der Verschwörung im Cheruskerland. Dort traten die Überfälle der Fenrisbrüder zuerst auf, bevor sie sich hierher verlagerten. Ich werde mit meinen Legionen ins Sommerlager an der Porta Visurgia ziehen, also nicht weit von deiner Heimat entfernt. Wenn du weißt, wer hinter der Verschwörung steckt, wirst du schon einen Weg finden, mir Nachricht zu geben. Ständig in Verbindung zu bleiben wäre zu gefährlich.«

»Das wäre es wohl«, stimmte Thorag zu.

»Dann sind wir uns einig«, befand Varus, setzte wieder sein selbstgefälliges Lächeln auf und erhob sich. »Ich wünsche dir viel Erfolg, Cherusker!«

Auch Thorag erhob sich und sagte: »Eine Frage habe ich noch. Was ist mit Flaminia?«

»Was soll mit ihr sein?« erkundigte sich Maximus.

»Weiß sie von der Sache?«

»Nein«, antwortete der Präfekt. »Das Schweigen gehört nicht zu den Tugenden der Frauen. Jetzt trauert sie um dich. Ihre Trauer wirkt echt, weil sie es ist. So soll es bleiben.«

Thorag nickte und fühlte sich beruhigt, daß Flaminia nicht in den Plan eingeweiht war. Es war ein gutes Gefühl zu wissen, daß sie, im Gegensatz zu ihrem Bruder und Varus, nicht mit seinem Tod spielte.

Vor der Tür trafen die Römer den ubischen Wärter und wiesen ihn an, noch zehn Minuten zu warten, bis er den Gefangenen in seine Zelle zurückbrachte.

»Der Arzt wird noch kommen und ihn neu verbinden«, sagte Maximus und folgte dann dem Statthalter durch die unterirdischen Gänge.

Auf der Treppe bemerkte der Präfekt: »Auch wenn Thorag mitspielt, halte ich es nicht für sicher, daß unser Plan zum Erfolg führt, Varus. Vielleicht sind die Fenrisbrüder mißtrauischer, als wir meinen.«

»Hoffen wir, daß unser hünenhafter Freund die Verschwörung aufdeckt. Diese Fenrisbrüder werden langsam lästig. Aber auch wenn Thorag darin versagt, führt er uns zum Ziel. Dann greifen wir die Cherusker unter dem Vorwand an, einer ihrer Edelinge sei ein entflohener Todgeweihter. Auf jeden Fall haben wir endlich einen Grund, loszuschlagen und den sich frei dünkenden Germanen zu zeigen, wie man als Untertanen Roms lebt.«

Und als meine Untertanen, fügte Quintilius Varus in Gedanken hinzu.

Stunden waren seit der Unterredung vergangen. Längst hatten die Fanfaren den zweiten Teil der Spiele eingeläutet. Den blutigen Hauptteil, dem die Zuschauermenge bereits entgegenfieberte. Immer neue Gruppen von Gladiatoren zogen in die Arena, verneigten sich vor Varus und entboten ihm ihren Gruß: »*Salve, praetor, morituri te salutant.* – Heil dir, Statthalter, die Todgeweihten grüßen dich.« Dann klirrten die Waffen aufeinander, und es wurde so viel Blut vergossen, daß der Sand in der Arena bald mehr rot als braun war. Nach jedem Durchgang kamen deshalb Sklaven mit großen Eimern und schütteten frischen Sand auf, während andere Sklaven die Gefallenen auf Bahren in die Leichenkammern trugen.

Von all dem bekam Thorag nur die Geräuschkulisse mit, während er in seiner Zelle saß und über das Gespräch mit Varus und Maximus nachdachte. Der Cherusker hatte durch die Zusammenkunft eine wichtige Erkenntnis gewonnen. Etwas, das er immer schon gespürt, das ihm aber nie so deutlich vor Augen gestanden hatte: Für die Römer war er, wie jeder andere Germane auch, nichts anderes als ein Werkzeug, ein Mittel zum Zweck. Maximus, Varus oder auch dem Imperator im fernen Rom lag nichts an den Menschen links und rechts des Rheins, nur an dem Land und dem, was das Land ihnen einbrachte.

Thorag hatte sich nicht aus Angst vor dem Kampf in der Arena auf das Spiel der beiden Römer eingelassen, sondern weil er beschlossen hatte, wie ein Römer zu denken und zu handeln. Jedenfalls in dieser Sache. Auja, Onsaker, Thidrik, die Fenrisbrüder, der von Onsaker gegen Thorag erhobene Mordvorwurf – alles hing irgendwie zusammen. Wenn er mit Thidrik floh und in den Geheimbund eindrang, hatte er eine Gelegenheit, das düstere Geheimnis aufzuklären, das über seiner Heimkehr ins Cheruskerland lag. Thorag wollte den Plan der Römer benutzen, um seine eigenen Ziele zu verfolgen. Varus und Maximus glaubten, Thorag für ihre Zwecke einzuspannen. In Wahrheit spannte er sie für seine Zwecke ein. Nach allem, was sie ihm angetan hatten, hatten sie nichts Besseres verdient.

Erst nach einer Weile bemerkte Thorag, daß er bei diesem Gedanken leise kicherte und dadurch Thidriks fragenden, zweifelnden Blick auf sich zog.

Er sah den Bauern an. »Findest du es nicht komisch, Thidrik, daß wir beide gleich gemeinsam in der Arena sterben werden? Du, der Römerhasser, Seite an Seite mit mir, dem Römling, wie du mich nennst?«

Der Bauer schwieg.

Draußen in der Arena brandete neuer Lärm auf. Teils begeisterte Schreie, teils Entsetzensrufe.

»Das muß eine der Hauptattraktionen sein«, meinte Thorag. »Wahrscheinlich sind wir bald an der Reihe.«

Er hatte kaum ausgesprochen, da wurde die Tür geöffnet. Wieder war es Allo, der sie herauswinkte und einen unverständlichen Brummton von sich gab. Dabei zwinkerte er Thorag verstohlen zu.

»Dann wollen wir mal«, seufzte Thorag, erhob sich von der Pritsche, ging an Allo vorbei auf den Gang hinaus, fuhr dort blitzschnell herum und ließ seine zusammengeballten Hände gegen den runden, nur von spärlichem Haarwuchs bedeckten Schädel des Ubiers krachen.

Allo stöhnte auf und stolperte in die Zelle hinein. Vielleicht war er von Thorags schnellem Angriff wirklich überrascht, oder er war ein unerwartet guter Schauspieler.

Mit ungläubigen Augen verfolgte Thidrik, wie Thorag zurück in die Zelle sprang, seinen Fuß hinter einem Fuß des Wärters verhakte und ihm das Standbein wegriß. Für einen Augenblick hing der stiernackige Ubier in der Luft, bevor er schwer zu Boden krachte.

Thorag sah seinen Zellengenossen auffordernd an. »Komm schon, Kerl! Oder willst du dich in der Arena abschlachten lassen?«

Zum erstenmal seit vielen Tagen sprach Thidrik wieder: »Du willst fliehen?«

»Was sonst? Denkst du etwa, Wisars Sohn läßt sich wie ein Stück Vieh ...«

Thorag brach mitten im Satz ab, weil er etwas an Allos Kittel glitzern sah, das ihm bekannt vorkam. Er kniete sich neben den benommenen Wärter und sah, daß es eine Bronzefibel war, die ein bärtiges, einäugiges, von einer Kappe bedecktes Gesicht zeigte – Wodans Gesicht. Vorhin, als Allo ihn zu Varus und Maximus geführt hatte, hatte Thorag die Fibel nicht bemerkt.

Er brauchte nicht lange zu überlegen, bis er sich erinnerte, wo er solche Fibeln schon gesehen hatte. Die Diener der Götter an den Heiligen Steinen trugen sie. Gandulf, der Führer der Priesterschaft, hat eine ähnliche Fibel getragen, die aber aus Gold gewesen war. Auja und die anderen Priester trugen silberne Fibeln. Und die übrigen Diener der Götter solche aus Bronze. Bei Eiliko hatte Thorag sie ganz deutlich gesehen. Die Brosche des Jungen hatte eine Besonderheit gehabt: Wodans Nase war verformt und krümmte sich nach links; ein Fehler, der wohl beim Guß passiert war.

Und genau denselben Fehler wies die Fibel an Allos Kittel auf. Das konnte kein Zufall sein!

»Was hast du?« fragte Thidrik. »Laß uns schnell verschwinden!«

»Ich kenne diese Fibel«, murmelte Thorag und riß sie mit einem Ruck von dem schmutzigen, verschwitzten Kittel des Ubiers, der in diesem Moment die Augen aufschlug. »Woher hast du das?« fragte Thorag und hielt die Brosche vor Allos Gesicht.

Die Lider des Ubiers flatterten, und seine Augen blickten verständnislos. Wahrscheinlich fragte er sich, ob dies noch zu der Abmachung gehörte, die er mit dem Statthalter und dem Präfekten getroffen hatte.

Blut floß aus seiner Nase und lief in seinen Mund, als er die Lippen zu einer Antwort öffnete. »Die Fibel ... sie gehört einem Todgeweihten. Ich nahm sie ihm ab, als wir die Sklaven in die Arena führten.«

»Wem hast du sie abgenommen? Wie sah er aus?«

»Es war ein Junge. Ich glaube, er kam aus dem Cheruskerland. Er hatte sehr dunkles Haar ... für einen Germanen.«

»Eiliko«, flüsterte Thorag fassungslos.

»Ja, Eiliko«, stöhnte Allo. »Das war sein Name. Er gehört zu einer Gruppe von Kindern, Frauen und Alten, die Ater vorgeworfen wurden.«

»Wann?«

»Eben erst, bevor ich euch holte. Die Hatz ist noch im Gang. Wenn der Schwarze mit den Sklaven fertig ist, sollt ihr zu ihm gebracht werden.« Bei diesen Worten schielte Allo an Thorag vorbei zu Thidrik und fragte sich wohl, ob der zweite Gefangene eingeweiht war.

Thorag steckte die Fibel an seine schmutzige, zerrissene Tunika und zog die Peitsche, die einzige Waffe des Wärters, aus der um die Hüfte gebundenen Schnur, die Allo als Gürtel diente. Als er sich erhob, prallte er fast gegen Thidrik.

»Hauen wir endlich ab?« fragte der Bauer.

»Nein, mein Weg führt nicht in die Freiheit«, erwiderte Thorag und drängte sich an ihm vorbei.

»Wohin willst du?«

»In die Arena«, rief Thorag über seine Schulter und begann zu laufen, so schnell ihn seine Beine durch das Gewirr der Gänge trugen.

Zweimal begegnete er anderen Wärtern. An einem lief er einfach vorbei, ehe dieser auch nur einen einzigen Ton herausbringen konnte. Den anderen rempelte er an und rannte ihn über den Haufen.

Während die Steinmauern der Gänge an ihm vorüberflogen, kreisten seine Gedanken um Eiliko und um die Träume der vergangenen Nächte. Jetzt wußte er, daß der Junge die dunkelhaarige Gestalt gewesen war, die von dem schwarzen Ungeheuer angegriffen wurde. Und das Untier war tatsächlich der riesenhafte Bär gewesen: Ater – der Unheilvolle, der Schreckliche, der Schwarze.

Der Edeling erkannte die Bedeutung des immer wiederkehrenden Traums. Die Götter hatten ihm eine Botschaft gesandt, die er nicht verstanden hatte.

Wie lange mochte Eiliko schon, gemeinsam mit Thorag, Gefangener des Amphitheaters sein, ohne daß einer vom anderen wußte?

Ein anderer, schrecklicher Gedanke tauchte plötzlich auf. Wenn Eiliko hier im Oppidum und jetzt draußen in der Arena war, um ein Opfer des Schwarzen zu werden, war dann auch Astrid bei ihm? Hatte er das Gesicht im Traum so undeutlich gesehen, weil die Götter beide Geschwister gemeint hatten?

Thorag rannte noch schneller und spürte ein Stechen in seiner linken Seite, ausgehend von der noch nicht ganz verheilten Schwertwunde. Vor ihm tauchte ein helles Licht auf. Es war das Ende des tunnelartigen Ganges, der hinaus in die Arena führte.

Zwei Soldaten aus der Garde des Statthalters standen dort und richteten ihre Speere auf Thorag, als sie den heranstürmenden Mann erkannten. Der Cherusker blieb stehen und schwang die Peitsche. Die Lederschnur wickelte sich um einen der Speere und riß ihn aus den Händen des Gardisten. Geschickt fing Thorag den Speer auf und schleuderte ihn gegen den zweiten Soldaten. Die eiserne Spitze bohrte sich in den Oberschenkel des Mannes und brachte ihn zu Fall.

Der von Thorags Peitsche um sein Pilum gebrachte Gardist zog sein Schwert, wurde aber, bevor er es einsetzen konnte, erneut von der Peitsche getroffen. Diesmal hieb das Leder mitten in sein Gesicht. Mit einem Schmerzensschrei wich der Römer zurück und gab Thorag den Weg frei.

Das grelle Licht, an das Thorags Augen nicht mehr gewöhnt waren, blendete den Cherusker, und die Schreie vieler tausend Kehlen gellten fast schmerzhaft in seinen Ohren. Er stolperte über etwas und wäre fast gestürzt. Als er stehenblieb und zu Boden blickte, sah er dort eine alte Frau liegen. Vielmehr das, was von ihr übriggeblieben war. Ihr ganzer Körper war zerfetzt und lag in einer großen Blutlache. Ein Arm fehlte ganz, und der Kopf hing halb abgerissen in einer unnatürlichen Haltung an ein paar letzten Fleischfetzen. Angewidert wandte Thorag sich ab und ging weiter. Seine blutgetränkten Lederstiefel hinterließen rote Spuren im Sand.

Ater hatte den blutgierigen Zuschauern etwas für ihr Geld geboten. Überall in der Arena zerstreut entdeckte Thorag, dessen Augen sich an das Sonnenlicht allmählich gewöhnten, die Leichen seiner Opfer, mehr als ein halbes Dutzend.

Er fragte sich, wie der Bär so boshaft und mörderisch geworden war. Von Natur aus wie der schwarze Ur? Vielleicht hatten die Römer ihn aber auch erst so abgerichtet. Oder sie hatten ihm ein Mittel ins Futter gegeben, das ihn rasend machte. Möglicherweise sogar beides, wie Thorag die in diesen Dingen erfindungsreichen Römer kannte.

Der Bär stand am gegenüberliegenden Ende der Arena, wo er sein letztes Opfer in die Enge getrieben hatte. Ja, ein Mensch lebte noch und stand zitternd zwischen der Tribünenabsperrung und dem Schwarzen.

»Eiliko, neeeiiin!« schrie Thorag, als er den dunkelhaarigen Jungen erkannte.

Der Cherusker spurtete los und sah mit Entsetzen, wie Ater im selben Augenblick zum Angriff überging. Drohend, ein ohrenbetäubendes Gebrüll ausstoßend, stellte sich der zottelige Riese auf seine Hinterbeine und sah auf Eiliko hinab. Seine Liebe zu Tieren nutzte dem Jungen nichts. Mit einem Prankenhieb fegte der Bär ihn etwa zwanzig Fuß durch die Luft. Als

Eiliko im Sand aufschlug, vollführte er einen grotesken Purzelbaum und blieb dann reglos liegen.

Fast gemächlich stellte sich Ater wieder auf seine vier Tatzen, brüllte noch einmal leidenschaftlich und trottete dann auf sein Opfer zu. Der Bär schien zu wissen oder zumindest zu spüren, daß ihm der Junge nicht mehr entkommen konnte.

Thorag holte das Letzte aus sich heraus und mißachtete das immer heftiger werdende Stechen in seiner Brust, das von der Schwertwunde herrührte. Erschöpft erreichte er Ater und Eiliko in dem Moment, als sich der Schwarze über den Jungen hermachen wollte.

Thorags Peitsche, deren Lederzunge schmerzhaft über Aters dunkle Augen zuckte, hielt den Schrecklichen zurück. Mit einem wütenden Brüllen wandte Ater sein Gesicht dem Edeling zu und schien den Mann mit der Peitsche jetzt erst wahrzunehmen.

Der große Kopf des Schwarzen pendelte hin und her. Thorag kannte dieses Verhalten von der Bärenjagd. Es war ein Zeichen der Unschlüssigkeit. Das Tier schwankte zwischen Angriff und Flucht. Wahrscheinlich war Ater schon allein von der Tatsache erschreckt worden, daß ihn jemand angriff. Seit er in die Arena gelassen worden war, hatte er es nur mit schreienden, wimmernden, flüchtenden oder sich in ihr Schicksal ergebenden Menschen zu tun bekommen.

Dabei konnte Thorags Peitsche dem gewaltigen Tier nicht wirklich gefährlich werden. Der Cherusker verfluchte sich, daß er nicht daran gedacht hatte, einen der Speere, mit denen die Gardisten am Eingang ihn bedroht hatten, mit in die Arena zu nehmen. Zudem behinderten ihn die aneinandergeketteten Hände, wenn die etwa eineinhalb Fuß lange Kette ihm auch einen gewissen Spielraum ließ.

Auch Ater schien erkannt zu haben, daß der Mensch, der ihm eben den überraschenden Schmerz zugefügt hatte, keine Bedrohung für ihn darstellte. Er wandte sich von dem noch immer wie tot am Boden liegenden Jungen ab und richtete sich unter erneutem Gebrüll vor Thorag zu seiner vollen Größe auf. Instinktiv machte der Cherusker zwei schnelle Schritte nach hinten und ließ die Peitsche vor dem Schwarzen in der Luft knallen, um den Riesen davon abzuhalten, sich auf Thorag zu stürzen und ihn unter sich zu begraben. Sämtliche Sinne des Mannes konzentrierten sich auf den übermächtigen Gegner. Das zu einem wahren Gewitterdonner anschwellende Geschrei der Menge nahm er nur wie aus weiter Ferne wahr.

Varus' aufgeregte Stimme ging in dem Gebrüll der Massen unter, und nur seine engste Umgebung verstand die Worte: »Das ist Thorag! Was, bei Jupiter, hat der Cherusker in der Arena zu suchen?«

Auch im Publikum machte der Name des Edelings die Runde, als die Zuschauer, die Thorag bei seinem Prozeß oder bei anderer Gelegenheit gesehen hatten, ihn in dem vollbärtigen, verwahrlost wirkenden Gefangenen erkannten.

Flaminia zitterte am ganzen Körper. Mit Tränen in den Augen blickte sie ihren Bruder an und sagte mit sich vor Angst und Zorn überschlagender Stimme: »Ihr wagt es also tatsächlich, einen Unschuldigen zu ermorden. Das hätte ich dir nicht zugetraut, Maximus!«

Sie wollte aufstehen und das Amphitheater schnellstmöglich verlassen. Aber nicht die Drohung des Statthalters und nicht die Lust an dem blutigen Schauspiel, das die übrigen Zuschauer bewegte, etwas anderes hielt sie auf ihrem Platz. Ein letzter Hoffnungsfunke, der starke Mann aus dem Barbarenland könne wider alles Erwarten aus dem ungleichen Kampf als Sieger hervorgehen. Wie gebannt hingen ihre Augen an dem Geliebten, als könne sie seine Kräfte dadurch stärken. Lautlos bat sie alle Götter um Beistand, deren Namen sie im Laufe ihres Lebens gehört und behalten hatte. Und die Römer kannten eine ganze Menge Götter, zu denen fortwährend neue hinzukamen.

Flaminias Angst und ihre Vertiefung in die Gebete hinderten sie daran zu bemerken, daß Varus und Maximus ganz und gar nicht mit dem einverstanden waren, was sich unten in der Arena abspielte und den frenetischen Beifall des Publikums fand.

»Laß den Kampf abbrechen, Maximus!« zischte Varus seinem Gardepräfekten ins Ohr.

»Das geht nicht.«

»Wieso nicht?«

»Weil dann jeder merken würde, daß mit Thorag etwas nicht stimmt. Du hast bei der Eröffnung der Spiele selbst seinen Tod angekündigt. Wie willst du es erklären, wenn du sein Leben auf einmal schonst?«

Die Miene des Statthalters spiegelte Ratlosigkeit wieder.

»Vielleicht hilft uns der Soldat«, sagte Maximus und zeigte auf einen seiner Gardisten, der mit zum Stoß angelegtem Pilum aus dem Eingang stürmte, aus dem auch Thorag gekommen war. Er hielt direkt auf den Cherusker und den Bären zu.

Als das Ungetüm nach vorn stürzte, sah sich Thorag schon unter den Massen aus Fleisch, Fett, Muskeln und Knochen begraben. Aber seltsam, die großen Vorderpranken verfehlten ihn, und der Kopf des Schwarzen pendelte erneut unschlüssig hin und her.

Aus den Augenwinkeln nahm der Cherusker den Grund wahr: den Soldaten, dem er das Pilum entrissen hatte. Er hatte seine oder die Waffe seines Kameraden ergriffen und war in die Arena gelaufen, um den Germanen aufzuhalten. Jetzt, nur noch wenige Schritte von Ater entfernt, erstarrte der Römer und erkannte zu seinem Schrecken, daß der Schwarze keinen Unterschied zwischen Todgeweihten und römischen Soldaten machte.

Vielleicht war es die für das heutige Ereignis besonders gründlich polierte, im Sonnenlicht blitzende Rüstung des Römers, die Aters Aufmerksamkeit und Angriffslust auf den Gardisten lenkte. Der Bär ließ Thorag einfach stehen und sprang in schnellen Sätzen, die angesichts der Masse des Tieres verblüfften, auf den neuen Gegner zu.

Erst als der Schreckliche ihn fast erreicht hatte, fiel die Erstarrung von dem Römer ab, und er stieß ihm das Pilum entgegen. Der Stoß war schlecht gezielt. Die Eisenspitze bohrte sich in die linke Schulter des Schwarzen, ohne weiteren Schaden anzurichten. Die Verletzung erhöhte nur die Wut und Raserei des Ungetüms, das den Soldaten überrannte und sich hinter dem rücklings zu Boden Geworfenen mit lautem Gebrüll umwandte. Der

Römer stöhnte und zappelte wie ein Fisch im Netz, so schwer verletzt, daß er unfähig war, sich zu erheben.

Thorag erkannte die günstige Gelegenheit, vielleicht die einzige, den Schwarzen zu besiegen, und rannte auf die Absperrungen zu, wo sich die Kampfrichter aufgeregt über das unerwartete Spektakel unterhielten. Sie waren sich nicht sicher, ob dieser Verlauf der Tierhatz, von dem sie nicht unterrichtet worden waren, eine von Varus geplante Überraschung war. Weil sie dem Statthalter nicht in die Quere kommen wollten, wagten sie nicht einzugreifen. Sie starrten den Cherusker nur überrascht und neugierig an, als er das Dreibein mit der Kohlenpfanne ergriff und mit ihm zurück in die Arena rannte.

Dort hatte Ater mit wütenden Bewegungen den mehr lästigen als gefährlichen Speer aus seiner Schulter geschleudert und war unter dem aufgeregten Geschrei des Publikums über den schwerverwundeten Römer hergefallen. Seine Vorderpranken preßten den hilflosen Mann mit solcher Kraft auf den Boden, daß die Knochen durch die Haut stießen. Das große Maul des Schwarzen riß blutige Fleischstücke aus dem Hals des Menschen.

Der Tod brach den Blick des Soldaten, als Thorag heran war und aus Leibeskräften schrie: »He, du Ungeheuer, hier steht dein Gegner!«

Aters Kopf fuhr zu Thorag herum. Der Schwarze öffnete sein Maul zu einer Antwort und entblößte dabei seine breiten, flachen Zähne, die rot waren vom Blut des Römers. Darauf hatte der Edeling nur gewartet. Er erstickte das Gebrüll des Bären mit der ganzen Ladung glühender Kohlen aus der Pfanne, die er dem Unheilvollen in die Augen schleuderte.

Funken sprühten durch die Luft, die sich mit dem Gestank verbrannten Fleisches füllte. Ater brüllte. Aber diesmal war es ein anderes Brüllen, nicht bloß Raserei und Blutgier. Diesmal schrie das Tier Schmerz, Zorn und Furcht hinaus.

Thorag nutzte die offensichtliche Verwirrung des Ungetüms, um an ihm vorbei zu der Stelle zu laufen, wo es das Pilum abgeschüttelt hatte. Er grub den Speer aus dem Sand und verwünschte die Kunstfertigkeit der römischen Waffenschmiede, als er die lange, dünne und jetzt zur Seite gebogene Eisenspitze sah. Die Römer benutzten ein weiches Eisen für ihre Speere, damit sich die Spitzen der auf den Gegner geschleuderten Waffen beim Aufprall verbogen. So konnten die römischen Speere nicht gegen die eigenen Männer gerichtet werden.

Ater hatte sich von dem ersten Schock erholt und tapste suchend hin und her, den vom Feuer entstellten Kopf schnüffelnd erhoben. Der Wind trieb den ekelerregenden Brandgeruch in Thorags Nase. Der Cherusker sah, daß die glühenden Kohlen den Bären wie erhofft geblendet hatten. Der Unheilvolle war blind!

Hastig legte Thorag die Speerspitze auf den Boden, stellte sich mit dem Fuß darauf und bog den Schaft vorsichtig um. Er mußte sich beeilen, denn Ater trottete unsicher in seine Richtung. Wahrscheinlich schlußfolgerte der Schwarze ganz richtig aus dem Umstand der fehlenden Witterung, daß sich sein Gegner in der Richtung befinden mußte, in die der Wind wehte.

Der erste Versuch verlief enttäuschend. Thorags blutgetränkter Schuh rutschte an dem ebenfalls blutigen Eisen ab, und die Speerspitze war fast noch verbogener als zuvor. Der trotz seiner Blindheit noch immer sehr gefährliche Riese kam näher, und Thorag unternahm mit klopfendem Herzen einen zweiten Versuch. Diesmal war die Spitze zwar nicht gerade, zeigte aber schon wieder in die richtige Richtung. Ein dritter Versuch, und das Pilum war wieder einsatzfähig.

Gerade noch rechtzeitig. Tief aus Aters Kehle drang ein haßerfülltes Grollen. Der Schreckliche war nah genug heran, um Thorag zu wittern, und wendete ihm sein mit Brandnarben übersätes Gesicht zu.

»Komm doch!« schrie der Cherusker und richtete das Pilum gegen Ater. »Greif mich endlich an, du Bestie!«

Der Schwarze kam noch einen großen Schritt näher und stellte sich auf die Hinterbeine, um das nachzuholen, was er eben versäumt hatte. Er wollte sich auf Thorag stürzen und ihn allein durch sein Gewicht vernichten.

Der Cherusker hatte damit gerechnet, nur darauf gewartet. Statt einen Fluchtversuch zu unternehmen, sprang er vor, als wolle er sich freiwillig von Aters gewaltigen Pranken umarmen lassen. Thorag hatte Erfahrung mit der Bärenjagd, wenn er auch noch nie einem so riesigen Tier gegenübergestanden hatte. Er hoffte inständig, sich nicht zu verschätzen, als er die Spitze des Pilums in das Fleisch des Bären stieß. Mehr als diesen einen Versuch hatte er nicht.

Das schmerzhafte Zucken, das den riesenhaften Körper durchlief, zeigte dem Edeling, daß er richtig gezielt hatte. Schnell drehte er den Speer in der Wunde herum, während die Schmerzensschreie des Bären sein Gehör zu betäuben drohten. Als sich der zottelige Körper nach vorn neigte, tauchte Thorag zur Seite weg, war aber nicht schnell genug. Eine Pranke erwischte ihn hart und schmerzhaft an der Schulter und schleuderte ihn in den aufgewühlten, blutbefleckten Sand.

Stöhnend kam Thorag auf die Knie und sah, wie sich das Pilum tief in Aters Körper bohrte, als der Bär auf alle viere fiel und dabei das Ende des Speerschaftes auf den Boden drückte. Das Gebrüll des Schwarzen kam nur noch stoßweise und wurde von dem Aufschrei der Zuschauer übertönt, als das Tier auf die Seite kippte und die hilflos zuckenden Beine von sich streckte.

Noch einmal stieß Ater einen markerschütternden Laut aus. Es war der Todesschrei des Bären. Er brach ganz plötzlich ab. Der schwarze Schädel sackte kraftlos zur Seite, und die Beine hörten auf, in der Luft herumzurudern.

Der Schwarze war tot, und die Menge tobte wie rasend vor Begeisterung. Der Liebling zahlreicher Munera war von einer Sekunde auf die andere vergessen. Jetzt hatten die Zuschauer einen neuen Liebling: Thorag. Erst brüllten nur einige seinen Namen, aber die anderen griffen ihn begeistert auf, und bald war das ganze Amphitheater erfüllt von dem Ruf: »Thor-ag! Thor-ag! Thor-ag!«

Thorag sonnte sich nicht in dem Ruhm und verneigte sich nicht vor der ihn feiernden Masse, wie sie es von den Gladiatoren gewohnt war. Er nahm noch nicht einmal richtig wahr, daß die Begeisterung ihm galt. Mit schmerzverzerrtem Gesicht erhob er sich und ging auf die Stelle zu, wo Eilikos schmaler Körper im Sand lag. Die langen Krallen des Bären hatten tiefe Wunden in die Schulter des Edelings gerissen, doch er verbiß sich den Schmerz.

Eiliko lag auf dem Rücken. Der Kopf war zur Seite gefallen,

die Augen geschlossen. Der Junge bewegte sich nicht, schien nicht einmal zu atmen. War der Kampf gegen das Ungetüm vergebens gewesen?

Thorag ließ sich neben ihm nieder und beugte sich vorsichtig über ihn. Aters Prankenhieb hatte Eilikos Brust in eine einzige Wunde verwandelt. Die Feuchtigkeit seines Kittels und des Sandes um ihn herum zeugte von dem großen Blutverlust des Jungen.

Fast zärtlich und ganz langsam hielt der Mann seine große Hand unter die Nase des Jungen. Kaum wahrnehmbar war der warme Hauch und erfüllte Thorags Herz trotzdem mit Freude. Eiliko atmete, lebte!

Der Cherusker schob langsam und vorsichtig seine Arme unter den reglosen Körper und hob ihn vom Boden auf. Mit schnellen Schritten trug er den verletzten Jungen zu dem Eingang, aus dem Thorag gekommen war.

Die Kampfrichter ließen den siegreichen Kämpfer gewähren, und die Menge jubelte ihm frenetisch zu.

»Thor-ag! Thor-ag! Thor-ag!« Die Zuschauer schienen nicht müde zu werden, den Namen zu skandieren.

Mit säuerlichem Gesicht sah Varus zu, wie der Cherusker mit dem Jungen auf dem Arm die Arena durchquerte, und wandte sich dann an den Präfekten seiner Garde. »Was hat das alles zu bedeuten, Maximus? Wer ist dieser Junge?«

»Keine Ahnung, Prätor. Aber offensichtlich kennt Thorag ihn.«

»Ja«, preßte Varus mißmutig hervor. »Und offensichtlich bedeutet das Leben des Jungen ihm mehr als sein eigenes. Und mehr als unser Plan, den dieser Cherusker gründlich zunichte gemacht hat.«

»Vielleicht ist noch etwas zu retten«, meinte der Präfekt, ohne seinen Zweifel ganz unterdrücken zu können.

»Was denn?«

»Ich weiß es nicht, Varus. Man müßte es versuchen.«

»Dann versuch es!« funkelte ein zorniger Statthalter Maximus an. »*Dich* hatte ich mit den Vorbereitungen der Flucht beauftragt, Maximus. Jetzt sieh zu, daß du die Sache wieder hinbiegst! Ich kann hier nicht weg. Der Pöbel erwartet, daß ich etwas zu der Sache sage. Ich denke, ich werde die heutigen Kämpfe für beendet erklären. Auch wenn ich Lust hätte, Thorag noch einmal in die Arena zu schicken und sämtliche Raubtiere auf ihn zu hetzen!«

»Ich werde mein möglichstes tun, Prätor«, versprach Maximus und erhob sich von seinem gepolsterten Sitz.

Flaminias schlanke Hand hielt ihn zurück. »Was ist los?« fragte sie. Verwunderung und Glück standen in ihr Gesicht geschrieben. »Weshalb ist Varus so unzufrieden? Weil Thorag noch am Leben ist?«

»Ich habe jetzt keine Zeit«, erwiderte ihr Bruder barsch, machte sich los und verschwand durch den Treppenaufgang in der Nähe von Varus' Platz von der Ehrentribüne. Die begeisterten Thorag-Rufe der Zuschauer verfolgten den Offizier durch die halbdunklen Korridore. Er fragte sich zu Thorag durch, der, umringt von Wärtern und Soldaten, auf dem Boden hockte. Vor ihm lag der Körper des bewußtlosen Jungen.

Maximus schickte die Gaffer weg und fragte Thorag, was sein Verhalten zu bedeuten habe.

»Ich mußte Eiliko retten«, antwortete der Cherusker leise. Angesichts des Todes, der drohend über dem Jungen schwebte, schien ihm der laute Tonfall des Präfekten unangebracht.

»Eiliko«, wiederholte Maximus. »Ist das der Name des Jungen?«

Thorag nickte.

»Ein Freund von dir?«

»Sozusagen.«

»Gut, du hast ihm geholfen. Meine Männer haben mir gesagt, daß sie Thidrik eingefangen haben, als er durch die Gänge irrte. Laß uns nun überlegen, wie wir eure gemeinsame Flucht doch noch glaubwürdig hinbekommen.«

»Erst muß Eiliko geholfen werden!«

Maximus verbiß sich die Bemerkung, daß dem Jungen kaum noch zu helfen war. Statt dessen sagte er: »Ich werde nach dem Arzt schicken. Aber wir müssen jetzt unseren Plan in die Tat umsetzen!«

Der Edeling sah ihn an und schüttelte den Kopf. »Nein, Maximus! Ich gehe nicht hier weg, bevor ich nicht mit Eiliko gesprochen habe.« Jetzt wurde seine Stimme noch lauter: »Holt endlich den Arzt!«

Der Präfekt nickte widerwillig und ging zu den Soldaten und Wärtern.

»Wo ist der Arzt?« fragte er.

»Dimitrios kümmert sich um die verwundeten Gladiatoren«, antwortete ein grauhaariger Exlegionär, der jetzt Aufseher im Amphitheater war.

»Er soll kommen, sofort!«

Der Aufseher zog die Stirn in Falten. »Aber er ist bestimmt noch nicht mit der Versorgung der Gladiatoren fertig.«

Der hünenhafte Offizier packte den ehemaligen Soldaten an der Tunika und warf ihn hart mit dem Rücken gegen die Wand. »Das ist mir scheißegal, Kerl! Hol ihn!«

»J-ja, Herr«, stammelte der erschrockene Mann und lief in das Gewirr der Gänge hinein. Maximus wandte sich ab und ging zu Thorag zurück, während er den Cherusker in Gedanken mit tausend Verwünschungen überschüttete.

347

Kapitel 20

Der Todesbote

Je länger die beiden Männer vor der geschlossenen Tür warteten, desto unruhiger wurden sie, wenn auch aus sehr unterschiedlichen Gründen. In dem kleinen Raum hinter der massiven Eichenholztür befanden sich drei Menschen: der schwerverletzte Eiliko, der griechische Arzt Dimitrios und sein junger römischer Gehilfe Capito. Schon seit mehr als einer halben Stunde kümmerten sich Dimitrios und Capito um den Jungen, ohne daß mehr zu den beiden Wartenden heraustrang als ab und zu ein schmerzerfülltes Stöhnen des Kindes und eine knappe Anweisung des Arztes an seinen Gehilfen.

Maximus ging unentwegt den Korridor im halb unterirdisch gelegenen Teil des Amphitheaters auf und ab, nagte an seiner Unterlippe und brütete darüber, wie eine unverfänglich wirkende Flucht der beiden Cherusker doch noch zu bewerkstelligen war.

Er hoffte inständig, daß der Grieche den Germanenjungen schnell wieder hinbekam. Aber er hoffte es nicht für Eiliko, nur für sich selbst und Varus.

Der vom Kampf in der Arena erschöpfte Thorag hatte sich auf den Steinboden niedergelassen, lehnte mit dem Rücken gegen eine Wand und starrte mit nach oben gerichtetem Kopf die Decke an. So sah es jedenfalls für Maximus aus. Doch der Blick des Edelings ging durch das Gestein hindurch, war auf etwas gerichtet, das nur das innere Auge zu sehen vermochte: die Welt der Götter. So sehr war er in diese Welt versunken, daß er kaum mitbekommen hatte, wie Capito seine Wunden säuberte und verband, bevor der Arztgehilfe dem Griechen zu Eiliko folgte. Der Cherusker bat Donar, seinen mächtigen Stammesvater, und Wodan, den weisen und mit dem Wissen der Heilkunst ausgestatteten Herrn der Götter, um Hilfe. Vielleicht konnte der griechische Arzt einiges für Eiliko tun, aber wenn es um Leben und Tod ging, war es nicht verkehrt, die Götter auf seiner Seite zu haben.

Irgendwann wurde die Tür geöffnet, und Capito streckte seinen großen Kopf, der nicht zu seinem schmächtigen Körper paßte, heraus. »Ihr könnt hereinkommen«, sagte der Jüngling, dessen Kleider mit Blutspritzern übersät waren.

Thorags Geist kehrte augenblicklich in die Welt der Menschen zurück. Er sprang auf und ging noch vor Maximus in das Zimmer. Dimitrios stand neben der Liege und sah besorgt auf seinen Patienten hinunter. Auch seine Kleider waren blutbefleckt, und seine Augen wirkten müde. Die Munera beanspruchten den Arzt und seinen Gehilfen jedesmal bis an den Rand ihrer Kräfte.

»Was ist mit Eiliko?« fragte Thorag, der seinen schnellen Schritt unterbrach und eher zögernd an die Liege herantrat, als könne eine zu hastige Bewegung das Lebenslicht des Jungen auslöschen.

»Er ist bei Bewußtsein«, murmelte Dimitrios und begab sich daran, seine Instrumente an einem schmutzigen Tuch abzuwischen. Capito half ihm und verstaute die Geräte in einer großen, mit vielen Fächern ausgestatteten Ledertasche.

Thorag erreichte die Liege, sah den noch immer reglos daliegenden Jungen an, dann den Arzt und fragte zweifelnd: »Also geht es ihm besser?«

»Besser?« seufzte Dimitrios und schüttelte dann den graubehaarten Kopf. »Nein, ich fürchte nicht. Er wird nicht mehr lange leben. Er hat zuviel Blut verloren und verliert es immer noch.«

Thorag legte eine Hand schwer auf die Schulter des alten Griechen. »Aber du bist Arzt! Du *mußt* ihm helfen! Blutungen kann man stillen.«

»Diese nicht. Der Junge hat schwere innere Verletzungen erlitten.« Dimitrios sah Thorag traurig an. »Es tut mir leid, Germane. Wenn dein junger Freund noch eine Stunde lebt, ist das viel.«

Thorag schluckte den Kloß in seiner Kehle hinunter. »Kann ich mit ihm sprechen?«

»Wie ich sagte, er ist bei Bewußtsein. Er wird dich verstehen. Wenn er noch stark genug ist, kann er auch reden.« Der Arzt klappte seine Tasche zu. »Aber ich würde mich an deiner Stelle beeilen!«

Dimitrios verließ den Raum. Capito nahm die schwere Tasche auf und folgte ihm.

Thorag wandte sich zu Maximus um. »Ich möchte allein mit ihm sprechen.«

»Ich warte draußen«, nickte der Präfekt und zog die Tür hinter sich zu.

Thorag kniete sich neben die Liege und sah den an vielen Stellen verbundenen Eiliko an. Der Junge drehte langsam den Kopf, schlug die Augen auf und flüsterte erstaunt Thorags Namen. »Jetzt ... finde ich dich ... doch noch ...«

»Du hast mich gesucht?« fragte Thorag erstaunt.

»J-ja.«

»Weshalb?«

»Astrid schickte mich ... dir berichten ... Wisars Tod ...«

»Ich habe es bereits von Thidrik gehört. Er ist auch hier.« Thorag war erleichtert, daß Astrid nicht zu den todgeweihten Sklaven gehörte. Er hatte sie in der Arena nicht entdecken können, doch eine ungewisse Furcht war geblieben. »Wieso hat Astrid dich geschickt? Meine Leute wollten mir einen Boten senden, wie Thidrik erzählte.«

»Der Bote ... tot«, stöhnte der Junge, und sein schmales Gesicht verzerrte sich bei jedem Wort. »Astrid hatte ... ein Gesicht. Sie hörte sich um ... erfuhr ... Onsaker Boten abgefangen ... getötet ...«

»Onsaker? Aber warum nur?«

»Onsaker hofft ... wenn du nicht zurückkehrst ... Wisars Gau ... übernehmen ...«

Thorag stieß einen Fluch aus. Onsaker schien vor nichts zurückzuschrecken, wenn es darum ging, seine Macht zu vergrößern. Falls ihm dieser Plan gelang, würde er es an Macht sogar mit Armin aufnehmen können.

»Das Tier!« schrie Eiliko plötzlich und bäumte sich auf.

»Es ist tot.« Thorags von getrocknetem Blut bedeckte Hand strich über die Stirn des Jungen. »Du brauchst keine Angst mehr vor ihm zu haben.«

Eiliko sah ihn fragend an. »Hast du ...«

»Ja, ich habe den schwarzen Bären getötet.«

»Das ist gut«, seufzte Eiliko matt und schloß die Augen.

Thorag spürte, daß ihn das Leben verließ. Rasch fragte er: »Geht es Astrid gut? Ist sie noch bei den Heiligen Steinen?«

Die Antwort war ein kaum merkliches Nicken.

»Und du? Wie bist du in die Arena gekommen?«

»Römer ... fingen mich ... kurz vor der Stadt ...« Eiliko atmete plötzlich in schnellen, aber flachen Zügen, wie ein an Land gezogener Fisch. »Sie brachten mich her.«

»Sklavenfänger!« sagte Thorag verächtlich und dachte daran, wie leicht ein freier Mann bei den Römern zum Sklaven werden konnte, wenn er kein Römer war. Auch bei den germanischen Stämmen gab es Leibeigene. Aber wenn es sich nicht um Kriegsgefangene handelte, hatten sie sich dieses Leben entweder selbst ausgesucht, oder sie hatten es selbst verantwortet, indem sie ihre Schulden nicht begleichen konnten.

»Thorag!« rief Eiliko mit geschlossenen Augen und streckte eine Hand suchend aus, die der Edeling ergriff. »Komme ich ... nach Walhall?«

Der Cherusker drückte die Hand fest. »Ja, Eiliko. Du wurdest im Kampf verletzt. Deine Wunden sind die eines tapferen Kriegers.«

Der Anflug eines Lächelns zog über Eilikos Gesicht. So ging der Junge in den Tod.

Lange kniete Thorag noch neben ihm, hielt die Hand und dachte über das nach, was Eiliko ihm erzählt hatte.

Irgendwann stand Maximus im Raum und fragte, ob der Junge tot sei.

Thorag nickte nur.

»Dann können wir jetzt über deine Flucht sprechen«, sagte der Präfekt mit nicht zu überhörender Erleichterung. »Ich habe einen neuen Plan.«

Während Thorag von Maximus, zwei Gardisten und dem grauhaarigen römischen Aufseher zu seiner Zelle zurückgebracht wurde, dachte er über den neuen Plan des Präfekten nach, der im wesentlichen der alte war. Mit dem einzigen Unterschied, daß eine Rolle in dem Schauspiel neu besetzt war.

Eilikos Bericht und sein Tod, der nur dazu gedient hatte, die blutgierige Menge zu erfreuen, brachten den Cherusker noch stärker als zuvor zu der Einsicht, daß sein Platz nicht länger auf der Seite der Römer war. Wahrscheinlich war sein Platz dort nie gewesen, bloß hatte er das nicht bemerkt. Trotzdem entschloß er sich, das Spiel mitzumachen. Er mußte zurück ins Cheruskerland, um zu verhindern, daß Onsaker sich zum Beherrscher von Wisars Gau aufschwang.

Sie erreichten die Zelle, und der Aufseher öffnete die Tür. Drinnen saß Thidrik auf der Pritsche und warf böse, wütende Blicke auf Thorag, der ihre Flucht in seinen Augen vereitelt hatte.

»Das war das letzte Mal, daß du uns hereinzulegen versucht hast, Barbar!« sagte Maximus laut. »Die Tür dieser Zelle wird sich erst wieder in der Stunde eures Todes für dich und deinen Komplizen öffnen.«

Der Präfekt streckte die Hand aus, um Thorag in die Zelle zu stoßen. Doch der Cherusker wirbelte herum, ergriff die Hand und zog den Offizier so zu sich heran, daß er mit dem Rücken gegen Thorag prallte. Thorags Arme schlangen sich um Maximus' Oberkörper, und die Kette, mit der die Hände des Edelings gefesselt waren, legte sich um den Hals des Römers.

Die beiden Soldaten und der Aufseher waren in den Fluchtplan nicht eingeweiht und reagierten mit überraschtem Entsetzen, das sich deutlich auf ihren Gesichtern abzeichnete. Die Gardisten erholten sich zuerst von der Überraschung und richteten ihre Speere auf Thorag.

»Laßt die Waffen fallen!« stieß der Edeling hervor. »Wenn nicht, stirbt euer Präfekt!«

Die Speerspitzen weiterhin gegen Thorag erhoben, wechselten die unschlüssigen Soldaten fragende, hilfesuchende Blicke.

»Ich warne euch!« fuhr der blonde Cherusker fort. »Wenn eure Speere nicht sofort auf den Boden fallen, drehe ich Maximus die Luft ab!«

Er zog die Kette fester zusammen, und der Präfekt würgte panisch. Die Panik war nicht gespielt. Thorag hielt ihn wirklich im eisernen Todesgriff. Es bedurfte nur einer Handdrehung des Cheruskers, und er würde dem Offizier den letzten Rest Atemluft nehmen. Maximus schien zu erkennen, daß er sich durch seinen eigenen Plan in Todesgefahr gebracht hatte.

Die Soldaten konnten sich nicht entscheiden und blickten ihren Vorgesetzten an.

»Gehorcht ihm«, keuchte Maximus. »Sonst ... tötet er mich ...«

Endlich klirrten die Speere der Soldaten auf den Boden.

»Schön«, knurrte Thorag. »Jetzt die Schwerter und Dolche!«

Die Gardisten gehorchten.

Aus den Augenwinkeln bemerkte Thorag, daß der Aufseher sich langsam ins Halbdunkel des Ganges zurückzog.

»Bleib stehen, Römer!« befahl ihm der Edeling. »Wirf deine Peitsche weg und geh in die Zelle!«

Der Aufseher befolgte die Anweisungen wie auch die Soldaten, denen Thorag befahl, ebenfalls in die Zelle zu gehen. Staunend beäugte Thidrik die unerwartete Gesellschaft.

»Was ist mit dir?« fragte ihn Thorag in der Sprache der Cherusker. »Möchtest du hierbleiben?«

»Ich? Nein!«

»Dann nimm dem Aufseher die Schlüssel ab und komm heraus!«

Als Thidrik neben ihm stand, nahm Thorag die Kette von Maximus' Hals und versetzte dem Präfekten einen harten Stoß, der ihn mitten zwischen die drei anderen Römer beförderte. Einer der Soldaten verlor unter seinem Vorgesetzten das Gleichgewicht und riß ihn mit sich zu Boden.

Thorag schlug die Tür zu, verriegelte sie und sagte zu Thidrik: »Schließ ab!«

Das tat der Bauer und fragte: »Wohin mit den Schlüsseln?«

»Wir nehmen sie mit. Vielleicht brauchen wir sie noch.« Thorag bückte sich und hob die Schwerter der Soldaten auf. »Und das hier können wir vielleicht auch gebrauchen.« Ein Schwert reichte er Thidrik. »Jetzt komm!«

Thorag führte den Bauern unbehelligt zu dem Einstieg in die Kanalisation, durch die sie in die Freiheit kommen sollten. Sie zogen einen Flügel der Doppelklappe aus schwerem Eisen mit vereinten Kräften nach oben und starrte in die übelriechende Finsternis hinab.

»Da unten ist es düsterer als im Totenreich«, stellte Thidrik unbehaglich fest.

»Aber es ist nicht das Totenreich, sondern der Weg in die Freiheit.«

Mißtrauen trat in den Blick des Bauern. »Woher weißt du das?«

»Ich bin nicht dumm. Ich habe Augen und Ohren offengehalten, wenn mich die Wärter zum Arzt brachten.«

Thidrik nickte und starrte wieder nach unten. »Wenn nur die verfluchte Finsternis nicht wäre!«

Thorag lief ein Stück in den Gang hinein und kehrte mit einer der Fackeln zurück, die er aus ihrer Wandhalterung gezogen hatte. »Besänftigt das deine Angst, Thidrik?«

»Ich habe keine Angst!«

»Natürlich nicht«, sagte Thorag mit einem Grinsen und kletterte an der wackligen Eisenleiter in die Kanalisation. Das erbeutete Schwert hatte er durch seinen Gürtel gesteckt, damit er wenigstens eine Hand frei hatte.

Als Thidrik ihm folgte, rief der Edeling nach oben: »Zieh die Klappe wieder zu! Sonst wissen die Römer, welchen Weg wir genommen haben. Die sind nämlich auch nicht blöd.«

»Dumm sind die Römer nicht«, stimmte ihm Thidrik zu, nachdem er die Klappe mit einem lauten Krachen heruntergezogen hatte. »Aber sie spinnen!«

Verdutzt hielt Thorag im Klettern inne und starrte zu seinem Begleiter hoch. »Wieso spinnen die Römer?«

»Weil sie sich die Arbeit machen und unterirdische Kanäle für ihre Abwässer graben, anstatt sie einfach ins Gebüsch zu schütten.«

»Du scheinst wenig Gelegenheit gehabt zu haben, dich im Oppidum umzusehen«, meinte Thorag kopfschüttelnd und kletterte weiter. »Sonst hättest du bemerkt, daß es in den Städten der Römer viel mehr Menschen als Büsche gibt.«

Thidrik erreichte Thorag, der mit den Beinen bereits in den atemberaubend stinkenden Abwässern stand. »Das ist ja das Unglück mit den Römern. Hat man einen erschlagen, stehen zwei neue vor einem.« Thidrik sah den Edeling nicht gerade freundlich an. »Und dann gibt es noch jede Menge Römlinge, die auf der Seite Roms gegen ihre eigenen Leute kämpfen.«

»Das ist endgültig vorbei«, sagte Thorag hart und meinte das so ernst wie kaum etwas sonst, das er zu Thidrik gesagt hatte.

Die beiden Männer wateten durch das Abwasser. Zuweilen

gab es Abzweigungen, aber sie verloren ihr Ziel nicht aus den Augen. Sie brauchten nur dem stinkenden, zähflüssigen Strom zu folgen, um zum Fluß zu gelangen. Manchmal reichte ihnen die bräunliche Brühe bis zur Brust und gab ihnen das Gefühl, ein Teil des Unrats zu sein. Die schlechte Luft zwang sie, nur durch den Mund zu atmen, doch selbst das fiel ihnen schwer. Zuweilen zuckten die Männer zusammen, wenn etwas Lebendiges ihre Körper berührte, die Bewohner dieser unterirdischen Welt – große, fette Ratten.

Als die Fackel zu flackern begann, spürte bald auch Thorag den frischen Lufthauch, der ihm ins Gesicht wehte. Mit jedem Schritt schien er stärker zu werden.

Er blieb stehen und stieß den ein paar Schritte hinter ihm stumpfsinnig dahintrottenden Bauern an. »Gleich haben wir es geschafft, Thidrik!«

»Wieso?« fragte der massige Mann ungläubig.

»Weil ich frische Luft spüre. Und wenn mich nicht alles täuscht, sehe ich ganz vorn ein kleines Licht.«

»Ich sehe nichts.«

»Folge mir, und du wirst es sehen!«

Thorag setzte den beschwerlichen Weg mit neuem Antrieb fort. Sie ließen eine Biegung hinter sich, und er sah das Loch, durch das die Abwässer sich in den Fluß ergossen. Es war kleiner als die Röhre, durch die Thidrik aufrecht und Thorag in gebückter Haltung gehen konnten.

Thidrik sah zweifelnd nach vorn. »Wie kommen wir da hindurch?«

»Wir müssen untertauchen und uns hindurchzwängen.«

Angewidert starrte Thidrik auf die Abwässer um sie herum. »Wir sollen ganz darin eintauchen?«

Thorag nickte. »Es ist nicht so schlimm wie der Tod in der Arena.«

»Im Kampf zu sterben ist ehrenhaft.«

»Was wir hier tun, auch«, sagte Thorag. »Wenn nicht, haben die Götter einen falschen Ehrbegriff.«

Er holte noch einmal tief Luft, hielt den Atem an und tauchte unter. Zischend erlosch die Fackel im brackigen Wasser, als der Edeling in den schwimmenden Unrat eintauchte. Sehen konnte er nichts in der bräunlichen Masse, doch er kannte die Richtung und hielt mit kräftigen Stößen auf den Ausfluß zu.

Thorag erreichte ihn bald und versuchte sich hindurchzuzwängen, blieb aber mit seinen breiten Schultern stecken. Die Luft wurde ihm knapp. Da erhielt er von hinten einen kräftigen Stoß und glitt wie ein abgeschossener Pfeil durch die Öffnung.

Nur kurz konnte er Luft schnappen, dann schlugen schon wieder Fluten über ihm zusammen. Aber diesmal war das Wasser klarer, sauberer. Er schwamm im Fluß und stieß zur Oberfläche hoch.

Sie befanden sich an einer unbelebten Stelle am äußeren Stadtrand, bereits außerhalb der Befestigungen. Der Hafen lag eine Meile flußaufwärts. Am Ufer standen ein gutes Stück entfernt ein paar windschiefe, größtenteils aus Holz erbaute Hütten, die in Buschwerk übergingen. Varus und Maximus hatten den Fluchtweg gut gewählt. Und den Zeitpunkt. Selbst wenn sich hier normalerweise Menschen aufhalten sollten, an diesem Tag würden sie sich mit ziemlicher Wahrscheinlichkeit im Amphitheater an den Kämpfen berauschen.

Ein Stück entfernt paddelte Thidrik wild herum. Thorag schwamm zu ihm und zog ihn ans steile, felsige Ufer.

»Kannst du nicht schwimmen?« fragte der Edeling, als beide wieder zu Atem gekommen waren.

»Nicht richtig«, knurrte der Bauer. »Danke für die Hilfe.«

»Gleichfalls. Ohne dich wäre ich im Ausfluß steckengeblieben und im Unrat der Römer erstickt.«

»Was für ein ehrenvoller Tod!« spottete Thidrik und sah dann nachdenklich auf den braunen Strahl, der sich beständig in den Rhein ergoß. »Wenn die Römer und die Ubier so weitermachen, verwandeln sie noch den ganzen Rhein in eine stinkende Kloake.«

Thorag ließ seinen Blick über den breiten Strom schweifen und lachte laut. »Niemals, Thidrik. Das schaffen nicht einmal die Römer. Das schafft kein Mensch!«

Thidrik erwiderte nichts. Er hatte etwas entdeckt, das seine Aufmerksamkeit auf sich zog. Der Bauer richtete sich auf und spähte flußabwärts.

»Wenn mich nicht alles täuscht, liegt dort im Gebüsch ein kleines Boot.«

Thorag tat überrascht. »Ja, bei Donar, tatsächlich!«

»Wer läßt hier bloß ein Boot liegen? Der Hafen ist ein ganzes Stück flußaufwärts.«

»Vielleicht Fischer.«

Thidrik verzog sein Gesicht und starrte wieder den braunen Strahl an. »Die Fische, die hier gefangen werden, möchte ich nicht essen.«

Thorag zuckte mit den Schultern. »Vielleicht wird mit dem Boot der Ausfluß überwacht. Wie auch immer. Hauptsache, das Ding schwimmt und bringt uns über den Fluß.«

»Da hast du recht«, fand Thidrik und folgte dem Edeling, der über die glatten Felsen auf das Gebüsch zuhielt.

Es war ein kleines Ruderboot für zwei Personen, auf Land gezogen und mit einem Strick fest im Gebüsch vertäut. Die Riemen lagen im Innern.

»Die Götter sind mit uns!« jubelte Thidrik.

»So sieht es aus«, pflichtete ihm Thorag bei und hieb den Strick mit seinem Schwert durch. »Lassen wir das Boot zu Wasser. Je eher wir die Stadt der Ubier verlassen, desto besser.«

Bald saßen sie in dem Boot und ruderten im Schatten des Ufers flußabwärts, um außer Sichtweite der Stadt den Strom zu überqueren.

Thorag spürte ein wenig Wehmut im Herzen. Nicht, daß ihm etwas an der Ubierstadt gelegen hätte. Doch er dachte an Eiliko, der dort gestorben war, und an Flaminia, die er zurückließ.

DRITTER TEIL

DIE VERSCHWÖRUNG

Kapitel 21
Der Sumpf

Mit jedem Hieb stoben Funken auf, wenn Eisen hart auf Eisen klirrte. Wie Glühwürmchen tanzten sie hinaus in die Dunkelheit, wo ihr kurzes Leben verlöschte.

»Das Eisen der römischen Schwertklingen scheint genauso weich zu sein wie das ihrer Speerspitzen!« fluchte Thorag, hielt einen Augenblick inne und wischte sich mit dem zerrissenen Ärmel seiner Tunika die Nässe aus den Augen.

Schweiß vermischte sich mit dem Wasser des Platzregens, vor dem auch die dichte, weit ausladende Krone der mächtigen Eiche nur unzureichend Schutz bot. Aber der Felsblock, der sich an den alten, verwitterten Stamm lehnte, war ideal für die Zwecke der beiden Flüchtlinge. Er diente ihnen als natürlicher Amboß bei dem Versuch, die Ketten, die ihre Hände fesselten, zu durchtrennen.

»Es muß gehen!« sagte Thidrik, der vor dem Felsen hockte und seine Hände so auf die glatte Oberfläche des Steins gelegt hatte, daß die Kette fest gespannt war. »Mach schon weiter! Ich will endlich wieder ein freier Mann sein.«

»Das will ich auch«, erwiderte Thorag, der mit seinen beiden gefesselten Händen das Schwert hob und es zum wiederholten Mal auf die Mitte der Kette niederfahren ließ. »Aber ich weiß nicht, ob das möglich ist, solange die Römer in unserem Land sind.«

Klirren und Funken waren die Folge des Schlages, aber die Kette blieb heil.

Thidrik hob den Kopf und sah den über ihm stehenden Edeling erstaunt an. »Das sind seltsame Worte für einen Römerfreund.«

»Ich war ein Freund der Römer, weil ich es für richtig hielt, das Beste aus ihrer Welt mit dem Besten aus unserer zu verbinden. Ich habe bei ihnen vieles gesehen, was den Cheruskern nützlich wäre. Aber auch vieles, das ich am liebsten nie gesehen hätte.« Thorag dachte an die Arena und an Eilikos sinnlosen Tod. »Und ich glaube, letzteres überwiegt.«

Wieder und wieder fuhr das Schwert auf den Stein hinab und schien diesen eher zu spalten als die Kette. Die stumpfsinnige Arbeit ließ Thorags Gedanken freien Lauf, und sie wandten sich der Flucht aus der Ubierstadt zu. Alles war fast zu glatt verlaufen.

Die beiden Cherusker ruderten ein Stück flußabwärts und kamen, durch die Strömung begünstigt, rasch voran. An einer verhältnismäßig schmalen Stelle überquerten sie den Rhein, ohne auch nur einem einzigen Boot zu begegnen. Als sie endlich am rechten Flußufer standen, wollte Thidrik das Boot zurück ins Wasser schieben.

»Warte!« sagte Thorag und hielt es fest.

»Ich halte es für besser, das Boot in den Fluß zurückzustoßen«, erklärte der Bauer. »Wir können es nicht mehr gebrauchen. Wenn wir es hier an Land ziehen, wissen die Römer genau, an welcher Stelle wir den Rhein überquert haben. So dumm sind sie nicht, daß sie nicht beide Ufer genau absuchen werden.«

»Nein, dumm sind sie nicht«, wiederholte der Edeling und sah den anderen grinsend an. »Sie spinnen nur, he?«

Er nahm die Ruder aus dem Boot und schleuderte sie nacheinander weit in den Fluß hinein.

Mit gerunzelter Stirn verfolgte Thidrik, wie die Ruder ins Wasser klatschten. »Was soll das?«

»Hilf mir, das Boot umzudrehen!« verlangte Thorag, aber der andere sah ihn nur zweifelnd an. »Ich bin ganz deiner Meinung, Thidrik, es wäre ein Fehler, das Boot an Land zu ziehen. Aber falls die Römer es irgendwo umgestürzt finden, könnten sie vielleicht glauben, die beiden dummen Barbaren seien im Fluß ertrunken.«

Der Bauer nickte verständig und grinste. »Eine gute Idee!«

Mit vereinten Kräften drehten sie das Boot mit dem Rumpf nach oben und stießen es dann zurück in den Fluß. Das Wasser leckte an den Holzplanken und zog das Boot tiefer in den Fluß hinein, wo die Strömung es flußabwärts trug.

Thidrik wollte ins Ufergebüsch eintauchen, aber Thorag hielt ihn am Arm fest und zeigte auf die tiefen Spuren, die das Boot und ihre Füße auf dem lehmigen Boden hinterlassen hatten. »Wenn wir die Spuren nicht verwischen, war unser ganzes Täuschungsmanöver vergebens.«

Das sah Thidrik ein und half dem Edeling dabei, mit abgeknickten Zweigen die Spuren zu verwischen. Thorag hatte die Zweige aus der Mitte der Büsche genommen, so daß die Bruchstellen den Augen eines Suchtrupps hoffentlich verborgen blieben. Er arbeitete sorgfältig, denn es war nicht nur ein Täuschungsmanöver für Thidrik. Die römischen Suchtrupps wußten vermutlich nichts von Thorags Absprache mit Varus und Maximus; andernfalls hätte der Statthalter zu viele Männer in seine Pläne einweihen müssen. Für sie war er ein entflohener Todgeweihter, den man, wenn man ihn faßte, genauso folgenlos töten durfte wie eine lästige Mücke. Als die beiden mit ihrer Arbeit fertig waren, warfen sie auch die Zweige weit hinaus ins Wasser.

Sie flohen in Richtung des nahen Waldes. Sie waren noch nicht lange im dichten Gehölz untergetaucht, als sie eine berittene Patrouille ganz in der Nähe vorbeireiten hörten. Das mußte der Weg sein, auf dem Thorag damals mit Flaminia zum Oppidum gekommen war. Sie zogen sich tiefer in den Wald zurück und hatten keine weitere Berührung mit den Suchtrupps, von denen zweifellos mehrere beide Flußufer durchkämmten.

Mit der Dämmerung kam auch der Regen. Der Himmel hatte sich zusehends bewölkt und öffnete seine Schleusen so plötzlich und gründlich, daß Thorag und Thidrik innerhalb von Sekunden völlig durchnäßt waren.

»Wir sollten uns einen Unterschlupf suchen«, schlug der Bauer vor.

Der Edeling schüttelte den Kopf. »Wozu? Naß sind wir doch sowieso schon. Außerdem wäre es zu gefährlich. Wir sind noch nicht weit genug von der Stadt entfernt.«

»Du hast wohl recht«, gab Thidrik widerwillig zu, und sie setzten ihren Weg zwischen hohen Bäumen, dichtem Gestrüpp und über einen sich zusehends in schlammigen Morast verwandelnden Boden fort.

Der Regen hörte und hörte nicht auf. Immer wieder blieben

sie im Morast stecken. Thidrik hatte bereits seine Schuhe verloren und lief barfuß weiter. Die großen Regentropfen prasselten trotz der schützenden Baumkronen so heftig hernieder, daß die Berührung schmerzte.

Während er immer weiter in den Wald hineinlief, wanderten Thorags Gedanken zurück zur Ubierstadt. Er dachte an Flaminia und fragte sich, ob ihr Bruder sie in den Plan einweihte. Thorag hätte ihr gern eine Nachricht zukommen lassen. Aber das hätte alles gefährden können. Außerdem war weder Zeit noch Gelegenheit dazu gewesen.

Nach den Erfahrungen der letzten Tage bereute Thorag nicht, das Oppidum zu verlassen. Im Gegenteil, der Gedanke, ins Land seiner Väter zurückzukehren, erfüllte ihn mit Kraft und Freude, die allerdings durch den Gedanken an Wisars Tod getrübt wurde.

Thorag bereute nur, Flaminia verlassen zu müssen. Jetzt, wo aus ihrer Leidenschaft Liebe geworden war. Oder war das nur Einbildung gewesen? Und wenn schon, spielte der Grund eine Rolle, wenn man jemanden liebte? Wichtig war das Gefühl.

Thorag wußte nicht, ob er die schöne Römerin, mit der er so ausgiebig von den Wonnen der Lust gekostet hatte, jemals wiedersehen würde. Seit seiner Heimkehr aus dem Pannonienfeldzug schien es zu seinem Leben zu gehören, daß er ständig Menschen verlor, die ihm lieb und teuer waren. Welch grausames Spiel trieben die Götter mit ihm?

Erschöpft und hungrig hatten die Flüchtlinge gegen Mitternacht die große Eiche erreicht, die wenigstens einen geringen Schutz gegen den Regen versprochen hatte. Sie hatten sich an dem Baumstamm niedergelassen, um ein wenig auszuruhen, als Thorag beim Anblick des Felsens die Idee gekommen war, ihre Ketten zu sprengen.

Jetzt, da Thorag wieder und wieder vergeblich auf die Kette einhieb, verfluchte er seine Idee. An der Stelle des Felsgesteins, wo die Schwertklinge auftraf, bildete sich bereits eine Scharte, aber das eiserne Glied der Kette, das der Edeling als Ziel auserwählt hatte, wollte einfach nicht nachgeben.

»Eher spalte ich den Felsen, als daß ich die Kette durchtrenne«, sagte er und keuchte.

»Weiter!« knurrte Thidrik bloß.

Thorag dachte an die römischen Sklavenfänger, die Eiliko gefangen und an das Amphitheater verkauft hatten, und sein Zorn entlud sich in einem gewaltigen Hieb. Die Schwertklinge zerbrach, und die abgebrochene Spitze sprang in die Luft.

Thorag fluchte erneut und hielt erst inne, als er überrascht sah, wie Thidrik aufstand und beide Hände weit auseinanderstreckte.

»Du hast es geschafft!« jubelte der Bauer und reckte die Hände hoch. »Ich bin frei!«

»Sagen wir, du hast deine Bewegungsfreiheit wiedererlangt«, dämpfte Thorag seine Begeisterung. »Die Eisenringe liegen noch um die Handgelenke, und das Rasseln der Kettenglieder ist auch nicht gerade das Geräusch, das einen freien Cherusker verrät. Dafür kann es verräterisch sein.«

»Wenigstens sieht man nicht mehr auf den ersten Blick, daß wir entflohene Gefangene sind«, meinte Thidrik und zog sein Schwert aus dem Gürtel. »Hock dich hin, Edeling. Jetzt zeige ich dir, wie man so etwas macht!«

Thorag ging vor dem Felsen auf die Knie, ließ das zerbrochene Römerschwert fallen und streckte seine Hände in der Weise auf dem Stein aus, wie es Thidrik zuvor getan hatte. Der Bauer trat dicht an ihn heran, hob das in beide Hände genommene Schwert, blickte mit funkelndem Blick auf den Edeling herab und ließ die Klinge heruntersausen.

Vielleicht war es das seltsame Funkeln in den Augen gewesen, das Thorag damals auf Thidriks Hof zuerst bei Hasko bemerkt hatte. Vielleicht auch war es die langjährige Erfahrung Thorags als Krieger, die ihn warnte. Jedenfalls wußte er, als die Klinge auf ihn zuraste, daß ihr Ziel nicht die Kette, sondern sein Kopf war.

Er ließ sich zur Seite fallen und entging nur äußerst knapp dem Hieb, der seinen Schädel gespalten hätte. Die Schwertspitze fuhr erst an der Kette entlang und schrammte dann kreischend den Felsen. Thorag rollte sich über den schlammigen Boden ab und sprang auf.

Thidrik fuhr zu ihm herum und starrte ihn haßerfüllt an, das Schwert bereits zum neuen Schlag erhoben.

»Was tust du?« ächzte der Edeling.

»Das siehst du doch. Ich töte dich!«

Thidrik sprang vor und schlug erneut zu. Thorag riß beide Arme hoch und streckte sie aus, so daß die Klinge an der gespannten Kette abprallte.

Als der Bauer einen Schritt zurück machte, setzte der Edeling sofort nach. Thorag war zwar der erfahrenere Krieger, aber das Schwert und die Bewegungsfreiheit der Hände waren zwei nicht zu unterschätzende Vorteile auf Thidriks Seite. Deshalb wollte der Edeling ihn gar nicht erst zu Atem kommen lassen.

Doch Thidrik reagierte schnell und stieß mit der Schwertspitze nach Thorags Brust. Der blonde Hüne sprang zur Seite. Die Klinge zerteilte seine Tunika und strich nur knapp an seiner linken Seite vorbei.

»Warum?« keuchte Thorag, der fünf Schritte von dem anderen entfernt stand und ihn abwartend anstarrte.

»Weil du ein Römling bist! Weil du Hasko getötet hast!«

»Hasko mußte ich töten. Und ich bin nicht länger ein Freund der Römer.«

»Haskos vergossenes Blut schreit nach Vergeltung, nach deinem Blut!«

»Zählt es nichts, daß ich dir im Fluß das Leben gerettet habe, als ihr die Brücke abbranntet? Und daß ich dir zur Flucht aus dem Amphitheater verholfen habe?«

»Bist du ein Feigling, edler Thorag, daß du um Gnade winselst wie ein altersschwacher Hund, der erschlagen werden soll?« fragte Thidrik verächtlich.

»Ich fürchte dich nicht und bitte dich nicht um Gnade. Ich versuche dir nur klarzumachen, daß es Schwachsinn ist, wenn wir uns bekämpfen. Wir stehen auf derselben Seite und sind aufeinander angewiesen!«

»Ich stehe nicht auf der Seite eines verfluchten Römlings!« schrie Thidrik und startete einen neuen Angriff.

Wieder konnte Thorag ausweichen, und der Angreifer wurde von seinem eigenen Schwung zu Boden gerissen. Mit einem Sprung landete Thorag auf ihm, als sich Thidrik gerade erheben wollte. Der Oberkörper des Bauern sackte zurück, und der Edeling saß fest auf seiner Brust. Thorag verkürzte seine Kette, indem er sie mit beiden Händen ergriff, und drückte sie gegen Thidriks Kehle. Ein auf Thidriks rechten Oberarm gepreßtes Knie verhinderte, daß der Bauer sein Schwert einsetzte.

»Wie oft soll ich dir noch sagen, daß ich kein Freund der Römer mehr bin?« sagte Thorag laut. »Hat der Haß deine Ohren verstopft oder dein Gehirn?«

»Man wird nicht ... von einem Tag zum anderen ... vom Römerfreund ... zum Römerfeind ...«, brachte Thidrik, der durch Thorags Kette nur schwer Luft bekam, abgehackt hervor.

»Nein, wohl nicht. Aber irgendwann erkennt man, wo man wirklich steht. Ich habe es vielleicht schon erkannt, als dieser krummbeinige Statthalter mich auspeitschen ließ. Spätestens aber heute, als ich Eiliko sterben sah.«

»Wie soll ... ich wissen, ob du ... die Wahrheit sprichst?«

»Hat dir das unsere Flucht nicht gezeigt?«

Thidriks Antwort bestand in seinem kräftigen Aufbäumen, mit dem Thorag nicht gerechnet hatte. Der Edeling verlor das Gleichgewicht, fiel von Thidrik hinunter und rollte durch den Schlamm, bis er mit dem Kopf gegen einen Baumstamm prallte. Er schüttelte die Benommenheit, die ihn ergriff, von sich ab und wollte sich an dem Baum hochziehen. Die Klinge, die er auf seine Hände zufliegen sah, veranlaßte ihn, den Baum loszulassen. Während Thidriks Schwert splitternd ins Holz fuhr, fiel Thorag erneut in den Schlamm.

»Ich glaube dir nicht!« sagte Thidrik hart und riß die Klinge aus dem krummen Buchenstamm. »Unsere Flucht verlief mir ein bißchen zu reibungslos.«

Er hatte kaum ausgesprochen, da stürmte er mit erhobenem Schwert auf Thorag los. Statt auszuweichen, warf sich der Angegriffene nach vorn und duckte sich so tief wie möglich. Er krachte gegen Thidriks Beine und brachte den Bauern zu Fall, während das Schwert die Luft zerteilte. Als Thidrik aufschlug, verlor er seine Waffe. Er streckte sich, um nach ihr zu greifen. Aber Thorag hielt den schweren Mann fest. Sie rangen miteinander, rollten über den Boden, durch den Schlamm und bemerkten zu spät, daß sie auf abschüssiges Gelände gerieten.

Plötzlich waren sie bis zur Brust von Morast umgeben. Thorag strampelte mit den Beinen, aber er fand keinen festen Grund. *Ein Sumpf!* schoß es durch seinen Kopf, und er ließ den Gegner los, um beide Arme, soweit es seine Fesseln erlaubten, flach auszustrecken, wie er es von Wisar gelernt hatte.

Jede heftige Bewegung vermeidend, suchte Thorag vorsichtig mit den Füßen nach festem Boden. Ein paarmal stieß er kurz an harten Untergrund. Er konnte nicht stehen, aber es genügte, um ihn voranzubringen, dem festen Land entgegen.

Hinter sich hörte er Thidriks verzweifelte Hilferufe. Der Bauer schien nicht soviel Glück zu haben wie er. Aber er konnte sich jetzt nicht um ihn kümmern. Er konnte nicht zwei Leben zugleich retten.

An einer in den Sumpf ragenden mannsgroßen Baumwurzel konnte sich der über und über mit Morast bedeckte Cherusker aufs feste Land ziehen. Er gönnte sich nur Augenblicke Atempause und hielt dann nach Thidrik Ausschau. Der Bauer war bereits bis zum Kinn versunken und hatte seine Hilferufe eingestellt. Er schien sich mit seinem Tod abgefunden zu haben. Thorag fühlte die Versuchung, den Mann, der ihm bisher für jede Rettungstat nichts als Undank bewiesen hatte, der sich nicht geschämt hatte, ihn anzugreifen, als er völlig wehrlos war, einfach jämmerlich ertrinken zu lassen, doch dann entschied er sich anders.

Er sprang auf und brach einen langen Ast von einer Birke ab. Vorsichtig watete er so weit in den Sumpf, wie er noch festen Grund unter seinen Füßen spürte. Er streckte den Ast in Thidriks Richtung und rief: »Pack zu, Thidrik! Ich zieh' dich raus!«

Es kostete den Bauern einige Anstrengung, wenigstens einen Arm aus dem Sumpf zu ziehen. Der tödliche Morast stand ihm schon bis zum Mund, als seine Hand das äußerste Astende ergriff. Thorag zog zu heftig, und Thidriks Hand rutschte ab.

»Noch mal!« schrie Thorag und streckte den Ast möglichst weit aus.

Wieder packte Thidriks Hand zu.

»Gut festhalten!« brüllte Thorag und zog den Ast ganz langsam zu sich heran.

Thidrik rutschte noch mehrmals ab, und es kostete einige

Mühen, aber schließlich konnte Thorag den Bauern mit den Händen greifen und ans feste Land ziehen.

Dort lagen beide Männer einige Minuten reglos und schnappten nach Luft, während der Regen den ärgsten Schmutz von ihren ausgepumpten Körpern spülte. Thorag erhob sich als erster und richtete sich auf, um sich ganz von dem klebrigen, stinkenden Morast befreien zu lassen.

Ein am ganzen Leib zitternder Thidrik tat es ihm nach, blickte Thorag tief in die Augen und sagte: »Danke! Ohne deine Hilfe wäre ich jetzt schon im Totenreich.«

Thorag grinste. »Und ich wäre es *mit* deiner Hilfe fast gewesen, Thidrik.«

»Es tut mir leid«, sagte Thidrik leise. »Mein Haß war noch zu groß, zu frisch.«

Thorag glaubte ihm. Das bösartige Funkeln war aus Thidriks Blick verschwunden.

»Und jetzt?« fragte der Edeling. »Haßt du mich jetzt nicht mehr?«

Thidrik zeigte auf den Sumpf. »Mein Haß steckt da drin.« Er schlug sich auf die linke Brust. »Aber die Trauer über Haskos Tod wird immer hier drin bleiben. Er war der einzige meiner Söhne, der lange genug lebte, um ein Mann zu werden.«

Thidrik nickte und suchte dann den Boden ab. Er fand Thidriks Schwert und gab es dem Bauern.

Dieser starrte ungläubig auf die Klinge und dann auf den Edeling. »Warum gibst du es mir?«

Thorag fragte sich für einen Augenblick, ob sein Leichtsinn nicht schon an Verrücktheit grenzte. Aber wer schon so oft wie er dem Tod im letzten Augenblick entflohen war, folgte um so mehr seinen Ahnungen und Gefühlen. Außerdem brauchte er jetzt einen Menschen, dem er vertrauen konnte. Er hob die gefesselten Hände. »Wolltest du mir nicht zeigen, wie man die Kette durchtrennt?«

Der andere zögerte einen Augenblick, bevor er leise sagte: »Ja.«

Sie gingen zu der Eiche, und Thorag kniete sich abermals vor den Felsblock.

Als Thidrik mit dem Schwert vor ihm stand, fragte der Bauer: »Bist du sicher, daß du mir vertraust?«

»Gleich werde ich es wissen.«

Thidriks Schwert fuhr nieder, immer wieder, und schließlich zerbrach die Kette, aber nicht die Klinge. Thorag fühlte sich unsagbar erleichtert, daß er dem anderen jetzt endlich vertrauen konnte.

Der Edeling stand auf und bedankte sich bei Thidrik.

»Du mußt dich nicht bedanken«, entgegnete dieser. »Ich werde auf ewig in deiner Schuld stehen.«

»Wenn du das glaubst, dann tu etwas, um die Schuld abzutragen.«

Thidrik sah überrascht auf. »Was?«

»Erzähl mir die Wahrheit über die Morde, die Onsaker mir zur Last legt!«

In Thidriks Gesicht trat Erschrecken, und er stammelte: »Das ... das kann ich nicht.«

»Warum nicht?«

»Onsaker ist mein Fürst. Ich bin ihm zur Treue verpflichtet.«

»Ich will dich nicht zwingen, mir etwas zu sagen, was du nicht willst«, sagte Thorag und seufzte. »Aber dann rede nie wieder von deiner Schuld mir gegenüber. Ein Mann sollte nichts sagen, was er nicht in Taten umsetzen kann.«

Eine ganze Weile stand Thidrik schweigend da und starrte in die Dunkelheit und in den Regen hinaus.

»Ich weiß nicht viel darüber, wie Asker und Arader gestorben sind«, sagte er schließlich.

»Aber du hast auf dem Thing eine falsche Aussage gemacht.«

Der Bauer nickte beschämt.

»Und was ist die Wahrheit?«

»Onsaker hat mich zu der Aussage gezwungen. Im Gegenzug hat er meine Steuerschulden bei den Römern beglichen. Das war der Grund, weshalb ich ihn aufsuchen wollte. Die Römer hatten gedroht, mein Haus niederzubrennen und meine Kinder zu versklaven. Ich war verzweifelt. Als ich aber Onsakers Hof erreichte, bekam ich es mit der Angst zu tun. Onsaker ist für seinen Jähzorn bekannt, besonders wenn man ihn um etwas bittet. Ich verzog mich in das Gebüsch und überlegte, was ich tun sollte. Darüber wurde es dunkel. Plötzlich warst du da. Dann ergab sich alles wie von selbst. Onsaker half mir, und ich half ihm mit der falschen Aussage.« Thidrik räusperte sich. »Und er hat gedroht, mir die Haut bei lebendigem Leib abzuziehen, wenn ich die Wahrheit verrate.«

Thorag sah ihn fragend an.

»Nachdem ich dir in jener Nacht entkommen war und Onsakers Krieger alarmiert hatte«, fuhr Thidrik fort, »lief ich wieder nach draußen, um den anderen bei der Suche nach dir zu helfen. Ich wollte Onsaker meine Ergebenheit beweisen und seine Dankbarkeit erringen. Es war ein einziges Durcheinander. Überall liefen Ebermänner herum, aber von dir war nichts zu sehen. Vorsichtig ging ich in das Gebüsch, wo auf einmal Onsaker vor mir stand. In der Nähe lag Asker, tot, mit durchbohrter Brust. Onsaker sagte, du hättest seinen Sohn getötet. Und ich sollte das vor Gericht bezeugen.«

»Hast du geglaubt, daß ich Asker tötete?« fragte Thorag.

»Ich weiß nicht.«

»Glaubst du es heute?«

Thidrik sah in Thorags Augen. »Warst du es?«

»Nein!«

»Ich glaube dir«, sagte Thidrik leise.

»Was ist mit Araders Tod?«

»Davon weiß ich nichts. Ich übernachtete in dem Dorf bei Onsakers Gehöft. Am nächsten Morgen kehrte einer der Trupps, die Onsaker auf die Suche nach dir ausgeschickt hatte, mit Araders Leichnam zurück, den die Krieger auf seinem Hof gefunden hatten.«

Thorag legte seine Hände auf Thidriks Schultern. »Ich danke dir für deine Offenheit. Würdest du mir noch zwei Gefallen tun?«

»Welche?«

»Widerrufe deine Aussage auf dem nächsten Thing! Habe keine Angst, ich stelle dich unter meinen Schutz. Und führe mich in den Bund der Fenrisbrüder ein!«

»Du willst mit uns gegen die Römer kämpfen?«

»Ja«, antwortete Thorag.

»Dann haben wir ein Problem.«

»Wieso?« fragte der Edeling.

»Die Fenrisbrüder werden immer mächtiger. Ich weiß nicht,

wer ihr oberster Kopf ist. Sie nennen ihn nur den Schwarzwolf, weil er bei den Zusammenkünften stets ein sehr dunkles Wolfsfell trägt. Wie er aussieht, weiß niemand. Sein Gesicht ist unter einer Wolfsmaske verborgen. Ich könnte dich nur dem obersten Führer empfehlen, den ich kenne.«

»Und wer ist das?«

»Onsaker!«

»Das habe ich mir fast gedacht«, seufzte Thorag. »Ich werde mir etwas einfallen lassen, damit ...«

Er brach ab, denn weißes Feuer erhellte plötzlich den Nachthimmel. Ein Blitz jagte zur Erde nieder und fuhr mitten in die alte Eiche, unter der die beiden Männer standen. Dem Blitz folgte ein Donner, so laut, daß es nichts anderes sein konnte als der Widerhall von Miölnirs Schlag. Der riesige Baum stand binnen Sekunden lichterloh in Flammen. Brennende Äste regneten auf die beiden Männer herab.

Thorag lief in den Regen hinaus und zerrte den wie erstarrt dastehenden Bauern mit sich. In sicherer Entfernung kauerten sie sich unter ein Gebüsch und sahen zu, wie die Eiche im Feuer verging, während immer neue Blitze den Himmel aufrissen und der Donner das schwere Prasseln des Regens noch übertönte. Das Feuer war mit solcher Macht in den Baum gefahren, daß es der Sturzregen nicht zu löschen vermochte. Die beiden Männer spürten die starke Hitze, obwohl ihr Unterschlupf fünfzig Schritte von der riesigen Fackel entfernt lag.

»Donar vernichtet den heiligen Baum, der ihm geweiht ist«, flüsterte Thorag erschrocken. »Das ist ein böses Vorzeichen!«

»Denkst du dabei an Onsaker?« fragte Thidrik.

Thorag schwieg und blickte suchend hinauf in den Himmel, wo irgendwo der mächtige Donnergott tobte. Aber Donar zeigte sich nicht. Thorag starrte lange zum Himmel hinauf, bis ihn die Erschöpfung übermannte und er in einen tiefen Schlaf fiel, aus dem ihn selbst das Gewitter nicht mehr zu wecken vermochte.

Kapitel 22
Ein ungleicher Kampf

Lange Zeit stand Thorag stumm vor dem Grab seines Vaters auf der kleinen Lichtung im Heiligen Hain. Sie hatten Wisars Leiche in Thorags Abwesenheit verbrannt und die Überreste neben denen seiner Söhne bestattet, als Thorag trotz des ausgesandten Boten nichts von sich hören ließ.

Der Himmel hatte sich mit dunklen Wolken verhüllt, aber auf Thorags Gesicht stand ein leichtes Lächeln. Sein Geist hatte eine Reise durch die Zeit gemacht, zurück zu jenen fernen, glücklichen Tagen, in denen die Römer für ihn nur ein Schreckgespenst winterabendlicher Erzählungen waren, weit weniger greifbar als die Geister, die hier im Heiligen Hain wohnten. Noch einmal war er seinem Vater begegnet, hatte von ihm gelernt, ein Mann zu werden, und hatte sich dafür bedankt. Dann nahm er Abschied für immer, drehte sich um und verließ die kleine Lichtung auf dem schmalen Pfad, der auf die große Lichtung, den Versammlungsplatz, führte.

Thorag schritt durch eine Gasse zwischen den Donarsöhnen hindurch in den freien Kreis in der Mitte der Lichtung. Seinem Aufruf waren so viele Männer gefolgt, daß sie bis weit in den Wald hinein standen. Erwartungsvoll blickten die Frilinge aus Wisars Gau den Sohn ihres toten Fürsten an.

»Der Fürst ist tot«, sagte Thorag laut, während er sich langsam um seine Achse drehte und die Worte in jede Himmelsrichtung sprach. Die versammelte Schar wiederholte jedes Wort in einem tausendstimmigen Raunen, das wie verhaltener Donner klang.

Als er sich einmal um sich selbst gedreht hatte, blickte er die hervorragendsten Untertanen seines Vaters an. Um den vierschrötigen Hakon herum standen die Krieger aus Wisars Gefolgschaft in ihrem vollen Waffenschmuck, darunter der junge Garrit, dessen linke, leere Augenhöhle durch eine Klappe aus dunklem Leder verdeckt wurde. Auch die anderen Männer hatten ihre Waffen bei sich. Ganz vorn sah er die große, muskelbepackte Gestalt Radulfs, dessen graue Lockenmähne im auffrischenden Wind wehte. Der Schmied hatte eine Hand auf Tebbes Schulter gelegt. Seit seiner Teilnahme am großen Thing gehörte der älteste Sohn des toten Holte zu den Männern, und als solcher nahm er an der Versammlung teil. Radulf war für ihn eine Art zweiter Vater geworden.

»Der Fürst ist tot«, wiederholte Hakon laut die Worte, zog sein altes, prächtig verziertes Schwert aus der Scheide, reckte es hoch in die Luft und rief: »Es lebe der Fürst!«

Auch Radulf stieß sein Schwert in den Himmel und rief: »Es lebe der Fürst!«

Der Ruf pflanzte sich durch die Reihen fort und wurde schließlich von allen Kehlen aufgenommen. Ein paar Männer aus der vordersten Reihe, darunter Hakon und Radulf, traten vor Thorag, knieten sich vor ihm hin und legten Hakons Schild zu seinen Füßen. Thorag stieg auf die lederbespannte Oberfläche, deren verblassende Bemalung einen berittenen Krieger und Miölnir zeigte; das Zeichen des Kriegerführers Hakon, der dem Abkömmling des Donnergottes folgte.

Die Männer hoben den Schild auf ihre Schultern, und Thorag richtete sich zu seiner vollen Größe auf. Der jetzt einsetzende Jubel wuchs sich zu einem Donner aus, der Donars würdig war. Immer wieder erscholl: »Es lebe der Fürst!« Und: »Thor-ag! Thor-ag!«

Niemand konnte ahnen, welch unangenehme Erinnerungen dieser Jubel in Wisars Sohn weckte, dessen Gedanken in die Arena des Amphitheaters zurückkehrten. Er sah wieder Ater, den unheimlichen Bären vor sich, dessen Pranke auf ihn niedersauste, er durchlebte noch einmal Eilikos Tod und die gemeinsame Flucht mit Thidrik.

Nachdem Thorag den Bauern aus dem Sumpf gezogen hatte, schien dessen Haß auf den Edeling erloschen zu sein. Thorag war nach der Gewitternacht erst spät aufgewacht, Thidrik hatte neben ihm gehockt, das Schwert in Griffweite. Er hätte sich gar keine günstigere Gelegenheit wünschen können, Thorags Brust zu durchbohren oder seinen Kopf abzuschlagen, sofern er noch auf Rache aus war.

Er hatte es nicht getan und statt dessen über Thorags Schlaf gewacht. Die Schwertklinge war schmutzig. Thidrik hatte die Waffe als Werkzeug benutzt und damit einen kleinen Graben ausgehoben, der das Wasser von ihrem Unterschlupf abhielt.

Es hatte aufgehört zu regnen, und die Sonne brach sich durch die Wolken Bahn und beleuchtete den toten, verkohlten Stamm, der am Abend zuvor noch eine mächtige, alte Eiche gewesen war. Lebendig und von Donars Geist beseelt. Warum hatte ihr der Donnergott den Tod gesandt?

Thorag hatte weder Zeit noch Muße, darüber nachzudenken. Er und Thidrik bahnten sich unter großen Mühen einen Weg über den schlammigen, an vielen Stellen sumpfigen Waldboden. Zudem hatte der Gewittersturm viele Bäume gefällt, die sie immer wieder umgehen mußten. Es war ein anstrengender Marsch, und erst gegen Abend erreichten sie eine kleine Siedlung der Chatten, die, so Thidrik, Freunde der Fenrisbrüder waren, seit die Römer das Dorf geplündert hatten. Jetzt versorgten die Chatten die beiden erschöpften Flüchtlinge mit Nahrung, neuen Kleidern, Waffen und einem trockenen Schlafplatz für die Nacht. Da bereits am Morgen ein Reitertrupp das Dorf durchkämmt hatte, brauchte man nicht damit zu rechnen, daß die Römer plötzlich auftauchten.

Nach einem reichhaltigen Essen am Morgen darauf setzten Thorag und sein Begleiter ihren Marsch ins Cheruskerland fort. Es war ein beschwerlicher Weg, weil sie die unzugänglichsten Wälder, Moore und Gebirgszüge wählten, um vor den Römern sicher zu sein. Schließlich erreichten sie das Tal, in dem sich die Wege zu Thidriks und zu Wisars Gehöft trennten.

Der Edeling versprach dem Bauern, bis auf weiteres nichts von dem zu erzählen, was er von Thidrik über Onsaker erfahren hatte. Es war ohnehin nicht viel und für Thorag nur von Wert, wenn er mehr über den Doppelmord in Erfahrung bringen konnte. Im Augenblick wäre es für Thorag noch aussichtslos gewesen, Onsaker der falschen Anschuldigung und des falschen Eides zu bezichtigen.

Alle Zeichen deuteten darauf, daß es bald zu einer offenen Schlacht zwischen Onsaker und Thorag kommen würde. Mit seiner überraschenden Heimkehr durchkreuzte Thorag den

Plan des Eberfürsten, sich Wisars Gau im Handstreich anzueignen. In den sechs Nächten und Tagen, die Thorag wieder daheim war, hatten seine Späher immer wieder Kriegerkolonnen gemeldet, die auf Onsakers Hof zuhielten und in dessen Nähe lagerten. Auch Thorag hatte rasch seine Untertanen benachrichtigt, daß sie zusammenkommen sollten, um Wisars Nachfolge zu regeln und ihr Recht auf einen Gaufürsten aus der Abkommenschaft Donars gegen die Eberkrieger zu verteidigen. So kam es, daß Thorag an die tausend Krieger unter Waffen hatte.

Nach allem, was er in der Ubierstadt mit Varus und Maximus erlebt hatte, war Thorag zu der Erkenntnis gelangt, daß die Römer die wahren Feinde der Cherusker waren. Sie hatten mit ihren maßlosen Abgabenforderungen Zwietracht unter den Germanen gesät, die doch zusammenhalten mußten. Daher hoffte er, eine Schlacht zwischen den Donarsöhnen und den Eberkriegern vermeiden zu können. Dann könnten beide Stämme vereint gegen die Römer kämpfen.

Der Schrei, der sich plötzlich in den Jubel der Menge mischte, machte Thorags Hoffnung zunichte. Ein Reiter, der seinen erhitzten Braunen durch die Reihen der Cherusker zwängte, stieß ihn aus: »Die Eberkrieger kommen! Onsaker greift an!«

Es dauerte eine ganze Weile, bis die Menge begriffen hatte, daß der Reiter nicht gekommen war, um Thorag zu huldigen. Die Jubelrufe verstummten, und die Botschaft des Reiters machte die Runde.

Thorag wurde von den Schildträgern zu Boden gelassen; innerlich verfluchte er Onsaker, der sich für seinen Angriff den günstigsten Augenblick ausgesucht hatte. Thorags gesamte Streitmacht befand sich auf der Lichtung. Nur vereinzelte Späher sicherten das Umland.

Einer von ihnen war der rothaarige Reiter, der sich nun endlich bis zu Thorag durchgekämpft hatte und von dem Pferd absprang. Er wollte vor dem neuen Gaufürsten niederknien, aber Thorag hielt ihn an der Schulter fest und fragte ohne weitere Umschweife nach Einzelheiten.

»Mehrere Kolonnen nähern sich aus dem Ebergau«, berichtete der schnell atmende Kurier. »Schwarzbemalte Krieger in voller Bewaffnung. Eine riesige Streitmacht!«

»Wie stark?«

»Zweitausend Krieger mindestens, vielleicht mehr.«

Also auf jeden Fall eine deutliche Übermacht. Das war nicht anders zu erwarten gewesen, hatte Onsaker sich doch schon seit Wochen auf eine kriegerische Auseinandersetzung um Wisars Nachfolge vorbereiten können. Thorag faßte rasch eine Entscheidung und stieg auf den ungesattelten Rücken des struppigen kleinen Braunen, mit dem der Kurier gekommen war.

»Cherusker, freie Männer aus Wisars Gau, Donarsöhne!« schrie er laut und übertönte die aufgeregte Menge. Als die Männer ihm ihre volle Aufmerksamkeit schenkten, fuhr er fort: »Onsaker rückt mit starken Kräften an, um seine Herrschaft auf diesen Gau auszudehnen. Wollt ihr dem Fürsten der Ebersippe die Treue schwören?«

»Nein!« scholl es ihm entgegen, und tausend Stimmen klangen wie eine.

»Wollt ihr mir die Treue halten?«

»Ja!« brüllten die Cherusker und skandierten dann erneut Thorags Namen.

»Wollt ihr mir in den Kampf gegen die Eberkrieger folgen?«

Wieder war die Antwort ein laut gebrülltes, mehrmals wiederholtes »Ja!«

Thorag nickte zufrieden und rief die Namen seiner Unterführer auf, allen voran Hakon und Radulf, der nicht nur ein erfahrener Schmied, sondern auch ein kampferprobter Krieger war. Schnell gab Thorag seine Anweisungen, wo welche Hundertschaften Aufstellung nehmen und wie sie sich verhalten sollten.

»Bleibt auf jeden Fall auf den Hügeln, bis ihr mein Angriffszeichen erhaltet«, schärfte er ihnen ein. »Wenn Onsaker unbedingt kämpfen will, soll er die Höhen heraufkommen. Das wird unser Vorteil sein.«

In Gedanken fügte er hinzu: *Der den Vorteil von Onsakers zahlenmäßiger Übermacht hoffentlich ausgleicht!*

Die Unterführer sammelten ihre Hundertschaften um sich, und eine nach der anderen rückte in Eilgeschwindigkeit ab.

Obwohl die Ankündigung eines Überfalls sie völlig überrascht haben mußte, waren die Männer voller Zuversicht. Es war, als hätten sie den Jubel über ihren neuen Gaufürsten in Kampffreude und Siegesgewißheit umgesetzt. Sie riefen Thorags Namen erneut aus, als sie an ihrem neuen Fürsten vorbeizogen.

Dieser bestieg den kräftigen Grauschimmel, den er seit seiner Rückkehr ritt, und sprengte, gefolgt von Hakon und seinen berittenen Kriegern, auf den höchsten der Hügel zu, die das Gehöft und damit auch das Kernland des Gaues umgaben. Während er der Schlacht entgegenzog, sann er verzweifelt nach, ob er diese Schlacht, über die sich die Römer nur freuen würden, nicht doch noch vermeiden konnte.

Etwa zwei Stunden später standen sich die beiden Kriegerscharen gegenüber. Die Donarsöhne hatten die Höhen rund um das Gehöft besetzt, während die Eberkrieger durch die Wälder und Wiesen im Tal stürmten. Der Kurier hatte nicht übertrieben; ihre Zahl mochte sich wirklich auf zweitausend Mann belaufen. Genau vermochte Thorag das nicht abzuschätzen, weil viele der Feinde in den Wäldern verborgen waren. Onsakers Übermacht war jedenfalls erdrückend.

»Wir sollten endlich angreifen«, knurrte Hakon, der seinen Schecken an die Seite von Thorags Grauschimmel getrieben hatte. »Fast eine Stunde stehen wir uns schon gegenüber. Die Krieger werden allmählich ungeduldig. Je mehr Zeit wir Onsaker lassen, desto günstiger kann er seine Streitmacht aufstellen.«

»Das gilt für unsere Männer auch.«

»Aber Sunna lenkt ihren Sonnenwagen zu den Eberkriegern hinüber.« Hakon zeigte auf die hoch am Himmel stehende Mittagssonne, die vor einer guten Stunde durch die Wolken gebrochen war und jetzt ihre wärmenden Strahlen auf die beiden Heere niedersandte. »Onsaker ist listig. Er wartet ab, bis Sunna in seinem Rücken steht. Dann wird er angreifen.«

»Das soll er«, erwiderte Thorag gleichmütig. »Unser Vorteil ist die Anhöhe, die seine Leute heraufkommen müssen. Wenn wir aber jetzt hinunterstürmen, geben wir diesen Vorteil auf. Und wir wissen nicht genau, was uns unten erwartet. Wenn die

Eberkrieger aus den Wäldern hervorbrechen, kann Onsaker den Vorteil seiner Übermacht ausspielen und uns einkesseln.«

Garrit, der dem Gespräch gefolgt war, ritt näher heran und knurrte haßerfüllt: »Und wenn schon! Auf einen Donarsohn kommen zwei Eberkrieger. Na und? Einer von uns ist soviel wert wie fünf von denen. Wenn unsere Schwerter Ernte halten, wird Onsaker bald keine Übermacht mehr haben.«

»Aus dir spricht der Haß«, meinte Thorag und starrte auf die lederne Augenklappe. »Ich kann dich verstehen. Aber du sprichst zu geringschätzig von den Eberkriegern. Wenn sie so schlechte Kämpfer wären, wäre Onsaker niemals so mächtig geworden. Die Eberleute sind Cherusker wie wir, und sie verstehen es zu kämpfen wie wir.«

»Ich weiß nicht, ob sich die Krieger noch lange zurückhalten können«, brummte der Einäugige und trieb seinen Braunen zurück zu den übrigen Berittenen, die den Stoßkeil von Thorags Gegenangriff bilden sollten.

Thorag blickte dem jungen Krieger nachdenklich nach. Mit seinem Haß auf die Eberleute erinnerte er ihn an den römischen Offizier Lucius. Dessen Narbe und sein hinkendes Bein waren äußerliche Spiegelbilder seines Hasses wie Garrits leere Augenhöhle.

»Kommt der Haß vom Krieg oder der Krieg vom Haß?« sprach der junge Gaufürst aus, was ihn beschäftigte.

Hakon blickte ihn verständnislos an. »Ich kann die Frage nicht beantworten, Thorag. Ich weiß auch nicht, wozu es gut sein sollte.«

»Wenn wir diese Frage beantworten könnten, dann würden wir vielleicht Kämpfe wie diesen vermeiden.«

»Warum sollten wir das tun? Es gib keinen ehrenvolleren Tod als den in der Schlacht.«

»Das stimmt. Aber ein Mann, mag er auch noch so tapfer sein, kann sein Leben nur einmal hingeben. Ist es nicht ehrenvoller, für eine Sache zu sterben, die sich lohnt, als in einem sinnlosen Kampf wie diesem?«

»Darüber habe ich noch nie nachgedacht«, gestand der erfahrene Krieger ein. »Jedenfalls halte ich diesen Kampf nicht für sinnlos. Wir müssen Onsaker zeigen, daß es tödlich für einen Eberkrieger ist, diesen Gau in feindlicher Absicht zu betreten!«

Thorag schüttelte den Kopf. »Ich halte es für sinnlos, wenn ein Cherusker den anderen niedermetzelt, während jenseits des Rheins die Römer immer stärker werden.«

»Wir haben ein Bündnis mit den Römern, aber nicht mit Onsaker.«

»Vielleicht ist das ein Fehler, Hakon.« Thorag sah den Führer seiner Kriegergefolgschaft forschend an. »Versprichst du mir, nach meinem Willen zu handeln und nicht als erster anzugreifen, ganz gleich, was geschieht?«

Hakons graue Augen waren plötzlich voller Mißtrauen. »Was hast du vor, Fürst?«

»Ich werde hinunterreiten und Onsaker fragen, ob er den Kampf zwischen uns nicht auch für sinnlos hält. Vielleicht gelingt es mir, die Schlacht zu vermeiden.«

»Das halte ich für unmöglich. Du hast Onsaker schon einmal im Zweikampf besiegt. Ein zweites Mal wird er sich nicht auf so etwas einlassen. Er wird dich gefangennehmen und dich als Geisel benutzen. Oder er läßt dich töten.«

»Diese Gefahr muß ich eingehen. Für den Fall, daß ich tatsächlich gefangen werden sollte, befehle ich dir, nicht auf Onsakers Forderungen einzugehen. Du hast meinem Vater viele Sommer und Winter treu gedient, Hakon. Willst du auch mir treu sein und meine Befehle beachten, selbst wenn sie deinen Ansichten widersprechen?«

Ohne zu zögern zog Hakon sein Schwert und hielt es vor sich. »Dieses Schwert, das für Wisar viele Schlachten focht, wird genauso für dich kämpfen, Thorag. Mein Schwert, mein Schild, mein Mut und mein Herz sind dein.«

»So sei es«, sagte Thorag und nickte dem Älteren dankbar zu. »Liefere den Eberkriegern eine gute Schlacht, falls ich nicht zurückkehre!«

»Das werde ich«, versprach Hakon, während Thorag seinem Grauschimmel die Fersen in die Seiten drückte und langsam den Hügel hinabritt.

Er hörte die Unruhe in seinem Rücken, die seine Männer beim Anblick ihres dem Feind entgegenreitenden Fürsten erfaßte. Sie wußten nicht, was sie davon halten sollten. Sie wußten nur, daß es kein Angriff war. Dazu ritt Thorag viel zu gemächlich den Hügel hinunter. Er tat es absichtlich, um die Eberkrieger nicht zu einer übereilten Tat zu reizen.

Während oben Hakon die Parole ausgab, in Ruhe abzuwarten, erreichte Thorag den Fuß des Hügels und ritt zwischen mannshohen Sträuchern dem für ihn jetzt unsichtbaren Gegner entgegen.

Die Eberleute blieben nicht lange unsichtbar. Plötzlich teilte sich das Gebüsch, und ein Dutzend schwarzbemalter Krieger stürzte hervor, kreiste den einsamen Reiter ein und richtete Speere und Schwerter auf ihn. Als sie ihn erkannten, stießen sie überrascht seinen Namen aus.

»Ja, ich bin Thorag, Sohn von Wisar und Fürst dieses Gaues«, sagte der Edeling ruhig. »Ich bin gekommen, um mit Onsaker zu verhandeln.«

Ein rotbärtiger Krieger, ein wahrer Klotz von einem Mann, trat vor. Sein Oberkörper war nackt und mit dem schwarzen Eberkopf bemalt. Schwarze Kriegsfarben bedeckten auch seine Arme, die Stirn und die Wangen. Er hob seine Frame und hielt die Eisenspitze dicht vor Thorags Brust. »Wir sind nicht zum Verhandeln gekommen, sondern zum Kämpfen!«

»Bist du Onsaker, der Fürst dieser Männer?« fragte Thorag in einem herablassenden Ton.

»N-nein«, antwortete der Rotbart verwirrt.

»Bist du ein anderer Fürst?«

»Nein.«

»Ein Edeling?«

»Nein, ich bin ein Krieger.«

»Warum wagst du es dann, mit mir zu sprechen? Ich bin ein Sohn Donars und will mit eurem Fürsten reden, nicht mit irgendwelchen Kriegern!«

Der Rotbart zog seine wulstige Stirn in Falten. In seinem Gesicht arbeitete es heftig, als er die Zurechtweisung verdaute. Aber Thorags scharfer Ton verfehlte seine Wirkung nicht. »Folge mir!« brummte er, zog den Speer zurück, drehte sich harsch um und ging mit langen Schritten durch das Unterholz.

Thorag ritt ihm nach. Ein immer größerer Zug von schwarzbemalten Kriegern schloß sich ihnen an.

»Was soll dieser Aufzug?« rief von weitem einer von mehreren berittenen Kriegern, die der kleinen Kolonne entgegen galoppierten. Als der Sprecher, es war Onsaker, Thorag erkannte, zeichnete sich deutlich die Überraschung auf seinem Gesicht ab. Die Reiter zügelten ihre Pferde vor der Kolonne, und Onsaker fragte: »Kommst du, um dich zu ergeben und mir die Herrschaft über deinen Gau anzutragen, Thorag?«

»Nein, Onsaker. Ich komme, um dich zum Rückzug deiner Männer zu bewegen. Sie befinden sich in meinem Gau.«

Onsaker grinste und schüttelte den Kopf. »Du irrst, Thorag. Bei Wodan, jetzt ist es *mein* Gau!«

»Wer hat das entschieden?«

»Ich!«

»Mit welchem Recht?«

»Als Wiedergutmachung für das Unrecht, das du mir angetan hast, als du mir beide Söhne nahmst.«

»Auf dem Thing bei den Heiligen Steinen habe ich meine Unschuld bewiesen.«

»In den Augen der anderen vielleicht, in meinen nicht. Ich werde mir nehmen, was mir zusteht!«

In diesem Moment erkannte Thorag, daß Hakon die Lage besser beurteilt hatte als er. Der durch seine schwarze Bemalung noch brutaler als gewöhnlich wirkende Fürst der Eberkrieger würde nicht mit sich verhandeln lassen. Und er würde Thorag nicht freiwillig wieder fortlassen, jedenfalls nicht lebendig.

In Onsakers Stimme, in seinen Gesichtszügen und vor allem in seinen tiefen Augen lag deutlicher Haß auf Thorag.

Thorag fragte sich vergebens, woher dieser Haß rührte. Die einzige Antwort war, daß Onsaker ihn tatsächlich für schuldig hielt nicht nur an Notkers, sondern auch an Askers Tod. Aber weshalb dann die falsche Aussage, die Onsaker von Thidrik verlangt hatte?

Während Thorag noch darüber nachsann, erscholl ein helles Hornsignal, das mehrmals auf und ab wimmerte. Besorgt blickten die Eberkrieger ihren Fürsten an.

»Unbekannte Reiter nähern sich«, sagte der Rotbart. »Wer kann das sein?«

Neue Hoffnung keimte in Thorag auf. Er dachte an damals, als die Eberkrieger schon einmal das Gehöft der Donarsöhne belagerten und als plötzlich Klef mit seinen Kriegern erschienen war. Sandten die Götter den Retter zum zweitenmal?

Onsaker und seine Männer warteten ab. Aber die Waffen blieben weiterhin auf Thorag gerichtet. Angestrengt lauschte er in die Ferne, in der Hoffnung, vielleicht das Klirren von Waffen zu hören. Vergebens! Wer immer sich der Walstatt näherte, er schien nicht auf einen Kampf aus zu sein. Oder war es gar Verstärkung für Onsakers Streitmacht?

Endlich näherte sich ein dreißig, vierzig Mann starker Reitertrupp auf einer Schneise zwischen den Bäumen, flankiert von Eberkriegern zu Fuß und zu Pferd. Viele Schilde der Neuankömmlinge zierte ein Hirschkopf mit prächtigem Geweih. Als sie den Anführer der Reiter erkannten, waren sowohl Thorag als auch Onsaker überrascht.

Es war Armin, Sohn des Segimar und seit dem letzten Thing bei den Heiligen Steinen oberster Fürst aller Cherusker. Als sich die beiden Gaufürsten von der ersten Überraschung erholt hatten, blickte Thorag seinem Herzog wesentlich gelöster entgegen als Onsaker. Wisars Sohn und Armin waren alte Kampfgefährten, der Eberfürst dagegen hatte bei der Wahl des neuen Herzogs gegen Armin gestimmt, was dieser sicher nicht vergessen hatte.

Dicht vor Thorag und Onsaker hielt Armin seinen Schimmel an und sah sich verdutzt um, bevor er die beiden Fürsten anblickte. »Ich scheine alt zu werden, daß ich mich so verirre«, sagte er mit gespielter Verwunderung. »Ich wollte meinen Freund und Kampfgefährten Thorag besuchen und befinde mich statt dessen in Onsakers Gau.«

»Heil dir, Armin!« grüßte Thorag und verkniff sich ein Grinsen. Er hatte Armins Taktik durchschaut und fuhr fort: »Du hast dich nicht verirrt, Herzog. Dies ist nicht der Gau der Eberleute, sondern der Gau der Donarsöhne.«

»Dann scheinen meine Augen mir einen Streich zu spielen«, seufzte Armin und blickte noch einmal in die Runde. »Wohin ich auch schaue, ich sehe nichts als schwarzbemalte Krieger. Und sogar Onsaker, ihren Anführer, spiegelt mir mein Trugbild vor. Ich sehe ihn dicht neben dir, Thorag.«

Onsaker konnte die in ihm aufsteigende Wut nicht länger im

Zaum halten und zischte: »Ich bin kein Trugbild, Armin, und meine Krieger sind es auch nicht. Sie sind ebenso wirklich wie ihre Framen, Schwerter und Schilde. Und sie sind hier, um meinen Anspruch auf diesen Gau durchzusetzen!«

Der Herzog zog die Augenbrauen hoch. »Du hast einen Anspruch auf diesen Gau, Onsaker? Ja, bist du denn ein Abkömmling des Donnergottes?«

»Nein, aber Thorag schuldet mir etwas für den Tod meiner Söhne.«

Armins Miene nahm einen ernsten Ausdruck an. Seine Stimme klang wie das Klirren eines Schwertes: »Diese Fragen wurden bei den Heiligen Steinen geklärt. Notker hat seinen Tod selbst verschuldet. Thorag hat seine Unschuld an Askers Tod durch das Gottesurteil bewiesen. Du hast keinen Anspruch gegen ihn, schon gar nicht auf seinen Gau. Wenn du deshalb hier bist und nicht, um Thorag zu seiner neuen Würde als Gaufürst zu gratulieren, solltest du mit deinen Kriegern schleunigst abziehen!«

Düster sah Onsaker erst Armin und dann dessen Begleitung an. Es waren durchweg kampferprobte Krieger. Das sah man an der Art, wie sie ihre Waffen hielten, und an den vielen Narben, die ihre Gesichter und Arme schmückten. Aber es waren nur etwa vierzig Mann. Onsaker stand die fünfzigfache Zahl an Kriegern zur Verfügung. Das war der Grund, weshalb ein Grinsen sein Gesicht aufhellte.

»Bist du deshalb gekommen, Armin?« fragte er mit einem lauernden Unterton. »Willst du deinen *Freund und Kampfgefährten* davor bewahren, in der Schlacht von mir besiegt zu werden?«

»Sei dir eines Sieges nicht zu sicher!« warnte Armin den Eberfürsten. »Außerdem wird es keinen Kampf geben!«

»Warum nicht?« fragte Onsaker.

»Weil ich ihn untersage.«

»Dazu hast du kein Recht, Armin. Als Herzog darfst du unseren Waffendienst verlangen, und du führst uns in die Schlacht. Aber als Gaufürsten sind wir frei und haben uns deinem Wort nur zu fügen, wenn wir um dein Urteil bitten!«

»Warum willst du Hunderte von deinen und Hunderte von

Thorags Kriegern in den Tod schicken?« fragte Armin. »Wäre das Blut nicht besser vergossen im Kampf gegen die Römer?«

Thorag blickte Armin mit aufgerissenen Augen an, überrascht, aus dessen Mund die Gedanken zu hören, die auch ihn bewegten.

»Seit wann sprichst du vom Kampf gegen die Römer, Armin?« fragte Onsaker. »Du, der du römischer Bürger bist und für die Römer in die Schlacht gezogen bist. Hättest du nicht beinahe auch mit den Römern gegen Marbod und die Markomannen gekämpft?«

»Ich habe es nicht getan«, sagte Armin knapp und verschwieg, daß ihn nur der Aufstand in Pannonien davon abgehalten hatte. Die germanischen Hilfstruppen, denen Armin und auch Thorag angehört hatten, waren schon gegen den aufsässigen Herzog der Markomannen in Marsch gesetzt worden, und fast hätten Germanen gegen Germanen gekämpft. Nur die Erhebung in Pannonien, die für das Römische Reich gefährlicher war, hatte das verhindert.

Der Herzog senkte seine Stimme und fuhr fort: »Wir sind Edelinge, Fürsten. Wir sollten diese Dinge unter uns besprechen und nicht inmitten von Männern, die sich vor lauter Kriegsfarbe nicht auseinanderhalten lassen.«

Er schnalzte mit der Zunge, woraufhin sich sein Schimmel in Marsch setzte und Armin zu einem nahen Kiefernwald brachte. Thorag und Onsaker folgten ihm. Der Eberfürst gab seinen Leuten ein Zeichen abzuwarten.

Auf einer kleinen Lichtung stiegen die Edelinge von den Pferden. Armin hockte sich auf den Stamm eines vom Sturm gefällten Baumes, während die beiden anderen stehenblieben und ihn abwartend ansahen.

Armin schaute auf. »Hier, wo nur die Geister der Bäume, des Himmels und der Erde uns hören können, ist ein besserer Ort für eine Besprechung, wie wir sie jetzt zu führen haben. Auch wenn unsere Krieger uns treu ergeben sind, eine von Bier und Met gelöste Zunge kann ungewollt manches verraten, was die Ohren besser nie gehört hätten.« Er richtet seinen Blick auf Onsaker. »Du hast mich gefragt, seit wann ich vom Kampf gegen die Römer spreche. Nun, seit ich ins Land meiner Väter zurückgekehrt bin, habe ich immer wieder mit ansehen müssen, wie unter dem Vorwand römischen Rechts Unrecht an meinem Volk verübt wurde. Ich denke, Thorag wird ähnliches erlebt haben.«

Wortlos legte der Angesprochene sein Wehrgehänge ab, dann seinen Umhang aus fein gegerbtem Hirschleder und schließlich seinen mit Stickereien verzierten Kittel. Er drehte sich um und zeigte den verwunderten Betrachtern seinen zerschundenen Rücken mit den tiefen Narben, die die von Lucius' kundiger Hand geführte Peitsche trotz der Heilkunst des griechischen Arztes hinterlassen hatte.

»Wer hat das getan?« fragte Armin.

Thorag drehte sich mit dem Gesicht zu ihm und Onsaker, streifte den Kittel wieder über und antwortete: »Die Römer, auf Anordnung von Quintilius Varus.«

In knappen Worten berichtete er über den Vorfall mit der Brücke und über die Gerichtsverhandlung, erzählte aber nichts davon, daß er als Spion der Römer in die Heimat zurückgeschickt worden war. Zwar hatte Thorag nicht vor, für sie zu spionieren, aber bevor er die ganze Wahrheit erzählte, mußte er genau wissen, wer wirklich für und gegen die Römer war. Noch konnte er Armins Sinneswandel nicht nachvollziehen, und Onsaker war ebenso schwer zu durchschauen.

»Da siehst du es«, bemerkte Armin zu Onsaker. Der Eberfürst wischte in einer nachdenklichen Geste mit dem Handrücken über seinen Mund. »Thorag hätte also einen Grund, die Römer zu hassen. Welchen Grund hast du, *Gaius Julius Arminius*?« Ganz bewußt wählte er den Namen, den die Römer dem Cheruskerfürsten gegeben hatten.

»Viele von den römischen Steuereintreibern in die Verzweiflung getriebene Cherusker sind ein Grund«, antwortete der Herzog. »Niedergebrannte Hütten und geplünderte Höfe ein weiterer. Und wohl auch der Tod eines anderen Freundes und Kampfgefährten von mir und Thorag. Ich spreche von Klef, Sohn des Gaufürsten Balder. Von dem Edeling Klef, den die Römer getötet haben.«

»Klef ist ... tot?« fragte Thorag fassungslos.

Armin nickte. »Gestern habe ich es erfahren. Ich habe seine

Leiche gesehen. Oder das, was von ihr übrig war. Ich sandte es Balder.«

Thorag dachte an den zuverlässigen Waffenbruder, der ihm manches Mal in der Not beigestanden hatte, zuletzt gegen Onsaker. Plötzlich wurde Mißtrauen gegen den Eberfürsten in ihm wach. Aber Armin hatte gesagt, die Römer hätten Klef getötet.

»Wie ist Klef gestorben?« erkundigte Thorag sich.

»Auf die Art, wie viele Cherusker und auch Angehörige anderer germanischer Stämme in letzter Zeit gestorben sind. Weil sich die ausgepreßten Menschen weigerten, noch eine Sondersteuer zu bezahlen, haben die Römer ein ganzes Dorf niedergemacht. Wer sich wehrte, wurde getötet. Wer überlebte und nicht zu alt oder zu schwach war, wurde als Sklave verschleppt.«

Thorag sah Armin ungläubig an. »Balders Dorf?«

»Nein, nicht die Siedlung des Fürsten. So dreist sind die Römer nicht – *noch* nicht. Das Dorf lag in einem entfernten Winkel von Balders Gau.«

»Was tat Klef da?«

»Was wir alle früher oder später tun«, antwortete Armin. »Er warb um ein Mädchen aus diesem Dorf. Vielleicht hat er sich deshalb den Römern entgegengestellt. Ich weiß es nicht.« Der Herzog seufzte leise. »Ich weiß nur, daß es an der Zeit ist, etwas gegen die Römer zu unternehmen. Wenn cheruskische Edelinge von ihnen ausgepeitscht und getötet werden, darf das nicht ungesühnt bleiben!« Seine Worte klangen hart, bitter und wahr.

Doch Onsaker fragte skeptisch: »Und was willst du gegen die Römer unternehmen, Herzog? Willst du mit deinen paar Reitern gegen die Legionen des Krummbeinigen kämpfen?«

»Krummbeinig!« Armin lachte rauh und sah Wisars Sohn an. »Du hast ihn selbst erlebt, Thorag. Trägt der römische Statthalter seinen Namen zu Recht?«

Thorag nickte. »Seine Beine sind so krumm wie seine Gedanken.«

»Dann wird er um so schneller laufen müssen, wenn wir die Römer aus unserem Land jagen«, meinte Armin. »Aber nicht heute und gewiß nicht allein mit meiner Eskorte. Auch nicht allein mit all meinen Kriegern und deinen, Onsaker, und deinen,

Thorag. Auch nicht, wenn alle Cherusker zusammenstehen. Die Macht der Römer ist zu groß.«

»Die Cherusker sollen nicht fähig sein, die Römer zu besiegen?« schnaubte Onsaker verächtlich.

»Wir sind ein mächtiger Stamm, aber die Zahl unserer Krieger ist zu gering, verglichen mit den römischen Legionen, die an der Grenze zu unserem Land stehen«, erwiderte Armin.

»Wie willst du es dann erreichen?«

»Wir müssen einen Pakt mit allen Stämmen schließen!« verkündete der Herzog mit anschwellender Stimme. »Mit den Angrivariern, den Brukterern, den Marsern, den Sugambrern, den Chatten, den Sueben, den Semnonen und allen anderen. Wenn es uns gelingt, auch mit den Hermunduren und den Markomannen.«

»Mit den Markomannen?« fragte Onsaker spöttisch nach. »Nachdem du fast mit den Römern gegen sie ins Feld gezogen wärst? Marbod wird dir was husten!«

»Marbod ist sehr mächtig, und wir könnten seine Unterstützung gut gebrauchen. Wir müssen es versuchen!« Armin klopfte mit der Hand auf den umgeknickten Baumstamm, auf dem er saß. »Die Römer sind mächtig wie ein starker uralter Baum, aber wenn genug Winde blasen, fällt auch der stärkste Baum. Doch dazu müssen wir uns einig sein! Wie sollen wir die anderen Stämme überzeugen, wenn sich schon die Cherusker gegenseitig bekriegen?«

»Du scheinst es ehrlich zu meinen«, brummte Onsaker überlegend und schien stark versucht, sich auf die Seite seines Herzogs zu stellen.

Armin, der ein feines Gespür für solche Dinge hatte, stand auf, zog sein Schwert und reichte es dem verdutzten Eberfürsten. »Wenn du daran zweifelst, durchbohre mich mit meinem eigenen Schwert! Thorag wird vor meinen Kriegern bezeugen, daß ich es dir erlaubte.«

Der schwarzbemalte Gaufürst hielt unschlüssig das Schwert in der Rechten, während Armin abwartend vor ihm stand. Thorags Herz klopfte heftig. Armins Einsatz war gewagt, jedenfalls bei einem so unberechenbaren Mann wie Onsaker.

Aber wieder einmal bewies Segimars Sohn ein untrügliches

Gespür für das Erkennen und Ausnutzen von günstigen Gelegenheiten und menschlichen Stimmungen. Ersteres machte ihn zu einem erfolgreichen Feldherrn, letzteres zu einem geschickten Unterhändler.

Onsaker reichte ihm sein Schwert zurück. »Ich gebe dir das Schwert und mein Vertrauen.« Seine Stimme nahm einen warnenden Unterton an. »Enttäusch mich nicht, Armin!«

Lächelnd steckte der Herzog sein Schwert in die außen mit Hirschleder überzogene Scheide. »Keiner von uns darf den anderen enttäuschen, wenn wir die Römer besiegen wollen!«

»Wann wird das sein?«

»Wenn alles so verläuft, wie ich es mir vorstelle, vielleicht noch in diesem Sommer.« Armin warf jedem der beiden anderen einen warnenden Blick zu. »Aber haltet eure Münder noch fest verschlossen! Der beste Plan ist nutzlos, wenn er zu früh verraten wird.«

Die beiden Gaufürsten bekräftigten ihre Verschwiegenheit.

»Gut«, nickte Armin zufrieden und sah Onsaker an. »Wie steht es mit dir, Fürst der Eberkrieger? Bist du nicht doch in diesen Gau gekommen, um Thorag, dem neuen Fürsten, Glück zu wünschen?«

»Ja, so ist es wohl«, knurrte Onsaker unwillig. »Und da ich das jetzt getan habe, werde ich mich mit meinen Kriegern zurückziehen.«

Obwohl er auf den Kampf verzichtete, war der Haß auf Thorag noch nicht aus Onsakers Blicken gewichen.

»Du hast wenig getrunken, Thorag«, sagte Armin und trat, einen mit Met gefüllten Silberbecher in jeder Hand, zu dem neuen Gaufürsten, der vor der großen, lauten Feier auf die Palisaden von Wisars Gehöft, das nun Thorags Gehöft war, geflohen war.

»Bald werden wir alle einen klaren Kopf brauchen, aber diese Nacht ist zum Feiern.«

Thorag lehnte sich auf die Brüstung und starrte hinaus auf die nächtlichen Wälder, während unter ihm das Lärmen und Singen der Männer ertönte und der Geruch gebratenen Fleisches aufstieg. Die Donarsöhne, die an den langen, unter freiem Himmel aufgestellten Tafeln saßen und von Frauen und Knechten bewirtet wurden, hatten allen Grund zum Feiern, mehr vielleicht, als ihnen bewußt war. Nicht ihr neuer Gaufürst hätte der Grund für das Festgelage sein sollen. Hätte sich Onsaker nicht mit seiner Streitmacht zurückgezogen, säßen viele der Männer jetzt nicht hier. Gewiß, jeder von ihnen hätte sich einen Platz an der reichgedeckten Tafel Walhalls gesichert. Aber dorthin konnte man immer noch kommen. Diese Nacht würde nicht wiederkehren.

Als Thorag das erkannte, drehte er sich zu Armin um, nahm einen der Becher, leerte ihn in einem langen Zug und warf ihn über die Brüstung. Armin lachte und tat es ihm nach. »Recht so«, sagte der Herzog, stieß einen lauten Rülpser aus und wischte sich mit der Hand über den Mund. »Wir haben schließlich Grund zum Feiern. Wenn wir einen so mißtrauischen Hund wie Onsaker überzeugen können, gelingt es uns vielleicht auch, Marbod zu unserem Verbündeten zu machen.«

»Ich muß dir für dein Eingreifen noch danken, Armin. Wie kam es, daß du gerade rechtzeitig erschienen bist?«

»Meine Kundschafter meldeten mir Onsakers Kriegszug gegen dich. Ich bin sofort losgezogen. Ich wollte vermeiden, daß kostbares Cheruskerblut für nichts und wieder nichts vergossen wird.«

»Ich stehe in deiner Schuld«, sagte Thorag ernst.

Armin zog die Augen zu Schlitzen, als er Wisars Sohn ansah. »Du scheinst dich des heutigen Tages nicht recht zu freuen, Thorag.«

»Wie sollte ich? Erst nahm ich Abschied für immer von meinem Vater, dann brachtest du die Kunde von Klefs Tod.«

»Ja«, sagte Armin ernst. »Zwei große Verluste für uns.«

Thorag nickte und dachte an die Toten. Der Gedanke an Wisar war mit Trauer und Schmerz verbunden. Aber der Gedanke an den von Römern getöteten Klef ließ noch ein anderes Gefühl in dem jungen Gaufürsten aufsteigen: den Haß.

Kapitel 23

Astrids Traum

Die schweren dunklen Wolken hingen so zahlreich und tief am Himmel, daß die hoch aufragenden Felstürme der Heiligen Steine in ihnen zu verschwinden schienen. So sah es jedenfalls von hier unten aus, wo Thorag zwischen den Häusern und Hütten der Dorfbewohner hindurchritt. Männer und Frauen sahen von ihrer Arbeit auf und blickten neugierig den jungen Edeling an, der seinen Grauschimmel gemächlich dahintraben ließ. Thorag hatte es nicht eilig, Astrid den Tod ihres Bruders zu verkünden. Ihm folgte nur ein kleiner Begleittrupp, sechs von Garrit geführte Krieger. Am liebsten wäre Thorag allein zu Astrid geritten. Aber auch Hakon traute dem Eberfürsten nicht und bestand darauf, seinem Herrn eine Leibwache mitzusenden.

Fünf Nächte waren seit seiner Begegnung mit Onsaker und Armin vergangen. Armin war bereits am folgenden Tag aufgebrochen, dem Gaufürsten Balder sein Mitgefühl auszudrücken; er wollte ihn fragen, ob er Klef rächen und im Kampf gegen die Römer an Armins Seite stehen würde. Thorag hätte den Herzog gern begleitet, aber sein Mißtrauen gegen Onsaker war geblieben und so hatte er bei seinen Kriegern verharrt. Erst als die Späher meldeten, daß sich Onsakers Streitmacht zerstreute, schickte Thorag die zusammengeströmten Donarsöhne zu ihren Höfen und Siedlungen zurück.

Thorag konnte die schwere Aufgabe nicht länger aufschieben und brach an diesem Morgen zu den Heiligen Steinen auf. Es war seine Pflicht, die Todesbotschaft persönlich zu überbringen. In gewisser Weise war Eiliko für ihn gestorben. Außerdem *wollte* Thorag es selbst tun. Trotz der traurigen Umstände freute er sich auf ein Wiedersehen mit Astrid.

Als er jetzt zu den Steinriesen hinaufsah, bedrängten ihn viele dunkle Gedanken. Nicht nur die an Eiliko. Die Erinnerung an das Thing der Herzogswahl brachte auch die Erinnerung an Wisar und Klef, die damals noch lebten.

Erst der Anblick der kleinen Hütte, in der er nach dem Kampf gegen den schwarzen Eber von Astrid gepflegt worden war, riß ihn aus seinem Brüten. Vor der Hütte hockte auf einem Schemel eine schmale Gestalt – es war die junge Priesterin. Auf ihren Knien lag ein helles Gewand. Geschickt führte sie die Bronzenadel und versah es mit golden glänzender Stickerei. Das Hufgetrappel ließ die junge Frau aufblicken, aber in ihren Augen lag keine Überraschung. Vor der Hütte stieg Thorag ab und entbot Astrid seinen Gruß.

Ein kaum wahrnehmbares Lächeln trat in ihre ebenmäßigen Züge, als Astrid aufstand und das Gewand sowie das Nähzeug sorgfältig auf den Schemel legte. »Schön, daß du endlich gekommen bist, Thorag. Ich freue mich, dich wiederzusehen.«

»Das klingt, als hättest du mich erwartet«, sagte der Edeling verblüfft.

»Das habe ich. Wollen wir ein Stück gehen, während sich deine Krieger von dem Ritt erholen?«

»Ich habe dir etwas Wichtiges zu sagen, Astrid. Es betrifft ...«

»Komm«, unterbrach die zierliche Frau den großen Mann, nahm ihn an der Hand und ging mit ihm von der Hütte fort in Richtung der riesigen Felsbarrieren. »Laß uns allein reden!«

Thorag drehte sich zu seinen verwundert dreinschauenden Kriegern um und sagte: »Ihr habt gehört, was die Priesterin gesagt hat. Stärkt euch mit einer guten Mahlzeit!«

Schweigend führte Astrid ihren Begleiter in das Grün des Unterholzes am Fuß der Felsriesen. Auch Thorag schwieg. Er spürte, daß Astrid es ihm sagen würde, wenn sie zum Gespräch mit ihm bereit war.

Von weitem hatte das Unterholz dicht und undurchdringlich ausgesehen, aber die Priesterin kannte einen Pfad, der zwischen ausladenden Farnen und dornigem Strauchwerk zu einer in den Fels gehauenen Treppe führte, die wie aus dem Nichts vor ihnen auftauchte. Erst jetzt bemerkte Thorag, daß sie am Fuß eines Steinriesen standen.

»So gewaltig müssen die Riesen sein, die der Donnergott bekämpft«, sagte er andächtig, während er den Kopf in den Nacken legte und an dem zerklüfteten graubraunen Gestein emporblickte, das in die Wolken wuchs.

»Die Alten sagen, daß es versteinerte Riesen sind«, erwiderte Astrid. »Die Riesen luden Donar zu einem Festmahl ein, wollten ihn aber schläfrig machen und im Schlaf ermorden. Donar wurde von einer Elster gewarnt, die ihn mit ihrem Gezwitscher aus dem Schlaf riß, als die Riesen sich mit ihren zum Schlag erhobenen Keulen anschlichen. Donars Zorn über diesen Verrat war grenzenlos, und er wütete so schrecklich unter den Riesen, daß sie vor Grauen zu Stein wurden.«

Sie stieg die abgetretene schmale Treppe mit sicherem Schritt hinauf, und Thorag folgte ihr. Die Stufen wurden immer kleiner, so daß aus dem Steigen ein Klettern wurde. Sie ließen das grüne Dach des Unterholzes unter sich zurück.

Irgendwann hielt Astrid an, sicherte sich mit der linken Hand am Felsen und zeigte mit der Rechten auf ein Vogelnest, das auf einem Felsvorsprung lag. »Eine Elster hat dort ihr Nest gebaut. Die Elstern genießen den Schutz der Heiligen Steine. Es heißt, solange sie hier sind, bleiben die Riesen aus Angst, sie könnten den Donnergott zurückrufen, versteinert. Und solange die Riesen Stein bleiben, können sie nicht am Ende der Zeit gegen das Götterheer kämpfen.«

Thorag erinnerte sich, daß seine Mutter früher, wenn sie von den Heiligen Steinen erzählte, manchmal von den Elsternsteinen gesprochen hatte. Er überlegte und fragte dann: »Heißt das, unsere Welt hat Bestand, solange die versteinerten Riesen an diesem Platz stehen?«

Astrid lächelte und strich mit der freien Hand Haarsträhnen zurück, die der Wind in ihr Gesicht geweht hatte. »Du bist ein kluger Mann, Thorag. Nur der Kampf kann den Sieg bringen, aber auch den Untergang.«

»Warum erzählst du mir das alles?«

»Weil ich den Haß in deinen Augen sehe. Und das Verlangen nach Blut.«

»Ich habe gute Gründe für meinen Haß.«

»Wer Haß fühlt, denkt das immer.«

Die Priesterin kletterte weiter hinauf und führte Thorag in eine Höhle. Im Innern des Felsens war es heller, als Thorag angenommen hatte. Bald entdeckte er den Grund: eine Treppe, die innerhalb des Felsens nach oben führte. Auf ihr gelangten die beiden Menschen schließlich wieder ins Freie, wo ein scharfer Wind wehte. Kein Wunder, denn sie standen auf der Spitze des Felsens.

Vorsichtig ging Thorag auf den Rand der Felsplatte zu, wo die Wände steil und glatt nach unten abfielen. Der verhältnismäßig glatte Stein, auf dem er und Astrid standen, war mit verschiedenen Mustern und Symbolen in weißer Farbe übersät, die den Ritualen der Priester dienten. Als Thorag auf die verstreuten, von hier oben winzig wirkenden Hütten hinunterblickte, in denen die Diener der Götter lebten, bekam er ein Gefühl dafür, wie unbedeutend die Menschen im Vergleich zu den Mächten waren, die diese Welt geschaffen hatten und zusammenhielten. Wenn sich einer der versteinerten Riesen auch nur ein bißchen bewegte, würden Thorag und Astrid nicht mehr sein.

»Der Stein, auf dem wir stehen, ist heiliger Boden«, sagte Astrid, die neben ihn getreten war. »Dieser Ort ist nur für Menschen, die im Einklang mit den Göttern sind. Hier ist kein Platz für Haß, der zu Blut und Tod führt.«

»Aber auch die Götter müssen kämpfen!«

»Ein Kampf, der am Ende der Zeiten zu ihrem Untergang führen wird, ausgelöst von Haß, Neid und Mißgunst. Wir Menschen werden kaum besser sein als die, die uns beherrschen. Aber sollten wir uns nicht wenigstens bemühen, aus ihren Fehlern zu lernen?«

Thorag drehte sich zu ihr um. »Vielleicht würdest du anders reden, wenn du wüßtest, weshalb ich gekommen bin.«

»Ich weiß es.«

»Eiliko...«, setzte Thorag an, weil er nicht glaubte, daß Astrid dasselbe meinte wie er.

»Mein Bruder ist tot«, sagte sie zu seiner Überraschung. »Ich weiß es schon länger. Ich hatte ein Gesicht, in dem er von Hel, der Schwarzen, verschlungen wurde.«

Sie setzten sich auf einen Felsblock, und Thorag berichtete von Eilikos Tod. Danach zog er die Bronzefibel des Jungen aus einem der Lederbeutel an seinem Gürtel und wollte sie Astrid geben.

Die junge Frau nahm die Brosche aus seiner Hand und steckte sie an seinen Umhang. »Trage die Fibel und versuche dabei, an Eiliko zu denken, nicht an die Römer. Denke an die Liebe, nicht an den Haß.« Ihr Gesicht verdunkelte sich plötzlich. »Der Haß bringt nichts Gutes.«

»Was hast du?«

»Ich hatte noch ein Gesicht, mehrmals. Ein Gesicht, das dich betrifft. Jetzt, wo du hier bist, spüre ich, daß es mit dem Haß zusammenhängt, der dich erfüllt.«

»Das verstehe ich nicht. Was hast du gesehen?«

»Dich – in einem Meer von Blut! Ähnlich wie damals schon. Um dich herum war es so dunkel wie in Hels Reich. Aus der Dunkelheit löste sich etwas heraus, ein schwarzes Tier, das dich verschlang.« Vergeblich versuchte Astrid, Thorags große Hände zu umfassen, als sie ihm in die Augen sah und eindringlich sagte: »Thorag, hüte dich vor dem schwarzen Tier!«

»Was für ein schwarzes Tier? Sprichst du von Ater, Eilikos Mörder? Von dem schwarzen Eber? Von dem Ur, der meinen Vater und meinen Bruder tötete?«

»Ich weiß nicht, was für ein Tier es war, aber keins von diesen. Du hast sie alle getötet. Aber meine Gesichter zeigen nicht das, was gewesen ist, sondern das, was kommen wird. Und mein Traum sagt deutlich, daß du das schwarze Tier nicht töten wirst. Es wird dich verschlingen. Deshalb mußt du deinen Haß bezähmen!«

Thorag dachte über die Warnung nach, während er und Astrid den Felsen verließen.

Sie gingen in Astrids Hütte, wo sie ein einfaches Mahl zu sich nahmen: Nüsse und frische Waldbeeren in Kuhmilch, mit Honig gesüßt.

Astrid war voller Neugier und stellte viele Fragen über die Ubierstadt und über die Römer. Thorag überlegte erst, ob er Flaminia überhaupt erwähnen sollte, aber schließlich entschied er sich für die Ehrlichkeit; Astrid hatte ihm schon mehrfach geholfen, sie weihte ihn in ihre Träume ein, dann mußte auch er offen sein.

»Liebst du sie?« fragte Astrid.

Thorag sah die schöne Römerin wieder vor sich, die Erinnerung an die Nächte der Lust, aus denen Stunden des Glücks geworden waren, überkam ihn mit fast schmerzhafter Eindringlichkeit. »Ja«, antwortete er zögernd. »Falls man Menschen auf verschiedene Weise lieben kann.«

»Warum nicht? Die Menschen sind sehr verschieden. Weshalb dann nicht auch die Liebe, die man für sie empfindet?«

»Wenn ich mit Flaminia zusammen war, habe ich nicht immer an sie gedacht. Ich dachte auch an dich, Astrid, und an …« Er verstummte und überlegte, ob es richtig war, an Vergangenem zu rühren.

»An Auja?«

Thorag nickte.

Astrids Hand strich über seinen starken Unterarm. »Ich mag dich sehr, Thorag, aber mein Leben gehört den Göttern. Ob Auja oder Flaminia an deine Seite gehören, mußt du selbst entscheiden. Triff die Wahl mit Liebe im Herzen!«

Thorag lächelte, aber auf seinen Zügen lag Bitterkeit. »Ich habe keine Wahl. Auja habe ich für immer verloren. Es hat keinen Sinn für mich, auch nur an sie zu denken.«

»Dann ist es für dich unwichtig, daß sich ihre Dienerin bei den Heiligen Steinen aufhält?«

»Ihre Dienerin?«

Astrid nickte. »Sie heißt Urte und kommt oft zu den Heiligen Steinen, um Heilkräuter einzutauschen, die nur wir Priester kennen. Sie gilt in ihrer Siedlung als Heilkundige. Mit den Kräutern macht sie dort ein gutes Geschäft.«

Diese Mitteilung stürzte Thorag in große Verwirrung. Er wußte nicht, wie er sich verhalten sollte. Eine Stimme in seinem Kopf riet ihm, die Vergangenheit ruhen zu lassen, alte Schmerzen nicht neu zu beleben. Aber eine andere Stimme riet ihm ebenso überzeugend, das Gespräch mit Aujas Heilerin zu suchen.

Letztlich war Thorag auch zu neugierig, diese Gelegenheit verstreichen zu lassen.

Eine halbe Stunde später stand Thorag vor dem großen Holzhaus, in dem Urte untergekommen war. Astrid hatte ihn hergeführt, wollte bei dem Gespräch aber nicht zugegen sein. »Was zwischen dir und Auja ist, ist ganz allein eure Sache«, hatte sie gesagt.

Zögernd betrat Thorag das längliche Haus durch eine offenstehende Tür an einer der langen Seitenwände. Er wußte gar nicht recht, was er Urte sagen sollte. Aber es war ihm wie eine übernatürliche Fügung erschienen, daß er und Aujas Dienerin zur selben Zeit die Heiligen Steine besuchten. War Auja vielleicht doch nicht verloren?

Rechts vom Eingang, im Stall, war ein stämmiger Mann mit dem Ausmisten beschäftigt. Thorag fragte ihn nach Urte. Ehe der Stämmige noch etwas erwidern konnte, teilte sich ein Vorhang, und eine hagere Frau trat hervor. Sie war klein und etwa doppelt so alt wie Thorag. Ihre Gesichtszüge verrieten große Überraschung.

»Ich bin Urte«, sagte sie. »Was willst du von mir?«

»Ich bin Thorag, Sohn des Wisar.«

»Das weiß ich.«

»Kann ich allein mit dir sprechen, Urte?«

»Worüber?«

»Über Auja.«

»Gehen wir nach draußen«, schlug Urte vor und führte ihn über einen Hühnerhof zu einer einsam stehenden Buche. Die Kräuterfrau hatte eine volltönende, aber auch etwas barsche Stimme. Übertriebene Achtung gegenüber dem neuen jungen Gaufürsten konnte man ihr nicht vorwerfen.

»Auja lebt noch auf Onsakers Hof?« fragte Thorag.

»Natürlich. Sie untersteht seiner Munt.«

»Wann kehrst du dorthin zurück?«

»Morgen.«

»Richtest du Auja etwas von mir aus?«

Urte zog die Augenbrauen hoch und blickte Thorag von der Seite an. »Ich glaube nicht, daß das Onsaker gefällt.«

»Er braucht es nicht zu erfahren.«

»Ich soll also meinen Herrn und Fürsten verraten?« Diese Satz ging der Heilerin etwas zu leicht über die Lippen. Thorag glaubte jetzt in ihrer Stimme einen scheinheiligen Unterton herauszuhören.

»Ich spreche nicht von Verrat, sondern von einem Gefallen.« Thorag öffnete einen Lederbeutel und nahm einen Silberdenar mit dem Bildnis des Augustus heraus. »Du sollst dafür auch entlohnt werden.«

Urte machte erst ein empörtes Gesicht; aber ihr Blick haftete auf geradezu magische Art und Weise auf der Münze. Zögernd nahm sie endlich die Silbermünze aus seiner Hand. »Was soll ich dafür tun?«

»Richte deiner Herrin aus, daß ich sie übermorgen zur Mittagsstunde erwarte.«

»Das ist aber ein großer Gefallen, den ich dir erweisen soll«, sagte Urte und blickte begehrlich auf Thorags Börse.

»Du wirst dafür auch reich entlohnt.« Er gab ihr noch eine Silbermünze. »Sag Auja, ich erwarte sie dort, wo wir uns zum erstenmal begegneten.«

»Und wenn sie den Ort vergessen hat?« fragte Urte.

»Dann sollten wir uns besser nicht treffen.«

Kapitel 24
Verrat

Sunnas leuchtender Wagen hatte den höchsten Himmelspunkt längst überschritten. Thorag, der mit dem Rücken an den Stamm einer alten Eiche gelehnt saß und mit seinem Dolch gedankenverloren an einem vom Sturm gebrochenen Ast herumschnitzte, fragte sich immer wieder, ob es falsch gewesen war, die Begegnung mit Auja zu suchen. Schon zwei Stunden wartete er jetzt, und er wurde immer unruhiger. Weshalb kam Auja nicht? Scheute sie das Treffen mit ihm? Scheute sie den Ort, der so viele Erinnerungen für sie beide bedeutete? Oder fürchtete sie Onsakers Zorn?

Eine andere Möglichkeit kam Thorag in den Sinn, als er an Urte dachte, die er vor zwei Tagen bei den Heiligen Steinen getroffen hatte. Vielleicht hatte die hagere Frau seine Münzen genommen, seine Botschaft aber nicht weitergeleitet. Damit hätte sie den Gewinn eingetrieben und die Gefahr ausgeschlossen, von Onsaker belangt zu werden.

Er war so sehr mit seinen Gedanken beschäftigt, daß er gar nicht merkte, wie sein grasendes Pferd unruhig wurde. Er nahm das Hufgetrappel erst wahr, als es schon recht nah war. Thorag sprang auf, ließ den Ast fallen und vertauschte den Dolch mit seinem Schwert. Er zog sich hinter den mächtigen Stamm der Eiche zurück, als er die Umrisse des fremden Reiters zwischen den Bäumen sah. Auch Thorags Pferd war alarmiert, drehte den Kopf zur Seite und sah dem Neuankömmling entgegen.

Der Cherusker ließ das Schwert sinken und trat hinter Donars heiligem Baum hervor, als er Auja erkannte, die auf einem kleinen Falben saß. In ihrem grünrot gemusterten Wollkleid sah sie fast genauso aus wie damals, als sie sich nach Gundars Beisetzung getroffen hatten.

Auja zügelte ihre Stute und sah Thorag entgegen. »Hast du Angst vor mir, Thorag, daß du dich hinter dem Baum deines Gottes versteckst und das Schwert in der Hand hältst?«

Er steckte die Klinge zurück ins Fellbalg der Scheide. »Für

einen Moment glaubte ich Gefahr zu spüren, als ich dich kommen hörte.«

»Welche Gefahr könnte ich für dich sein?« fragte Auja, während sie mit einer geschickten Drehung vom Pferd stieg. Ihre Stute gesellte sich zu Thorags Grauem, und die beiden Tiere beschnupperten sich vorsichtig.

»Vielleicht keine Gefahr für meinen Körper, aber eine für mein Herz. Ich habe viel an dich gedacht, Auja.« Er staunte selbst, wie leicht ihm die Worte über die Lippen kamen. Gewiß, im Oppidum Ubiorum, in den Armen Flaminias, hatte er kaum mehr an sie gedacht; aber seit seiner Rückkehr ins Land seiner Väter, erschien das Bild Aujas immer öfter vor seinem inneren Auge; es war, als sei ihre Gestalt untrennbar mit dieser Landschaft verbunden.

Ihre braunen Augen nahmen einen sehr ernsten Ausdruck an: »Rede nicht von Dingen, die nicht sein dürfen, Thorag!«

»Warum darf es nicht sein, wenn sich zwei Menschen lieben? Du könntest jetzt einfach mit mir reiten, und alles wäre gut.«

Auja schüttelte den Kopf und lächelte angesichts dieser einfachen Vorstellungen. »Nichts wäre gut. Du weißt, daß ich als Askers Witwe unter Onsakers Munt stehe. Ginge ich mit dir, würde er es als Raub auslegen. Das wäre ein Grund für ihn, dich anzugreifen und dir doch noch den Gau deines Vaters zu nehmen. Onsaker bereut es nämlich schon, daß er sich von Armin *beschwatzen* ließ, wie er es ausdrückt.«

Thorag wußte, daß Auja recht hatte, aber er wollte es nicht wahrhaben. Er legte seine Hände auf ihre Schultern und sah tief in ihre Augen. »Liebst du mich noch, Auja?«

»Warum fragst du immer wieder nach Dingen, die nicht sein dürfen? Mach es uns doch nicht so schwer!«

»Wenn du so denkst, warum bist du dann gekommen?«

»Auch ich denke viel an dich, Thorag, aber ...« Sie brach ab.

Thorag spürte auch so, daß noch etwas außer Onsaker zwischen ihnen stand. Und er wußte, daß es der Verdacht war.

»Denkst du, ich habe Arader getötet?« fragte er und nahm die Hande von ihr.

»Ich halte dich nicht für einen Mörder, Thorag. Nicht nur, weil du die Prüfung der Götter auf dem Thing bestanden hast.

Ich glaube, ich kenne dich gut genug, um zu wissen, daß du so etwas nicht tun würdest. Aber wenn du es nicht warst, wer dann? Niemand sonst hatte einen Grund, meinen Vater zu töten!«

»Das würde ich so nicht sagen. Arader war kein freundlicher Mann.«

»Man tötet keinen Mann, nur weil er nicht freundlich ist.«

Thorag seufzte und suchte vergebens nach Worten. Er konnte Aujas Zweifel gut verstehen. Er an ihrer Stelle hätte auch diesen Verdacht gehegt. Manchmal fragte er sich, ob er Arader nicht umgebracht hatte, ohne es selbst zu wissen.

Konnte es das geben? Konnte ein Mensch einen anderen töten und es vergessen?

Diese Frage beschäftigte ihn so sehr, daß er das warnende Kribbeln in seinem Nacken zu spät beachtete. Als das Knacken von Zweigen ihn aufschauen ließ, erkannte er, daß ihn sein sonderbares Gefühl bei Aujas Erscheinen nicht getäuscht hatte.

Zu spät! Rings um ihn herum brachen schwarzbemalte Krieger aus dem Unterholz und stürmten die Lichtung.

Mit dem wütenden Gedanken, daß er wie ein unerfahrener Knabe in eine Falle gelaufen war, zog er sein schweres Schwert, riß es mit beiden Händen hoch und ließ es auf den ersten Angreifer niederfahren, während er sich mit einer geschickten Drehung aus der Stoßrichtung von dessen Frame brachte. Der Eberkrieger stolperte an Thorag vorbei, während die schwere Klinge des Edelings seinen Kopf spaltete. Haarbüschel, Knochen, Stücke seines Gehirns und Blut verspritzend, sank der Schwarzbemalte zu Boden.

Thorag rannte zu den beiden Pferden. Sein Schild und seine Frame hingen am Sattel. Nur aufgesessen und mit all seinen Waffen konnte es ihm gelingen, der unberittenen Übermacht zu widerstehen. Als er die Hälfte der Entfernung hinter sich gebracht hatte, traf ihn etwas schwer am Kopf und zwang ihn auf die Knie. Es war ein Wurfspeer, der ihn zum Glück nur streifte.

Glück? Es kostete ihn wertvolle Augenblicke. Als er sich wieder erhob, war er von Eberkriegern umzingelt. Speerspitzen und Schwertklingen zeigten von allen Seiten auf ihn. Schwarze

Gesichter, von denen eines dem anderen glich, starrten ihn haßerfüllt an. Dann erkannte er ein Gesicht. Es gehörte dem rotbärtigen Klotz, dem er vor einigen Tagen begegnet war, als er mit Onsaker verhandeln wollte.

Der Rotbart grinste breit und enthüllte Zähne, die nicht viel heller waren als seine Kriegsfarbe. »So schnell sieht man sich wieder, *Edeling*. Wenn du nicht mit einem einfachen Krieger sprichst, kämpfst du vielleicht gegen ihn!«

Der Klotz sprang vor und stieß mit der Frame nach Thorag. Der junge Fürst konnte ausweichen, und der Speer riß nur den Hirschlederumhang von seiner Schulter. Thorags blutige Klinge hieb den Framenschaft entzwei, und der Rotbart starrte verblüfft auf das unbrauchbare Reststück der Waffe in seinen Händen.

Der Eberkrieger mochte stark sein, aber er war zu schwerfällig. Als er sich von seiner Überraschung erholt hatte, war Thorag schon bei ihm und stieß das Schwert tief in seine Brust. Mit einem Aufstöhnen ging der Mann in die Knie und starrte seinen Gegner ungläubig an.

Mehr sah Thorag nicht. Er wurde von den Beinen gerissen. Um ihn herum waren nur noch Hände, Waffen, Leiber und schwarze Gesichter. Die im wahrsten Sinne des Wortes erdrückende Übermacht der Eberkrieger verurteilte ihn zur Wehrlosigkeit. Sie entwanden ihm das Schwert und rissen ihm den Dolch aus dem Gürtel. Unablässig trafen ihn Schläge und Tritte. Als ein Fuß schwer gegen seinen Kopf krachte, verließen ihn fast seine Sinne.

Thorag kämpfte sich durch den dunklen Tunnel, der ihn zu verschlucken drohte, und sah sich an seinem hellen Ende Onsaker gegenüber. Heute trug der Fürst der Eberleute keine Kriegsfarbe im Gesicht. Aber auch bemalt hätte das breite Gesicht nicht häßlicher und gemeiner aussehen können. Das Zähnefletschen sollte vermutlich ein Grinsen sein. Jedenfalls war es ein Zeichen von Onsakers Triumph.

»Sieh an, Thorag«, sagte er selbstzufrieden und stellte sich über den junge Edeling, der von den Eberkriegern gewaltsam am Boden gehalten wurde. »Der Gaufürst der Donarsöhne auf meinem Gebiet!«

»Das hier ist Grenzgebiet!« stöhnte Thorag.

»Wie auch immer.« Onsaker machte eine wegwischende Handbewegung und zeigte dann auf seine Krieger. »Ich habe genug Zeugen dafür, daß wir dich auf *meinem* Gebiet erwischt haben. Dich und Auja, die du aus meiner Munt rauben wolltest. Jedermann wird verstehen, daß ich dich gefangennahm.«

»Aber Armin wird es nicht gutheißen.«

»Armin!« Onsaker spuckte aus, Thorag mitten ins Gesicht. »Armin kann nichts mehr ändern, wenn ich ihn vor vollendete Tatsachen stelle. Schon gar nicht, wenn du tot bist!«

Der Eberfürst zog sein Schwert und drückte die scharfe Klinge gegen Thorags Kehle. Das warme Gefühl, das Thorag dort spürte, mußte von seinem Blut herrühren, das aus der Schnittwunde lief.

Langsam zog Onsaker sein Schwert zurück. »Ich will nichts übereilen. Vielleicht nützt mir ein lebender Thorag mehr als ein toter.« Er sah seine Männer an. »Fesselt ihn!«

Binnen kurzem war Wisars Sohn so fest verschnürt, daß er kaum noch einen Finger bewegen konnte. Die Ebermänner luden ihn bäuchlings auf sein Pferd und zurrten ihn dort fest.

»Wer hat mich verraten?« fragte Thorag.

»Was denkst du?« erwiderte Onsaker und blickte die junge Frau an. »Auja vielleicht?«

»Nein!« schrie Auja mit Tränen in den Augen auf. »Das ist nicht wahr!«

»Auja war es nicht«, sagte Thorag mit fester Stimme und fügte in Gedanken hinzu: *Nicht hier. Nicht auf unserer Lichtung. Niemals!*

»Du hast recht«, grinste Onsaker.

»Also war es Urte.«

»Du hast schon wieder recht. Urte ist eine treu ergebene Dienerin, mir und dem Geld gegenüber. Seit sie erfahren hat, welch schönen, nutzlosen Kram man für die Münzen der Römer kaufen kann, tut sie alles für Asse und Sesterzen. Sie ließ sich von dir bezahlen, um deine Botschaft zu überbringen. Sie ließ sich von Auja bezahlen, damit sie schwieg. Dann ließ sie sich von mir bezahlen, damit sie redete. Ich habe gut gehandelt, als ich sie zu Aujas Dienerin bestimmte.«

Onsaker gab den Befehl zum Aufbruch. Die Eberkrieger hoben die beiden Toten auf und luden sie auf Aujas Falben.

Auja trat zu Thorag und sagte leise: »Es tut mir leid.«

Onsaker sprang herbei und riß sie von Thorag weg. So heftig, daß Auja stolperte und zu Boden fiel. Niemand half ihr beim Aufstehen.

»Du wirst nie wieder mit Auja sprechen, Thorag!« sagte der Eberfürst düster, und in seinen Augen loderte wieder der unbändige Haß.

Kapitel 25

Das Tal der toten Bäume

Onsaker wollte Thorag verhungern lassen. Eher noch verdursten, denn seine Kehle und sein Mund waren so trocken und rauh, daß es ihn fast erstickte. Ja, so mußte es sein! Wie sonst sollte sich Thorag erklären, daß niemand nach ihm sah? Daß er kein Essen bekam, nicht mal einen Becher Wasser? Er war allein mit der Dunkelheit, die ihn umhüllte, und mit den Geräuschen der Außenwelt, die stark gedämpft zu ihm drangen. Stimmen, deren Bedeutung er nicht verstand. Manchmal auch Rindergebrüll oder Schweineraunzen.

Der Eberfürst und seine Krieger hatten Thorag zu Onsakers Gehöft gebracht und ihn hier in eine der Erdgruben gesperrt, die als Vorratskammern dienten. Der Grube, in die Thorag unsanft geworfen worden war, haftete der durchdringende Geruch von Mohrrüben an. Die Eberleute hatten schwere Holzbalken über die Grube gelegt und Thorag das Licht genommen. Es schien eine ständige Wache über ihm zu geben; immer wieder hörte er das Knirschen von Schritten über sich, bis es so zur Gewohnheit geworden war, daß es ihm kaum noch auffiel.

Seine verzweifelten Anstrengungen, sich zu befreien, waren vergebens gewesen. Er war fest eingeschnürt und schaffte es nicht, auch nur einen der Stricke zu lockern. Und das festgestampfte Erdreich, das ihn umgab, bot keine Reibungsfläche, an der er hätte versuchen können, die Fesseln durchzuscheuern. Onsaker hatte an alles gedacht.

An den dumpfen Geräuschen, die zu ihm drangen, versuchte Thorag die Zeit festzumachen. Aber es war eine vergebliche Anstrengung. Müdigkeit und Erschöpfung, die ihm wenigstens für einige Stunden erlösenden Schlaf brachten, machten sie zunichte. Er konnte nur schätzen, daß seit seiner Gefangennahme mindestens zwei Nächte vergangen waren. Und niemand kam, ihm zu helfen.

Wie auch?

Onsaker würde schon ein Auge darauf haben, daß Auja dem Gefangenen nicht beistand. Wahrscheinlich befand sie sich unter

Urtes ständiger Aufsicht. Der Eberfürst hatte auf dem Weg zu seinem Hof nicht zugelassen, daß Auja auch nur einmal in Thorags Nähe kam.

Von Thorags Gefolgsleuten war keine Hilfe zu erwarten. Er hatte ihnen nur gesagt, er wolle ein wenig ausreiten, als er zu dem Treffen mit Auja aufbrach. Hätte Thorag verlauten lassen, daß er sich an die Grenze von Onsakers Gau begeben wollte, hätte Hakon darauf bestanden, ihm einige Krieger mitzugeben. Das wäre die richtige Maßnahme gewesen, erkannte Thorag bitter.

Etwas kitzelte Thorags Gesicht. Er dachte an eine Maus oder einen Regenwurm. Aber es waren Erdkrümel, die auf ihn herunterrieselten. Damit sie ihm nicht in Mund, Nase und Augen drangen, drehte er den Kopf weg. Fast die einzige Bewegung, zu der er noch in der Lage war. Er hörte ein lautes Schaben, und Licht fiel in seinen kleinen Kerker. Seine Augen tränten, als er sie krampfhaft aufriß, aber er zwang sich, die blendende Helligkeit zu ertragen. Er wollte wissen, wer sein Gefängnis öffnete.

Schnell zerschlug sich seine aufkeimende Hoffnung auf Rettung. Hätte er vernünftig gedacht, hätte er das von vornherein ausgeschlossen. Er hatte keinerlei Kampflärm gehört. Über ihm standen Onsakers Männer und sahen mitleidslos auf ihn herab.

Zwei von ihnen sprangen in das Erdloch, stellten den Gefangenen auf seine tauben Füße und hoben ihn an. Mehrere Hände griffen nach ihm und zogen ihn nach oben. Als er dort erneut auf die Füße gestellt wurde, schoß ein brennender Schmerz durch seine Beine. Weil durch die Fesseln der Blutfluß abgeschnitten war, waren die Füße völlig taub, boten ihm keinen Halt, und Thorag fiel vor den Ebermännern auf den Boden. Trotzdem war er froh über den Schmerz, der bedeutete, daß seine Beine noch nicht abgestorben waren.

»Bindet ihn auf ein Pferd!« befahl eine barsche Stimme. Es war Onsaker, der bereits auf dem Rücken eines graubraunen Hengstes saß. Er war von etwa zwanzig Kriegern umgeben, von denen einige ihre Pferde am Zügel hielten, andere aufgesessen waren. »Und macht ihn blind!«

Thorag wurde aufgehoben, wieder wie ein Sack bäuchlings über einen Pferderücken geworfen und dort festgezurrt. Ein

Mann bracht ein schmutziges, nach Schweiß stinkendes Tuch, das um Thorags Kopf gewickelt und mit einem Strick so festgebunden wurde, daß er nichts mehr sah. Zuvor hatte er noch einen Blick auf Sunna werfen und feststellen können, daß ihr Weg an diesem Tag schon weit nach Westen geführt hatte. Der Ritt, wohin immer er führen sollte, konnte also nicht besonders lange dauern.

Trotzdem schien es Thorag eine kleine Ewigkeit zu sein. Vielleicht lag es daran, daß er gar nichts sah. Seine einzigen Wahrnehmungen waren das Schaukeln auf dem Pferderücken, das Hufgetrappel, das Schnaufen und Wiehern der Tiere, gelegentliche Rufe der Reiter und der ekelerregende Gestank, der von dem Tuch ausging. Solange er Sunnas wärmende Strahlen noch spürte, schloß er aus ihrer Richtung, daß sie nach Norden ritten. Aber als Sunnas Kraft nachließ, verlor er vollends die Orientierung. Laute Rufe kündigten das Ende der ungewissen Reise an. Die Pferde blieben stehen. Eine Klinge zerschnitt die Schnüre, mit denen Thorag auf den Braunen gezurrt war. Kräftige Hände packten den Gefangenen und rissen ihn vom Pferd. Der Edeling prallte mit seiner linken Schulter schmerzhaft hart auf scharfkantiges Gestein, als er auf dem Boden aufschlug.

Wieder hörte er Onsakers Stimme: »Zerschneidet seine Fußfesseln, damit er laufen kann!«

Aber Thorag konnte nicht laufen, nicht allein. Seine Füße und Beine, von den Stricken so lange abgeschnürt, verweigerten ihm den Dienst. Erst als er an jeder Seite von einem Mann gestützt wurde, konnte er mehr schlecht als recht über den unebenen Boden stolpern.

Der Weg wurde ein wenig einfacher, als die Gruppe ihr Ziel erreichte. Ein Ort, an dem sich viele Menschen aufhielten, was ein unablässiges Stimmgewirr verriet. Seine beiden Begleiter ließen Thorag los, und er fiel erneut zu Boden. Seine Füße und Beine brannten derart, daß er sie am liebsten heftig massiert hätte. Aber seine auf den Rücken gefesselten Hände erlaubten das nicht.

Das Stimmgewirr verstummte, als ein harmonischer Doppelklang über die Menschen hinwegzog. Thorag erkannte den Klang der Luren. Als sie endlich verstummten, war es so still, daß er das Prasseln eines großen Feuers hörte. Daher kam also die starke Hitze, die ihn schwitzen ließ.

In der von den Luren vorgegebenen Harmonie setzten viele Kehlen zu einem Singsang an: »Heil dir, Wodan, Vater der Götter, stärke uns mit deiner Weisheit und Kraft! Wir, die den Namen des bösen Wolfes tragen, kamen zusammen, dir zu dienen mit seiner Macht!«

Die den Namen des bösen Wolfes tragen! Plötzlich wußte Thorag, wo er sich befand: auf einer Zusammenkunft der Fenrisbrüder!

»Unser Führer, der Schwarzwolf, rief uns zusammen!« dröhnte eine dunkle Stimme über den für Thorag unsichtbaren Ort. »Du warst es, der uns rief, Schwarzwolf, drum leite dieses Thing!«

Der Mann, der daraufhin sprach, mußte der geheimnisvolle Schwarzwolf sein. Seine Stimme klang unnatürlich dumpf, was wohl an der Maske lag, von der Thidrik gesprochen hatte. Und doch brachte sie etwas in Thorag zum Klingen, eine Erinnerung. Er kannte die Stimme, vermochte sie aber nicht einzuordnen.

»Ich grüße euch, meine Brüder, und heiße euch willkommen im Namen Wodans, der Götter und der wilden Schar, die alle mit uns sein werden im Kampf gegen die römischen Feinde!« Die Worte des Schwarzwolfs lösten zustimmende Rufe aus. Als diese verklungen waren, fuhr der Anführer der Fenrisbrüder fort: »Ja, meine Brüder, die Götter werden und beistehen. Aber nur, wenn wir uns nicht ihren Zorn zuziehen!«

Wieder pflichteten ihm die Männer bei, und einer fragte laut: »Wir dienen den Göttern treu. Wie könnten wir uns ihren Zorn zuziehen?«

»Indem wir einen Edeling, der ein Abkömmling Donars ist, so behandeln wie einen Römer.«

Thorag spannte Muskeln und Sinne an, als die Rede des Schwarzwolfs auf ihn kam. Vergebens versuchte er sich aufzurichten. Aber es gelang ihm immerhin, auf die Knie zu kommen.

»Wenn du von meinem Gefangenen sprichst, Schwarzwolf«, hörte er ganz in seiner Nähe Onsakers Stimme, »muß ich dir widersprechen. Es kann die Götter nicht erzürnen, wenn wir einen Römling fangen. Denn das ist er!«

Wieder wurden Stimmen laut, die wissen wollten, wer der geheimnisvolle Gefangene sei.

»Enthülle uns sein Gesicht, Onsaker!« befahl daraufhin der Schwarzwolf.

Kurz darauf zogen rauhe Hände das Tuch von Thorags Kopf. Während er sich neugierig umsah, hörte er, wie sein Name durch die Reihen der Männer ging. Er selbst erkannte keinen von ihnen, denn die meisten Gesichter lagen im Schatten der übergestreiften Wolfsfelle. Nur das große Lagerfeuer in der Mitte des Thingplatzes und die Fackeln in den Händen einiger Männer erhellten die bewölkte Nacht.

Ja, er schien sich auf eine Versammlung von zwei- bis dreihundert zweibeinigen Wölfen zu befinden. Am seltsamsten war die Gestalt, die auf einem Felsblock stand und vor der in einer Mulde zusammengetragenes Astwerk verbrannte. Ein großer Mann, hünenhaft wie Thorag, breitschultrig – und nicht zu erkennen. Wie Thidrik gesagt hatte, trug der Anführer der Fenrisbrüder ein dunkles Wolfsfell. So dunkel, daß er fast mit der Nacht verschmolz. Das wild tanzende Licht des Lagerfeuers fiel auf sein Gesicht, das doch im Dunkeln lag, verborgen hinter einer Maske, die ebenfalls schwarz und wie die Schnauze eines Wolfes geformt war.

Plötzlich fielen Thorag die Worte ein, die Astrid ihm auf dem Steinriesen gesagt hatte: *Thorag, hüte dich vor dem schwarzen Tier!*

Hatte sie im Traum den Schwarzwolf gesehen? Thorag konnte es sich nicht recht vorstellen, denn der Maskierte hatte, aus welchem Grund auch immer, für ihn gesprochen.

Während ihn diese Gedanken durchfuhren, sah sich der Edeling auf dem Thingplatz um. Es war eine große Lichtung, eingerahmt von Felsen und Bäumen. Die Bäume boten einen seltsamen Anblick. Sie ragten hoch in den Himmel auf, aber sie trugen keine Blätter. Wie die Riesen am obersten Heiligtum des Cheruskerstammes schienen sie zu Stein erstarrt, leblos.

Thorag wußte jetzt, wo er sich befand. Er war noch nie an diesem Ort gewesen, aber er hatte schon von ihm gehört: das Tal der toten Bäume. Es lag an der Grenze zwischen Onsakers und Armins Gau. Soweit die Erinnerung der Cherusker zurückreichte, waren die Bäume in diesem Tal schon tot gewesen.

Das Leben im einst blühenden Tal war verbrannt und verdorrt, als der Drache Fafner und die Midgardschlange sich darüber stritten, wessen Zuflucht es sein sollte. So erzählten es die Alten an den Winterabenden. Im Zorn spie Fafner sein allesverbrennendes Feuer und die Midgardschlange ihren giftigen Atem. Beide verließen das Tal, als sie erkannten, wie tot und unfruchtbar es durch ihren Streit geworden war.

Thorag dachte, daß sich die Fenrisbrüder kaum einen passenderen Ort für ihre Zusammenkunft hätten aussuchen können als dieses von düsteren Legenden umwobene Tal.

Die Stimme des Schwarzwolfs erscholl erneut: »Ja, Brüder, es ist Thorag, Sohn des Gaufürsten Wisar und Abkömmling des mächtigen Donnergottes, den Onsaker zusammengeschnürt wie gefangenes Wild herbeischleppt!«

»Du selbst hast mir befohlen, den Gefangenen zur Versammlung zu bringen!« warf der Eberfürst ein.

»Mit gutem Grund. Ich wollte verhindern, daß ihm Schlimmeres zustößt. Oder hast du nicht mit dem Gedanken gespielt, ihn zu töten?«

»Ich habe das Recht dazu!«

Obgleich die Augen des Schwarzwolfs hinter der Maske verborgen waren, wußte Thorag, daß der Maskierte den Eberfürsten fixierte, als er mit seiner dumpfen Stimme fragte: »Warum?«

»Ich habe ihn auf meinem Land gefangen. Er kam, die Witwe meines Sohnes Asker zu rauben und eine Verschwörung anzuzetteln, um mir meinen Gau streitig zu machen.«

»Lüge!« entfuhr es Thorag. »Ich habe mich mit Auja getroffen, aber ich wollte sie nicht rauben. Und ich habe niemals Anspruch auf den Ebergau erhoben. Onsaker lügt, weil er ...«

Weiter kam er nicht. Onsaker wirbelte zu ihm herum, riß einen Fuß hoch und trat so heftig gegen seine Schulter, daß Thorag das Gleichgewicht verlor und auf die Seite kippte. Ein weiterer Tritt in den Bauch raubte ihm die Luft zum Atmen.

»Aufhören!« schrie der Schwarzwolf und ließ den wütenden Onsaker, der bereits zum nächsten Tritt ausgeholt hatte, in der Bewegung erstarren. »Niemand krümmt dem Gefangenen ein Haar ohne meine Zustimmung!«

»Thorag ist ein verfluchter Lügner!« schnaubte der Eberfürst. »Er tut das, wessen er mich bezichtigt: Er verbreitet Lügen!«

»Ich bin mir da nicht so sicher«, sagte der Maskierte harsch. »Oder stimmt es etwa nicht, daß du, Onsaker, versucht hast, dir Thorags Gau zu unterwerfen?«

»Ich …«

Der Schwarzwolf ließ den Eberfürsten nicht zu Wort kommen und fuhr fort: »Und stimmt es nicht, daß du deinem Herzog Armin geschworen hast, Frieden mit Thorag zu halten? Wenige Tage nur, bevor du Wisars Sohn gefangennahmst?«

»Woher weißt du das alles?« fragte Onsaker.

Die Antwort des Schwarzwolfs bestand darin, daß er das Fell von seinem Kopf zog und dann seine Maske abnahm. Laute Erstaunensrufe gingen durch die Reihen der Fenrisbrüder, als sie den Herzog der Cherusker erkannten. Immer wieder erscholl der Name des Mannes, den die Angehörigen der Bruderschaft nur als Schwarzwolf gekannt hatten: »Armin!«

Jetzt wußte Thorag, woher er die Stimme kannte, aber das tat seiner Überraschung keinen Abbruch. Armin hätte er am wenigsten hier vermutet, war er doch zusammen mit Thorag auf Thidriks Hof von den Fenrisbrüdern überfallen worden.

»Ich frage dich, Onsaker«, fuhr Armin mit lauter Stimme fort und übertönte die Stimmen der erregten Männer, die hitzig über die Enthüllung ihres Anführers diskutierten. »Hältst du deine Anschuldigungen gegen Thorag aufrecht?«

»Nun, vielleicht habe ich etwas übertrieben«, gab der Eberfürst zähneknirschend zu. »Vielleicht hatte Thorag es nicht auf meinen Gau abgesehen. Aber er hat sich heimlich mit Auja getroffen. Und er hat den Römern als Soldat gedient.«

»Letzteres habe ich auch«, sagte Armin kühl. »Und doch bin ich jetzt euer Anführer, weil ich erkannt habe, daß ich meinem Volk nicht dienen kann, wenn ich den Römern diene.«

»Ich zweifle nicht an *deiner* Aufrichtigkeit«, sagte Onsaker in einem Ton, der seinen Zweifel an Thorags Aufrichtigkeit offenkundig machte.

»Ich stehe für Thorag ein«, entgegnete Armin. »Aber ich will einen Zeugen aufrufen, der dich vielleicht mehr überzeugt, Onsaker. Einen Mann aus deinem Gau. Unser Bruder Thidrik möge vortreten!«

Zögernd trat ein kräftiger Mann an das große Feuer, dessen

Flammenschein den unteren Teil seines unter dem Kopf des Wolfsfells steckenden Gesichts beleuchtete. Thorag erkannte Thidriks aufgeworfene, von dem großen Schnauzbart überschattete Lippen.

»Thidrik!« entfuhr es dem überraschten Onsaker. »Ich wußte gar nicht, daß er wieder hier ist!«

»Du hast Thorag in der Stadt der Ubier getroffen, nicht wahr, Thidrik?« fragte Arnim.

»Ja, Herzog.«

»Dann berichte uns über euer Zusammentreffen und über das, was du bei den Römern erlebtest!«

Während der Bauer von dem Anschlag auf die Rheinbrücke, von dem Prozeß, von Thorags Auspeitschung und von der Flucht aus dem Amphitheater berichtete, dachte der Gefangene daran, daß seit seiner Heimkehr ins Cheruskerland am Ende des letzten Sommers nicht nur der Verlust sein ständiger Begleiter war, sondern daß er auch ständig dem Urteil anderer ausgeliefert war. Wegen Onsakers falscher Anschuldigungen hatte er sich bei den Heiligen Steinen auf dem Thing verantworten müssen. Dann der von Quintilius Varus geführte Scheinprozeß und jetzt die Versammlung der Fenrisbrüder. Thorag fühlte sich wie einer der Spielbälle, mit denen sich die römischen Männer und Jungen auf den Sportplätzen vergnügten. Er fühlte sich hin und her geworfen von den verschiedenen Mächten, die ihn für ihre Zwecke benutzten. Thorag gefiel diese Rolle überhaupt nicht. Vom Willen anderer abhängig zu sein war eines freien Cheruskers unwürdig. Aber war er noch ein freier Cherusker angesichts der Stricke, die ihn banden wie ein wildes Tier?

Thidrik trat, nachdem er seinen Bericht beendet hatte, vom Feuer zurück und verschmolz mit der Masse der wolfsfellbedeckten Männer. Ein unsinniger Gedanke schoß durch Thorags Kopf: Wie viele Wölfe hatten sterben müssen, um die Fenrisbrüder mit Fellen zu versorgen?

Armin ergriff wieder das Wort: »Ihr alle habt Thidrik gehört, auch du, Onsaker. Hegt jetzt noch jemand Zweifel an Thorags Zuverlässigkeit und Treue?«

Die meisten Stimmen verneinten das, aber irgend jemand rief laut: »Fragen wir Thorag doch selbst!«

»Ein guter Vorschlag«, fand Armin und wandte sein Gesicht dem Gefangenen zu. »Nun, Thorag?«

Wisars Sohn kniete sich hin und richtete seinen Oberkörper auf, soweit es ihm möglich war. »Wen fragst du, Armin, den freien Cherusker oder den Gefangenen?«

»Ich frage den Freien Thorag, Gaufürst der Donarsöhne.«

»Und der soll dir in Stricken antworten?«

Armin sah die Eberleute an und zeigte auf Thorag. »Zerschneidet die Stricke!«

»Thorag ist *mein* Gefangener!« begehrte Onsaker noch einmal auf.

»Du irrst dich«, wies ihn Armin zurecht. »Thorag ist gar kein Gefangener mehr!«

Die Blicke der beiden Fürsten trafen sich über das große Feuer hinweg. Während sie sich gegenüberstanden und anstarrten, verstummten alle Stimmen, und der Moment dehnte sich zur Ewigkeit.

Onsaker konnte Armins Blick nicht mehr standhalten. Er drehte sich um und fuhr seine Männer an: »Zerschneidet schon seine Fesseln!«

Zwei Eberkrieger zogen ihre Dolche, und Thorags Handfesseln fielen. Als er allein zu stehen versuchte, fiel er in erniedrigender Weise vor die Füße der anderen.

Armin sandte zwei der in seiner Nähe stehenden Fenrisbrüder, die Thorag aufhalfen und zu einem Felsblock führten, auf den er sich setzen konnte. Seine Glieder, in denen das Blut nach so langer Zeit endlich wieder zirkulieren konnte, brannten und stachen, doch er bemühte sich, seine Schmerzen zu verbergen.

»Ihr fragt mich nach meiner Treue«, sagte Thorag laut. »Wem soll ich treu sein?«

»Uns!« rief einer der Männer.

»Den Fenrisbrüdern«, sagte Armin. »Dem Kampf der Cherusker und der anderen Stämme für ihre Freiheit!«

»Das ist auch mein Wunsch und Ziel«, sagte Thorag.

»Dann willst du zu uns halten, als einer von uns?« fragte Armin.

»Ja, das will ich!«

Der Herzog sah in die Runde. »Ist jemand hier, der etwas gegen unseren neuen Bruder einzuwenden hat?«

Die Antwort war heftiges Murmeln, aber kein laut vorgetragener Einspruch.

Armin nickte zufrieden. »Dann soll Thorag noch in dieser Nacht einer der unsrigen werden, sobald er sich von der sonderbaren Weise erholt hat, in der Onsaker andere Gaufürsten behandelt.«

Vereinzeltes Gelächter erscholl, und der Eberfürst warf dem Herzog finstere Blicke zu.

»Es gibt vieles, was ich nicht verstehe«, sagte Thorag und spülte die getrockneten Beeren, die er aus einem Tierhautbeutel aß, mit einem Schluck Wasser aus einem Lederschlauch hinunter. Er saß auf einem Felsen am Rand des Tals und schaute auf den Versammlungsplatz der Fenrisbrüder hinunter, wo ein paar der Männer Holz zusammentrugen und das Lagerfeuer fast höher als zuvor aufflackern ließen.

Armin, der vor ihm kniete und Thorags schmerzende Beine massierte, hielt einen Moment in seiner Arbeit inne, sah zu Wisars Sohn auf und sagte: »Frag nur, Thorag. Ich werde dir Rede und Antwort stehen.« Dann fuhr er in seiner Tätigkeit fort, als sei er ein Schalk und nicht der Herzog des Cheruskerstammes.

Einmal mehr dachte Thorag, was für ein seltsamer, undurchschaubarer Mann Segimars ältester Sohn doch war. Ein begnadeter Feldherr im Krieg, ein gewiefter und zugleich verbissen seine Ziele verfolgender Unterhändler. Jetzt war er sich nicht zu schade, vor Thorag zu knien und das Leben in seine Beine zurückzumassieren. Er machte seine Sache gut wie alles, was Armin anpackte. Prickelnde Wärme strömte in Thorags Unterschenkel und saugte den Schmerz allmählich in sich auf. Thorag merkte, wie zum erstenmal seit seiner Gefangennahme die Anspannung von ihm abfiel. Armins Nähe vermittelte ihm ein Gefühl von Sicherheit und Geborgenheit.

»Ich wundere mich, daß du der Anführer dieser Bruderschaft bist, Armin. Als wir damals auf Thidriks Hof kamen, wollten die Wolfshäuter dich doch auch töten. Und du schienst ebenso überrascht von ihrem Auftauchen zu sein wie wir anderen.«

»Das war ich auch, denn zu diesem Zeitpunkt gehörte ich den Fenrisbrüdern nicht an. Aber ich habe erkannt, daß sie eine wichtige Waffe sind im Kampf gegen die Römer. Deshalb verwandelte ich mich in den Schwarzwolf und wurde ihr Anführer.«

»Weshalb die Maske?«

»Die Fenrisbrüder geloben einander Verschwiegenheit. Aber wo viele verschwiegen sind, findet sich immer jemand, der redet. Die Römer sollten nicht erfahren, daß ich gegen sie stehe.«

»Jetzt ist es kein Geheimnis mehr.«

»Ich habe zu dem Treffen nur die Hervorragendsten unserer Bruderschaft zusammengerufen. Ich hoffe, es dauert eine Weile, bis Varus erfährt, daß der Bund zwischen Römern und Cheruskern kein einziges As mehr wert ist.«

Thorag blickte hinunter in das verdorrte Tal, wo die Männer in kleinen und größeren Gruppen beisammen hockten und miteinander sprachen. Vermutlich nur über zwei Männer: ihren neuen Anführer und über Thorag.

»Dieses Treffen«, sagte Wisars Sohn undeutlich, während er herzhaft ein paar leicht säuerlich schmeckende Beeren zerkaute. »Welchem Zweck dient es?«

»Nur einem«, antwortete Armin und hörte erneut mit dem Massieren auf, um einen tiefen Blick in Thorags Augen zu werfen. »Ich wollte deinen Kopf retten. Meine Kundschafter berichteten mir von deiner Gefangennahme und ...«

»Du hast Spitzel unter Onsakers Leuten?« unterbrach Thorag ihn erstaunt.

»Selbstverständlich. Aber ich würde sie nicht als Spitzel bezeichnen, sondern als treue Diener ihres Herzogs. In Zeiten wie diesen braucht der Führer eines Stammes Männer, auf die er sich verlassen kann. Ich hoffe, du gehörst zu diesen Männern, Thorag.« In Armins Blick lag etwas Fragendes.

Anders als zuvor Onsaker hielt Thorag dem forschenden, durchdringenden Blick des Herzogs stand. »Du hast mir in den vergangenen Tagen zweimal das Leben gerettet, Armin. Nicht gesprochen von den Schlachten, die wir gemeinsam schlugen.

Außerdem habe ich dir bereits gesagt, daß ich nicht mehr auf der Seite der Römer stehe. Wenn du dich nicht auf mich verlassen kannst, auf wen dann?«

»Ein wahres Wort«, lachte Armin, wurde dann ernst und zeigte auf Thorags Beine. »Wie geht es dir?«

»Besser, danke. Aber in nächster Zeit werde ich mehr reiten als laufen.«

»Verständlich«, brummte der Herzog und setzte sich neben Thorag auf den Felsblock.

»Weshalb hast du die Zusammenkunft der Fenrisbrüder gewählt, um meinen Kopf zu retten?« erkundigte Thorag sich. »Armin, der Herzog, hätte einfach auf Onsakers Hof reiten und meine Freilassung fordern können.«

»Und Onsaker, der Eberfürst, hätte dann behauptet, du seist längst freigelassen oder bereits tot, letzteres vielleicht sogar mit Recht. Nein, ich traue Onsaker nicht. Deshalb rief der Schwarzwolf dieses Thing der führenden Fenrisbrüder ein und trug Onsaker auf, seinen Gefangenen mitzubringen – lebend!«

»Und da Onsaker nicht wußte, daß du der Schwarzwolf bist, hegte er keinen Argwohn und befolgte den Befehl.«

Armin grinste breit. »So ist es.«

»Ich nehme an, *du* warst es auch, der Thidrik zum Thing geladen hat.«

»Natürlich. Ein Mann aus Onsakers Gau, der für dich bürgt, Thorag. Etwas Besseres hätte uns nicht passieren können.«

»Glaubst du, daß es mit Hilfe der Fenrisbrüder gelingen wird, die Römer zu besiegen?«

»Mit den Fenrisbrüdern?« Armin lachte wieder und schüttelte seinen Kopf so heftig, daß sein dunkelblondes Lockenhaar hin und her wehte. »Ein paar hundert Männer, die sich in Wolfsfelle hüllen, sich nächtens bei Fackelschein treffen und hölzerne Brücken abbrennen, die dann von den Römern innerhalb von wenigen Tagen wieder aufgebaut werden, können den mächtigen Legionen Roms niemals gefährlich werden.«

Verblüfft schaute Thorag den neben ihm sitzenden Mann an. »Aber ... weshalb bist du dann einer von ihnen geworden?«

»Es braucht viele Waffen, die Römer zu besiegen. Die Fenrisbrüder sind eine von ihnen. Wir müssen alle Waffen sammeln und jede auf ihre Art einsetzen, nur dann erreichen wir unser Ziel!«

»Und auf welche Art setzt du die Fenrisbrüder ein?«

»Wenn sie den römischen Nachschub überfallen und Anschläge auf belanglose Brücken verüben, beschäftigen sie Varus und seine Leute. Die Fenrisbrüder mögen ihnen nicht wirklich gefährlich sein, aber sie sind ihnen lästig.« Armin blickte hinunter ins Tal der toten Bäume. »Die Männer da unten halten die Römer davon ab, an die wirkliche Gefahr zu denken, die ihnen droht.«

In der Stimme und im Blick des Herzogs lag jene unerschöpflich wirkende Kraft, die ein Mann benötigte, der Großes vollbringen wollte. Sie verlieh Armin eine unwiderstehliche Ausstrahlung und riß andere Männer wie Thorag mit. Wenn Armin mit jenem besonderen Unterton sprach und das Feuer tief in seinen Augen loderte, hatte Wisars Sohn stets das Gefühl, jedes Wort des Herzogs sei sein eigener, schon immer tief in ihm verborgener Gedanke.

»Ich werde die Cherusker und die Nachbarstämme einen, wenn die Römer mir noch ein paar Monde Zeit geben«, fuhr Armin nach einer kurzen Pause fort und ballte seine Rechte zusammen. »Wenn sich die Stämme zwischen Rhein, Weser, Elbe und Oder einig sind, werden sie die Faust sein, die Roms Legionen zerschmettert. Es wird schwierig sein, sie zu überzeugen, und nicht jeder Fürst wird dem Bündnis beitreten, aber es muß gelingen! Die Römer selbst spielen mir in die Hände mit Überfällen wie dem, bei dem Klef gestorben ist. Ich konnte den sonst so besonnenen Balder nur mit Mühe davon zurückhalten, das nächste Römerkastell dem Erdboden gleichzumachen. Ich habe ihm klargemacht, daß es besser ist, auch für seine Rache, wenn er wartet und derweil seine Klingen wetzt. Wir alle zusammen, du und ich, Balder und Onsaker, sämtliche Fürsten und ihre Gefolgsleute, können die Römer besiegen. Aber nicht nur ein paar Männer, die sich für die Brüder des Fenriswolfes halten.«

»Immerhin sind die Fenrisbrüder Varus lästig genug, daß er mich ausgeschickt hat, den Bund auffliegen zu lassen.«

Jetzt war es an Armin, Verblüffung zu zeigen. »Wie meinst du das, Thorag?«

»Die Flucht von mir und Thidrik ist so reibungslos abgelaufen, weil sie aus den Köpfen von Varus und Maximus stammt. Varus verurteilte mich zum Tod in der Arena, damit die Fenrisbrüder mir den Römerfeind abnehmen. Ich soll die Bruderschaft an die Römer verraten.«

Armins Augen weiteten sich. »Warum hast du das nicht eher gesagt?«

Thorag zeigte auf die Männer im Tal. »Auf der Versammlung? Ich wäre in der Luft zerrissen worden.«

»Das könnte gut sein«, grinste Armin. »Selbst der Schwarzwolf hätte dich vielleicht nicht retten können. Und warum sagst du es mir jetzt?«

»Weil ich dir vertraue und weil du wissen sollst, daß du mir vertrauen kannst.«

»Du willst uns also nicht verraten?«

»Euch verraten, an Varus? Nein!« Thorag spuckte verächtlich aus. »Nur ein Römer kann glauben, daß ein Mann, den er öffentlich auspeitschen läßt, sein treuer Untergebener ist.«

»Weiß Thidrik von der Sache?«

»Nein. Ich habe es nur dir erzählt.«

Armin nickte nachdenklich. »Das ist gut so, Thorag. Behalt es auch weiterhin für dich. Vielleicht wirst du meine schärfste Waffe werden.«

»Deine Waffe?«

»Ja, mein Freund.« Das Feuer loderte in Armins Augen auf. »Du wirst das Schwert sein, das ich in den fetten Wanst des Krummbeinigen ramme!«

Armin und Thorag kehrten auf den Thingplatz zurück, als der Klang der Luren den Fortgang der Versammlung ankündigte.

Die Männer in den Wolfsfellen bildeten eine Gasse für die beiden und blickten sie neugierig an. Thorag gab sich Mühe, keine Schwäche zu zeigen. Das Gehen fiel ihm nicht leicht, jeder Schritt bedeutete einen stechenden Schmerz. Aber er hielt sich aufrecht und lehnte es ab, von Armin gestützt zu werden.

»Was geschieht jetzt?« fragte Thorag leise seinen Begleiter.

»Du wirst in unseren Bund aufgenommen. Dann hat Onsaker

keine Möglichkeit mehr, dich anzugreifen. Und du kannst Varus einen ersten Erfolg seines Spions melden.«

Sie traten in den Lichtkreis des reichlich Hitze ausströmenden Feuers, und Schweiß trat auf Thorags Stirn. Vor einem älteren Wolfshäuter, der sie erwartete, hielten sie an. Der Klang der Luren, der sie begleitet und sich immer höher geschraubt hatte, verstummte mit einem kunstvollen Sturz in die Tiefe. Die Fenrisbrüder rückten zusammen und bildeten einen engen, mehrere Reihen tiefen Kreis um die drei Männer am Feuer. Einer trat vor und reichte Armin das dunkle Wolfsfell, das der Herzog umlegte. Auf die häßliche Maske verzichtete er.

Der ältere Mann machte den Umstehenden ein Zeichen. Zwei von ihnen traten vor, zogen ihre Schwerter, knieten sich hin und begannen, einen handbreiten Streifen des kümmerlichen Bodenbewuchses, den man nur mit viel Phantasie als Gras bezeichnen konnte, auf einer Länge von drei Schritten so zu lösen, daß die Enden fest mit dem Boden verbunden blieben. Als die beiden Männer den Bodenstreifen gelöst hatten, steckten sie die Schwerter weg und traten zurück zwischen die anderen Fenrisbrüder. Thorag wußte jetzt, was geschehen sollte.

Der alte Fenrisbruder sah Thorag an und fragte mit einer unerwartet lauten Stimme, die das Knistern des Lagerfeuers übertönte und die ganze Lichtung erfüllte: »Thorag, Sohn des großen Wisar, du willst ein Mitglied unseres Bundes werden?«

»Ja, das will ich«, antwortete der Gefragte und dachte daran, daß er, wenn er ständig in Onsakers Nähe war, vielleicht doch noch das Geheimnis um den Tod von Asker und Arader lüften konnte.

»Gelobst du bei Wodan und allen Göttern, verschwiegen zu sein über unseren Bund und deine Brüder? Gelobst du, alles einzusetzen, selbst dein Leben, um die Römer aus dem Land der Cherusker und aller freien Stämme zu vertreiben?«

Thorag schwieg und sah die Bilder, die vor dem Auge seines Geistes heraufzogen. Quintilius Varus und die Steuerpächter, die immer neue Abgaben von den Einheimischen verlangten, zum Wohle Roms, vor allem aber zu ihrem eigenen Wohl. Bilder von Römern, die Höfe und Dörfer der Cherusker und anderer Völker überfielen, plünderten, brandschatzten und die Einwohner, freie Männer und ihre Familien, in die Sklaverei verschleppten. Wie die Bewohner der Siedlung, zu der Maximus nach dem Überfall der Fenrisbrüder auf Flaminia eine Strafexpedition geführt hatte. Zurück blieben Zerstörung, Haß und Tote. Tote wie Klef, der in so mancher Schlacht sein Leben für Rom gewagt hatte. Klef, der gestorben war wie sein Bruder Albin. Letzterer zwar durch die Klinge eines Fenrisbruders. Aber war nicht auch Albin ein Opfer der Römer geworden, mittelbar, durch den Haß, den die Fremden aus dem Süden gesät hatten? Cherusker töteten Cherusker, Germanen töteten Germanen, der Römer wegen. Er dachte an den Ubier Witold, der durch Thorags Klinge gestorben war und zuvor die Entehrung der öffentlichen Auspeitschung über sich ergehen lassen mußte. Eine Entehrung, die auch Wisars Sohn mehr verletzt hatte als die blutigen Wunden auf seinem Rücken. Und Thorag dachte an Eiliko, der sterben mußte, um den Römern, aber auch den von ihnen beeinflußten Ubiern, Zerstreuung zu bereiten.

Die gerunzelte Stirn des Alten und sein forschender Blick erinnerten Thorag daran, daß er seine Frage noch nicht beantwortet hatte.

»Das gelobe ich«, sagte der junge Gaufürst.

Der alte Wolfshäuter nickte zufrieden. »Um ein Fenrisbruder zu werden, ein Bruder von uns allen, muß dein Blut unseres und unser Blut deines werden.« Der Alte sah in die Runde. »Ist jemand unter uns, der für Thorag bürgen und sein Blut für ihn geben will?«

»Ich!« sagte Armin. »Thorag war mein treuer Kampfgefährte in vielen Schlachten. Von dieser Nacht an soll er mehr, soll er mein Bruder sein.«

»Gut«, murmelte der Alte und zeigte auf den vom Boden gelösten Streifen. »Dann kniet nieder, Armin und Thorag!«

Jeder der beiden Männer ging auf einer Seite des Bodenstreifens in die Knie.

»Reicht mir eure Hände!« verlangte der Alte und zog seinen Dolch aus der Hirschlederscheide.

Armin streckte seine Rechte vor, und Thorag tat es ihm nach. Der Dolch schnitt in jeden der beiden Unterarme, bis Blut herausquoll.

Der Alte sah nach oben in den dunklen Nachthimmel und rief: »O ihr Götter, seht dieses Blut, das vor euren Augen vergossen wird, um den vor euch geschlossenen Bund zu bekräftigen!«

Er steckte den Dolch weg, kniete sich selbst hin, hob den Bodenstreifen an und sagte zu den beiden anderen Männern: »Laßt euer Blut sich vereinigen, auf daß des einen Blut das Blut des anderen werde. Und tränkt die Erde, aus der alles erwächst, mit eurem gemeinsamen Blut, damit auch eure Brüderschaft aus ihr erwachse, als wäret ihr Kinder eines Vaters und einer Mutter!«

Thorag und Armin steckten die blutenden Arme unter den Bodenstreifen und legten sie aufeinander. Aus beider Wunden tropfte Blut auf die Erde.

»So seht, ihr Götter, und auch ihr, meine Brüder!« fuhr der Alte in seinem feierlichen Singsang fort. »Armins und der Fenrisbrüder Blut ist Thorags Blut, und Thorags Blut ist das Armins und der Fenrisbrüder. Man kann es nicht trennen, wie man auch unsere Bruderschaft nicht trennen kann. Wodans Weisheit und die unbesiegbare Kraft des Fenriswolfes mögen fortan Thorag beherrschen.«

Er ließ das Erdstück hinunter, und die beiden Blutsbrüder lösten die Unterarme voneinander.

Als sich die drei Männer erhoben, flüsterte Armin mit leichtem Grinsen zu Thorag: »Du bist jetzt ein Bruder des Herzogs. Ich hoffe, du bist dir der Ehre bewußt.«

»Und du bist jetzt ein Abkömmling des Donnergottes«, erwiderte Thorag, und Armin zog erstaunt die Brauen hoch.

Ein Mann trat vor und brachte ein Wolfsfell, das er vor sich hielt. Der Alte nahm es ihm ab, hängte es Thorag um und verkündete: »Thorag, der Gaufürst, ist jetzt ein Bruder des Fenriswolfes!«

Abwechselnd schrie die Menge Thorags Namen und den des mächtigen Untiers, während Thorag sich fragte, wo Armin so schnell das Wolfsfell aufgetrieben hatte. Dann erst dachte er daran, daß der Herzog nie etwas dem Zufall überließ. Es gehörte zu seinen beeindruckenden Fähigkeiten, sehr weit vorausplanen zu können. Sicher hatte er gewußt, wie dieses Thing enden würde. Schließlich hatte Armin die Versammlung einberufen und ihren Verlauf geschickt gesteuert.

Thorag sah in Armins Gesicht, das vom flackernden Feuerschein beleuchtet wurde. Der Herzog der Cherusker machte einen überaus zufriedenen Eindruck. Das Geschehen dieser Nacht entsprach ganz seinen Erwartungen und war ein Teil seines Plans, um die kommenden Ereignisse zu bestimmen. Man konnte es Armin ansehen, daß sein Geist bereits damit beschäftigt war, neue Pläne auszuhecken und abzuwägen.

Thorag fragte sich, was die kommenden Monde ihm bringen würden. Ihm, dem Fenrisbruder und dem Blutsbruder Armins.

VIERTER TEIL

DIE SCHLACHT

Kapitel 26

Der Plan

Das Hufgetrappel und das Schnauben der Pferde, die Stimmen aus zweitausend Kehlen und das Waffengeklirr der dazugehörigen Männer erfüllten den sanft ansteigenden Hohlweg. Thorag ritt an der Spitze seiner langgezogenen Kriegerschar durch die tiefen Wälder des Cheruskerlandes, deren Blätter sich schon zu verfärben begannen.

Ein Winter und fast ein Sommer waren vergangen, seitdem er mit Armin, Brokk, Klef und Albin in die Heimat zurückgekehrt war. Diese verhältnismäßig kurze Zeit war angefüllt gewesen mit vielen Verlusten und Veränderungen. Und doch hatte Thorag, je weiter sich dieser Sommer seinem Ende zuneigte, daran zu zweifeln begonnen, daß die größte Veränderung, der Kampf gegen die Römer, noch stattfinden würde.

Noch stand Varus mit seinen drei Legionen im Sommerlager an der Porta Visurgia, ganz in der Nähe. Aber wenn er sich erst einmal zur Überwinterung an den Rhein zurückgezogen hatte, würde er unangreifbar sein. Zusätzlich zu den von den Römern erbauten Kastellen bildete der mächtige Strom einen natürlichen Schutzwall. Außerdem würden die drei Legionen des Statthalters dann mit den beiden Legionen seines Stellvertreters und Neffen Lucius Nonius Asprenas vereinigt sein, die den Sommer über das linksrheinische Gebiet im Zaum hielten. Vereinigt war die Römermacht zu groß und unbesiegbar.

Für Armin war der Sommer eine rastlose Zeit gewesen. Seit der Bekundung ihrer Blutsbrüderschaft auf dem Thing der Fenrisbrüder hatte Thorag den Herzog kaum zu Gesicht bekommen. Immer war Armin unterwegs, suchte diesen Gaufürsten und jenen Stammeshäuptling auf, um Unterstützung für den Aufstand gegen die Römer zu gewinnen. Nicht immer waren seine Bemühungen erfolgreich, und manch ein germanischer Edeling war in letzter Zeit auf unerwartete, gewaltsame Weise ums Leben gekommen. Sein Nachfolger war in der Regel ein den Römern weniger freundlich gesonnener Mann, der den Pakt mit Armin einging.

Nun weilte Armin seit geraumer Zeit im Sommerlager des Statthalters, und man erzählte sich, Armin und Varus seien die besten Freunde geworden. Je länger der scheinbare Frieden dauerte, desto mehr Stimmen wurden laut, die Armin für einen Verräter an seinem Stamm, seinem Volk und an seinem eigenen Bündnis hielten. Endlich, vor einigen Tagen erst, waren Armins Boten durch das Land geritten und hatten die Fürsten aufgefordert, ihre Krieger zu sammeln und sie in die Wälder des von den Römern Porta Visurgia genannten Gebiets zu führen, das bei den Cheruskern Donars Pforte hieß.

Schon als kleiner Junge hatte Thorag die Geschichte gehört, wie Donars Pforte zu ihrem Namen gekommen war. Neidisch erbost darüber, daß die meisten Menschen in diesem Gebiet Donar anbeteten, wartete Loki, der Luftige und Listenreiche, eine der vielen Wanderschaften des Donnergottes in den Ostländern ab und verlangte dann von den Menschen, fortan ihn zu verehren. Sie weigerten sich und blieben Donar treu. Loki glaubte, in großer Not würden sie sich ihm zuwenden. Also verstopfte er mit Felsgestein die schmale Stelle des Weserdurchflusses zwischen zwei Gebirgszügen. Der gestaute Fluß trat über seine Ufer, und das Wasser stieg immer höher und höher. Die Menschen flohen auf die Berge, doch das Wasser folgte ihnen. Wieder erschien Loki und erbot sich, die Felsen abzutragen, sollten die Menschen Donar abschwören und sich ihm zuwenden. Aber die Verehrung der Menschen für den Donnergott war fest, und sie baten in einem gemeinsamen Gebet um seine Hilfe. Obwohl weit entfernt, hörte Donar die vereinte Stimme der bedrohten Menschen. In Gestalt eines schweren Unwetters eilte er durch den Himmel heim und schickte einen Blitz zur Erde, der den Damm spaltete. Das aufgestaute Wasser floß ab, und die Menschen kehrten auf ihr Land zurück. Aus Dankbarkeit benannten sie den Weserdurchbruch nach dem Donnergott.

So wie die Menschen damals, vor unzähligen Sommern und Wintern, dem Donnergott vertraut hatten, so vertrauten sie ihm auch jetzt bei ihrem Kriegszug gegen die Römer. Bevor Thorag mit seinen versammelten Truppen losgezogen war, hatte es im Heiligen Hain ein großes Opferfest zu Ehren des Schutzgottes der Donarsöhne gegeben. Drei Nächte lang waren Donar die edelsten Pferde, die fettesten Rinder und Schweine geopfert worden. Natürlich hatten die Cherusker das Fleisch der Opfertiere verzehrt. Es schmeckte nicht nur gut, sondern sollte auch Donars Kraft und Mut auf die Krieger übertragen. Thorag, der als Wisars Nachfolger auch neuer Sippenpriester geworden war, hatte auf mögliche Zeichen des Donnergottes gewartet. Aber Donar sandte weder Blitz noch Donner. Nur die alten Eichen im Hain, Donars heilige Bäume, wiegten ihre ehrwürdigen, weit ausladenden Kronen in einem plötzlich auffrischenden Wind. Thorag hatte dies als gutes Omen Donars gewertet und insgeheim gehofft, es möge nicht nur ein zufälliger Windstoß gewesen sein.

Der Weg wurde steiler, und Thorag drückte seine Beine gegen die Flanken des langsamer werdenden Grauschimmels. Er wollte das beruhigende Gefühl nicht missen, daß es schnell voranging. Im Gegensatz zu Armin hatte Thorag einen enttäuschend langweiligen Sommer hinter sich, der nach dem Thing im Tal der toten Bäume unerwartet ereignislos verlaufen war.

Thorags Hoffnung, durch die Aufnahme in die geheime Bruderschaft Näheres über den Tod von Arader und Asker herauszufinden, hatte sich nicht erfüllt. Nur selten hatten sich die Fenrisbrüder getroffen. Und bei diesen seltenen Zusammenkünften hatten sich Thorags ›Brüder‹ ihm gegenüber sehr zurückhaltend gezeigt, obwohl er jetzt der Blutsbruder ihres Anführers war. Thorag hatte das Gefühl, daß Onsaker immer noch heimlich gegen ihn Ränke schmiedete.

Thorag hatte Auja nicht wiedergesehen, nur viel an sie gedacht. Oft schweiften seine Sehnsüchte auch zu Flaminia oder Astrid, aber er fand Trost bei den Mädchen aus der Siedlung, die nachts mit ihm das Lager teilten.

In letzter Zeit hatte die Ereignislosigkeit Thorag in Gleichgültigkeit versinken lassen. Zwar versah er seine Pflichten als Gaufürst, kümmerte sich um die Nöte seiner Untergebenen und schlichtete ihre Streitigkeiten, aber er ging kaum noch auf die Jagd und blieb häufig den Festgelagen fern. Armins Botschaft, daß die Erhebung gegen die Römer unmittelbar bevorstand, war für ihn wie der erste warme Wind am Ende eines langen Winters gewesen.

Schnelles, sich näherndes Hufgetrappel ließ Thorag aufhorchen. Er zügelte den Grauen und hob die Hand – für die Kolonne hinter ihm das Zeichen anzuhalten.

Hakon und Garrit hielten ihre Pferde rechts und links von ihrem Fürsten an, und der Einäugige sagte: »Wer immer da kommt, wir sollten ein paar Reiter vorausschicken, um auf alles vorbereitet zu sein.«

Der vierschrötige Kriegerführer schüttelte den Kopf: »Das wird kaum nötig sein. Zwar sind meine Ohren um einiges älter als deine, Garrit, aber Donars Blitz soll mich auf der Stelle treffen, wenn uns mehr als ein Reiter entgegenkommt.«

»Hakon hat recht«, meinte Thorag. »Es ist nur ein Reiter. Höchstwahrscheinlich einer unser eigenen Späher.«

Und so war es. Der junge Tebbe hieb abwechselnd rechts und links auf die Kruppe seines fleckigen Pferdes und trieb es in halsbrecherischer Geschwindigkeit über den unebenen Boden des Waldpfades, aus dem immer wieder große Baumwurzeln ragten. Thorag hatte diesen abgeschiedenen, schwer gangbaren Weg bewußt gewählt, weil auf den leichteren Wegen in der Nähe des Flusses die Gefahr zu groß war, einer römischen Patrouille zu begegnen.

Der Sohn des toten Schreiners Holte brachte sein ausgepumptes Tier dicht vor Thorag zum Stehen und keuchte: »Gefahr, mein Fürst. Eine berittene Streife nähert sich auf diesem Pfad!«

Hatten sie den beschwerlichen Weg vergeblich gewählt? Thorag mochte es nicht glauben und fragte deshalb: »Bist du sicher, daß es Römer sind?«

»Keiner Römer, sondern Germanen«, antwortete der heftig atmende Jungkrieger. »Aber welche, die in römischen Diensten stehen.«

»Also Auxiliarreiter«, murmelte Thorag und fragte laut: »Wie stark?«

»Acht oder zehn.«

»Keine Gefahr für uns«, lachte Garrit. »Ich nehme ein paar Krieger und lösche sie aus, ehe sie wissen, was geschieht.«

»Nein!« sagte Thorag zur deutlich sichtbaren Enttäuschung des Einäugigen und wandte sich an Hakon: »Versteck dich mit einigen Kriegern zu beiden Seiten des Weges im Wald. Ich werde die Streife hier erwarten. Sollte sie zu fliehen versuchen, schließt ihr sie ein. Aber denkt daran«, Thorag warf Garrit einen mahnenden Blick zu, »ich will sie lebend!«

Hakon bestimmte zwanzig Krieger, ließ sie absitzen und lief mit ihnen ein Stück voraus, um die Falle vorzubereiten. Garrit befand sich unter ihnen. Thorag hoffte, daß der Einäugige sich an seine Weisung hielt.

Radulf ritt an die Spitze der Kolonne und fragte: »Was sollen wir tun, Fürst?«

»Einfach abwarten«, lautete Thorags Antwort, und dann sah er Radulf tadelnd an. »Und an das denken, was ich dir schon mehrmals gesagt habe, Radulf!«

»Was denn?« fragte der muskelbepackte Graubart und blickte irritiert.

»Daß du mich einfach Thorag nennen sollst. Als ich mit Landulf in deiner Schmiede gespielt habe, war ich auch nur Thorag für dich.«

»Da warst du ein kleiner Junge und nicht mein Fürst.«

»Darf ein Fürst keine Freunde haben?«

»Das darf er wohl«, antwortete der Schmied. »Aber gerade vor seinen Freunden sollte er sich hüten. Sie sind manchmal die größten Neidlinge.«

»Hört sich an, als würdest du aus Erfahrung sprechen.«

»Nicht aus Erfahrung«, erwiderte Radulf. »Es sind Worte deines Vaters, die ich wiederhole.«

Das war gut möglich. Manchmal, wenn er mit Radulf sprach, schien es Thorag, als rede er mit Wisar. Wie für Tebbe nach Holtes Tod war der Schmied auch für Thorag nach Wisars Tod eine Art Vaterersatz geworden. Ein zweiter Vater war er immer schon für den jungen Edeling gewesen. Deshalb gefiel es ihm nicht, wenn Radulf ihm gegenüber so förmlich war. Seit seiner Heimkehr ins Cheruskerland hatte Thorag sich so einsam gefühlt wie niemals zuvor in seinem Leben. Die enge Kameradschaft, die ihn in römischen Diensten mit anderen cheruskischen Edelingen verbunden hatte, hatte sich stark gelockert. Balders Söhne waren tot, Brokk weit entfernt und Armin damit beschäftigt, Cherusker und andere Stämme für den Aufstand zu einen. Thorags Familie war fast ausgelöscht, Auja war unerreichbar wie Flaminia und Astrid. Radulf war einer der wenigen Menschen, mit denen er regelmäßig offen sprechen konnte.

Hakons Trupp war längst außer Sichtweite und hatte sich ins Unterholz geschlagen, als erneut Hufgetrappel laut wurde. Diesmal waren es mehrere Pferde. Die Reiter hinter Thorag wurden unruhig, und die Unruhe pflanzte sich zur langen Kolonne der Unberittenen fort. Thorag schickte zwei Reiter aus, die zu beiden Seiten zum weit entfernten Ende des Heerwurms reiten und die Parole verbreiten sollten, unbedingt Ruhe zu bewahren.

Die ankommenden Reiter gerieten ins Blickfeld der Donarsöhne und verlangsamten ihre Pferde, als sie die Streitmacht erblickten. Sie hielten ganz an, steckten ihre Köpfe zusammen und beratschlagten, was nun zu tun sei. Tebbe hatte sich nicht getäuscht. Die acht Männer auf den mit bronzenen Anhängern geschmückten Pferden waren eindeutig Kavalleristen der römischen Auxilien. Sie trugen die typischen Helme der römischen Reiterei, die den ganzen Kopf einhüllten und nur Augen, Nase und Mund frei ließen. Dazu Kettenpanzer, rote Kniehosen und Ledersandalen. Jeder von ihnen war mit Speer, Spatha und einem flachen, sechseckigen Schild bewaffnet, dessen mittiger Bronzebuckel an die Pferdeanhänger erinnerte. Wieder sahen die Kavalleristen zu Thorags Streitmacht hinüber und ließen ihre Pferde dann langsam antraben.

»Sind sie verrückt?« fragte einer der Reiter hinter Thorag. »Sie fliehen nicht!«

Die Frage war nicht ganz unberechtigt: Was sollten acht römische Reiter gegen zweitausend Cherusker ausrichten?

Radulfs Antwort lautete: »Sie werden eingesehen haben, daß sie gegen uns keine Aussicht auf Flucht oder Sieg haben. Ich denke, sie werden sich ergeben.«

Doch diesmal täuschte sich der erfahrene Recke. Die fremden Reiter machten keineswegs einen furchtsamen Eindruck, als sie ihre Pferde dicht vor den Donarsöhnen anhielten.

Einer der Reiter war ein Optio, was Thorag an dem Federbusch auf dem Bronzehelm erkannte. Er blickte Thorag an und sagte im Dialekt der Cherusker: »Ich grüße Thorag, den Gaufürsten der Donarsöhne.«

»Kennen wir uns?« fragte Thorag erstaunt und versuchte vergeblich, dem sichtbaren Teil des Gesichts einen Namen zuzuordnen.

»Ich kenne dich aus der Ubierstadt, Thorag. Deshalb hat Armin mich ausgesandt, dir entgegenzureiten und dich zu ihm zu bringen.«

Thorag witterte eine Falle und sagte: »Ich dachte, Armin hält sich im Lager des Varus auf.«

»Für gewöhnlich schon. Aber er hat das Lager verlassen, um auf die Jagd zu gehen, wie er Varus gesagt hat. In Wahrheit trifft er sich mit anderen Fürsten, um letzte Vorbereitungen für den Aufstand zu treffen.«

Thorag ließ seinen Blick an der Rüstung des Optios entlanggleiten. »Und um mich zu ihm zu führen, schickt er mir eine Abteilung römischer Reiter?«

»Mein Name ist Ingwin. Ich bin Cherusker wie du, Thorag. Und meine Männer sind es auch.«

»Aus welcher Sippe?«

»Aus der Hirschsippe.«

»Also Armins Gefolgsleute«, brummte Thorag.

Ingwin nickte. »Deshalb vertraut Armin uns, und ihr könnt es auch tun.«

»Vertrauen kann einen Mann töten«, mischte sich Radulf ein. »Mißtrauen nur den Gegner.«

Der Optio seufzte: »Armin hat gewußt, daß Thorag vorsichtig sein würde. Deshalb hat er mir das mitgegeben.« Er griff in ein kleines Bündel, das er vor den Vierknaufsattel geschnallt hatte, und zog einen Dolch heraus.

Kaum blitzte die eiserne Klinge in dem bescheidenen Licht, das die sich über dem Hohlweg fast vereinigenden Baumkronen durchließen, da hatte Radulf auch schon sein Schwert gezogen und drückte die Spitze gegen Ingwins Kehle. »Vorsichtig, Mann! Mach keine hastige Bewegung, oder ein meinem Alter angemessenes Zittern überfällt meine rechte Hand!«

»Es ist Armins Dolch«, sagte der Optio leicht säuerlich. »Er soll euch davon überzeugen, daß ich es ehrlich meine.«

Thorag streckte seine Hand nach der Waffe aus und betrachtete sorgfältig den Dolch, dessen Griff aus Hirschhorn bestand, auf jeder Seite mit der Schnitzerei eines Hirsches versehen. Die eiserne Klinge trug ebenfalls auf jeder Seite eine mit Gold eingelegte Verzierung, das Abbild eines Hirschgeweihs. Er reichte dem Optio die Waffe zurück und sagte: »Es ist wirklich Armins Waffe. Er trug sie schon, als wir beide in römischen Diensten standen. Ich habe sie oft gesehen.«

»Die Römer können sie ihm gestohlen haben«, wandte Radulf ein, der nach wie vor mißtrauisch war. »Oder Armin hat den Dolch verloren.«

»Wenn ihr wollt, übergeben wir euch unsere Waffen«, schlug Ingwin vor.

»Was nützt uns das, wenn ihr uns in einen Hinterhalt lockt?« sagte der Schmied und schnaubte ungeduldig.

»Wenig«, seufzte der Mann mit dem gefiederten Bronzehelm.

»Ich vertraue dir, Ingwin«, sagte Thorag, nachdem er lange in das Gesicht des Optios geschaut hatte, ohne dort ein Zeichen von Falschheit zu entdecken. Und zu Radulf bemerkte er: »Armin würde seinen Dolch nicht verlieren.« Im Unterschied zu mir, fügte er in Gedanken an jene Nacht vor Onsakers Hof hinzu. »Und er würde ihn sich auch nicht stehlen lassen. Falls doch, würde er den Hintergrund geahnt und uns gewarnt haben.« Er blickte wieder den Optio an. »Führ uns zu Armin!«

Ingwin und seine Begleiter atmeten in offensichtlicher Erleichterung auf, als sie ihre Pferde umwandten und die sich schwerfällig wieder in Bewegung setzende Marschkolonne durch den düsteren Wald führten.

Radulf blieb skeptisch und raunte Thorag zu: »Sollen wir diesen Männern, die in Roms Diensten stehen, mögen sie auch Cherusker sein, wirklich blind vertrauen?«

»Uns wird nicht viel anderes übrigbleiben, wollen wir nicht hier Wurzeln schlagen. Aber gib den Männern weiter, daß sie besonders wachsam sein sollen.«

Radulf, in der Siedlung Schmied und jetzt einer von Thorags Heerführern, nickte und sandte berittene Boten den Heerwurm entlang, dessen hinter vielen Wegkrümmungen verborgenes, weit zurückliegendes Ende die Männer an der Spitze nicht sehen konnten.

Die Kolonne legte nur ein kurzes Wegstück zurück und wurde dann erneut zum Halten gezwungen, als sich das dichte

Buschwerk teilte. Hakon und seine zwanzig Männer sprangen mit erhobenen Waffen auf den Weg.

»Was ist jetzt?« fragte Hakon, abwechselnd Thorag und die voranreitenden Kavalleristen anblickend.

»Die Männer sind Armins Boten«, beruhigte Wisars Sohn den Kriegerführer. »Sie führen uns zu ihm.«

Auch Hakon sah äußerst mißtrauisch aus, als er mit seinen Leuten auf die Pferde stieg.

Aber die Zeit verstrich, und Sunna näherte sich bereits den auf den Gebirgskämmen im Westen aufragenden Baumwipfeln, ohne daß es zu einem Zwischenfall kam. Je höher der Weg anstieg, desto lichter wurde der Bewuchs. Einige Male schimmerte rechts im Osten das leuchtendblaue Band der Weser zwischen den Bäumen. Der Marsch seit dem Zusammentreffen mit Ingwins Abteilung dauerte bereits länger als zwei Stunden, als sich vor den Augen der erstaunten Donarsöhne ein Tal ausbreitete, das ein einziges, riesiges Heerlager war. Hütten und Zelte, Tierpferche und Pferdeherden, soweit das Auge reichte. Und Krieger, Krieger, Krieger. Ein größeres Gewimmel als in den riesigen Haufen der Waldameisen, deren Größe die Menschen unten im Tal von Thorags erhöhtem Aussichtspunkt hatten. Wie zum Beweis der dort unten versammelten Macht brachen Sunnas Strahlen in diesem Augenblick durch die Wolken, um Waffen und Schilde vieltausendfach aufblitzen zu lassen. Thorag konnte die Zahl der hier versammelten Kämpfer nur schätzen, aber es waren mindestens zehntausend.

»Armins Armee«, flüsterte Hakon fast andächtig und sagte dann lauter: »Außer auf dem großen Thing der Cherusker habe ich noch nie so viele Krieger auf einem Haufen gesehen. Jetzt weiß ich sicher, daß wir die Römer schlagen werden.«

»Hoffen wir es«, brummte Ingwin.

Hakon lenkte seinen Schecken an Ingwins Seite und fragte den Optio mit umwölkter Stirn: »Wie meinst du das? Glaubst du nicht an unseren Sieg?«

»Du hast erst die eine Streitmacht gesehen, Donarsohn«, antwortete Ingwin ruhig. »Die Armee, die Varus in seinem Sommerlager versammelt hat, ist zahlenmäßig noch stärker, selbst wenn man die germanischen Auxilien abzieht.«

»Stehen diese geschlossen auf unserer Seite?« erkundigte sich Thorag.

»So gut wie. Zumindest alle Truppen der Stämme, die diesseits des Rheins leben, werden sich auf unsere Seite schlagen.«

Berittene Abteilungen preschten heran, von Armin aufgestellte Vorposten. Als sie Ingwin erkannten, waren Armins Krieger beruhigt und gaben den Weg ins Tal für die Donarsöhne frei. Als die Menschen unten bemerkten, daß sich eine wahre Midgardschlange an Verstärkung auf dem gewundenen Weg zu ihnen herunterschlängelte, strömten sie unter lautem Gejohle zusammen, um die Neuankömmlinge zu empfangen, Neuigkeiten zu erfahren, vielleicht Bekannte zu begrüßen und das eine oder andere Tauschgeschäft zu machen. Fast versperrten sie den Donarsöhnen den Weg, so daß Ingwin mit seinen Reitern einen Stoßkeil bildete und der Marschkolonne mit sanfter Gewalt eine Bresche schlug. Der Optio führte Thorags Streitmacht in ein kleines Seitental, wo noch keine Krieger ihre Unterkünfte aufgebaut hatten. Es war gerade groß genug für die Donarsöhne.

Während sich die Krieger in dem vorwiegend von Tannen bestandenen Tal verteilten, erbot sich Ingwin, Thorag zu Armin zu bringen. »Der Herzog erwartet dich sicher schon.«

Das tat er tatsächlich. Thorag und die acht Auxiliarreiter hatten das Seitental noch nicht ganz verlassen, als ihnen eine kleine Reitergruppe entgegenkam. Allen voran der oberste Cheruskerfürst auf seinem großen Schimmel. Ihm folgten der freudig strahlende Brokk, der wie stets finster dreinblickende Onsaker und ein älterer, kantiger Mann, der Gaufürst Balder.

Armin bedankte sich bei Ingwin und entließ die Reitergruppe mit dem Hinweis: »Haltet euch bereit! Die Jagdpartie ist bald vorüber, jetzt, wo Thorag hier ist. Wir kehren morgen zu Varus zurück.«

Als die Fürsten allein waren, stiegen sie von den Pferden, und Thorag wurde begrüßt. Bei Onsaker erschöpfte sich das in einem knappen Nicken und einem undeutlichen Brummen. Brokk und Thorag fielen sich in die Arme.

»Wo ist Bror, dein Vater?« fragte Thorag.

»Er ist in seinem Gau und führt dort den Aufstand gegen die Römer.«

»Sicher eine wichtige Aufgabe«, meinte Thorag zweifelnd. »Aber ist es nicht die wichtigste Aufgabe für einen Gaufürsten, auf dem Kriegszug an der Spitze seiner Männer zu reiten?«

»In diesem Fall nicht«, antwortete Armin an Brokks Stelle. »Bror ist der Köder, den ich Varus vorwerfe. Wenn das Krummbein zubeißt, wird er an unserer Angel zappeln und verenden. Und ich werde dafür sorgen, daß der Legat des Augustus den Wurm schluckt. Mit der Hilfe von Brokk und dir, Thorag!«

Wisars Sohn war noch immer nicht klar, welche Rolle Bror spielen sollte, und bat um nähere Erklärung.

»Brokk ist nur mit einem kleinen Teil seiner Krieger zu Donars Pforte gekommen, wie es von mir geplant war. Zu dieser Stunde überfällt Bror mit der Hauptmacht das Kastell der Römer auf seinem Gebiet. Brokk wird zu Varus eilen, den Römling mimen, von der Abtrünnigkeit seines Vaters berichten und Varus bitten, mit seinen Legionen für Ordnung zu sorgen.«

»Und Varus wird das glauben?« blieb Thorag skeptisch.

Armin nickte. »Aus zwei Gründen. Erstens werde ich dem Legaten stecken, Brokk sei schon lange darauf aus, die Stelle seines Vaters zu übernehmen; darüber hätten sie sich entzweit. Der zweite Grund bist du, Thorag. Bis jetzt hast du Varus mit schwammigen Angaben über die Fenrisbrüder hingehalten, nicht wahr?«

»Ja. So, wie wir es verabredet haben, Armin.«

»Gut. Du wirst kurz nach Brokk zu Varus kommen und seinen Bericht bestätigen. Du enthüllst, Bror sei der geheime Anführer der Fenrisbrüder und deren Mitglieder seien bereits dabei, den Aufstand in die anderen Gaue der Cherusker und zu den benachbarten Stämmen zu tragen. Bror müsse schnellstens zurechtgewiesen werden, sonst sei das rechtsrheinische Gebiet in Gefahr, sich gegen Rom zu erheben. Verlaß dich drauf, Thorag, Varus wird nichts Eiligeres zu tun haben, als seine Legionen in Brors Gau zu führen. Und unterwegs schnappt die Falle zu!« Bei den letzten Worten klatschte der Herzog in die Hände und zerschlug eine fette Fliege zu Matsch.

»Reicht deine Streitmacht aus, die drei Legionen zu vernichten?«

»Worauf du dich verlassen kannst, Thorag«, sagte Armin

ohne Zögern und wischte die Überreste der Fliege an seiner dunklen, mit goldener Stickerei verzierten Wollhose ab. Aber sein unsicherer Blick verriet, daß er seine Zweifel überspielte. »In diesem Tal lagern nur die Cherusker. Viele andere Stämme sind bereits zu uns gestoßen und halten sich in der Umgebung bereit: Krieger der Angrivarier, der Usipeter, der Tubanten, der Kalukonen und sogar der Ampsivarier. Außerdem haben Chatten, Brukterer und Marser ihre Hilfe zugesagt. Auf Nachrichten der Hermunduren, der Sueben und Semnonen warte ich noch.«

»Wäre es nicht besser, mit dem Aufstand zu warten, bis sämtliche Stämme auf unserer Seite stehen?«

Armin schüttelte den Kopf. »Viele unserer Verbündeten werden jetzt schon ungeduldig. Sie wollen kämpfen, auch sterben, aber nicht warten. Wenn wir zögern, fallen sie von uns ab. Außerdem ist der Sommer fast vorüber. Sobald Varus wieder hinter dem Rhein steht, ist die Gelegenheit verpaßt.« Der Herzog holte tief Luft und seufzte. »Leider gibt es bei den germanischen Völkern viele Uneinsichtige wie diesen verbohrten Marbod!«

»Der König der Markomannen?« fragte Thorag interessiert. »Was ist mit ihm?«

»Vor wenigen Tagen erst meldete mir eine Gesandtschaft der Markomannen, daß Marbod jedes Bündnis mit uns und jeden Kampf gegen die Römer rundweg ablehnt. Die Markomannen sind ein großes, mächtiges Volk, das uns fehlen wird. Mit ihnen wäre uns der Sieg sicherer gewesen.«

Jetzt hast du dich verraten, Armin! dachte Thorag. *Also sind unserer Aussichten nicht so glänzend, wie du mir weismachen willst.*

»Marbod ist selbstgefällig und überheblich«, schnaubte Balder. »Der Frieden, den die Römer einzig und allein wegen des Pannonieraufstandes mit ihm geschlossen haben, ist ihm zu Kopf gestiegen. Er hält sich für unüberwindlich und denkt, die Römer fürchten ihn so sehr, daß sie niemals mehr wagen werden, ihn anzugreifen.«

»Ja, der Pannonieraufstand«, sagte Armin. »Ein weiterer Grund für uns, *jetzt* zuzuschlagen. Ein Großteil der römischen Legionen ist im Illyricum gebunden. Aber im Lager des Varus melden die vom Rhein kommenden Boten, daß unser alter

Freund Tiberius kurz vor dem Sieg steht. Wir müssen die Römer aus unserem Land werfen, bevor im Süden Frieden herrscht und Augustus die Armee des Tiberius gegen uns ins Feld schicken kann.«

»Auch die würden wir besiegen!« knurrte Onsaker.

»Sicher«, stimmte Armin ihm zu. »Aber besser nacheinander als zugleich.«

»Auf Marbod können wir also nicht zählen«, sagte Thorag. »Was ist mit deinem Bruder Inguiomar, Armin? Und mit Segestes? Beide habe ich hier noch nicht gesehen.«

»Das wirst du auch nicht. Mein Bruder Inguiomar hat sich nur schweren Herzens davon überzeugen lassen, daß wir gegen die Römer aufstehen müssen, wollen wir uns nicht alle eines Tages als ihre Sklaven wiederfinden. Aber ich fürchte, ich habe ihn mehr überredet als überzeugt. Deshalb war ich froh über sein eigenes Angebot, im Herzen des Cheruskerlandes zu bleiben und die dort verbliebenen Krieger zu führen. Sollte er nur halbherzig zur Sache gehen, kann er da wenigstens keinen großen Schaden anrichten.«

»Und Segestes?«

»Der ist sowenig zu einem Kampf gegen die Römer bereit wie Marbod!« sagte Armin mit unverhohlener Wut. »Wäre er auf dem großen Thing zum Herzog gewählt worden, ständen wir alle jetzt nicht hier. Er ließ mir ausrichten, solange sein Herz schlägt, wird kein einziger Mann aus seinem Gau das Schwert gegen Rom erheben.«

»Und sein Herz schlägt noch?« vergewisserte sich Thorag.

»Ja, leider. Die Zahl seiner Krieger ist ebenso groß wie sein Mißtrauen.«

»Vielleicht wäre er zugänglicher für unsere Sache, wenn Armin ihm nicht die Herzogswürde genommen hätte«, bemerkte Onsaker und zog die buschigen Brauen so stark über seinen tiefliegenden Augen zusammen, daß letztere kaum noch zu sehen waren. »Nicht die Herzogswürde und nicht die Tochter!«

»Was soll das heißen?« fragte Thorag.

»Die kleine Thusnelda, Segestes' Augapfel, lebt jetzt im Gau der Hirschsippe«, erklärte der Eberfürst, und ein falsches Lächeln glitt über sein grobes Gesicht. »Als Armin beim letzten

Besuch, den er Segestes abstattete, nicht seine Zusage zum Kampf gegen die Römer erhielt, nahm er zum Ausgleich seine Tochter mit. Ich denke, Segestes würde zehnmal eher gegen die Hirschsippe in den Krieg ziehen als gegen Rom.«

Armin hatte den Vorwurf, wie alle anderen auch, wohl verstanden. Sein Gesicht wirkte wie versteinert, und ebenso hart klang seine Stimme, als er zu Onsaker sagte: »Ich liebe Thusnelda und werde sie zu meiner Frau machen. Diese Sache und der Kampf gegen die Römer haben nichts miteinander zu tun!«

Wieder setzte der Eberfürst sein falsches Lächeln auf. »Das sieht Segestes wohl anders. Besonders, da er Thusnelda bereits dem Semnonenfürsten Aristan versprochen hatte. Im Gegenzug sollte er einen fruchtbaren Landstrich erhalten, um den Segestes und Aristan schon lange stritten. Jetzt sind beide verprellt. Vielleicht auch ein Grund, weshalb die Semnonen ihre Zusage, unserem Bündnis beizutreten, noch nicht gegeben haben.«

Wieder war der Vorwurf gegen Armin unüberhörbar. Thorag betrachtete Onsaker mit Sorge. Was hatte der undurchschaubare Eberfürst vor? Wollte er das Bündnis, das Armin so mühsam geschmiedet hatte, sprengen, noch ehe es seine Früchte tragen konnte? Oder ließ er bloß seinen angestauten Ärger auf den Herzog heraus? Dann war der Grund vielleicht Thorag, der wiederholt von Armin gegen Onsaker verteidigt worden war.

»Wir sollten uns nicht streiten«, sagte Balder beschwichtigend, bevor der aufgebrachte Herzog etwas erwidern konnte. »Es gibt noch viel zu besprechen, und unsere Zeit ist knapp bemessen.«

»Ein weises Wort«, meinte Armin, der sehr schnell die Fassung zurückgewann. »Setzen wir das Gespräch bei dem Festmahl fort, das ich zu Ehren von Thorags Ankunft heute ausrichte.«

Im ganzen Tal flackerten die Feuer hoch in dieser Nacht, und die Krieger aßen, tranken, sangen und tanzten. Aber es war nicht nur eine Nacht für die Menschen, sondern auch für die Götter. Ein Teil der Priester von den Heiligen Steinen war hier, brachte den Göttern zusammen mit den Fürsten Opfer dar und bat um ihren Segen für den bevorstehenden Kampf.

Thorag sah Astrid unter den Weißgekleideten, aber vergeblich suchte er nach einer Gelegenheit, sie zu sprechen. Er sehnte sich danach, mit einer Frau zu reden, die für ihn mehr bedeutete als warmes Fleisch und die Lust einer Nacht.

Nach den Opferzeremonien nahmen die Cheruskerfürsten und die Fürsten der bereits eingetroffenen Verbündeten, die Armin zu diesem Festmahl geladen hatte, an einer großen Tafel Platz. Die Gespräche waren mal scherzhaft, mal sehr ernst, und Thorag erfuhr mehr über die Lage.

Den ganzen Sommer über war die römische Streitmacht Stück für Stück geschwächt worden, indem immer wieder germanische Fürsten um den Schutz der Römer nachsuchten und Varus baten, in ihren Gauen Garnisonen zu errichten. Die Tage dieser römischen Lager und Kastelle waren gezählt. Sobald die Hauptstreitmacht ihres Feldherrn angegriffen wurde, würden auch sie fallen.

Varus selbst war von den Fürsten mit unzähligen Gerichtsverhandlungen in Atem gehalten worden. Mit immer neuen Streitigkeiten erschienen sie vor ihm und baten ›den weisen Legaten des noch weiseren Augustus‹, ihre Auseinandersetzungen mit Hilfe seiner Weisheit und des erprobten römischen Rechts zu schlichten. Varus mußte sich mehr als geschmeichelt darüber fühlen, wie schnell sich sein Ruf als hervorragender Jurist über das ›Barbarenland‹ ausbreitete.

Natürlich hatte es nicht an Versuchen gefehlt, den Statthalter vor dem zu warnen, was sich über seinem Haupt zusammenbraute. Noch immer gab es viele Römerfreunde in diesem Land. Und viele, die zwar nicht die Freunde der Fremden waren, aber sich von ihnen Schutz, Vorteile und vor allem den Reichtum versprachen, den eine Menge Germanen erst so richtig schätzten, seit die Römer zu ihnen gekommen waren. Aber Armin und den Verbündeten war es gelungen, alle ernsthaften Versuche, die Verschwörung zu verraten, zu unterbinden. Viele der Verräter hatten ihr Leben lassen müssen.

Die Nacht war schon weit fortgeschritten, und das Schnarchen der Schlafenden übertönte fast die Stimmen der noch Feiernden, als Thorag sich müde auf seinen Grauen schwang, um zum Lager seiner Männer zu reiten. Er wollte noch ein wenig schlafen, denn er hatte Armin versprochen, sich frühzeitig bei ihm einzufinden, bevor der Herzog das Tal verließ.

Thorag war noch nicht weit geritten, als von irgendwo aus der Dunkelheit ein leiser Ruf an seine Ohren drang. Erst glaubte er an eine Täuschung, aber als der Ruf erneut ertönte, war er sicher, seinen Namen zu hören. Das Pferd anhalten und das Schwert aus der Scheide ziehen war für den Edeling eine Bewegung.

Eine helle Gestalt löste sich aus dem Dunkel zwischen zwei Kiefern, und eine vertraute Stimme sagte: »Vermutlich wirst du dein Schwert in den nächsten Nächten und Tagen noch brauchen, Thorag. Aber bestimmt nicht gegen mich!«

»Astrid!«

Er stecke die Klinge zurück in die Scheide und rutschte aus dem Römersattel, den er aus alter Gewohnheit benutzte.

Die junge Priesterin trat vor ihn, legte ihre kleinen Hände auf seine Wangen und sagte: »Ich freue mich, dich zu sehen, Thorag. Aber ich bin auch traurig darüber.«

»Die Opferzeremonien sind vorbei, Astrid«, erwiderte der Edeling mit einem unsicheren Lächeln. »Du brauchst nicht mehr in Rätseln zu sprechen.«

»Ich mache keinen Spaß!« Der Ernst, der in ihrem Blick und in ihrer Stimme lag, unterstrich das. »Ich sorge mich um dich, Thorag, weil du meinem Rat nicht gefolgt bist.«

»Deinem Rat?«

»Dich zu hüten vor dem schwarzen Tier! Ich habe dir von meinem Gesicht erzählt. Es kehrte in letzter Zeit mehrmals zurück.«

Thorag erinnerte sich an sein letztes Zusammentreffen mit Astrid bei den Heiligen Steinen. In der Folgezeit hatte er viel über die geheimnisvolle Warnung nachgedacht, aber allmählich hatte er sie verdrängt.

»Wie soll ich mich vor etwas hüten, das ich nicht kenne? Wer ist das schwarze Tier, von dem du immer sprichst?«

»Genau weiß ich es nicht. Aber es ist hier. Hier mitten unter uns! Heute habe ich es genau gespürt, als die Fürsten ihre Opfer darbrachten.«

»Du meinst, einer der Fürsten ist das schwarze Tier?«

»Es gibt keine andere Erklärung.«

»Wohl nicht«, stimmte Thorag ihr zu und dachte an Onsaker, aber auch an Armin. War es der Fürst der im Krieg schwarzbemalten Eberleute? Oder der Anführer des Fenrisbundes, der Schwarzwolf? Oder jemand ganz anderer?

»Sei vorsichtig, Thorag«, sagte Astrid eindringlich und wandte sich zum Gehen.«

»Willst du mich schon verlassen?«

Die Frau nickte. »Du mußt ausgeruht sein für das, was kommt. Die Zeit des Kämpfens steht bevor. Und die Zeit des Sterbens!«

Fast wünschte Thorag sich, Astrid nicht getroffen zu haben. Ihre düsteren Worte wühlten seine Träume auf. Immer wieder sah er sich von schwarzen, nicht näher erkennbaren Bestien umgeben, die ihn zerfleischen wollten. Stammten die Bilder von den Göttern oder von seinen verborgenen Ängsten?

Früh am Morgen fand er sich müde und zerschlagen vor der großen Holzhütte ein, in der Armin übernachtet hatte. Lustlos und vom vergangenen Festmahl noch gesättigt, speiste Thorag mit den anderen Fürsten. Mehr als ein paar Beeren und ein kleines Stück Käse verzehrte er nicht.

Anschließend machten sich die Männer, die Armin aus dem Sommerlager des Varus hierher begleitet hatten, zum Aufbruch bereit. Viele hatten in den umliegenden Wäldern gejagt und banden ihre Beute auf die Packtiere, um die Legende vom Jagdausflug aufrechtzuerhalten.

Begleitet wurden sie von Brokk und einigen seiner Männer, die als Flüchtlinge vor Brors Zorn auftreten sollten. Sie zerrissen ihre Kleidung und brachten sich selbst und den Pferden mit Dolchen Wunden bei.

Brokk selbst stieß den Dolch in seinen linken Oberarm, aber so, daß die Fleischwunde ungefährlich war. Dann jedoch zog er die scharfe Klinge quer über seine linke Wange und fügte sich eine tiefe Wunde zu, die sein spitzes Gesicht für den Rest seines Lebens verunstalten würde. Das Blut quoll auf der ganzen Länge des Schnittes heraus, floß über sein Gesicht, seine Schulter, seinen Arm und seinen Oberkörper. Es wollte und wollte nicht aufhören zu fließen. Eine ältere Priesterin brachte schließlich ein Bündel aus Kräutern und Moosen, das, auf die Wunde gepreßt, die Blutung nach kurzer Zeit zum Stillstand brachte.

Armin trat vor Brokk und seine Männer, und der Blick des Herzogs glitt zufrieden über die abgerissenen, blutverschmierten Gestalten. »Wahrlich, so sehen Cherusker aus, die nur knapp dem Tod entronnen sind. Brokk, woher hast du die schreckliche Narbe auf deiner Wange?«

»Sie stammt vom Schwert meines Vaters Bror, der mich hindern wollte, Varus zu warnen.«

Armin nickte und zog sich in den Römersattel auf dem Rücken seines Schimmels. »Genau das wirst du Varus erzählen, Brokk. Ich schwöre dir, der krummbeinige Römer wird nichts Eiligeres zu tun haben, als dir Brors Gau mit seinen Truppen zu erobern. Natürlich wird er ein paar Zusicherungen von dir verlangen, eine Menge Sklaven, Felle und so weiter.«

»Der Krummbeinige wird bekommen, was er verdient«, erwiderte Brokk.

Armin grinste verschlagen. »Das wird er!«

Kapitel 27

Wiedersehen mit Flaminia

Das Sommerlager des Publius Quintilius Varus war eine gewaltige, uneinnehmbar erscheinende Festung auf einem Hügel unweit der Weser.

Als Thorag seinen Grauschimmel anhielt und sich die hohen Mauern ansah und die tiefen Gräben, die das Lager in zwei Reihen umliefen, fühlte er sich in seiner beim gestrigen Festmahl vertretenen Ansicht bestätigt, daß es besser sei, die Römer auf dem Marsch durch unwegsames Gelände zu überfallen. Dort, wo sie von ihrer schweren Ausrüstung behindert wurden und ihre für eine offene Feldschlacht ausgerichtete Kampfkraft nicht entfalten konnten.

Einige der Fürsten hatten in ihrem vom reichlich genossenen Met und Bier geförderten Überschwang dafür gestimmt, Varus einfach in einem Lager zu überfallen. Ihr Argument war gewesen, dort hätte man die Römer und vor allem die zu erwartende Beute auf einem Haufen. Im freien Gelände müsse man sich alles erst mühsam zusammensuchen.

Armin hatte sich gegen das Umwerfen seines sorgfältig ausgearbeiteten Plans gewandt, unterstützt von Brokk und Thorag. Alle drei hatten mit den Römern gekämpft und kannten den Wert römischer Festungen. Außerdem lag das Sommerlager auf freiem Feld. Vor den Gräben und auf den Mauern patrouillierten Legionäre und Auxiliarsoldaten, deren Blick vom Hügel weithin reichte, auf der Westseite bis zum Fluß. Ein Überraschungsangriff war unmöglich. Die Römer würden rechtzeitig gewarnt sein und Gelegenheit haben, ihre Truppen zur Schlacht zu formieren. Dann aber war es fraglich, ob die Germanen den Sieg davontrugen.

Jetzt, als Thorag das beeindruckende Befestigungswerk aus ausgehobenen Erdwällen, dicken Baumstämmen und breiten, massiven Steinmauern mit eigenem Auge sah, war er froh, daß Armin sich durchgesetzt hatte.

Gestört wurde das militärische Bild allerdings von zahlreichen Hütten, die das Lager umgaben und richtige Dörfer bildeten. Römische und germanische Dörfer, in denen all jene wohnten, die der bewaffneten Truppe stets auf dem Fuß folgten und genauso von deren Sold lebten wie die Soldaten selbst: Händler, Schreiber, Barbiere, Gaukler und nicht zuletzt die Huren. Während sich die Huren jedem Soldaten gegen Bezahlung hingaben, hatten die übrigen Frauen einen festen Partner, den sie häufig als ihren Mann bezeichneten, obwohl sie offiziell nicht mit ihnen verheiratet waren. Den Soldaten war die Eheschließung untersagt. Sie sollten für Rom kämpfen und sich nicht um ihre Familien sorgen. Ihre einzigen Bräute hießen Gladius, Pilum und Scutum – Schwert, Speer und Schild. Dennoch duldete jeder Feldherr den bunten Troß der Zivilisten, weil er wußte, daß ein Soldat, der sich nie zerstreuen und durch Ausschweifungen ablenken konnte, schnell unzufrieden sein würde. Meuterei war eines der großen Probleme in der römischen Armee, die auf ihre Disziplin so stolz war.

Thorag wandte sich im Sattel zu den zehn Reitern um, die ihn begleiteten, Hakon und seine Krieger. Garrit befand sich nicht unter ihnen. Er hatte in der vergangenen Nacht im Bierrausch mit seinem Schwert fast eine große Tanne gefällt, als er immer wieder auf sie einschlug und den Baum als ›verfluchten Römer‹ beschimpfte. Thorag hatte Hakon angewiesen, den Einäugigen zurückzulassen, weil er befürchtete, der junge Krieger könne beim Anblick so vieler römischer Soldaten von seinem Haß übermannt werden. Früher war Garrit nicht so gewesen. Mit einem Teil seines Augenlichts schien auch die Helligkeit seines Wesens von ihm gewichen zu sein. Da die Eberkrieger von Garrits Haß noch mehr bedroht waren als die Römer, hatte Thorag Radulf gebeten, gut auf den Einäugigen aufzupassen.

»Sieht nach einer Menge Römer aus«, bemerkte Hakon, dessen Blick wie gebannt an dem riesigen Lager hing.

»Eine ganze Menge«, bestätigte Thorag.

»Schön«, brummte der erfahrene Recke. »Dann habe ich mein Schwert in den letzten Tagen nicht umsonst geschärft. Es ist dabei richtig hungrig geworden. Ich habe ihm versprochen, daß es viele Römer fressen wird.«

»Versprechen soll man halten. Aber bevor es soweit ist, müssen wir das Spiel spielen, das Armin sich ausgedacht hat. Bist du dazu bereit, Hakon?«

Der vierschrötige Kriegerführer nickte. »Du kannst dich auf mich verlassen, mein Fürst. Wie immer!«

»Schön«, lächelte Thorag. »Dann los!«

»Heiah!« stieß Hakon einen schrillen Schrei aus und trieb seinen Schecken auf die Festung zu, die etwa eine halbe römische Meile entfernt lag. Er sollte den Römern melden, daß Thorag mit Varus sprechen wollte. Wäre der junge Gaufürst einfach so in das Lager des Legaten geritten, wäre er vielleicht verhaftet worden. Schließlich war er immer noch ein flüchtiger Todgeweihter.

Während er auf die Reaktion der Römer wartete, betrachtete Thorag den grauen Himmel. Sunna war hinter einer dicken Wolkenschicht verborgen und der Stand des Sonnenwagens tief am westlichen Himmel nur zu erahnen. Es sah so aus, als sollte Armins gestern geäußerter Wunsch um schlechteres Wetter in Erfüllung gehen. »Je schlechter das Wetter, desto schwerer werden es die Römer mit all ihrem Gepäck auf dem Marsch haben, einem Überraschungsangriff standzuhalten«, hatte er gesagt und zwei weiße Hengste Donar geopfert, um den Gott des Wetters um Regen zu bitten.

Donar hatten die beiden Hengste gefallen. Jedenfalls waren schwere Wolken aufgezogen. Sie hingen über dem schon weitgehend ausgedörrten Boden, der dringend Regen brauchte. Schließlich hatte der Monat, den die Römer September – den Siebten – nannten, bereits begonnen, was das baldige Ende des Sommers verhieß.

Wie mit Armin abgesprochen, war Thorags Trupp gegen Mittag losgeritten. Zwischen Brokks und Thorags Erscheinen sollte etwas Zeit liegen. Wenn Armin nicht nur Brokk, sondern auch Thorag ›zufällig getroffen‹ hätte, hätte das den Verdacht der Römer erregen können.

Thorags Begleiter begannen schon unruhig zu werden, als ihnen eine ganze Anzahl Reiter aus dem Lager entgegensprengte. Eine komplette Turme, über vierzig Mann stark. Sie kam schnell näher, und Thorag erkannte das Feldzeichen der Legatengarde. Ihr hünenhafter Anführer mit dem violetten

Federbusch auf dem Helm war niemand anderer als Gaius Flaminius Maximus.

»Bleibt ruhig und laßt die Waffen stecken!« ermahnte Thorag seine Krieger, als sie von den römischen Gardereitern eingekreist wurden. Beim Anblick der auf sie gerichteten Speerspitzen fiel es den Cheruskern schwer, sich an den Befehl ihres Fürsten zu halten.

Maximus, der wie immer kerzengerade im Sattel saß, hielt seinen Braunen direkt vor Thorag an. Sein Gesicht verriet große Neugier. »Sieh an, der verschollene Todgeweihte kehrt zurück. Was verschafft uns die Ehre?«

»Eine wichtige Nachricht«, antwortete Thorag. »Die Fenrisbrüder proben den offenen Aufstand. Leider habe ich erst jetzt herausgefunden, wer ihr Anführer, der geheimnisvolle Schwarzwolf, ist.«

»So, wer?«

»Der Gaufürst Bror. Er enthüllte das erst, als er zur Rebellion gegen Rom aufrief. Inzwischen brennt es in seinem ganzen Gau, und das Feuer greift auf die benachbarten Gaue über. Vermutlich steht dort kein einziges Kastell mehr, jedenfalls nicht unter römischer Besatzung.«

Die Falte über der Nasenwurzel in Maximus' Gesicht vertiefte sich. Er riß seinen Braunen herum und sagte: »Komm mit, Thorag! Du bist nicht der erste, der diese Nachricht bringt, aber sie wird Varus deshalb um so mehr interessieren.«

Die Römer nahmen die Cherusker zwischen sich und ritten mit ihnen zurück zum Lager, mitten durch eines der Hüttendörfer. Thorag sah unter den Menschen römische und gallische, vor allem aber germanische Gesichter. Er fragte sich, wie viele von diesen Germanen in wenigen Tagen gegen die Römer kämpfen würden.

Über Holzbrücken, die in Sekundenschnelle eingezogen werden konnten, ritt der Trupp auf die Porta Praetoria zu, deren Torflügel weit offenstanden. Sobald die Reiter in das riesige Lager eingetaucht waren, erkannte Thorag, daß Brokks alarmierende Nachricht ihre Wirkung nicht verfehlt hatte.

Zwischen den langen, in sauberer römischer Ordnung gebildeten Reihen aus hölzernen Kasernengebäuden und Zelten herrschte ein riesiges, nur auf den ersten Blick planlos wirkendes Gewimmel. Wer näher hinsah, bemerkte schnell, daß jeder Schritt und jeder Handgriff der vielen tausend Soldaten seinen Sinn hatte und seinen Zweck erfüllte. Waffen wurden geschärft, Panzer ausgebessert und die Sohlen der Caligae, der ledernen Schnürsandalen, mit frischen Eisennägeln für den Marsch beschlagen. Die Katapulte, Stein- und Pfeilschleudern, wurden in ihre Einzelteile zerlegt und auf großen Wagen verstaut. Hufeisen und Zaumzeug der Pferde wurden untersucht und, falls nötig, ausgebessert oder erneuert. Immer wieder erschollen die Hörner, um Zenturien, Manipel und ganze Kohorten zum Waffenappell zu rufen. Die Offiziere schritten die gerade ausgerichteten Reihen der Legionäre und Auxiliarsoldaten ab und prüften die Ausrüstung jedes Mannes, sprachen eine Anerkennung oder eine Ermahnung aus. Das ganze riesige Heerlager befand sich in Aufbruchsstimmung.

Der Reitertrupp hielt auf das Zentrum des Lagers zu, wo sich die einzigen Steingebäude befanden: Prätorium, Principia, Magazin, Hospital, Gefängnis und einige Nebengebäude, darunter eine Siedlung mit Wohnhäusern der hohen Offiziere. Vor dem Prätorium ließ Maximus anhalten, stieg aus dem Sattel und sah Thorag an. »Folg mir, Cherusker!«

»Und meine Männer?«

»Man wird sie unterdessen versorgen.«

»Tut, was die Römer auch sagen«, sprach Thorag zu Hakon, als er vom Rücken des Grauschimmels stieg und dem Kriegerführer die Zügel reichte.

Er folgte dem Gardepräfekten in das Haus des Statthalters, das bei weitem nicht so imposant wirkte wie das Prätorium in der Ubierstadt, aber vermutlich das bestausgestattete Gebäude war, das man diesseits des Rheins finden konnte. Es mußte eines eigenen kleinen Trosses bedurft haben, die Wandteppiche, Leuchter, Skulpturen und Vasen, die so gar nicht in ein Militärlager passen wollten, hierherzuschaffen.

»Warte hier!« sagte Maximus knapp zu Thorag, als sie im Vestibül standen. »Ich sage Varus, daß du hier bist.«

Der dreistündige Ritt hatte Thorag durstig gemacht. Er ging zu dem kleinen Bronzetisch, auf dem mehrere Karaffen und

Becher standen, und mischte in einem der Becher frisches Wasser mit etwas Acetum – Weinessig. Er hatte dieses Mischgetränk als Soldat in Roms Diensten kennengelernt. Viele Legionäre füllten damit ihre Feldflaschen, weil sie seine durstlöschende Wirkung schätzten. Der Cherusker hatte den trichterförmigen Becher aus vermutlich ubischem Glas kaum geleert, als der Präfekt zurückkehrte und ihm winkte.

Er führte Thorag in einen Arbeitsraum, dessen Wände mit verschiedenen Karten geradezu übersät waren. Vor einer dieser Karten, die das Cheruskerland trotz einiger weißer Flecke recht detailgetreu abbildete, stand der Statthalter mit fünf weiteren Männern, vier davon römische Offiziere. Der fünfte war Armin, der bei Thorags Anblick große Überraschung vortäuschte.

Varus begrüßte den Neuankömmling höflich, aber knapp und fragte: »Du willst mir von einem Aufstand im Cheruskerland berichten, Thorag?«

»Ja«, antwortete der Edeling und wiederholte, was er Maximus schon gesagt hatte. »Wie ich sehe«, schloß er, »scheinst du bereits darüber unterrichtet zu sein. Deine Armee befindet sich im Aufbruch.«

Der Statthalter nickte zufrieden und faltete die schwammigen Hände vor dem stark nach vorn gewölbten Bauch. »Du bist schon der zweite, der mir heute diese Nachricht bringt. Deshalb dürfen wir trotz einiger Zweifler wohl davon ausgehen, daß sie wahr ist.«

Beim letzten Satz warf er einem der Offiziere einen düsteren Blick zu. Es war der kleine, zähe Lucius Tertius Parvus, dessen Peitsche Thorags Rücken gepflügt hatte.

Die feuerrote Narbe auf Lucius' rechter Wange tanzte hektisch, als der Offizier sich verteidigte: »Ich habe nicht gezweifelt, Legat, ich habe nur zur Vorsicht geraten. Nur weil ein Germane von einem Aufstand im Süden berichtet, sollten wir nicht kopflos werden!«

»Jetzt sind es schon *zwei* Germanen«, erwiderte Varus und sah dabei Thorag an.

»Ich verstehe dich nicht, Varus«, schnappte Lucius. »Wie kannst du einem Mann vertrauen, den du selbst zum Tod verurteilt hast? Dieser Thorag ist ein Verräter und ein Verschwörer!

Und außerdem ein flüchtiger Todgeweihter, auf dessen Ergreifung eine Belohnung von tausend Sesterzen ausgesetzt ist!«

»Die wir jetzt an ihn selbst auszahlen müßten«, grinste der Statthalter. »Denn immerhin ist er freiwillig zu uns gekommen.«

Lucius blickte den Legaten des Augustus verständnislos an.

Mit einer lässigen Handbewegung forderte der Statthalter den Präfekten seiner Garde auf, den Sachverhalt zu erklären. Als Maximus von der Flucht und von Thorags Rolle als Spion der Römer berichtet hatte, stellte Varus dem Edeling die drei anderen Offiziere vor. Der bronzehäutige, grauhaarige Mittvierziger an seiner Seite war Numonius Vala, der militärische Stellvertreter des Statthalters. Die beiden anderen hießen Ceconia und Lucius Eggius und waren, wie auch Lucius Parvus, Lagerpräfekten der einzelnen Legionen. Varus hatte sie zu sich gerufen, um den Abbruch des Sommerlagers und den Abmarsch am übernächsten Morgen mit ihnen zu besprechen.

»Wie ist deine Einschätzung des Aufstandes, Thorag?« erkundigte sich Numonius Vala.

»Wenn das heftig lodernde Feuer nicht schnell erstickt wird, verwandelt es sich in einen Flächenbrand«, orakelte der Edeling düster. »Ich habe gehört, daß Bror desto mehr Zulauf bekommt, je mehr Kastelle fallen.«

»*Cantilenam eandem canis.* – Es ist immer dieselbe Leier.« Varus seufzte. »Sobald die Barbaren Blut riechen, werden sie wild. Dagegen hilft nur eins.« Er ballte die fleischige Rechte zur Faust. »Das Blut, das sie riechen, muß ihr eigenes sein! Es bleibt dabei, Offiziere, übermorgen marschieren wir!« Die Faust löste sich, und Varus blickte den Herzog der Cherusker an. »Wie sieht es aus, Arminius? Können die Römer auf die Hilfe ihrer cheruskischen Verbündeten rechnen?«

In einer Geste, die einem römischen Theaterstück zu entstammen schien, legte der Gefragte die Hand auf den Griff seines Schwertes. »Mein Schwert ist dein Schwert, Varus, und natürlich auch das Schwert Roms. Ich habe meine Boten bereits ausgesandt, alle treuen Cherusker zu versammeln, um dem aufständischen Bror Seite an Seite mit unseren römischen Freunden eine Lektion zu erteilen. Sei versichert, Varus, daß weit mehr Cherusker hinter mir stehen werden als hinter Bror!«

Das ist noch nicht einmal gelogen, dachte Thorag und fragte laut: »Wer ist der Bote, der euch von dem Aufstand unterrichtet hat?«

»Unser alter Kampfgefährte Brokk«, antwortete Armin und berichtete davon, wie er während des Jagdausflugs angeblich zufällig auf Brors Sohn und seine Begleiter getroffen war. »Brokk ist, als er sich gegen seinen Vater stellte, von ihm ziemlich übel zugerichtet worden. Der Medicus kümmert sich um ihn.«

»Du hast mit Thorag sicher einiges zu besprechen, Armin«, sagte Varus. »Wir sehen uns dann beim Abendessen.« Er blickte die Offiziere an. »Das gilt auch für euch. Seht zu, daß es keine Verzögerungen beim Abbau des Lagers gibt! Solange das gute Wetter noch hält, sollten wir es für den Marsch ausnutzen.«

Nur Thorag bemerkte den Schatten, der sich beim letzten Satz auf Armins Gesicht legte.

Die Offiziere und die beiden Cherusker verließen das Arbeitszimmer. Sie ließen Varus allein mit den Karten und mit seinen Gedanken.

Wie gebannt starrte Publius Quintilius Varus lange Zeit auf die Karte des Cheruskerlandes, die er mit Hilfe von cheruskischen Edelingen hatte anfertigen lassen. Dieses Land sollte es also sein, von dem sein Siegeszug ausging, der ihn schließlich auf den Palatin führen sollte, auf den Hügel der kaiserlichen Residenz.

So lange hatte er auf eine Gelegenheit gewartet, seinen Kriegszug zu beginnen, den ganzen Sommer über, aber diese verfluchten Germanen wollten ihm einfach keinen Anlaß bieten. Mit fast hündischer Ergebenheit hingen sie an ihm, kamen mit jeder kleinlichen Streiterei zu ihm, um sie nach römischem Recht entscheiden zu lassen, und baten ihn, statt sich gegen Übergriffe anderer Sippen und Stämme selbst zu verteidigen, auch noch um Garnisonen in ihrem Land.

Ein anderer Mann an Varus' Stellte hätte sich über die Willfährigkeit der Barbaren gefreut, aber dem Mann, der Augustus anstelle des Augustus werden wollte, kam sie gar nicht gelegen.

Alle Welt sprach von der Wildheit und Kriegslüsternheit der Germanen, dabei waren sie leichter zu besänftigen als eine erschrockene Katze. Und viel zahmer als ein solches Tier.

Varus lachte trocken. Warum gestandene Feldherren wie Drusus und Tiberius mit den Germanen solche Schwierigkeiten gehabt hatten, war ihm vollkommen unverständlich. Es wurde wirklich höchste Zeit, daß die richtigen Männer in Rom das Sagen hatten und nicht solche Schlappschwänze wie Octavian Augustus, sein Stiefsohn Tiberius und dessen unglücklicher Bruder Drusus, der im wahrsten Sinne des Wortes in Germanien *gefallen* war, wie man in den römischen Thermen witzelte, nämlich bei einem Sturz vom Pferd. Und das nicht einmal im Kampf, sondern auf dem Rückmarsch von dem Fluß Albis zum Rhenus. Welch ein Tölpel! Wenn er, Varus, erst einmal auf dem Kaiserthron saß, würden solche Idioten nicht das Kommando über ganze Provinzen bekommen.

Bei dem Gedanken wurden die Hände des Statthalters feucht. Er wischte sie an seiner Tunika ab und zog sich in seine Privatgemächer zurück. Der Tag war anstrengend gewesen. Es war Zeit für ein wenig Entspannung. Zeit für Pollux und Helena.

Mit gemischten Gefühlen schritt Thorag auf das große Steingebäude der Principia zu, der Kommandantur. Sie war sehr groß, wie es einem Lager zukam, das drei römische Legionen, drei Alen Reiterei, die Legatengarde und sechs Auxiliarkohorten beherbergte, insgesamt etwa fünfundzwanzigtausend Soldaten, das zivile Personal nicht mitgezählt. Man konnte es kaum mit der kleinen Garnison vergleichen, die Thorag in der Nähe der Ubierstadt kommandiert hatte. Das Lager dort war so klein gewesen, daß es noch nicht einmal eine eigene Principia gehabt hatte; die Büros der Kommandantur waren im Prätorium untergebracht gewesen.

Thorag hatte, nachdem er sich von der angemessenen Unterkunft seiner Krieger in zwei geräumigen Zelten überzeugt hatte, mit Armin und Brokk gesprochen. Alles verlief nach Plan. Varus hatte offenbar Brokks Geschichte geglaubt. Nachdem sie von Thorag bestätigt worden war, schien ihre Richtigkeit für den

Statthalter so festzustehen wie die Tatsache, daß auf den Sommer der Winter folgte. Oder, wenn man römisch dachte, der Herbst.

Thorags Gefühle waren trotzdem gemischt, weil ihm seine Rolle in diesem Spiel nicht behagte. Obwohl er sich längst für sein eigenes Volk und gegen Rom entschieden hatte, stand er irgendwie zwischen den Fronten. Fast fieberte er dem Augenblick entgegen, in dem er sein Schwert offen gegen die Römer erheben konnte. Der Kampf mit der Waffe behagte ihm mehr als der mit Worten und Täuschungen.

Aber die Römer haben den Kampf mit Hinterlist und Heimtücke begonnen, versuchte er sich zu beruhigen. *Sie haben mich als Verräter verurteilt und mich öffentlich ausgepeitscht, nur um mich als Spion gegen mein eigenes Volk einzusetzen. Sie haben keinen Grund, sich zu beschweren, wenn wir sie mit ihren eigenen Waffen bekämpfen.*

Gleichwohl fühlte er sich unwohl dabei, als Freund der Römer durch ihr Lager zu spazieren, während er insgeheim ihre Vernichtung plante. Er befürchtete ständig, sich durch eine unbewußte Geste oder durch ein unbedachtes Wort zu verraten. Aber er mußte noch einmal mit Maximus sprechen. Er wollte sich nach Flaminia erkundigen, an die er fast pausenlos denken mußte, seitdem er ihren Bruder wiedergetroffen hatte.

In einer Schreibstube der Kommandantur fragte Thorag den diensthabenden Optio nach Maximus.

»Gaius Maximus?« Der Offizier sah überlegend an die Decke und strich mit dem stumpfen Ende des Bronzegriffels, mit dem er gerade eine Notiz auf eine Wachstafel geschrieben hatte, über sein stoppeliges Kinn. »Der Präfekt ist nicht mehr hier.«

»Wo kann ich ihn finden?«

»Keine Ahnung. Vielleicht inspiziert er seine Leute. Oder er ist schon zu seiner Schwester heimgegangen.«

»Seine Schwester?« fragte Thorag überrascht nach. »Flaminia?«

»Ich kenne keine andere«, antwortete der Optio gelangweilt.

»Ist sie hier im Lager?«

»Na, bestimmt nicht in Rom.«

»Wo kann ich sie finden?«

»Im Haus des Präfekten.«

Thorag zwang sich zur Geduld. »Wo ist das?«

Die Geduld zahlte sich aus, denn der Optio beschrieb ihm den Weg.

Der Cherusker brauchte nur ein paar Schritte zu gehen. Die Unterkunft des Gardepräfekten war eines der kleinen, schmucklosen Steinhäuser, die in der Nähe des Prätoriums an der Via Principalis aufgereiht waren. Thorag trat auf den Eingang zu, als die Holztür aufgezogen wurde. Saiwa, Flaminias usipetrische Sklavin, stand mit einem Eimer in den Händen in der Öffnung und starrte Thorag überrascht an.

»Ist deine Herrin zu Hause?« fragte der Edeling ohne Umschweife.

»J-ja«, antwortete die füllige rotblonde Usipeterin, sichtlich verwirrt.

»Dann führ mich zu ihr!«

»Komm herein«, sagte sie zögernd und wich ins Halbdunkel des Hauses zurück, wobei sie ganz vergaß, den Eimer mit stinkendem Abwasser auszuleeren.

Thorag folgte ihr in das kleine Atrium, wo Primus am Impluvium saß und spielte. Er schaute nur kurz auf, als der Cherusker eintrat, und wandte sich dann wieder seinem Spiel zu. Es schien, als erkenne er Thorag nicht wieder.

»Warte bitte hier«, sage Saiwa. »Ich hole die Herrin.«

Die Sklavin verschwand durch einen schmalen Gang, und Thorag widmete sein Interesse dem spielenden Kind. Primus hatte an einer Seite des nur mit wenig Regenwasser gefüllten Impluviums aus Holzklötzen eine Stadt aufgebaut, die von einer Armee Zinnsoldaten belagert wurde. Der Junge verfrachtete die Armee in drei Holzschiffe und setzte die Schiffe auf das Wasser, wo sie tatsächlich schwammen. Primus stieß sie an, und sie glitten zur anderen Seite es Beckens hinüber. Die kleine Hand des Kindes schob ein auf Rädern stehendes Holzpferd in die Stadt und nahm dabei in Kauf, daß ein Torbogen von dem großen Pferd eingerissen wurde.

Troja! dachte Thorag und erinnerte sich an den Beginn seiner Laufbahn als römischer Offizier. Die Belagerung Trojas gehörte zum ersten Unterrichtsstoff. Kein Wunder, hielten die Römer die beiden sagenhaften Gründer ihrer Stadt, Romulus und Remus, doch für Nachfahren der Trojaner.

Mit seinen kleinen, schlanken Fingern öffnete der Junge geschickt einen winzigen Riegel am Unterleib des Pferdes. Der Bauch klappt auf, und mehrer Zinnfiguren purzelten heraus. Primus stellte sie auf, hob dann den größten der Krieger ein Stück hoch und brüllte laut: »Vorwärts, tapfere Griechen! Laßt uns Troja erobern, zum Ruhm unseres Vaterlandes!«

Thorag kniete sich neben Primus und sagte: »So ist es bestimmt nicht gewesen.«

Der Junge blickte zu ihm auf. »Was meinst du, Thorag?«

Also erkannte der Junge ihn doch.

»Odysseus und seine Krieger haben bestimmt nicht solchen Lärm gemacht, als sie aus dem Pferd stiegen. Sie sind leise vorgegangen und haben heimlich die Tore der Stadt geöffnet, um ihre Kameraden hereinzulassen.«

»Bist du dabei gewesen?« fragte der Junge.

Thorag lachte. »Nein. Aber ich bin auch ein Krieger und würde bestimmt nicht laut herumschreien, wenn ich in einer feindlichen Stadt von einer vielfachen Übermacht umgeben wäre. Odysseus und die Seinen werden sich heimlich an die Wächter herangeschlichen und sie hinterrücks getötet haben, um sich nicht vorzeitig zu verraten.«

Primus sah den Cherusker mit aufgerissenen Augen an, die zugleich Unglauben und Entsetzen ausdrückten. »Aber das ist doch feige! Ein Krieger tut so etwas nicht! Odysseus war der tapferste Krieger überhaupt, den die Griechen hatten. Und tapfere Krieger gehen niemals heimlich vor!«

»Wer sagt das?«

»Decimus Mola.«

»Decimus Mola?« wiederholte Thorag fragend.

»Er dient unter Onkel Maximus. Decimus ist Kommandeur der berittenen Garde.«

»Ach so. Und Decimus Mola sagt, daß ein tapferer Krieger niemals eine Hinterlist anwendet?«

Primus nickte mehrmals kräftig. »Wenn ein Krieger tapfer ist, hatt er das nämlich nicht nötig.«

»Auch nicht, wenn er sonst sterben muß?«

»Auch dann nicht!« verkündete Primus mit der unerschütterlichen Gewißheit seines noch jungen, an Erfahrungen armen Lebens.

Thorag fragte sich, ob der Junge und jener Offizier namens Decimus Mola recht hatten. Es wäre ihm lieb gewesen. Aber die Kriegslist war ein wichtiger, unverzichtbarer Bestandteil der Kriegsführung. Das war eine der ersten Lektionen gewesen, die er am Beispiel Trojas im Offiziersunterricht gelernt hatte. Wer im Krieg freiwillig auf die List verzichtet, verzichtete auf den Sieg. So hatte es der alte Präfekt, der Thorag und die anderen unterrichtet hatte, gesagt.

Etwas anderes schoß ihm durch den Kopf. »Erst dachte ich, du hättest mich nicht erkannt, Primus.«

»Ich sollte doch nicht an dich denken, Thorag.«

»Das verstehe ich nicht.«

»Mama hat gesagt, wir sollen dich vergessen.«

»Wieso?«

Die Antwort kam aus dem Rücken des Edelings: »Weil ich nicht geglaubt habe, dich jemals wiederzusehen, Thorag.«

Der Cherusker stand auf und drehte sich um. Fünf Schritte vor ihm stand Flaminia, genauso schön und begehrenswert, wie er sie in Erinnerung hatte. Die brombeerfarbene Stola schmiegte sich so eng an ihren schlanken Körper, daß die Spitzen ihrer Brüste hervorstachen. Ihr schwarzes Haar hatte sie mit goldenen Spangen kunstvoll hochgesteckt; die fein gewölbte Stirn und die ebenmäßigen Gesichtszüge kamen so noch besser zur Geltung; ein paar neue Falten in den Augenpartien verrieten, daß sie in den wenigen Monaten seit ihrer Trennung einiges erlebt hat.

»Komm mit mir, Thorag«, sagte die Römerin.

Er folgte ihr durch den Gang, durch den vorhin Saiwa verschwunden war, und fragte: »Warum hast du nicht geglaubt, daß wir uns wiedersehen?«

»Weil entflohene Todgeweihte nicht zu denen zurückzukehren pflegen, die sie verurteilt haben, nicht freiwillig, meistens nicht einmal lebendig.«

»Hat Maximus dich nicht eingeweiht?«

»Maximus!« schnaubte sie verächtlich. »Er hat es mir erst vor einer Stunde gesagt, als ich von ihm erfuhr, daß du im Lager bist.«

Ihre Stimme klang seltsam kühl, als freue sie sich gar nicht über das Wiedersehen. Auch ihr Gesicht drückte keine besondere Regung aus. Thorag fühlte sich wie in der Gesellschaft einer vollkommen Fremden.

Flaminia führte ihn in ein kleines Zimmer, ihren Schlafraum. Sie kniete sich vor einer Kiste in einer Ecke hin, öffnete sie und sagte: »Hier, das habe ich für dich aufgehoben. Tief in meinem Innern habe ich wohl doch gehofft, daß wir uns wiedersehen.«

Thorag trat neben sie und blickte in die Kiste. In ihr lagen sein Schild, das Wehrgehänge mit seinem Schwert und sein Gürtel mit den Beuteln, die persönliche Sachen enthielten. Thorag hatte die Sachen zurücklassen müssen, als er aus der Ubierstadt floh.

Flaminia erhob sich, und Thorag, der seinen Blick bewundernd über ihre schlanke Gestalt gleiten ließ, wollte sie zu sich heranziehen, aber sie wich ihm aus.

»Was hast du, Flaminia? Empfindest du denn gar nichts mehr für mich?«

»Vieles hat sich geändert«, antwortete die Römerin. Thorag hatte das Gefühl, ihr Blick würde durch ihn hindurchgehen. Ihr Gesicht blieb nach wie vor ausdruckslos, nur in ihrer Stimme schwang jetzt ein Anflug von Trauer mit.

»*Was* hat sich geändert?« fragte er.

»Wir. Und die Umstände.«

Thorag schwieg und dachte über die rätselhaften Worte nach. Flaminia konnte nicht ahnen, wie recht sie hatte. Ja, es stimmte, sie standen jetzt auf verschiedenen Seiten. Als sie sich kennenlernten, hätte es eine gemeinsame Zukunft für sie geben können. Aber jetzt? Es fiel ihm schwer, das einzusehen. Er hätte sich viel lieber von ihrer Schönheit, von ihrem Duft, ihrem langsamen, vollendet sanften Bewegungen verzaubern lassen. Mit Entsetzen dachte er daran, daß sie auch zu den Menschen gehören würde, die in Armins Falle liefen.

»Was tust du hier im Sommerlager, Flaminia?«

»Mein Bruder ist hier. Und Themistokles, der die Offizierskinder unterrichtet, ist hier. Also bin auch ich mit Primus hier.«

»Wirst ... werden du und Primus dabei sein, wenn Varus gegen die aufständischen Cherusker im Süden zieht?«

»Natürlich«, nickte Flaminia. »Wenn Varus mit den Aufständischen fertig ist, kehrt er nicht hierher zurück, sondern zieht direkt zum Rhenus weiter.«

»Ist es nicht gefährlich für die Frauen und Kinder, den Feldzug mitzumachen?«

»Wohl nicht, wie ich Maximus vorhin verstanden habe. Varus glaubt, die Aufständischen schon allein durch den Aufmarsch seiner Legionen zur Räson zu bringen.«

»Genauso wird es geschehen«, sagte eine tiefe Stimme. »Die Barbaren werden ihre Waffen wegwerfen, vor uns auf die Knie fallen und uns um Vergebung bitten, wenn sie der geballten Macht des römischen Imperiums gegenüberstehen.«

Der in der offenen Tür stehende Sprecher war ein Zenturio Primipilus in der Uniform der Legatengarde. Ein gutaussehender, aber leicht aufgedunsen wirkender Mann von fünfunddreißig oder vierzig Jahren. Thorag wußte sofort, wen er vor sich hatte.

»Ist dein Dienst schon beendet?« fragte Flaminia verwirrt den Zenturio.

»Nein. Ich hörte in der Principia, daß sich ein Germane nach dir erkundigt hat, Flaminia. Ich dachte mir gleich, daß es Thorag ist.«

»Deshalb bist du gekommen?«

»Ja, deshalb.«

Die Worte und der Blick, mit dem der Zenturio Thorag maß, klärten einiges auf. Der Offizier war von Mißtrauen und Eifersucht hergetrieben worden. Dies war also der Mann, mit dem Flaminia nun das Lager teilte. Seltsamerweise empfand Thorag keine Enttäuschung oder gar Trauer. Er kannte Flaminia und hatte nichts anderes erwartet. Sie war nicht die Frau, die eines Todgeweihten wegen Enthaltsamkeit übte. – Und schließlich hatte Thorag selbst sich in den vergangenen Monaten auch nicht in Verzicht geübt.

Flaminia zeigte auf den Zenturio und sagte zögernd: »Das ist ...«

»Decimus Mola, nehme ich an«, erleichterte Thorag ihr die Vorstellung.

Der Zenturio sah Thorag an und zog verwundert die dünnen Brauen hoch. »Du hast von mir gehört, Cherusker?«

»Primus erzählte mir von dir und deiner Meinung von tapferen Kriegern«, antwortete Thorag und verabschiedete sich von den beiden.«

»Ich werde Saiwa rufen«, sagte Flaminia. »Sie wird dich hinausbringen.«

»Ich finde den Weg schon«, erwiderte Thorag, nahm seine Sachen aus der Kiste mit und ließ Decimus und Flaminia allein.

Als er das Atrium passierte, war Primus verschwunden und Troja zerstört. Kaum ein Holzklotz stand noch auf dem anderen. Fast sämtliche Zinnfiguren waren umgeworfen, lagen herum wie tot.

Thorag war froh, daß Primus nicht da war und ihn nicht aufhielt. Der Cherusker verspürte das dringende Bedürfnis, dieses Haus möglichst schnell zu verlassen. Er hätte gar nicht hierherkommen sollen. Flaminia war wie ein anderer Mensch gewesen. Nur äußerlich die Frau, die er gekannt hatte. Zwischen ihnen schien so unendlich viel zu stehen. Nicht nur Decimus Mola und die Verschwörung gegen die Römer, an der Thorag beteiligt war. Er hatte das Gefühl, daß auch Flaminia ihm etwas verschwiegen hatte. Aber er konnte beim besten Willen nicht sagen, was.

Der Edeling atmete tief durch, als er ins Freie trat. Er wollte nicht länger unter einem Dach sein mit dem Zenturio, der ihm einen triumphierenden Blick nachgeschickt hatte. Tatsächlich fühlte Thorag sich so elend wie nach einer verlorenen Schlacht. Als er zu den Zelten ging, die ihm und seinen Kriegern zugewiesen worden waren, schwor er sich, daß dies der letzte Sieg über einen Cherusker sein sollte, dessen sich Decimus Mola rühmen konnte.

Kapitel 28

In vino veritas!

Der nächste Tag schlich für Thorags Empfinden unendlich langsam dahin. Viel zu langsam. Der Germane fühlte sich innerlich angespannt und fieberte der erlösenden Schlacht entgegen. Es erschien ihm fast unerträglich, noch einen ganzen Tag im Heerlager ausharren und beobachten zu müssen, wie die Römer in ihrer unnachahmlichen Disziplin und Erfahrung Handschlag für Handschlag ihre Ausrüstung fein säuberlich für den fünf- bis sechstägigen Marsch vorbereiteten, mit dem sie rechneten.

Früh am Morgen hatten ihn schon die Hornsignale geweckt, die lauten Kommandos der Offiziere und Unteroffiziere, das Klatschen von tausend und abertausend Sandalen auf den festgetretenen Lagerstraßen, das Klirren der Rüstungen und Waffen. Mit einer Emsigkeit und Disziplin, die freien Germanen niemals zu eigen sein würden, waren Legionäre und Auxiliarsoldaten schon mit ihrer Arbeit beschäftigt, ehe Sunnas Wagen noch richtig aus dem Dunst der entschwindenden Nacht tauchte.

Als Thorag vor sein Zelt trat, sich reckte und herzhaft gähnte, sah er die vielen Menschen, kleine Teile einer gigantischen Militärmaschine, die nahtlos zusammengriffen, sei es im Lager, auf dem Marsch oder in der Schlacht, aufeinander eingespielt in vielen Feldzügen und Kriegen. Wenn die Männer Schulter an Schulter in der Schlacht standen, wußte jeder von ihnen genau, was er zu tun hatte und daß er sich auf die Kameraden neben, vor und hinter sich verlassen konnte wie auf sich selbst. Thorag selbst hatte das oft genug erlebt. Für einen erschreckenden Moment erschien es ihm lächerlich sinnlos, diesen übermächtigen Gegner schlagen und zerstören zu wollen.

Der Cherusker wischte mit der Hand über seine schlafverklebten Augen und schob die Zweifel an Armins Plan auf das unangenehme Pochen in seinem Kopf. Der Wein der Römer bekam ihm nicht, jedenfalls nicht in den Mengen, in denen er ihn gestern abend auf dem von Varus ausgerichteten Festmahl für die hohen Offiziere und die germanischen Fürsten in sich hineingeschüttet hatte. Er hatte es gar nicht vorgehabt, aber dann wollte er dieses schmerzliche Gefühl der Niederlage betäuben, das er schon empfunden hatte, als er das Haus von Maximus und Flaminia verließ.

Der Gardepräfekt hatte wie mit einem Schwert in Thorags Wunde gewühlt, als er dem Cherusker von der geplanten Hochzeit erzählte. Sobald die Legionen wieder jenseits des Rheins standen, sollte Flaminia die Frau von Decimus Mola werden. Als Abkömmling einer angesehenen Patrizierfamilie galten für den Obersten der Gardereiter andere Gesetze als für die Masse der römischen Soldaten. Er mußte keine fünfundzwanzig Jahre dienen und unterlag auch nicht dem während der Dienstzeit bestehenden Eheverbot. Wie stets bei den Römern wurden auch beim Militär die Gesetze um so lascher gehandhabt, je angesehener und reicher die betreffende Person war.

Maximus hatte es offensichtlich Vergnügen bereitet, Thorag von der Hochzeit zu erzählen. Der Edeling hatte es gar nicht hören wollen und mehrmals das Thema zu wechseln versucht – vergebens. Er hatte schon immer das Gefühl gehabt, daß Maximus etwas gegen die Verbindung von Thorag und Flaminia hatte. Daß es den Präfekten zutiefst befriedigte, dem Cherusker jede Aussicht auf ein erneutes Zusammenkommen mit seiner Schwester verderben zu können.

Und noch etwas war seltsam gewesen: Maximus hatte einmal davon gesprochen, daß Flaminia den Gardeoffizier heiraten *mußte*. Thorag hatte nicht nach einer Erklärung gefragt. Die berauschende Wirkung des gegorenen Traubensaftes hatte seinen Geist schon umnebelt und seine Zunge schwer gemacht.

Für heute abend hatte Varus ein weiteres Bankett angekündigt, mit dem die heiligen Feiern der Lustration abgeschlossen werden sollten. Thorag nahm sich fest vor, diesmal nicht so viel zu trinken. Morgen auf dem Marsch wollte er einen klaren Kopf haben.

Den ganzen Tag über vermied Thorag es, in die Nähe des Lagerzentrums zu kommen, wo das Prätorium, die Principia und auch das Haus des Maximus standen. Er war nicht erpicht darauf, Decimus Mola, Maximus oder Flaminia zu begegnen. Aber am Nachmittag, als sich die gesammelte Streitmacht des Quintilius Varus unter schallendem Hörnerklang auf dem freien

Feld vor dem Lager zur Lustration versammelte, ließ es sich nicht länger vermeiden. Alle Germanenfürsten, die sich im Lager aufhielten, waren von Varus zur Teilnahme an der traditionellen Feier eingeladen worden, die vor und nach jedem Feldzug stattfand. Vorher, um den Willen der Götter zu erforschen und ihre Gnade zu erbitten. Nachher, um den Göttern zu danken. Ein Verzicht auf die Teilnahme hätte den Verdacht der Römer erregen können.

Die Legionen und Auxilien marschierten nach einem vorher genau festgelegten Plan um ein freibleibendes Quadrat auf, in dessen Mitte die Opferaltäre errichtet waren. Für die Angehörigen der ranghohen Offiziere und die hochstehenden Gäste war eine hölzerne Tribüne errichtet worden, so daß sie über die behelmten Köpfe der Soldaten hinweg das Geschehen bei den Altären verfolgen konnten. So kam es, daß Thorag die heiligen Riten ganz in Flaminias Nähe miterlebte. Doch beide vermieden jeden engeren Kontakt zum anderen. Selbst ihre Blicke streiften sich nur kurz.

Die letzte Einheit, die aufzog, war die Garde des Legaten, an deren Spitze Varus und Maximus ritten. Als die tausend Mann starke Elitetruppe erfahrener römischer Soldaten unter den Kommandos ihren Präfekten die vorherbestimmte Position eingenommen hatte, stieg der Legat des Augustus von seinem glänzenden Rappen, trat vor die bereits versammelte Priesterschaft und zog die Toga über sein Haupt. Damit hatte er kundgetan, daß er jetzt nicht nur das militärische Oberhaupt der versammelten Truppe war, sondern auch ihr religiöser Führer.

»Es hat einiges für sich, wenn der oberste Feldherr zugleich der oberste Priester ist«, raunte der neben Thorag sitzende Armin, während die Bläser sämtlicher Legionen und Auxilien noch das Classicum, die feierliche Fanfare des Truppenführers, über die vielen tausend Köpfe schallen ließen.

Die laute, durchdringende Musik brachte Thorags Kopf erneut zum Dröhnen. Verständnislos blickte er den Herzog an. Sein »Wieso?« war wegen der alles überlagernden Hymne kaum zu verstehen.

Armin grinste. »Der Glaube an die Macht der Götter ist vielleicht die gefährlichste Waffe überhaupt, Thorag. Was der Feldherr von seinen Soldaten will, kann der Priester ihnen eingeben.« Der Herzog zeigte hinunter auf die vor den Altären versammelten Priester. »Es ist die Aufgabe des Oberpriesters, die Zeichen für den Verlauf des Feldzugs zu deuten. Ich habe keinen Zweifel, daß Varus' Deutung sehr günstig ausfallen wird. Ich weiß nicht, warum, aber der Krummbeinige ist geradezu versessen auf den Kampf gegen Bror. Als hätte er nur auf so etwas gewartet.«

»Uns kann es nur recht sein«, krächzte Thorag mit belegter Zunge.

»Ja, allerdings«, bestätigte Armin höchst zufrieden.

Armins Wort gingen nicht aus Thorags Brummschädel. Fast hatte so etwas wie Bewunderung mitgeschwungen, als er über die Einheit von Feldherr und Priester und über die Eignung des Götterglaubens als Waffe gesprochen hatte. Als Thorag seinem Herzog einen verstohlenen Seitenblick zuwarf und in Armins Augen das tieflodernde Feuer sah, wußte er, daß auch Armin diese Waffe bedenkenlos einsetzen würde. Er war ebenso berechnend wie klug. Was seine Einschätzung der Zeichendeutung betraf, sollte Armin recht behalten.

Als das Classicum verklungen war, ertönte ein schmetterndes Hornsignal. Es kündigte das Erscheinen der dem Kriegsgott Mars heiligen Opfertiere an: Eber, Stier und Widder. Es waren besonders ausgesuchte prachtvolle, kräftige Exemplare. Und doch verhielten sich die Tiere aufgrund der ihnen mit dem Futter verabreichten Betäubungsmittel ruhig, bar jedes eigenen Willens. Jedes Tier wurde von zwei Reitern der Legatengarde um die versammelte Armee herumgeführt und dann zwischen den Einheiten hindurch zum Opferplatz gebracht. Dort wurden die Tiere von den Priestern einer eingehenden Untersuchung unterzogen. Schon der kleinste Makel hätte die Opfertiere wertlos gemacht und zur Wiederholung der Zeremonie gezwungen. Aber schließlich konnte Varus verkünden, daß Eber, Stier und Widder einwandfrei und dem Kriegsgott als Opfer höchst willkommen seien.

»Was auch sonst«, knurrte Armin.

Nachdem Varus auf dem Brandaltar Wein, Früchte, Weizenbrei und Weihrauch geopfert hatte, vollzogen die Opferdiener die rituellen Waschungen der drei Tiere, während einer von ihnen seiner Tibia eine feierliche Melodie entlockte, die in ihrer fast leisen Einfachheit im krassen Gegensatz zu dem vorher von den versammelten Bläsern gespielten pompösen Classicum stand. Nach den Waschungen brachte ein Opferdiener eine goldene Schale, aus der Varus Mehl nahm und damit die Tiere bestreute. Danach wurde dem Statthalter ein goldener Dolch gereicht, mit dessen Klingenspitze er jedes Tier berührte.

»Die Römer haben ihren Opferkult so verfeinert, daß sich ihr Oberpriester nicht einmal mehr die Hände schmutzig zu machen braucht, von dem Mehl einmal abgesehen«, grinste Armin hinter vorgehaltener Hand. Er hatte, wie auch Thorag, genügend römische Feldzüge und damit auch Lustrationen miterlebt, um zu wissen, was jetzt folgen würde.

Während Varus zurücktrat, führten die Opferdiener die Tiere auf den großen Altar, wo es Sache der Opfermetzger war, die eigentliche Schlachtung vorzunehmen. Jeder der drei mit großen Lederschürzen bekleideten Opfermetzger trat, eine Axt mit vergoldetem Blatt in den Händen, vor eines der Tiere, die von den Opferdienern festgehalten wurden. Unter den Zuschauern herrschte plötzlich eine gespannte Stille, die an den Höhepunkt eines erregenden Kampfes in der Arena erinnerte, kurz bevor der siegreiche Gladiator die Frage nach Überleben oder Tod des Unterlegenen stellte.

Auf der Tibia erklang jetzt eine aufsteigende Melodie. Gleichzeitig schwangen die Metzger ihre Äxte und schlugen die stumpfen Blattenden vor die Schädel der Tiere. Der Eber und der Widder brachen sofort zusammen, während der Stier vor Entrüstung und voller Schmerz aufbrüllte. Der Hieb hatte den lähmenden Bann der Betäubungsmittel durchbrochen. Rasch schwang der Opfermetzger noch einmal die Axt und ließ sie mit solcher Gewalt gegen das Stierhaupt krachen, daß man das Splittern des Schädelknochens hörte. Blut rann über die Schnauze des großen Tieres, als es endlich zu Boden fiel. Ein entsetztes Raunen ging durch die Reihen der Soldaten und der Zuschauer auf der Tribüne. Varus warf dem Metzger einen bösen Blick zu.

»Das entspricht nicht den Regeln«, murmelte Armin. »Bevor

die Opfermetzger zu den Messern greifen, darf das Blut der Opfertiere nicht vergossen werden.«

»Dann muß Varus die Zeremonie wiederholen lassen«, stellte Thorag fest.

Armin grinste wieder. »Sagen wir lieber, er *müßte*. Aber da das erst morgen geschehen dürfte, wird er es *bestimmt nicht* tun. Es würde Varus' ganzen Feldzug durcheinanderbringen. Das Ende des Sommers ist nah.«

Wieder behielt der junge Herzog recht. Obwohl viele Zuschauer von einem bösen Vorzeichen sprachen, wurde die Zeremonie fortgesetzt, als hätte der Stier nicht vorzeitig geblutet. Die Opfermetzger stachen die Tiere mit vergoldeten Messern ab und zerlegten sie, während das auslaufende Blut trotz der Silberschalen, in denen die Opferdiener es aufzufangen versuchten, den Boden des Altars rot färbte. Die Opferpriester holten die Eingeweide aus den Leibern der abgeschlachteten Tiere und legten sie vor Varus auf eine Erhöhung des Altars, wo sie vom Statthalter sorgsam untersucht wurden, ohne daß der Legat sie ein einziges Mal berührte.

Als Varus sich umwandte, verstummte die Tibia. Der Statthalter, Feldherr und Oberpriester des Heeres hob die Hände und sagte laut: »Römer, Soldaten, der Kriegsgott hat zu mir gesprochen. Mit Dankbarkeit und Wohlwollen nimmt er die Opfer an und verheißt uns großes Kriegsglück. Viele Feinde werden unser Eisen fressen, und groß wird unsere Beute sein!«

Nach dem darauf einsetzenden Jubelgeschrei hatte die Menge das böse Vorzeichen bereits vergessen.

»Geschickt gemacht«, lobte Armin den Mann auf dem Altar.

»Was?« fragte Thorag.

»Er hat nur von den Feinden gesprochen, die das Eisen der Römer fressen, aber nicht von den Römern, die das Eisen der Feinde fressen werden. Und das mit der Beute war auch nicht schlecht.« Er kicherte. »Ob die Tiere wohl wissen, welch frohe Botschaften sie in ihren Bäuchen herumtragen?«

Wieder erklang die Tibia. Eingeweide und Blut wurden auf dem Brandaltar feierlich dem Feuer übergeben. Als nächstes wurden die Opfertiere zerlegt, damit ihr Fleisch beim anschließenden Festmahl verzehrt werden konnte. Dadurch sollte die

Stärke und Tapferkeit des Kriegsgottes auf jeden einzelnen Soldaten übertragen werden.

Aber kaum hatten die Metzger mit der Zerlegung begonnen, als Unruhe unter den versammelten Soldaten entstand. Die Zuschauer auf den erhöhten Plätzen der Tribüne erblickten bald den Grund. Eine größere Reiterschar hatte sich dem Sommerlager der Legionen genähert, und einige der Reiter drängten sich durch die Truppe hindurch auf den Opferplatz zu, die heilige Ungestörtheit der Riten mißachtend. Es waren Germanen, Cherusker, angeführt von einem hünenhaften Mann mit langem Blondhaar, der einen glänzenden Falben ritt und einen Römersattel benutzte.

Armins Augen weiteten sich beim Anblick dieses Mannes. »Segestes!« stieß er laut hervor, gewann angesichts der ganz in der Nähe sitzenden Römer aber gleich wieder die Kontrolle über sich und sprach viel leiser, als er fortfuhr: »Was, bei Wodan, will er hier?«

Thorag blickte erst den Anführer der Neuankömmlinge und dann Armin an. »Nichts, was für uns gut ist, fürchte ich.«

Der Herzog nickte beklommen und nahm seinen Blick nicht von dem, was da unten auf dem Opferplatz geschah. Während die überraschten Metzger in ihrer blutigen Arbeit innehielten, sandte Maximus eine von Decimus Mola geführte Reiterabteilung aus, die den Cheruskern kurz vor Erreichen der Altäre den Weg versperrte und sie mit drohend erhobenen Lanzen einkreiste. Zwischen Segestes und dem hinzueilenden Gardepräfekten entspann sich ein heftiges Wortgefecht, dessen Inhalt den Menschen auf der Tribüne verborgen blieb. Nur ein zorniger Ruf an die störenden Cherusker, der von den Priestern ausging und von den Zuschauern aufgegriffen wurde, war deutlich zu hören: »*Favete linguis!* – Schweigt in Andacht!«

Thorag sah an Armins angespannter Haltung und seinem forschenden Gesichtsausdruck, daß der Herzog seinen Schildarm dafür gegeben hätte, dem Gespräch zwischen Maximus und Segestes folgen zu können. Doch Armin und seine Begleiter waren zur Untätigkeit verdammt. Erhoben sie sich jetzt panikartig von ihren Plätzen, hätten sie sich selbst verraten. Deshalb warteten sie ab, während sie vielleicht gerade vom Gaufürsten und Römerfreund Segestes verraten wurden.

Den heftigen Gesten war zu entnehmen, daß Maximus die Störenfriede des Platzes verweisen wollte, aber Segestes weigerte sich beharrlich. Widerwillig ritt der Gardepräfekt zum Opferaltar und sprach mit Quintilius Varus, bis dieser Maximus folgte und selbst mit Segestes sprach. Die Unterhaltung war nur kurz. Die Cherusker zogen sich freiwillig zurück, sammelten sich außerhalb des Festplatzes und ritten ins Sommerlager. Varus warf einen langen Blick zur Zuschauertribüne, bevor er auf den Opferaltar zurückkehrte und den Abschluß der Zeremonien leitete.

Armin, Thorag, Brokk und ihre Begleiter hielt es kaum noch auf den Holzbänken, als endlich die Tuben und Hörner erschollen und den feierlichen Rückmarsch der Legionen, Reiteralen und Auxilien ins Lager begleiteten. Aber das Zeremoniell und die Rolle, die sie alle spielten, verlangten von den germanischen Edelingen auszuharren, bis auch der letzte Soldat den Festplatz verlassen hatte und der letzte Ton der Blasinstrumente verklungen war.

Die Führer der aufständischen Germanen in Varus' Sommerlager trafen sich in dem großen, festen Zelt, das Armin als Unterkunft diente. Die Siegesgewißheit, die zu Beginn der Lustration noch auf ihren Gesichtern gestanden hatte, war völlig verschwunden. Zweifel und Zorn beherrschten die Männer. Beider Auslöser war der Cheruskerfürst Segestes.

»Weißt du nicht, was sein Auftauchen zu bedeuten hat, Armin?« fragte ein immer wieder nervös an seinen Fingern nagender Brokk. »Schließlich bist du ... ich meine, seine Tochter lebt doch bei dir.«

Armin lachte trocken und gar nicht erfreut. »Gerade deshalb bin ich der letzte, den Segestes über seine Absichten unterrichtet. Aber ich befürchte das Schlimmste. Der ganze Aufzug machte den Eindruck größter Eile. Wahrscheinlich hat Segestes, als er von Brors Aufstand hörte, sofort geahnt, was wirklich dahintersteckte und jetzt will er Varus warnen.«

Hakon zog sein Schwert halb aus der Scheide. »Dann müssen wir ihn sofort zum Schweigen bringen!«

»Dazu dürfte es bereits zu spät sein«, erwiderte Armin. »Außerdem würden wir uns damit verraten.« Er sah auf die im Licht einer Öllampe blitzende Klinge des Kriegers. »Nein, noch darfst du dein Schwert nicht einsetzen, tapferer Donarsohn. Aber halte es bereit, wie es alle anderen auch tun sollen, die zu unseren Verbündeten hier im Lager zählen. Es kann sein, daß Varus uns auf dem Festbankett in Ketten legen läßt, und dann kann uns nur noch blankes Eisen helfen. Bis dahin aber soll das Wort unsere einzige Waffe sein. Vielleicht können wir das größte Unheil noch abwenden.«

Während Armins Boten alle am Aufstand beteiligten Krieger und Auxiliarführer aufsuchten und sie in Alarmbereitschaft versetzten, gingen die germanischen Fürsten mit gemischten Gefühlen zum Prätorium, auf dessen Innenhof das Festmahl der Höherstehenden stattfinden sollte. Auf allen Plätzen des Lagers standen Tische, und die Soldaten feierten mit Wein, Braten und lauten Liedern die günstige Vorhersage für ihren Feldzug.

Im Laufe des Tages hatten sich die über Donars Pforte liegenden Wolken mehr und mehr zusammengezogen, und es war kühl geworden. Jetzt begann es zu regnen, und heftiger Wind kam auf. Über dem Festplatz auf dem Innenhof des Prätoriums waren deshalb große Zeltplanen aufgespannt, die Sturm und Regen abhalten sollten.

»Eine erstklassige Falle«, bemerkte Armin zu seinen Begleitern, als sie den überdachten Durchgang zum Innenhof durchschritten. »Maximus' Gardisten brauchen nur die Ausgänge zu besetzen, und sie haben uns sicher.«

»Dann kämpfen wir uns den Weg frei!« sagte Brokk.

»Und sterben dabei«, fügte Thorag hinzu.

Sein Kampfgefährte mit der frischen Narbe im Gesicht warf Thorag einen überraschten Blick zu. »Ich wußte gar nicht, daß Wisars Sohn Angst hat vor dem Sterben!«

»Ich habe keine Angst vor dem Sterben. Ich bin nur der Meinung, daß wir dazu nicht hergekommen sind.«

»Thorag hat recht«, sagte Armin. »Wenn wir in den kommenden Tagen in der Schlacht sterben, während wir unsere Krieger zum Sieg führen und die Römer vernichten, ist uns ein Platz in

Walhall sicher. Aber wenn wir hier und jetzt sterben, haben wir versagt!«

Varus und seine hohen Offiziere saßen bereits an einer langen Tafel. Zu seiner Rechten hatte Segestes Platz genommen. Der Platz zu seiner Linken war noch frei. Jetzt winkte der Statthalter Armin zu, dort Platz zu nehmen. »Komm her, Herzog der Cherusker. Setz dich zu mir und begrüße Segestes. Wie ich höre, seid ihr miteinander verwandt.«

»Nur sehr entfernt«, erwiderte Armin und setzte sich neben Varus. Die übrigen Edelinge suchten sich freie Plätze an der Tafel.

Das Festgelage erinnerte Thorag an das gestrige Bankett und an das üppige Mahl damals in der Ubierstadt, als der Edeling zum erstenmal Gast des Varus gewesen war. Ein junger Grieche verzauberte das Publikum mit den leichten Melodien, die er einer bronzenen Panflöte entlockte. Was die Zuhörer nicht daran hinderte, sich den Mund mit den verschiedensten Leckereien zu stopfen und immer wieder mit Wein nachzuspülen. Thorag wie auch Armin und ihre sämtlichen Begleiter hielten sich mit dem Wein sehr zurück. Thorag, der Varus, Armin und Segestes schräg gegenübersaß, fiel auf, daß auch der Statthalter und der frisch eingetroffene Gaufürst kaum etwas tranken.

Im Gegensatz zu Segestes, der einen sehr angespannten Eindruck machte, plauderte Varus gelöst über die verheißungsvolle Lustration, über den bevorstehenden, sicher triumphalen Feldzug und darüber, wie er sich nach der Rückkehr in die Ubierstadt die Zeit zu vertreiben gedachte. Ganz unvermutet, noch auf einem Schweinefleischstückchen in Thunfischbeize kauend, lehnte er sich nach links und fragte: »Gaius Julius Arminius, weißt du eigentlich, weshalb dein Verwandter Segestes so eilig zu uns geeilt ist, daß er fast die Lustration gestört hätte?«

Armin gab sich gelassen und zerkaute seelenruhig eines der harten Eier auf Anchovis, das er gerade in den Mund gesteckt hatte. Erst als er den letzten Bissen hinuntergeschluckt hatte, erwiderte er: »Ich habe keine Ahnung, Legat. Ich hatte noch keine Gelegenheit, mit Segestes zu sprechen.«

»Das wundert mich nicht«, lächelte Varus hintergründig. »Dein Verwandter hatte es nämlich sehr eilig, mit mir zu sprechen. Und weißt du, warum?«

Armin zog die Schultern hoch und ließ sie wieder fallen. »Und wenn du mich noch dreimal fragst, Varus, ich weiß es wirklich nicht.«

Der Statthalter beugte sich noch weiter zu Armin hinüber, als wolle er ihm ein Geheimnis anvertrauen, sprach gleichzeitig aber so laut, daß ihn jeder an der Tafel deutlich verstehen konnte: »Dein Verwandter hat mich vor dir gewarnt, Arminius!«

»Ach so, das meinst du«, sagte der Herzog der Cherusker höchst gleichgültig.

Varus legte die gerade Stirn in Falten. »Du weißt also, wovon ich spreche?«

»Natürlich«, antwortete Armin ernst. »Segestes hat dich davor gewarnt, mich zu diesem Festmahl einzuladen.«

»Dich ... zu diesem ... Festmahl einzuladen?« echote der Legat mit noch stärker gerunzelter Stirn.

»Selbstverständlich.« Armin nickte heftig. »Es ist allgemein bekannt, daß ich vor Kriegszügen einen ungeheuren Appetit entwickle.« Zum Beweis seiner Worte stopfte er sich ein weiteres Ei in den Mund und sprach, während er noch kaute, undeutlich weiter: »Segestes, der ein treuer Freund der Römer ist, befürchtet sicher, daß deine Legionäre auf dem Marsch nicht genug zu essen haben, wenn ich hier fertig bin.« Er spülte das Ei mit dem ganzen Inhalt seines gläsernen Weinbechers hinunter und hielt den Becher einer hübschen dunkelhäutigen Sklavin zum Auffüllen hin.

Varus starrte den Mann zu seiner Linken eine ganze Weile mit offenem Mund an. Dann erzitterten sein breites Gesicht und sein fetter, schwabbeliger Hals unter einem Lachanfall. »Das ist gut!« keuchte er, heftig bemüht, sich wieder unter Kontrolle zu bekommen. »Das ist wirklich gut!« Er trommelte mit der Faust so stark auf den Tisch, daß sein gläserner Weinbecher herunterfiel und auf dem Boden zerbarst. Augenblicklich stellte die dunkelhäutige Schönheit einen neuen Becher vor ihn und füllte ihn mit der dunkelroten Flüssigkeit aus einer Karaffe. Allmählich gewann Varus wieder die Gewalt über sich und kicherte: »Arminius, du bist köstlich!«

Segestes hielt es nicht länger aus und fragte laut: »Was soll dieser Mummenschanz, Quintilius Varus? Warum berichtest du

Armin nicht von den Vorwürfen, die ich gegen ihn erhoben habe?«

»Oho, Vorwürfe«, sagte Armin ernst und blickte Varus an. »Deinen Weinvorrat sollst du vor mir wohl auch in Sicherheit bringen, wie?« Und damit leerte er seinen Becher erneut, und wiederum wurde er sofort nachgefüllt.

Varus wischte sich die Lachtränen aus den weit zurücktretenden Augen und bat: »Hör endlich auf, Arminius, sonst sterbe ich noch vor Lachen!«

»Das wäre wirklich schade«, meinte der Cheruskerherzog in einem seltsamen Tonfall.

»Wieso?« fragte der Statthalter mit schiefgelegtem Kopf.

»Weil ich dich dann nicht mehr mit meinem Schwert durchbohren kann.«

Varus blickte wieder ernst. »Mit deinem Schwert? Was soll das bedeuten, Arminius?«

»Nun, ich habe mir überlegt, was für eine schrecklich wichtige Warnung Segestes dir überbracht haben könnte. Vielleicht hat er dir erzählt, ich will dich auf dem Marsch in Brors Gau überfallen und dich ermorden.«

Jegliche Heiterkeit war aus dem Gesicht des Legaten verschwunden, und er sagte todernst: »Genau das hat Segestes mir berichtet.«

Armin nickte. »So etwas dachte ich mir.«

»Ja?«

»Ja, Varus. Seitdem ich Segestes bei der Erlangung der Herzogswürde ausgestochen habe, ist er nicht gut auf mich zu sprechen. Noch weniger, seitdem seine Tochter unter meinem Dach wohnt.« Armin lächelte verschmitzt, brachte seinen Mund nah an das Ohr des Statthalters und flüsterte, allerdings laut und vernehmlich: »Nicht ganz mit seinem Einverständnis, verstehst du?«

Varus bekam große Augen. »Ist das wahr?«

Armin deutete mit dem Daumen an Varus vorbei auf Segestes. »Frag ihn!«

Varus wandte sein Gesicht Segestes zu und sah ihn fragend an.

»Es stimmt«, brummte der Gaufürst säuerlich. »Armin hat Thusnelda gegen meinen Willen geraubt.«

»Und um sich an ihm zu rächen, verleumdest du ihn bei mir als Verräter und Verschwörer?« fragte Varus.

»Ich habe die Wahrheit gesprochen, Varus! Ich bin ein Freund der Römer – und dein Freund!«

»Ich bin natürlich ein Feind der Römer und auch dein Feind, Varus«, sagte Armin mit gespieltem Ernst. »Deshalb habe ich auch den halben Sommer in deinem Lager verbracht, bin mit dir auf die Jagd gegangen und habe dir Hinweise zur Sicherung des Gebiets rechts des Rhenus gegeben. So handelt ein wahrer Feind!«

Mit Erschrecken sah Thorag, wie Armin den dritten Weinbecher leerte und ihn erneut nachfüllen ließ. Dieses Erschrecken überlagerte seine Bewunderung für Armins Geschick im Reden. Ihm kam ein Verdacht, was Armins Zuneigung zu Thusnelda betraf. Mehr als einmal hatte er sich schon früher gefragt, ob Armin Segestes' Tochter wirklich aus Liebe geraubt hatte.

»Armin kann gut mit Worten umgehen«, sagte Segestes. »Laß dich von ihm nicht einwickeln, Varus! Behalte den scharfen Verstand, für den du gerühmt wirst!«

Armin blickte Segestes ernst an und zeigte dann auf Brokk, der neben Thorag saß. »Sieh dir Brokks Gesicht an, Segestes. Die Narbe stammt von Brors Schwert. Oder willst du behaupten, er habe sich selbst verunstaltet?«

Segestes atmete tief durch. »Ich weiß nicht, woher die Narbe stammt. Ich weiß nur, daß ich die Wahrheit sage.«

»Damit steht dein Wort gegen das von Armin und Brokk«, stellte Varus fest.

»Dann ist Brokk Armins Mitverschwörer«, blieb Segestes hart.

»Natürlich«, nickte der Statthalter und zeigte auf Thorag. »Und was ist mit dem Gaufürsten der Donarsöhne. Er bestätigt nämlich auch, was Armin und Brokk sagen. Hat sich ganz Germanien gegen mich verschworen, Segestes, bloß du nicht?«

»Es sieht so aus.«

Varus lachte und machte eine wegwischende Handbewegung. »Hör doch endlich auf, Segestes! Du hast deine Rache versucht, und ich kann deine Beweggründe sogar verstehen. Aber jetzt gibt Ruhe und feier mit uns. Und wenn du wirklich ein

Freund der Römer bist, dann hilf uns beim Feldzug gegen Bror, wie es Armin und die anderen versprochen haben!«

Segestes sprang so heftig auf, daß sein Stuhl umstürzte, und richtete sich zu seiner ganzen hünenhaften Größe auf. Als er sprach, klang es wie Donner. Alle Gespräche verstummten, und auch die sanfte Melodie der Panflöte endete abrupt. »Du mußt mir glauben, Varus! Ich sage die Wahrheit! Wenn du unbedingt gegen Bror ziehen willst, laß uns alle in Ketten legen. Armin und seine Freunde, und auch mich und meine Begleiter. Hier, fang mit mir an!« Er reckte dem Statthalter seine ausgestreckten Fäuste entgegen.

»Ja«, sagte Armin laut und sprach bereits mit schwerer Zunge. »Laß am besten deine ganze Armee in Ketten legen, Varus! Es könnte sich ja ein Verräter unter deinen Männern befinden.« Dann lachte er und leerte seinen Becher erneut. »Binde jeden einzelnen Mann an einen Baum und steck ihm einen Knebel in den Mund!«

»Warum knebeln?« fragte der Statthalter.

Armin lallte: »Damit sie keine Lieder singen und dich nicht verspotten können, Varus, als Feldherrn ohne Heer. Der wirst du nämlich sein, wenn du jede Gefahr vermeiden willst.« Der Cheruskerherzog lachte schrill: »Das wird ein ganz besonderer Feldzug werden!«

Varus schüttelte seinen Kopf und sah Segestes an. »Dir ist wohl nicht zu helfen, Gaufürst. Behaupte also, was du willst, aber stör uns nicht länger beim Feiern! Wir wollen diesen Abend genießen. Ab morgen beginnen harte, entbehrungsreiche Tage.«

Segestes blickte den Statthalter enttäuscht an. »Du glaubst mir also nicht?«

Varus legte eine Hand auf die Schulter des Cheruskerherzogs. »Arminius hat sich in den letzten Wochen als wahrer, treuer Freund erwiesen. Du kommst als sein Feind in mein Lager und schwärzt alle Männer deines Volkes an, die im bevorstehenden Krieg zu mir halten wollen. Da soll ich dir glauben? Wie kannst du das erwarten?«

»Dann trage die Folgen, Varus!« sagte Segestes bitter und verließ das Bankett. Die Edelinge seiner Begleitung folgten ihm.

Varus sah ihm kurz nach, schüttelte dann den Kopf, klatschte in die Hände und rief: »Flötenspieler, was ist mit dir? Bist du im Stehen eingeschlafen?«

Augenblicklich erklang eine helle Melodie und legte wieder einen zauberhaften Bann über die Festgesellschaft.

Spät am Abend, als die Panflöte längst verklungen war, fing Maximus den Statthalter im Prätorium auf dem Weg in dessen Privatgemächer ab und fragte leise: »Bist du dir ganz sicher, Varus, daß Arminius die Wahrheit sagt und nicht Segestes?«

»Völlig sicher«, antwortete Varus und gab einen nach Wein und Fisch stinkenden Rülpser von sich.

»Wieso?«

»Hast du nicht auf Segestes und Armin geachtet, als Segestes auf dem Bankett seine Anschuldigungen wiederholte?«

»Ich weiß nicht, was du meinst, Legat.«

»Segestes hat den Wein nicht angerührt. Armin aber hat gesoffen wie ein Loch. Er konnte schließlich kaum noch sprechen. Wer eine Verschwörung gegen das römische Weltreich plant, schüttet nicht Unmengen Wein in sich hinein. Der Alkohol vernebelt die Sinne und läßt die Zunge Dinge sagen, die der Kopf gar nicht aussprechen will.« *Das sollte ich mir merken*, dachte Varus und fuhr fort: »Arminius ist viel zu klug, um sich in die Gefahr zu begeben, eine solche Verschwörung eines Rausches wegen zu verraten.«

»Du glaubst Arminius wegen des von ihm genossenen Weins?« fragte der Gardepräfekt ungläubig.

Varus nickte, faltete die Hände vor seinem beachtlichen Bauch und brachte unter erneutem Rülpsen hervor: »*In vino veritas!* – Im Wein liegt die Wahrheit!«

Eine weitere ernste Unterredung fand etwa zur selben Zeit in Armins Zelt statt, wo sich zwei Gruppen germanischer Edelinge trafen, die sich alles andere als freundschaftlich gegenüberstanden. Beide Gruppen bestanden aus etwa zehn Männern, die ihre Hände auf den Griffen ihrer Schwerter oder zumindest in deren Nähe hielten, als die Besucher – Segestes mit seinem Gefolge –

eintraten. Nur wenige Männer blieben ruhig: Armin, Thorag und Brokk. Pal, Armins pannonischer Sklave und Leibwächter, der schräg hinter seinem Herrn stand, machte angesichts der Kampfbereitschaft von Segestes' Gruppe einen schnellen Schritt nach vorn und zog sein großes, zweischneidiges Schwert.

Armin legte seine Hand auf Pals Waffenarm und zwang ihn mit sanfter Gewalt, die Klinge zu senken. »Laßt die Waffen stecken!« ermahnte der Herzog seine eigenen Leute und sah dann die Neuankömmlinge an. »Wir wollen verhandeln, nicht kämpfen!« Er sprach jetzt deutlich und nicht mehr mit der kaum beweglichen Zunge, die während des Festmahls der Klarheit seiner Worte im Weg gelegen hatte.

»Verhandeln oder meucheln?« fragte Segestes und ließ seine Hand auf dem verzierten Schwertgriff. »Die Klingen der Fenrisbrüder haben so manchen Mann nicht mehr aus dem Schlaf erwachen lassen.«

»Diese Zeit ist vorbei«, erwiderte Armin ruhig.

Sein entfernter Verwandter grinste spöttisch. »Da habe ich anderes gehört.«

Armin löschte schnell das in seinen Augen aufflackernde Feuer. Für einen unaufmerksamen Beobachter war es nicht mehr gewesen als ein Widerschein der großen, bronzenen Öllampe, die an einer langen Kette über den Köpfen der Männer hing. »Ich habe dich zu mir gebeten, um mit dir zu sprechen, Segestes.«

»Worüber?«

»Über dich. Über deine Stellung. Varus hat deine Warnung zurückgewiesen. Stehst du weiterhin auf seiner Seite?«

»Auf welcher Seite stehst du, Armin?«

Ein flüchtiges Lächeln huschte über das Gesicht des Cheruskerherzogs. »Das weißt du doch.«

»Und was geschieht, wenn ich auf einer anderen Seite stehe als du?«

»Ich fürchte, du würdest zwischen den Fronten zermalmt werden.« Armins Stimme klang düster. »Niemand liebt Verräter.«

»Verräter? Das sagst ausgerechnet du, Armin, der Varus vorspiegelt, sein treuer Freund zu sein?«

»Ich halte dem Krummbeinigen gegenüber mein Wort. Ich führe ihn direkt zu den Aufständischen.«

»Ja!« stieß Segestes hervor. »Und direkt ins Verderben!«

»Als Herzog der Cherusker ist es meine Pflicht, mein eigenes Volk vor dem Verderben zu bewahren. Alles andere muß sich dem unterordnen.«

»Du kämpfst also für dein Volk, Armin?«

»Für wen sonst?«

»Für dich selbst!«

Armin zog die Brauen zusammen. »Wie meinst du das?«

»Man erzählt sich, daß du nicht zufrieden damit bist, oberster Kriegsherr der Cherusker zu sein. Es heißt, du hegst große Bewunderung für Marbod und sein Reich und würdest gern etwas Ähnliches schaffen.«

»Marbod hat es fertiggebracht, den Römern zu trotzen, weil ein großes Volk und ein großes Heer hinter ihm stehen.«

Segestes nickte. »Ja, ein Volk aus mehreren Stämmen. Und die Fürsten der Stämme mußten ihre Macht an den Kuning Marbod abgeben. Ist das dein Ziel, Armin? Willst du ein Reich schaffen, das die Stämme des Nordens vereint? Ein Reich mit einem allmächtigen Kuning als Führer? Mit dem Kuning Armin?«

In Armins Gesicht arbeitete es so stark, daß das Zucken der Muskeln selbst im flackernden Schein der leicht hin und her schwingenden Öllampe deutlich zu erkennen war. Thorag spürte, wie sich die Stimmung verdüsterte, feindselig wurde. Pal wartete auf ein Zeichen Armins, seine Klinge zu erheben und sich auf die Feinde zu stürzen. Thorag blickte Segestes und sein Gefolge an. Die ganze Zeit über hielten sich auch die gegnerischen Edelinge bereit, ihre Schwerter zu ziehen. Thorag unterdrückte den Drang, seine Hand auf den Schwertgriff zu legen.

»Schau nach Süden, Segestes«, sagte Armin mit mühsamer Selbstbeherrschung. »Schau nach Süden oder auch nach Westen. Blick dich um, und was siehst du? Römer! Überall Römer! Sie sind ein mächtiges Volk aus vielen Stämmen, geführt von einem mächtigen Imperator, dessen Wort für sie Gesetz ist. Und weil sie so mächtig sind, dringen sie immer weiter in unser Land vor, machen ihre Gesetze zu unseren, ihre Lebensweise zu unserer.«

»Und du willst das verhindern, indem du auch ein mächtiges Volk mit einem mächtigen Führer schaffst?«

»Wenn es nicht anders geht, dann ja!«

»Ein Führer, der für sein Volk kämpft und notfalls stirbt?«

Armin nickte.

»Oder ein Volk, das für seinen Führer und für dessen Machtgelüste kämpft und stirbt?«

»Genug!« verlor Armin seine Beherrschung. »Ich habe dich hierhergebeten, um mit mir zu verhandeln. Nicht, um mich von dir beleidigen zu lassen. Sei gewarnt, Segestes! Wenn du dich weiterhin gegen mich stellst, nehme ich keine Rücksicht auf unsere Verwandschaft! Und auch nicht darauf, daß deine Tochter meine Frau werden wird!«

Bei der Erwähnung seiner Tochter rutschte Segestes' Schwert ein Stück aus der Scheide. Jetzt fuhr auch Thorags Hand zu seiner Waffe, und Pal riß seine Klinge hoch. Aber dann drehte Segestes sich um und verließ das Zelt, wortlos. Seine Begleiter folgten ihm, nicht ohne zuvor finstere Blicke auf die Zurückgebliebenen geworfen zu haben.

Thorag sah in Armins brennende Augen und fragte sich, wieviel Wahrheit in Segestes' Worten gelegen hatte.

Kapitel 29
Der Bluttag

Der Sturm der vergangenen Nacht hatte sich, sehr zu Armins Mißfallen, wieder gelegt. Noch immer bedeckten Wolken weite Teile des Himmels, aber seit dem frühen Morgen war kein einziger Regentropfen gefallen. Ab und an konnte Thorag zwischen den Wolken Sunnas Wagen aufblitzen sehen, der jetzt den höchsten Punkt seiner täglichen Himmelsfahrt erreicht hatte. Das Sommerlager lag bereits weit zurück. Sobald die ersten Lichtschimmer die Nacht zu vertreiben begannen, war Publius Quintilius Varus mit seiner riesigen Armee aufgebrochen. Immer tiefer drang der unübersehbare Heerwurm nach Süden vor.

Die germanischen Fürsten ritten im Gefolge des römischen Feldherrn. An der Spitze der mehr als zwölf Meilen langen Kolonne marschierten leichte germanische Hilfstruppen, die das Gelände erkunden sollten. Ihnen folgte eine Pionierabteilung mit ihrem schweren Gerät, deren Aufgabe es war, Marschhindernisse zu beseitigen. Dann kamen die Legion XVII und eine Reiterale. Nach ihnen die Arbeitstrupps, Abordnungen aus allen drei Legionen, die in wenigen Stunden das Nachtlager errichten würden. Ihnen schloß sich der Legat mit seiner Garde und seinem Troß an, verstärkt durch die Germanenfürsten und die Angehörigen der hohen Offiziere. Danach zwei weitere Alen Reiterei sowie die Wagen und Maultiere mit den zerlegten Geschützen und Belagerungswaffen. Nach den Legionen XVIII und XIX bildeten die restlichen Auxilien die Nachhut, zu der sich der große Troß von Händlern, Gauklern und Huren gesellte. Alles in allem weit über dreißigtausend Menschen, die sich durch das bergige Gelände wälzten.

Auf Armins Rat hatte Varus diesen Weg, der direkt in die vorbereitete Falle führte, gewählt und cheruskische Truppen nicht nur an die Spitze und ans Ende seiner Marschkolonne gestellt, sondern auch zur Flankensicherung und Geländeerkundung eingeteilt. »Meine Stammesbrüder kennen sich in dieser Gegend am besten aus«, hatte der Cheruskerherzog gesagt, und der runde Kopf des Legaten hatte zustimmend genickt, ohne zu ahnen, daß er damit sein eigenes Verderben vorbereitete. Natürlich wollte Armin durch diese Maßnahme verhindern, daß die germanischen Krieger, die dem Heerzug teils folgten, teils ihm auflauerten, frühzeitig entdeckt wurden. Außerdem sollten die am Aufstand beteiligten Auxilien das römische Heer in der Schlacht an der freien Entfaltung seiner Kampfkraft hindern.

Abgesehen vom Wetter, das viel milder und trockener war, als Armin es sich erhofft hatte, hatte bisher für ihn alles nach Plan geklappt. Dennoch war Thorags Herz nicht von Siegesgewißheit erfüllt. Die römische Streitmacht war gewaltig. Bei den drei Legionen des Varus handelte es sich um kampfprobte Elitetruppen, die Augustus selbst während des römischen Bürgerkriegs aufgestellt hatte. Stolz und siegesgewiß folgten die feldmarschmäßig beladenen Legionäre zum aufpeitschenden Klang der Hörner und Tuben ihren Adlern und Feldzeichen.

Noch etwas anderes bedrückte Thorag: der Gedanke an Flaminia und Primus. Er hätte einiges dafür gegeben, wenn er sie aus der Gefahr hätte heraushalten können. Aber dazu hatte keine Möglichkeit bestanden. Flaminia zu warnen hätte bedeutet, auch Maximus und Varus zu warnen. Denn es bestand kein Grund zu der Annahme, daß die Römerin aus Dankbarkeit für die Warnung auf die Loyalität zu ihren Landsleuten und besonders zu ihrem Bruder verzichten würde. Aber selbst wenn Thorag die Gefährtin einer kurzen, aber aufregenden gemeinsamen Zeit hätte warnen können, wäre sie alles andere als sicher gewesen. Im Sommerlager zu bleiben war keine Rettung. Sobald der Angriff auf Varus' Heer erfolgte, würden Armins Boten den Befehl zur Erstürmung der römischen Lager und Kastelle geben. Auch das große Lager an der Weser sollte nicht verschont und die spärliche Besatzung, die dort zurückgeblieben war, niedergemacht oder gefangen werden. So blieb Thorag nur eines: Er mußte versuchen, Flaminia und ihren Sohn irgendwie vor dem Schlimmsten zu bewahren.

Ein Unteroffizier der berittenen Garde beugte sich zu dem bequemen Reisewagen hinunter, den Quintilius Varus schon nach einer Stunde dem Pferderücken vorgezogen hatte. Dann nickte der Reiter, wandte seinen Rappen um und galoppierte zu

Armin und seinen Begleitern. Er grüßte und meldete, daß der Legat den Herzog der Cherusker sprechen wolle.

Armin winkte Thorag und Brokk herbei und ritt mit ihnen zu der von zwei Schimmeln gezogenen Carruca Dormitoria, deren hölzerne Wände den Statthalter vor der Witterung schützten. Varus blickte ihnen durch eine große Fensterluke entgegen und machte einen übelgelaunten Eindruck. »Wie lange soll das noch so weitergehen, Arminius?« fragte er, kaum daß die drei Reiter heran waren.

»Was meinst du, Varus?« lautete Armins Gegenfrage.

»Diese Holperei, die du mir als *gut passierbaren Pfad zwischen den Bergen* beschrieben hast! Bis jetzt merke ich noch nichts von einer guten Passierbarkeit. Überall stehen Felsen und Bäume meinen Soldaten im Weg.« Wie zur Bestätigung seiner Worte rumpelte der Reisewagen über einen großen Stein und schüttelte den Legaten kräftig durch. »Da hast du's! Wenn das so weitergeht, werde ich noch seekrank.«

»Das wird sich geben«, antwortete der Cheruskerherzog mehrdeutig. »Spätestens ab morgen wird der Pfad besser werden. Außerdem darfst du zwei Dinge nicht vergessen, Varus. Auf diesem Weg kommst du viel schneller voran als auf der üblichen Straße. Und die Aufständischen erwarten bestimmt nicht, daß deine Legionen durch die Berge kommen.«

Varus' düstere Miene entspannte sich, und der Feldherr seufzte: »Das ist wahr. Vergib mir, Arminius, daß ich quengele wie ein kleines Kind. Aber diese Holperei schüttelt sogar meinen Langmut durcheinander.«

Armin nickte verständnisvoll und sagte: »Es ist an der Zeit, daß wir uns von dir verabschieden, Legat. Während dein Heer bald sein Nachtlager aufschlägt, werden meine Freunde und ich die letzten Tagesstunden nutzen, um zu unseren Gauen aufzubrechen und die Krieger zusammenzurufen. Wenn du Brors Gau erreichst, werden wir bereitstehen, deine Legionen im Kampf zu unterstützen.«

Varus nickte dankbar, und sein Doppelkinn schwabbelte. »Du bist ein wahrer Freund Roms, Arminius.« Der Legat blickte die beiden anderen Edelinge an. »Ihr natürlich auch, Brokk und Thorag. Seid versichert, daß Rom euch eure Treue danken wird.« *Und ich werde eure wilden Krieger gut gebrauchen können, wenn ich gegen Octavianus Augustus ziehe,* dachte der Feldherr.

»Wir stehen nicht der Belohnung wegen, sondern aus Freundschaft an deiner Seite«, versicherte Armin und dachte: *Aber nicht mehr lange!*

Nach wortreicher Veabschiedung kehrten die drei Edelinge zu den Ihren zurück. Als Armin an den eigenen Leuten vorbeipreschte und auf Segestes' etwa hundert Mann starken Trupp zuhielt, folgten Thorag und Brokk ihm.

»Es ist an der Zeit, Segestes«, sagte Armin, nachdem er seinen Schimmel an die Seite von Segestes' Falben gebracht hatte. »Wir verlassen Varus jetzt.«

»*Wir?*« fragte Segestes nur und musterte den Herzog aus zusammengekniffenen Augen.

»Ich kann dich nicht zwingen, mit uns zu reiten«, erwiderte Armin. »Aber wenn du hierbleibst ...«

»Werden deine Krieger mich zermalmen?«

Armin lächelte kaum merklich. »Das würde wohl unvermeidbar sein.« *Und für mich kein Grund zur Trauer.*

Segestes blickte über die hundertköpfige Reiterschar seines Gefolges. »Ich habe Varus gewarnt. Wenn er dir mehr glaubt als mir, trifft mich keine Schuld. Die Schwerter und Schilde meiner Männer können seine Legionen nicht retten. Warum sollen wir uns abschlachten lassen, wenn der Legat dumm und starrköpfig ist?«

»Tja«, machte Armin und zuckte mit den Schultern. »Warum?«

»Also gut«, fuhr Segestes fort. »Auch wir werden die Römer hier verlassen. Wir kämpfen nicht gegen dich, Armin, aber du darfst nicht erwarten, daß wir uns auf deine Seite stellen.«

»Das verlange ich nicht«, sagte Armin zufrieden und unterdrückte nur mühsam ein Grinsen. Die zurückkehrenden Cheruskerspäher, die nicht nur Varus, sondern auch Armin Meldung machten, hatten ihm mitgeteilt, daß Sesithar, Segestes' Neffe, mit einem Trupp Krieger zu den Aufständischen gestoßen war. Mochte Segestes sich auch weigern, sein Schwert gegen die Römer zu erheben, er würde doch mit ansehen müssen, wie seine eigenen Männer mit Armin in die Schlacht zogen.

Kurz darauf trennten sich die Cheruskerfürsten von den Römern und schlugen sich an der linken Flanke des Heerwurms in die Wälder. Varus blickte ihnen durch die Luke seines Wagens nach, als ihm plötzlich ein hünenhafter Reiter die Sicht versperrte. Die leicht schrägstehenden Augen unter dem mit einem violetten Federbusch geschmückten Helm blickten voller Mißtrauen.

»Du mußt dir keine Sorgen machen, Maximus«, sagte Varus im Ton mitfühlender Beruhigung. »Armin hat mir versichert, daß der Weg bald besser wird. Dann wirst du nicht mehr so im Sattel durchgeschüttelt werden.«

»Ich mache mir aber Sorgen!« knurrte der Präfekt. »Und dieser Weg hat damit zu tun.«

»Aber warum denn? Wie ich schon sagte, Armin hat mir versichert...«

»Armin hat dir... uns vieles versichert«, fiel Maximus seinem Feldherrn ungeduldig in die Rede. »Und gestern abend hat uns Segestes gesagt, daß alles erlogen ist. Was ist, wenn er recht hat?« Der Präfekt blickte sich um. »Die Gegend gefällt mir nicht. Wir hätten auf den bekannten Heerstraßen bleiben sollen. Links und rechts von uns könnten Tausende von Barbaren lauern, ohne daß wir sie sehen. Und wenn sie angreifen, sind unsere Truppen zu weit auseinandergezogen, um massiven Widerstand zu leisten. Das hier ist die ideale Falle!«

»Ja«, lachte Varus. »Für Bror. Auf diesem Weg erwartet er uns nicht. Und wir werden schneller bei den Aufständischen sein, als er denkt.«

»Oder sie schneller bei uns, als wir denken!« Maximus' Ton wurde vorwurfsvoll: »Du hast noch nicht einmal veranlaßt, daß die Truppe in Gefechtsbereitschaft marschiert, Varus!«

»Das hätte uns nur aufgehalten. Armin hat mir versichert, daß wir hier keinen Angriff zu erwarten haben.«

»Natürlich Armin, wer sonst! Was ist, wenn er den Wein besser verträgt, als du annimmst?«

»Du vergißt, daß Segestes soeben mit ihm weggeritten ist. Weshalb hätte er das tun sollen, wenn Armin uns in eine Falle locken will?«

»Um der Falle zu entgehen!«

»Du bist wirklich ein Ausbund an Mißtrauen, Gaius Flaminius Maximus.« Varus sagte das im belustigten Tonfall, aber unterschwellig schwang seine Verärgerung über die Schwarzseherei des Präfekten mit. »Wenn du Armin nicht traust, mußt du auch an Brokk zweifeln, der doch von seinem eigenen Vater verunstaltet wurde. Und an Thorag, unserem Spion im Lager der Fenrisbrüder.«

»Brokk hat eine Narbe, das ist richtig. Aber jeder kann ihm die Wunde beigebracht haben. Und was Thorag angeht, so traue ich niemandem, der sein eigenes Volk verrät.«

Varus zeigte mit dem Finger durch die Luke auf Maximus und grinste triumphierend. »Dann dürftest du Segestes ebensowenig trauen!«

»Du hast mich geschlagen, Varus«, seufzte Maximus und wünschte sich, daß er seiner Sache ebenso sicher wäre wie der Legat. Aber die Zweifel nagten weiter an ihm, und immer wieder suchten seine Augen die Hügel und Wälder beiderseits der Marschkolonne nach einem Hinterhalt ab.

Nichts ahnend von den Zweifeln, die Maximus und einige andere höhere Offizier plagten, zogen die römischen Soldaten immer tiefer in die Berge hinein.

Der Wald auf den Hügeln steckte voller schwarzbemalter Eberkrieger. Thorag, gefolgt von einer Handvoll seiner berittenen Krieger, galoppierte mitten durch ihre Reihen, um Onsaker schnell Armins Befehle zu überbringen.

Mehr als zwei Stunden waren vergangen, seit die germanischen Fürsten das römische Heer verlassen hatten. Zu Armins Leidwesen waren längst nicht so viele Krieger zusammengeströmt, wie er gehofft hatte. Viele Fürsten zögerten angesichts der geballten Römermacht, ihre Krieger in die Schlacht zu führen. Armin hatte beschlossen, erst nächsten Tag anzugreifen, wenn sich hoffentlich mehr Krieger zum Kampf bereit fanden. Der Herzog hatte Thorag und Brokk auf die rechte Flanke des Römerheeres geschickt, um die Fürsten, die hier in den Hügeln und Wäldern warteten, über den Schlachtplan zu unterrichten. Auch Thorags und Brokks Krieger hatten auf dieser

Seite des großen Hohlwegs Stellung bezogen. Armins Boten mußten weit vorausreiten und einen Bogen um die Spitze der römischen Marschkolonne schlagen, um zu ihren Männern zu gelangen.

Die Eberkrieger lagerten zur Zeit in Höhe der ersten römischen Legion, der Legion XVII. Onsaker hockte inmitten seiner Unterführer auf einem mit Fellen belegten Felsblock, kaute lustlos an einer Auerhuhnkeule herum und spülte die Bissen mit großen Schlucken aus einem Schlauch hinunter, der, wie Thorag beim Näherreiten roch, Bier enthielt. Der Eberfürst trug um die Schultern ein Bärenfell, das vor der Brust von einer goldenen Eberkopffibel zusammengehalten wurde. Ansonsten war der breite, kräftige Oberkörper nackt und mit einem schwarzen Eberkopf bemalt. Schwarze Farben zierten auch Onsakers Gesicht. Er blickte nur kurz auf, als Thorag mit seinem kleinen Gefolge heranpreschte, und widmete sich dann wieder seinem Mahl.

Wisars Sohn zügelte seinen Grauschimmel erst drei Schritte vor ihm und blieb demonstrativ im Sattel. »Armin schickt mich.«

»Geht es endlich los?«

Thorag schüttelte den Kopf. »Erst wenn der neue Tag seine Mutter, die Nacht, vertrieben hat. Zu viele Krieger zögern noch. Armin braucht Zeit, sie auf den Angriff vorzubereiten.«

»Feiglinge!« schnaubte Onsaker und spuckte ein zähes Fleischstück vor die Hufe von Thorags Pferd. »Falls sie überhaupt jemals in Walhall einziehen, sind sie es nicht wert, daß man ihnen die Knochen vorwirft.« Er stand ruckartig auf und schleuderte den Rest der Keule über seine Schulter. Einer seiner Männer konnte dem unerwarteten Wurfgeschoß im letzten Moment ausweichen. »Aber wir werden nicht zaudern. Die Eberkrieger werden allen anderen Gauen und Stämmen zeigen, was Tapferkeit bedeutet!«

»Nein!« sagte Thorag so scharf, daß sein Grauer zu tänzeln begann. »Du darfst jetzt nicht angreifen, Onsaker. Armin hat es untersagt. Die Römer dürfen nicht gewarnt werden!«

»Was ist, wenn sie während der Nacht Wind von der Falle bekommen? Wenn sich einer der Zaudernden zum Überlaufen entschließt und die Römer warnt? Es kann nicht mehr lange dauern, bis sie ihr Nachtlager bauen.«

Thorag nickte. »Die Pionierabteilung hat den Lagerplatz bereits erreicht. Aber selbst falls sich ein Verräter findet, Varus wird ihm nicht glauben. Er hat nicht einmal Segestes geglaubt.«

»Segestes hat ihn gewarnt?«

»Ja. Gestern abend hat er ...«

Thorag wurde durch einen schwarzbemalten Krieger unterbrochen, der auf einem kleinen Pferd mit zotteliger Mähne und unbestimmbarer Farbe im vollen Galopp heranspreschte und immer wieder schrie: »Die Römer kommen! Die Römer kommen!« Vor seinem Gaufürsten hielt er das erschöpfte Tier ruckartig an.

»Was ist los?« fragte Onsaker.

»Die Römer kommen!« keuchte der Eberkrieger.

»Das weiß ich jetzt, Dummkopf! Kannst du dich nicht genauer ausdrücken?«

»Reiter kommen auf unsere Krieger zu. Sie treiben ihre Pferde den Hügel hoch.«

»Vielleicht Auxiliarreiter, die zu uns überlaufen oder uns eine Botschaft bringen«, vermutete Thorag.

»Nein«, widersprach der schwarzbemalte Bote. »Es sind Römer!«

»Ein Angriff?« fragte Onsaker.

»Ich weiß nicht.«

»Wie viele sind es?« wollte Thorag wissen.

Der Bote überlegte kurz. »Etwa ein halbes Hundert.«

»Zuwenig für einen Angriff«, sagte Thorag. »Vielleicht Späher.« Er sah Onsaker an. »Wir sollten uns die Sache selbst ansehen.«

»Einverstanden«, brummte Onsaker und rief: »Auf die Pferde!«

Kurz darauf ritten über hundert Eberkrieger zusammen mit Thorags kleiner Gruppe und geführt von dem Meldereiter den Hügel hinunter. Als sie durch einen Birkenwald kamen, in dem es fast mehr auf den Kampf wartende Eberleute als Bäume gab, verlangsamte der Bote sein Pferd und sagte: »Wir können nicht mehr weit von den Römern entfernt sein.«

Onsaker befahl seinen Männern zu warten. Nur er, Thorag und der Meldereiter trieben ihre Pferde weiter bis zum Waldrand. Unterhalb des Waldes fiel das Gelände verhältnismäßig steil ab. Die römische Kavallerieabteilung, eine gut vierzig Mann starke Turme, war abgesessen. Vorsichtig suchten die Soldaten mit ihren Ledersandalen festen Tritt und führten die Pferde am Zügel den Abhang hinauf.

»Varus' Gardereiter«, flüsterte Thorag, als er die Uniformen erkannte. »Was hat das zu bedeuten?« Dann entdeckte er den Offizier mit dem gutaussehenden, aber leicht aufgedunsenen Gesicht. »Angeführt von Decimus Mola persönlich!«

Onsaker warf ihm einen fragenden Blick zu. »Du kennst den Anführer der Gruppe, Thorag?«

»Flüchtig. Decimus Mola ist der Oberst von Varus' Gardereiterei.«

»Was will er hier?«

»Keine Ahnung. Wir wissen es, wenn wir ihn gefangennehmen. Wir brauchen nur abzuwarten, bis die Männer den Birkenwald erreichen. Dann kreisen wir sie ein. Gegen unsere Übermacht haben sie keine Aussicht. Sie werden sich ergeben müssen.«

»Ein guter Plan«, meinte Onsaker. »Aber es kommt anders!« Er zeigte auf ein entfernt liegendes Waldstück, aus dem ein Haufen schwarzbemalter Krieger herausstürmte und den Namen ihres Gaufürsten schrie. »Meine Männer haben sich für den Kampf entschieden, jetzt!«

Er sprang vom Pferd, wandte sich mit gezogenem Schwert in den Wald hinein und rief laut: »Eberkrieger, zum Angriff!« Und schon stürmte der Eberfürst an der Spitze seiner überall aus dem Wald hervorbrechenden Männer den Abhang hinunter.

Die Schlacht hat begonnen! schoß es durch den Kopf von Wisars Sohn, der für einen Augenblick wie gelähmt am Waldrand verharrte. Dann sprang auch er aus dem Sattel, zog sein Schwert und stürmte hügelabwärts. Was hätte er sonst auch tun sollen?

Die Römer waren von dem Angriff vollkommen überrascht. Decimus Mola sah sich suchend um und zögerte, einen Befehl zu geben. Flucht war sinnlos, der Kampf zu Pferd auch. Das Gelände war zu unwegsam. Schließlich befahl er seinen Leuten, die Zügel loszulassen und eine Verteidigungsstellung aufzubauen. Aber die Turme war so weit auseinandergezogen, daß die laut brüllenden Eberkrieger über den Römern waren, ehe sie den Befehl ihres Kommandeurs ausführen konnten.

Die Masse der leichtbekleideten und leichtbewaffneten Eberkrieger traf unter lautem Waffenklirren auf die gepanzerten Reiter. Für die Römer war der Kampf aussichtslos. Sobald sie sich einem Feind zuwandten, wurden sie von zwei anderen zu Boden gerissen und abgestochen.

Die Speere und Schwerter der Schwarzbemalten durchbohrten die Körper der Römer an Hals, Arm und Bein – an den Stellen, wo sie nicht von Kettenpanzern geschützt waren. Und ein mit voller Wucht aus unmittelbarer Nähe ausgeführter Schwerthieb oder Framenstoß durchschlug auch die Rüstung der sich hilflos am Boden windenden Gardisten, riß ein kleines Loch in die vielen Reihen vernieteter winziger Drahtringe. Selbst wenn die Waffenspitzen aus Eisen, Bronze oder im Feuer gehärtetem Holz beim ersten Stoß nur ein kleines Stück ins Fleisch vordrangen, der zweite Stoß durch den aufgerissenen Panzer war meistens tödlich.

Während er den Abhang hinunterstürmte, war Thorag in eine unüberschaubare Menge schwarzer Leiber eingekeilt und konnte kaum etwas sehen. Wann immer er einen der Römer erblickte, lag dieser im Sterben oder war bereits tot. Von den Eberleuten mitgerissen, rannte er weiter nach unten, bis sich die Reihen der Krieger zu lichten begannen.

Heftig atmend blieb der junge Gaufürst stehen und blickte um sich. Was er sah, bestätigte seine beim unüberlegten Losschlagen der Eberkrieger gehegte Befürchtung. Ein paar der weiter unten befindlichen Römer hatten es geschafft, auf ihre Pferde zu kommen. Jetzt trieben sie die Tiere rücksichtslos den steilen Weg hinunter, den die Pferde, in große Staubwolken gehüllt, mehr schlidderten als liefen. Sie würden zweifellos zur römischen Armee durchkommen und sie vor dem Angriff der Germanen warnen.

Das Wiehern eines Pferdes ließ Thorag herumfahren. Er dachte dabei an ein reiterloses Tier, das dem großen Sterben zu entkommen versuchte. Aber im Sattel des Rappen saß ein Soldat, der seinen Helm verloren hatte und aus einer großen Stirnwunde blutete. Mit seinem Schwert und mit dem gnadenlosen Vorantreiben des Pferdes auf dem abschüssigen Gelände bahnte er sich einen Weg durch die Eberkrieger, der ihn ganz nah an Thorag vorbeiführte.

Ihre Blicke trafen sich – und abrupt riß Decimus Mola sein Tier herum, als er den Cherusker erkannte. Mit einem Aufschrei trieb der Zenturio den Rappen auf Thorag zu. Der Kampflärm übertönte den Schrei des Reiters, aber Thorag glaubte ihn gleichwohl verstanden zu haben: »*Proditor!* – Verräter!«

Die Augen in dem blutverschmierten Gesicht blickten haßerfüllt auf den Edeling. Der fragte sich, ob es nur der Haß des Römers auf den Verräter war oder auch der Haß auf den Nebenbuhler.

Der Rappe war nur noch zwei, drei Schritte von Thorag entfernt, und Decimus Mola beugte sich schon an der rechten Flanke des Tieres herunter, um zum Schwertstreich auszuholen. Der Cherusker ließ sich auf den Boden fallen. Wie erwartet schützte ihn die vom Regenwasser unzähliger Nächte und Tage ausgewaschene Felsrinne, in die er stürzte, vor den Hufen des Pferdes.

Als der dunkle Leib über ihn kam, riß Thorag sein Schwert hoch und hielt es mit beiden Händen fest. Die scharfe Eisenklinge riß den Bauch des Rappen der Länge nach auf. Warmes Blut besudelte Thorags ganzen Körper, und Gedärme quollen auf ihn herab. Dicht hinter dem Edeling stürzte das Tier mit einem schmerzerfüllten Wiehern zu Boden und schleuderte seinen Reiter aus dem Sattel.

Thorag sprang auf und wischte über seine blutverklebten Augen. Durch einen roten Schleier sah er Decimus Mola auf sich zustürmen, das Schwert zum Schlag erhoben. Thorag wollte der tödlichen Waffe seinen Schild entgegenrecken und bemerkte erst jetzt, daß er ihn beim Sturz verloren hatte. Ihm blieb nichts anderes übrig, als den Schlag des Römers mit seinem eigenen Schwert zu parieren.

Schwer stießen die Körper der beiden Männer zusammen, als sie die Klingen kreuzten. Beide verloren das Gleichgewicht und stürzten zu Boden. Dabei schlug Thorags Rechte auf eine scharfe Steinkante, und das Schwert entglitt seinen reflexartig geöffneten Fingern.

Mit einem triumphierenden Blick kam der Zenturio neben dem rücklings liegenden Cherusker auf die Knie und holte zum tödlichen Schwerthieb aus. Aber Thorag war noch eine Waffe geblieben. Mit einer raschen Bewegung zog er seinen Dolch aus der Scheide am Gürtel und stieß ihn dem Römer in den Hals. Decimus Mola ließ sein Schwert fallen, und die Waffe klirrte dicht neben Thorags Kopf auf den steinigen Boden. Mit einem gurgelnden Laut brach der Gardeoffizier zusammen. Als Thorag sich über ihn beugte und die Klinge aus seiner Kehle zog, war der Römer bereits tot.

Ächzend erhob sich Thorag, mißachtete den Schmerz in seinen Gliedern und sammelte die Waffen ein.

Von den fliehenden Reitern war nichts mehr zu sehen. Auch Decimus Mola hätte zu ihnen gehören können, wäre er nicht so rachsüchtig und voller Haß gewesen. Er war gestorben – wie die meisten seiner Männer.

Onsakers Krieger, die kaum Verluste hatten, feierten ihren Sieg, indem sie mit den Leichen der Feinde ihren Spaß trieben. Sie hackten ihnen Köpfe und Glieder ab und warfen die blutigen Körperteile durch die Luft. Ein paar Römerköpfe wurden mit erbeuteten Lanzen und Dolchen zu Ehren der Götter an Baumstämme genagelt.

Der größte Teil der Schwarzbemalten aber, der gar nicht zum Kampf gekommen war, stürmte unter lautem Schlachtgesang weiter die Hügel hinunter, auf die ihren Blicken noch verborgene Legion XVII zu.

Armin stand mit verbissenem Gesichtsausdruck auf einem bewaldeten Hügel und hörte sich die Meldungen der berittenen Boten an, die in kurzen Abständen bei ihm eintrafen. Jeder der Männer erzählte dasselbe: Die römische Marschkolonne wurde auf beiden Flanken von Kriegertrupps überfallen, nicht auf ihrer ganzen Länge, aber an vielen verstreuten Punkten. Die Fürsten konnten ihre kampfdurstigen Krieger angesichts der verlockenden Beute nicht länger zurückhalten, wollten es vielfach auch gar nicht.

»Wodans Weisheit hat die Krieger verlassen!« fluchte Armin

leise, mehr zu sich selbst als zu den Edelingen, die ihn umstanden. *Ich hätte es wissen müssen*, dachte er. *Freie Germanen lassen sich nicht befehligen wie ein diszipliniertes Römerheer. Ich hätte es wissen müssen!*

Die anderen Fürsten sahen ihn an, abwartend, fragend und sorgenvoll. Armin hatte sie zur großen Schlacht zusammengerufen. Er hatte den Schlachtplan entworfen. Er hatte die Römer in die Falle gelockt. An Armin war es nun, über das weitere Vorgehen zu entscheiden. An ihm allein hing es, ob der Aufstand gegen die Römer gelang oder in einer Niederlage endete. Eine Niederlage, die – soviel war sicher – ein fürchterliches Strafgericht der Römer zur Folge haben würde.

Der Cheruskerherzog straffte seinen Körper und sagte betont ruhig: »Wir müssen aus der Not eine Tugend machen. Schickt Boten aus. Alle kampfbereiten Krieger, die bis jetzt noch nicht angegriffen haben, sollen in den Kampf eingreifen. Die Römer dürfen nicht zur Ruhe kommen, bis unsere Verstärkung eintrifft. Alle Krieger, die am Ende der Marschkolonne stehen, sollen sich dort versammeln und den Römern, koste es, was es wolle, den Rückweg abschneiden.«

»Aber wir sind noch nicht stark genug zum großen Kampf!« wandte ein Fürst der verbündeten Marser ein. »Wenn wir zu viele Krieger ans Ende der römischen Kolonne schicken, werden die Römer nach vorn durchbrechen!«

»Das eben ist mein Plan«, erwiderte Armin. »Dadurch bleiben die Römer in Bewegung, kommen nicht zur Ruhe. Und sie dringen immer weiter in das unwegsame Gelände ein. Wir dürfen sie nicht zur Besinnung und auf den Gedanken kommen lassen, zum Sommerlager zurückzukehren. Falls sie sich dort verschanzen, können wir sie auch mit einer starken Übermacht nicht besiegen.«

Der Marserfürst nickte verstehend, während Armins Boten auf die Pferde stiegen, um die Befehle ihres Anführers zu übermitteln. Armin blickte ihnen lange nach und sah dann nach oben in den bewölkten Himmel. Warum öffneten sich nicht endlich die Wolken und ließen den Regen herabstürzen, den die Priester vorausgesagt hatten? Ließen ihn alle im Stich, die Verbündeten und der Wettergott?

Die vereinzelten Gardereiter, die den Troß des Legaten erreichten, erschöpft, abgekämpft und häufig aus mehr als einer Wunde blutend, brachten den bisher so geordneten Marsch in Aufruhr. Als Maximus mit den ersten von ihnen gesprochen hatte, ritt er zur goldverzierten Carruca des Feldherrn und blickte besorgt durch die Luke zu Publius Quintilius Varus.

»Es war gut, daß du mir erlaubt hast, die berittene Garde zur Erkundung auszuschicken, Varus, auch wenn sie jetzt vernichtet ist.«

Maximus dachte daran, daß er geradezu betteln mußte, bis Varus widerwillig dem Mißtrauen seines Gardepräfekten nachgegeben und ihm gestattet hatte, seine Reiter an beiden Flanken auf Spähtrupp zu schicken.

Der Legat des Augustus blickte seinen Gardepräfekten an wie einen Geist. »Vernichtet? Was faselst du da, Maximus? Meine berittene Garde kann doch nicht vernichtet sein! Ich sehe nur ein paar Reiter hier. Wo sind die anderen? Wo steckt Decimus Mola?«

»Decimus Mola ist vermutlich tot. So wie alle anderen Reiter auch, denen die Flucht nicht gelungen ist.«

»Die Flucht? Wovor?«

»Vor den Germanen, Varus!« sagte Maximus so eindringlich, daß es fast ein Schreien war. Er hatte das Gefühl, eine dicke Mauer durchbrechen zu müssen, um zu Varus' gesundem Menschenverstand durchzudringen. Eine Mauer, die niemand anders als dieser verfluchte Arminius errichtet hatte.

»Ach, Germanen. War Bror also doch so klug, ein paar Späher auf diesem Weg zu postieren?«

»Späher?« lachte Maximus, aber das Lachen blieb ihm im Hals stecken. »Die Reiter berichten von riesigen Kriegerhaufen, die überall auf den Höhen aus den Wäldern hervorbrechen und unsere Marschkolonne angreifen. Das sind nicht bloß ein paar Späher!«

»War Bror in seinem Gau so erfolgreich, daß er ein größeres Kontingent hierher entsenden konnte?«

»Ich glaube nicht, daß es Brors Leute sind.«

»Wer dann?«

»Arminius steckt dahinter!«

Jetzt lachte Varus und schüttelte den Kopf. »Du bist mißtrauischer als meine Frau Claudia, Maximus. Was hat Arminius dir nur getan, daß du ihn so verfolgst?«

»Ich habe nichts gegen ihn persönlich, aber ich halte ihn für einen Verräter.«

»Weshalb?«

Maximus drehte sich im Sattel um und winkte einen der Reiter zu sich heran. Der Mann trug keinen Helm mehr, auch Speer und Schild fehlten. Das dunkle Haar hing schweißverklebt in seine Stirn. Die Arme und das Fell seines Pferdes waren mit Blut bedeckt.

»Das ist Grabatus, einer der Männer aus der von Decimus Mola geführten Turme. Berichte dem Feldherrn, was geschehen ist, Grabatus!«

In kurzen, abgehackten Sätzen erstattete der Soldat seinen Bericht über den Angriff der schwarzbemalten Barbaren, die unaufhaltsam wie ein Sturmwind über die hoffnungslos unterlegene Turme gekommen waren.

Varus hörte ungläubig zu, und Maximus fragte: »Wo ist Decimus Mola, dein Zenturio?«

»Ich weiß es nicht.«

»Was heißt das?« bellte Varus.

Grabatus schluckte. »Der Zenturio gehörte zu den Männern, die von den Barbaren überschwemmt wurden. Ich sah noch, wie er sich den Weg durch ihre Reihen frei kämpfte. Aber statt uns zu folgen, lenkte er sein Pferd plötzlich auf einen Germanen zu. Mehr sah ich nicht.«

Die weit zurücktretenden Augen des Legaten verengten sich, und angriffslustig reckte der Mann in der Carruca seine große, spitze Nase durch die Luke. »Und du hast nicht kehrtgemacht, um deinem Zenturio beizustehen, Gardist?«

Grabatus blickte betroffen zu Boden.

»Antworte!«

»Ich … wir konnten nichts tun. Wir waren zu wenige. Nur vier von uns haben den Kampf überlebt. Umzukehren wäre der sichere Tod gewesen.«

»Na und?« fragte Varus mit hochgezogenen Brauen. »Ist es nicht ehrenhaft, für seinen Kommandeur im Kampf zu sterben?

Ehrenhafter, als einer von wenigen zu sein, die feige Flucht dem tapferen Kampf vorzogen?« Als er keine Antwort erhielt, fuhr der Legat fort: »Du verdienst es nicht länger, Soldat in meiner Garde zu sein, Grabatus! Du verdienst es nicht länger, am Leben zu sein! Ich werde dich und deine feigen Kameraden als abschreckendes Beispiel hinrichten lassen!«

Während Grabatus leichenblaß wurde, sagte Maximus: »Ich bitte dich, deine Entscheidung noch einmal zu überdenken, Varus. Grabatus und seinen Kameraden haben wir es zu verdanken, daß wir wissen, mit wem wir es zu tun haben. Sie haben nur ihre Aufgabe erfüllt, als sie sich – hm – zurückzogen. Ein Spähtrupp soll schließlich Bericht erstatten und sich nicht abschlachten lassen. Dann nützt er überhaupt nichts mehr.«

»Das ist wahr«, gab Varus nach kurzem Überlegen zu. »Also gut, Grabatus, ich will noch einmal gnädig sein.« Der Legat blickte seinen Gardepräfekten an. »Maximus, wieso wissen wir, mit wem wir es zu tun haben?«

»Sag, wer der Mann war, den Decimus Mola angriff, Grabatus.«

»Es war dieser Cherusker, Thorag.«

»Was?« entfuhr es Varus. »Bist du dir sicher, Mann?«

Grabatus nickte. »Ja, Herr. Ich kenne ihn gut aus der Zeit, als er im Oppidum Ubiorum war. Als er in der Arena gegen Ater, den Bären, kämpfte, habe ich ihn deutlich gesehen. Ich habe ihn wiedererkannt, ganz bestimmt!«

Maximus warf dem Legaten einen Blick zu, der Triumph und Hoffnung vereinigte. »Glaubst du jetzt endlich, daß Arminius ein Verräter ist?«

»Selbst wenn Thorag uns verraten hat, muß das nicht bedeuten, daß auch Arminius treulos ist. Ganz im Gegenteil, ich bin sicher, daß er uns zu Hilfe kommt, wenn er von Thorags Verrat erfährt.«

»Und was willst du jetzt unternehmen, Varus?«

»Was schon? Wir werden weitermarschieren. Vergiß nicht, daß ich die besten Legionen der römischen Armee befehlige. So viele Aufständische kann es gar nicht geben, daß wir uns Sorgen machen müßten.«

»Ja, Varus«, schnarrte der Präfekt knapp und preßte seine

Lippen zusammen, um nicht laut zu sagen, daß er den Legaten für den dümmsten Sturkopf unter der Sonne hielt.

»Thorag, Thorag!« skandierte ein Teil der hinter dem Edeling herabbrandenden Krieger. »Donarsöhne, Donarsöhne!« ein anderer.

An der rechten Flanke von Onsakers schwarzbemalten Männern ritt Thorag an der Spitze seiner eigenen Streitmacht in die Schlacht. Jetzt, da die Schlacht entbrannt war, hatte er keine Wahl mehr: Es gab nur noch zwei Möglichkeiten: kämpfen oder untergehen.

Als Thorag den Blick nach rechts wandte, sah er Brokk mit seiner berittenen Hundertschaft. Brors Sohn hatte sich seinem alten Kampfgefährten angeschlossen, weil er selbst keine große Streitmacht befehligte.

Und vor sich sah Thorag die Rüstungen der überraschten Legionäre. Vielleicht hatten sie schon von den Scharmützeln zwischen den Spähtrupps der berittenen Garde und den Cheruskern gehört, aber der massierte Angriff von den Höhenzügen kam für die feldmarschmäßig bepackten Männer völlig überraschend.

Jetzt gingen sie in aller Eile daran, sich unter Hörnerstößen und den bellenden Befehlen ihrer Offiziere für die Schlacht bereit zu machen. Die schwerbeladenen Soldaten ließen die kreuzförmigen Tragestangen fallen, mit deren Hilfe sie ihr Gepäck über der linken Schulter trugen. Dann rammten sie die über der rechten Schulter mit steil aufragenden Spitzen getragenen Pilen mit dem stumpfen Ende in die Erde, um die am Brusthaken der Kettenhemde hängenden Helme aufzusetzen. Sie lösten die Schildtragegurte, an denen die großen, gewölbten Schilde über linke Schulter und Rücken befestigt wurden. Nur ein Teil der Legionäre vergeudete seine Zeit damit, die ledernen Schildhüllen abzustreifen. Angesichts der schnell heranstürmenden feindlichen Reiter nahmen die meisten Männer den Schild mitsamt dem Lederüberzug in die Linke und griffen mit der Rechten nach dem Pilum. Dann hielten sie nach ihren Offizieren und den Feldzeichen Ausschau, um sich über die einzunehmende Kampfordnung zu unterrichten.

Aber es gab keine Kampfordnung. Auch die Zenturionen waren überrascht und warteten auf die Befehle ihrer Vorgesetzten. Doch die waren weit entfernt, oft außer Sichtweite, weil sich die Kolonne der ruhmreichen Legion XVII auf dem engen, unwegsamen und vielfach gewundenen Hohlweg zu weit auseinandergezogen hatte. Immer mehr Zenturionen nahmen das Heft selbst in die Hand und erteilten nach ihrer Sicht der Lage die Befehle. Aber auch das nutzte nichts. Die beengte, unübersichtliche Örtlichkeit erlaubte der Fußtruppe nicht die Einnahme einer ihrer gewohnten Formationen. Und während die Legionäre noch auf Befehle warteten, ging ein Hagel von Wurfspeeren über sie nieder. Tote und verwundete Römer stürzten zu Boden und rissen Lücken in die notdürftigen Verteidigungslinien, die sich gerade gebildet hatten.

Etwa sechshundert Krieger bildeten die Spitze von Thorags zweitausendköpfigem Angriffskeil. Zweihundert Berittene und vierhundert weitere Männer, von denen sich je zwei an einem Pferd festhielten, um sich von ihm mitziehen zu lassen. Sie brauchten keinen Befehl. Kurz bevor die Donarsöhne auf die Römer prallten, lösten sich die Läufer von den Pferden und drangen in die von den Reitern gerissenen Lücken ein, um sie durch Stechen und Hauen zu vergrößern.

Die Raserei des Kampfes hatte auch Thorag selbst erfaßt. Immer weiter drängte er den Grauschimmel in die Reihen der zurückweichenden Legionäre, während er links und rechts mit seinem Schwert um sich hieb. Funken sprühten, wenn seine Klinge auf Kettenhemde und Bronzehelme klirrte. Nur ein Teil der Legionäre setzte sich ernsthaft zur Wehr. Andere gerieten über die fehlende Schlachtordnung und die ausbleibenden Befehle ihrer Offiziere in Panik und rannten einfach davon. Manch einer warf sogar Pilum und Schild weg, um schneller auf einen der Hügel an der linken Flanke klettern zu können. Vielen brachte die Flucht keine Rettung. Cherusker zu Pferd setzten nach, ritten die Römer einfach über den Haufen, spießten sie mit ihren Framen auf oder schlugen ihnen mit den Schwertern die Köpfe ab.

Ein gellendes Hornsignal riß Thorag aus dem Kampfrausch. Ein römisches Signal, mit dem er als ehemaliger römischer Soldat vertraut war. Es war das Angriffssignal der Kavallerie. Er lenkte den mit Römerblut besudelten Grauen auf einen kleinen Hügel und blickte sich um. Weiter hinten schlugen sich die Eberkrieger mit anderen Kohorten der Legion XVII.

Die Hornsignale kamen von vorn, wo sich der Hohlweg verbreiterte. Von dort drängte die Reiterale heran, die zwischen der Legion und der Pionierabteilung marschiert war. Eintausend ausgeruhte Reiter, die jetzt in die Schlacht eingriffen und den Donarsöhnen in den Rücken fielen. Bis auf ein paar leichtere Einheiten numidischer Speerwerfer und syrischer Bogenschützen bestand die Ale zum Großteil aus Galliern. Das war kein Vorteil für die Germanen, denn zwischen ihnen und den Galliern bestanden von alters her Stammesfehden. Als erstes geriet der weit vorgepreschte Brokk mit seiner Hundertschaft zwischen die Fronten. Die Syrer ließen einen Pfeilregen auf seine Männer niedergehen.

Thorag mußte seine Männer neu formieren, um der Bedrohung durch die römische Kavallerie standzuhalten. Aber als er den Hügel verließ, tauchten plötzlich vier Legionäre vor ihm auf und machten Front gegen ihn. Vielleicht waren es die letzten Überlebenden einer acht bis zehn Mann starken Zeltgemeinschaft, die sich für den Tod ihrer Kameraden rächen wollten und wahrscheinlich nicht einmal wußten, daß der Reiter vor ihnen der Fürst der Donarsöhne war.

Hart schlug Thorag seine Fersen in die Flanken des Grauen und galoppierte auf die Legionäre zu. Er mußte sich tief über den Pferdehals beugen, um einem geschleuderten Pilum zu entgehen. Der Mann, der den Speer geworfen hatte, zog sein Gladius aus der mit Bronzeblech verkleideten Scheide an der rechten Hüfte, hatte es aber noch nicht ganz zum Schlag erhoben, als Thorags Klinge seine Waffenhand vom Unterarm trennte. Gleichzeitig überrannte der Graue einen weiteren Legionär.

Aber dann senkte sich die eiserne Spitze eines Pilums tief in den Pferdehals und brachte das Tier zu Fall. Kopfüber stürzte der Reiter aus dem Sattel. Er kam schnell wieder auf die Beine, aber der hölzerne Schaft seiner Frame zerbrach dabei.

Mit der Rechten hielt er das Schwert und mit der Linken den Schild, während er den Angriff der beiden noch kampffähigen

Legionäre abwartete. Der von Thorag verwundete Soldat kauerte stöhnend auf der Erde und preßte den blutenden Armstumpf gegen seinen Leib; dabei wiegte er seinen Oberkörper hin und her, wie es seine Mutter mit ihm getan haben mußte, wenn sie ihr kleines Kind beruhigen wollte. Der vierte Legionär lag reglos am Boden; das unter die Pferdehufe geratene Gesicht war nur noch eine breiige, unkenntliche Masse. Thorags Grauer wand sich in der Nähe des von ihm überrannten Römers unter Schmerzen und stieß in kurzen Abständen ein klagendes Wiehern aus.

Angesichts des Schicksals ihrer Kameraden kamen die beiden noch aufrecht stehenden Legionäre nur zögernd auf Thorag zu, einer mit dem Gladius in der Rechten, der andere das Pilum drohend vorreckend. Sie teilten sich, um den Cherusker in die Zange zu nehmen.

Der rannte plötzlich auf den Mann mit dem Gladius los und schrie den Namen seines Schutzgottes und Stammvaters: »Doonaaar!«

So laut war der Schrei, daß der Römer für ein, zwei Augenblicke erstarrte. Die Zeit genügte Thorag, um seine Deckung zu unterlaufen. Als der Römer seinen Fehler erkannte und zum Stich gegen Thorag ansetzte, rutschte seine Klinge an dessen Schild ab. Thorags Schwerthieb aber traf den Römer voll gegen die Brust. Zwar hielt der Kettenpanzer, aber die Härte des Schlages raubte dem Legionär die Luft, und er stürzte zu Boden. Vielleicht waren sogar ein paar Rippen gebrochen. Ehe er wieder zu sich kam, verlor er durch einen weiteren Schwerthieb des Cheruskers den Kopf. Die Arme des Römers zuckten noch hilflos, als der Schädel längst neben dem Körper lag.

Thorag wirbelte herum und riß unwillkürlich den Schild hoch, als er das Klirren einer römischen Rüstung hinter sich hörte. Diese Reaktion bewahrte ihn davor, vom Pilum des letzten Römers durchbohrt zu werden. Die Spitze stieß hart gegen seinen Schild und verbog sich. Erschrocken starrte der Legionär auf seine unbrauchbar gewordene Waffe und mochte die Kunst der römischen Waffenschmiede ebenso verfluchen, wie Thorag es in der Arena des Amphitheaters getan hatte. Der Soldat würde seine Gedanken niemandem mehr mitteilen können, denn der Edeling löschte sein Leben aus, als sich sein Schwert an der ungeschützten Stelle zwischen Körperpanzer und Kinnschutz des Helms tief in den Hals des Legionärs bohrte.

Thorag erlöste den Grauschimmel von seinen Qualen, indem er mit seinem Schwert die Halsschlagader des Tieres durchtrennte. Die verzweifelten, zornigen, haßerfüllten Blicke des unsägliche Schmerzen erleidenden Legionärs, dessen Hand Thorag abgeschlagen hatte, verfolgten den Cherusker, als er den Hügel hinunterlief und sich suchend umschaute. Thorag konnte endlich einen seiner Reiter auf sich aufmerksam machen und zu sich heranwinken. Der rotbemalte Krieger wußte sofort, was sein Fürst von ihm verlangte. Vor Thorag sprang er vom ungesattelten Rücken seines struppigen Schecken und hielt ihm die Zügel hin. »Nimm mein Pferd, mein Fürst!«

Thorag bedankte sich mit einem Nicken, schwang sich auf den Schecken und lenkte ihn zum Gros seiner Krieger. Er rief ihnen zu, ihm zu folgen, und galoppierte der römischen Reiterei entgegen, um den eingeschlossenen Brokk herauszuhauen.

Ein Großteil der Donarsöhne schloß sich dem Fürsten an, zumal in der Umgegend kaum noch ein Legionär auf den Beinen stand. Die Cherusker bemerkten nicht die Legionäre in ihrem Rücken, die sich von den Eberleuten gelöst hatten und jetzt in der Stärke zweier Kohorten im Schnellschritt heranmarschierten. Der durch ein feuerrotes Mal auf der rechten Wange verunstaltete Präfekt, der sie anführte, ritt immer wieder an ihren Reihen entlang und spornte sie zu noch größerer Eile an. Schließlich gingen sie in den Laufschritt über.

Thorags Stoßkeil, von ihm selbst angeführt, sprengte eine Lücke in die Reihen der gallischen Reiter, die Brokk und sein stark zusammengeschmolzenes Häuflein umkreisten. Es waren höchstens noch dreißig Krieger, die sich hinter den Leibern gefallener Pferde und Kameraden verschanzt hatten und sich gegen die Übermacht verteidigten. Unter ihnen keiner, der nicht verwundet war. Brokk selbst blutete gleich aus drei Wunden, stand aber aufrecht und hieb mit seinem Schwert immer wieder auf den Feind ein. Als die Donarsöhne endlich zu ihm durchgebrochen waren, hatte er keine zwanzig kampffähigen Männer mehr zur Verfügung.

»Danke für die Hilfe«, keuchte der spitzgesichtige Edeling und stützte sich auf den Knauf seines in die Erde gerammten Schwertes, um nicht vor Erschöpfung umzufallen.

»Früher ging es leider nicht«, sagte Thorag und betrachtete mit traurigem Blick die gefallenen Cherusker.

»Besser spät als nie.« Brokk rang sich ein gequältes Lächeln ab. Ganz plötzlich wurde sein Gesicht wieder ernst, und er zeigte nach Norden. »Sieht allerdings so aus, als hättest du dich und deine Leute dadurch ganz schön in Schwierigkeiten gebracht, Thorag!«

Thorag wandte sich auf dem Pferderücken um und sah, was Brokk meinte. An die tausend Legionäre hatten sich, so gut es auf dem unebenen Gelände ging, zu einer tiefreihigen Phalanx formiert und folgten ihren Signifern unter dem Geschmetter der Hornisten im Laufschritt zum Angriff.

»Verfluchter Onsaker!« schimpfte Thorag. »Wo steckt der Eberfürst, wenn man ihn mal braucht?«

»Vielleicht zieht er es vor, uns nicht zu helfen. Grund dazu hat er ja.« Mit einem Seufzer zog Brokk sein Schwert aus dem Boden. Die Klinge war bis zu dem Punkt, an dem sie in der Erde gesteckt hatte, vom Blut der Feinde gereinigt. »Wir müssen wohl mit den Römern allein fertig werden. Eines muß man diesen Söhnen einer verdammten Wölfin lassen: Sie sind zäh wie Leder!«

»Kein Wunder«, entgegnete Thorag und zeigte auf den Offizier, der inmitten der Phalanx auf einem Schimmel ritt. »Der narbengesichtige Lucius führt sie an. Er kennt kein größeres Vergnügen als das Quälen und Töten von freien Germanen.«

»Versuchen wir es mal mit dem Quälen und Töten römischer Legionäre!« spottete Brokk und rief seine Männer zusammen.

Auch Thorag versuchte, Ordnung in seine Streitmacht zu bekommen. Aber der Kampf an zwei Fronten verwirrte die Cherusker. Je länger der Kampf dauerte, desto mehr rieben sie sich zwischen den Legionären auf der einen und den gallischen Reitern auf der anderen Seite auf. Hinzu kam der ständige Beschuß der berittenen Bogenschützen, deren Pfeile einen Donarsohn nach dem anderen niederstreckten.

Als Thorag sah, daß die numidischen und syrischen Reiter

die Hänge auf beiden Seiten besetzten, um den eingeschlossenen Donarsöhnen den Fluchtweg zu versperren, sandte er Radulf mit einer kleinen Reiterabteilung aus, um Hilfe zu holen. »Onsaker muß uns einen Fluchtweg freikämpfen!« sagte er zu Radulf. »Er muß den Römern in den Rücken fallen, für kurze Zeit nur! Das wird uns genügen.«

Als sowohl von der Spitze als auch vom Ende des langen Heerwurms immer neue Schreckensnachrichten eintrafen, verlor auch der bis dahin so gefaßte Legat des Augustus allmählich die Ruhe. Als eine berittene Abteilung meldete, daß einige Kohorten der Legion XVII fast vollständig aufgerieben waren, winkte er seinen Gardepräfekten zu sich heran und fragte ihn unsicher, was er tun solle. Alle Überheblichkeit war aus seinem breiten Gesicht verschwunden. Er wirkte jetzt wie ein kleiner Junge, der zu spät erkannte, daß er sich auf einen Streit mit einem viel Stärkeren eingelassen hatte.

Maximus gab die kerzengerade Haltung auf, mit der er im Sattel saß, beugte sich vor und klopfte laut gegen das Holz des Wagens. »Zunächst einmal würde ich an deiner Stelle aus dieser Holzkiste herauskommen, Varus.«

»Warum?«

»Ein Feldherr, der sich hinter dicken Wänden versteckt, macht keinen guten Eindruck auf seine Soldaten. In der Schlacht gehört ein Feldherr auf sein Pferd.«

»Du hast wohl recht«, nickte der Legat. »Und was dann?«

»Alle Kräfte sammeln und nach hinten werfen! Wir sollten versuchen, zum Lager an der Porta Visurgia durchzubrechen, solange es noch geht. Alles andere ist zu gefährlich, solange man die genaue Stärke des Feindes nicht kennt.«

Wieder nickte Varus. »Gut. Gib in meinem Namen die nötigen Befehle!«

Gerade wollte Maximus zum Stab des Legaten reiten, um alles Nötige zu veranlassen, als drei Reiter der Auxiliartruppen von Norden herangaloppiert kamen und direkt auf den Wagen zuhielten, aus dem Varus gerade stieg, um den Rat des Präfekten über die optimale Feldherrnpose zu befolgen. Die Reiter waren schmutzig und blutbefleckt. Also hatte es auch am Ende der Marschkolonne Kämpfe gegeben!

Vor Varus hielten die germanischen Reiter ihre Pferde an und grüßten erschöpft. »Der Tribun Callosus sendet uns mit der Bitte um Entsatz«, keuchte einer der Männer.

»Entsatz?« wiederholte Maximus anstelle des schwerfälligen Legaten. »Für die Auxilien am Schluß der Marschkolonne?«

Der Wortführer der Reiter nickte heftig. »Wir sind starken Angriffen ausgesetzt.«

»Von wem?«

»Von Germanen. Ein Teil der germanischen Truppen macht gemeinsame Sache mit den Angreifern. Man weiß nicht mehr, wer Freund und Feind ist. Es ist ein einziges Durcheinander.«

»Ihr seid doch auch Germanen!« brummte Varus.

Der Reiter nickte.

»Und ihr meutert nicht?«

Der Bote reckte seine Brust vor. »Wir sind Ubier! Die meuternden Einheiten gehören zu den Cheruskern und den mit ihnen befreundeten Stämmen.«

»Also doch Arminius!« stieß Maximus zähneknirschend hervor. »Glaub mir doch endlich, Varus, Segimars Sohn steckt hinter allem!«

»Vielleicht hast du recht.« Der Legat breitete in einer Geste der Hilflosigkeit die Arme aus. »Aber was machen wir jetzt? Vor uns Barbaren, hinter uns Barbaren. Sollen wir trotzdem versuchen, uns den Rückweg zur Porta Visurgia zu erkämpfen?«

»Nein, die Zeit ist zu knapp. Wenn ich Arminius richtig einschätze, wird er einen großen Teil seiner Krieger in unseren Rücken gesandt haben, um uns am Umkehren zu hindern.«

»Und wir beugen uns seinem Diktat?« fragte Varus zweifelnd.

»Genau das! Wir stoßen mit aller Macht in Marschrichtung vor, um noch vor Einbruch der Dunkelheit das Nachtlager zu errichten. Hinter seinen Wällen werden wir vor Angriffen sicher sein. Wir können unsere Truppen sammeln, die Verwundeten versorgen und unseren Soldaten Mut für den morgigen Tag geben.«

»Und morgen?«

»Erkämpfen wir uns den Rückweg. Dann sind wir auf die Schlacht vorbereitet, und Arminius kann uns nicht länger an der Nase herumführen.«

»Das klingt vernünftig«, seufzte Varus und sah den Caesarenthron, den er schon verloren glaubte, wieder in greifbare Nähe rücken. *Ich brauche den Sieg, gleich ob in Brors Gau oder hier in den Schluchten des Teutoburger Waldes. Ich brauche den Sieg!*

Radulf und Tebbe waren die einzigen Überlebenden des fünfköpfigen Trupps, den Thorag ausgesandt hatte, um von Onsaker Hilfe zu erbitten. Die drei anderen waren unter dem Pfeilhagel der syrischen Bogenschützen gefallen.

Jetzt ritten der alte Schmied und der Junge, der so etwas wie sein Ziehsohn geworden war, über schwieriges Gelände, immer im Schutz der Bäume. Weiter unten im Tal war der Boden zwar ebener und gangbarer, aber dort war auch die Gefahr größer, den Römern zu begegnen.

Beide schwiegen. Nicht nur, um sich nicht zu verraten. Radulf wußte aus Erfahrung, daß Tebbe nach seiner ersten Schlacht vieles verarbeiten mußte, wobei ihm kein anderer helfen konnte. Nicht einmal Tebbes Vater Holte hätte das gekonnt.

Und es war eine gewaltige Schlacht, die hinter ihnen noch andauerte. Radulf hatte schon so manchen Kampf erlebt, aber solche Ströme von Blut hatte er noch nie fließen sehen. Die Kleidung der beiden Reiter und auch ihre Pferde waren mit roten Spritzern überzogen. Radulf hatte sich immer in Tebbes Nähe gehalten und versucht, auf den Jungen, den er sehr ins Herz geschlossen hatte, achtzugeben. Dabei hatte er gesehen, wie mutig Tebbe nach dem ersten Schrecken in den Kampf ging. Er hatte kaum weniger Feinde niedergemacht als Radulf. Der Schmied war stolz auf *seinen Sohn*, wie er Tebbe manchmal in Gedanken nannte.

Plötzlich waren sie von Bewaffneten umgeben, die ihre Speere gegen die beiden Reiter erhoben. Radulf und Tebbe zügelten ihre Pferde und blickten in die Gesichter der Eberkrieger, die aufgrund der schwarzen Farbe alle gleich aussahen.

»Was wollt ihr hier?« fragte einer der Männer.

»Der Gaufürst Thorag schickt uns zu Onsaker«, antwortete Radulf.

Der Ebermann nickte und winkte. Ein anderer brachte ein Pferd, auf das sich der Schwarzbemalte schwang. »Ich führe euch zum Gaufürsten Onsaker.«

Die Eberkrieger hatten ihre Schlacht geschlagen, hatten Beute gemacht, die sie für den Augenblick zufriedenstellte, und sich zurückgezogen. So jedenfalls sah es für Radulf und Tebbe aus. Und wie Radulf die Seele eines Cheruskerkriegers kannte, war es kein ungewöhnliches Verhalten. Überall trafen sie auf kleinere und größere Kriegergruppen. Die Männer spielten mit erbeuteten Waffen, stritten um Legionärsmäntel oder Feldflaschen oder waren damit beschäftigt, abgeschlagene Römerköpfe an die Bäume zu nageln. Zwar drang vereinzelter Kampflärm aus dem Tal herauf, doch schien es sich nur um kleine Gruppen von Eberkriegern zu handeln, die noch nicht genug erbeutet hatten.

Onsaker hatte sein Lager auf einer großen Lichtung errichtet. Als Radulf und Tebbe dort eintrafen, sahen sie zunächst nicht viel mehr als die Rücken von etwa zweihundert eng zusammengedrängten Eberkriegern. Sie hörten Schreie, Lachen und ein lautes, schmerzerfülltes Stöhnen.

Beim Näherreiten konnten die Donarsöhne über die Köpfe der Schwarzbemalten blicken und sehen, daß sie sich mit ein paar gefangenen Legionären vergnügten. Sie spielten ›blinder Eber‹ mit ihnen.

Die Gefangenen waren vollkommen nackt, ihre Füße zusammengebunden und die Hände auf den Rücken gefesselt. Ein großer, kräftiger Eberkrieger mit nacktem Oberkörper und einem Tuch vor den Augen stand in ihrer Mitte und schlug immer wieder mit seinem Langschwert nach ihnen. Die Römer konnten sich nur durch groteskes Gehüpfe in Sicherheit bringen und landeten dabei oft genug auf dem Boden, was jedesmal großes Gelächter bei den umstehenden Ebermännern auslöste, die den Ort des Geschehens als lebende Mauer umgaben. Wenn sich die Gefangenen beim Hinfallen den Schmerzens- oder Schreckenslaut nicht verbeißen konnten, stürzte sich der auf seine Ohren angewiesene ›blinde Eber‹ sofort auf sie. Schon mehrmals hatte seine rote Klinge getroffen. Einer der Römer war schwer verwundet, er hockte auf dem Boden und stöhnte jämmerlich.

Der Eberfürst stand in der vordersten Reihe und war einer der am lautesten brüllenden Zuschauer. Er fühlte sich durch das Erscheinen der beiden Boten sichtlich gestört und hörte ihnen nur mit halbem Ohr zu.

»Euer Gaufürst ist dumm, wenn er in die Falle der Römer tappt«, lachte Onsaker, und seine Männer fielen in das Lachen ein. »Warum soll ich das Leben meiner Leute opfern, um so einen Dummkopf zu retten?«

»Es ist deine Pflicht!« erwiderte Radulf laut und hart.

»Meine Pflicht?« Onsakers tiefliegende Augen umwölkten sich. »Ich bin ein freier Cherusker, ein Gaufürst. Ich bin niemandem verpflichtet, schon gar nicht diesem Thorag!« Als er Thorags Namen aussprach, lagen Verachtung und Haß in seiner Stimme.

»Du bist doch jemandem verpflichtet.«

»So?« Onsaker reckte sein breites Kinn vor. »Wem?«

»Armin, unserem Herzog. Ihm hast du Treue und Gefolgschaft geschworen für den Kampf gegen die Römer, wie wir alle es getan haben.«

»Armin«, brummte der Eberfürst. »Gut, ich schulde ihm Treue in diesem Kampf, aber nicht Thorag!«

»Thorag kämpft für Armin, genau wie du. Jeder, der gegen die Römer kämpft, ist verpflichtet, dem anderen zu helfen!«

»Schluß jetzt!« brüllte Onsaker und machte eine wegwischende Handbewegung. »Genug! Ich will davon nichts mehr hören. Ich schicke meine Männer nicht in den Tod, um Thorags Leben zu retten!« Er lachte, und sein Lachen ging in ein Kichern über. »Bestimmt nicht Thorags Leben.« Das hatte er gesagt wie zu sich selbst. Jetzt sah er wieder die beiden Donarsöhne an und sprach laut: »Das ist Onsakers letztes Wort. Jetzt verlaßt unser Lager. Hier ist kein Platz für alte Männer und Knaben, die feige um Hilfe betteln!«

Seit Tebbe und Radulf den Eberkriegern begegnet waren, war in dem Jungen das Feuer des Hasses aufgelodert. Sein Geist befand sich wieder im Wald vor Wisars Siedlung, wo Tebbe zusammen mit seinem Vater und seinem Bruder Bäume fällte. Er sah wieder die schwarzbemalten Krieger aus dem Unterholz hervorbrechen, hörte ihre gellenden Schreie und sah seinen Vater sterben, um das Leben seiner Söhne zu retten. Als Onsaker die Beleidigung ausstieß, kochte es in Tebbe über, und die Hand mit der Frame erhob sich, die von Radulf geschmiedete Eisenspitze, rot von Römerblut, zeigte auf Onsakers nackten breiten Brustkasten.

Sofort kreisten die Schwarzbemalten die beiden Donarsöhne ein, und hundert Waffen wurden auf sie gerichtet.

»Nicht!« schrie Radulf und beugte sich auf dem Pferderücken zu Tebbe hinüber, um ihn an weiterem unüberlegten Handeln zu hindern.

Einer der Eberkrieger mißverstand die hastige Bewegung des Schmiedes und schleuderte seine Frame. Die hölzerne, im Feuer gehärtete Spitze drang tief in Radulfs Brust.

»Vater!« schrie Tebbe, als er sah, wie Radulf vom Pferd stürzte. Mit Tränen in den Augen ließ der Junge die Frame fallen, sprang auf den Boden und fiel neben dem Schmied auf die Knie.

»Wir können nicht länger warten«, keuchte Thorag zu dem neben ihm stehenden Brokk, als die Donarsöhne mit letzter Kraft eine Attacke der gallischen Reiter abgeschlagen hatten. »Noch einen Angriff stehen wir nicht durch!«

»Wohl nicht«, sagte der über und über mit seinem eigenen und dem Blut seiner Feinde bedeckte Brokk. Er war erschöpft, und seine Stimme war kaum mehr als ein Flüstern. »Aber Onsaker ist noch nicht da. Können wir ohne Verstärkung ausbrechen?«

»Wir müssen es versuchen. Sonst kommt niemand von uns lebend hier raus!«

Ein Zucken lief durch Brokks Körper, und er stammelte: »Versuch ... es ...«

»Nicht nur ich, Brokk. Wir alle!«

Brokk versuchte ein Lächeln, aber es wurde nur eine Grimasse. Seine Worte waren fast nicht zu verstehen: »Ich ... nicht ... zu ... spät ...«

Er drehte sich halb um sich selbst, bevor er zu Boden stürzte, und jetzt erst sah Thorag den Pfeil, der in Brokks Rücken steckte. Brors Sohn war gestorben – wie so viele an diesem blutigen Tag.

»Verfluchte Syrer!« schrie Thorag laut zu den Männern hinüber, die die Hügel besetzt hielten, von denen die Donarsöhne vor mehr als zwei Stunden heruntergestürmt waren. »Der Krummbeinige hätte euch alle umbringen sollen, als er noch euer Statthalter war!«

Die Bogenschützen waren abgesessen, um besser zielen zu können. Immer wieder ertönte das helle Sirren, wenn einer ihrer Pfeile die Luft durchschnitt. Und dann der kurze, dumpfe Laut des Einschlags. Und manchmal ein Schrei, wenn ein Pfeil sein Ziel gefunden hatte.

Als Thorags Blick über das Schlachtfeld glitt, packte ihn Erschrecken. Überall menschliche Leiber und Blut. Der Boden, auf dem der Edeling stand, war vom Blut aufgeweicht. Die Luft roch förmlich nach Blut, und er schmeckte es in seinem Mund. Von den zweitausend Kriegern, die er in den Kampf geführt hatte, war höchstens noch ein Drittel am Leben. Sicher, sie hatten den Römern schwere Verluste beigebracht. Aber war es das Opfer wert gewesen?

Römische Hornsignale ertönten. Diesmal nicht von den Reitern, sondern von den beiden Kohorten, die Lucius Tertius Parvus befehligte. Die Signifer nahmen Aufstellung, um die Legionäre in einen erneuten Angriff zu führen.

Die Römer hatten sich eine Taktik ausgedacht, die unausweichlich zur gänzlichen Vernichtung von Thorags Streitmacht führen mußte, wenn Donar nicht ein Wunder geschehen ließ. Abwechselnd griffen die Legionäre und die Reiter die Donarsöhne an, ließen sie nicht zur Ruhe kommen. Thorag hatte nicht einmal Zeit, seine Männer zu sammeln, um eine vernünftige Verteidigungslinie aufzubauen oder einen Ausbruch zu wagen. Selbst wenn er einen Ausbruch versucht hätte, mußte immer noch die leichte Reiterei auf den Hügeln überwunden werden.

Hakon sprengte mit dem Rest seiner Kriegerschar auf Thorag zu. Auch der einäugige Garrit befand sich unter den Männern. Sie gehörten zu den wenigen Donarsöhnen, die nicht von den

Pferden geschossen worden und auch nicht freiwillig abgestiegen waren. Beritten boten die Cherusker den syrischen Bogenschützen ein gutes Ziel, aber Hakons Krieger kannten keine Furcht.

Der von einem halben Dutzend Wunden übersäte Kriegerführer zügelte seinen Schecken vor Thorag und fragte: »Was sollen wir tun, Fürst? Ich sage es ungern, aber einem weiteren Angriff halten wir nicht stand.«

»Ich weiß«, antwortete Thorag. »Wir müssen ausbrechen!«

»Aussichtslos«, stieß Hakon hervor. »Die Römer werden uns zermalmen.«

Thorags hünenhafte Gestalt straffte sich. Er blickte zu den schwarzen Wolken empor, die sich über dem Schlachtfeld zusammenzogen, und sagte mit fester Stimme: »Wir werden es schaffen. Donar wird uns beistehen. Sag das allen Kriegern!«

Der vierschrötige Recke sah ihn zweifelnd an. »Bist du dir sicher, Thorag?«

Der junge Gaufürst reckte sein Kinn vor. »Bin ich nicht Donars Abkömmling?«

»Doch, natürlich«, erwiderte Hakon unsicher und nickte dann. »Wir du befiehlst, mein Fürst!«

Er ließ seine Reiter ausschwärmen und die Donarsöhne zum Ausfall zusammenrufen.

Thorag legte den Kopf in den Nacken, blickte mit geschlossenen Augen durch die Wolkendecke hindurch und sagte: »Donar, Vater meiner Väter, Bezwinger der Riesen, mächtigster Recke, stehe deinen Söhnen bei!«

Der Cheruskerfürst stieg auf den kleinen Schecken, der wie unbeteiligt zwischen den Leichenbergen stand, riß Schwert und Schild hoch, blickte in die Runde seiner Krieger und schrie: »Folgt mir, tapfere Donarsöhne! Der Donnergott leiht uns seine Kraft!«

›Donar‹- und ›Thorag‹-Schreie vermischten sich, als die Cherusker hinter dem antrabenden Thorag in ihrer üblichen Keilformation vorpreschten, auf die Anhöhe zu, von der sie gekommen waren.

Während die Syrer eine Pfeilsalve auf die anstürmenden Feinde abschossen, führte Lucius, selbst in vorderster Reihe reitend, seine in den Laufschritt verfallenden Kohorten heran. Er hatte im Kampf seinen Helm verloren, und sein schwarzes Haar wehte wie ein Feldzeichen. Mit erhobenem Schwert feuerte er seine Legionäre an.

Plötzlich riß der Himmel auf, und ein grelles, blendendes Weiß erhellte das Schlachtfeld. Das Licht zuckte zur Erde und fuhr in die Klinge des Präfekten. Von einem Augenblick zum anderen wurde aus Lucius ein alter Mann mit schlohweißen Haaren. Dann stürzten Pferd und Reiter zu Boden, vollführten dort ein paar groteske Verrenkungen und blieben schließlich reglos liegen.

Die vordersten Legionäre blieben schlagartig stehen und starrten entsetzt auf ihren vom Blitz gefällten Präfekten. Notgedrungen mußten auch die nachrückenden Römer anhalten. Das böse Omen lähmte den Kampfgeist der Soldaten.

»Donar ist mit uns!« schrie Thorag über den einsetzenden Donner hinweg seinen Kriegern zu.

Begeistert verfielen die Cherusker in erneute ›Donar‹-Rufe fund olgten ihrem Fürsten, der jetzt die Angriffsrichtung änderte und direkt auf die erstarrten Legionäre zuhielt. Während Blitze, Donner und schlagartig einsetzender heftiger Regen die römischen Truppen verwirrte und in Panik versetzte, nahmen die Donarsöhne dies für ein gutes Zeichen ihres Schutzgottes. Als sie auf die Legionäre prallten, wichen letztere fast widerstandslos zurück. Ihre Panik übertrug sich auf die hintersten Reihen, die nicht sehen konnten, was vorn vor sich ging. Man wußte nur, daß die Cherusker von neuem Kampfmut beseelt waren, daß aber die eigenen Götter die Legion XVII verlassen hatten. Immer mehr Legionäre wandten sich um und rannten in wilder Flucht davon.

Und die Donarsöhne entkamen der tödlichen Umklammerung in den Schutz der bewaldeten Hügel.

Der von Donar gesandte Regen wusch das Blut von Thorags Kriegern, die in einem ausgedehnten Eichenwald Zuflucht gesucht hatten. Erschöpft lagen sie auf dem feuchten Boden, ruhten sich aus oder verbanden gegenseitig ihre zahlreichen Wunden.

Thorag, der auf einem Felsvorsprung stand und hinunter ins Tal starrte, hatte nur leichte Prellungen, Schrammen und oberflächliche Schnittwunden davongetragen. Die Wunden schmerzten kaum, wohl aber der Verlust der vielen Krieger, die nie mehr in ihren Gau zurückkehren würden. Tapfere Männer. Er dachte an Brokk, der, wie auch Klef, ein Opfer der Römer geworden war. *Früher kämpften wir für sie, jetzt sterben wir durch sie!*

Wenn Donar die hereinbrechende Dämmerung durch einen besonders grellen Blitz erhellte, sah der Cheruskerfürst die kleinen Gestalten der Römer, die unten durch die Täler zogen. Mit der geballten Macht ihrer drei Legionen und ebenso vieler Reiteralen hatten sie es schließlich geschafft, sich den Weg zu der großen, fast waldfreien Schlucht freizukämpfen, in der sie ihr Lager aufschlugen. So unbeherrscht und kampfeslustig die Germanen erst über die Marschierenden hergefallen waren, nach blutiger Schlacht und ausreichender Beute zogen sie sich lieber wieder auf die Hügel zurück, statt dem Gegner nachzusetzen.

Thorag dachte an Lucius und daran, wie er durch Donars Blitz gestorben war. Er bedauerte es, dem narbengesichtigen Römer nicht mehr im Kampf Mann gegen Mann gegenüberstehen zu können. Der Cheruskerhätte sich gern selbst für die durch Lucius' Peitsche erlittene Schmach gerächt. Aber Donar hatte die Rache übernommen. Würde er auch alle anderen Germanen rächen, denen die Römer unrecht getan hatten?

Thorag wandte sich um, als er zwei Reiter bemerkte, die durch den immer finsterer werdenden Wald langsam auf ihn zuritten. Als sie näher kamen, erkannte er, daß es nur ein Reiter war, der ein fleckiges Pferd ritt. Das zweite Pferd, das der Reiter am Zügel hielt, trug eine Last auf seinem Rücken.

Ein weiterer Blitz ließ Thorag das Gesicht des Reiters erkennen: Tebbe. Aber es war nicht mehr das Gesicht eines Jungen. Er war an diesem Tag um viele Jahre gealtert.

Thorag trat ihm entgegen und fragte: »Wo seid ihr solange gewesen? Wo sind Radulf und die anderen?«

»Tot«, antwortete Tebbe und deutete auf die Last des zweiten Pferdes. »Da ist Radulf.«

Thorag ging zu dem Pferd und sah jetzt das graue Lockenhaar des quer über den Pferderücken liegenden Schmiedes. Vorsichtig hob er Radulfs Kopf hoch und blickte in tote Augen. Der junge Edeling dachte ähnlich wie zuvor Tebbe. Auch Thorag hatte einen zweiten Vater verloren.

Mit versteinertem Gesicht hörte er sich Tebbes Bericht an und sagte dann: »Onsaker wird für alles büßen müssen.« Er sah in den aufgewühlten Himmel. »Wenn Donars Rache ihn nicht trifft, wird es meine Rache sein!«

Etwa zur gleichen Zeit stand ein anderer Cheruskerfürst an der linken Flanke des Römerheeres ebenfalls auf einem Felsvorsprung und starrte in die Tiefe. Armin beobachtete, wie die Römer im Tal ihr Nachtlager aufschlugen, während immer neue Einheiten dort eintrafen.

Die vertrauten Kommandos der Zenturionen, die altgewohnte Arbeit und das ständige Wachsen des Lagers unter ihren Händen schienen den Römern neuen Mut zu geben. Während die Reiterei das Gelände sicherte, baute ein Großteil der Fußtruppen das Lager auf. Mit den Rasenstechern wurden gleichmäßig große Grasstücke aus dem Boden geschnitten, mit Hacken und Schanzspaten das Erdreich gelockert und ausgehoben. Gräben und Wälle sicherten das große Lager. Die Außenwände der Wälle wurden mit den ausgestochenen Rasenziegeln belegt, an denen angreifende Feinde abrutschen sollten. Oben auf den Wällen wurden in dichter Reihenfolge die spitzen Palisadenstangen, von denen jeder Legionär zwei Stück bei sich führte, eingerammt und durch Stricke zu einer dünnen, aber festen Schutzmauer verbunden. Trotz der Erschöpfung durch Marsch und Kampf arbeiteten die Legionäre zuverlässig und ohne Unterlaß. Sie wußten, daß nur das feste Lager sie davor bewahren konnte, in der Nacht das Opfer eines Überfalls zu werden.

Armin bewunderte die Zuverlässigkeit und die Disziplin der römischen Armee. Gewiß, viele Soldaten waren an diesem Tag kopflos geworden und vor dem überraschend auftauchenden Feind davongerannt. Aber die meisten von ihnen hatten sich wieder gefangen, sobald sie das vertraute Hornsignal hörten, einen ihrer Offiziere oder ein römisches Feldzeichen erblickten. Diese Disziplin war es, die den Germanen fehlte und die zu dem überstürzten Beginn der Schlacht geführt hatte.

Der Cheruskerherzog nahm sich vor, selbst ein diszipliniertes Heer aufzubauen, sobald er die Römer hinter den Rhein zurückgeworfen hatte. Überhaupt würde sich vieles ändern im Land der Cherusker und der angrenzenden Stämme, wenn er erst einmal seine Macht gefestigt hatte. Vieles, was die Römer erfunden oder von anderen Völkern übernommen hatten, war unumgängliche Voraussetzung für den Aufbau eines großen Gemeinwesens. Solch ein Gemeinwesen mit ihm selbst an der Spitze schwebte Armin vor, ein Königreich nach dem Muster, das Marbod vorgegeben hatte. Die Germanen, die jetzt für ihre Freiheit kämpften, ahnten nicht, daß Armin ihnen einen Teil ihrer Freiheit nehmen wollte, wenn der Kampf erst einmal gewonnen war.

Trotz des unerwarteten Schlachtverlaufs hoffte Armin auf einen Sieg. Die Zeichen standen günstig.

Endlich hatte der langerhoffte Regen eingesetzt. Er verwandelte das zerklüftete Gelände, in das Varus von Armin gelockt worden war, in ein schwer zugängliches Gebiet voller tückischer Fallen aus Schlamm und Matsch. Die Cherusker und ihre Verbündeten waren daran gewöhnt, unter solchen Bedingungen zu kämpfen. Für die römischen Legionen, deren Taktik auf eine offene Feldschlacht ausgerichtet war, konnte es das Verderben sein.

Außerdem hatten die unüberlegten Angriffe der Germanen zu einem unerwarteten Ergebnis geführt. Durch die reichlich gemachte Beute waren viele noch zögernde Fürsten und Stämme dazu bewogen worden, in die Schlacht einzugreifen. Morgen würde Armin eine um ein Drittel größere Streitmacht zur Verfügung stehen. Und weitere Verstärkung war unterwegs.

Varus mochte sich unten in seinem Feldlager sicher fühlen. Aber er konnte nicht ewig dort ausharren. Er mußte es morgen verlassen, wollte er nicht warten, bis die Belagerer zu stark wurden. Dann aber würde er sehen, daß nicht nur die Römer hart arbeiten konnten. Ringsum auf den Höhenzügen wurden Bäume gefällt und Steine zusammengetragen, um den Römern den Rückweg zu Donars Pforte zu versperren. Nach der Schlacht noch zu arbeiten, das war einer der Vorzüge, die Armins Krieger von den Römern bereits übernommen hatten.

Armin grinste, als ihm einer der Lehrsätze einfiel, die zu seiner Ausbildung als römischer Offizier gehört hatten: ›*Et ab hoste doceri.* – Auch vom Feind soll man lernen.‹

Kapitel 30

Der Regentag

Die Sonnenstrahlen durchbrachen an diesem Morgen nur selten die dicke Wolkenschicht, die über dem Feldlager hing. Immer neue Wolken wurden von einem kalten Wind herangetrieben und ließen unaufhörlichen Regen auf die Walstatt niedergehen.

Die römischen Soldaten waren durchnäßt und froren, und doch hatten sie neuen Mut geschöpft. Sie befanden sich innerhalb der sicheren Umgrenzung ihres Lagers, das ihnen, wie schon in unzähligen Feldzügen zuvor, Schutz bot. Die Arbeit mit ihren Kameraden und die vertrauten Rituale machten ihnen bewußt, daß sie Legionäre waren, Angehörige der besten Armee der Welt. Sie würden sich nicht von ungeordneten Barbarenhaufen schlagen lassen!

Sahen sie nicht elend aus, diese gefangenen Barbaren, die jetzt zu den Opferaltären gebracht wurden? Verdreckte, blutende, verängstigte Wesen, Tieren ähnlicher als Menschen. Es waren etwa fünfzig Männer, die in römische Gefangenschaft geraten waren und dies überlebt hatten – bis jetzt.

Die ungewöhnliche Situation hatte Publius Quintilius Varus auf einen ungewöhnlichen Einfall gebracht: Wie zwei Tage zuvor Stier, Widder und Eber sollten jetzt die Gefangenen geopfert werden. Ihr Blut und ihr Leben sollten den Kriegsgott Mars, die Siegesgöttin Victoria und Jupiter, Göttervater und Schutzherr Roms, gnädig stimmen. Und das Opfer sollte den Legionären zeigen, daß die Germanen sterblich waren, keine riesigen, unbesiegbaren Ungeheuer.

Und sie starben, einer nach dem anderen unter den Klingen der Opfermetzger. Das Schauspiel befriedigte die Rachsucht der Legionäre und stärkte ihren Kampfgeist, wie Varus, der als Oberpriester die Zeremonie leitete, befriedigt feststellte.

So erfüllten die Gefangenen einen doppelten Zweck, nachdem sie in der Nacht schon eingehenden Verhören ausgesetzt gewesen waren. Jetzt stand fest, daß Maximus recht hatte und Arminius hinter dem Aufstand steckte.

Varus schalt sich einen Narren, daß er nicht auf Segestes

gehört hatte. Wenn seine Dummheit in Rom bekannt wurde, würde man ihn nicht als Caesar verehren, sondern als Trottel verspotten. Aber darüber wollte er sich erst Gedanken machen, wenn er aus der Falle, in die Arminius ihn gelockt hatte, endlich entkommen war.

Nach den Opferungen beriet er sich mit seinen höchsten Offizieren, während die Legionäre in aller Eile das Lager abbauten. Das Morgengrauen war längst hereingebrochen. Der Gardepräfekt Maximus, Varus' Stellvertreter Numonius Vala, die Führer der Legionen, Alen und Auxilien und schließlich die Lagerpräfekten Lucius Eggius und Ceconius, sie alle rieten ihrem Feldherrn, bei dem einmal gefaßten Plan zu bleiben und mit aller Gewalt zur Porta Visurgia zurückzukehren. Nur dort konnte man sich in Ruhe sammeln und zum Gegenschlag gegen die Aufrührer ausholen.

Der dritte Lagerpräfekt, Lucius Tertius Parvus, fehlte bei dieser Zusammenkunft. Varus hatte von seinem schauderhaften Tod gehört. Der vom Haß auf die Germanen erfüllte Offizier war für Varus stets eine hilfreiche Hand gewesen, aber er war, wie alle Menschen, entbehrlich, zumal seine Legion stark dezimiert war.

Über dem Feldlager stiegen dicke Rauchsäulen in den Himmel, weil die Römer auf Maximus' Rat und Varus' Befehl ihre Wagen und alles entbehrliche Gepäck verbrannten, um den Rückmarsch durch das vom Regen morastig gewordene Gebiet zu erleichtern. Zur selben Zeit verließ die aus sämtlichen Alen und Auxilien zusammengefaßte leichte Reiterei als erste Truppe das Lager, um das Gelände zu erkunden. Der Weg war beschwerlich. Immer wieder blieben Pferde im Morast stecken oder knickten um. Männer wurden abgeworfen. Ganze Turmen stiegen freiwillig aus den Sätteln und stapften, die Pferde an den Zügeln führend, durch Regen und Matsch. Die Truppe wurde immer weiter auseinandergezogen.

Plötzlich mischte sich ein dumpfes Geräusch in das unaufhörliche Prasseln des Regens. Es klang wie Donner, obwohl seit der späten Nacht keine Blitze mehr den Himmel aufrissen. Der Donner wurde lauter, rollte heran – und erschlug mehrere Turmen, als Lawinen von Baumstämmen und Felsbrocken, von den

Germanen auf den Hügeln losgelassen, auf die römischen Offiziere sowie auf ihre numidischen, syrischen, spanischen, gallischen und germanischen Reiter niedergingen. Binnen weniger Minuten wurden große Teile der leichten Kavallerie ausgelöscht. Armins Falle hatte zugeschnappt.

Die überlebenden Offiziere sammelten die Reste ihrer Truppe um sich, da erscholl auch schon der markerschütternde Schlachtgesang der von den Höhen herabstürmenden Krieger. Sie brüllten die Namen ihrer Stämme, Gaue, Fürsten oder Schutzgötter.

Die römischen Offiziere befahlen den Gegenangriff, weil alles andere ihre Truppe in völlige Auflösung gebracht hätte. Was die Offiziere selbst kaum glaubten, gelang: Die Germanen wichen zurück, wohl von dem unerwarteten Mut der Feinde überrascht.

Die Reiter wollten den Erfolg ausnutzen und setzten den Fliehenden nach, ohne zu ahnen, daß sie in eine weitere Falle Armins liefen. Die Flucht seiner Krieger war geplant und lockte die Reiter in ein riesiges Sumpfgebiet, in dem ihre Pferde steckenblieben und immer tiefer einsanken, während die zu Fuß fliehenden Germanen auf nur ihnen bekannten Wegen entkamen, umkehrten und mit frischer Verstärkung über die Verfolger herfielen.

So verlor an diesem frühen Morgen des zweiten Schlachttages Quintilius Varus fast seine gesamte leichte Reiterei. Nur vereinzelten Reitern und Grüppchen gelang es, den Germanen zu entkommen.

Als die Überlebenden auf die leichte Auxiliarinfanterie an der Spitze des Heerwurms stießen, war die Verwirrung groß. Denn schon stürmten Armins Krieger heran, unten im Tal und oben von den Hängen, und fuhren in mehreren Stoßkeilen unter die Soldaten, die gar keine Gelegenheit zu ernsthafter Gegenwehr hatten. Die meisten der Auxiliartruppen flohen oder ergaben sich in der Hoffnung, verschont zu werden. Für einen Teil erfüllte sich diese Hoffnung sogar; diese Männer würden, die meisten für den Rest ihres Lebens, Sklaven der siegreichen Krieger sein.

Als die Boten mit ihren Schreckensnachrichten den Troß des Legaten am späten Vormittag erreichten, geriet der korpulente Feldherr, der in einem prunkvoll verzierten Sattel auf einem aufwendig geschmückten Rappen saß, in Panik.

»Was habt ihr mir geraten?« fuhr er Maximus und Numonius Vala an. »Ihr habt Arminius direkt in die Hände gespielt! Euretwegen habe ich meine Reiterei und die Auxilien verloren!«

»So schlimm ist es nicht, Varus«, versuchte Maximus den Legaten zu beruhigen, damit sich die Panik des Feldherrn nicht auf die Truppe übertrug.

»Nicht schlimm?« Varus' kreischende Stimme überschlug sich fast. »Den Tod von Tausenden meiner Soldaten erachtest du nicht für schlimm, Maximus?«

»Schlimm schon, aber es ist keine Tragödie. Der Großteil der Reiterei, die schwere Kavallerie, ist noch intakt. Und der Verlust der Auxilien ist zu verschmerzen, solange wir uns auf die Legionen verlassen können. Wir haben noch einige Kohorten der Legion XVII sowie die vollständigen Legionen XVIII und XIX. Wenn wir sie taktisch klug einsetzen, können wir den Germanen standhalten.«

»Das ist wahr«, beruhigte sich der Feldherr bei dem Gedanken an den lebenden Schutzwall Tausender kampferprobter Legionäre. »Aber wie gehen wir jetzt vor?«

»Du hast es gerade gesagt, Varus«, erwiderte der Gardepräfekt zum Erstaunen der Feldherrn. »Arminius hat uns den Rückweg versperrt, also gehen wir *vor*.«

»Du meinst, in unserer ursprünglichen Marschrichtung?« fragte Varus zögernd.

»Das meine ich.«

»Aber dann tun wir doch genau, was Arminius will. Das ist doch verrückt! Sollten wir nicht lieber in unser Feldlager zurückkehren und dort abwarten?«

»Auf was?« fragte Maximus und zeigte auf die Anhöhen zu beiden Seiten. »Dort oben stecken überall Germanen. Mit jeder Stunde, in der sich die Nachricht vom Aufstand verbreitet, werden es mehr werden. Wir dagegen haben keine Verstärkung zu erwarten. Wir müssen etwas tun, besser etwas Verrücktes als gar nichts. Abwarten wäre unser sicherer Tod. Und da Arminius seine Kräfte offenbar im Norden konzentriert hat, sollten wir nach Süden vorrücken. Vielleicht rechnet er nicht damit, und wir können aus der Umklammerung entkommen.«

Varus war noch nicht überzeugt und sah seinen Stellvertreter an.

Der bronzehäutige Numonius Vala nickte. »Maximus hat recht. Im Kampf liegt die Stärke unserer Legionen. Kampf und Sieg spornen sie an. Hier abzuwarten in Kälte und Regen, den dauernden Angriffen der Barbaren ausgesetzt, würde sie zermürben.«

Quintilius Varus, der längst nur noch dem Namen nach Feldherr seiner Armee war, fügte sich dem Rat der beiden Offiziere und besprach mit ihnen rasch die nötigen Befehle.

Gegen Mittag erreichte die römische Armee in neuer Marschordnung ihr altes Feldlager. Die Spitze bildeten ausgeruhte Truppen: eine Ale schwere Reiter und die Legion XVIII. Ihnen folgte der Feldherr mit seiner Garde und seinem Troß, dem sich die Zivilisten angeschlossen hatten. Dann folgten eine weitere Ale mit den Geschützen, die zusammengeschmolzene Legion XVII, die Legion XIX und am Schluß die letzte Reiterale mit den wenigen intakten Fußtruppen der Auxilien, die Varus geblieben waren. Als sie an den Überresten des Lagers vorbeimarschierten, dachte der Legat kurz an das morgendliche Opfer und daran, daß es vielleicht vergeblich gewesen war. Je weiter der Tag voranschritt, desto größer wurde Varus' Hoffnung, der Vernichtung zu entgehen. Die Spitze der Marschkolonne kam unerwartet gut voran, soweit man bei den schlechten Witterungsverhältnissen überhaupt von ›gut‹ sprechen konnte. Jedenfalls stellten sich ihnen wider Erwarten keine Barbaren entgegen.

Also hat Maximus recht behalten, dachte Varus erleichtert. *Arminius hat seine Barbaren im Norden zusammengezogen und nicht damit gerechnet, daß wir so schnell südwärts, in der alten Richtung, weitermarschieren.*

Aber Armin hatte sehr wohl damit gerechnet. Es entsprach sogar genau seinen taktischen Überlegungen.

Während er die Spitze des römischen Heerwurms unbehelligt ließ, attackierte er immer wieder die Flanken und das Ende der Kolonne. Seine Krieger verhielten sich disziplinierter als am ersten Tag, führten schnelle, kurze Angriffe aus und zogen sich wieder auf die Hügel zurück, bevor sich die Römer noch richtig zum Kampf formieren konnten. Durch diese dauernden Scharmützel wurden die hinteren Einheiten wieder und wieder aufgehalten und fielen immer mehr zurück. Die Kolonne zog sich auseinander, verlor den Zusammenhalt und wurde dadurch nur noch verwundbarer.

Als das Ende des Heerwurms, die Legion XIX sowie die aus Reitern und Auxiliarinfanteristen zusammengewürfelte Nachhut, weit von den übrigen Truppen zurückgefallen war, befahl Armin den Großangriff auf diese Einheiten. Von den Hängen ergossen sich Ströme von Kriegern auf die im tiefen Schlamm stehenden Soldaten: Onsakers gewaltige Streitmacht schwarzbemalter Ebermänner, Thorags am Vortag zusammengehauener Trupp Donarsöhne in ihrer roten Kampfbemalung, die mit weißen Streifen bemalten Krieger des rachsüchtigen Balder, Armins eigene Männer mit den im dunklem Gelb aufgemalten Hirschgeweihen, Usipeter, Sugambrer, Angrivarier und Chatten, deren Jungmänner durch ihren wildwuchernden Bart- und Haarwuchs auffielen; nach Stammessitte durften sie ihr Haar erst scheren, wenn sie den ersten Feind erschlagen hatten. Am Abend dieses Tages gab es nicht mehr viele Chatten, die auf den Gebrauch eines Rasiermessers verzichten mußten.

Von der übrigen Truppe abgeschnitten, immer wieder im Morast versinkend, verloren die Römer bald ihren Mut. Das galt sogar für die Männer der Legion XIX, deren Mitglieder mit ansehen mußten, wie sich die Reiter absetzten und wie sich die Auxiliartruppen ergaben. Immer mehr Legionäre suchten ihr Heil ebenfalls in Flucht oder Kapitulation und fanden allzuhäufig nur den Tod – besonders, wenn sie an einen Trupp junger Chatten gerieten.

Thorag und die Donarsöhne hatten die erste Kohorte der Legion XIX auf einem kleinen, bewaldeten Hügel eingekreist. Versprengte Legionäre anderer Kohorten hatten sich dem Kern der Legion angeschlossen und sich um den goldenen Adler herum zur letzten Schlacht versammelt.

Der grauhaarige Präfekt Lucius Eggius war der ranghöchste lebende Offizier und feuerte seine Leute immer wieder zum Durchhalten an, ›bis Varus Entsatz schickt‹.

Den Glauben daran hatte er selbst schon längst verloren. Doch er wollte, daß er und seine Legionäre im Kampf starben. Das war weit ehrenvoller, als in Gefangenschaft massakriert zu werden.

Die Legionäre glaubten ihrem Präfekten, der seinen federbuschbesetzten Helm im Kampf verloren hatte und dessen vormals glänzender Muskelpanzer vom Blut erschlagener Germanen befleckt war. Doch das Standhalten fiel ihnen zusehends schwerer. Ihre Kräfte erlahmten, und viele brachten kaum noch die schweren Schilde hoch, deren Holzfüllung und Lederverkleidung sich mit Regenwasser vollgesogen hatten. Immer näher kamen die Donarsöhne der Hügelkuppe, auf der Lucius Eggius und der Aquiler mit dem Legionsadler standen.

Als Thorag, der zu Fuß kämpfte, seit ein Pilumstoß den Schecken zu Fall gebracht hatte, in Rufweite heran war, rammte er das Schwert vor sich in den Boden, legte die Hände trichterförmig vor den Mund und brüllte über den Kampflärm hinweg: »Präfekt, ergib dich! Du und deine Männer haben genug Tapferkeit bewiesen. Nicht alle guten Männer sollen hier sterben.«

Lucius Eggius hatte ihn gehört und sah den große Cherusker stirnrunzelnd an. Schließlich erkannte er in dem Mann mit dem zerzausten langen Blondhaar und der nackten muskulösen Brust, die ein rotes Abbild Miölnirs und rote Blitze zierten, den ehemaligen römischen Offizier und vorgeblichen Agenten des Statthalters.

Der Präfekt erwiderte: »Ich sterbe lieber im Kampf als in Sklavenketten!«

»Ich garantiere dir, daß ihr geschont werdet«, antwortete Thorag und meinte es ehrlich. Der Gedanke an Brokk und an die vielen Donarsöhne, die ihr Leben bereits gelassen hatten, ging ihm nicht aus dem Kopf. Er mußte weiterkämpfen, weil er es Armin geschworen hatte, aber er wollte sowenig Blut wie möglich vergießen.

Lucius Eggius aber schüttelte sein ergrautes Haupt. »Die Legion XIX kämpft und stirbt, aber sie ergibt sich nicht!«

»Dann sei es so«, flüsterte Thorag und empfand es als Ehre,

gegen einen so tapferen Mann zu kämpfen. Er zog die Klinge seiner Spatha aus der Erde, stieß sie in Richtung des letzten Römerhäufleins und stürmte den Hügel hinauf.

Die Donarsöhne folgten ihm und fielen über die zahlenmäßig unterlegenen, erschöpften und auch körperlich kleineren Römer her. Ein Legionär nach dem anderen starb unter Hieben und Stichen.

Thorag selbst kämpfte sich bis zum Adlerträger vor, der mit seinem übergehängten Wolfsfell fast wie ein Fenrisbruder aussah. Der für einen Römer ungewöhnlich große Legionär hatte den Adler neben sich in den Boden gerammt und verteidigte das die Seele der Legion verkörpernde Zeichen mit seinem Gladius. Obwohl er geschickt focht, konnte Thorag jeden seiner Schläge mit dem Schild abfangen. Daß der Aquiler keinen schützenden Schild besaß, wurde sein Verhängnis. Er sah Thorags Stoß kommen, versuchte ihm sogar noch auszuweichen, war aber nicht schnell genug. Die eiserne Klinge fuhr tief in seinen Bauch, und er brach röchelnd zusammen.

Der Edeling steckte sein Schwert in die Scheide, riß den Adler aus dem Boden und hielt ihn hoch in die Luft. Als seine Krieger sahen, daß das Wahrzeichen der Legion XIX in der Hand ihres Fürsten war, brachen sie in lauten Jubel aus.

Thorag bemerkte eine schnelle Bewegung hinter sich und wirbelte herum. Lucius Eggius stürmte mit erhobenem Schwert heran, während sein linker Arm stark blutete und kraftlos herunterhing. Er näherte sich so schnell, daß der Cherusker sein Schwert nicht mehr rechtzeitig ziehen konnte.

Er riß das untere Ende der Adlerstange hoch, das mit einer Eisenspitze versehen war. Der Präfekt lief voll in die Spitze hinein, die sich unterhalb des Panzers in seinen Leib bohrte. Er brach zusammen und ließ das Schwert fallen.

Vom Wahrzeichen seiner Legion aufgespießt, starb Lucius Eggius als letzter seiner Männer.

Ähnlich wie der Legion XIX erging es auch den vor ihr marschierenden Überresten der am Vortag so arg dezimierten Legion XVII.

Als der Angriff auf die neunzehnte Legion begann, kamen die Legionäre der siebzehnten ihren Kameraden nicht zu Hilfe, sondern setzten ihren Marsch fluchtartig fort. Der Gedanke an das Massaker, das die Barbaren gestern unter ihnen angerichtet hatten, trieb sie voran.

Aber sie hatten längst die vor ihnen marschierenden, schneller vorankommenden Reiter aus den Augen verloren. Ganz auf sich allein gestellt, geriet der kärgliche Rest der einst so stolzen, schon fast ein Vierteljahrhundert in Germanien dienenden Einheit in einen Hinterhalt.

Die Brukterer, die ihnen aufgelauert hatten, rannten die Römer über den Haufen, und am Abend des zweiten Schlachttages wurden Armin zwei goldene Adler überreicht.

»Zwei Legionen verloren?« fragte ein käsegesichtiger Varus zum wiederholten Male und konnte es noch immer nicht fassen. Er sah den Präfekten seiner Garde an. »Aber Maximus, hast du nicht gesagt, im Kampf sind unsere Legionen unbesiegbar?« Der Legat sah den Offizier flehend an, als erwarte er von Maximus, daß dieser ihm die verlorenen Truppen zurückgebe.

Der Präfekt zuckte mutlos mit den Schultern. »Die Götter haben uns verlassen, Varus.«

»Das darf nicht sein«, murmelte der Feldherr und starrte nach Norden in die fortschreitende Abenddämmerung. »Vielleicht ... vielleicht können sich die Legionen XVII und XIX doch noch durchschlagen. Vielleicht wurden sie durch den morastigen Boden nur aufgehalten.«

»Ja, vielleicht«, sagte Maximus, doch er wußte, daß sie sich nur etwas vormachten. Die Berichte der wenigen Überlebenden, die sich zur Spitze der Marschkolonne hatten durchschlagen können, waren erschreckend und eindeutig gewesen.

Sie alle hatten Arminius unterschätzt, gewaltig unterschätzt. Mit jedem Schritt, ganz gleich in welche Richtung, waren sie tiefer in die Falle hineingetappt, die er ihnen gestellt hatte.

Um den Legaten und seine hohen Offiziere herum bauten die Soldaten das Nachtlager auf, doch es hielt keinen Vergleich mit dem Lager der letzten Nacht stand.

Es war viel kleiner, da es nur Platz für eine Legion und zwei zusammengeschrumpfte Reiteralen bieten mußte. Hinzu kamen die Geschützbedienungen, der Troß und die Fußtruppen der Legatengarde. Alles in allem etwa zehntausend Mann. Nur ein Drittel der Menschen, die mit Varus das Lager an der Porta Visurgia verlassen hatten.

Und das Lager war längst nicht so gut und sicher ausgebaut. Die Soldaten waren zu erschöpft zum ordentlichen Arbeiten – und zu ängstlich. Viele Männer rührten ihr Schanzwerkzeug nicht an, sondern klammerten sich an Pilum und Schild fest, als könnten sie allein dadurch ihr Leben retten. Alles Zureden, Befehlen, Schimpfen und Drohen der Offiziere half nichts.

Die Soldaten verbrachten die Nacht in voller Rüstung und Bewaffnung. Kaum einer schlief. Sie starrten furchtsam in die Finsternis der germanischen Urwälder, die sich zu beiden Seiten des Tals erstreckten, lauschten auf das unermüdliche Prasseln des Regens, auf verdächtige Geräusche und auf das Rasseln und Klappern, das mit dem Heranrücken der vermißten Truppen einhergehen mußte.

Doch sie hörten nur den Regen.

Kapitel 31

Der Todestag

Schreiend fuhr Publius Quintilius Varus auf seinem einfachen Feldlager hoch und stellte erleichtert fest, daß der Schrecken, der ihn gequält hatte, nur ein Traum gewesen war.

Ein seltsamer Traum. Er hatte sich selbst gesehen, aber in dreifacher Ausfertigung. Der Varus, der er selbst war, hatte zwei älteren, grauhaarigen Kopien gegenübergestanden. Sie hatten ihn durchdringend angestarrt, waren auf ihn zugetreten und hatten ihre Hände vorgestreckt, in denen plötzlich Schwerter lagen. Er wußte genau, was sie von ihm wollten. Doch sein Versuch, vor ihnen zurückzuweichen, mißlang. Eine unsichtbare Mauer in seinem Rücken hielt ihn auf. Da begann er zu schreien ...

Er fühlte sich erleichtert, daß es nur ein Traum gewesen war. Doch als er sich umsah, wurde ihm bewußt, daß wenig Grund zu Freude und Erleichterung bestand. Der Boden rund um sein Lager war schlammig. Eine Schlamperei der Soldaten, die den Abflußgraben um sein Zelt ausgehoben hatten. Die Furcht vor den Germanen nagte an ihrer Disziplin.

Das helle Schimmern, das den dicken Zeltstoff durchdrang, verkündete den Anbruch des Tages. Würde er endlich eine Wende zum Besseren bringen?

Jedenfalls nicht, was das Wetter anging. Es regnete noch immer heftig, wie er an dem ständigen Trommeln auf den Zeltplanen erkannte. Und ein heftiger Sturmwind zerrte an dem großen Zelt des Feldherrn, so heftig, daß die große Öllampe, die von der Decke herunterhing und für ständige Helligkeit sorgte, quietschend an ihrer Bronzekette hin und her schwang.

Aber vielleicht waren seine Truppen jetzt stark genug, den Germanen zu widerstehen. Bestimmt waren die Legionen XVII und XIX im Lauf der Nacht eingetroffen. Es mußte einfach so sein!

Diesmal würde er nicht den Fehler begehen, sein Heer so weit auseinanderzuziehen. Er würde seine Truppen zusammenhalten und diesen verfluchten Verräter Arminius mit geballter Macht schlagen!

Daß er das Anrücken der beiden Legionen nicht gehört hatte, war erklärbar. Die Erschöpfung hatte ihn tief schlafen lassen, nachdem ihm die warmen, weichen kleinen Körper von Pollux und Helena wohlige Entspannung und Ruhe verschafft hatten.

Kaum dachte er an sie, da steckte Pollux, durch den Schrei seines Herrn alarmiert, seinen blonden Lockenkopf durch einen Trennvorhang. Varus lächelte ihm zu und trug ihm auf, Maximus und Numonius Vala zu ihm zu bringen.

Als der Legat des Augustus wieder allein war, beschäftigte sich sein Geist mit den Bildern seines Traums. Lange hatte dieser Traum ihn in Frieden gelassen. Weshalb kehrte er ausgerechnet jetzt zurück?

Er wußte die Antwort, aber er wollte sie nicht wahrhaben. Damals, als er ein Waisenkind war und die anderen Kinder ihn mit ihrem Spott überzogen, weil Varus' Vater dem Beispiel von Varus' Großvater gefolgt war und seinem Leben selbst ein Ende bereitet hatte, tauchte dieser Traum zum erstenmal auf. Fast war der kleine Publius soweit gewesen, sich mit dem Küchenmesser das Leben zu nehmen. Aber das Messer war stumpf gewesen, und er hatte es nicht fertiggebracht.

Seitdem kehrte der Traum in unregelmäßigen Abständen zurück. Manchmal lagen viele Jahre dazwischen. Er kam stets dann, wenn Quintilius Varus sich in einer verzweifelten Situation befand. Aber noch nie hatte er ihn mit solcher Heftigkeit geträumt.

Ja, die beiden älteren Versionen seiner selbst waren beides Männer namens Sextus Quintilius Varus gewesen. Männer von seinem Blut. Männer, die freiwillig ihrem Leben ein Ende bereitet hatten. Sein Großvater, der sich als Proprätor in Spanien aus Gründen das Leben genommen hatte, über die seine Familie stets geschwiegen hatte. Und sein Vater, der sich nach der Schlacht von Philippi von einem Freigelassenen töten ließ. Daß sie im Traum sein Gesicht hatten, war nicht verwunderlich. An keinen der beiden Männer hatte Varus eine persönliche Erinnerung.

Aber weshalb drängten sie ihm das Schwert auf? War es eine Botschaft der Götter? War seine Lage so hoffnungslos, daß es keinen anderen Ausweg mehr gab?

Sollte Octavian Augustus, nachdem er bei Philippi schon

über Varus' Vater triumphiert hatte, der auf der Seite von Brutus und Cassius kämpfte, jetzt auch noch über Varus triumphieren?

Hatte der Imperator gewußt, daß er Varus in den Tod schickte, als er ihn zu seinem Legaten in Germanien bestimmte? Zuzutrauen war es diesem ränkeschmiedenden Greis!

Vielleicht hatte der Princeps sogar geahnt, daß Varus seine Hände nach dem Thron ausstrecken wollte?

Das Erscheinen von Maximus erlöste Varus von seinen quälenden Gedanken. Das schneidige Auftreten des hünenhaften, kerzengerade vor ihm stehenden Präfekten, sein zackiger Gruß und seine trotz der widrigen Umstände saubere Uniform mit dem spiegelblanken Muskelpanzer gaben dem Feldherrn neuen Mut. Solange solche Männer für ihn fochten, war nichts verloren. Varus würde die Schlacht gewinnen und den selbstmörderischen Fluch von seiner Familie bannen!

»Ich freue mich, dich zu sehen, Maximus«, sagte Varus jovial. »Warum ist Numonius Vala nicht mitgekommen? Inspiziert er die Verstärkung?«

»Die Verstärkung?« wiederholte Maximus, und auf seiner Stirn bildeten sich tiefe Falten. »Wovon sprichst du, Varus?«

»Von den Legionen XVII und XIX. Nach dem harten Nachtmarsch bedürfen sie sicher einiger Aufmunterung. Sind meine Legionäre denn schon genügend ausgeruht, um es Arminius zu geben?«

Zu den Falten auf der Stirn des Präfekten gesellte sich nun noch die steile Falte an der Nasenwurzel. »Die Legionen XVII und XIX existieren nicht mehr, Prätor. Sie sind aufgerieben worden. Ihre Adler sind gefallen.«

»Aber ... aber sind sie denn nicht in der Nacht zu uns gestoßen?«

»Nur einzelne Versprengte, alles in allem nicht mehr als zweihundert Mann. Und sie haben bestätigt, was wir vorher schon ahnten. Der goldene Adler der Legion XVIII ist der letzte, unter dem noch römische Soldaten marschieren.«

Obwohl sie so weit in den Höhlen lagen, schienen die Augen des Legaten hervorzuquellen. Sein feistes Gesicht verzerrte sich, und er kreischte: »Das ist nicht wahr! Du lügst mich an, Maximus! Warum tust du das?«

»Ich lüge nicht, Varus.« Der Präfekt blieb ruhig. »Ich habe keinen Grund dazu.«

Der Mann auf dem zerwühlten Lager schüttelte seinen Kopf. »Ich glaube dir nicht, Maximus. Ich will sofort meinen Stellvertreter sprechen, Numonius Vala! Wo ist er überhaupt, wenn nicht bei den Legionen XVII und XIX?«

In Maximus' Gesicht arbeitete es, als er betreten nach einer Antwort suchte. »Nicht mehr da«, sagte er schließlich leise.

»Was heißt das nun wieder?«

»Während der Nacht hat sich Numonius Vala mit der gesamten Reiterei abgesetzt.«

»Abgesetzt? Zu welchem Zweck?«

»Ich nehme an, um sein Leben zu retten.«

»Du ... du meinst, Numonius Vala ... ist desertiert?«

Der Präfekt nickte. »So sieht es aus. Viele der Zivilisten sind mit ihm gegangen. Vielleicht haben sie ihm Geld versprochen, wenn er sie lebend aus der Falle bringt.«

Diesmal hatte Maximus tatsächlich gelogen, vielmehr: Er hatte nicht die ganze Wahrheit gesagt. Er selbst hatte den Plan mitgeschmiedet und Flaminia überredet, sich mit Primus der Reiterei anzuschließen.

Nach dem gestrigen Desaster und der Nachricht vom vollständigen Untergang der Legionen XVII und XIX wußte er, daß die römische Armee diese Schlacht nicht mehr gewinnen konnte. Nur ein Narr konnte etwas anderes glauben. Er selbst war geblieben, um Varus zu beruhigen. Und weil er nicht anders konnte. Er war Soldat und fühlte sich an seinen Eid gebunden.

Varus streifte die Decken ab, sprang vom Lager auf und trat auf einen syrischen Teppich, der unter dem Gewicht des Legaten tief im Matsch einsank. »Schick ihnen Truppen nach, Maximus! Nimm deine Garde und bring mir Numonius Vala zurück – lebend! Ich will ihn selbst für das büßen lassen, was er mir angetan hat!«

»Das ist unmöglich. Sein Vorsprung ist zu groß. Seine Reiter sind schneller als unsere Fußtruppen. Außerdem würden wir nur in die Arme der Germanen laufen.«

Maximus seufzte und hoffte, daß Numonius Vala ihnen entging. Sicher war er dessen nicht. Zumindest – und das war beruhigend – hatte er nach dem Abrücken der Kavallerie keinen Kampflärm gehört.

Varus' eben noch durchdringender, flammender Blick brach sich, und das Feuer wurde zu einem kaum erkennbaren Flämmchen. »Dann ist alles ... verloren, Maximus? Arminius hat uns besiegt?«

»Solange wir leben, sind wir nicht besiegt, Prätor. Wir werden kämpfen und, wenn nötig, auch sterben!«

Hoffnung keimte in Varus auf. »Hast du einen Plan?«

Maximus nickte. »Ich habe Späher ausgeschickt. Etwa fünf Meilen vor uns ist ein bewaldeter Hügel, ringsum von flachem, offenem Land umgeben. Wir müssen diesen Hügel erreichen, uns dort einigeln, eine Festung bauen. Wir haben noch eine Legion, meine Gardeinfanterie und die Geschütze. Wir müssen dort ausharren, bis dein Neffe Lucius Nonius Asprenas mit Entsatz anrückt.«

»Jaaa, das werden wir tun«, klammerte sich der Legat bereitwillig an den Strohhalm. »Der gute Lucius Asprenas wird uns helfen. Sobald er Kunde von unserem Schicksal erhält, wird er mit seinen beiden Legionen anrücken und diese unwürdigen Barbaren auslöschen. Nicht wahr?«

»Ja«, sagte Maximus und wußte, daß sie sich etwas vormachten. Bis Lucius Asprenas seine Legionen mobilisiert und ins Cheruskerland geführt hatte, würde die Schlacht längst geschlagen sein.

Dann aber gewann der soldatische Geist die Oberhand über den Präfekten. Vielleicht zogen die Barbaren ab, wenn es den Römern tatsächlich gelang, sich zu verschanzen. Die Germanen waren als ebenso wilde wie wankelmütige Kämpfer bekannt. Geduld und Ausdauer zählten nicht zu ihren Stärken.

Sie waren nicht wie der römische Offizier, von dem die Lehrer so gern auf der Militärschule erzählten: Er war Befehlshaber einer Armee, die eine feindliche Stadt belagerte, und als ein Unterhändler ihm sagte, die Eingeschlossenen hätten Lebensmittel für zehn Jahre, blieb dieser römischer Offizier gelassen, bedankte sich für die Nachricht und verkündete, die Stadt im elften Jahr einnehmen zu wollen. Die Belagerten kapitulierten noch am selben Tag.

Wenn die Barbaren starke Gegenwehr spürten, wenn sie sich an einem Gegner die Zähne ausbissen, ohne die ersehnte Beute zu erlangen, verloren sie schnell die Lust am Kämpfen. Leidvolle Erfahrungen mit germanischen Auxilien hatten das gezeigt.

Das Problem war nur, daß Arminius' Taktik bislang voll aufging. Er hetzte die römische Armee derart durch den Teutoburger Wald, daß sie gar nicht dazu kam, ihm vernünftigen Widerstand zu leisten.

Ja, sie mußten sich verschanzen. Dann konnte es gelingen, Arminius vielleicht nicht zu schlagen, aber seinem tödlichen Würgegriff zu entkommen!

Drei Stunden später mußte Gaius Flaminius Maximus einsehen, daß er nicht nur Varus, sondern auch sich selbst etwas vorgemacht hatte.

Der Wind nahm ständig an Stärke zu und schlug den sich weit nach vorn beugenden Legionären die dicken Regentropfen hart ins Gesicht. Jeder Schritt bereitete den Männern Mühe. Immer wieder wurden sie von den Offizieren dabei ertappt, wie sie Teile ihrer Ausrüstung fallen ließen, um sich den Marsch ein wenig zu erleichtern. Manche waren vor Erschöpfung wie von Sinnen und versuchten sogar, sich des Pilums und des Scutums zu entledigen, ihres einzigen Schutzes gegen die Speere und Schwerter der Barbaren.

Und die Barbaren kamen!

Die Sicht war so schlecht, daß sie anfangs nur Schatten waren. Aus den vagen Umrissen wurden Gesichter, häßlich bemalte Fratzen, Mordlust in den Augen. Und das noch stärkere Aufheulen des Sturms entpuppte sich als ihr Schlachtgesang, es war der Barditus, der den römischen Legionären Schauer über den Rücken jagte.

Wie vom Sturm herangewehte Geister fielen sie über die Marschkolonne her und verbreiteten abermals Panik und Verwirrung. Sie verschwanden, bevor die Legionäre sich zum Kampf stellen konnten. Und sie zu verfolgen hätte bedeutet, sich vom Gros des Heeres zu trennen, sich vermutlich im Sturm zu verirren – und von einer Übermacht Germanen abgeschlachtet zu werden. So blieb den Römern nichts anderes übrig, als weiterzumarschieren und es hinzunehmen, daß aus dem Nichts auftauchende Kriegerhorden immer wieder große Lücken in ihre Reihen rissen.

Auch der Troß des Legaten wurde angegriffen, und Maximus' Garde konnte den Überfall nur unter großen Verlusten abwehren. Als der aus einer Armwunde blutende Präfekt zu Varus ging, sah er, daß auch der Feldherr nicht verschont geblieben war. Eine blutige Furche war das Ergebnis eines Schwerthiebs, der seine linke Wange aufgerissen hatte.

»So geht es nicht weiter«, keuchte der zusammengesunken auf seinem Rappen hockende Varus. »Wir kommen kaum noch voran.«

»Du hast recht, Prätor. Wir müssen die Germanen aufhalten, bis wir den bewaldeten Hügel erreichen.«

»Wie?«

»Laß die halbe Legion hier zurück. Die andere Hälfte soll sich mit den Geschützen zum Wald durchschlagen und dort die Verteidigungsstellung aufbauen. Dann stößt die erste Hälfte zu ihr.«

»Das hieße, uns schon wieder aufzuteilen.«

Maximus blickte Varus hilflos an. »Mir fällt nichts Besseres ein.«

Varus steckte sein Schwert zurück in die Scheide und straffte seinen plumpen Körper, was ihn für einen Augenblick wie einen wahren Feldherrn aussehen ließ. »Wir machen es so! Ceconius wird die Stellung hier halten. Wir marschieren weiter und nehmen die besten Truppen mit uns, die erste Kohorte, die Veteranen und deine Garde.«

Ceconius war nicht erfreut, als ihm Maximus die Nachricht überbrachte, aber der Präfekt fügte sich in sein Schicksal. Als Varus mit seiner immer mehr zusammenschrumpfenden Streitmacht weiterzog, hörten die Männer hinter sich den Kampflärm. Die Germanen hatten Ceconius keine lange Atempause gegönnt.

Seit fast zwei Stunden war Ceconius mit fünf Kohorten der Legion XVIII auf sich allein gestellt. Er fühlte sich nicht nur allein, sondern auch verloren. Noch nie hatte er eine Schlacht wie diese geschlagen. Er hatte nicht die geringste Übersicht über seine Truppen. Er sah nur die Männer der Kohorte, die ihn umgab. Alle anderen waren jenseits des Sturmvorhangs verschwunden. Er konnte weder durch Feldzeichen noch durch Hornsignale auf sie Einfluß nehmen und schickte deshalb Boten aus. Aber die Boten kehrten nicht zurück.

Ein Gedanke setzte sich in seinem Kopf fest: *Varus hat mich geopfert, um sein eigenes Leben zu retten. Er hat mich und meine Männer den Barbaren zum Fraß vorgeworfen, wie man es sonst nur mit den Sklaven in der Arena tut.*

Dann warf er sein Schwert fort und forderte laut seine Soldaten auf, es ihm gleichzutun. Ein paar entsetzte Offiziere versuchten, ihm seinen Entschluß auszureden. Aber er blieb standhaft und ging durch die Reihen seiner Männer auf den Feind zu.

Der Tod hier hat keinen Sinn, dachte er. *Vielleicht verschonen sie uns, wenn wir uns ergeben.*

Waffenlos, mit ausgebreiteten Armen ging er durch den tosenden Sturm auf den Gegner zu, als ein großer, fast nackter Krieger vor ihm auftauchte und mit einem Schlag seiner Spatha einen Arm des Präfekten abtrennte. Verblüfft starrte Ceconius auf die Blut verströmende Wunde. Da traf die Klinge des Germanen seinen Schädel und löschte sein Leben aus.

Ähnlich wie Ceconius starben viele seiner Männer, die nicht wußten, ob sie sich ergeben oder weiterkämpfen sollten. Die übrigen wurden gefangengenommen.

Angewidert ritt Thorag über das Schlachtfeld. Die Schreie der Verwundeten und Sterbenden übertönten sogar noch das Heulen des Sturms.

Er hätte Ceconius eine ehrenvolle Kapitulation gegönnt, die tapfer kämpfenden Römer hätten sie verdient gehabt. Aber in dem Durcheinander war Thorag zu spät gekommen, er konnte seine rasenden Männer nicht mehr aufhalten, und der Präfekt war schon getötet worden.

Wie Thorag die Römer kannte, würden sie dem Präfekten später Feigheit und Unehrenhaftigkeit vorwerfen. So wie Männer sprachen, die nicht teilgenommen hatten am Kampf – an diesem heillosen Durcheinander von Regen, Sturm, Eisen und Blut.

Obwohl man kaum fünfzehn Schritte weit sehen konnte, suchten Thorags Augen unermüdlich das Schlachtfeld ab. Ein wenig beruhigt stellte er fest, daß die meisten der gefallenen Römer Legionäre waren. Hinzu kamen einige Knechte, aber kaum Frauen. Doch jedesmal, wenn er eine Frau sah, tot, verstümmelt oder – sich verzweifelnd wehrend oder in ihr Schicksal ergebend – den Mißhandlungen der siegreichen Krieger ausgesetzt, sah er genau hin, ob es Flaminias schönes ovales Gesicht war. Er wollte sie vor dem Schlimmsten bewahren, wenn es möglich war.

Aber er fand sie nicht. Sie konnte sonstwo sein in den Urwäldern ringsum, vielleicht versteckte sie sich vor den Germanen oder war längst tot. Vielleicht war sie auch mit der Reiterei geflohen, deren Verfolgung Armin Onsaker übertragen hatte. Oder sie befand sich, was wahrscheinlich war, im Gefolge des Statthalters, dessen Rückzug Ceconius gedeckt hatte.

Dieser Gedanke veranlaßte den jungen Gaufürsten, sich den Kriegern anzuschließen, die Varus folgten. Aber dies war nicht der alleinige Grund. Er wollte auch mit Varus abrechnen, der ihn hatte auspeitschen lassen und der Eiliko in die Arena geschickt hatte.

In dem Unwetter konnte Thorag nur einen Teil einer Krieger um sich sammeln. An ihrer Spitze ritt er weiter in den Sturm hinein, der sich irgendwann mit dem Lärm der Schlacht vermischte. Dann sah er Legionäre vor sich, die sich hinter riesigen Baumwurzeln verschanzt hatten und sich mit dem Mut der Verzweiflung gegen die Übermacht der immer neu anstürmenden Cherusker, Marser, Sugambrer, Usipeter, Brukterer und Angrivarier verteidigten.

Thorag zog sein Schwert, rief laut den Namen seines Schutzgottes und drückte die Fersen in die Flanken des kräftigen Braunen. Er sprengte voran, und ihm folgten die rotbemalten Donarsöhne unter lauten ›Donar, Donar‹-Rufen.

Die Legionäre starben. Die Knechte, Zivilisten und Beamten, die sich mit Pilen, Schwertern und Schilden der Gefallenen bewaffneten, starben. Die zähen, in Jahrzehnten des Krieges gestählten Veteranen starben. Maximus' ausgesuchte Gardisten starben.

Fassungslos stand Quintilius Varus unter einer uralten Eiche, deren weitausladende Krone den Regen ein wenig abhielt, und starrte in den Sturm hinaus. Noch sah er die Männer nicht sterben, hörte nur die Geräusche des Todes: das Waffenklirren und die Schreie, die sogar das Heulen des tosenden Windes übertönten.

Noch hielt der Verteidigungsring. Aber es war nur eine Frage der Zeit, bis die Barbaren, diese Tiere in Menschengestalt, zu ihm durchdrangen. Ihr grauenhafter Barditus war immer deutlicher zu hören.

Einige Offiziere und hohe Beamte harrten hier vor dem hastig aufgestellten Zelt des Feldherrn mit ihm aus. Maximus nicht. Er kämpfte mit seinen Gardisten. Aber es war ein hoffnungsloser Kampf. Jetzt sah Varus ein, daß sie sich etwas vorgemacht hatten.

Gewiß, sie hatten schützenden Wald erreicht, aber es war nicht der natürliche Festungshügel, von dem Maximus gesprochen hatte. So weit waren sie nicht gekommen. Es war sumpfiges Gebiet, in dem sie steckengeblieben und von den Barbaren überfallen worden waren. Sie waren nicht einmal dazu gekommen, ihre Geschütze aufzustellen. Mit der blanken Waffe kämpften sie – nicht einmal mehr ums Überleben, nur noch um Aufschub.

Der unheimliche Schlachtgesang wurde lauter. Varus konnte bereits die Namen einzelner Stämme unterscheiden: »Cherusker, Cherusker!« – »Marser, Marser!« – »Sugambrer, Sugambrer!« Und die der germanischen Götter: »Wodan, Wodan!« – »Tiu, Tiu!« – »Donar, Donar!«

Er hörte noch etwas anderes, ein leises Flüstern, das der Wind zu ihm herantrug, nur zu ihm: *Nimm das Schwert, Quintilius Varus! Nimm das Schwert!*

Er sah wieder die Gesichter, die seinem glichen und doch die seines Vaters und seines Großvaters waren. Endlich begriff er, daß sie ihm nichts Böses wollten. Im Gegenteil, sie wollten ihn erlösen und ihn davor bewahren, den Barbaren in die Hände zu fallen. Nicht auszudenken, was diese Bestien mit ihm anstellten, erwischten sie ihn lebend.

Nimm das Schwert, Quintilius Varus! Nimm das Schwert!

»Ja«, sagte der Prätor leise zu sich selbst und war ein wenig traurig, als er an den verlorenen Triumphzug durch Rom und an den Thron dachte, den er nie besteigen würde. »Ich werde es tun.«

Er hob den Kopf, blickte die Offiziere und Beamten an und sagte laut: »Sorgt dafür, daß mich niemand stört!« Dann drehte er sich um und ging ins Zelt hinein.

Die Männer blickten ihm nach und sahen sich verstehend an. Sie wußten, was er vorhatte. Das Schicksal seiner Väter war ihnen bekannt.

Varus scheuchte alle Diener hinaus, legte seinen Purpurmantel ab und löste langsam, bedächtig die Stifte und Riemen, die Vorder- und Rückenteil seines Muskelpanzers aus dünnem, aber besonders gehärtetem Eisen zusammenhielten. Es war das erste Mal, daß der Feldherr diese Arbeit eigenhändig und ohne die Hilfe seiner Diener verrichtete. Es dauerte zwar viel länger so, aber weshalb sollte er sich mit dem Sterben beeilen?

Scheppernd fiel der Panzer neben ihm zu Boden. Es war ein angenehmes Scheppern. Varus empfand jedes Geräusch, das den Barditus überdeckte, als angenehm.

Er zog sein Schwert und betrachtete die Klinge, die ihn töten sollte. Mit beiden Händen umfaßte er den Griff und drückte die Klinge gegen seine Brust. Aber weiter nicht. Es ging nicht. Er konnte es nicht.

Varus sank auf die Knie, stützte den Schwertknauf auf dem Teppich auf und wollte sich in das Eisen stürzen. Aber etwas hielt ihn zurück.

Du bist ein Feigling, Quintilius Varus, wie deine Väter!

Die Stimme in seinem Kopf wurde von einem Geräusch überlagert. Zwei Gestalten traten aus dem durch einen Vorhang abgetrennten Schlafgemach.

Erst dachte er an die Barbaren, die ihn holen wollten. Dann lächelte er erleichtert, als er Pollux und Helena erkannte. Er war so erleichtert, daß er nicht den harten Ausdruck in ihren Gesichtern bemerkte.

Die Germanenkinder traten vor ihn und nahmen ihm das Schwert aus der Hand.

Als er erkannte, was sie vorhatten, dachte er: *Warum nicht? Es ist doch die Tradition meiner Vorfahren. Auch mein Vater hat sich von fremder Hand töten lassen.*

Als die beiden Kinder die Klinge voller Haß und Abscheu tief in seine Brust stießen, blickte Varus sie dankbar an.

Ich bin meiner Väter würdig, dachte er, bevor er tot zu Boden sank.

Der Junge und das Mädchen standen vor der Leiche des Mannes, der sie so lange gepeinigt und entehrt hatte.

Sie hießen Gueltar und Guda, aber das hatte Varus nicht gewußt; es hatte ihn nicht interessiert. Er hatte auch nicht gewußt, daß sie mit ansehen mußten, wie römische Soldaten ihr Gehöft niederbrannten, wie sie ihren Vater langsam zu Tode folterten und ihre Mutter immer wieder vergewaltigten, während sie der blonden Barbarin, die sie in ihren Augen nur war, genüßlich einen Körperteil nach dem anderen abschnitten, Hände, Füße, Brüste. Er hatte nie gewußt, welchen Ekel, welche Scham und welchen Haß die Kinder, die er Pollux und Helena getauft hatte, empfanden, wenn sie ihm zu Diensten waren.

Gueltar und Guda glaubten, einen Teil dessen, was sie den Römern schuldeten, gerade bezahlt zu haben. Sie verließen das Zelt, indem sie am hinteren Ende zwischen Plane und aufgeweichtem Boden nach draußen schlüpften. Dort liefen sie in den Sturm hinaus, um sich den Aufständischen anzuschließen.

Sie hörten nicht mehr, wie die Männer, die vor dem Zelt gewartet hatten, hereinkamen und sich um die Leiche ihres Prätors versammelten.

Die Uniformen und Feldzeichen der Legatengarde zogen Thorag an. Viele der anderen Krieger, allen voran die Marser, rannten gegen die notdürftige Verschanzung an, hinter der die erste Kohorte und die Veteranen den goldenen Adler der Legion XVIII verteidigten. Jeder Stamm, jeder Gau, jeder Krieger schien von dem Ehrgeiz besessen, Armin den Adler und damit die Nachricht vom Untergang der letzten römischen Legion zu überbringen. Aber Thorag nicht. Er griff mit seinen Kriegern den kleinen Hügel an, auf dem die Garde kämpfte. Wo sie war, mußte auch Maximus sein. Und wo er war, da konnte Thorag vielleicht Flaminia finden.

Thorag trieb den Braunen mitten zwischen die Verteidiger, hieb mit seinem Schwert auf ihre Köpfe ein und fing ihre Hiebe und Stöße mit seinem ramponierten Schild ab. Irgend etwas brachte sein Pferde zu Fall, und der Cherusker stürzte mitten zwischen die Römer. Erkannten sie den Edeling?

Ja!

»Proditor!« schrie einer von ihnen und sprang mit zum Schlag erhobenem Gladius auf Thorag zu.

Der riß seinen Schild hoch. Unnötig. Eine Frame bohrte sich durch den Oberschenkel des Gardisten, und der Verwundete stürzte neben Thorag zu Boden. Der Edeling drehte sich zu ihm um und bohrte seine Klinge in den Hals des Römers.

Dann sah er dankbar zu Hakon auf, der auf dem von den Römern erbeuteten Fuchs saß, den er nach dem Verlust seines Schecken ritt. Hakon grinste und zog die blutige Spitze der Frame aus dem Bein des Römers. Das Grinsen gefror auf dem Gesicht des Kriegerführers, und er fiel auf den von Thorag getöteten Gardisten. In Hakons Rücken steckte ein Pilum. Der vierschrötige Recke war tot.

»In Walhall wirst du einen Ehrenplatz finden«, sagte Thorag zu Hakon und schwang sich auf dessen Fuchs.

Er kämpfte sich weiter vor – und dann sah er Maximus. Der hünenhafte Präfekt stand neben dem in den Boden gerammten Signum seiner Garde und verteidigte es mit seinem Schwert. Er blutete aus vielen Wunden. Der Helm mit dem violetten Federbusch lag neben ihm im Dreck. Deutlich erkannte Thorag die silbernen Strähnen in seinem Haar.

Als Maximus den Edeling auf sich zureiten sah, löste sich der Präfekt von den anderen Gegnern, nahm das Pilum eines gefallenen Gardisten vom Boden auf und schleuderte es mit haßverzerrten Gesicht auf Thorag. Der Cherusker duckte sich, und die Waffe flog über ihn hinweg.

Er erreichte den Offizier und warf sich in vollem Galopp vom Pferderücken auf ihn. Beide fielen in den Schlamm und rangen miteinander.

Maximus' kräftige Hände würgten Thorags Hals. Auf dem Gesicht des Präfekten zeichnete sich Befriedigung ab, als er das Antlitz des Gegners blau anlaufen sah. Thorag fühlte, wie seine Kräfte schwanden.

Er zog sein rechtes Knie hoch und rammte es zwischen die Beine des anderen. Ein erstickter Schrei zeugte von Maximus' Schmerz, und der eiserne Griff um Thorags Hals lockerte sich. Der Cherusker bekam seinen Dolch zu fassen, zog ihn aus der Scheide am Gürtel und stieß ihn in einen Arm des Präfekten. Maximus stöhnte und ließ ganz von ihm ab. Thorag rollte sich auf ihn und stieß erneut zu, diesmal in die Schulter.

Dann drückte Thorag die scharfe Klinge gegen Maximus' Hals und fragte keuchend: »Wo ist Flaminia?«

»Was?« krächzte der Präfekt ungläubig.

»Sag mir, wo Flaminia ist!«

»Was willst du von ihr?«

»Sie retten!«

»Und das soll ich dir glauben, Thorag«, sagte der Offizier. »Na ja, vermutlich hat sie dir unvergeßliche Freuden geschenkt.«

Thorag verstand die Bemerkung nicht. »Wo ist sie?« schrie er den Römer an.

»Bei Numonius Vala. Er ist mit der Reiterei geflo...«

»Ich weiß«, unterbrach Thorag ihn. »Er wird nicht weit kommen.«

Maximus' Gesicht verdüsterte sich. Plötzlich riß der Präfekt die Augen auf, bevor sich eine Sekunde später eine Frame durch sein linkes Auge bohrte.

»Jetzt sieht der verdammte Römer aus wie ich!« lachte Garrit, der über Thorag und Maximus auf seinem Braunen saß und seine Frame aus dem Gesicht des toten Präfekten zog. Sein Lachen erstarb und er deutete auf seine Augenklappe. »So würde ich es mit dem Ebermann auch machen, dem ich das zu verdanken habe. Falls ich ihn fände. Auge um Auge!«

Thorag riß sich von dem Sterbenden los und stieg wieder auf den Fuchs.

»Wir müssen der Reiterei nach«, sagte er zu Garrit. »Ruf die Donarsöhne zusammen!«

»Wieso? Onsaker verfolgt die Reiter.«

»Eben! Sieht so aus, als könntest du bald deine Rache nehmen, Garrit.«

Der junge Krieger lächelte, fragte dann aber: »Und was ist mit Varus?«

»Es ist vorbei.« Thorag zeigte auf eine von Sesithar angeführte Gruppe von Cheruskern, die einen halbverkohlten Leichnam mit sich trugen und auf Thorag zukamen.

»Seht her, Donarsöhne!« rief der Neffe des Segestes. »Das hier ist übrig vom edlen Varus. Er hatte keinen Mut mehr zum Kämpfen, nur noch zum Sterben.«

»Hat er sich selbst ins Feuer gestürzt?« fragte Garrit.

»Nein!« lachte der siegestrunkene Sesithar. »In sein Schwert. Sein Gefolge wollte ihn verbrennen. Sie gönnen uns nicht, mit Varus den Sieg zu feiern.« Dabei umfaßte er den schrecklich verunstalteten, nach verkohltem Fleisch stinkenden Körper wie eine Frau und führte mit ihm einen verrückten Tanz auf.

Thorag konnte beim Anblick des toten Statthalters nicht die erhoffte Genugtuung finden. Er dachte daran, wie viele Römer es gab, die nur zu gern auf Kosten der unterdrückten Völker die eigenen Taschen füllten. Andere würden nach Publius Quintilius Varus kommen, vielleicht Bessere, vielleicht Schlechtere, auf jeden Fall Feinde. Augustus konnte die Schlappe kaum auf sich sitzen lassen. Plötzlich erkannte Thorag, daß der heutige Tag nicht das Ende eines großen Kampfes war, sondern nur der Anfang.

»Bringt den Toten zu Armin!« sagte er. »Auch er wird mit Varus den Sieg feiern wollen.«

»Ja, das wird er«, lachte Sesithar und wirbelte den Leichnam herum.

Während Varus noch tanzte, starben die letzten seiner Soldaten, und die Marser eroberten den goldenen Adler.

Kapitel 32

Späte Enthüllungen

In der Eile hatte Thorag nur eine kleine Schar Donarsöhne zusammentrommeln können. Die meisten seiner Männer, soweit sie noch lebten, waren weit über das Schlachtfeld verstreut, machten Beute und feierten ihren Sieg. Und von den Kriegern, die seinen Ruf hörten, konnte er nur die Berittenen mitnehmen, etwas über zwanzig Mann. Die Zeit drängte.

Thorag schlug den Weg durch die kleine Schlucht ein, der nach Westen führte, dorthin, wo er Numonius Vala und die Flüchtenden vermutete – falls sie nicht längst Onsakers wilder Schar zum Opfer gefallen waren. Unterwegs stießen die Donarsöhne immer wieder auf die ausgeplünderten Überreste römischer Einheiten.

Sie waren schon drei Stunden durch den etwas nachlassenden Sturm geritten, als sie durch einen Wald des Grauens kamen. Überall hingen römische Soldaten und Zivilisten an den Bäumen, Opfer für Wodan, die an sein neun Nächte und Tage dauerndes Hängen erinnern sollten. Manchmal waren auch nur die Köpfe angenagelt oder auf Äste gepflanzt, während die ausgebluteten Körper in grotesken Verrenkungen am Boden lagen. Mit Erschrecken erkannte Thorag, daß die Soldaten die Uniform der Reiterei trugen.

Dann trafen sie auf eine Gruppe betrunkener Eberkrieger, die sich an erbeutetem Wein berauschten. Sie luden die Donarsöhne ein, mit ihnen zu feiern, aber Thorag lehnte ab.

»Wo steckt Onsaker?« fragte er.

Die Schwarzbemalten wußten es nicht.

»Habt ihr alle Römer getötet?«

»Ein paar von uns kämpfen noch«, lallte ein Ebermann und schüttete einen weiteren Becher Wein in sich hinein. Er hickste und lachte: »Aber es kann nicht mehr lange dauern.«

Die Donarsöhne ritten weiter. Jeder Frauenleiche sah Thorag ins Gesicht, und jedesmal war er erleichtert, wenn es nicht Flaminia war.

Er dachte schon ans Aufgeben, als sie auf den Kampfplatz

stießen. Auf einer großen Lichtung hatten weit über hundert Ebermänner eine kleine Gruppe Römer eingekreist. Die meisten römischen Soldaten waren schon gefallen. Die anderen hatten sich hinter den Leichen ihrer Kameraden und ihren Pferden verschanzt. Sie verteidigten sich und eine Gruppe Frauen – darunter Flaminia!

Ja, sie war es eindeutig. Sie hockte auf dem Boden, drückte Primus an sich und hatte ihre blaue Palla um seinen Leib geschlungen, als könne der dünne Stoff den Jungen vor dem Tod bewahren. Ihre ganze Haltung und ihr Gesicht drückten Angst und nacktes Entsetzen aus. Wie mußte einer Mutter zumute sein, die ihr Kind verteidigen wollte, aber gar keine Möglichkeit dazu hatte?

Thorag führte seine Reiter auf die Lichtung und rief den wild brüllenden Eberkriegern wieder und wieder zu, daß sie den Kampf einstellen sollten. Tatsächlich hörten sie auf ihn, und ihr massiger Anführer, dessen Aussehen ein wenig an den Eberfürsten Onsaker erinnerte, fragte, was los sei.

»Die Frauen und Kinder stehen unter meinem Schutz!« erwiderte Thorag.

»Wer sagt das?«

»Ich, Thorag, Sohn des Wisar aus dem Geschlecht des Donnergottes.«

Der Schwarze lachte: »Und wenn du Wodans leiblicher Sohn wärst, uns hast du gar nichts zu befehlen, Thorag. Wir hören nur auf Onsaker, unseren Fürsten.«

»Dann holt ihn her und fragt ihn!«

»Und die Römer?« Der Ebermann zeigte auf die Eingeschlossenen. »Sollen wir sie laufenlassen?«

»Sie können nicht entkommen.«

Der Schwarze grinste. »Nein, das können sie nicht. Weil wir sie jetzt töten werden!« Er drehte sich zu seinen Leuten um, hob Schwert und Schild über seinen Kopf und brüllte aus Leibeskräften: »Tod den Römern! Vorwärts, Eberkrieger, Wodan ist mit ...«

Weiter kam er nicht, weil Garrits Frame seinen Leib von hinten durchbohrte. »Auge um Auge!« stieß der junge Krieger dabei hervor.

Aber es war bereits zu spät. Die Schwarzen setzten ihren Angriff fort und kämpften an zwei Fronten, gegen die Römer und gegen die Donarsöhne.

Garrit war der erste von Thorags Kriegern, der ihnen zum Opfer fiel. Gleich drei Eberkrieger sprangen ihn an und rissen ihn vom Pferd. Einen tötete der Einäugige noch mit seinem Schwert, bevor die beiden anderen ihn zerstückelten.

Thorag kannte nur ein Ziel: *Flaminia*.

Er verlor den Fuchs und kämpfte sich zu Fuß durch die Reihen der Schwarzbemalten bis zur Verteidigungsstellung der Römer vor, nur um dort von einem Zivilisten mit dem Pilum angegriffen zu werden. Der dickbäuchige Mann, ein Schankwirt oder ein Händler vermutlich, war im Kampf wenig erfahren. Der Cherusker wich dem Stoß mühelos aus und streckte den Gegner mit einem Schwerthieb nieder.

Ungehindert erreichte Thorag das Zentrum der Römerstellung, wo Frauen und Kinder auf das Ende warteten. Entsetzt sah er, daß viele der Frauen es vorgezogen hatten, durch eigene Hand zu sterben, als lebend in die Hände der Barbaren zu fallen. Die Mütter, die den Freitod gewählt hatten, hatten vorher ihre Kinder getötet.

»Flaminia!« schrie Thorag und sah über den ungeordneten Haufen noch lebender, im Todeskampf zuckender oder schon toter Leiber.

Endlich entdeckte er das leuchtende Blau ihrer Palla, die jetzt von einem obszönen Muster großer roter Flecke übersät war. Primus lag in seltsamer Haltung in ihren erschlaffenden Armen und rutschte langsam zu Boden. Auch seine Tunika war auf der Brust ganz rot.

Als Thorag die beiden erreichte, war Primus schon tot. Aus Flaminias Rechter fiel der blutige Dolch zu Boden. Die Frau atmete flach, ihre Augenlider flatterten. Aber die tiefe Wunde über ihrem Herzen zerstörte alle Hoffnung.

»Warum?« fragte Thorag, als er neben ihr auf die Knie fiel. »Warum hast du das getan, Flaminia?«

»Thorag?« Es klang überrascht; sie schien ihn vorher nicht bemerkt zu haben. Wie auch, in diesem Getümmel. Der Kampf dauerte noch an.

»Warum hast du das nur getan?« flüsterte Thorag. »Ich bin gekommen, um dir zu helfen!«

»Maximus ...«, röchelte sie. »Er gab mir ... Dolch ... sagte ... besser tot ... als Sklavin ... Barbaren.«

»Vielleicht hätte ich euch retten können, dich und deinen Sohn!« sagte der Edeling vorwurfsvoll.

Flaminia lächelte schwach, strich über das Gesicht ihres Kindes und schüttelte den Kopf. Dann blickte sie Thorag noch einmal tief in die Augen und versuchte zu lächeln.

»Ich habe dich nie vergessen, mußt du wissen, Thorag. Ich wollte Decimus Mola nicht heiraten. Aber mein Bruder und Varus haben mich gedrängt.« Sie rang nach Atem, wollte noch einmal den Mund öffnen, aber ihre Stimme versagte schon den Dienst.

Flaminias toter Körper sank zur Seite, direkt in Thorags Arme.

Er wußte nicht, wie lange er so dasaß, den noch warmen Leib in den Armen, und daran dachte, daß er vermutlich nur wenige Augenblicke zu spät gekommen war. Jetzt war alles vergebens gewesen.

Natürlich siegte die Übermacht der Eberkrieger. Sie rissen Thorag hoch und schnürten seine Hände auf den Rücken. Das holte ihn in die Wirklichkeit zurück.

Fast alle Römer waren tot. Die Frauen, die nicht den Freitod gewählt hatten, bereuten das jetzt, als die Schwarzbemalten über sie herfielen. Nur eine Handvoll Donarsöhne hatte den Kampf lebend überstanden und war ebenfalls gefesselt worden, darunter der zornig blickende Tebbe.

»Wir sollten die Donarsöhne einfach töten!« rief einer der Eberkrieger.

Ein anderer widersprach: »Nein, Onsaker würde das nicht gefallen. Er möchte bestimmt lieber selbst mit Thorag abrechnen.«

Und so war es. Als der Eberfürst nach einer halben Stunde auf dem Kampfplatz erschien, selbst vom Kampf an einem anderen Ort mit Blut bedeckt, freute er sich über die cheruskischen Toten und Gefangenen fast mehr als über die Niederlage der Römer.

Während seine Männer feierten, ließ er den gefesselten Thorag an eine abseits gelegene Eiche binden, wo ihn niemand hören und sehen konnte. Er setzte sich vor Thorag auf einen Stein und starrte den Gefangenen eine ganze Weile schweigend an.

»Überlegst du, auf welche Weise du mich töten sollst, Onsaker?«

Der Eberfürst nickte. »So ist es.«

»Und deshalb hast du mich herbringen lassen? Du hättest mich eben einfach mit deiner Frame durchbohren oder mit dem Schwert erschlagen können. Nicht einmal Armin hätte es gewagt, dir einen Vorwurf zu machen, nachdem ich deine Krieger angegriffen habe.«

»Ja, das war wirklich unüberlegt von dir. Du bist doch nicht so klug, wie ich dachte. Heg keine falsche Hoffnung, Thorag, ich werde dich töten! Aber vorher will ich mit dir reden.«

»Worüber?«

»Über Asker, über Arader und über Auja. Brennst du nicht darauf, die Wahrheit zu erfahren?«

Die Wahrheit! dachte Thorag. *So lange habe ich nach ihr gesucht, und erst in der Stunde meines Todes soll ich sie erfahren? Die Götter können so grausam sein.*

»Was ist die Wahrheit?«

»Der Mörder von Asker und Arader«, begann Onsaker und grinste Thorag an, »bin ich.«

Thorag blickte ohne große Überraschung in das Gesicht des Schwarzen. »So etwas habe ich mir schon gedacht. Auch wenn ich mir keinen Reim darauf machen kann.«

»Die Suche nach dir in der Dunkelheit, damals vor meinem Hof, war eine gute Gelegenheit, Asker zu beseitigen. Dein Dolch kam mir dabei wie gerufen. Dummerweise hat Arader mich beobachtet.« Onsaker lachte glucksend. »Ja, in jener Nacht kamen wirklich alle zu mir. Arader übrigens aus ähnlichem Grund wie Thidrik. Er wollte Geld von mir, römische Sesterzen, um Bier und Wein zu kaufen und um zu spielen. Als ich mich weigerte, wollte er mich damit erpressen, mich als Mörder meines Sohnes zu verraten. Da habe ich ihn auch getötet.«

»Und anschließend hast du seine Leiche zusammen mit dem

Tuch, das du gefunden hast, auf Araders Hof gebracht, um den Verdacht auf mich zu lenken.«

»Arader fand das Tuch. Aber sonst war es so, wie du sagst.«

»Aber warum, Onsaker? *Warum* hast du deinen eigenen Sohn getötet?«

Der Eberfürst grinste wieder unter seiner schwarzen Maske. »Kannst du dir das wirklich nicht denken?«

»Es kann nur einen Grund geben, aber das ist ...«

»Woran denkst du, Thorag?«

»Ich denke an Auja. Ich liebe sie. Vielleicht hat Asker sie sogar auch geliebt – auf seine Weise. Und du ...«

»Ja, bei Wodan! Ich liebe sie auch! Erst nicht. Da war sie nur die Frau meines Sohnes. Aber eines Tages war es da, das unstillbare Verlangen nach Auja. Sie hat etwas an sich, das ich noch bei keiner Frau gefühlt habe!«

»Das stimmt«, sagte Thorag leise und fühlte sich plötzlich auf seltsame Weise mit Onsaker verbunden.

»Ich mußte mir den Weg einfach frei machen«, fuhr der Eberfürst fort. »Auja ist für mich wichtiger als alles andere. Wenn ich heimkehre, werde ich sie zu meiner Frau machen. Dann wirst auch du nicht mehr zwischen uns stehen!«

Onsaker stand auf und zog sein Schwert. Aufgrund dieser Bewegung traf ihn der Mann nicht richtig, der aus dem Unterholz gesprungen war und mit einer Keule auf seinen Kopf gezielt hatte. Die Waffe streifte nur die Schulter des Eberfürsten, brachte ihn aus dem Gleichgewicht und ließ ihn zu Boden gehen.

Von dort starrte Onsaker wütend zu dem Mann hoch, der ebenfalls die schwarze Bemalung der Eberleute trug.

»Thidrik!« krächzte er überrascht. Der Mann, der Thorag so lange als Römling verachtet und ihm noch auf der gemeinsamen Flucht nach dem Leben getrachtet hatte!

Onsaker hatte es kaum ausgesprochen, als ihn die Keule zum zweitenmal traf, diesmal mitten auf den Kopf. Besinnungslos sackte er zusammen.

Thidrik legte die Keule weg, zog seinen Dolch und befreite Thorag von seinen Fesseln.

Thorag bedankte sich und fragte: »Warum hilfst du mir, Thidrik?«

»Ich schulde dir mein Leben. Du hast es mir damals im Kampf auch geschenkt.«

»Onsaker wird dich bestrafen.«

»Nicht, wenn du mich in deinen Gau aufnimmst. Ich glaube, die Männer sind dort rar geworden nach dieser Schlacht.«

»Ja«, erwiderte Thorag leise. »Von meinen Kriegern sind jetzt mehr in Walhall als im Cheruskerland.« Er stand auf. »Wie lange bist du schon hier?«

»Ich habe fast alles mit angehört«, antwortete Thidrik.

»Dann kannst du meine Unschuld bezeugen?«

Thidrik nickte. »Falls wir leben hier wegkommen. Um uns herum sind mindestens fünfhundert Eberkrieger.«

»Wir haben ein gutes Pfand.« Thorag zeigte auf Onsaker, der sich stöhnend auf dem schlammigen Boden wälzte.

Sie fesselten seine Hände, und Thorag holte ihn mit ein paar Ohrfeigen aus der Besinnungslosigkeit. Der wütende Eberfürst wollte auffahren, aber die Klinge seines Schwertes, von Thorag gegen seinen Hals gedrückt, hinderte ihn daran.

»Hör jetzt gut zu!« sagte Thorag scharf. »Wenn du am Leben bleiben willst, befiehlst du deinen Leuten, meine Männer freizulassen. Wir alle werden dann in deiner Begleitung das Lager deiner Männer verlassen. Und sie werden uns nicht verfolgen!«

Onsaker stieß erst eine ganze Flut von Flüchen und Verwünschungen aus, schwor grausame Rache, bevor er, als der Druck des Schwertes an seinem Hals stärker wurde, sich kleinlaut einverstanden erklärte. »Du tötest mich dann doch!« brummte er schließlich.

»Du solltest mich nicht mit dir verwechseln. Also gut, ich lasse dich in sicherer Entfernung frei.«

»Wer verbürgt mir das?«

»Mein Wort muß dir genügen.«

»Gut«, sagte Onsaker nach kurzem Überlegen. »Ich vertraue auf das Wort eines Edelings.«

»Solange es kein Edeling der Ebersippe ist«, meinte Thorag grimmig.

Wütend und hilflos mußten die Schwarzbemalten die gefangenen Cherusker freilassen, ihnen Pferde und Waffen geben und mit ansehen, wie sie in Begleitung des gefesselten Onsaker, Thorags und Thidriks davonritten.

Nach einer Stunde ließ Thorag den kleinen Trupp auf einer Lichtung anhalten, lenkte seinen Rappen an die Seite von Onsakers Braunem und zog seinen Dolch.

In Onsakers tiefliegenden Augen flackerte es. »Ist das deine Rache?«

»Wäre ich wie du, hättest du recht.« Thorag zerschnitt seine Fesseln. »So aber bist du leider frei. Aber freu dich dessen nicht zu früh. Armin wird es nicht gefallen, wenn er die Wahrheit über den Tod von Asker und Arader erfährt.«

»Armin ... die Wahrheit?« Onsaker sah Thorag erstaunt an und begann plötzlich zu lachen. »Aber Armin kennt sie doch längst! Der Hund hat seine Spione überall. Vor meinen besten Kriegern konnte ich die Sache nicht geheimhalten. Irgend jemand hat alles an Armin ausgeplaudert.«

»Aber ...«, begann Thorag und brach wieder ab. Er hatte jedes Wort verstanden und wollte doch nicht glauben, was er gehört hatte. »Aber warum hat er mir das verschwiegen?«

»Frag ihn doch!« rief Onsaker und galoppierte unter lautem Gelächter davon.

Thidriks Stimme riß Thorag aus seinen Gedanken: »Wir müssen weiter, Fürst! Sonst holen uns Onsakers Männer ein. Du hast dein Wort gehalten. Der Eberfürst wird es nicht tun!«

Thorag nickte und trieb den Rappen an. Sie ritten in die Richtung von Armins Lager, doch Thorag nahm kaum etwas von der Gegend wahr. Er dachte nur an das, was Onsaker ihm eben enthüllt hatte.

Keine halbe Stunde nach der Freilassung des Eberfürsten brach etwas unter lautem Getöse aus dem Unterholz. Ein Mann auf einem Pferd.

Onsaker! Der Eberfürst war ihnen heimlich gefolgt.

Er galoppierte auf den letzten Reiter der kleinen Gruppe zu – auf Tebbe. Er ritt den Jungen einfach um, bückte sich vom Pferderücken und bemächtigte sich des Schwertes und des Schildes des Gestürzten.

Dann hielt er auf Thorag zu und brüllte: »Stirb endlich, verfluchter Donarsohn!«

»Greift nicht ein!« befahl Thorag den anderen Männern, die ihre Waffen hochrissen.

Er ließ die Frame fallen, spornte den Rappen an und zog im Galopp sein Schwert. Pferd traf auf Pferd und Schwert auf Schild. Der Aufprall warf beide Männer aus dem Sattel. Sie rappelten sich auf und standen sich gegenüber.

»Weshalb haßt du mich so?« fragte Thorag, der das Feuer in Onsakers Augen sah. »Ich habe immer gedacht, Notkers Tod sei die Ursache. Aber wenn dir wirklich an deinen Söhnen etwas gelegen hätte, hättest du dich nicht an Asker vergriffen.«

»Du hast recht«, rief Onsaker und griff mit einem Sprung nach vorn an.

Thorag fing den Schwerthieb mit seinem Schild ab, machte eine Drehung und stieß mit seinem Schwert zu. Er traf Onsakers linken Arm, brachte ihm aber nur eine oberflächliche Wunde bei.

»Ich weiß es!« stieß Thorag hervor. »Es ist Auja, nicht wahr? Du haßt mich, weil sie mich liebt!«

An Onsakers Gesichtsausdruck erkannte Thorag, daß er die Wahrheit getroffen hatte.

»Sie wird dich nicht mehr lange lieben können!« zischte Onsaker und startete einen neuen Angriff.

Aber es war eine Finte. Onsaker blieb plötzlich stehen, beobachtete Thorags Ausweichschritt nach links und fiel ihm in die Seite. Schmerzhaft fraß sich die Klinge des Eberfürsten in Thorags Schulter, und der junge Edeling ging in die Knie.

»Jetzt stirbst du!«

Onsaker lächelte in grimmiger Befriedigung und holte zum tödlichen Schlag aus.

Das Schwert löste sich aus seinen Händen und flog an Thorag vorbei. Onsaker starrte seiner Waffe ungläubig nach und brach dann vor Thorag zusammen. In seinem Rücken steckte ein Dolch.

Tebbe, der die Waffe geschleudert hatte, trat langsam näher und blickte auf den Eberfürsten hinab.

»Ich mußte es tun«, sagte er leise. »Für Holte und für Radulf.« Er sah Thorag an. »Und für dich.«

Thorag blickte erst den toten Eberfürsten an, dann den Jungen und nickte verstehend.

Kapitel 33

Die Maske des Siegers

In dieser Nacht loderten die Flammen der Siegesfeuer hoch, und kein Regen löschte sie aus. Donar, der Wettergott, hatte die Wolken verschlossen und feierte den Sieg seines Volkes.

Doch in Thorag, seinem Abkömmling, wollte keine rechte Freude aufkommen. Er hatte genug vom Töten und vom Sterben. Deshalb hielt er sich abseits der Opferungen. Aber er hörte die Schreie der gefangenen Römer, die den Göttern unter großen Qualen dargebracht wurden.

Besonderen Spaß hatten die siegreichen Krieger mit den Steuereintreibern und Juristen. Sie spielten mit ihnen in vertauschten Rollen. Als sich bei den Steuereintreibern nichts eintreiben ließ, mußte jeder von ihnen Stück für Stück die Glieder seines Körpers hergeben, bis nur noch ein Torso und ein wimmernder Kopf übrig waren. Die Juristen mußten sich in Verhandlungen rechtfertigen, deren Ausgang von vornherein feststand, wie in vielen römischen Verfahren. Wenn die Germanen es leid wurden, sich ihr Jammern anzuhören, rissen sie ihnen die Zungen heraus.

Thorag begegnete Astrid, die sich auch abseits des Sterbens hielt. Sie versorgte seine Wunden.

Er deutete auf Eilikos Fibel, die seinen Umhang zusammenhielt und fragte: »Eiliko und all die anderen sind gerächt. Aber noch mehr sind gestorben. Und das war erst der Anfang. Ist es das wert gewesen?«

Astrid sah ihn traurig an. »Ich habe dir gesagt, du sollst nicht auf den Haß hören, Thorag. Und du sollst dich vor dem Schwarzen hüten.«

»Aber wer ist der Schwarze? Onsaker? Armin?«

»Ich weiß es nicht. Vielleicht jeder von uns.«

Thorag traf erst im Morgengrauen auf Armin. Der Herzog verließ den Fest- und Opferplatz mit großem Gefolge, darunter Sesithar, der ein merkwürdiges Gebilde auf dem Kopf trug. Es sah aus wie ein römisches Feldzeichen. Aber beim Näherkommen erkannte Thorag, daß es der Kopf eines Menschen war, auf die Spitze einer Frame gespießt. Der halbverkohlte Kopf des Varus. Dann erinnerte sich der Edeling, daß er Segestes' Neffen in der Nacht tanzen gesehen hatte, mit einer kopflosen Leiche.

Thorag zeigte auf den Kopf und fragte Armin stirnrunzelnd: »Ist das die Beute, die du deiner Thusnelda heimbringen willst?«

»Beute schon«, nickte der Herzog. »Aber nicht als Gabe für Thusnelda, sondern für Marbod. Ihm werde ich den Kopf des Krummbeinigen senden, damit er sieht, daß wir auch ohne ihn siegen können. Vielleicht bringt ihn das zur Vernunft.«

»Damit du künftig mit ihm zusammen siegen kannst?«

»So ist es«, bestätigte Armin und bat seine Begleiter, ihn mit Thorag allein zu lassen.

Der sieges- und weintrunkene Sesithar führte den Zug mit schlingernden Bewegungen an, die mehr ein Taumeln als ein Tanzen waren. Der Kopf des Legaten wackelte auf der Speerspitze hin und her.

Ehe der Donarsohn noch etwas sagen konnte, legte ein strahlender Herzog die Hände auf seine Schultern. Als Armin den Verband um Thorags linke Schulter fühlte und das schmerzhafte Zucken im Gesicht des Edelings sah, ließ er los. »Verzeih, ich wollte dir nicht weh tun. Du hast tapfer gekämpft, Thorag. Ohne dich wäre der Sieg vielleicht nicht unser geworden. Willst du die Streitmacht führen, die ich zur Lippe schicken werde?«

»Zur Lippe?«

»Die Versprengten aus Varus' Heer haben sich zum Kastell Aliso durchgeschlagen. Das einzige Kastell, das noch nicht in unserer Hand ist. Du sollst es für mich erobern.«

»Beantworte mir eine Frage, Armin!«

»Ja?«

»Warum hast du mir nicht gesagt, daß Onsaker der Mörder von Asker und Arader ist?«

Für einen Moment wurde die Maske des stolzen Siegers brüchig, aber dann fing Armin sich wieder. »Auf dem Thing bei den Heiligen Steinen wußte ich es noch nicht, das mußt du mir glauben. Später konnte ich es dir nicht sagen, ohne den Bund gegen die Römer zu gefährden. Ich brauchte Onsaker, und ich brauchte dich. Ich mußte Gaue und Stämme einen, durfte sie nicht entzweien!«

»Lieber hast du deinen Freund verraten, deinen Blutsbruder?«

»Ich mußte es für unsere Sache tun. Hinter ihr mußte alles zurückstehen!«

»Vielleicht ist es so«, murmelte Thorag.

Aber seine Enttäuschung über Armins Verhalten blieb. Er wurde das bedrückende Gefühl nicht los, die ganze Zeit über nur von Armin benutzt worden zu sein, wie es auch Varus mit Thorag versucht hatte. Und er dachte zum wiederholten Male an die vielen Toten: an Hakon, Garrit, Radulf, Brokk, Flaminia und ihren Sohn.

»Bestimmt«, versicherte Armin. »Wir müssen die Römer vertreiben, jetzt! Und dazu brauche ich dich. Während ich den Sieg nutze, noch mehr Stämme zu einen, mußt du Aliso für mich einnehmen, damit unser Sieg vollkommen ist!«

Thorag schüttelte den Kopf. »Ich habe genug vom Blutvergießen. Zu viele meiner Freunde sind gestorben. Dies ist für mich das Ende des Kampfes.«

»Aber du hast mir Treue geschworen. Und du bist mein Blutsbruder!«

»Treue muß von beiden Seiten kommen, damit sie hält. Was das Blut betrifft, das von deinen Adern in meine geflossen ist.« Thorag stockte und zeigte dorthin, wo das Schlachtfeld lag. »Da düngt es den Boden. Möge Besseres daraus erwachsen!«

Armin sah ihn lange an und sagte endlich: »Reite heim und pflege deine Wunden, auch die in deinem Herzen. Wenn sie geheilt sind, wirst du wieder an meiner Seite stehen!«

Thorag erwiderte nichts. Er wandte sich einfach nur um und ging davon, zum Lager seiner Leute.

Noch bevor Sunna ihr volles Licht auf den Ort des Todes werfen konnte, ritt Thorag mit den Seinen davon. Nicht alle Donarsöhne folgten ihm. Der Siegesrausch und die Aussicht auf weitere Beute ließen viele Männer bei Armin ausharren. Thorag war ihnen nicht böse. Er hatte es ihnen freigestellt.

Thidrik und Tebbe ritten an seiner Seite. Das war ihm wichtig. Der Vater ohne Sohn und der Sohn ohne Vater – vielleicht würde das Erlittene zu einer Gemeinsamkeit führen, aus der einmal etwas Besseres entstand als der Haß und das Schwarze im Herzen. Eine Zukunft. Thorag hoffte es.

Mit Hoffnung dachte Thorag auch an seine Zukunft – an Auja. Er würde zu ihr gehen und ihr die Wahrheit sagen. Sie stand nach dem Tod des Eberfürsten nicht länger unter Onsakers Munt. Vielleicht würde sie bald endlich unter seiner stehen. Thorag war fest entschlossen, alles dafür zu tun.

Für sein Glück.

Epilog

Die Versprengten von Varus' vernichteter Armee flohen in das Kastell Aliso und konnten sich erst nach langer Belagerung zum Rhein absetzen.

Armin sandte den Kopf des glücklosen Feldherrn Publius Quintilius Varus tatsächlich dem Markomannenkönig Marbod. Aber der stellte sich nicht auf die Seite der Aufständischen, sondern sandte den Schädel an Augustus in Rom, wo er feierlich beigesetzt wurde.

Obwohl der Caesar nicht gerade erfreut über das Geschehen im Teutoburger Wald war. Monatelang soll er in Furcht vor einem Ansturm der Germanen auf Rom gelebt, Rasur und Haarschnitt verweigert, immer wieder seinen Kopf gegen Wände und Säulen seines Palastes gerammt und geschrien haben: »Varus, Varus, gib mir meine Legionen wieder!«

Das rechtsrheinische Germanien war de facto keine römische Provinz mehr. Dieses Ziel hatte Armin erreicht. Doch andere Feldherren und neue Legionen kamen über den Rhein, und die Kämpfe gingen weiter.

Aber das ist eine andere Geschichte ...

ANHANG
Dichtung und Wahrheit

Dichtung und Wahrheit liegen vielleicht nirgendwo so nah beieinander wie bei einem auf historischen Tatsachen fußenden Roman. Wo immer er der Wahrheit Rechnung tragen kann, sollte der Autor es tun. Wo immer sich Lücken auftun, muß er dichten, natürlich möglichst anhand der bekannten Fakten und der sich aus ihnen ergebenden Schlußfolgerungen. Wann immer sich mehrere Möglichkeiten ergeben, sollte er die wählen, die der Gesamtkomposition zugute kommt. Das ist seine Aufgabe.

Lücken und Wahlmöglichkeiten gab es beim Schreiben dieses Romans zuhauf. Die Germanen, um die es hier geht, haben nämlich noch nicht(s) (auf)geschrieben. Die Römer schon eher, aber dann häufig in tendenziöser Absicht. Außerdem ist vieles, was die Begebenheiten um Armin und die Schlacht im Teutoburger Wald betrifft, verschollen.

Der große Streit beginnt schon bei der Walstatt. Die Detmolder, die wacker ihr Hermannsdenkmal verteidigen, und die fleißig buddelnden Osnabrücker bilden nur die Spitze des Eisbergs. Die Literatur verzeichnet über 700 (!) Varianten bis hin zu dem Ort, an dem ich dies schreibe, Hannover. Daß ich nicht nur aus alter Heimatverbundenheit das Sommerlager des Varus an der Porta Westfalica (hier: Porta Visurgia bzw. Donars Pforte) angesiedelt und damit *den* Teutoburger Wald, wie wir ihn heute kennen, zum Ort des blutigen Geschehens erkoren habe, mögen mir Vertreter abweichender Meinungen verzeihen. Ich denke aber, manche objektive Historiker können mir zustimmen, viele subjektive Heimatforscher vielleicht weniger. Gewiß, der heutige ›Teutoburger Wald‹ erhielt seinen Namen erst sicher im 17. Jahrhundert und muß damit nicht identisch sein mit dem ›Teutoburgienis Saltus‹ des Tacitus. Somit spricht die Ortsbeschreibung des Tacitus nicht für den von mir gewählten Schlachtort, allerdings auch nicht dagegen.

Kaum weniger umstritten als der Schlachtort ist der Schlachtenlenker. Arminius nannten ihn die Römer, und nur ihre Bezeichnung ist überliefert, dagegen nicht der Ursprung dieses Namens. War es ein von den Römern verliehener Ehrenname, vielleicht für in Armenien geleistete Kriegsdienste? Denn immerhin, daß der ›Befreier Germaniens‹ (Tacitus) zuvor römischer Offizier war, wissen wir. Und mal schreibt ihn der Römer auch Armenius. Aber hätte er dann nicht Armenicus heißen müssen, lautet der Einwand. Armin ist kein germanischer Name, sagt man, und eine Ableitung von Irmin oder Ermin zweifelhaft. Hermann jedenfalls hat er nicht geheißen; so nannte ihn ein zur Lutherzeit wirkender Historiker namens Johannes Turmayr, der schon bei seinem eigenen Namen nicht korrekt war und sich Johannes Aventinus nannte. Ich blieb schon deshalb bei Armin, um den Leser nicht zu verwirren. Wenn die Römer ihn Arminius nannten, ist es wahrscheinlich, daß ihn viele Armin riefen. Ob es alle taten und schon seit seiner Geburt – wer will das heute wissen?

Gegen meine Wahl scheint zu sprechen, daß die Germanen, so wird berichtet, innerhalb einer Familie/Sippe bestimmte Namensbestandteile beizubehalten pflegten. So hieß *Se*gestes' Bruder *Se*gimer, sein Sohn *Se*gimund, sein Neffe *Se*sithacus (den ich hier eigenmächtig *Se*sithar taufte, um den Namen zu entlatinisieren). Und da Armins Vater, das immerhin wissen wir, *Se*gimer oder *Se*gimar oder *Si*gimer oder ähnlich hieß, können sich alle freuen, die in Armin den *Si*gfried unserer Sagenwelt sehen. Aber erstens hat bekanntlich jede Regel ihre Ausnahme. Und zweitens: Muß dieser Namensbestandteil unbedingt am Anfang des Namens stehen? Bedenken wir: Der Bruder des Segim*er* oder Segim*ar* hieß Inguiom*ar* oder Inguiom*er*. Und schon haben wir eine Gemeinsamkeit mit *Ar*min oder *Er*min. Von Armins jüngerem Bruder ist wiederum nur der lateinische Name Flavus (der Rotblonde) bekannt; ich nannte ihn Isg*ar*.

Da wir gerade bei den Namen sind: Bevor die Römer kamen, wußten die Germanen nicht, daß sie so heißen. Caesar unterteilte dann recht willkürlich in Germanen (rechts des Rheins) und Kelten bzw. Gallier (links des Rheins), ohne auf die Feinheiten der ethnischen Zusammenhänge Rücksicht zu nehmen. Der Name ›Germanen‹ war ursprünglich die Bezeichnung für einen Teil der Kelten und erst seit Caesar auch für nichtkeltische

Stämme auf der rechten Rheinseite, wobei die Gelehrten über die genaue Zugehörigkeit, etwa der Cherusker, streiten. Die sogenannten Germanen werden sich nach ihren Stämmen und Sippen bezeichnet haben. Als die Römer ihnen immer mehr, häufiger und deutlicher sagten, was rechtens sei, werden zumindest die Gebildeteren unter ihnen gewußt haben, daß sie Germanen sind, Leute mit römischem Bürgerrecht wie Armin selbstredend. Das habe ich im Roman zu verdeutlichen versucht, konnte aber manchmal um das verallgemeinernde ›Germanen‹ nicht umhin, wo ich es lieber weggelassen hätte.

Ob Armin uneigennütziger Befreier seines Volkes oder eigennütziger Machtpolitiker war, werden wir nicht mehr beantworten können. Ich habe mich bei seiner Charakterisierung im Roman nach dem gerichtet, was mir wahrscheinlich erscheint. Soll heißen: Wo viel Licht ist, ist bekanntlich auch starker Schatten. Daß ich Varus für seinen Feldzug eine ganz besondere Motivation untergeschoben habe, mag auf den ersten Blick erstaunen. Aber auch bei ihm sind sich schon die römischen Autoren uneinig, ob er nun eigensüchtiger Tyrann, behäbiger Dummkopf oder sturer Formaljurist war. (Als Jurist darf ich anfügen, daß letzterer durchaus alle drei Varianten in sich vereinen kann.)

Man sieht, ich hatte viel zu dichten. Ich tat es in der Hoffnung, der Wahrheit in dem einen oder anderen Fall zumindest auf die Spur zu kommen.

Wer mir darin folgen will, kann das nachfolgende Glossar und die daran anschließende Zeittafel zu Rate ziehen. Ein paar Worte zum Glossar: Bei den lateinischen Wörtern wurde – wie auch bei den Namen im Roman – mal die Ursprungs-, mal die eingedeutschte Form gewählt. Hier entschieden der Klang oder die Gewohnheit. Auch wird der Kundige noch weitere Bedeutungen des einen oder anderen Begriffs anführen können; ich zählte die auf, die für den Roman bedeutsam sind. Bei den germanischen Gottheiten und ihrer Mythologie mußte ich oft auf die nordischen Begriffe und Namen zurückgreifen, ganz einfach weil keine aus dem uns interessierenden Zeit- und Sprachraum überliefert sind. Um Verwirrungen zu vermeiden, borgte ich lieber dort aus, als hier zu erfinden. Oder hätte in diesem Fall in der Dichtung die größere Wahrheit gelegen?

Die Personen

Hier findet der Leser zur besseren Orientierung alle wichtigen im Roman vorkommenden oder erwähnten Personen alphabetisch aufgelistet. Historisch belegte Personen sind mit einem (H) gekennzeichnet.

Die Germanen

Albin: zweiter Sohn des Gaufürsten Balder.
Agilo: junger Krieger, Bote Isgars.
Allo: Wächter im Amphitheater der Ubierstadt.
Amma: Thidriks Frau.
Arader: Cherusker aus Wisars Gau, Vater von Auja.
Armin (H): Fürst und Herzog der Cherusker.
Asker: Onsakers erster Sohn.
Astrid: erst Leibeigene Thidriks, dann Priesterin.
Auja: Cheruskerin, deren Name ›Glück‹ bedeutet.
Balder: cheruskischer Gaufürst.
Baldwin: Glasmacher in der Ubierstadt.
Brokk: Sohn des Gaufürsten Bror.
Bror: cheruskischer Gaufürst.
Egino: ubischer Sklave des Gardepräfekten Maximus.
Eibe: Holtes zweiter Sohn.
Eiliko: Astrids kleiner Bruder.
Gandulf: Führer der Priesterschaft bei den Heiligen Steinen.
Garrit: junger Krieger aus Wisars Gefolgschaft.
Gerlef: usipetrischer Sklave in Maximus' Haushalt.
Gueltar & Guda: alias Pollux & Helena; Sklaven des Varus.
Gundar: Thorags jüngerer Bruder.
Hakon: Führer von Wisars Kriegerschaft.
Hasko: Thidriks Sohn.
Holte: Schreiner auf Wisars Hof.
Inguiomar (H): Segimars Bruder und damit Armins Onkel.
Ingwin: Optio der cheruskischen Auxiliarreiter.
Isgar (H): Armins jüngerer Bruder (als *Flavus* überliefert).
Klef: erster Sohn des cheruskischen Gaufürsten Balder.
Marbod (H): König der Markomannen.

Notker: Onsakers zweiter Sohn.
Onsaker: cheruskischer Gaufürst der Ebersippe.
Radulf: Schmied in Wisars Siedlung.
Saiwa: usipetrische Sklavin Flaminias; Gerlefs Schwester.
Segestes (H): cheruskischer Stammesfürst.
Segimar (H): Armins Vater, Cheruskerfürst.
Sesithar (H): Neffe des Segestes (als *Sesithacus* überliefert).
Tebbe: Holtes erster Sohn.
Thidrik: cheruskischer Bauer in Onsakers Gau.
Thorag: cheruskischer Edeling.
Thusnelda (H): Tochter des Segestes.
Urte: Dienerin Aujas.
Wiete: Holtes Frau.
Wisar: cheruskischer Gaufürst der Donarsippe, Thorags Vater.
Witold: Hausbesitzer in der Ubierstadt.

Die Römer

Augustus (H): alternder Caesar.
Callosus: Tribun der Auxiliartruppen.
Capito: junger Arztgehilfe im Amphitheater der Ubierstadt.
Ceconius (H): Präfekt im Heer des Varus.
Decimus Mola: Führer der berittenen Legatengarde.
Effetus: Gefreiter der berittenen Legatengarde.
Eggius, Lucius (H): Präfekt im Heer des Varus.
Flaminia: schöne Witwe; Schwester des Maximus.
Foedus: stellvertretender Lagerpräfekt.
Grabatus: Soldat der berittenen Legatengarde.
Lucius: erst Zenturio, dann Präfekt im Heer des Varus.
Lucius Nonius Asprenas (H): Neffe und Stellvertreter des Varus.
Marcellus: Lagerpräfekt und Flaminias Geliebter.
Maximus: Präfekt der Legatengarde; Flaminias Bruder.
Numonius Vala (H): stellvertretender Feldherr des Varus.
Quintilius Varus, Publius (H): Statthalter in Germanien.
Primus: Flaminias kleiner Sohn.
Servius: junger Architekt aus Pompeji.

Griechen und Pannoier
Dimitrios: griechischer Arzt im Amphitheater der Ubierstadt.
Pal & Imre: pannoische Leibeigene und Leibwächter Armins.
Themistokles: griechischer Lehrer in der Ubierstadt.

Römische Längenmaße und Währung

Das römische Grundlängenmaß war der *Fuß* (pes) = knapp 0,3 Meter. 5 Fuß ergaben einen *Doppelschritt* (passus) = etwa 1,5 Meter; 125 Doppelschritte ergaben ein *Stadium* = etwa 185 Meter; 1 000 Doppelschritte ergaben eine *Meile* = etwa 1,5 Kilometer.

Caesar und Augustus führten eine Währungsreform durch, die den goldenen *Aureus* zur wertvollsten Münze machte. Er entsprach 25 silbernen *Denaren*. Ein Denar entsprach 4 *Sesterzen* aus Messing oder 16 *Assen* aus Bronze.

Zur Verdeutlichung der Kaufkraft: Für ein As gab es einen Leib Brot, für zwei Asse eine Mahlzeit. Mit 2 Sesterzen konnte ein Römer seine Lebensgrundbedürfnisse für einen Tag befriedigen. Im Schnitt 200 Denare kostete ein Rind, 200 bis 1 000 Denare ein Sklave.

Der Monatssold eines Legionärs betrug 25 Denare, was dem Monatslohn eines Arbeiters in Rom entsprach. In den Provinzen lagen die Löhne niedriger, wie auch die Auxiliarsoldaten schlechter besoldet wurden als die Legionäre. Ein Offizier bekam, je nach Rang, das Zehn- bis Vierzigfache.

Glossar I

Ethnographische und geographische Bezeichnungen

Volksstämme der Germanen und Kelten

Ampsivarier: an der unteren Ems lebender Stamm, der später an der oberen Wupper siedelte.

Angrivarier: beiderseits der mittleren Weser lebender Stamm, von den Cheruskern durch einen Grenzwall getrennt.

Boier: Anfang des 2. Jahrhunderts v. Chr. von den Römern unterworfener Keltenstamm, von dem ein Teil nach Böhmen zog.

Brukterer: zwischen mittlerer Ems und oberer Lippe siedelnder Stamm, im Jahr 4 n. Chr. von den Römern unterworfen; bei ihm fand sich einer der im Teutoburger Wald eroberten Legionsadler.

Chatten: an Fulda und Eder siedelnder Stamm, der mit Zustimmung der Römer das Gebiet der auf die linke Rheinseite übergesiedelten Ubier in Besitz nimmt.

Cherusker: an der mittleren Weser siedelnder Stamm, dessen Name vermutlich vom germanischen Wort ›herut‹ (= Hirsch) herrührt; er führt den Aufstand im Jahr 9 n. Chr. an und erobert im Teutoburger Wald einen Legionsadler.

Hermunduren: beiderseits der Elbe wohnender Stamm.

Kalukonen: beiderseits der Elbe zwischen Semnonen und Cheruskern wohnender Stamm.

Langobarden: an der unteren Elbe lebender Stamm.

Markomannen: ursprünglich in Nordbayern, dann in Böhmen lebender Stamm, der zusammen mit anderen Stämmen das von Marbod gegründete Markomannenreich bildet.

Marser: zwischen Ruhr und Lippe lebender Stamm, der im Teutoburger Wald einen der drei Legionsadler erbeutet.

Semnonen: zwischen mittlerer Elbe und Oder lebender Stamm des Suebenvolks.

Sueben: mächtiges Volk, das unter seinem König Ariovist Caesar schwer zu schaffen machte; manche sehen die Sueben als Stammvolk auch der Markomannen an; zur Zeit unserer Geschichte siedeln sie zwischen Elbe und Oder.

Sugambrer: zwischen Rhein und Unterweser lebender Stamm.
Tubanten: im westlichen Westfalen lebender Stamm.
Ubier: ursprünglich zwischen Rhein, Main und Westerwald lebender Stamm, der sich nach Überfällen der Sueben unter den Schutz der Römer stellt und von ihnen links des Rheins angesiedelt wird.
Usipeter: 58 v. Chr. von Oberhessen an den Niederrhein vertriebener Stamm.

Geographische Bezeichnungen der Römer
Albis: Elbe.
Castra Vetera: Xanten.
Illyricum: ungefähres Gebiet Albaniens und des ehemaligen Jugoslawiens; später Aufteilung in die Provinzen Dalmatien und Pannonien.
Mogontiacum: Mainz.
Oppidum Ubiorum: Köln.
Rhenus: Rhein.
Vetera: s. *Castra Vetera*.
Visurgis: Weser.

Glossar II

Germanische Begriffe

Angurboda: Riesin, mit der Loki die Ungeheuer Fenriswolf (auch Fenrir, Fenris), Hel und Midgardschlange zeugte.
Asen: in Asgard heimisches Göttergeschlecht, dem Wodan und Donar angehören. Die Asen konkurrieren mit den Vanen, bis sie mit ihnen ewigen Frieden schließen.
Asgard: s. *Asen*.
Dagr: der Tag, der als Sohn der Nacht mit seinem goldenen Wagen über den Himmel zieht.
Donar: in der nordischen Mythologie Thor genannter Gott des Wetters und der Landbestellung, Sohn Wodans. Wenn er mit seinem von den Böcken ›Zähneknirscher‹ und ›Zähnekniste-

rer‹ gezogenen Wagen durch den Himmel fährt, donnert es. Mit seinem Hammer Miölnir, seinem Kraftgürtel und seinem Eisenhandschuh beschützt der stärkste Gott des Asengeschlechts die Menschen vor Riesen und Ungeheuern. Die Eiche ist sein heiliger Baum.

Edeling: Adliger, der sich in der Regel als Abkömmling einer Gottheit ansah und daher seinen Adel ableitete.

Einherier: s. *Walhall*.

Fafner: auch Fafnir. Sohn des Zwergenkönigs Hreidmar. Weil Loki seinen Bruder Otr tötete, mußte er Fafner mit Gold überhäufen. Darüber entstand Streit zwischen Fafner und seinem anderen Bruder Regin. Fafner verwandelte sich in einen Drachen, um das Gold zu bewachen.

Fenris: s. *Angurboda*.

Fibel: kunstvoll gearbeitete Spange, die den Umhang des Mannes oder das Kleid der Frau zusammenhielt.

Frame: Stoßlanze.

Friedloser: für schwere Vergehen für vogelfrei Erklärter. Er wurde von seiner Sippe ausgestoßen und verlor damit jeden Schutz ebenso wie seinen Besitz. Jeder durfte ihn töten.

Friling: Freier. Abgesehen vom Adel höchster Stand der Germanen, in den man, wie in jeden anderen, hineingeboren wurde. Beim Kriegszug leistete der Friling seinem Fürsten Heerdienste; er mochte ihm auch Entgeld für seinen Schutz schulden, war sonst aber frei von Abgaben. Unter ihm waren die Halbfreien und die Leibeigenen.

Gau: von einem Gaufürsten geführter Stammesbezirk.

Heiliger See: Heilige *See*n nahmen nach germanischem Glauben die *See*len Verstorbener auf, von wo aus sie in die Körper neuer Menschen gehen konnten. Das urgermanische Wort für Seele ist ›saiwa-lo‹ (= zum See gehörend/vom See stammend) und leitete sich von dem Wort für See, ›saiwaz‹, ab.

Heilige Steine: unschwer als unsere heutigen Externsteine zu erkennen. Ob diese in vorchristlicher Zeit bereits ein Kultzentrum waren, ist umstritten, aber aufgrund ihrer im wahrsten Wortsinne herausragende Erscheinung gut denkbar.

Hel: Die halb schwarz- und halb menschenhäutige Tochter Lokis und Angurbodas herrscht über das Totenreich, das Niflheim oder auch Hel genannt wird. Hierher kommt, wer den unrühmlichen Strohtod erlitten hat. Unser Begriff ›Hölle‹ stammt von ›Hel‹.

Herzog: auf dem Thing gewählter Kriegsführer.

Höder: blinder Sohn Wodans, der, von Loki angestiftet, seinen Bruder Balder mit einem Mistelzweig tötete. Gott der Dunkelheit und des Winters.

Hulda: Winterbringerin, Vorbild unserer ›Frau Holle‹.

Kebse: Nebenfrau, die mit Mann und Frau in einem Haus lebte. Ein Germane konnte auch mehrere Kebsen haben, während der Frau andere Männer untersagt waren.

Kuning: König. Zur Zeit unserer Geschichte bei den ihre Freiheit und Unabhängigkeit schätzenden Germanen unüblich und unerwünscht. Der Markomannenkönig Marbod oder vor ihm der Suebenkönig Ariovist, der gegen Caesar kämpfte, waren Ausnahmen. Eher gab es den Heerkönig, der mit dem Herzog gleichzusetzen ist. Aus solchen konnte sich ein richtiges Königtum – siehe wiederum Ariovist und Marbod – entwickeln. Auch Armin schien dem nicht abgeneigt.

Loki: Sohn einer Riesin und Gott des Feuers. Weil Loki in den uralten Zeiten mit Wodan durchs Land wanderte und mit ihm Brüderschaft schloß, zählt er zum Göttergeschlecht der Asen. Hinterlistig, streitsüchtig und boshaft, steht er mal auf der Seite der Götter, mal gegen sie. Er setzt durch Zeugung der Ungeheuer Fenriswolf, Hel und Midgardschlange das Böse in die Welt. Seine Intrigen und die von ihm geschaffenen Ungeheuer sind für den Untergang des Göttergeschlechts am Zeitenende, der Götterdämmerung (›Ragnarök‹, eigentlich ›Göttergeschick‹), verantwortlich.

Lure: bis zu zweieinhalb Meter lange Bronzetrompete. Die Luren wurden paarweise geblasen und erzeugten einen zweistimmigen, harmonischen, weit hallenden Klang.

Midgardschlange: s. *Angurboda*.

Mimir: Hüter der Weisheitsquelle an der Wurzel der Weltesche Yggdrasil. Für einen Trunk aus dieser Quelle opferte Wodan ein Auge.

Munt: personenrechtliches Gewaltverhältnis im Gegensatz zum Sachenrecht. Der Munt des Mannes unterfielen die Ehefrau und die Kinder. Der Sohn wurde mit Bestehen der Mannbarkeitsprobe aus der Munt entlassen; die Tochter wurde von ihrem Vater als Muntwalt bei der Heirat in die Munt ihres Mannes übergeben. In der streng patriarchalischen Gesellschaftsordnung konnte nur die Frau Ehebruch begehen und dafür von ihrem Mann verstoßen oder sogar getötet werden.

Nacht: Die Nacht, die von schwarzen Schleiern umhüllte Tochter eines Riesen, erhielt von Wodan einen schwarzen Wagen, mit dem sie in der Dunkelheit durch den Himmel fährt. Die Germanen teilten die Zeit nicht nach Tagen, sondern nach Nächten ein.

Neiding: Neider.

Römling: abfällige Bemerkung für einen Römerfreund.

Runen: älteste Schriftzeichen der Germanen, die auch kultisch-magische Bedeutung hatten.

Sax: einschneidiges Kurzschwert, dem die Sachsen vielleicht ihren Namen verdanken.

Schalk: Leibeigener, Sklave. Als Schalk wurde man geboren, aber auch als Gefangener und Verschuldeter wurde man ein Schalk, also so gut wie rechtlos. Ein Schalk unterlag bezeichnenderweise nicht dem Personen-, sondern dem Sachenrecht. Gleichwohl führten viele Schalke als Hausbedienstete oder als eine Art Landpächter ein relativ freies Leben. Ein von seinem Herrn freigelassener Schalk war ein Halbfreier und konnte als solcher auf einem Thing durch Volksabstimmung zum Vollfreien, zum Friling, werden.

Sleipnir: Wodans achtbeiniger Grauschimmel, das schnellste aller Pferde.

Strohtod: Tod im Bett, für einen germanischen Krieger unehrenhaft.

Sunna: auch Sol genannte Jungfrau, die den Sonnenwagen zieht.

Thing: auch Ding genannte Ratsversammlung der Frilinge, die von allen Vollfreien zu feststehenden Zeiten (ungebotenes Thing) oder von einem Kreis Geladener zu einem besonderen Anlaß (gebotenes Thing) besucht wurde. Ein Thing konnte einen ganzen Stamm betreffen oder nur einen Gau. Aufgaben des Things waren die Freisprechung der Halbfreien, die Rechtsprechung bei schweren Verstößen, die Erhebung der Jungmänner in den Kriegerstand, die Wahl eines Herzogs, die Beschlußfassung über einen Kriegszug usw. Während des Things herrschte ein besonderer, von allen zu achtender Thingfriede.

Tiu: auch Teiwaz, Tyr, Ziu, Saxnot, Eru, Irmin. Kriegsgott, dem das Schwert geweiht war, der Saxnot oder Sax. Verlor bei der Fesselung des Fenriswolfes den rechten Arm und kämpfte fortan mit der Linken. War Schutzgott des Things und vor Ausbreitung des Wodankults vermutlich Hauptgott der Germanen, wurde dann als Sohn Wodans angesehen.

Uller: Stiefsohn Donars und Gott des Winters, der auf Skiern zur Jagd geht.

Walhall: Wer nicht den unwürdigen Strohtod, sondern den würdigen Tod im Kampf stirbt, wird von den Walküren (›wala‹ ist das germanische Wort für ›tot‹), den göttlichen Jungfrauen, ins Reich der Götter nach Walhall geholt, der großen Halle von Wodans Palast. Dort zecht er mit den Göttern und übt sich im täglichen Kampf als Einherier (hervorragender Streiter, Einzelkämpfer), um bei der Götterdämmerung am Zeitenende mit den Göttern gegen die Ungeheuer zu kämpfen.

Walküren: s. *Walhall*.

Weltesche: Die immergrüne Weltesche war der heiligste Baum der Germanen. Ihr Welken sollte die Götterdämmerung, das Ende der Zeit ankündigen.

Wiedergänger: zu den Lebenden aus Unruhe zurückkehrender Toter.

Wilde Schar: Das nächtens und bei Sturm von Wodan, nach anderer Vorstellung auch von Hulda durch den Himmel geführte Heer der Einherier. Auch ›wilde Jagd‹ und ›wildes Heer‹ genannt.

Wodan: auch Odin genannter oberster Gott, der seit dem Trunk aus Mimirs Quelle, für den er ein Auge hingab, der Weiseste aller Asen ist. Er ist der oberste Schlachtenlenker und weist schamanistische Züge auf.

Wolfshäuter: ein in Wolfsfelle gekleideter Krieger, dem Werwolf verwandt und dem Bärenhäuter oder Berserker ähnlich. Die dem Wolfs- oder Bärenhäuter zugeschriebenen übermenschlichen Kräfte resultierten aus der Einnahme einer aus dem Fliegenpilz gewonnenen Droge, die einen LSD-artigen Rausch hervorrief.

Glossar III
Römische Begriffe

Ale: fünfhundert bis eintausend Mann starke Reitereinheit.
Aquiler: Träger des Legionsadlers.
Atrium: Mittelpunkt des römischen Hauses mit Öffnung im Dach.
Auxilien: Hilfstruppen aus Nichtbürgern. Neben den aus römischen Bürgern bestehenden Legionen zweiter wichtiger Bestandteil der römischen Armee, dem in der Kaiserzeit wegen der geringeren Besoldung immer mehr Gewicht zukam.
Barditus: Bezeichnung der Römer für den germanischen Schlachtgesang.
Caesar: ursprünglich Namensbestandteil der Julier; wurde unter den Nachfolgern des Gaius Julius Caesar als Bestandteil der Titulatur geführt.
Carruca Dormitoria: Reisewagen mit Schlafgemach.
Cathedra: Armsessel.
Charon: Fährmann, der die Toten über den Fluß Styx setzt; Totengott.
Classicum: feierliche, von allen Bläsern einer Legion oder Armee gemeinsam gespielte Hymne, die nur dem Feldherrn zustand.
Cubiculum: Schlafzimmer.
Dekurio: Führer einer Reitereinheit.
Frigidarium: Kaltbecken.
Genius: Schutzgeist. An sich Symbol der männlichen Zeugungskraft; Verkörperung dessen, was am Menschen unsterblich ist.

Gladius: Schwert des Legionärs mit mittellanger, breiter Klinge.
Groma: Vermessungsinstrument.
Impluvium: Regenwasserbecken im Atrium.
Kastell: befestigtes Armeelager.
Kohorte: s. *Legion*.
Laren: Hausgeister.
Legat: Gesandter; bei der Armee Unterfeldherr (Führer einer Legion oder einer größeren Heergruppe); Statthalter einer Provinz.
Legion: größter Truppenverband, der sich in zehn Kohorten zu drei Manipeln gliederte; jedes Manipel bestand aus zwei Zenturien. Da eine Zenturie aus achtzig Mann bestand, kam eine Legion auf viertausend bis sechstausend Legionäre. Hinzu kamen noch hundertzwanzig Reiter (vorwiegend für Aufklärungs- und Kurierdienste) sowie vierhundert Veteranen, die vom Kasernendrill weitgehend verschont und nur für die Feldzüge einberufen wurden, außerdem über zweitausend Knechte für ebenso viele Lasttiere sowie eine Artillerieeinheit (Speerschleudern und Katapulte). Zur Zeit unserer Geschichte verfügte Augustus über achtundzwanzig Legionen. Die drei im Teutoburger Wald vernichteten Legionen wurden nie wieder aufgestellt.
Liktor: hoher Beamter, der zum Zeichen der Macht über Leben und Tod ein Beil in einem Rutenbündel trug (innerhalb der Stadtgrenzen Roms nur das Rutenbündel). Einem Konsul standen zwölf, einem Prätor sechs Liktoren zu.
Lustration: Weihe- und Opferfeier, die bei der Armee vor und nach dem Feldzug erfolgte, um die Götter gnädig zu stimmen bzw. um ihnen zu danken.
Manipel: s. *Legion*.
Medicus: Arzt.
Munus (Mehrzahl: *Munera*): Dienst an den Toten; Totenopfer. Bezeichnung für die Gladiatorenspiele aufgrund des etruskischen Brauches, am Totenbett Kriegsgefangene gegeneinander kämpfen zu lassen, um mit ihrem Blut den Geist des Verschiedenen versöhnlich und die Totengötter gnädig zu stimmen; aus diesem Brauch entwickelten sich die Gladiatorenkämpfe.

Optio: Stellvertreter eines Zenturios; mit selbständigen Aufgaben betrauter Offizier.
Optio Carceris: Leiter des Militärgefängnisses.
Palla: Überwurf, den die Römerin außer Haus trug und auch über den Kopf ziehen konnte.
Patrizier: adlige römische Oberschicht, die ihre Abstammung auf die Ahnen (patres) zurückführt.
Penaten: Familiengeister.
Peristylium: von einem Säulengang umgebener Garten des römischen Hauses.
Pilum: schwerer Wurfspeer der Legionäre mit langer Eisenspitze.
Plebejer: im Gegensatz zu den Patriziern die unedle Masse (plebs) römischer Kleinbauern, Handwerker und Kaufleute.
Porta Prätoria: vorderes (Haupt-)Tor eines Armeelagers.
Porta Principalis Dextra: rechtes Seitentor eines Armeelagers.
Porta Principalis Sinistra: linkes Seitentor eines Armeelagers.
Prätor: oberster Beamter, Feldherr, Richter, Statthalter.
Principa: Kommandantur.
Priapus: Gott der Fruchtbarkeit
Proditor: Verräter.
Proprätor: stellvertretender Prätor.
Quästor: Finanzbeamter.
Scutum: länglicher, großer, gewölbter Schild des Legionärs.
Signifer: Feldzeichenträger.
Signum: (Feld-)Zeichen.
Sistrum: Klapper.
Spatha: Langschwert, zur Zeitenwende nur von der Reiterei verwendet, ab dem 3. Jahrhundert n. Chr. beim ganzen Heer.
Stola: eine von der Frau über der Tunika getragene zweite Tunika, weiter geschnitten und reicher gefaltet.
Therme: großes öffentliches Bad, Erholung- und Freizeitzentrum.
Toga: großes Tuch, das als Kleidungsstück für bessere Gelegenheiten so über die Tunika geschlungen wurde, daß diese ganz verdeckt war.
Tribun: hoher Offizier.
Tablinum: Hauptraum des römischen Hauses.
Tibia: Doppelflöte.

Triclinium: Eßraum des römischen Hauses.
Tunika: gegürteter, bis etwa ans Knie reichender, meist kurzärmeliger Hemdkittel aus Wolle, Baumwolle oder Leinen; typisches Kleidungsstück, das der Römer zu Hause, auf der Straße und bei der Arbeit trug.
Turme: vierzig Mann starke taktische Grundeinheit der Reiterei.
Via Prätoria: eine der beiden Hauptstraßen des Armeelagers, die vom vorderen Haupttor zum Hintertor führt.
Via Principalis: zweite Hauptstraße des Armeelagers, kreuzt die Via Prätoria und verbindet die beiden Seitentore miteinander.
Zenturie: s. *Legion*.
Zenturio: aus Sicht der Befehlsgewalt einem heutigen Hauptmann vergleichbarer Kommandeur einer Zenturie, der allerdings nicht als echter Offizier, sondern als Bindeglied zwischen Offiziers- und Mannschaftsstand betrachtet wurde.
Zenturio Primipilus: ranghöchster Zenturio einer Einheit, etwa einem Oberst entsprechend.
Zimbel: Schlaginstrument aus kleinen Metallbecken.

Zeittafel

63 v. Chr.
Geburt des Gaius Octavius, genannt Octavian, der später Caesars Adoptivsohn und als Augustus Beherrscher des römischen Weltreiches wird.

59 v. Chr.
Gaius Julius Caesar wird erstmals Konsul.

58–51 v. Chr
Caesar erobert im sogenannten Gallischen Krieg das linksrheinische Gebiet. In der Folge wird der Rhein zur Grenze des römischen Reiches ausgebaut.

57/56 v. Chr.
Sextus Quintilius Varus, Großvater des Publius Quintilius Varus, ist Proprätor in Spanien und stirbt dort von eigener Hand.

46–42 v. Chr.
Geburt des Publius Quintilius Varus (genauer Zeitpunkt unsicher).

44 v. Chr.
Caesar wird Konsul auf Lebenszeit und ermordet.

42 v. Chr.
Der römische Staat ernennt Caesar zum Gott, und Octavian nennt sich ›Sohn des göttlichen Caesar‹. – Bei Philippi im östlichen Makedonien besiegen Octavian und Antonius die Caesarenmörder Brutus und Cassius. Nicht nur die beiden Letztgenannten sterben, sondern auch Sextus Quintilius Varus, Vater des Publius Quintilius Varus, der sich nach der Schlacht von einem Freigelassenen töten läßt.

38 v. Chr.
Octavian heiratet Livia, die Mutter seiner Stiefsöhne Drusus und Tiberius. – Octavians Freund, Feldherr und späterer Schwiegersohn Agrippa kommt als Statthalter Galliens an den Rhein und siedelt die Ubier auf linksrheinisches Gebiet um.

31 v. Chr.
Sieg Octavians und Agrippas über Antonius und Kleopatra bei Actium.

30 v. Chr.
Octavian zieht in Alexandria ein. Antonius und Kleopatra begehen Selbstmord. Octavians Macht ist gefestigt.

29 v. Chr.
Der Senat ernennt Octavian zum Imperator auf Lebenszeit und zum Princeps Senatus.

27 v. Chr.
Nach Ausschaltung aller Gegner wird Octavian Alleinregent Roms bis zu seinem Tod im Jahr 14 n. Chr. Der römische Senat verleiht ihm dem Ehrennamen ›Augustus‹ – der Erhabene –, den Oberbefehl über das Heer und über die Grenzprovinzen.

23 v. Chr.
Augustus erhält auf Lebenszeit die Amtsgewalt eines Volkstribuns und den Oberbefehl über die zwölf Provinzen, die dem Senat unterstehen.

22/21 v. Chr.
Varus wird Quästor des Augustus.

20–10 v. Chr.
Das Oppidum Ubiorum, die Stadt der Ubier, Vorläuferin des heutigen Kölns, entsteht. Hier wird später der Statthalter der Provinz Niedergermanien residieren.

19–16 v. Chr.
Armin wird als Sohn des Cheruskerfürsten Segimer geboren (genauer Zeitpunkt ungewiß).

15–13 v. Chr.
Augustus kommt nach Gallien und an den Rhein, um die Provinzen neu zu ordnen und eine Offensive ins rechtsrheinische Gebiet vorzubereiten.

13 v. Chr.
Varus wird Konsul.

12 v. Chr.
Als ›Pontifex Maximus‹ wird Augustus auch geistliches Oberhaupt Roms. – Drusus beginnt seine Germanienfeldzüge zur Unterwerfung des Gebiets zwischen Rhein und Elbe.

9 v. Chr.
Nach Kämpfen mit Cheruskern und Chatten stürzt Drusus auf dem Rückmarsch von der Elbe zum Rhein vom Pferd und erliegt seinen Verletzungen

8–6 v. Chr.
Tiberius übernimmt als Nachfolger seines Bruders Drusus den Oberbefehl über Germanien und dringt ebenfalls bis zur Elbe vor. – Der Markomannenfürst Marbod zieht mit seinem Volk aus dem Maingebiet nach Böhmen und gründet nach Unterwerfung der Boier ein Königreich zwischen Donau, Elbe und Oder. Er errichtet eine straffe Herrschaft nach römischem Vorbild, der sich auch Lugier, Semnonen und Langobarden unterwerfen.

7/6 v. Chr.
Varus ist Prokonsul von Africa (genauer Zeitpunkt ungewiß).

6–4 v. Chr.
Varus ist Legat des Augustus in Syrien (genauer Zeitpunkt ungewiß).

2 v. Chr.
Augustus erhält den Ehrentitel ›Pater Patriae‹ – Vater des Vaterlandes.

2 v. Chr. – 1 n. Chr.
Die Legaten M. Vincius und L. Domitius Ahenobarbus führen Feldzüge in Germanien durch. Ahenobarbus dringt dabei bis zur Havel vor.

4 n. Chr.
Augustus adoptiert seinen Stiefsohn Tiberius und bestimmt ihn zu seinem Nachfolger. – Tiberius übernimmt wieder den Oberbefehl in Germanien, stößt zur Weser vor, unterwirft die Brukterer und schließt einen Bündnisvertrag mit den Cheruskern.

5 n. Chr.
Auf seinem Feldzug zur Elbe unterwirft Tiberius Chauken und Langobarden. Obwohl noch längst nicht befriedet, sondern nur durch vereinzelte Stützpunkte gesichert, wird das germanische Gebiet zur Provinz erklärt.

5–9 n. Chr.
In der Ubierstadt Einweihung der ›Ara Ubiorium‹, eines Staatsaltars, an dem für das Wohl Roms und des Kaisers geopfert wird. Segimund, Sohn des Cheruskerfürsten Segestes, wird hier Priester.

6 n. Chr.
Die Römer unter Tiberius beginnen einen Angriff auf das ihnen zu mächtig werdende Königreich Marbods, werden aber durch einen großen Volksaufstand in Pannonien und Dalmation gezwungen, ihre Kräfte dort zu massieren und von den Markomannen abzulassen.

7 n. Chr.
Varus löst Sentius Saturninus als Legat des Augustus in Germanien ab.

9 n. Chr.
Tiberius schlägt den pannonisch- dalmatischen Aufstand nieder, und Pannonien wird römische Provinz. – Schlacht im Teutoburger Wald (vermutlich vom 9.-11. September). Armin vernichtet das aus drei Legionen und zusätzlichen Hilfstruppen bestehende Heer des Varus. Die Stützpunkte zwischen Rhein und Weser werden von den Germanen erobert bzw. von den Römern aufgegeben.

Danksagung

Solch ein Buch schreibt man nicht allein, sondern es bedarf vielerlei Informationen und Intuitionen. Beides verdanke ich einer ganzen Reihe von Autoren, an deren Anfang die sogenannten Klassiker stehen. Von ihnen sei jener Tacitus herausgehoben, der als erster bekannter Autor ein Büchlein über Germanien geschrieben hat, das – obwohl Tacitus weder Zeitzeuge der von ihm beschriebenen Ereignisse noch ein Germanienreisender war – zu den frühesten und wichtigsten Quellen über jene Menschen zählt, die wir heute in leichter Schieflage der ethno- und geographischen Details als unsere Vorfahren bezeichnen.

Als kleinen Germanienreisenden zumindest möchte ich mich bezeichnen, und das auch noch in der tatsächlichen Bedeutung des Adjektivs. Dank dafür schulde ich meinen Eltern, Wilhelm und Josefa Kastner, die ihren Sohn auf Ausflüge in den Teutoburger Wald unserer heutigen Bezeichnung mitnahmen.

Wichtige Anregungen und Unterstützung kamen von meinem Lektor, Dr. Edgar Bracht, und vom Cheflektor des Bastei-Verlags, Rainer Delfs. Für aufschlußreiche Gespräche und hilfreiche Literaturhinweise danke ich meinem Freund Jens Kiecksee, einem aufgeschlossenen Historiker. Für Literaturrecherche und -beschaffung fühle ich mich einmal mehr Claudia Böttinger sowie ihren Kolleginnen und Kollegen von der Bücherstube Leonie Konertz verpflichtet.

Trotz der streng patriarchalischen Ordnung hatten bei den Germanen die Frauen im innerhäuslichen Bereich die Schlüsselgewalt inne. Mit anderen Worten: Was wäre ein Mann ohne seine Frau? Die Geduld, Ermunterung und Autorenpflege meiner Frau Corinna darf für das Zustandekommen dieses Buches nicht unterschätzt werden.

Quod faxitis deos velim fortunare!

Band 13 741

Honoré de Balzac
Die Chouans
Deutsche
Erstveröffentlichung

Marie de Verneuil ist eine selbstbewußte und hübsche Frau – und eine entschiedene Anhängerin der Französischen Revolution. Als im Westen der Republik die Aufstände unter der weißen Fahne der Chouans die neue Ordnung gefährden, wird Marie de Verneuil von Paris in die Bretagne ausgesandt. Als Spionin soll sie vor allem auskundschaften, welchen Anteil der geheimnisvolle Marquis de Montauran an diesen Aufständen hat. Der Auftrag scheint der Marie de Verneuil auf den Leib geschrieben zu sein – aber sie weiß bald nicht mehr, wo ihre Rolle aufhört und wo ihre Gefühle anfangen.

Sie erhalten diesen Band
im Buchhandel, bei Ihrem
Zeitschriftenhändler sowie
im Bahnhofsbuchhandel.

Band 13 742

William M. Thackeray
**Die Geschichte des
Henry Esmond**
Deutsche
Erstveröffentlichung

In diesem Roman erzählt der Autor vom „Jahrmarkt der Eitelkeiten" die teils dramatische, teils rührende Lebensgeschichte eines Offiziers aus dem Zeitalter der Queen Anne. Der Kampf zwischen Tories und Whigs, die Auseinandersetzungen zwischen Frankreich und England, zwischen dem Königshaus der Stuarts und dem der Hannoveraner – alle diese großen Konflikte im frühen 18. Jahrhundert spielen in diese Erzählung hinein.

Sie erhalten diesen Band
im Buchhandel, bei Ihrem
Zeitschriftenhändler sowie
im Bahnhofsbuchhandel.

Band 13 744

Victor Hugo
1793 oder die Verschwörung in der Provinz Vendée
Deutsche Erstveröffentlichung

Auf dem Höhepunkt der Französischen Revolution wird Marquise de Lantenac nach Jersey verbannt, gilt er doch als Königstreuer. Aber der Marquise entkommt seinen Wächtern und kehrt in die Provinz Vendée zurück. Für die Bauern dort ist er immer noch der große Fürst. Am Tag seiner Landung schart er achttausend Mann um sich, innerhalb von einer Woche sind dreihundert Gemeinden in Aufruhr.
In Paris ist man überzeugt: Nur der republikanische Offizier Gauvain, der schon in der Rheinarmee Großes geleistet hat, kann den Marquise stoppen. Aber der junge Offizier ist der Großneffe des Marquis von Lantenac. Er nimmt den Kampf dennoch auf. Allerdings stellt man ihm mit Cimourdain einen alten, erfahrenen Revolutionär zur Seite. Niemand in Paris ahnt, welche Konflikte damit heraufbeschworen werden.

Sie erhalten diesen Band im Buchhandel, bei Ihrem Zeitschriftenhändler sowie im Bahnhofsbuchhandel.